U0799031

倾城倾国

凌力——著

北 京 出 版 集 团
北京十月文艺出版社

第一章

一

落日之前，烟尘滚滚，大金国八旗骑兵如同一股股奔腾的洪流，从四面八方汹涌而来，把坐落在重峦叠嶂之中的永平府城团团围住，数万女真铁骑在同声怒吼：

“速促那！哇[①]——”

“速促那！哇——”

“速促那！哇——”

这怒吼好似平地爆发的骇人闷雷，天宇震撼，大地颤抖。三声呐喊方停，余音还在原野上回荡，却听角声四起，八旗军环城立营。

旗帜如林，十彩辉耀，鼓荡着北风，猎猎作响。

阵阵马嘶，此起彼伏，在长空回荡。

粗犷的笑语，野蛮的叱骂，被呼啸的北风送出很远。

重围之中的永平城，四门紧闭，城墙上阒无一人，千门万户无声无息，仿佛鸡犬尽都死绝。

城外东北一隅，山坡上营帐重重，熊腰虎背的小校们正把串灯吊上高高的灯杆。灯下一人，貂帽戎装，抚髯远望。他腰悬宝剑，胯下战马，夕阳照着他魁硕的身体，北风掀动他宽大的褐色披风。此刻他眉宇间流溢着的忧郁和柔情，与他威风凛凛的外貌，与周围弥漫着的腾腾杀气极不相称。

他凝望着、慨叹着，竟吟哦出声：

---

① 速促那：女真语，冲。哇：女真语，杀。

“……四面边声连角起。千嶂里，长烟落日孤城闭……”

“范章京，又发雅兴了?”背后突然有人这么问，洪亮、爽朗，笑声随之滚了过来。范文程不用回头便知是谁，连忙翻身下马，单腿跪倒：

“给汗请安。”

“起，起。”金国大汗皇太极下了马，三十多名侍卫在他身后八字排开，静静地站得笔直。他满脸笑容，细长的眼睛里有掩饰不住的好奇：“你在独个儿念什么？可是南朝的诗词？讲给朕听听。”

范文程笑道：“好教大汗知道，这是我家祖上范文正公[①]的名篇哩!”他把这首流传至今、脍炙人口的《渔家傲》细细讲了一遍。皇太极静静听着，目光投向积雪的远山。侍从们早为主人布好坐墩，两人却都没有坐的意思。

“好一个龙图老子!”皇太极听罢，大声赞叹，“不过，‘将军白发征夫泪’，不免颓丧了些。上午，朕道经碣石山，不由得想起先生你讲的曹操征乌桓和他的《观沧海》：‘日月之行，若出其中；星汉灿烂，若出其里’……这才是雄才大略呢!”

“所以，”范文程沉静地笑笑，“先祖志在做一代良臣，曹公却具帝王之量呀!”

是说古还是比今？这一语双关，引得皇太极哈哈大笑。范文程的机敏使他非常满意。

“范章京，”皇太极在黄龙绣墩上一盘腿坐定，“你又为大金立了一大功！反间计已经奏效，南朝小皇帝果然把袁崇焕下了狱。除掉他，咱们可就没对手啦！哈哈哈哈!”

范文程耸耸眉头，惊讶道：

“真不料这般容易！……崇祯多疑，自坏长城，足见明朝气数已尽了。”

“正是哩。朕想乘此良机，取永平为家，攻破周围城池，连成一大片，也好打开关内关外通道。”

---

① 范文正公：北宋名臣范仲淹，谥文正。

范文程沉吟片刻，说：“只怕他各路勤王兵马齐聚京畿，我们还是难于撑持的……”

皇太极大手一挥：“那有什么，敌不住便回关外，下次再来，我们又不失什么。若能立住脚，岂不是好？”

范文程正视皇太极，面色严肃了：“大汗，若想立足，则严明军纪，禁止滥杀无辜，就不能不……”

“好了好了，先生放心就是。”皇太极笑着抢过话头。

亲随侍卫库尔缠来报：诸贝勒[①]已齐集帐下候驾。

皇太极站起身：“这永平城已劝谕再三，不肯归降，理当今夜攻破！城破之时，可就难说什么不滥杀了，规矩如此……走吧，去寻一个攻城口。”上马之后，他勒住躁动不安的青骢，“范章京，今晚你往遵化守城去吧。遵化城得来不易，旁人去朕还不放心哩！”

一听说要攻破永平，贝勒们兴高采烈，顿时精神百倍。只有这种拒降的地方，他们才能放手屠戮掠获，各显英雄。这回出征伐明因是大汗亲率，规矩比老汗王还大，拘得人怪难受，有了这么个任情舒放的机会，谁不快活！所以绕城跑马选攻击点很是快当，众人几乎没有异议，全都赞同大汗指定的西北、东南两角，一正一佯。

如果不是一桩意外，那么，明天拂晓，这个死寂的永平城就要热闹了！多少财富、人口、美女等着他们去取，三天之后大汗才会下封刀令，能整整杀他三天，够痛快！

这当儿，两名侍卫押来一人跪在大汗马前，说是前哨所擒，不敢自专，特地献上。

众人都有些纳罕，纷纷围上前来。

贝勒济尔哈朗心疑，催马近前看了一眼，暗暗吸了口凉气，说：“大汗，是刘爱塔的侍从！”

御用青骢猛地昂头一跳，皇太极勃然变色，用可怕的声音吼了一句：“刘爱塔！……”

---

① 贝勒：满语，原为满族贵族称号，清崇德元年定封爵，位于亲王、郡王之下。崇德以前的贝勒，即后来的亲王。

济尔哈朗转向俘虏：“说！刘爱塔在哪里？”

俘虏必是横了心，回答很平静：“刘兴祚将军奉命率兵驰援沙河，闻说金国大兵已到永平，故直奔太平寨。遇见北兵押了掠获的南朝人在途中吃饭，刘兴祚将军袭斩五十级，令我等携首级往官厅请赏。”

“刘兴祚是谁？我在问你刘爱塔！”济尔哈朗倒不发火，皱着眉头追问。

“刘兴祚便是刘爱塔。他归降南朝，阁部大人特地为他改了名字，是兴隆明祚的意思……”

俘虏话未说完，刀光一闪，头颅忽然飞去，一腔血立时喷溅好高，无头的躯体随之倒地。这种场面众人司空见惯，并不在意。但看到动刀的是皇太极本人，无不惊异，大金国汗亲手杀这么个无名小卒，未免有失身份。

这一刀却使皇太极的愤怒得以发泄，涨红的脸和凸出的眼睛渐渐复原，气息也渐次平静，他板着脸对贝勒们说：

“朕的意思，擒获刘爱塔，胜得永平城！……他忘朕恩养，竟敢诈逃！今日送来手头，真乃天意！”

他眼睛阴沉，声音沙哑，每逢到这种时候，谁都不敢抬头看他。

“阿巴泰！济尔哈朗！你两个各率三百骑兵追杀刘爱塔，活要见人，死要见尸。处置了刘爱塔再破永平！”

阿巴泰瞥了瞥济尔哈朗，眼里透露出不满：一个人竟胜似一座城池！济尔哈朗连忙眨眼示意接旨，二人领命去了。诸贝勒也各归营帐。范文程留在最后，迟疑片刻，走近皇太极低声说：

“大汗，刘爱塔有罪，但……”

“范章京，大兵伐明，降者不扰拒者戮，朕已明谕天下，何况背恩叛主，死有余辜！刘爱塔不杀，何以警来者？”皇太极脸色已平静，眼中却还透着执拗。

“刘爱塔毕竟不同……”范文程还想说什么，皇太极脸上突然涌来一片潮红，一挥手，背转了身：

“范章京，遵化守城，请多费心……”

范文程心事重重的背影消失在暮霭中。皇太极心烦意乱地踱来踱去，抬眼望了望西天最后一抹晚霞，一颗星在云丝边闪烁。他站住不动了。

“大汗，奴才请随阿巴泰贝勒擒拿刘爱塔!”有人跪在脚边低声请求。

“你?……”皇太极听声音知道是亲随侍卫库尔缠，静默片刻，终于叹了口气，说，“去吧！……”

二

滦河这一段，宽不过十丈，却水深流急，最冷的时候也不封冻，何况已是“七九河开”的季节。

右岸伸展出一片平滩，明军大队人马在这里歇脚：有的河边饮马，拾柴生火炊饭；有的背靠背坐着打盹，或者干脆头枕鹅卵石横躺着呼呼大睡。他们穿着各色各样破旧不堪的绊袄、罩甲、战裙、遮臂；戴着生锈的铁帽、头盔、红笠帽、五色扎巾，跟手中的斧钺刀枪一样，多是百年前祖爷爷辈留下的古物。五六千人铺满河滩，像是给河滩盖了一张破烂龌龊的地毯。

杂沓的马蹄声由远而近，蓝色旌旗如同一团蓝色的云飘来对岸，数百名金国骑兵不紧不慢地沿河行进，鲜明的甲胄在阳光下闪亮。

自从去年十月金兵南侵、围攻京师以来，从山海关到北京，整个滦河流域都成了明、金交锋的战场，犬牙交错，你来我往，两军猝然相遇的事很平常。有时会成为一场遭遇战，有时也可能各有各的使命，互不相扰擦肩而过。今天的形势，本应是后者。但是，蓝旗骑兵过于整齐强壮，他们的马过于矫捷神骏，他们的神气过于扬扬得意，使右岸河滩上几乎不能称之为军队的明军兵勇们火冒三丈、气冲牛斗，仗着人多势众，也许还仗着河水阻隔，竟忍不住地大声叫骂：

“臭鞑子！去奔丧啊?”

“骚胡狗，挨千刀!”

一呼百应，河滩上空骂声喧嚣。蓝旗骑兵们不知出了什么事，住马停下，向河滩张望。

明兵越骂越上劲，搬出了祖传的看家本领：

“我×你奶奶！我×你姥姥！”

“×你妈！×你祖宗！”

“我×你老婆！我×你姑娘丫头！”

…………

大金国那些不上阵、未谋面的女人全都遭了殃，无一幸免。蓝旗兵们惊愕地听着，想必有通事把这阵臭骂的意思讲明了，岸上猛烈爆发了大笑，闹哄哄的如在擂鼓。乱了片刻之后，竟由队伍中驱赶出四五十名妇女，或老或少，或丑或俊，有的身着绫罗，有的布衫褴褛，但短袄长裙，都是明朝妇人装束，一个个掩面捂嘴低头哭泣，踉踉跄跄跪倒在河边。只见一名戎服金将用流利的辽东味汉话隔河大喊：

“看见了吗？这都是你们的妇人！你们的奶奶姥姥，你们的老婆、女儿、娘！尽都被爷们儿×够啦！你们反想×人？有脸吗？哈哈哈哈……”

“轰！”河岸上又腾起大笑。河滩下一片寂静。

“哗啦”一声响，蓝旗下的领队拔出长剑在头顶一挥，大吼：“哇！速促那——”

“哇！速促那——”狂野的吼叫轰然如雷，几十名骑兵激箭般飞出队列，冲向河边，挥刀砍倒了临河而跪的十数名妇女后，连人带马跃入水中，似要浮渡过河。

河滩上悚然失色、呆若木鸡的明兵中，不知谁惨叫一声：“天啊！逃命哇！”数千明军顿时大乱，调头狂奔，如失魂魄，丢盔弃甲，互相推挤。不到一顿饭工夫，五六千大明官军逃得无影无踪，只留下数十具死于挤撞践踏的尸体。

浮渡的金骑兵只前进了十数步，便勒马停住，望着逃窜的对手，和大队人马一起鼓掌大笑。

阿巴泰没有笑，他一直冷眼静观，此时厌恶地骂一声：“熊包软蛋……济尔哈朗，我们不在这儿耽搁了！”跟这样的对手打交道，真是乏味！他的脸拉得更长了。

“是。”济尔哈朗是阿巴泰的堂弟，语气带着恭敬。他看看河边，还活着的女人们互相搂抱着哀哀哭泣，道：“把那些累赘……都杀了吧。”

他俩昨晚奉命后立即出发，午夜时分，以拒降为名攻屠了一个村庄，便在那里宿营。天亮前探哨来报：刘爱塔率军二百人由太平寨去山海关，他们决定在途中拦截。集队出发不久，就遇上刚才河边那一幕。没料到各佐领不少弟兄战马上都绑了一个掠来的女人。杀掉当然干脆，可总是一份资财玩意儿，就没有更好的法子？阿巴泰想了想，说：

“差十名甲兵押回大营收管，各人做好记号，回去后再领。”

少了女人的拖累，行军加快了，不久就接上了前哨。哨官请两位贝勒爷登上小山，眼见那队打着“刘”字旗号的人马正远远走来。阿巴泰和济尔哈朗一齐盯住旗下棕红白蹄马背上的骑者，半晌，不约而同地自语道：“是他！……”

阿巴泰表情活跃多了，兴奋地扫了堂弟一眼，说：“刘爱塔可不像刚才那群熊包蛋。你我要小心对付！”

被这许多人关注的刘爱塔——刘兴祚，正在他的“刘”字大旗下缓辔而行。三十二三岁年纪，身材挺拔，动作洒脱，一看便知马上功夫到家。面白微须、修眉俊目，可以想见十多年前是个漂亮人物。他率领的这队人马和一般杂牌明军一样，锣齐鼓不齐，衣装已破旧，军械不成样子，但他从不回顾，只管领头前进，仿佛那是一队精兵，仿佛他是凯旋的将军。

他身后随行的侍从亲兵可不像他们的主将那样沉默寡言，正小声议论着眼前那件震动朝野的大事：兵部尚书兼蓟辽登莱总督、天下无人不知的抗金名将袁崇焕，在金兵大举南下围攻京师的危急关头，竟被发现是通敌卖国的内奸，一夜之间沦为阶下囚！

“娘的！他袁崇焕也有今天！真是报应！”毛承禄满脸大胡子，眼睛瞪得赛铜铃。他原本姓王，投奔皮岛毛文龙①后被认为义子，改

---

① 毛文龙：浙江人，以都司援朝鲜，逗留辽东。辽东失于金后，率部自海岛遁回，乘虚袭杀金镇江（今丹东北）守将，得授总兵，累加至左都督，挂将军印，佩尚方剑，率军镇皮岛（今朝鲜椴岛），牵制金后方。崇祯二年五月，被袁崇焕以跋扈等十二项大罪斩杀。

姓毛。

“谁知道哩。兴许是咱大帅讨命追魂也说不定!”高大魁梧的孔有德，是典型的辽东大汉，长相憨厚，甚至有些呆气，说完就傻呵呵地笑了。

同是辽东人，耿仲明却灵巧俊俏，灵活的眼睛飞快地朝众人一扫，压低声音：“论起来，上天有眼，也算冤冤相报，可要说袁督师是内奸，我还真有点儿难信呢！……”

一时，众人都不作声了。

他们这些人，心头的天平和京师内地人不一样。满洲人占辽东，杀得他们家破人亡，只得逃出故土投奔毛文龙以图复仇。袁崇焕在大明军屡战屡败屡退、丧失大片国土之际，砥柱中流，宁远大捷打败了努尔哈赤，宁锦大捷打败了皇太极，为他们出了一口恶气，曾是他们最崇敬的英雄。英雄竟然杀掉了在危困中收留并重用提拔他们的恩人毛大将军，这笔账又该怎么算?

“哎，你在看啥?”孔有德捅捅刘兴贤，因为他一直呆呆望着远方，“咋不说话?”

刘兴贤愁眉苦脸地瞥了孔有德一眼。他是刘兴祚的弟弟，身形相貌都小了一号，却显得猥琐、怯懦。他小心翼翼地四下瞅瞅，策马贴近孔有德，探过上身耳语道：“孔哥，只求你尽心尽力保住我二哥，我们刘家就指望着他啦!”

孔有德耸耸浓眉：“这是咋的啦!”

“唉！要是还在皮岛，也就罢了。如今天天跟金鞑兵照面，一旦知道二哥的行踪，他们必定要来擒拿；一旦被他们拿去，怕要碎尸万段了……”

“咋会呢!”

“你不知道，”刘兴贤声音更低、眉头蹙得更紧，“如今这位大汗，早先最喜欢二哥。在那边二哥叫刘爱塔，便是大汗起的名，依着辽东话‘爱他’的音……哎呀，来啦!”他神色突变，尖叫出声。

前面山路转弯处，忽然漫出一片尘土，如同黄色的雾，雾中杀声震天，一团蓝旗骑兵裹着风沙从黄雾中涌出来，直奔“刘”字大旗。

刘兴祚脸上出奇地镇静，只对后队做了个手势，兵勇立刻散开，排出迎战队形；他伸向后队的手又向下一压，骑兵们立刻翻身下鞍，拉着战马一起卧倒。这真及时！随着一声响箭的尖啸，强劲的羽箭如密密飞蝗掠着他们头顶飞过，奔涌而来的人马已看得清面目，听得清吼叫声了：

“杀刘爱塔呀！——”

“杀刘爱塔！——”

刘兴祚却不卧倒，只用长刀和弓左右挥动，拨开射来的箭。他确实灵活敏捷，箭雨过去，只左胸甲和右臂甲上各着了一箭。

阿巴泰已经逼近，满脸亢奋，狂野的光芒在黑眼睛里跃动，大吼着：“刘——爱——塔！——”

刘兴祚挥长刀“当”的一声架住阿巴泰砍来的宽背金环大刀，左手扔了弓，迅速拔掉身上那两支箭。两人对视的一刹那，阿巴泰满眼鄙视和仇恨，但又极度兴奋，鼻孔张大，额头青筋暴起；刘兴祚冷漠的眸子里闪过一丝悲哀，嘴角微微一动，竟牵出一个苦笑。

阿巴泰一愣，随即大喝一声：“杀！”双方抽回刀，便你来我往，你进我退地斗成一团。三百正蓝旗骑兵把不足两百人的明军团团围住，刀枪相击，人喊马嘶，不断有人惨叫落马，落马后又被马蹄踏死……

寡不敌众，疲兵胜不了精兵，明军剩余的人越来越少，厮杀也就越加酷烈了。

孔有德催动着胯下黑马，挥动着七十二斤大铁棍，左右开弓，抡出去力大无穷。蓝旗骑兵被他杀伤十数人后都不敢近身了，他便如舞飞轮，把铁棍甩得溜圆，冲出重围。耿仲明紧随其后也杀了出来。孔有德回头一望：

“刘爷杀出来没有?”

耿仲明在马鞍上踮脚远望：“没有，还在里头!”

孔有德一勒缰绳，驱马转身重新杀回，直撞到刘兴祚面前，大叫：“刘爷，快跟咱老孔杀出去!”他抡着铁棍杀出一条血路，领头冲出包围。回头一看，刘兴祚并没有跟他出来。他急得拉了耿仲明弃马步战，再次杀进，就是拖也得把刘兴祚拖出来！

刘兴祚与阿巴泰厮杀许久，已呈败相，只能招架了。阿巴泰看准时机，大刀往下一扫，刘兴祚的棕红儿马突然惊跳，竟把主人掼下地！阿巴泰举刀就砍。偏偏孔有德赶到，一棍架住、推开，背起刘兴祚，还空出右手舞棍，在耿仲明的护卫下，第三次溃围而出。

刘兴祚刚刚喘过一口气，便推开孔有德，夺过耿仲明的长枪灰马，跃上马鞍又要杀回去。孔有德一把拽住马勒口，大叫："刘爷，你疯啦？送死吗？"他膂力千斤，身长腰粗，一使劲，就把刘兴祚从马鞍上举起，小心地放在地上。

刘兴祚倔强地挺着脖子，伸手又去揪缰绳。突然，孔有德怒吼一声，胸前中箭：可怕的箭雨尖啸着飞来，又是一团蓝色！数不清的镶边蓝旗骑兵包抄围拢，杀出重围的数十明军再度陷入包围。孔有德感到钻心的疼痛，他拼命睁大眼睛，看到了耿仲明中箭倒下，看到了刘兴祚前身像刺猬似的直插了十多支箭，仍然站着不动……

在孔有德丧失意识之前的最后一刻，他听到了刘兴祚的一句低语，安详而欣慰：

"总算死在该死的地方了！……"

两队金兵会合了。明军已没有一个活的。那直挺挺站立不倒的刘兴祚就格外显眼。金兵渐渐在他面前围成个半圆，气氛很古怪，谁也不知道该说什么，该怎么办。

二位贝勒过来了。他们打了胜仗，生擒了刘兴贤做证，杀尽了明兵。济尔哈朗兴冲冲地面带笑容，阿巴泰的脸又沉下来。骑兵们连忙给王爷让路，他俩就站在了刘兴祚的面前。

阿巴泰突然发作，跳起来照刘兴祚脸上狠狠一拳。他心里有一个狂暴的声音在怒吼："你不肯拿出本事跟我比试！你瞧不起我！到死也瞧不起！你浑蛋透顶！……"

已经死去的刘兴祚禁不住这一拳，"扑通"倒地。济尔哈朗眼里泛上一片恶意，喝道："扔掉！喂狼！"

兵士们一拥而上，他们早看中了刘兴祚护身的上等甲胄丝质衣袍。片刻争抢，剥光了他身外的一切，他便如初生到这个世界上来的时候一样，赤裸裸地躺在寒冷的大地，斑斑血迹，像是几朵绚丽的红花覆着白皙的身躯。

济尔哈朗暧昧地笑笑，说：“怪不得叫刘爱塔！”阿巴泰盯他一眼，冷如寒冰，使他赶忙换了话题，“咱们回去交令吧，载上他的尸体……”

“等一等，贝勒爷。”库尔缠不知何时来到他们面前，满头是汗，口中仿佛还在喘气，“既已杀了，何须载回尸体？”

阿巴泰问：“汗有新旨意？”

库尔缠头也不回地望着刘兴祚的尸体，答非所问地说：“有我做证。”他突然转身，边走边脱衣甲。他细心地给刘兴祚穿上自己的长袍，又顺手拽过两匹马，推下马上兵勇，夺来马鞍上的被子，抱起刘兴祚放在被子上，命令道：“挖坑！”

兵勇们都知道他是大汗的侍从，谁敢违拗？坑挖好了，库尔缠最后看了看刘兴祚的脸，那上面有一种大彻大悟的宁静。他叹口气，合上死者的双眼，用棉被裹好尸身，下葬了。

济尔哈朗好奇地注视着这一切，阿巴泰却装作没看见，吩咐部下检查战场，有没有漏网敌兵。

“哇呀！——”一声怪叫，查看战场的兵士“扑通”倒地，一个浑身是血的大汉突然跳起，嗬嗬怒吼着，像受伤的猛虎，一头撞进金兵最密的人群，抡起铁棍乱打乱杀。金兵大惊，纷纷举刀上前围攻。

“轰隆隆！”一声巨响，土裂泥飞，铁屑四散，金兵一片呐喊。

“轰隆隆！”又一记巨雷，这发炮弹打到人群中，顿时血肉横飞。

紧接着，“噼噼啪啪！”“嗵嗵！”“轰隆隆！”声响不绝，震耳欲聋，是西洋大炮、佛朗机和火铳的骇人齐射。刹那间，尘土飞扬，硝烟弥漫，人喊马嘶，金兵完全被打蒙了！

阿巴泰勒住惊慌的马，沉着下令：“吹角集队，撤！”他一扭头，发现总是平静愉快的济尔哈朗脸上罩满乌云，眼睛直冒火，便问，“是他吗？”

济尔哈朗咬咬牙，恨恨地说：“就是他！”

四年前的宁远大战，许多八旗名将死在他的西洋大炮之下，济尔哈朗也受了重伤。今天相遇，仍然得避开这个可怕家伙的锋芒！这口气，怎么忍？

库尔缠低声叹道："怪不得人说'孙家兵'不可侵！"

阿巴泰又有些兴奋了："南朝人也真怪！熊包的连缩头乌龟都不如，厉害的又胜过深山猛虎、大海蛟龙！……"

金兵撤走了。满地尸体的空旷战场上还飘着硝烟、浮着尘埃，只有那浑身是血的大汉，还没命地挥舞着铁棍，向虚空用力砍、击、抡、扫，嘴还在狂野地吼着：

"杀！杀！杀！……杀光你们这些狗娘养的！……"

有人架住他的铁棍，他怒吼一声，跳起来抽棍就打，一棍扑空，背后好几个人抱住他，夺下他的武器。

"孔有德！"

大汉一愣，转着脑袋四面搜寻。这声音从哪里来？好像是天上？他拼命睁开被鲜血糊住的眼睛，顿时被面前的神奇景象惊呆了：

一团紫雾弥漫，一片红云缭绕。云雾中一匹金色的神马，驮着一位威风凛凛、金光闪闪的神将，从天上缓缓下凡。他从戏文里、年画里知道，这就是托塔李天王！……神仙竟知道他的姓名，竟亲口唤他！孔有德说不出的惊喜和惶恐，"扑通"跪倒，连连叩头：

"弟子孔有德，拜见大仙托塔天王！"

旁边的人都忍不住笑了，知道是因为夕阳、烟尘和下坡的大路，造成这位杀得发昏的大汉的错觉。

白马上的将军跨下雕鞍，走近来，又说道：

"孔有德，你静静心，不认识我了吗？"

孔有德一哆嗦，这带着南方口音的话语那么亲切，那么温和受听。他愣住了，用劲摇摇头，目光渐渐由模糊变清晰，终于看见了面前的人：内束中甲，外罩红袍，头上红顶缨玉簪瓣明铁盔，脚下护甲短勒靴，四十七八岁年纪，疏疏的五绺髯使长方形面容透出一团书卷气，剑眉下一双丹凤眼炯炯有神，与高直的鼻梁、轮廓鲜明的阔嘴相映衬，是一张集中了智慧、精明和才干的相貌，一旦微笑，又如春风拂人，温和慈祥。对着这样的微笑，孔有德双腿一软，跌坐地上，如同见到亲人，放声大哭。

将军安慰地拍拍这位浑身血迹的辽东大汉的肩膀，直起身环顾四周，微微叹息，转脸问身边的中军官："只剩他一个人了？"

右前方的尸体群里，又挣扎着站起来一个人，走了两步，嘴里艰难地吐出几个字："还有……我，耿、仲、明……"他又摔倒了。兵勇们赶忙上前搀扶。

将军皱着眉头下令："掩埋尸体，收集散马军资，今夜赶回抚宁！"

他是镇守抚宁的山东右参议兼宁前兵备道孙元化。

三

清明过后，初暖还寒，河边柳树刚刚蒙上一层似有若无的鹅黄。大金国汗领右翼大贝勒代善、贝勒岳托、杜度，左翼大贝勒莽古尔泰、贝勒阿济格、多尔衮、多铎、豪格等，统帅大军班师回朝。大金国都沈阳城一片欢腾，举国若狂。这是满洲立国以来第一次攻进山海关，第一次占领了关内土地——永平、遵化、滦州、迁安四城！从朝廷到民间，从宫外到宫中，都在欢庆拜贺，喜宴不断，所有的人都沉浸在胜利的欢乐中。

大殿的庆功宴结束后，皇太极就想回宫，却又被留住，因为他必须接受漠南诸蒙古部落使臣的拜贺。侍卫们见汗王不住地看窗外天色，都知道为什么，但那些憨厚的蒙古人仍是一板一眼、有条不紊地履行使臣的职责。

皇太极终于脱身回宫，踏上翔凤楼的高台阶。昨晚，他的大福晋率领后宫的福晋、格格们在翔凤楼上设宴为他洗尘。满堂粉白黛绿，鬓影钗光；满座娇声笑语，眉挑目许。但却只有一双明媚的眼睛使他神往，向他奉送着赞美，传递着思念之情。出征五个月中，也只有这双眼睛常常在战事间隙挤进他的心头，如那个人一样变化万端捉摸不定：时而天真无邪，如同五六岁的小奴恩[1]；时而狡黠顽皮，仿佛整

---

① 奴恩：女真语，妹。

日攀树骑马的哈哈珠子[1]；时而似迷人的少妇含情脉脉；时而又像冷静的智士明睿机警。想到立刻就能与这双眼睛单独相对，皇太极竟兴奋得怦怦心跳，一步三阶地跨上了拔地一丈一尺四寸高的台基。

翔凤楼后的高台上有他的内宫，不甚宽广，颇像一所富贵人家的大四合院。正北清宁宫是正宫，左右有东西配宫，西配宫之南是西一宫、西二宫；东配宫之南是东一宫、东二宫。惟有顶上的黄琉璃瓦、镶绿剪边、花脊上的龙凤纹五彩琉璃装饰和椽间檐下那些精致的雕刻彩画，使这一组质朴实用的建筑带有一些皇家气派。

皇太极向右一拐，几个大步就跨到东二宫前。宫婢们向他蹲拜。他只管走进去，宫里竟静悄悄的，没有人。环顾这稔熟的堂屋，听得到胸膛里“扑通、扑通”的有力搏动。五个月没见面了！……他咽喉发干，有些气短，缓步走近南里间，掀开门帘，一步跨入，自言自语：

“这个塔拉温珠子[2]！跑哪里去了？……”

语音未落，一双香喷喷的手臂猛然从背后搂住他的颈子，灵蛇般柔软轻巧的身体紧紧贴上他宽阔的脊背，热辣辣的亲吻雨点儿似的落在他后颈和两腮。他一回身，便把这柔若无骨的小美人儿抱在强有力的双臂间。她秀眸含笑，樱唇微启，似要说什么；他却用他男人的方唇用力堵住那鲜红的小嘴，仿佛要把她闷死，好半天不肯放开。她挣扎了一下，也就顺从地让烈烈情焰在两人间燃烧了。但当他的大手摸索着要解她的袍纽时，她却用力推拒。汗王沙哑着嗓子低声说：“这么些日子，想死我了！”她身子灵活地一耸一转，溜出丈夫的怀抱，笑着小声说：“青天白日的，叫人笑话！”

皇太极立刻想起，自己前些日子刚以“白日宣淫”的罪名处罚了皇弟，不免有些尴尬。真不知她怎么会这样快，眨眼间一碗冰酪递送过来，如同解酒的乌梅汤，冰酪平息了他胸中的焦躁。他再次打量自己最宠爱的小福晋时，目光已然清湛平静。她忍不住拍着手，娇爱

---

① 哈哈珠子：女真语，小男孩。

② 塔拉温珠子：女真语，小女孩。

地歪头笑道：

“啊呀，你真是我的大皇帝、大英雄、大男人！”

皇太极笑了，心头升起了一股说不清的软酥酥的复杂感受：沉醉？自豪？怜爱？……他在南炕坐定，把她拉过来像小女孩儿似的拥在怀中，道：“昨儿庆贺宴，你为什么总不到我跟前来？是怨我夜里在大福晋宫里宿吗？”

樱唇边的笑意倏然消失，她惊异地耸耸眉头：“我难道这么不懂事，敢跟大福晋争？回宫头一夜怎么能不在正宫宿？若这个理儿都不明白，我可成什么人啦？”

皇太极拍拍她粉嫩的面颊，叹道：“怪不得老福晋、大福晋，宫里上上下下的人都喜欢你！识大体明大义，别人总不能及啊！”

皇太极有六位福晋。中宫大福晋博尔济吉特氏，是科尔沁蒙古贝勒莽古思之女；西一宫福晋钮祜禄氏，是皇太极娶来最早的福晋；东一宫福晋乌喇那拉氏，是皇长子豪格的生母；西二宫住着二位侧福晋，叶赫那拉氏和颜扎氏；东二宫小福晋就是这位蒙古小美人儿布木布泰，她的父亲科尔沁贝勒塞桑，是中宫大福晋的亲哥哥，所以她是中宫大福晋的嫡亲侄女，今年十七岁，进宫却已五年，最得汗王欢心。虽然她姿容秀美、生性活泼又知书达理，但皇太极特别钟爱她却并不只是因为这些。

“好，我家女才子、女学士、女状元又在读书！”皇太极见妆台桌几处都摊着蒙文书册，不禁也用布木布泰的口吻取笑，“是周公之礼还是孙子兵法？”

聪慧的眼睛目光流转，布木布泰忙接口道：“奴才看的是《三国演义》，蒋干盗书，东吴周瑜施反间计杀却碍事的蔡瑁、张允……”

皇太极大笑：“你猜到了？小精灵！”

布木布泰抿嘴一笑：“袁崇焕岂是蔡瑁、张允能比？我家大英雄妙计胜周郎！”

“是侍卫们送信回来透的风吧？你还知道什么？”

“知道……知道……”她忽然敛住笑，正色道，“听说汗要杀库尔缠？”

皇太极微微一愣，心下暗自沉吟，脸上却带出明显的怒意：“此人身为近侍，朕待他不薄，胆敢屡屡抗上违命，岂能容得!”说着，从眼皮下注意地看他那小福晋的反应。

“说是因为刘爱塔?”问话很是轻柔。

皇太极板住了脸：“不错!”当日两贝勒回来复命，皇太极见他们损兵折将，心里已是恼怒，问他们要刘爱塔的尸身，却说是库尔缠夺军士衣被裹尸下葬。皇太极大怒，立命挖回刘爱塔碎尸万段。不料又是库尔缠偷偷收去碎尸骸骨，偷偷掩埋。“这样与朕作对，哪能轻饶!”皇太极说到这里，怒冲冲地站起来。

“库尔缠是西宫福晋的族弟，杀他，岂不要伤了福晋的心吗?”

“哼！朕要杀一儆百!”

“杀刘爱塔，也为了杀一儆百?”

“不错!”

“那又何须弃永平城不顾而追杀一人？又何必碎尸弃骨?”

“朕最恨这种忘恩负义之徒！安得快人如翼德，诛尽天下负心人!”

小福晋似笑非笑，眼里流露出不加掩饰的奚落，道：“只怕是爱之太深而恨之尤切吧？……”

皇太极苦笑：“在你跟前，朕也无须隐讳。”

小福晋半晌不作声。皇太极奇怪，转身看到，她目光灼灼，只在那里沉思默想，“布木布泰，你……”

“汗常说不以私情坏国家大事，可是?”

“当然。”皇太极立刻想起太祖归天后，他逼请大妃阿巴亥殉葬的事，那时支持他的正是这一条信念。否则子以母贵，阿巴亥的三个亲子阿济格、多尔衮和多铎就会成为乱政乱国的势力，大金国汗位也未必属于他皇太极了。

“那么，奴才斗胆进言，汗此举实为不智!”布木布泰突然双膝跪倒，做请罪状，口气却十分强硬。

“哦?”

“杀刘爱塔已是不智，若斩库尔缠便错上加错!”

"砰!"皇太极一拍炕桌，声色俱厉地呵斥，"放肆！今天若不把话说明白，连你一同斩!"

"是。"小福晋很镇静，神态自信，目光明睿，"请问汗王，我大金国定都沈阳以来，东征朝鲜，南伐大明，最碍手脚的是什么?"

"早告诉过你，是皮岛!"

"正是。毛文龙占皮岛，使我征朝鲜则侧翼分兵，伐大明则后背受敌，十分不利，所以汗即位后便一再招降毛文龙。不料去年五月毛文龙被袁崇焕斩杀，致使功败垂成。现下皮岛明军二万八千，分为两协。领东协者副将陈继盛，领西协者刘爱塔之弟刘兴治。刘爱塔兄弟七人，除刘爱塔和刘兴贤调往宁锦，其余尽在皮岛领兵镇守，若生擒刘爱塔，不难以为人质，动以厚利，招降皮岛刘氏兄弟，取皮岛，除后患。处死刘爱塔，岂不是自坏计谋？至于库尔缠，不但无罪，而且有功。"

皇太极听得极其专注，急问一句："为什么?"

"汗既有心与南朝争天下，便如汗平日所说，须以仁义恩德服人。库尔缠为尊者讳，替汗掩过扬威，岂不是功?"

皇太极忘了生气，探过上身追问："依你说该怎么办?"

"库尔缠只可赦不可斩!"

"刘家弟兄呢?"

"反间计能扳倒袁崇焕，还不能叫刘氏弟兄倒戈？况且他们不是南朝人，在皮岛未必有好日子过，只要……"

"哈哈哈哈!"皇太极大笑，一把拉起跪着的小福晋，"我是逗你玩儿的！不料你的见识计谋竟与范章京一样！朕已命将囚禁狱中的刘氏家眷放出善待恩养了……朕有范章京做军师，又有你这个宫中谋士，取南朝江山当是天意了!"

原来，皇太极要杀库尔缠时，范文程力劝并陈说利害，与小福晋不谋而合。小福晋也笑了，又蹙起眉头，说："只是孙元化那西洋大炮不好应付，还得针锋相对以毒攻毒……"

"正是正是！朕与范章京也曾计议此事。铜铁器具是明朝禁运物，往年常借皮岛通商之便，以貂皮人参换取。所以招降刘氏弟兄更是刻不容缓了。”

小福晋嫣然一笑：“好哇，竟这样要我，还要斩我的头！给你，斩吧！斩呀！”她不管满头绢花珠翠，把脸往丈夫怀里乱拱。皇太极只是笑，疼爱地搂紧了娇美的小妻子……

远远传来一阵婴儿咿呀和女人笑语，小福晋推开皇太极，走到门前喊道：“阿春，抱雅图来！”回脸又一笑，“雅图就要周岁了，长得真像你呢！”

皇太极笑道：“女儿嘛，像你才漂亮！……阿春，是那个朝鲜女子吧？阿敏想把她要回去哩。”

阿春，是二大贝勒阿敏征朝鲜归来献给汗的美妇之一。今天上午庆贺大典，三位大贝勒与汗王并座受拜。皇太极虽然继承了汗位，这由太祖定下的四大贝勒共同执政的制度却一直未变。趁着大家高兴，阿敏突然向皇太极讨还阿春。

小福晋皱眉问道：“给他吗？”

皇太极道：“岂能因一妇人而败坏兄弟之好？”

两人都沉默了，心里都明白，这不单单是讨还女人。阿敏是皇太极的堂兄，蓝旗旗主，与代善、莽古尔泰、皇太极并列为四大贝勒。那年他率大军征朝鲜，定盟受质后却不愿班师，说是一向羡慕朝鲜城郭宫殿，想留兵屯耕，与子侄同居王京。虽因部下极力反对而罢，但心怀异志已露迹象；这次皇太极出征伐明，阿敏留守沈阳，惟耽逸乐，屡行出猎，岳托、豪格先回师，阿敏竟坐受其拜，俨如国君，不又是一个明证吗？

还有代善，还有莽古尔泰，他们都有实力，有大贝勒的声望威信，对皇太极的汗位岂无觊觎之心？可是限于祖制，又在攻伐征战的紧要关头，皇太极不能贸然行事。

小雅图的到来改变了气氛。不满周岁的小女儿在父亲怀里蹦着跳着，“咯咯”地笑。皇太极亲亲小雅图，把她举得高高的：“雅图快长大！长大了进中原，到北京去当公主！”

小福晋站在远处一笑：“进北京？还早吧！京西四镇能守得住吗？孤军深入啊！……”

“守得住！范章京辅佐阿巴泰、济尔哈朗，错不了！哎呀……”小雅图快活地揪住父亲的胡子，用力拉拽，痛得皇太极叫了一声，扭头对小福晋说，“瞧她多有劲，像个男孩子！……哎，我说，你给朕生个儿子呀！”

小福晋脸上微微一红，笑道：“那，要看你的本事！”

“这还不容易！走着瞧！”皇太极大笑着，对女儿说，“雅图，带个弟弟来……”忽然，耳边飘来轻轻的一句话：

“不如换阿敏去守四城……”

“嗯？”皇太极猛地停住动作，眼睛一亮。

小福晋继续说：“军师不能长时间远离主帅呀！……”

三月初十，大金国汗遣派二大贝勒阿敏率兵五千往守永平等四城，换回阿巴泰、济尔哈朗、范文程等。临行，汗亲嘱：一要善抚百姓；二要避免与守抚宁的孙元化相遇。

阿敏离沈阳后，汗又将朝鲜美妇阿春赐给有功总兵冷格里，在一次朝会中，向众人说明阿敏献美又索美的经过，以及自己不愿伤手足之情又不肯成兄弟之过的苦心。

四

大金国汗敕谕皮岛副将陈继盛知悉：

朕大兵于年前十月内，从蓟镇边上节次征进，效命归顺者数十有余处，市肆不扰，秋毫无犯；逆命抗衡者，全城屠戮刁遗不留。沿边各镇，将帅不谓不多，兵马不谓不精，连次接战，全军覆没。在阵杀死并生擒总兵赵率教、满桂、孙祖寿、麻登云、黑云龙等；在城投顺文职郭侍郎、白参政、马副使等不止数十人。凡归顺者，朕皆复其官职、安其家业。顺天者昌、逆天者亡，此之谓也！然天意属朕，故兵不血刃，长驱直前，北京咫尺可下，谅难久存。况你南朝皇帝，贪财好利减克军饷，不恤民命不忧臣僚，此又非天意乎？

尔水泊中弹丸之地，能存几多？一勺之水能活几人？尔等不过农民，或为人诱迫，或畏惧逃走，岛中有何滋养利欲？权时安身，岂得已也！

今朕体奉天心，广行仁政，除残去暴，设官安民。尔等各想自己身家，小民情苦，乘时速来，官加品爵，民享生全，何等好处！且今春耕在即，农不容缓。尔果回心转念弃暗投明，任从尔等各人心愿，拣选地方住种，不教尔等北来奔驰。

“良鸟相木而栖，贤臣择主而仕”，古今皆然。朕一片良言，甚是怜悯尔等，各宜三思早图便计。

特谕。

差人赍去此谕帖共七封：

皮岛副将陈继盛一封；

皮岛游击刘兴治一封外带刘兴贤家书一封；

长山岛游击刘兴沛一封外带刘兴贤家书一封；

鹿岛游击刘兴亮一封外带刘兴贤家书一封；

大獐子岛游击李友良一封；

广陆岛都司毛有候一封；

旅顺口游击一封。

时天聪四年二月十四日

弟兴贤字拜大、三、四、五爷得知：

去年七月内，袁督师差人到岛调取，弟随二哥于九月廿二日到觉华岛下船，至锦州见过袁督师，吩咐送回皮岛练兵，全管岛民。因秋天风高，未得去，遂驻扎宁远。冬至月，闻汗大兵进了长城，二哥奉命拨给人马六百往太平寨防守。汗闻听二哥在太平寨，差库尔缠侍卫来招二哥。比二哥回关途中，行至山沟，还未见库尔缠，倒先撞遇前哨探马，乱箭误伤，这是我家不幸。弟随即跑出声言高叫，方遇库尔缠听见，将弟救出。

后带弟见汗，汗吩咐说：“他兄弟们，我甚疼他。今听说他二哥在，恐他畏惧，故差库尔缠招服，不想误死，可怜可怜！”随将弟交付大人说：“先送回沈阳见他母亲，免她挂牵。”沿途路上，王子大人比常恩爱，一日苦也不曾受。及到城见太太、众嫂子孩子们，一家团圆，养活的甚好。弟到时，汗送缎子二匹、布十匹、棉花十斤。虽是监中，另盖的房，凡少物件，一一送来。太太这边衣服都是汗送来的。委实是疼我们，不是虚怯。况阿沙副将也是逃走了又回来，汗照旧养活，前程照旧，日前跟汗到西边有功，又升总兵，也不是他们一个骨血，你们可细思之。

我弟兄逃去，原是怕死。如今这样养活，汗是怕我们甚么？况前在阵上拿住的黑总兵、麻总兵，如今养活，做貂鼠皮袄、狐狸皮袄与他，甚是优厚。阵上拿获之人尚是如此，我们坏了他甚么！你们可速将岛子里人带来，岂有不升赏之理，有个不养活我们的么？

汗这样恩典，且今二哥又没了，你们在那边住着也无好处。况北京周围，各边兵马都杀败了，府州县城得了一多半，北京看来料也难保。承汗这样养活，好心不记前恨，此时不来还等何时？若是不来，那时汗恼了，我们与太太受法，你们于心何忍？弟虽不足惜，就是该死的，太太及孩子们，你们不思想可怜么？太太养我们一场，不能孝顺，反带累死辱，天也不容你们，生居也见不得人！我们就死在阴司也是抱怨你们！

弟思汗一则实心养活，二则要以仁服人，要声名远播，这是实情，可熟思之，千万千万！

我因不会写，烦人代写。你们若不信，差人先来讨我真信。弟跟二哥去时，留下三个皮箱，可带来，莫要疏失忘了。弟交与李天禄往临清买货银子一千两，此时不知到否？如到，你们收贮，来时带来。忙中草草，不及多叙。

千万速来，免我与太太悬望。至嘱至嘱！

大金国汗敕谕刘大、刘三、刘四、刘五、刘七知悉：

当初朕闻尔兄在太平寨，特遣阿巴泰贝勒、济尔哈朗贝勒并令库尔缠送书令兄，以告朕意，不想二位贝勒尚未曾到，令兄已被前探人杀死，只得刘六来了。

朕想尔等奔岛，不过以令兄不在，内不自安，故单身独马逃命去耳，何尝伤朕甚么来么？尔等若说：“我们既弃汗走了，又没了倚靠的兄长，虽是回去，岂肯养活？”则大不然。

朕心思之，若得尔等回来，待以厚礼，天下人必不谓我计人之过，有好养之德，皆慕朕矣！朕欲尔等来，原为我名声。朕正要播仁义之风于四方，岂肯诈尔五人乎？

尔等如以朕言为是，来归若是轻身，即依尔南朝官爵，母子妻小团圆。若能带岛中人来，不拘多少，俱封尔等择地住种，长享其福。朕之此言，是尔等再造之天也。朕为尔等谆谆如此，尔等若不来，则尔母弟侄妻子，全杀不留！此杀非朕也，朕百般欲全尔等，而尔等不肯，是自杀之也。

若不信朕言，宜先遣个心腹人来，朕亲与他当面说誓；若信朕言，宜速速来，勿令人觉知不便。

但尔等勿痴痴思南朝，南朝丧天下之时近矣！尔等当熟思之，勿失机会，后悔无及。

特谕

时天聪四年二月十四日

被大金国汗视为威胁，又甜言蜜语屡屡招降其守将的皮岛，又称东江，在辽东半岛与山东半岛之间的大海中，绵亘八十里，远南岸，近北岸，向北八十里海路即抵大金界，东北隔海与朝鲜相望，原是大明辽东所属的荒岛。努尔哈赤占辽东，大肆屠戮，汉人逃命者纷纷上岛。后来毛文龙受命镇守，招纳辽东人为岛兵，分布哨船，连接登州以为掎角，多次出兵袭扰金国，使之颇有后顾之忧。

不幸毛文龙胸无大略，狂妄自尊，每战辄败，往往掩败为胜、杀良冒功。又极贪财奢侈，以自筹军饷为名，广招商贾，贸易禁品，私开马市，鬻参贩布，名济朝鲜，实通金国。去年六月，身为兵部尚书的袁崇焕，因毛文龙专制一方不听约束，以十二项大罪为名将其斩杀。

毛文龙虽死，他经营多年的皮岛，却已成为村镇星布、商贾聚集、农耕渔猎俱全的大岛。他麾下健校悍卒数万，除调出的刘兴祚一营之外，都不曾散离。当初袁崇焕收缴毛文龙的敕印、尚方剑，令副将陈继盛代掌。但陈继盛只能在自己兼领的东协发号施令，统领西协的刘兴治根本不听从他。

东西两协各自称雄，素日来往极疏，岛民都知道是“面和心不和”。而今天，东协陈继盛却领了数十骑随从，带了礼品宴席，登上西协的游击署大门，因为西协刘兴治选在今日为他的二哥刘兴祚治丧。

大门外扎着素花牌楼，牌楼下丧鼓云锣伴着吹打；佛、道经棚各一台，为死者诵经；执幡打伞的晚辈在哀哀号哭；挂孝的兵勇焚烧着数不清的冥器——车马衣箱、金锭银锭。执事拖长声音高唱：

“东协陈副将赴奠吊丧——”

大门内影壁后转出十多名威风凛凛的侍从，各个戎装，头盔缀着白麻。骤然间，人们眼前雪亮地一闪，一个浑身素白的人大步流星跨下石阶，双手一拱，声音闷哑地说：

“陈大人光临，先兄泉下有知，也当感激不尽。请!”

此人身量不高，非常结实，像一块重石，又似林中猛熊，脚步落地“咚咚”有声，白帽白袍白腰带，更显得脸色棕红，眉毛浓黑。他就是西协游击刘兴治，刘氏兄弟中排行第五。

陈继盛客气一番，指示从人担进奠礼。刘兴治眼皮一抬，布满血丝的眼睛里倏地闪过一道强烈的光。陈继盛背后突有一人大叫着直挺挺地倒下去。周围侍从一阵忙乱，把他扶起，他仍然昏迷不醒。这是陈继盛的副手，参将沈世魁。带病人入门吊唁最为丧家所忌，陈继盛只得命人将沈世魁送回。

素帏高张，香烟缭绕，灵堂就设在大堂。正中雪白的幕帘上缀着五尺见方的“奠”字，灵桌上灯烛、香花、供盘、鼎炉供奉着刘兴祚的灵牌。到了这里，陈继盛才发现，镇守皮岛及周围大小岛屿的将领们都来了。

陈继盛在刘兴祚灵位前奠酒跪拜，从人在灵桌边的奠池里烧了百锭金元宝。礼罢，陈继盛正要向刘兴治说几句哀悼的安慰辞，刘兴治却对他高高地一拱手：“请坐！……诸位将军也请坐，刘五有几句话。奉茶！”

家丁络绎上堂进茶，诸人只得落座。刘氏七兄弟中，刘兴祚最有才干，最出色。刘家兄弟先后学成武艺，当上营官，都靠这位二哥的提携。所以他们弟兄悲痛逾常，可以想见。不料刘兴治却淡淡一笑，说：

“陈大人，我昨夜做得一梦：你我跟另几位弟兄赌纸牌叶子，众人手中还有四五张，你的牌竟都出光，便喊了一声：‘我没牌了！’——陈大人，你可圆得此梦？”

陈继盛莫名其妙，不知是自己听错了，还是刘兴治出了什么毛病。

刘兴治浓眉一扬，两道目光像利剑般戳向陈继盛的脸上：“‘只怕刘兴祚阵亡是虚，降金是实。’这话可是你说的？”

陈继盛一惊，随即哈哈大笑：“刘五弟，你也太认真了，一句玩笑话，什么要紧！”他说着伸手去拍刘兴治的肩膀。刘兴治抬胳臂一拦，冷笑着：

“玩笑话？你平白诬我二哥诈死，又假惺惺地来灵前吊祭，岂是大丈夫所为？堂堂大明将军，竟是这路鸡鸣狗盗之辈，没的叫人羞煞！”

陈继盛强压怒火：“刘五弟，那金国汗送来的帖子，专给你们弟兄附上刘六弟家书，谁能不生一点疑心？但鞑子诡计多端，你我不可上当！……”

“你这叫将计就计，还是叫借刀杀人？”刘兴治“嘿嘿”一笑，顺手把茶盏“砰”的一声摔碎在堂前，如同回响，灵堂四周一片吼声：

“拿住他！”

“不许乱动！”

素帏帛帐后面、侧门和正门冲进许多披甲戴孝、手执武器的刘家兵：大门进来的是长山岛游击刘大刘兴沛；左右两侧来的是鹿岛游击刘三刘兴亮、守备刘四刘兴邦；后堂拥进的是千户刘七刘兴基，各领全副武备的精兵武士共数百人。诸将来灵前祭奠，按礼节不带兵器，此时只能乖乖地听任刘氏兄弟摆布。

“绑了！”刘兴治一声令下，家丁们蜂拥而上，把陈继盛和随他同来的部属一起捆绑。刘兴治这才转向堂上的各岛守将：“诸位弟兄受惊，莫怪刘五鲁莽，实在是火烧眉毛，迫在眼前，不得不出此下策。”他从袖中抽出一封信，继续说，“这是陈继盛差人送上朝廷的密信，被我截获。信中竟一再诬告我二哥诈死投金，又以谋叛大罪诬陷我们弟兄，要拿我们置于死地，他好独揽东江大权！”他果真把这封密信从头到尾念了一遍。

那边陈继盛跺脚吼叫开来：“弟兄们莫听他胡说八道！我并未写此密信！……他们这些高丽种子，低贱之辈，不同我们一个骨血，凶狡好乱成性！……”

刘兴治猛冲到陈继盛跟前，咬牙切齿，面目狂暴可怕，嘶声喊叫：“你！你果然一直拿我们当异类，浑蛋！——”他血红的眼睛闪出凶光，夺过家丁的大刀，高高挥起，寒光一闪，陈继盛被杀，倒在血泊中。

刘兴治撇了大刀，拍拍手：“都押下去，一并处死！”

东协的营官都被押出大堂，家丁们拖走尸体，收拾干净血迹。皮岛诸将眼睁睁地望着，没人吭声。

刘大刘兴沛扬着一张纸，大声宣告：“这里有岛上商民官兵上奏朝廷的折帖一件，请朝廷优恤刘兴祚，并命刘兴治掌敕印、尚方剑镇东江，东协兵马由刘兴邦、刘兴基暂领。诸位请来签字画押！”

事态如此，谁敢反抗？当诸将离开西协游击署，看到素花牌楼外的东协陈继盛等十余人的尸体时，不免兔死狐悲、黯然神伤，深感皮岛大乱方长，正不知日后还有什么变故哩！

…………

诸将走后，刘家弟兄齐聚灵堂。

刘兴亮急不可待：“老五，既已做出事了，就给汗去信，打点着投过去，好救老太太和老六他们的性命，又给朝廷上的什么奏折！”

刘兴基迟迟疑疑地说：“五哥，果真投金吗？只怕……那鞑子茹毛饮血的，我实在过他不惯。再说，汗虽应允得好，下面人真能善待咱？……”

刘兴沛终于也开了口：“老五，你倒拿个正经主意呀，这么脚踩两只船，终不是事儿！”

刘兴治胸有成竹地笑笑：“就是得脚踩两只船！两边都牵着拽着，都不给他实信儿，咱们才好慢慢走着瞧！天赐给咱这块海岛、这个良机，可不能错过了，两边都好好应付着，偷出空儿来，干咱们自个儿的！”

刘兴沛惊异地瞪大眼睛：“你是说……”

刘兴治一拍桌子站起身来，脸膛发红泛亮：“毛大将军说过，以皮岛兵力，牧马登州、南取金陵易如反掌。南京咱不敢想，登州还不去逛逛？那可是七里十万家，富商如云的地方！……”

差往北京送奏折的专使刚出发，刘兴治与皮岛诸弟兄放舟南下，沿途登上海洋岛、隍城岛、大钦岛、砣矶岛，直攻到长岛。长岛南端距山东半岛的登州府只有四十里海路。守岛明军在烽山顶的烽火台燃起了报警的烽烟。烽烟只燃了半日，就被赶到的刘家兄弟扑灭，在烽火台上竖起了“皮岛大帅刘”的大旗。他们在岛上一如南下途中所为，大肆烧杀抢劫、扣押渔船和来往商船，并不时派出一队队战船在登州附近海域耀武扬威，放出话来，要上岸到登州府借钱借粮！

登州濒海，向有水陆重兵镇守。但此时驻登大军已由登州总兵张可大率领勤王，赴援永平去了。登州城内异常空虚，被刘家兄弟的威势吓得惶惶不可终日，满城店铺货栈关门闭户，四方贸易商船不敢再来，渔民不敢出海，平民百姓纷纷准备逃难。历来号称繁盛富庶的登州府，霎时间成了鬼门关！州府衙门只得赶紧向朝廷发出六百里告急羽书，并驰请山东巡抚和周围府州县救援！

五

兵部尚书梁廷栋急急忙忙赶往内阁，带着登州的告急公文。皮岛事变不断，经常是朝廷的一块心病，可是闹到眼下这种景况，实在是出人意料的。

那一道请求优恤刘兴祚、请求朝廷任命刘兴治镇守皮岛的奏折，直令举朝大骇。但当时京畿战事正急，皮岛毕竟孤悬海外，未遑深问。不料刘兴治居心难测，竟攻占长岛，窥伺登州。万一登陆占领州城，取青、莱，下济南，山东一乱，则京师腹背受敌，形势岌岌可危，他这位总理天下兵马的兵部尚书，能保住官位，保住人头吗？

近日，他连连遭到言官弹劾，攻击他举措失当、临阵退缩。他当然也按朝臣公认的惯例：凡被参劾，在疏辩的同时，立刻上奏请求解职，以示气节和自尊。但他心里有底，只要他的靠山还在，皇上就不会准奏。此刻他去内阁，就是参谒靠山，通消息，讨主意。一旦告急文书到了宫里，勤于政事的皇上，说不定半夜三更就会召见兵部尚书。

内阁，连同它左右的制敕房、诰敕房，在大内会极门东南，与午门西侧归极门西南的六科廊相对称，是这辉煌雄伟的紫禁城内独有的两处朝廷官署。一进宫门，那森严冷峻的气氛使人不得不屏息静气。梁廷栋步态端庄、含胸垂目，小心谨慎地走进被臣辈视为最高、向往最切的中书省——人们惯用唐代权力最重的政务中枢来称呼内阁。

正逢大学士们会议，梁廷栋被领往议事堂一侧的小屋坐候。板壁上有处一指宽的裂缝，大学士们议事一声高一声低地从那里透出。他有心贴耳去听，又怕被人撞见不是模样，便坐在客位的红木椅上，侧着脸对准裂缝，故作悠闲品茶之态，恨不能把溢出的每一个字都收进耳中。

一个厚浊的声音，操着刚硬的大名府腔调，梁廷栋很熟悉，这是当朝首相成基命，口吻是公事公办的，又带着些疑虑：“徐璜虽以风闻谢罪，皇上大不高兴，对我说：‘都御史岂可轻授！徐璜直是前后矛盾！’各位议一议，如何处置？”

徐璜事件，眼下朝中满城风雨，无人不知。

崇祯即位后，锐意图治，经常召见群臣论事。但臣下言语稍不合圣意，便遭呵斥谴责，能得皇上首肯的极少。鬼使神差，这位户科给事中徐璜上书言事道：

陛下召对，有“文官不爱钱”语。而今何处非用钱之地？何官非爱钱之人？向以钱进，安得不以钱偿？以官言之，则县官为行贿之首，给事为纳贿之尤。今言者俱咎守令不廉，然守令亦安得廉？俸薪几何？上司督取、过客书仪，又有考满朝觐之费，不下数千金。此金非从天降，非从地出，而欲守令之廉，得乎？臣两月来辞却书帕金五百两。臣寡交犹然如此，余可推矣。伏乞陛下大为惩创，逮治其尤者。

崇祯阅奏大喜，立刻召见廷臣，即令徐璜当场宣读他的奏疏，并命内阁诸大学士遍读，谕令：“徐璜忠鲠，可简都御史。”

当下吏部尚书王永光不服，奏请皇上令徐璜指实，徐璜唯唯诺诺，仿佛不愿当面攻讦旁人。皇上体谅，命他密奏。一时间满朝文武拭目以待，以为能揭出大奸大贪，也颇有人惶惶不可终日。不料，这位新升的副都御史迟延了五天，实在搪塞不过，竟举发前朝[1]旧事为对。皇上于是再次召见廷臣，手持徐璜奏疏，亲自琅琅诵读。读到“此金非从天降，非从地出”，则掩卷而叹，问徐璜道：“你说书帕金五百两，是谁所馈？”徐璜诚惶诚恐，结结巴巴，终于没有指出人名；皇上再三追问，徐璜仿佛是聋子听不到问话，只管恭恭敬敬，一会儿说是风闻，一会儿又拈出前朝旧事敷衍。皇上本因朝野贪贿成风，正想借徐璜指实，好顺藤摸瓜、借题发挥、大加惩处，见徐璜又缩回去，能不气恼吗？

“嗯咳，咳，”几声尖细的咳嗽，一听而知是内阁大学士中年岁最高的何如宠，小心翼翼地问，“皇上的意思，莫非要夺官放归？”

“徐璜向有直声，谏官中难得的人才，”这一口令人听得吃力的吴越乡音，是梁廷栋的老师钱象坤，“夺官放归，过分了吧？”

“哈哈哈哈！”一阵大笑，轻松、嘹亮，甚至有几分妩媚，但任何人都能听出其中的嘲弄，感到在这种场合发出这种笑声的人的狂妄。梁廷栋精神一振：除了他，谁有这么令人倾倒、使人心悸的笑？

---

① 前朝：指明天启朝。

他就是梁廷栋的靠山——东阁大学士周延儒。笑声虽止，他的语调仍带笑意："徐璜虽有直声，未必就是直臣。这也不必说它。皇上恼他不错，但他终究是皇上亲自拔识的。依我说，略略小降，迁佥都御史①……二老以为如何？"

梁廷栋连忙凑上壁缝，果然看见周延儒正笑眯眯地向何如宠、钱象坤扬手揶揄。

周延儒字玉绳，宜兴人，万历四十一年状元，入翰林授修撰，年方二十，文才高，相貌美，风动一时。去年入阁辅政，也才三十六岁，由于善保养，看去仿佛二十七八的人。同是盘领宽袖、胸背缀仙鹤褂子的紫袍，同样是漆纱展角幞头、素玉一品腰带，成基命穿戴着显得庄重威严；何如宠、钱象坤穿戴着却更显老迈颟顸；而周延儒被这一套宰相官服装扮得越加风流潇洒，更映出面白眉青、眼如晓星、唇若涂朱了。他微微一摆头，幞头两边各长一尺二寸的展角也随着得意地上下晃了两晃，似在重复着主人的笑语："二老以为如何？"

钱象坤沉了脸不作声，何如宠叹口气，又咳嗽两声，眼望着首辅成基命："这也不失为一高招儿。"

成基命点点头，道："另一件，有人往通政司投疏，说年号崇祯之崇字，宜用古体作'密'。因以山压宗，则宗庙不安，若宗庙安于泰山之上，方为吉兆。诸公以为……"

"见怪不怪，其怪自败！"周延儒一拂袖，断然道，"但凡出语怪诞，多属蛊惑人心。不必奏知皇上。"

梁廷栋离开壁缝，重又正襟危坐，不禁赞赏地点头。他佩服周延儒就在于此，既有气派，又明决果断。那边周延儒又添了一句，教梁廷栋忍俊不禁："二翁以为如何？"可以想见何、钱二相的悻悻之色，看来周相也不免欺弱怕强的俗态，他总也不敢取笑首相成基命。

一个人名把他飞走的注意力又拉回来：袁崇焕。这是眼下朝野最为关注的大事，他赶忙竖起耳朵细听。

---

① 佥都御史：都察院有纠劾百司、辩明冤枉、提督各道之责，为天子耳目风纪之司，长官为都御史、副都御史、佥都御史。

袁崇焕下狱，牵连了一大批原来支持和保护他的官员，魏忠贤余党蠢蠢欲动，颇有借机兴大狱、翻旧案的势头。成基命身为首辅，首当其冲，近日不断有人以袁崇焕事为由弹劾他。成基命详细说明了错综复杂的内情之后，故作坦然地说：

“既有言路弹劾，我自当上疏求罢回籍。只是小人得逞，天启年党祸怕要重演，国力如此，怎当得内外交困？”

“老师尽管上疏！”周延儒昂昂然一派正气，“皇上明察秋毫，不会准奏！至于阉党借题生事，势在必然，只怕好戏还在后头哩！”

“难道就袖手旁观？”钱象坤声音里透出不满。

“这种事，目下无显迹、无把柄，你我还能怎样？就党争而言，何朝无之？烈与不烈而已。皇上聪明天纵，果于诛杀，对朝臣党争最为痛恨，或许早有觉察，我等怎好越俎代庖，启皇上疑忌之心呢？”

智士出言，常把最精辟最尖锐的一句话淹没在一堆废话中，仿佛一篋荆钗中的金钗。梁廷栋一下就拣出了这根金钗，忍不住心里一哆嗦，小声重复：“果于诛杀……”

可不是吗？皇上即位不过十六岁，便要斩决弃地丧兵的辽东经略杨镐、辽东巡抚王化贞等人。阁臣上书说，正逢中宫诞生皇子是国家喜庆，不宜诛杀，乞加恩宽赦。皇上慨然道：“祖宗封疆不能保，何有于儿孙？”立时下令处决，毫无犹豫。一开了头，以后督、抚大员失机战败者，骈首累累矣……昨日吏部尚书王永光还同礼部尚书温体仁来访，专门说起袁崇焕结党谋逆的事，那么，他们或许暗中与阉党一派？……可不能沾这个边！皇上英明，小心头颅……

“散了吧，有事明日再议！”随着成基命的宣布，一片桌椅响脚步声。梁廷栋本想出去，又缩住脚：他是钱象坤的门生，却来找周延儒私下商议，当面撞上怎么也不好看。他向门后挪挪身子，打半掩的门里朝外望。

成基命已步下台阶走了，何如宠咳嗽，钱象坤伛着腰，两人都龙钟老态，须眉皤然，这多半日议事，十分劳累。周延儒却神采奕奕，想是今日当值，站在堂门前目送两位同僚，不无得意地笑道：

“二老翁慢慢走，摔着可不是玩儿的！”

“二老翁”对视一眼，都有愤慨之色，何如宠转身，点着周延儒，尖声细气：“君莫欺老，须知这老，终究亦要留与君的啊！”

钱象坤一拽何如宠的衣袖，出言可就不那么厚道了：“走！走！莫留与他，莫留与他！免得后人又欺他！”

周延儒哈哈大笑。随后站到他身边的梁廷栋望着老师远去的背影也笑了：“钱师偌大年纪，一张利口仍不饶人，可想当年了！”

周延儒这才意识到钱象坤是在咒他命短不得到老，心里骂一声，脸上仍是笑容可掬：“大司马[①]到此，有何见教？”口气轻飘、轻松，说不上是开玩笑还是讥讽。

梁廷栋连忙笑着拱手：“周相忒客气，廷栋哪里敢当。因登州府六百里告急羽书……”

周延儒敛起笑容，皱着眉头：“我已知道了，危局可虑！……兵部理应先拿出对策。”

“我想，可否令张可大回镇登州？”

“嗯。不过平定皮岛，还须另遣良将……这样吧，我荐一人，可授大将印，其才具抚定刘兴治绰绰有余。”

“是哪一位？”

“哦，周文郁。”

梁廷栋心里一“咯噔”：奸巧也太过了！竟推荐自己家将外任封疆！……表面当然要五官堆笑，连声附和：“不错不错，早听人说周文郁才兼文武，所谓近朱者赤，真是上好人选！”

次日，周延儒得知，皇上为登州事连夜召见梁廷栋，并采纳了这位兵部尚书的进言，令登州总兵张可大星夜率军赶回登州，并授周文郁大将印，平皮岛抚定刘兴治。他轻松地嘘了口气。周文郁多年来赤胆忠心护卫周府，后来补官入朝，仍不忘旧主的恩情，时有进献。近日又送来金珠一箱、童男美女各二，求周延儒为他谋个外差。这一下，总算了却一份人情债。

---

① 大司马：兵部尚书又称大司马。

周延儒这个人，才学高见识广，有气派有心胸，然而软美多欲，凡亲友门生有所求，他从不驳人家面子，事事给办；凡酒、色、财，他都喜好，绝不拒之门外，多多益善。实在的，少年科第、弱冠状元、春秋三十六入阁为宰相，古来能有几人？岂能辜负老天爷的厚爱？到了如今的地位，他需要费心对付的，只有皇上一人。

皇上即位时，还是少年，却能诛魏、客①，斥阉党，平东林诸臣冤狱，顿使天下想望治平。三年来，皇上励精图治，勤于政事，颇想有所作为，重振祖业。不过，皇上的心思周延儒还是揣摩透了：沈机独断，不无忌刻多疑之嫌，却又自认英睿过人。但凡于此处迎合，就如猫儿搔着痒处那么舒服惬意，自能无往而不胜。

一般来说，一位聪明的三十六岁宰相，足能应付一个十九岁的小皇帝，不管这小皇帝怎样号称英睿。

“周相爷，万岁爷召请！”内阁仆役一声禀，打断了临窗伫立的周延儒的沉思。他连忙转身，只见面前一位二十六七岁的太监，红色织金线云纹衣、蓝腰带、黑色金线缝靴，膝间有膝襕，胸前缀补，浆过的衬衣露出一道雪白的领圈。这一身只有司礼监秉笔、乾清宫执事及皇上近侍才能穿，但此人面生，周延儒居然记不得何时见过他，心下沉吟。太监却已对他半跪见礼：

“奴才吴直，给相爷叩头。”

周延儒连忙谦让。崇祯元年诛杀魏忠贤以后，太监们似乎都夹起了尾巴，变得谦卑，周延儒却深知他们的厉害，绝不敢怠慢。

“万岁爷因永平、遵化等四城次第恢复，请相爷商谈功赏事宜。”吴直面目俊秀，口齿清晰，很得周延儒好感，往后右门见驾的路上，两人一直在交谈。

“公公在宫中哪个衙门供职？”

“原在尚衣监，昨日才到司礼监秉笔，是万岁爷恩典。”

“必是公公才高学富。不然岂能得皇上看中！”

“相爷过奖，奴才不敢当……昨夜梁大司马也如此说。”

---

① 魏、客：魏指太监魏忠贤，客指明天启帝的乳母客氏。

“哦？昨夜是公公在皇上跟前侍奉？”

“是。哦，相爷……周文郁可是相爷家将？”

周延儒一惊，忙问：“是梁大司马奏告？”

“不。梁大司马已出宫。万岁爷问起，我不清楚，可杨公公回说是。”

周延儒背上凉飕飕的似有一层薄汗。杨公公杨禄，他认识，是司礼监老资格的秉笔太监。他尽力使口吻无所谓：“我倒不知梁尚书竟荐了周文郁！……皇上怎么说？”

“杨公公说罢，万岁爷只笑笑，没再提起。”

沉默中，只听两人的靴子擦得地皮沙沙响，一同踏上御河白玉桥。周延儒的声音更柔和、更善意了：

“公公仙乡何处？家中还有何人？”

“老家在山东登州府海边，父母早就没了音信。这不，上月刚认了个干儿，日后入土也好有人烧纸钱……”

“别这么说，”大学士眼睛里波光流动，暖如春阳，但凡见到美貌俊秀的男女，他就有些情不自禁，不由得亲近起来，说道，“不论经商业，走仕途，只要是个好的，干儿也胜过亲儿嘛！”

“若能得相爷扶持，就是我父子的造化了。”

“你……尽管放心好了！”

“奴才谢过相爷。”他们正走到廊子的一处拐角，吴直趁机跪下便拜，周延儒连忙扶起，两人目光一触，脸上微微泛红，便都会心地一笑，默契达成了，往后双方都能获得极大的好处。

“来日周文郁拜印南征，着他给你好好打听。”周延儒的口气顿时近乎了许多。

吴直机警地四下瞧瞧，压低了声音道：“万岁爷似有增设登莱巡抚的意思……”

“哦？”大学士只随口应得一声，却有无数念头在心里飞快地转动，“圣意可有所属？”

“眼下还难说。今儿一早万岁爷差内侍驰赴永平，召右参议兼宁前兵备道孙元化进京陛见。”

“孙元化？”周延儒猝然止步，重复一句。

“就是那位善筑炮台、善用西洋大炮的孙元化！当年宁远大捷与袁崇焕齐名，却不似他那般张狂。如今袁崇焕下狱头颅难保，他却能善始善终，很是难得。”吴直的赞赏似乎出自真心。

“不错，不错，孙元化！半年来，守抚宁、援开平，所属五城二十四堡屹然不动，收复永平、滦州、建昌之役，他都功绩卓著。虽不过是举人出身，确是才干超群！皇上召见之荣，他着实无愧！公公可知道，他乃徐光启老先生的门生？”

“徐大宗伯[①]吗？修治我朝历法的徐老先生？啊呀，是我朝的大贤人哪！都说他上知天文，下通地理，万岁爷对他极是敬重！”

“不止不止！他师徒二人渊博多才，尤善西学，兵、农、律、历及火器诸门均有造诣。他们为购买铸制西洋大炮，真是耗尽心血……”周延儒说起来也十分感慨。

“这我就弄不明白了，”吴直疑惑地扬扬眉，“西洋大炮最为金虏所惧怕，很给咱大明立功，怎么朝廷上上下下总那么鸡一嘴鸭一嘴唠叨不休，好像用了洋炮是多大罪过也似的！”

大学士不痛快地笑笑：“谁让咱是天朝大国哩！西洋大炮不是又叫红夷大炮吗？用洋夷之物上阵，体面何存？”

“这……”秉笔太监直咂嘴。

“所以，无论孙元化怎样出类拔萃，留在京畿非但不能尽其所长，只怕根本就施展不开……”周延儒嘴上说着，心里早已经盘算妥当，风向既改，就须立即转舵。他已经看到自己的计划在一步步实施。

陛见时，他首先赞颂皇上知人善任，使收复京东四城大功告成；其次论诸臣功劳时，他特别提及孙元化善守能攻。这番话很合皇上心意，所以孙元化应召进京陛见时，周延儒得以与兵部尚书陪同。

皇上对孙元化大加赞赏，赐给蟒服、金币、貂皮，孙元化感激谢恩。召见完毕，周延儒首先向皇上推荐孙元化出任登莱巡抚，随后又

---

① 徐大宗伯：指礼部尚书徐光启，时人多以此尊称。

拿出礼部尚书徐光启的表明同样意向的奏折。皇上很高兴，但问起周文郁如何安置，周延儒愕然答道：“几乎把此人忘却了！既起用孙元化为巡抚，周文郁自当解任。”梁廷栋虽然惊讶，但说不出什么；而皇上对周延儒公而忘私很是满意——这也就解除了对他在周文郁一事上的疑忌……

徐光启、孙元化师徒也感激周延儒，为他们致力的红夷大炮提供了一个施展宏图的新天地。徐光启在朝中德高望重，他的感激和倾向，对周延儒可不是无足轻重的。

比较之下，周文郁又算什么？话又说回来，只要周延儒相位不倒，提拔他的机会还会少吗？

一如既往，周延儒稳操胜券，事情的进展，尽如他所算。但有一件，孙元化的影响比他预料得还大。推荐孙元化的不仅有徐光启，还有名重两朝、节制天下勤王兵马的中极殿大学士孙承宗。皇上召见孙元化，不仅按常例赏给蟒袍、金币、貂皮，说了很多奖许的话，还御笔亲题“劳臣”两个大字颁赐，敕令苏州府嘉定县官员制成匾额，以大队仪仗送往孙元化故里。

朝廷敕令：擢孙元化为右佥都御史巡抚登莱东江，有援辽之责，并相机收复被金虏侵占的金、海、复、盖四州。

孙元化似乎并不十分乐意，竟上疏辞谢，说：

> ……今日大势，恢复四州，进而收回辽东，宜从广宁进取。一旦去累年所备器甲、所练营伍、所抚士民、所修城堡，而往一无可倚之蓬莱，何以立功？况且登、莱阻海，往来不便，军机缓急，风汛难恃，接济调拨俱不易行……

不要说内阁其他大学士，就连周延儒心机这么灵活的人，也觉得孙元化不知好歹、不识抬举——以举人出身而骤升封疆大吏，历数前朝，直若凤毛麟角！不是皇上励精图治、破格提拔，哪有这样的鸿运！

孙元化的奏折不准。敕令六月底前赴登州上任。

第二章

一

“大人！来了！”中军官管惟诚喊了一声，原登州镇总兵官、现任登莱副总兵官张可大站在涌月亭，顺着中军指示的方向，回首西北望：

通体赭红、拔海而起的丹崖山侧，朱碧辉映的蓬莱阁下，绿波滚滚，白浪点点，长岛、庙岛、大小黑山诸岛重重叠叠，直铺到大海尽处，与钢灰色的云层相连。海天之间，突然升上一片如林的樯帆，无边无际的斑斓色彩古怪地乱飞，闪烁的光点刺得人眼痛，海面掀起了一团撼山摇岳的飓风，天外饱含暴风雷霆的乌云，向登州扑来了！

张可大定定神，驱去心头这不祥的幻觉。他明知那色彩是飞动的旌旗，亮点不过是刀枪铁器的反光。而且孙巡抚率军不过八千，连同各营家眷、辎重军资，最多二百艘大船。反身巡视，他的陆师水师一万余名官兵都在这里！水城的城墙头、平浪台上、水门水闸两旁，密密麻麻排满了他们的队列，就连那道由天然巨石堆砌而成的长长的防波堤上，也有一列举着五色旌旗带着鼓号乐器迎候巡抚大人的仪仗队！……不过，那队形可不怎么像样！他一扭脸，叫道：

“中军！传令仪仗，少时抚院进关，他们如果还是这副屌样，我就揭了他们的皮！”

管惟诚领命，着人飞跑传话。

张可大轻轻嘘了口气，出涌月亭，侍从亲兵簇拥着他快步走向码头。那里已用席棚彩帛红花搭了一座接官亭，在蓝海绿树白墙环抱中格外鲜艳夺目。登州、莱州所属州县各官都已集齐。迎接上司的礼节，朝廷本有定制，但张可大这次格外精心布置，超出了常规，也超出了他一向的习惯。

孙元化，他久闻其名。这次天下勤王兵马齐集京畿，他却总没有机会与孙元化相遇。不能说张可大对孙元化的战绩功劳不钦佩，但是，得知孙元化出任登莱巡抚的那一刻，他心里突然冒出一股愤懑。由于登莱巡抚的设置，登州降为副总兵镇，他只得以总兵衔任副总兵职。无端降了一级，吃粮领饷甲马军资跟着靠后一步，别说张可大自己，就是各营营官又有谁能服这口气！

都说孙元化长期供职关外，训练出一支悍勇善战的辽东兵，难道就一定强过登州兵？孙巡抚就一定强过张总镇？张总镇世袭南京羽林左卫千户，怎么说也是武将世家！孙抚院呢？听说是个文人，连进士都没考中，只凭了西洋炮和炮台，就弄上个巡抚，不知他走的是什么路子，竟然混上了这么个肥缺！

所以，说是迎候巡抚上任，多少人肚里都存着个比试的心思，尽力收拾打扮，使军威雄壮，让他们瞧瞧登州兵！

“轰隆！”“轰隆！”“轰隆！”海上三团强烈的光亮之后，三声巨响震得地皮发抖，人们被这震耳的轰鸣惊得变色。海上的庞大船队，如展翅大雁排开队形，缓缓驶近，用他们特有的红夷大炮向登州致意。

“嗵！”“嗵！”“嗵！”水城东西两炮台的佛朗机同时开炮，对客人们表示欢迎，相形之下，未免失色。幸而防波堤上长号、喇叭、金鼓震天价响起来，客船上的皮鼓、铜锣、觱篥、螺号与岸边相呼应，使迎候的气氛骤然添了喜庆之色。

两条苍山船打着红色蓝边的清道旗驶在最前面，后随着四艘金鼓船，飞扬着七尺见方、缨头雉尾珠珞的素黄色金鼓旗。之后，前营旗号出现了，二十艘高大如活动城垒的福船排成雁翅缓缓驶来，船上大桅旗和五色五方旗迎风招展；前营两翅再分左右，飘动着左营和右营的大旗；左右两营侧翼的相交处又排开雁翅人字，是后营船队。后营之后，人字排列跟进的便是家眷船、辎重军资船，虽杂但丝毫不乱。在前后左右营环绕的菱形中心，中军营的大旗淹没在一片五色旗帜的海洋之中。想必那就是孙巡抚的帅船了。

不管张可大对孙元化是什么心情，看到这样井井有条、纹丝不乱的行船阵势，作为领兵大将，他不能不敬服。

水关前，登州水师营的战船左右摆开，水兵列队等候，将登上来船把他们引入水城，停靠码头。

关门上一声大吼：“起桥！——”

关门门垛间架设的巨板“嘎吱嘎吱”地响，被两条胳膊粗的铁链缓缓吊起，客船落了帆，从水门鱼贯进入小海，分别驶向预先指定的停泊处。

中军营的福船陆续地驶向接官亭。那艘飘动着一丈三尺高、方七尺的黄边飞虎旗，又有黄青红白黑五面高一丈五尺的五方转光旗的大福船，定是孙巡抚的座船！接官亭边顿时响起细乐吹打，散坐各处的官员将领都整顿衣冠，列好顺序，准备叩拜。

一道雪亮的闪电倏地划过长空，“噼啪啦”一声霹雳在半空炸响，从清晨起就酝酿着的浓云，顿时化作倾盆大雨，劈头盖脑地浇下来，铜钱大的雨点打得海面溅起水汽，地面飞起尘土。接官亭里的官员将领，虽有席棚遮护却还慌作一团，亭外的兵丁更是乱跑乱喊，卷旗收枪往树下房檐下躲雨，乱糟糟的没了队形。

“站住!”一声大吼压住了四周杂声吵闹，一位头戴红缨着铁盔、身罩锁子甲的军官，扯过哨长腰间悬挂的皮鞭，照着炸群羔羊般的兵丁猛抽几鞭，反身跳上一块大青石，挥手大骂：“混账东西！都给我滚回来!”

兵丁们拖着脚步，嘴里叽叽咕咕，不情愿地站回原位挨淋。军官俊俏的脸扭歪了，涨得血红，忍着气狠狠瞪着部下，压低声音喝骂：“给老子丢脸！看看人家!”

登州兵们移眼看去，只见暴雨狂风中，满载客兵的船拢近小海，浸水的旌旗仍在招展，长号喇叭照样在吹，湿透的金鼓还在敲，船头站立的一列列兵士木雕泥塑一般，直挺挺地纹丝不动，任凭雨点打得人睁不开眼，任凭湿得贴身的衣服如小溪般往下流水。只有靠上码头的大福船，一记锣响才解除了定魔法，兵士们立刻行动，收桨下锚，抬炮扛枪，有条不紊。看人家这炮！娘哎，咋就造得这么大？炮筒填得进西瓜！怕不有六七千斤！二丈来长，还带轮子，神气得像四大天王！这么大家伙，又这么大雨，几个辽丁推推拉拉的，居然就下船上岸了！是施了法术，还是辽丁有神力？凭这样的大炮谁也能百战百胜！……登州兵说不出的惊讶羡慕，妒忌不服，一个个瞪着眼，张着嘴，雨水流进去都觉不出。

绣着飞虎的黄边大旗终于靠岸，搭板刚刚放定，船上便快步走下一名将官和两名侍从，直奔接官亭。这边张可大率着文武官员迎了上去。那名将官二十余岁，亮铁尖顶盔的庇眉下有一双似睁非睁的画眉眼，他迅速地打量一周，对张可大深深一揖：

“甲胄在身，恕不跪拜。卑职是孙抚院麾下中军官、都司耿仲明。孙抚院因故未到，诸位大人免接请回。”

一片嗟呀之声。张可大眉尖一竖，没说什么，旁边知州忍不住了：“那么，孙抚院他，尚未出京？”

耿仲明又是深深一揖：“卑职不知，大人恕罪。”

接官亭内众人在小声议论猜测。张可大沉脸站在亭边。

乌云翻滚的天空，大雨如注，就像不打算停息似的。

雨终究停了。傍晚，夕阳从云缝露出了半边。雨后的清新中又添进夏日燠热，使张可大愈加烦躁。上午未接到孙巡抚他已感不安，刚才在校场又看到那么一场争斗，他心绪更烦躁了。

四郊和水城内外有十数处校场，场边营房密集，一排挨着一排。向来登州驻军，只有正五品守备以上的军官才在城内设有公署住所，其余官兵都住在这些营房里。孙巡抚麾下八千兵马，也照此例按水师、陆师分别住进几处营区。雨停之后，张可大去各处看看客军的安置，尽地主之谊。

客军各营已经安顿。也许是有意炫耀，五门西洋大炮连炮车都推出来了，昂然挺立，黑洞洞的炮口骄傲地望着天空。辽丁们正围着这些庞然大物忙碌着，擦拭上油，要把着雨有了锈斑的“巨人”们重新拾掇得崭新乌亮。登州兵不免要围过来看稀罕。张可大下了马，悄悄走进围观的人群，这是他体察下情的机会。从心里说，他对这久闻大名的洋夷奇具也有几分好奇。

“这家伙！真不老小！”一个登州兵忍不住伸手摸炮筒。

“别动别动！”膀大腰圆的辽丁扒拉开他的手，“没看见有油吗？哼，不老小？八千斤哩！”

“啧啧！”登州兵眼都瞪圆了，“这么大家伙，真能打出十多里路去？”

“那还有假！对你说吧，早年宁远大捷、宁锦大捷，去年守卫京师，今年收复四城，杀鞑子成千上万，俺们这大将军可是立了大功、披过红挂过彩的！”

“成千上万？吹牛！”周围的人笑了。笑声中有人反驳：“上阵杀鞑子，真刀真枪凭武艺，使这西洋大炮不照面就杀人，也算本事？”

立刻有人接茬儿，不无恶意地讥笑：“算！咋不算！泥胎木桩也似的站着淋雨，也是大本事哩！”

围观的人群中腾起一片揶揄的哄笑。辽丁给笑恼了，一拍胸膛叫阵：“笑俺们辽东弟兄身上没功夫？敢来比试比试？”

登州兵果然推出一名山东大汉，上来就是个懒扎衣的出手架子，下势连单鞭，一拳劈头打下。辽丁金鸡独立，横拳一拦，两人你来我往地斗在了一处。几个回合过去，辽丁收拳扭身后退，仿佛怯阵，山东汉乘虚而入，不料辽丁使的是倒骑龙，待对手猛力硬攻之际，突然回身，双拳齐上连珠炮。山东汉着了几拳连忙后退，脚步略有错乱，辽丁乘机来了个伏虎势，伸腿向后一扫，山东汉“扑通”一声摔了个四脚朝天，擦炮的辽丁们哄然大笑。山东汉半天挣扎不起，恼羞成怒，跳起身又扑上去，状如拼命，破口大骂：

“丧家犬！跑登州逞能来啦！奶奶的，饶不了你！”

辽丁大怒，出拳就打：“你妈个蛋！敢骂老爷！”

许多人上去拉架，但骂声越来越高，越骂声音越杂：

“他妈的，骂谁丧家犬！”

“就他妈骂你！老窝叫鞑子端了，跑我们这儿神气啥？”

“王八蛋狗杂种！老子跟你拼啦！”

"就骂你，丧家犬！丧家犬！谁是王八？老婆姑娘叫鞑子占了，那才要出杂种哩！……"

骂架的越骂越不成话，劝架的也卷入了相骂，你推我搡，眼看成了相打。张可大呵斥不住，下令侍卫亲兵拿住动手的送交各自营官处罚，一场风波才算平息。

头一天才见面，互相就这么鄙视，以后的日子还长，谁知道会出什么事？张可大满脑门儿的不痛快，索性一摆缰绳，大喝一声："加鞭！"于是，在侍从们簇拥下，马蹄生风，冲上了山坡。坡下大道弯向海滩，影影绰绰似有行人，但张可大来不及细看，因为下坡路极平坦，又迎风，骏马欢快地奔跑，勒都勒不住。最前面两骑侍卫高叫着："闪开！闪开！总镇大人在此！闪开！——"骑队如飞，冲下坡来。

果真有人立马道边！是聋子吗？竟一动不动！海滩上有人惊叫，他才慢慢回头，已经来不及了，骑队冲到跟前。喝道的两骑从他左右两边闪过，前仪卫却没那么幸运，几匹马都惊得扬蹄而立，高声嘶鸣，两名仪卫兵被颠下马，摔得不轻。骑队乱了一阵，便有人喝骂着扯住闯祸的红马缰绳，几只大手一齐把马背上的人拽下来，举鞭就打。那人猛地一闪，站到路边，鞭子抽空了。侍卫大怒，赶上去又要打，那人笑道："诸位慢动手，我有话说。"

侍卫们见惯了在他们面前吓得发抖的百姓，听得这么一句，反倒愣了。那人已走到张可大马前，拱手谢道：

"贪看夕照，冲撞了总镇大人仪卫，实属无心，大人见谅！"

他的声音仿佛大阮的最粗弦在振荡，很低沉，又浑厚有力，使人感到一丝说不清的震颤，不由得一齐注目：一领蓝衫，包巾裹着发髻，两带垂于双肩，衣着简单却不贫陋，满脸书卷气，温文尔雅，眉梢眼尾都斜扫双鬓，疏疏的五绺髯须，掩不住方唇阔嘴边的笑意。张可大不禁被此人风采所吸引，下马拱手道：

"下人无知，先生不要见怪。"

蓝衫人笑得更爽："久闻可大兄有儒将风度，果然。舟山张公堤，百姓称颂至今，真不虚传啊！"

张可大吃了一惊。十一年前，他以副总兵镇守舟山。当地海潮甚烈，农田常年受害。张可大率部下筑堤、挖塘、蓄淡水，数千亩田地尽成膏腴，当地人把长堤冠以张公之名来颂扬他。此人竟知！张可大疑惑地看着他："先生是……"

他谦和地微微低头："我是孙元化。"

张可大大惊，翻身下马跪拜："卑职叩见巡抚大人！不知大人驾到，冲撞了大人，死罪死罪！"他的部下也都吓得跪倒一片。张可大喝令把冒犯抚院大人的侍卫捆绑拿下，要重重处罚，孙元化连连摇手，和蔼地说："不必如此。他们原有开道职分，事关朝廷的威仪，怪他们不得。是我不好，没有及早躲闪。"

张可大过意不去，又不好违拗，只得罢了，随即请问："大人下午刚到登州？"

孙元化笑了笑："请总镇不要见怪才好，我来此已经五天了。"

张可大心里不快，只含糊应了一声。巡抚大人的随从已从海滩赶来，众人一同上马，拥了登莱巡抚和总兵官回城。孙元化对张可大笑道：

"元化离京陛见之际，周相延儒，梁大司马廷栋均在侧，皇上说了许多鼓励的话，其间，对周相说：'往例巡按出朝皆微服访民间，近日则高牙大纛盛气凌人，且衙门前后皆启窦通贿，每外差归来，富可敌国，成何体统？须得重重惩治以儆来者！'在下虽非巡按，但圣言在耳，为臣子的岂可无动于衷？"

张可大点点头，心里并未释然：总归是微服私访。

"元化才疏学浅，所谓盛名之下其实难副。蒙主恩宠骤领封疆，不胜内惭之至，尤不宜张扬其事，以避招摇之嫌。然既任职于斯，则山川地理形势、民情民风民俗不可不知，这才……"他微微一笑，不再往下说了。

张可大拉长的脸上第一次有了笑意："大人，微服私访，也是一段佳话，又何必讳言呢？"

孙元化眼睛里满含着慈祥："我只是不愿大人你多心啊！"

张可大笑出声："啊，巡抚大人，你多虑了。"

两人一起笑了，气氛轻松下来。

新任巡抚使登州总兵和他的下属惊讶，其原因和程度却大相径庭。此刻就有一双锐利的眼睛仔细探究着孙元化，惊讶很快转为失望，又渐渐化为轻视：这不是他想象中能和无敌的红夷大炮联系在一起的孙元化！这双眼睛乌黑深邃，闪烁不定，它属于那位在接官亭外挥鞭制止混乱的陆师游击营营官吕烈——登州驻军最标致、最有才干、最放荡不羁、最难捉摸的年轻都司。

二

镇守登州的军队中，本地卫所兵多是登州人，少量客兵也都来自中原，自然瞧不起关外人。还有一层，登州是个富地方，照例聚集了不少有来头有根底的名门贵族子弟，那都是见过大世面的，哪里把孙元化放在眼里！

这天傍晚，名门子弟们又聚在中军管惟诚的游击署里喝酒赌钱。

管惟诚把竹筒里的骰子摇得“克啷克啷”乱响，咧着大嘴笑道：“怎么着，咱们这新巡抚，没啥能耐嘛！”

“能耐？”守备[1]姚士良是位侍郎的儿子，一翻白眼，“简直是窝囊废！领了一帮傻头傻脑的辽呆子，呸！那股土腥气没把我熏死，又脏又臭，这路货色也能打仗？”

“也就仗着红夷大炮，别人不趁，他独一份儿呗！”这是最小的子弟官——千总张鹿征，登州总兵张可大之子，一边说，一边又摇头又撇嘴，还不住讨好地瞧瞧吕烈，指望他给予证实似的。

吕烈不接茬儿，只管叫着：“下注下注！我的五两。”

游击陈良谟也拍上一块银子：“我也五两！”

吕烈从眼帘下朝他一瞥，鼻子里哼了一声。张鹿征连忙凑趣：“老陈官儿最大，家里头金山银海，好意思拿五两银子哄人？”陈良谟的老爹做过一任漕运总督，捞足肥足，是登州子弟官中的“首

① 守备：明末的军衔等级为总兵、副将、参将、游击、都司、守备、千总、把总，品级分别为正二品、从二品、正三品、从三品、正四品、正五品、从五品、正六品。

富”。

陈良谟笑道：“我添！我添——加五两！……没准儿真是个脓包哩，头次辕参①过去五六天了，没点子动静嘛。”

“就会这个营看看，那个营转转，谁跟他说好说歹，他总是个笑，没话。滥忠厚，没用！多半一辈子没管过这么大地盘，不知怎么好了。就像叫花子白得了一笸箩馒头，摸这个拿那个，恨不得都咬一口！……”姚士良的话越说越刻薄，把大家都逗笑了。

唱曲的银儿袒着胸，掠着乌云似的鬓发，袅袅婷婷走来给他们斟酒，从管惟诚手里夺过竹筒子，娇笑着：“管爷，你只管押银子，骰子我替你掷！”

管惟诚在她粉馥馥的脸上捏了一把：“好好掷，赢了钱跟你对半分！……也难那么说，常言道，仰头老婆低头汉最难斗，说文点儿，叫作大智若愚……”

“糊弄人罢了，骗谁去！”陈良谟做了个鬼脸，“点他出任巡抚，朝廷里多少人不服！好些进士出身，熬一辈子也不过知县知府里转两圈，他个小小举人，竟然……哼，谁不骂他借物进身无耻下作！等着看笑话的多了去啦！”

“就是嘛，”姚士良又翻翻眼皮，“朝廷不是差他来平定刘五的吗？如今刘家那伙子王八蛋还站在长岛撒尿哩，他可连屁也不曾放一声！……哎，吕哥，你说呢？”

登州卫无端降级，激起他们本能的反抗，他们不敢对做此决定的朝廷说三道四，就把怨恨都发泄到新巡抚头上。

吕烈嘴角冷笑：“我有啥说的？掷骰子，掷骰子！”说着端起酒盅一饮而尽。银儿殷勤地执壶再斟，他挥手拦住，银儿顺势托住他的手轻轻抚摸，他抽身离座走开。张鹿征连忙补座，涎脸去捏银儿的小手，银儿甩开，重新偎到管惟诚身边去，替他拿起竹筒，径直向桌上铜盘倾倒，骰子蹦了几蹦，定住。

“哈哈，十点！好银儿，小心肝！”管惟诚眉开眼笑，搂过银儿

① 辕参：下级武官定期进辕门参见总兵以上的高级武将，称辕参。

就要亲嘴，银儿推开他："急死你！别人还没掷呢！"众人嘻嘻哈哈笑成一团。吕烈自己斟了酒，拈了块酱肉嚼着，独自走到一边慢慢地喝。

孙元化，孙巡抚，到底怎么样？……

亲兵告诉他，孙巡抚曾两次夜巡到他吕烈的都司署，都逢他夜饮未回。昨夜他扶醉归来，又过了二更。亲兵急忙跑来禀告：孙巡抚又来了，正在书房等他。他做出不在乎的样子，趁着酒意，晃进了书房大门。

案前灯光明亮，孙巡抚一身便装，正在灯下看书，神态自然洒脱，温文尔雅。短短的一瞬间，赞赏抵消了心中的敌意，他暗暗叹息："好好的儒雅之士，何苦到这兵刀险恶之地来搅浑水！"但瞬间软弱顷刻消散，他哈哈地笑着长揖不拜，口齿不清地说："抚院大人不愧出身举人，至今善读，不胜钦佩，钦佩之至！"心想，若能惹得这位巡抚大人勃然发怒，也算一件开心事！

孙元化只望着吕烈，口气很温和："你又醉了。"

他说"又醉了"！他用的那样慈和悲悯的口吻，好像吕烈是个淘气的孩子，是个任性的病人！吕烈觉得怒气倏然撞上胸膛，立刻顶了一句："我从小不要保姆，见道学先生就作呕！"说罢，又嘻嘻笑着凑过去，涎着脸问，"大人所读何书？"

孙元化指指函封：《汉书》。

吕烈乜斜着眼笑："既读《汉书》，请问，汉高祖何许人？啊？哈哈哈哈！……"他不等孙元化回答，自管大笑着挺身躺上便榻。他有意借酒冒犯巡抚大人，但实在醉得支持不住，躺倒便呼呼大睡，也不知孙元化何时离去。

今天一整日，吕烈都等着巡抚大人叫他去斥问，对答词都想好了，回来定可在同伴中吹嘘一番。然而他白等了，没有一点消息……想起他的微笑，那居高临下的可恶的微笑，他恨透了！——他深信，一切笑脸迎人的都没有好心肠！

"吕烈，该你掷了。"管惟诚叫着，他回过神，懒洋洋地拿竹筒晃了晃，骰子跳出来：六点。管惟诚嘻嘻笑着把三十两银子都搂到自己跟前，不住地嚷："再来再来！这回我押十五两！"

吕烈半睁半闭的眼睛猛地睁大，闪出一道亮光。张鹿征立刻来了精神："吕哥，你又有好点子啦！"

吕烈对众人眨眨眼，狡黠地抿嘴一笑："咱们来掂掂他到底几斤几两！要能激得他发怒，最好再赏咱们十几棍子，他那笑模样可就戳穿啦！……"

这些人，一个个从小就是混世魔王，哪肯放过这个泄愤出气的好机会！兴高采烈地计议了一番，甚至定下了捣鬼的赏格：一桌酒席、五十两银、一百两银等三种……

押宝赌钱的第二轮，管惟诚又赢了。他真有个豪爽劲，分了一半银子给银儿，说："银儿，小宝贝儿，今晚就陪我宿了吧！这份钱够我去你家住一个月的啦！"

银儿掩着嘴笑，目光却飘向吕烈，恋恋地一眼又一眼地瞅，拿出打情骂俏的身段，尖尖食指一戳管惟诚的额头，娇声嗔笑道："缠死人啦！要是吕爷……"

张鹿征抢过话头："哎呀，小银儿，别做梦啦，也不照照自个儿！你又不是不知道，我家吕哥呀，除了原生货，你们这号娘儿们，倒贴他也不要！"

银儿啐他一口，众人哄笑，各自散去。

进巡抚署大门，转过影壁，先看到一座湿润的、点满绿苔的太湖石山立在水池中，水面莲叶青青，红白两色睡莲给人带来凉意。一个小男孩儿迎着他们，口齿伶俐地叫道：

"孔叔，耿叔，帅爷①让我在这儿等你们。"

"哎哟，小陆奇一！"孔有德一步跨上，把孩子抱着举起，小家伙两条瘦腿高兴地乱蹬一气。

耿仲明也伸手拍拍孩子清秀的小脸蛋儿："可有个人模样了！要不叫我，谁还认得你这个小叫花子！"

---

① 帅爷：巡抚有兼管一方军事的职权，可尊称为帅爷、抚院、抚台等。

孩子生气地瞪他一眼：“你再叫我小叫花子，我就叫你小白脸儿啦！”他挣扎着跳下地，“跟我来，帅爷等着你们呢！”小脑瓜一晃，挺胸凹腹，俨然帅府小执事！孔、耿二人相视一笑，随他穿门过厅走廊子，来到东花厅。孙元化放下手中书，起身迎接：

“二位来了，请坐。倒茶来。”

两位辽东营官向孙元化行礼落座。孔有德笑道：“帅爷，才几天呀，陆奇一就出息多啦。”

耿仲明眏眏眼：“这小鬼头，拿住他那会儿就像只小狼，还咬了我一口。我这伤还没好利落，他倒变了个人儿啦！”

送茶来的陆奇一正好听到，悄悄对耿仲明做个鬼脸，一溜烟退出去，引得三个大人又笑了一阵。

这陆奇一，小鼻子小脸，脖子细长，瘦骨伶仃，一个十一二岁的娃娃，是孙元化收养的小亲兵。原是个不知天地的小野人，居然也伏管了，除了孙抚院，别人再难办到。

“自家弟兄，我也不用客套。”孙元化习惯地朝扶手圈椅的椅背上一靠，神色十分和悦自然，姿态也洒脱受看，“我想你二人原先都在毛文龙帐下，与那刘兴治可相熟？”

“帅爷跟前，咱老孔从不说瞎话，”孔有德直性子人，毫不隐讳，“刘家弟兄咱只服刘二，别的，哼，都不咋的！”

孙元化笑了：“不咋的？什么不咋的？”

“瞧不上呗！一个个好勇斗狠，又奸诈又野，不懂礼义，不知王法，高丽棒子，比鞑子也好不到哪儿去！再说他们弟兄七个，我到今儿也闹不清谁是谁。”

耿仲明细眼长眉，很清秀，一看就比孔有德机灵。他有个眏眼皮的习惯，眏得极快，活像蜜蜂呼扇翅膀，或许他心思动得更快。他说：“孔哥粗心不记事儿。刘家弟兄里除了刘二，就数刘五是块材料，有心计着呢！当初我和孔哥随刘二出岛那会儿，我就想过刘五早晚要闹事，果不其然……”

“哦？你何以料得？”

“这天底下，刘五只怕一个人，毛帅毛文龙；只服一个人，他二哥刘兴祚。如今毛帅死了，刘二阵亡，谁还管得了他？陈继盛哪在他眼里！他早认定他该是皮岛大帅，早晚得找个茬儿把陈继盛收拾了。这不，直闹到长岛来了！……这人能干是真能干，可也横得厉害，真开了杀戒，野着呢！”

“对，对！”孔有德想起来了，“他随刘兴祚来皮岛，不到一个月就娶了十五个小老婆，哈，每天晚上拈阄陪他睡。刘兴祚劝他减些个，他就摆了一盘珍珠串、一盘珊瑚串，招来那些女人说：愿意留下的取珍珠串，愿意走的取珊瑚串。女人嘛，哪知深浅？十五个人里倒有十三个取了珊瑚串。他还笑嘻嘻地告诉刘兴祚：‘我听二哥的，把她们全嫁出去！’一回头，全杀了。刘兴祚听说了又惊又怒，他倒像没事人儿似的，说：‘我不是讲明了吗？拿她们都嫁给阎王爷呀！’——瞧瞧！”

耿仲明蹙蹙眉头：“他倒也不是一味耍蛮，还算个能屈能伸的汉子。孔哥，还记得沈世魁跟他要女人的事吗？”

孔有德拍拍额头：“那事也是刘五的？”

孙元化也问一句：“沈世魁，好像是毛文龙的亲戚，现下仍在皮岛，可是？”

耿仲明连连点头：“帅爷好记性，没错！他仗着女儿是毛帅的小夫人，当年可是皮岛上的二太爷！刘五的一个爱妾才色双绝，出自书香门第。刘五虽也识得几个字，笔下却画不成形，得了这个美人儿，连公文书信都有人代理了。沈世魁那天找到刘五说：‘我有一事相求，肯答应，才告诉你。’刘五哪敢不应，恭恭敬敬地说：‘只除了我刘五这一身，任凭你取！’沈世魁哈哈一笑，说：‘那我就先谢过了！’一声令下，手下人竟把刘五的爱妾强扯进轿，抬了就走，沈世魁还笑着连连拱手致谢说：‘在下所求就是这位新嫂子，承赐承赐！’刘五气得脸都白了，硬是站着一动没动，把这口气咽下去了。寻常人岂能办得到？”

孙元化拈着胡须，默默点头。

“我记得毛帅一死，沈世魁挺知趣，赶紧就把那个美人儿送还刘五，还搭上好些珍珠人参，算是赔罪。刘五倒真的全收下了，对不对？哈哈哈哈！”孔有德笑得很开心。

“后来的事更怪，这女人反倒对沈世魁念念不忘，多半也是嫌刘五的根儿是外夷，总瞧他不上。偏又没事找事，写诗作词说什么彩凤随鸦，偏偏又叫刘五看见，登时大怒，一把揪住美人儿说：‘你讲彩凤随乌鸦不是？告诉你，乌鸦还打彩凤哩！’一巴掌扇过去，刘五力气大得赛狗熊，美人儿何等娇弱，竟给他打折了脖颈，倒地毙命。刘五不在乎，一口薄木棺材埋了，倒是沈世魁，听说还偷偷去祭了几回……”

孔有德一拍大腿，说：“所以呀，我说他高丽棒子不知礼义嘛！”

“也难这么说，他对他结发妻子就情深义重！”耿仲明看了孔有德一眼，“他们弟兄逃出来，老母妻子可都叫鞑子下了狱。刘五在这边，吃饭留着发妻的座位杯盘碗筷；睡觉留着发妻的床帐被褥；多少小妾进门，都要先向他发妻的座位拜主母；就是跟小妾睡觉，也要往发妻位子那儿禀告一声，说是不为寻欢取乐，为的刘家后嗣……”

孙元化惊讶地问：“这是为什么？”

“听说当年刘五在阵上受重伤，看看将死，发妻割臂肉入药，又日夜服侍，衣不解带一月有余。刘五活过来了，他那发妻却病累交加，死了好几回。好不容易捡回一条命，如今，又受刘五连累下了狱……刘五感念发妻，原是发誓终身不近别的女人的，可他发妻定要他纳妾生子，为他留后代接香烟。刘五便一个接一个地娶妾，至今也没生下一男半女……”

孙元化沉吟片刻，问道：“据你们看，他们会不会暗通金国？”

孔有德抽了口冷气：“不会吧？他们弟兄反出沈阳，那鞑子恨他们不死，还悬赏买他们的脑袋哩！”

耿仲明也说：“鞑子拿他们家眷下大狱，刘五那性子，还不恨透鞑子！……不过，要说当初，鞑子汗王待他们弟兄也真不薄。”

孙元化默然，孔耿二人也不言声了。半晌，耿仲明迟疑道：“帅爷，不知当讲不当讲……我随刘二出岛赴宁远，又奉命守太平寨，那会儿他不知为啥，总是心事重重。我想……他像是自己要寻死，最好死在鞑子手里头才甘心也似的！”

孔有德恍然："对！对！我也觉着刘爷自打去守太平寨就不对劲，可说不明白。今儿仲明这么一说，是那意思！"

"哦？"一道寒光从孙元化眼中划过，大家又沉默了。

陆奇一匆匆走来禀告："张总镇来拜。"

孙元化站起身："二位随我去迎接。"

孙元化亲自到大门把张可大接到西花厅，分宾主坐定。抚标中军①耿仲明和游击孔有德站在孙元化身边，镇标中军②管惟诚和千总张鹿征则随侍张可大一侧。

寒暄一番之后，张可大开门见山："抚院大人经纶满腹，韬略在胸，平刘兴治之乱想必早有成算。近日又有商民上书，因长岛为刘兴治所占，往天津、旅顺等处货船不敢出海，陆路又十分艰辛，是剿是抚，望大人示下。"

孙元化叹道："正是。渔民也半年不敢下海，桃花鱼汛已白白放过，眼看秋汛在即，不能再等。不过，剿抚二策，大人以为何者为上？"

"下官以为，良民百姓杀一个都是罪过，但叛逆之徒须斩草除根，便杀千杀万也不为过！刘兴治凶狡好乱，绝非善类啊……"

"大人不以为他进据长岛扬威海上，是为逼迫朝廷任他为皮岛东江之长吗？未必真有叛逆之心吧？"

张可大惊异地张张嘴："这……"

孙元化神态和悦："我有意在蓬莱、长岛、庙岛之间海域来一次水战演练，邀刘兴治出兵船合练，看他如何回答，是剿是抚，我们便好相机而动。"

张可大点点头："也好。"

"这样，便须训练士卒，排演阵法战法。我意自明日起，先会集营官、哨官、哨长讲习三日。"

"今日正好有几位营官随行，不如就此请大人教训。"

---

① 抚标中军：即巡抚卫队长。

② 镇标中军：即总兵卫队长。

说话间，六七名登州营的参将、游击、都司、守备衔营官也来到西花厅，张可大一一向孙元化引见。待众人分列站定，孙元化和蔼地鼓励了几句。

忽见一名守备衔营官，喝醉了似的踉踉跄跄走进花厅，在巡抚和总兵大人面前一站，便旋风似的原地打转，仿佛西域胡人跳胡旋舞，又重重一顿脚，停住，瞪着眼努着嘴，腰也不弯地高高一揖，嘴里口齿不清："卑职姚……姚士良，参拜……参拜帅爷……"再旋一圈，摇摇晃晃地出去了。

张可大张口结舌："他……这……"

孙元化视如不见，对张可大说："我想，讲习地点，选在关帝庙。关帝庙，如何？……"

张可大尚未回答，便呆住了：又有一个身穿碧绿纱衫、脚蹬护甲皂靴的高大男子，中了邪一样哼哼呀呀地唱，手舞足蹈地进五步退三步，一会儿蹲一会儿跳，仿佛巫婆跳鬼装神，又满脸涂墨，看不清面目，挥动着一副营官头盔，遥遥对巡抚大人躬身一拜，转身慢跑离开。

张可大语无伦次，很是不安："这是游击陈良谟……素日胡闹惯了，责罚多次，全无效用……怕是又喝多了！"

登州营诸将领都在偷偷地笑，一眼又一眼地瞅着抚院大人。孔有德、耿仲明脸都气白了：这不是公然戏弄帅爷吗？孙元化仍然继续说他的要事："讲习完毕，要一个个地考查，不合格的不准参加演练，待补习合格，方可领兵……"

人们的注意力又被引开，全都注目厅前：那儿出现一个女子，鹅黄衫儿水红裙，高髻横钗，浓施粉黛，但身材高大魁梧，当她袅袅娜娜直趋庭前时，裙下露出一双穿粉底皂靴的大脚。她羞答答地低垂了头，冲着巡抚大人拜了四拜——新嫁娘拜见公婆的礼数！有人"扑哧"地笑出声，又赶紧捂嘴，多数人拼命咬住嘴唇隐忍不发。孔有德大怒，挺身欲出又被耿仲明扯住，向他努嘴示意：沉住气，瞧帅爷的。所有的人都看明白了，这女子是男人扮的，专为戏弄要笑，以激怒巡抚大人。

张可大尴尬万分，对那“女子”发怒道：“吕烈！大胆！竟敢如此！真是……”他口气却又软了，叹道，“这么闹，成什么模样！……”

装成女子的吕烈，挑衅地望定孙元化，就盼着他变脸。戳穿假面具，是吕烈最痛快最开心的事，他一向喜欢这么干。只要巡抚大人一拍案，他就跟他吕烈站平了，吕烈就获得心理胜利；若能拿吕烈叉出辕门捆打几十棍则更妙，吕烈就更能在登州营兄弟伙里称雄，身份就更高了。遗憾的是孙元化看都没看他一眼，只管继续对张可大说话：

“还有，得让登州将领们都懂得西洋大炮。随炮同来登州的葡萄牙国教官可莱亚汉话说得不错，届时请他示范……”

众人毕竟是军官，西洋大炮毕竟是闻名天下的兵器，大家肃然静听，不再窃笑议论，也不再看那个男扮女装的吕烈，而吕烈也不知何时悄然离去了。

总兵大人告辞时，为难地苦笑道：“帅爷明鉴，这帮贵胄子弟，下官也……唉！”

孙元化体谅地安慰：“不必如此，哪里都一样。何况此乃私厅相见，并非公堂公事，不用太认真。”

孔有德出府时愤愤不平，横眉怒目地说：“帅爷是封疆大员，这不成天下人的笑柄了？就该当场惩戒，打他五十大板才对！”

孙元化缓缓摇头：“我若如此，岂不称了他的心愿？现在成笑柄的是这些贵胄子弟，于我无损。”

晚上，孙元化退回私第，夫人沈氏、长女幼蘩、幼子和京、幼女幼蕖迎接慰劳。饭后一家人说笑片刻，孙元化仍回书房，重新拿起量尺三角尺，画一会儿演算一阵儿。为了提高西洋大炮的准头，他一直想造一件实用的量器。

“爹爹！”幼蘩在门口叫了一声，走进来站在桌边，眼泪汪汪地摆弄着桌上的文具。

“蘩儿，怎么啦？”孙元化小心地从女儿手下移开演算草稿。

“他们……这些登州营官，太欺负人！”姑娘说着，便抽抽噎噎地哭了，“难道爹爹还怕他们？……”

“陆奇一告诉你的？……责罚他们有何难，爹也不怕那些名门望族。只是初来乍到，辽东兵与登州兵已见裂痕，些许小事就会引来争斗，若坏了大事，辜负圣恩，岂非得不偿失？……好了，你去吧，爹没事。”

在作图演算过程中，孙元化眼前不时出现一个人的形影：忽而威风凛凛中带着严酷，挥鞭抽打散乱的兵丁；忽而男扮女装怪模怪样，一脸狂妄挑衅之色。那日候他夜归，他竟反问：“汉高祖何许人？”意思不就是说，汉高祖也好酒好色贪财货，照样可以成就大业，何必以小节苛求他吕烈呢？

这是个古怪的、不可捉摸的人，看来颇有才干，只是他那么深的敌意，是从哪儿来的呢？

三

一盘点缀着绿叶红丝的菜肴捧上桌，酱红色的浓汤泛着油光，异香扑鼻，在满桌鱼虾中显得很特别。刘兴治瞟了一眼，随口问：“什么玩意儿？”

“回爷的话，因爷昨儿说海参鲍鱼吃腻了，厨下特地给爷烧的大红螺，深水下头才捞得着……”侍从对应殷勤小心。

“这红螺肉味儿好？”

“好，好！又鲜又嫩！”

刘兴治看他一眼：“你吃啦？”

侍从很惶恐：“小人怎敢！”

刘兴治瞪眼：“没吃怎么知道味儿好？又来诳我！扯下去打！”

侍从跪地求告：“饶了小人吧！爷先前应许过的……”

“嗯？”

“前儿小的服侍爷去海边，爷见沙滩上荆条子很好，说是打人正合用，就拿小的试笞，小的说无罪不当受，爷应许以后有过错折免，便打了小的三十。今儿爷就饶过小的，权当抵了上回……”

“放屁！”刘兴治喝骂，“没过错都能打，何况有过错！打！”他突然火冒三丈，拿大拳头用力捶着桌子，尖声大叫，“诳人！他娘的诳人！全是些诳人的狗杂种！……”杯碗碟盆给擂得跳起来好高，有的碎了，有的倾倒，汤汁菜肴溅了一桌子。

侍从被扯到庭院当间，一五一十地数着打，刘兴治这才拿起匙子，偏偏他最小的兄弟刘七刘兴基脚步匆忙地闯进来。刘兴治把匙子一摔，这顿饭他是吃不安生了。

刘兴基却不顾五哥难看的脸色，口中呼呼喘气：“五哥莫怪，有大事！孙巡抚要上岛来了！”

刘兴治一愣：“他，他果真来了？……多少人马？”

“说是只有一条福船、两条海沧船，不到二百人。”

刘兴治浓眉一耸：“他敢单刀赴会？”

“探得他前日从蓬莱水城启航，现已走遍了各岛，果是巡视的样子。此刻怕已在北长岛靠岸了！”

刘兴治双手用力按住桌案，桌腿嘎吱响，他却不作声。

“五哥，你倒是拿个主意呀！”刘兴基直发急。

刘兴治双手抱着胳膊，木头墩子似的一动不动，站了许久，终于紧皱浓眉，说：“传令各营弟兄，不准擅离驻地，各查军资兵器，结队待命！”

“五哥！你是要……”刘兴基惊叫出声。

刘兴治不理他，自管说下去：“凡是有职有衔的弟兄，都随我到北长岛，迎候！”

还是晚了一步，刘兴治赶到北长岛泊船码头，巡抚大人已经离码头向北去了，湾子里只停泊着一大二小的福船和海沧船。船上旌旗飞扬，旗下数十名兵丁在收拾整理船上器具，不紧不慢，从容自然，仿佛日常出海。

刘兴治只得率刘四刘兴邦、刘七刘兴基和下属赶往北长岛北端。大老远，他就看到在洁白似雪的海滩上，几十名甲胄侍从环卫着一位头戴纱帽，身着暗红色圆领宽袖袍的官员；蓝色遮阳官伞旁边有三位头戴红缨遮阳笠帽、身穿宽袖交领长袍、腰挎宝刀长剑的军官，那官员正对着海湾指指画画，向军官们解说着什么。这还能是谁！刘兴治快跑几步，上了海滩，脚踩得满滩球石“哗啦啦”响，海滩上的人一起回头看。刘兴治不敢靠近，五丈之外就跪下高声禀告：

“卑职皮岛游击刘兴治迎接来迟，抚院大人恕罪！”

“哗啦哗啦”一片脚步响，他们走近了。

“请起。果然与兴祚有几分相像。”低沉浑厚的声音明明近在耳边，却像撞钟从远方传来，带着些撼人心腑的“嗡嗡”余响，一股说不清的魅力。刘兴治忍不住失礼地抬头看：开朗慈祥的笑容，压得低低的纱帽两侧鬓间的几缕银丝，使孙元化仿佛仁厚长者；但高挑的眉梢眼角显露着才华和机警，轩昂的神态自有他慑人的威严。刘兴治刹那间历数自己一生的交游，何曾见过这样的气度风采！他倾慕之余不免惶恐，不免自惭形秽，慌忙又埋下头，不知如何对答才好。

“啪”的一声，刘兴治肩头挨了一巴掌，一个大粗嗓门儿快活地嚷：“哈，刘五弟，久违啦！你可好哇？”

“孔大哥！果然是你！”刘兴治赶忙拱手为礼。

“刘游击，咱们又见面了，今日又有好宴吧？”吕烈半笑不笑，话里有话。刘兴治很尴尬地笑着，躬身道歉：

“吕老弟别见怪，武人粗鲁，不过试试二位的胆量……”

十天前，孙巡抚差耿仲明长岛下书，照知刘兴治整顿兵船，参加一月后的水战演练。因为不明刘兴治的态度，此行颇有几分危险。不知为什么，吕烈三番五次上书请求同行。他说他虽不及耿仲明是刘兴治故交，但熟悉地形水情，愿去做个向导。人们议论纷纷，说赌气说显能说争功的都有。孙巡抚却准了吕烈的请求。

耿仲明和吕烈不辱使命，三天后按时归来，取到刘兴治的回信，说是“愿领抚院将令参演水战，但手下各营素无训练，兵船更不懂阵法，乞抚院大人亲临长岛予以教诲，驻岛各军引领以望”等等。谁都看得出这是刘五的托词，可能还包藏祸心。张总兵更劝巡抚大人不可轻动，焉知长岛上摆的不是鸿门宴？若非去不可，他愿率水师五营随行。孙巡抚却决定巡视诸岛，只带三条船、一百多人。

人们也问起耿仲明和吕烈上岛送信的经过，不知为什么两人都守口如瓶。今天该真相大白了吧？

耿仲明跟着吕烈，也是一脸讥笑："刘五哥，前儿你可是拉弓搭箭，叫我们打刀门下钻过去的！咱们好歹是老相识，亏你干得出来！我都没脸跟人说！"

"是哥哥不好，耿兄弟饶恕了吧！"刘兴治赔着笑脸。

"大人，"吕烈恭敬地对孙元化说，"岛上可看之处颇多，卑职当向导。"

孙元化一笑："刘游击在岛时日不浅了，比你更熟吧？"

"他？嘿嘿，他能占岛为王，他能杀人如草，他能聚货敛财，可就是岛上的掌故他一些儿不知。刘游击，"吕烈转向刘兴治眯眼笑道，"算你走运，好好伺候着巡抚大人，让我这个向导给你开开眼！"

刘兴治无可奈何地瞪他一眼："我怎敢劳你！你既无事不知，就先说说眼前！"

吕烈瞥了他一眼，不屑地转过半身，对孙元化介绍："大人，此湾名半月湾，又叫月牙湾……"

"半月湾？月牙湾？地名妙！景致更妙！哦……"孙元化放眼四望，舒展胸怀，长长地嘘了一口气。

北长岛最北端的这道半月湾，环抱一泓碧水，直铺向遥远的天边，左右两座山峦，似绿丝绒装点的矮屏风。最难得这延展里许的长长海滩，竟如新月一样圆柔，弯得那么匀称，那么婀娜。湾内波平浪静，风软水凉，夏令时节竟如浩爽空寥的新秋。长岛原本夏无酷暑，月牙湾更是岛上的凉湾。

吕烈指着轻轻拍动卵石滩的层层白浪花："人称此湾海浪为女儿浪，状其温柔轻缓。早年间此处停泊小渔船，每到黄昏，归帆片片、渔火点点，与霞光相映，与星月争辉，何等情趣！如今再难见到了。"说着他瞅了刘兴治一眼。自然，刘兴治上岛以后，岛上商民能逃的都逃走了，谁还敢把渔船停在海湾！

刘兴治不满地小声嘟囔："这也算掌故？"

吕烈理也不理，只管朝着孙元化："大人，请看脚下。"

"啊！"孙元化惊叹一声，一个很强烈的动作，仿佛立刻就要蹲下，但他止住了自己，停留在弯腰下视的姿态上。

满滩洁白光亮的球石，浑圆的如珠，扁圆的似饼，椭圆的则像鸟蛋，很是玲珑可爱。而经海水浸润的球石更呈现出缤纷色彩，或洁白如玉，或红艳似玛瑙，橙黄犹似橘柚，青绿仿佛海天。吕烈捧起一把晶莹的石头给孙元化细看："大人，这石上花纹图景，天地点染，自成情趣，真是胜过人间画师千万！"

孙元化拣过一块椭圆扁石，不胜赞叹："真是难得，这不是一幅绝佳的林壑飞瀑图嘛！"

"大人不记得苏东坡的《北海十二石记》？"

孙元化恍然："那'五彩斑斓、秀色粲然'的赞语，就是为此石所下？"

"大人果然博识强记。苏东坡不过做了五日登州太守，并未亲临长岛，居然也有人渡海献石逢迎讨好。将古比今，能不令人慨叹！"

孙元化注目手中球石，微微点头："诚然。但因此而传下这篇锦绣文章，也足以为半月湾增色了。"

吕烈一笑而罢。孔有德也跟着笑，他是个不通文墨的粗人，听不懂那对话的奥妙。耿仲明心细，听懂了也不说破，只陪着微笑。刘兴治却心绪缭乱，半懂不懂，总觉得输给吕烈，在孙抚院面前抬不起头。

南长岛与北长岛相距五里，中通一路，宽二十余丈，全由珠玑石铺就，真是名副其实的玉石街！只有十五大潮日海水能把路面淹没。孙元化一行人骑马走过，望着两面喧闹的蓝色大海，望着脚下如同浮在海上、蜿蜒延伸的白色路，惊叹不已。

"这像是海上飘着的一道白练呀！"耿仲明小声地啧啧称赞。

"什么白练！是条白龙！"孔有德大口吸着海上的凉风，非常快活，"咱们骑在龙背上游东海呢！哈哈哈哈！"

孙元化捋着髯须，微笑四顾："我想，它更似一道白虹，连天连海，雄伟壮观！"

吕烈仿佛没有这份诗情画意，望着右面那一片风平浪静的海面侃侃而谈："这一片俗称庙岛塘。南北长岛是它的东北屏障，挡浪、大小黑山等十数岛环聚四周，恰似一串翡翠，任凭外海波浪滔天，塘内总是清风徐来，水波不兴，最是商船泊锚的好地方。早年间这里帆樯林立，舟楫穿梭，珍宝如山，商贾如云，北去津京，南往吴淞闽粤，东北到高丽、到倭国，可谓四通八达。每至傍晚，十里灯火亮如繁星，盛极一时也！现如今却……”他哼了一声，又瞅刘兴治一眼。

庙岛塘，真像一个碧玉盆！水平如镜，倒映着远山浮屿，几只白色鸥鸟贴着海面低翔，又倏然冲上天空。只船片帆皆无，冷清寂静，只有海浪轻柔地拍打玉石街，和着轻风在人们耳边叹息。自从刘兴治占了长岛，商船哪还敢来庙岛塘！

刘兴治恼火地脱口而出：“人为财死，鸟为食亡，总不能看着弟兄们饿肚皮！……再说，你这又算得什么掌故！”

“当年唐太宗东征到此，与大将尉迟恭分兵驻扎南北长岛，”吕烈果然讲起了掌故，“一日，太宗得知尉迟恭重病不起，欲往探视，却遇狂风巨浪，船不能渡。太宗仰首而歌曰：‘恨苍天之寡情，探爱将兮无路，舟兮舟兮何以渡！’他忧虑入寐，竟得一梦：一条白龙扬鬃探爪，腾出海面，卧伏于二岛之间，竟化为晶莹洁白的长街。太宗惊醒，赶至滩头，宛然梦中景象：玉石长街嵌连南北长岛，兵勇呐喊，万众欢呼……唐初君臣相依，推心置腹，情无隔阂，善始善终，所以得贞观、开元之治，百年盛世。唉！……”他很快地看了孙元化一眼，惋叹着不说了。

孙元化的眉头痛楚地耸动了一下，远望西北海上浮云，默不作声。君臣相依，推心置腹？……当年他与袁崇焕同在辽西，堪称好友。袁崇焕得大用为总督、为兵部尚书时，就是以此自诩的。后来袁崇焕下狱，他也曾上疏援救；一旦定下卖国通敌大罪，他只得缄口不语了……如今他时时事事都在吸取袁崇焕始信而终弃的前车之鉴，不求达到君臣相依、推心置腹、情无阻隔，但以他的聪明博识，善始善终总还是可以的吧！……

烽山是长岛的最高峰，登上烽山，则南北二岛尽收眼底：北望半月湾玉石街，如月如玉，更加惟妙惟肖；南隔四十里海域，登州城雄踞滩头，万户人烟；西看庙岛塘，平铺出几十里蓝绿色锦缎，一团团岛屿、一串串礁石，似翡翠，如琥珀，在潋滟水光中闪烁；东临汪洋，广阔无垠，波涛汹涌，极目远望，海天相连，融化在一片朦朦胧胧的蓝色雾霭中。孙元化举目四望，由衷赞叹：

“何等壮阔！何等雄伟！定是观日出月出的上好所在！”

吕烈轻轻一笑：“大人，此处看日落月落也极难得。”孙元化看他一眼，他装作没看见，向西指道，“大人请看，那便是庙岛，又称沙门岛，历朝罪犯流放之地……”他开口就是这些不中听的话，好像人世间一切都欠他的债，令他痛恨。

孙元化一口接过去：“不错，庙岛向以海神庙著称。原建于宋宣和四年。前年皇上即位，特令增修扩建，赏景祈祷者纷至沓来。每逢七月七，广闽浙苏许多南船在此办盂兰会已成百年老例，其时商客云集、繁盛非常，可算登州府一大盛事。”他转向刘兴治，“今年七月初七就在眼前，商船竟无一敢至，盛极一时的海神庙会难道就因刘游击而废吗？不知刘游击何时率部返回皮岛？”

刘兴治一怔，他没料到孙元化会问得这么直截了当：“这这这……小的来长岛，实在是粮饷无着，不得不……”

孙元化微微点头：“不错，前些时朝廷忙于收复四城，粮饷有缓急之别，果是对皮岛顾及得少。下面弟兄不得不自出寻食，原是朝廷的疏忽，但百姓商民看来，不就是抢掠吗？……如今京东四城收复，金兵尽都赶出关去了，皮岛粮饷自会及时转运，也就不容将军擅自征饷，擅离汛地了……刘游击可明白？”

刘兴治几次想打断孙元化的话，终究不敢，这时便急急忙忙地问：“四城果然已经收复？金兵确实全都退了？”

他最关心的竟是此事？孙元化心念一动，敏锐地盯住他：“怎么，刘游击竟然一点消息也不知道？”

刘兴治慌乱地避开孙元化的注视，心里暗暗咒骂鞑子的奸狡，想起了皇太极不断送来的谕帖中那些甜言蜜语——

“金国汗书与刘府列位弟兄知道：我国与南朝争雄之际，尔果杀其官员，率其岛民归我，此天意特使尔等助我也！诚如尔言，但凡尔等率来金、汉、蒙古人等，绝不令其入我境，皆与尔为民，在境外任尔择地住种，做个属国过活。青天在上，我言皆实，我若哄你，天不罪我乎？……

“……尔等书信中有云：‘闻西边探报，汗得城池，未几复被汉兵占守’，必是说建昌也。永平攻下后，建昌参将马光远率众归降，时朕欲发兵防守，以其城小地窄，恐扰官生军民，故未发兵……”

这位金国汗必是窥出刘氏弟兄首鼠两端的隐秘，竟应许他们“做个属国过活”，对刘兴治实在是很大诱惑：属国！国主除了他刘兴治还有谁？刘家祖坟或许真有王气哩，保他称孤道寡当真龙天子也说不定！但金国汗至今不承认已经退出关外，极力掩饰真相，哄骗刘氏弟兄，这却是刘兴治无法容忍的，不觉怒形于色。

孙元化一直注意观察刘兴治的表情变化，进一步逼上去：“京畿四城收复，关内安定，则海路必须通畅无阻，朝廷断不容刘游击驻兵长岛为所欲为，所以，已升副将黄龙为总兵，驻镇皮岛！”

孔有德、耿仲明、吕烈三人听孙元化突然把话挑明，顾虑变生不测，不约而同围拢来护住巡抚大人，一齐警惕地盯住刘兴治。刘兴治果然吃了一惊，一把攥住腰刀刀柄，怒声大叫：“黄龙？他是什么东西！凭什么？”他一挥手，刘兴基和岛上将领们突然都按剑集拢到他一边，立眉怒视。

孙元化迅速接住刘兴治的话：“凭他收复四城新立大功，连晋三级为都督佥事，世荫副千户！刘游击也是领兵打仗的人，岂不知武将惟有战场上一刀一枪杀敌立功，方能加官晋爵，光宗耀祖，封妻荫子？”

刘兴治噎住，瞪了眼哑口无言。

孙元化口气更加和缓：“刘游击武艺高强，才量过人，本帅早有耳闻，可惜没能在勤王一战中杀出威名立得功勋。纵然你才具堪为岛帅，朝中谁人知道？军中谁个服气？恃强任性而行，则更失人心。我为刘游击计，莫如龙归大海，虎进深山，他日往战场杀金虏立奇功。收复金、海、复、盖四州之日，本帅亲自为你请功；倘能驱逐金兵恢复辽东，我敢断言，那便是你拜印挂帅、封侯晋爵之期了！”

刘兴治呆了半晌，扑通跪倒在地，很响地叩了一个头，说：“我刘五自小气性不好，弟兄们多让着我，长到这么大，从没有人像帅爷这般正言教导，不欺不诳，是非曲直利害都摆得一清二楚！还有什么好说？我服了帅爷你！四哥，老七，弟兄们，都来给帅爷磕头！”

孙元化谦和地扶起诸人：“不必如此。目下国家危难，强虏猖狂，更须我等同仇敌忾抗击金虏，以期还我河山！元化愿与诸公共勉！”

孔有德、耿仲明眉开眼笑，不料真能化干戈为玉帛。吕烈心里未尝不为孙元化审时度势、因势利导的才干和魄力所折服，但表面绝不肯表露一点。

众人簇拥着孙元化下山，孔有德忽然嚷出声：“好作怪！那也是棵树吗？”

好一株状貌奇特、苍老遒劲的古树！高数丈围八尺，树冠圆阔茂密，似擎天伞盖，浓荫方圆数亩，树干皮暴棱凸，好像八九条龙蛇紧紧绞缠盘结一起，又各自伸向天空。

孔有德拍拍吕烈：“喂，你这百事通，怎么哑巴了？”

吕烈一时回答不来，随口说：“山草野树，谁能识得许多！便是大人恁般渊博，怕也说不出这怪树的名目。”

孙元化笑笑：“果然难认。只是因这树，我想起一个人。”

“末将倒不信了，”孔有德惊奇地问，“何人有这般胖大身躯？”

“不是形似，是神似。”孙元化不笑了，绕着这株怪树慢慢地兜圈子，沉思着，说，“此人幼蒙倭难，幸遇大将军刘綎平倭定朝鲜，携回中国养为亲兵。萨尔浒之战，明军大败于金，刘大将军战死，他因此自觉有罪，不敢回关内。辽东失陷，他竟被金国掳去。因他聪明机警，深受汗王喜爱，多方善待恩养，先嫁以贝勒之妹，又任为副将，管金、海、盖三州，可谓荣华富贵极矣，此人却视如草芥，一心要归南朝，暗中交通毛文龙。多次被人告发，也多次定罪下狱，几回要杀，金国汗王因特别爱他才干，竟都赦宥了。受此磨难，他并不灰心，归朝之意愈切，费尽心机才用金蝉脱壳之计，假托自焚逃走，于前年十月携带属下二百余人归来。金国汗闻知大怒，将他家眷数十口全下了狱，他也并无回顾之意。金国汗恨他入骨，今年正月闻知他在太平寨，专遣两路兵马夹击，置他于死地，他身中十数箭而直立不倒……”

刘兴治兄弟此时已泣不成声，孙元化对他们望了好一会儿，叹息道：“在宁远，我与他相处月余，一见如故，三生有幸，常相往来晤谈。闻他在太平寨遇险，急领兵救助，已是不及，连遗体也不曾寻得，只救得他两个回来。”孙元化指指孔有德、耿仲明，“当日战事详情，耿中军上次来岛想必都说与你了？”

刘兴治连连点头，跺着脚恸哭。

“他生时心中纠结缠绵如此树的，是一片忠君报国、一心向明的情怀，死后英灵不散，定将护佑我朝国泰民安。但愿你们弟兄承继令兄遗志，不辱令兄英名！”孙元化说罢，虔诚地对天一揖，刘兴治兄弟连忙跪倒，哭着对天叩头，随后站起身擦泪，呜咽着说：

“帅爷教诲，我兄弟铭记终生！”

众人早听得呆了，孙元化突然转了话题：“吕都司，我记得此树乃小叶朴，本地人呼之为‘祖宗树’，不知是也不是？”

“这，卑职不知。”吕烈还在恍惚中。

孙元化便告诉众人关于这棵树的传说：二百年前，安徽凤阳一老人携了八个子侄逃难至此，一住十年，垦田开荒，终于丰衣足食，老人却一病不起。临死遗言说：“要想守住家业、世代兴旺，你们八个千万不能分心……”八个孩子埋葬了老人，各自在坟前栽一棵树，表示齐心协力在岛上扎根创业的心意。这八棵树从此不管日烤风吹、雹打霜侵，愈长愈旺，愈挨愈近，渐渐并在一处，长成了一棵。后代都知道此树是得了老人的灵气儿，对它格外虔敬，“祖宗树”的名儿便世世代代流传下来。

最后，孙元化说：“我等弟兄们也当如这祖宗树一般齐心协力，不生外心，抱成一团，方能抵挡暴雨狂风啊！……”

他的低沉厚重的声音，像古钟一样在每个人耳边震动，直响到了他们心底，在那儿激起颤栗。今天，是他成功的一天，他光辉的一天！这些人都被他迷住了，为他丰采夺人，为他器宇轩昂，为他博学多才，为他沉静慈祥，甚至为他疏朗诚笃的面容，为他深沉动人的声音……

院子里搭起天棚，排桌设宴款待孙元化一行。刘家弟兄不再提水战演练的话头，决定十天之内北返皮岛，宾主皆大欢喜。

不想入席之时，吕烈对主人的座位故意地看了一圈，冷冷笑道："刘游击那张别致的椅褥怎的不见铺出来？"

刘兴治双眉一竖，似要发作，继而软下来，颇有几分尴尬，笑道："闹着玩儿的事，何必又提它。"

上次吕烈和耿仲明来岛下书，刘兴治也设宴款待，入宴前向两人指看他椅上的坐褥：似兽皮而无毛无尾，似帛缎又四肢宛然，椅背处的褥上黑毛丛密，仿佛人发。吕、耿二人都认不出是何怪物。刘兴治嘿嘿一笑，请他们转到椅后去看，坐褥后垂的那一块竟是一张人脸！耳目口鼻分明，但已干缩，原来是人皮坐褥！两人惊诧不已，刘兴治却扬扬得意地夸耀此物如何冬暖夏凉。

这是刘兴治的下马威，并未把吕、耿二人吓住。耿仲明不快地笑道："刘五弟还是这么爱杀人玩儿！"吕烈却极其鄙夷地从鼻子眼里哼一声，说："蛮夷陋习！"几个字就把刘兴治激得面红耳赤，差点儿发作。

今天吕烈哪壶不开偏提哪壶，不是专要刘兴治难看吗？

孙元化看定刘兴治闪烁不定的眼睛，亲切地说道："刘五弟，我大明乃礼仪文明之邦，不可再学那茹毛饮血的蛮族行事，免被同僚耻笑。"

"是。"刘兴治面有愧色，低头恭敬地回答。

海参宴极是丰盛，为贵宾特意准备了清汤原汁鲍鱼，用的是最上等的皱纹盘大鲍，一只只有剖开的半个鹅蛋大小，摆成六六如意图案。鲍肉上剜了花纹，撒上红椒、青葱、黄姜切成的极细的丝，鲍贝内壁闪着华美的珍珠色泽。对着色香味形俱美的上等佳肴，谁不开怀畅饮？几个清俊的十三四岁小亲兵，在席间调丝弄竹，为宾主唱曲：

> ……徒捧着泪盈盈一酒卮，空列着香馥馥八珍味。慕音容，不见你；诉衷曲，无回对。俺这里再拜自追思，重相会是何时？揾不住双垂泪，舒不开咱两道眉。先室，俺只为套书信的贼施

计；贤妻，俺若是昧诚心，自有天鉴知……

这曲《雁儿落》是《荆钗记》中王十朋祭祀亡妻的唱段，极是流行。酒已半酣，许多人跟着点板打拍，轻声哼唱。那边刘兴治持杯不动，呆呆地听着，眼眶里竟盈着泪光。他的部下都不敢看他。孙元化瞅着他暗自嗟叹，知道他不只是因为有了酒意。这次事情完满解决，表明自己对他的判断相当准确……

早知道这般样拆散啊，谁待要赴春闱？便做到腰金衣紫待何如？说来又恐外人知，端的是不如布衣！……

一句“端的是不如布衣”，刘兴治眼里的泪搁不住，终于滚下。他连忙举杯仰头饮酒，双袖掩过了两滴豆大的泪珠。

“停！檀板拍——拍错了！”耿仲明摇摇晃晃，撑着桌子站起来，指着小亲兵，已有七八分醉意。

“仲明，你醉了！”孔有德赶忙拉他坐下。

刘兴治不高兴地瞪住耿仲明：“错？错在哪儿？”

“就是这句‘端的是不如布衣’！这‘布衣’之‘布’字，出口应在后半拍，是这样——”他竟以手代板在宴桌上拍击，摇头晃脑地把这句唱了一遍，然后说，“他，抢了半拍！”

身为营官，当众唱曲，成何体统！刘兴治却笑了：“真看你不出，精通音律呢！”

“哈！我若不是会唱曲儿，早就见阎王去了！”耿仲明很兴奋，眼皮也不睐了，只顾絮絮叨叨，再管不住自己的舌头，“早年间，努酋[①]破辽东，恨贫民作乱，拘来贫民杀个干净，叫作‘杀穷鬼’；第二年又说富人聚众思叛，再拿富民抓来杀个精光，号称‘杀富户’，两趟大杀，辽东还剩几个汉人？……只有四种人不杀：一是皮工，鞑子留了做快鞋；二是木工，鞑子留了制器具；三是针工，鞑子留了缝

① 努酋：指清朝开国皇帝努尔哈赤。

裘帽；四是优人，鞑子留了看戏听曲儿。最杀得狠的就是念书人，杀光不留！我幼时原是读书种子，偏又生得白净，那年鞑子拿住我时问说：‘你必是秀士！’我急中生智道：‘不是秀士是优人。’鞑子道：‘既是优人，唱支曲子我听！’亏我平日爱听戏，便唱了一曲，就是方才那支《雁儿落》，才得活命……”他醉眼蒙眬地望望这个，瞧瞧那个，大家也都静悄悄地看他。他凄切地笑了，抹了抹额头，说：

“何必嘲笑我呢？咱们这些人，只除了帅爷和吕都司，谁不是打鞑子刀下逃出来的呢？谁又不是丧家犬呢？……”他说着，突然伤心，呜呜地哭了起来。

主客满座，一个个神色惨然，有人低头饮泣。

“哈哈哈哈！”吕烈不合时宜地仰天大笑，笑声很刺耳，令人讨厌。刘兴治、孔有德诸人禁不住怒目相视，孙元化也不解地蹙起眉头。吕烈自顾自地笑了个够！非如此，不能抵消心里因受孙元化感动而低他一头的感觉。他一拍桌子，傲然大言：“男子汉大丈夫，何屑作此妇人态！”揽过大杯一气喝干，掷杯于地，喝道，“酒来！”

四

“孔叔，帅爷在这儿吗？”陆奇一跳下马背，就气喘吁吁地冲到孔有德面前，尖声尖气地问。

“哈，小猴儿！”孔有德喜爱地一摸小亲兵的脑瓜儿，“怪神气呢，帅爷来过，待了一会儿就走了。”

“又跑哪儿去了！”陆奇一可笑地蹙着小眉头，俨然管事的侍从模样，“校场我全部跑遍了，全都是这句话：来过，又走了！……”

“哎，小陆奇一，”孔有德突然把这小兵拉到身边咬耳朵悄声问，“那几处校场，他们那伙儿练的什么？……”

陆奇一当然明白“他们那伙儿”指的是登州兵，他溜一眼周围举石担、舞石锁，一个个汗湿衣衫的辽丁们，说：“一样一样，练得狠着哩！陈良谟营练射箭练格斗；姚士良营练刀枪剑戟外带火铳佛朗机；管惟诚帮着张鹿征摆阵……放心！他们才开练，比不过咱们！”他一张小嘴极其伶俐，吐珠子似的一串说下来，又快又清楚。

孔有德声音更小了："悄悄儿告诉我，帅爷定下哪天会考？到底……考啥题目？"

孙巡抚大义收服刘兴治的故事传开以后，登州人松了口气，对孙元化感戴佩服起来。他也就看准这个时机，下令登州驻军练将练兵。各营都挂出孙巡抚的军训格言："校场多流汗，战场少流血。"他每天亲自督导，又制定小考、大考、会考的种种奖惩办法，逼得各营从早到晚地苦练，累得晚上上炕都抬不动腿。

孔有德竟想作弊！小亲兵脑袋摇成拨浪鼓："不知道！不知道！你这么大个人还想偷题？没门儿！"

孔有德嘻嘻地笑，低声下气："好兄弟，我生来的笨，要考煳了丢咱辽东人的脸！就告诉一句，回头请你吃大螃蟹！"

"告诉你不就哄了帅爷？不成！"陆奇一扮个鬼脸，转身就走，冷不防孔有德大手往孩子腰间一拿，眨眼间就单手把他高高举起，耍坛子一样在空中旋转，仿佛他不过是根羽毛。小亲兵手脚乱晃尖声嘶叫，招得营兵们瞧着他俩哈哈大笑。

"我说我说！"陆奇一笑得几乎岔气，吱吱叫。孔有德轻轻一托放下孩子，双手叉腰，笑着威胁道："叫你知道我的厉害……"一语未了，小鬼头像只松鼠，打孔有德腿裆"哧溜"钻过去，一蹦好远，拔腿就跑，边跑边笑边嚷：

"大狗熊！熊瞎子！就不告诉你，就不告诉你！……"

魁梧硕大的孔有德真像只大熊，起动得慢，待要挪步去追那机灵的小猴子，他已爬上马背如飞地跑了，留下一串揶揄的笑声。

天黑了，半个月亮从蓝海里升上天空，陆奇一终于在水城西炮台找到孙元化。

西炮台是由孙巡抚亲自设计督造改建的，把城墙延伸到丹崖山峭壁上，这样，东西两炮台就像用力打出去的两个拳头，呈犄角之势，封锁了海面，护卫着水门。近日炮台刚刚成形，道路崎岖，人行马走都很吃力，真不知那两门八千斤西洋大炮是怎么弄上去的！

守西炮台的是登州陆师游击营。到了这里，陆奇一便板住面孔拿足架子，昂昂地回答哨兵查问。借着暗淡的营灯和月光，他摸索着攀上丹崖山，爬上西炮台。转出门道，眼前一亮：几十盏营灯高挑，几十把火炬熊熊燃烧，上百人来来往往围着两门大炮忙碌，只有脚步声、旗帜飞动声、火把燃烧声和阵阵海潮声，没人言语，连咳嗽声都听不到。灯火下所有的人看去都一模一样，陆奇一揉揉眼睛，觉得如同在梦中。

“不行。炮身俯仰少了半度，定位时间慢了半刻，差得远。”低沉柔润的声音来自炮口前，孙元化手持铳规在那里测量，静静地评判着。

从那几十名抬炮身、推炮垫的营兵群里，站出满头大汗的吕烈，走到炮身一侧眯着眼端详片刻，对部下一挥手：“重来！”他反身回去又同营兵们一起操弄那沉重的大炮。

一个嘹亮的、腔调古怪、说不清是哪方人氏的声音赞叹着：“据窝（我）的这个……精盐（经验），孙大人，泥（你）的车拴（测算）亨蒸觉（很正确），窝（我）非唱（常）……奇，奇怪！窝（我）说的，泥（你）明白？”陆奇一认出是葡萄牙教官可莱亚。他又高又瘦，淡色鬈发与众不同。

“哦，这很简单。”孙元化微笑着解释，“我的脉搏每刻九百次，用来计时多很准确。至于俯仰，我做了一个铳规，插进炮口，便可测知。”

“通（铳）……规?”可莱亚很惊奇，“可以给窝（我）刊刊（看）吗?”

“禀帅爷!”陆奇一抢上一步，“张参将请你回署，有要事。”

登州参将张焘，与孙元化同是徐光启的门生，同是天主教徒，随孙元化同来登州，做他的副手。

“知道了。”孙元化对水城内的小海看看，那里船上水面灯火通明，水师仍在操练。他原本还要上船去的，只好等明日了：“可莱亚教官，我已命人在福船上架设大炮，请你去看看装架得是否合理。”

“是。窝（我）这就去。”

“吕都司，就按方才的顺序反复演练，务必练成定位准、用时少的本领。”

“是!”此时的吕烈极其沉默，应对发令都减省到了只用一两个字。剑眉在眉心执拗地纠结一团，少有的威重。

孙元化赶回巡抚署，刚在书房坐定，张焘一脚迈进来，神色有些紧张，机警的眼睛飞快地向四周一扫，朝门外唤一声：“抬进来!”

两名亲兵用轻便担架抬进来一个人。此人一见孙元化，便挣扎着要起身，哽咽着喊：“帅爷！……”

孙元化很惊讶，忙扶住他：“刘兴基?”

“正是小的。”刘兴基垂泪道，“家兄不仁，不听良言，反将小的杖责，还说要打死。小的无奈，只得投奔帅爷。”

“前日刘兴治来函，道是即日将归皮岛，要率队来登州辞行。”孙元化注视着刘兴基。

刘兴基急忙摆手：“帅爷断不可信他！他想诱帅爷再次上岛，好擒了去做降金进见礼！……”

“哦?”孙元化暗吃一惊，“他又变卦了?”

“是。”刘兴基竭力忍住呜咽，“他是故意请求率队来登州辞行的。他说就算帅爷答应，登州地方及张总镇也决然不准，定能逼得帅爷再次赴岛送行。原是他欲擒故纵的计谋……”

刘兴治果然机敏过人！事情正如他所料，他的辞行来函遭到张可大及登州太守、蓬莱县令的坚决反对，怕刘兴治积习难改，为害地方。孙元化确已准备二上长岛送行了，险些落入陷阱!

孙元化揭开盖在刘兴基下身的单布，那臀、腿上的棒伤肿起好高，青紫处、溃烂处惨不忍睹。孙元化皱眉道：“自家亲兄弟，竟下如此毒手!”他扶刘兴基俯身卧倒，为他轻轻拭去额上汗珠，问起变故的起因。

刘兴基长叹了一声：“帅爷驾临长岛，不嫌我弟兄愚鲁，以大义相劝，岛上弟兄无不感戴，便是我五哥也是真心归服。谁知三日前由皮岛开来一条大船，持着黄龙总兵的手谕，说是奉孙巡抚之命特地差人迎我们弟兄北归。这原是帅爷与黄总兵的好意，却不知为何差来的人役尽是沈世魁的家将亲兵！黄总兵难道不知沈世魁与我五哥有仇吗？好歹也该打听打听！这些人上岛就倚势诈索银两海物，闹得鸡飞狗跳。我五哥当下就要翻脸，被我们大家劝住。只说次日起锚，不料又起了变故……”

刘兴基接着讲了一件传奇一样的故事。

刘兴基劝回五哥，陪他在屋里喝闷酒，听他不住咒骂沈世魁，发誓回皮岛去收拾他。忽有亲兵来报，说有四名朝鲜参客搭那大船来了长岛，要往登州做生意，求刘爷使船送去，有重谢。

刘兴治酒刚入肠，十分暴烈，哈哈大笑：“真是央求老虎放牛羊哩！上好的生意，叫他们进来！”

四名参客一进中堂，先跪倒三个，独有最瘦小的不肯跪，只愣愣地瞅着刘兴治。刘兴治暴怒，劈胸揪过那人就挥拳头，那人双手猛地攥住刘兴治的青筋大手，笑得很凄楚：

“你，你还是这样粗莽……”

只这一声，满堂下漫不经心等着看笑话的刘家弟兄和亲兵们都呆住了，几十双眼睛一齐盯住瘦小的参客，不敢出声。刘兴治挥出去的拳头猛然停住，转而擂在自己的胸膛上“咚咚”乱响，大叫一声“贞姐！”两人便搂在一处放声大哭，跪倒在地。

“五奶奶！”“五嫂！”“五弟妹！”堂上一片叫喊声，跪的跪，扶的扶，陪着一同流泪。

还是五奶奶先收了泪，说：“蒙汗恩典，差这三位爷护送我来此团聚，一路上多少劳碌险阻。四哥，劳你款待三位爷，不可差了礼数。”

退回后堂，五奶奶才取出金国汗的书信：“汗的意思这回讲得明白，他年灭明之后，与我刘家分国而治。为表和好诚意，将我送了来。太太及六弟，还有各位嫂子侄儿，还在那边，汗养活着。若失信于汗，一家人就难保了……”

刘家弟兄沉默良久，无人搭茬儿。五奶奶哭了：“不看别人也罢了，就不看太太的面？太太年高，一辈子吃尽辛苦，把你们弟兄七个拉扯大，容易吗？就眼看她老人家死在刀下？你们七个堂堂男儿，连自己的亲娘都……咳！”

刘三刘兴亮沉不住气，直跳起来：“老五，就应下！先救下母亲再说。到头，我们弟兄终是不降金不归明！”

刘兴基直是摇头：“若是这般行事，有何面目见泉下的二哥？如何对得住孙帅爷？”

计议半晌，举棋不定，刘兴治牙咬得“咯咯”响，只不作声。这时刘四刘兴邦匆匆进来，很有些慌乱：“沈世魁的那些家将亲兵一直盯咱们的梢，似已发现五弟妹……”

堂上气氛骤然紧张。刘兴治一拍桌子，立命众兄弟各自回营准备船粮兵器，随时听他将令。

刘兴基回营，忐忑不安，不知五哥到底拿什么主意。直到傍晚，他才应命去大堂听点。却见营门栅栏上挂一排血淋淋的人头，仔细辨认，竟都是沈世魁的家将亲兵！刘兴治已决意叛明降金，收编了皮岛来船和余部。叫刘兴基来，是计议诱擒登州大将以献俘金国汗的！

“……我再三劝告，却把他惹恼，竟要乱棍将我打死。亏了五嫂讲情，才留了我一命……”说到这里，刘兴基伤心欲绝，伸手从怀中取出几页纸，呜咽道，“这便是金国汗和我六哥的密信，我抄录了来……”

孙元化接过展读。读着读着，孙元化慈和的目光陡然变得尖利，直刺刘兴基：

“这么说，你们一直与金虏交通？”

刘兴基局促不安地分辩：“古来敌国尚通书信，当年袁督师、毛大将军也都如此。何况我五哥并非真心投金……”

“难道忘却你家二哥生而归明，死不降金的志向？”孙元化慨然追问一句。

这话不知怎么触动了刘兴基，他痛苦地咬住嘴唇，闭上眼睛，泪珠不住地顺着惨白的面颊滚下来。好半晌，他终于抑住呜咽，缓缓地说：“帅爷，我敬服你如敬天人，不忍见你入陷阱遭擒害，所以冒死报信。我心里其实与五哥并无不同，既不愿归明也不愿降金。我们是朝鲜人，大明也罢，大金也罢，谁也不待见我们，跟了谁也是奴才，有什么好？……帅爷提起我二哥，其实我二哥他……他是悔不过，自己寻死的呀！……”刘兴基哭得抬不起头。

孙元化顿时想到刘兴祚自己就死的迹象，还有那句古怪的话：“总算死在该死的地方了！……”

刘兴基擦擦泪，伏在担架上歇了口气，接着说：“去年腊月底，二哥从关里捎了封信来皮岛，里面的话尽都凄凉不堪。说是我们弟兄皆因仰慕中华，故而不避险阻，九死一生投奔了来。只说毛大将军忠勇为国，又有袁督师这般英雄主兵事，皇上又如此英明，收复辽东赶走金虏必是指日可待的了。谁料袁督师竟杀了毛大将军，使皮岛人心涣散；皇上又将袁督师下了诏狱，如今人人自危，谁还有心阵战？大明乃礼仪之邦，没想到原来如此，有甚兴味？细想起来，金国汗待我们弟兄本是不薄，倒是我们负了他。惟愿死在金人刀下箭下，恩义相抵，我也就安心瞑目了……”他泣不成声，喘息片刻，又说，“前日来了探报，说袁督师在京受磔，京都人竟买他的肉吃！我们弟兄心里……实在受不得了……”

孙元化耳中“嗡”地掠过一道尖啸，一时听不见刘兴基又说了些什么。前两天京里来人兴致勃勃地告诉他十六日西市磔杀袁崇焕的盛况。京都百姓怨恨之极，每人使银一钱买袁崇焕一块手指大小的肉，生嚼血食，嚼时必骂一声“卖国奸贼！”然后吞下。共剐了一千余刀，皮骨已尽而其心肺间仍叫声不绝，半日方止。刽子手对人夸示说：“我服侍的老爷多了去了，从没见像袁爷胆这么大的，看看，赶上鹅蛋了！……”

太活灵活现了！血淋淋的酷刑，皮肉、筋骨，直至五脏六腑……孙元化咬紧牙关，不愿也不敢再想下去，但刘兴基的哭诉声声入耳，却在逼着他想……这一瞬间，他看到刘家兄弟是那么孤立无援、走投无路、受尽欺压，他们是迫不得已啊！这也能算是背叛吗？……

孙元化舒放软化的心似被重物一撞，骤然缩紧坚强，蓦地醒悟：我这是怎的了？竟有这样的怪念头！对背叛行为姑息怜悯，岂非不忠？他悚然起身，走到窗前站定，对窗外沉沉暗夜凝视片刻，回转身来，已恢复了庄重和严厉：“你们弟兄这样出尔反尔，周旋于明、金之间，将来明、金联手，你们不怕碎为齑粉！”

刘兴基苦笑：“帅爷，我们不过想寻几处岛屿容身，自成小国，与世无争罢了……”

“这不是痴想吗？明、金两国交兵，谁能容得你们？便是金国汗那些对天盟誓的话，也不过一片烟云！”

刘兴基长叹一声：“这，我们兄弟岂不省得？只是老母妻子都在他手，不得不……只求帅爷，若是拿住我五位哥哥，千万念在我们兄弟不得已的苦衷，饶恕一二，该斩的长流，该流的充军，该充军的杖责，我便担个不忠不义的恶名去死，也是情愿的！”他猛然起身跪倒，扑地大哭。

刘兴基被抬走后，书房内沉静了许久，孙元化和张焘相对无言，各自想着心事。

孙元化终于望着夜空的星月，轻声说：“明日将有大雨，后日上岛吧。着孔有德、耿仲明先去。”

多年相交达成默契，简单几句话，张焘已明白了孙元化心里一整套相当复杂的方案：“要把内情告诉孔游击吗？”

“不必。他不会装假，易出纰漏……着吕烈同去，把内情对他讲明。”

“他？登州营里的，又性情古怪……”

“这都不假。但他大事不含糊，且其才堪用。”

“是！”张焘静悄悄地退出书房。孙元化仍站在窗前，仰望天空，一动不动。

五

一下船，吕烈就一反常态地大说大笑，指手画脚，又是刻薄，又是打趣，招得人们一阵阵哄笑。不仅让亲身来迎接的刘兴治感到奇怪，就是与他同行上岛的孔有德、耿仲明也难解难猜。都知道吕烈是个怪人，只得见怪不怪，由他去。

“盘古开天地，天地生万物，万物之中人为灵。而人中圣贤，自古难得。”吕烈说着，挓开五指高高伸着，“伏羲以八卦穷天地之旨，一也，”他屈下拇指，“神农植百谷济万民，二也，”他收回食指，“周公制礼作乐，百代常行，三也，”他屈下中指，“孔子出类拔萃，四也，”他屈下无名指，“孔子之后，再没有屈得吾指之人了……”半晌，他又屈下小指说，“连我吕烈算上，不过才五耳！”

人们乱哄哄地笑嚷，耿仲明摇头道：“狂！狂！真不知天高地厚！”

随从兵勇中有人笑道：“吕都司，连关老爷也不算数？”

吕烈搔搔额头，装作为难的样子：“要说呢，他原与孔老夫子并称文武二圣的。只是他太热闹，势力太大，我岂肯去巴结他！”

孔有德最崇敬关圣大帝，立刻不满地说：“这是什么话！”

“不信？你算算，但凡剃头店、茶坊、酒肆、商铺，哪一家堂前不供他关老爷红脸神像？可怜孔夫子只有坐冷板凳的私塾先生那儿供一尊泥胎哄哄小孩子。再数数，小儿寄名给关老爷的有多少！凡乳名关囡、关保、关金、关银的一切关字辈小把戏们，都是关老爷的干儿干女，孔夫子只有几个虚名的穷酸做门徒，无人肯拜他做干爷，弄得初一、十五的香烛元宝都骗不到手。再看看，每座城池，孔庙只得一所，关帝庙则无论僧寺道院都能附设。孔夫子每年只有春秋二祭吃几口冷牛肉，关老爷可是一年四季月月日日，都有善男信女烧香供斋的，可惜也没有吃得胖点儿……”

吕烈说一句，众人笑一阵，这样挖苦贬损孔夫子、关老爷的话，即使这些粗鲁武人，也是头一回听到。

孔有德瞪了吕烈一眼，说：“你小子毁骂文武二圣，就不怕遭天雷打！”

吕烈哈哈笑道：“天雷且打不到我头上呢！文武二圣教导的是，文官不要钱，武将不要命；而今早已是文官三只手，武将四条腿啦！……天雷打那三只手四条腿还忙不过来，哪有闲心照顾我！……”

众人又是一场大笑。孔有德恨得咬牙道：

“帅爷不得来，你就如脱锁的猴儿了！……”

刘兴治连忙关切地问：“帅爷的伤势重吗？”

“昨日大雨，他还上炮台巡查，不慎滑跤，又是这把年纪了，怕是跌得不轻。不然，他早惦着上岛来捡球石、观日出，况且雨后大雾，这长岛更如海上仙山，妙不可言，他岂肯放过？”吕烈说着举目环顾，果见云雾如从海上蒸出来似的，渐渐从四周向岛上弥漫开来，填洼塞凹，沿着山脚往山顶缠绕，就是近在数十步内的礁石岩块，也被云涛吞吐着忽隐忽现，奇妙非常，蓝天绿海都消失在缓缓飘游的雾幔之中。吕烈心里暗暗佩服：好一个孙帅爷！果然料得准，真个是上知天文下识地理了！

浓雾中，数十艘福船、海沧船在南长岛东侧一处人迹罕至的海湾抛了锚。帅船上，静立船楼观望的，便是那位“滑跤跌伤”的孙元化。前营头起哨探正在向他报告：

“禀帅爷，孔游击他们已被刘兴治迎去大堂赴宴，刘兴治不见帅爷尚无疑心。”

“刘兴基投登州的事，岛上没有传闻？”

“禀帅爷，岛上兵丁尽知刘七爷被五爷杖责几死，羞愤难当闭门养伤，不见客。”

“好，你去吧。”

不一时，二起哨探回来，禀报军情大同小异，但有一桩意外：北边开来一支船队，数十条大船，意思要在北长岛东岸停靠，没有旗号，行动诡秘。

孙元化和张焘交换一道目光：这不是节外生枝吗？

“这样的大雾，商家渔民是不肯开船的。”张焘小声提醒。

孙元化点头：“若是兵船，朝鲜不会南下，金国水师尚无雾中行船技能，惟有皮岛诸营有此胆量。若接应刘兴治，则无须隐匿，那么是来寻仇的……”

三起哨探赶到了：“禀帅爷，北来船队停在望夫礁外一里许，正以小船运人偷偷上岸，都穿的明军号衣，说汉话，并无鞑子和蒙古人。”

孙元化略一思索：“令各营划开浪船网船登岸，集队后埋伏于烽山北麓东沟内，其处下临大道，是去刘兴治大营的必经之路，且待北来人马经过，相机行事！”

张焘领命而去。不多时，各大船拖带的开浪船网船载满兵士，像在海面撒下一大片柳叶，纷纷偷渡上岸了。

还是那个院落，仍然搭着天棚，宴席的摆设位置都跟上回一样。大帅不在场，客人们少了拘束，说说笑笑很是随便。刘兴治冷眼看去，对方毫无戒备，心里虽因孙元化未来而觉得不足，却又因孙元化未来而暗暗松了口气。这两天一想到要亲手擒拿捆绑孙帅爷，他就心慌。真是怪事！为孙元化预备的柏木大台桌仍居首席，上面排列着十六件盛满菜肴的沉重陶簋以示敬重，果盒酒具也摆得整整齐齐。看一眼台桌，刘兴治心里怪不舒坦，命亲兵撤了。四名亲兵上去抬，竟抬它不动。

"熊包！给老子丢人！"刘兴治忍不住喝骂，见孔有德他们调头来瞧，又赔笑道，"去了首席，大家平起平坐，也好开怀畅饮！"

耿仲明对柏木桌打量一番："让我试试。"挽挽袖子，掖紧袍襟，他走到跟前蹲下，两手各握一只案脚，大喝一声："起！"柏木台桌便慢慢地、稳稳地离地，被他举了起来。众人齐声喝彩。喝彩声未落，耿仲明又慢慢放下，笑一笑，说："却是行动不得。"

"我也试试！"吕烈上前，只用一手握案足，也把沉重的柏木桌单臂举了起来，桌上杯盘簋盒微微晃动，却未倾斜。他试图抬腿行走，又改了主意，慢慢放下桌子，长长喘了口气："嗬，真够重的，我也不得行动。"

"看我的！"孔有德搂袖攥拳，站在那里浑身一使力，不知是筋还是骨，"喀啦啦"一阵响得像爆豆儿。他大步上前，一躬身，大家还没看清，他已单手抓着案足把桌子高高举起，瞧他那轻松样儿，好像沉重的桌子、十六个沉重的陶簋都是纸糊的！迈腿就走，绕着院落走了三圈，步履轻捷，手臂就像铁铸石雕的一般，食具陶簋也长在桌面上了，纹丝不动。神力！真是神力！营官兵勇们，不分主客，哄然叫好。

刘兴治看得惊呆了，不由他不格外谨慎。他笑吟吟地高举大杯，声音响彻院堂："今日既是接风，又是饯行。弟兄们难得相聚，定要一醉方休！来，换大杯，抬酒瓮！"

刘三刘兴亮极力响应着："对对！难得今日，大块吃肉，大碗喝酒，喝醉了倒头睡大觉！明日扯大帆回老家！"

众人哄然大笑。孔有德手执大海碗，咧着大嘴笑道："多谢盛情高义！诸位回到皮岛，见了老朋友，替咱老孔问好！"一仰脖，"咕嘟咕嘟"响，大海碗霎时底儿朝天！大盘油亮鲜红的㸌大虾上席了，"嗞嗞"地爆响。

"孔大哥海量！"刘兴治击案赞美："满上！再满上！"

酒如流水，菜如流水，与宴的人都沉醉了……

烽山北麓东沟，原本就被丛生的野草遮掩得影影绰绰，如今云遮雾迷，千余人马竟踪迹不见。拨开密密草木，孙元化和张焘注视下面的大路，费力地分辨那些匆匆赶路的兵勇。他们是明军，但既无旗号又无标志，营官兵勇没有一个面熟。他们是谁？

一片薄雾夹在浓云之间从大路上飘过，景象骤然清晰了许多，数十名扈从簇拥着一位将官骑马前进。几个奉命靠近观察的来自皮岛的营兵快步跑回，气喘吁吁地指着那名将官："禀帅爷，他是沈世魁！"

"沈世魁？"张焘很觉得奇怪。

"这就对了。"孙元化点点头，"他来寻仇，偷袭刘兴治。"

"他远在皮岛，哪里就这么快赶来？"张焘不解地问。

"他的部分家将亲兵乘大船登长岛之时，他必定率兵船暗暗跟随在后，隐藏在砣矶岛或大钦岛静观动向……"孙元化没有往下说，他推断沈世魁是故意激反刘兴治，再来名正言顺地除掉他，省得刘兴治回皮岛对他沈世魁造成威胁。

张焘皱着眉头笑笑："他倒替我们把事办了。这份功劳就让给他吧？"

"不！不在功劳属谁。他若得手，必置刘兴治于死地。"

"刘兴治谋叛有据，原是死罪。沈世魁杀他，倒也公私兼顾。"

孙元化一时无话可说，沉默有顷，挥挥手："传令集队，快速跟上！"

"当！当！当！"三声铜锣响，刘兴治的部下突然跃起，把海吃海喝、业已大醉的登州贵宾按倒在地，对刚才举桌案显力气的三位就更不客气，用船上的粗缆绳上绑。耿仲明和吕烈醉得不省人事，任从摆布。半醉的孔有德还当是跟他闹着玩，一个劲儿笑嘻嘻地嚷："别闹别闹，儿子敢欺负老子？"待到给捆成一团包袱，挣扎不开了，才明白是怎么回事，顿时暴怒，瞪着血红的虎眼吼骂：

"好你个黑心肝的刘五！好你个无君无父的叛贼乱党！帅爷怎么待你来？我老孔哪些儿对你不起？你个忘恩负义的王八蛋！高丽贼坯，没有一个好东西！……"

刘兴治面孔涨成猪肝色，冲上去抡开手臂，"噼噼啪啪"抽了孔有德十几个耳光，嘶哑地大叫："填土！填粪！把他那臭嘴给我填满！看他再骂！"

刘家亲兵一窝蜂拥上去，十多人压住孔有德，往他嘴里塞泥土马粪，孔有德怒吼挣扎，周围的人又喊又笑，乱哄哄地闹成一团。

"砰！""砰！"四面突然一排火铳震响，院里飞来如雨的铅子，数名兵勇惨叫着倒下，人群惊得乱逃乱躲。刘兴治大喝："快！跟我冲出去！"

"别动！""站住！"四面八方一片呐喊，墙头房顶、掀开的天棚上，密密麻麻布满了鸟铳手、弓箭手，大门外又冲进来许多兵马，刘家兵勇纷纷扔下兵器，乖乖投降。

刘兴治慢慢倒退，想退进屋从后窗逃走。未到台阶，脚下被人使了个绊子，"扑通"摔倒，一只穿厚底靴的大脚踩住了他的脊背。他用力扭头看，竟是双手还反绑着的吕烈，毫无醉意，望着他冷笑。

刘兴治束手就擒，苦笑道："这么说，孙帅爷他，他猜透了？……啊！——"他突然惨烈地大叫一声：两把利剑，几乎同时，一前一后地把他刺穿！吕烈大惊，阻拦已是不及。胸前一剑是孔有德刺的，背后那一剑来自一位不相识的中年军官之手。吕烈连忙说：

"孙巡抚有令，要留活口！"

中年军官阴沉地笑了笑，说道："斩草除根，免留后患！老孔，别来无恙啊？"

孔有德“呸呸”地吐着口里的粪土：“啊哈，沈世魁！早点儿来多好，我就少遭这份儿罪哩！呸！呸！这狗娘养的高丽贱坯！……”

倒在地上的刘兴治，按住胸口汩汩出血的伤处，极力抬起上身，瞥了沈世魁一眼，并不理睬，转脸望定孔有德，恨恨地说：“我是高丽贱坯，你也不过是辽呆子，丧家犬！谁又比谁有脸？……”

此刻，后院押出的一串脂浓粉香、红袄绿裙的女人，正打旁边经过，一个个吓得浑身哆嗦，不敢抬头。那个病病歪歪、瘦小得像个孩子的女人突然冲出来，谁也来不及阻拦，她已扑到刘兴治身上。刘兴治胸前的血顿时沾满了她的衣领和面颊，她凄楚地哀叫一声：“五哥——”

刘兴治竭力聚集力量和精神，在唇边弯出一丝微笑：“贞姐，累你受了一辈子苦，真对不起你！可我实在没有别的法子。下辈子报答你……下辈子。”他一直表现得神完气足，仿佛是个正常人在说家常话，清清楚楚送出“下辈子”三个字以后，双目一合，停止了呼吸。

“五哥！——”那小女人肝肠寸断地低声呻吟着，搂着刘兴治的尸体，似乎在哭，却发不出声音，好半天不抬头，不动。等到沈世魁、孔有德、吕烈、耿仲明他们围过来，令人把她拉走时，才发现，她已经死了！……

众人瞠目相视，一种说不清是恐惧、惊诧还是敬佩、羡慕的复杂感情，突然压到众人心头，很沉重，压得他们都说不出话。孙元化进来了，正遇上这死一样的寂静。

“他……死了？”孙元化问。

没人回答，大家都呆呆地望着那一对拆不散的夫妻。良久，孙元化叹了口气，低声地、像是在回答自己的问题：

“他死了……”

六

正月十六，是一年一度的五天海神庙会中最热闹、最隆重的一天，因为这一天是海神庙主神、辅国佑民显灵感应神妃，即人们俗称的天妃娘娘圣诞之期。商民畏之如虎的刘兴治已死，各岛变乱平定，渔民扬帆出海，商船停泊往来一如既往。又因辽东失陷，与朝鲜的参貂布帛贸易改由此处转输；皮岛驻军每年的八十万两饷银也以此处为孔道，一时商旅云集，游人如织，登州恢复了胶东首府的地位而富甲六郡。所以今年的海神庙会格外热闹，登州举城狂欢，趁着元旦、元宵节的余兴，还是过年的那身最像样的穿戴，扶老携幼，拖儿带女，纷纷走迎仙桥，出振扬门，拥向丹崖山。

丹崖山仿佛水发的海参，骤然胖大了许多：各条盘旋至山顶的路上，支出来的那五颜六色的各种棚摊，是它身上的一行行参刺；拥塞在蓬莱阁、三清殿、龙王殿之间那密如簇簇蚁群的香客游人，是它膨胀的参体。嘈杂的叫卖声、呼儿唤女声、说笑打闹声、争吵叱骂声海潮般喧嚣着，其中又透出天妃宫前大戏台上那脆亮高亢的锣鼓响；香火味、酒菜味、柴烟味、尘土味、海腥味，还有汗酸臭、脂粉香，弥漫在每一个角落……

吕烈走出望日楼，正在欲醉未醉之际，很是舒泰。他一早赶来，看到了最宁静澄碧的海上那最清晰壮观的日出，饱了眼福。在楼上品尝了三清殿道士最拿手的八珍素斋，饮了久仰大名的千日酒，饱了口福。又和几位儒生指点山海，谈诗论赋，逸兴遄飞，十分畅快。现在他惦着去饱耳福——今天在天妃宫唱戏的是驰名登、莱、青三州的聚仙班。

吕烈穿过蓬莱阁下的廊子，在香客游人中间竟无法迈步，当他终于挤到天妃宫殿前，便知道耳福享不成了：高高的戏楼东、西、北三面堆积着数千香客游人看酬神戏，挤得针插不进，水泼不进；台上锣鼓铿锵，演的是八洞神仙的热闹戏文，台下人声嘈杂，大人喊小孩哭，一些浓妆艳抹的妇人嗑瓜子剥花生嚼栗子山响，还不住嘻嘻说笑。吕烈顿时兴趣索然。转到戏楼背后，人群稀疏多了。那儿多是卖吃食的小摊。游人香客在这里买上一碗热腾腾的豆浆、豆腐脑儿、老豆腐汤，就着香喷喷的馃子、蟹壳黄烧饼吃下去，也是一件乐事。所以各处摊位买卖兴隆。吕烈记起戏楼南边原有两两对峙的赭红色巨石六尊，有人叫它三台石——因为一对低一对高；有人叫它坤爻石——因为它正合了八卦中的坤卦：☷。都说这六块巨石连着丹崖山根，吕烈早就想要看个究竟。眼前都是人，坤爻石到哪里去了？他按往日印象寻找，发现它们都被摊棚遮住了。矗立的石柱搭起棚来最方便不过。

吕烈走到一块坤爻石边细细打量。它有一人高，两人合抱，通体赭红，上尖下圆，像是山里钻出来的巨大石笋。摇摇它，似蜻蜓撼柱；背抵石笋用力后推，仍是纹丝不动。他乘着酒兴，退出几步，对准石头猛冲，用肩头狠狠一撞。

“哎呀!”有人惊叫。“噼里啪啦”，“扑通”，响声一片，篮子筐子水桶一齐被吕烈撞翻，水流满地。老翁忙着扶桶，旁边老妇赶着捡拾草药。肇事的吕烈却只管捡起被他撞碎的几片碎石，得意地哈哈笑道：“果然根深!”——他听过传说：撞动坤爻石的男子，能降服天下女人。如果他知道这一撞将给他带来多少苦恼，也许就不会这么漫不经心了。

老翁急眼了，揪住吕烈直嚷：“你这人！如此鲁莽！撞翻药箱也罢了，撞翻这许多水!”

吕烈看看闻声围上来看热闹的游人香客，看看两位上岁数的老夫妇，嬉皮笑脸地狡辩：“我后脑勺儿上又没长眼！一桶水什么要紧？挑两桶赔你!”

“赔？你赔得起？这是五泉四井的好水，攒了三个多月才攒齐！……”

好家伙，要讹人啦！吕烈一打量：棚上悬着一面“舍药济贫避瘟”的布招子，一位黑袄黑裙黑绫首帕盖头的女子舀出桶里剩余的水，往一穷婆婆的陶钵里倒，又拿一束草药递过去，小声嘱咐：“煎三滚，分三次，每次一人一茶盏。”

吕烈鼻子里哼了一声：“原来是摇‘夺魂铃’[①] 的！……”复又嘻嘻笑道，“算我倒霉，撞上你二位老人家。也罢，我就让让，宁可受你脚踢几下子出气，可好？”他说着，扒拉开老翁揪住他袍襟

---

① 夺魂铃：明代卖草药郎中多肩背药箱，手摇一个带铜舌的铁圈或串铃，俗称“响传”、“病皆知”或“铁响虎撑”。因多有庸医误诊，俗称“夺魂铃”。

的手。

围观的人笑着当和事佬：“打两拳岂不便当？”

吕烈故意装得惊惧万分，连连摇手：“不敢不敢！经他手定难活命！”

人群哗笑，笑声中有人争辩：“人家是济世救人的！”

吕烈冷笑：“走江湖卖假药、惟利是图草菅人命的，哪一个不打出济世救人的幌子骗钱！”

老翁气得说话都结巴了：“我们并、并不取……一文钱！”

“不骗钱骗名！欺世盗名是也。如今这世道、人心，哼！”吕烈说罢拂袖就走。黑袄黑裙女子倏地转过身，惊讶地看看吕烈，小声地自语：

“他怎么把别人都……都看得那么坏呢？”

吕烈一扭头，和那女子打了个照面，竟是位很年轻的姑娘，由于清瘦苍白，更像个小女孩儿。不知是因为鼻梁太细，还是因为眉峰不平，她那长相普通的脸显得不够端正，只有一双眼睛又大又亮，湛如秋水，配上一对秀美细长的黑眉，成为整个面容的精华所在。这孩子气的问话使吕烈失笑，顺口反问：

“是我把人看得太坏，还是人本来就坏？”

女子蹙了眉尖，认真地想了想：“世上的人千千万万，总是有好有坏，哪能都坏？便是一个人，他心里也是有恶念也有善念的啊！……”

吕烈觉得意外，这细弱温婉的声音怎么会说出这样的话？他不由得盯住那女子：“这么说，你家是行善不是骗人的了？这桶里真有五泉四井的水？”

她垂下眼睑，微微低头摆弄那一束束草药，不看吕烈，轻声答道：“是真的。这里攒了城外花山泉、卧龙泉、金沙泉、白石泉和七里泉五泉之水，又添进城内化龙井、玉寒井、凤眼井和甜井四井之水，用来煎药，为的是洁净和气。冬春交替之际常有瘟病，所以将板蓝根、连翘、甘草入药，清热解毒。药都在此，总不至于有草菅人命之嫌吧？”

吕烈愣了半晌："请问，贵姓？"

黑衣女子仍不看他，静静地说："我们并不想骗名。"

围观的人们又笑了，是笑吕烈自食其果。吕烈又羞又恼，却不能发作。正无解脱处，忽听有人喊他，他赶忙应了一声，孔有德拨开人群急匆匆地进来拽了他就走：

"算了算了！大节下的，天大的仇也不能这会儿报哇，当心海神娘娘怪罪！"

吕烈甩开他，脸上挂不住："你瞎扯些什么！"

孔有德一怔，疑惑地看看吕烈，转身问老翁："你是不是姓舒，叫舒四？"

老翁连连摇头。

孔有德大喜，满脸赔笑："真对不住，弄错啦，弄错啦！你老别生气……走！走！咱们快回去吧！"连拉带推把吕烈拽出人群。吕烈频频回顾，分明还想说点什么，无奈气力不敌孔有德，被他一直揪出海神庙山门。

吕烈十分恼怒："无缘无故，你发的什么羊角风？"

"我疯？我是怕你疯！报仇杀人，原是大丈夫的本色。可现在登州，你又身为营官，杀人犯事，前程岂不白白断送了？再说哩，非杀不可，悄悄干就是了，哪能敲大锣擂大鼓地满世界说去！"

吕烈越听越糊涂："说的什么，谁要杀人啦！杀谁呀？"

"你自己说的嘛，不是要杀一个叫舒四的人吗？"

"舒四是谁？我多咱说过？"

"就是刚刚，在望日楼上。我刚上楼梯，就听到你在楼上大叫什么'舒四真可杀，逼得我没路走啦'！急得我连楼也没上，赶着去找你的朋友快来劝劝你，一个也没寻着！我回头再寻你，就看你跟那老汉一家子斗口……"

"哈哈哈哈！……"吕烈大笑，眼泪都笑出来了。

孔有德憨憨地看着吕烈，不由得也随着笑："嘿嘿，你笑啥呢？想是悟过来了，心里高兴？"

吕烈冲他连连摆手，一时笑得说不出话来。

原来，他与几位儒生在望日楼上饮酒论诗时，说起做了五日登州太守的苏东坡和他的海市诗，秀才们赞美“斜阳万里孤岛没，但见碧海磨青铜”，吕烈却喜爱“人间所得容力取，世外无物谁为雄”。谈到东坡妙处，说他占尽风华，已有醉意的吕烈拍案大叫：

“苏轼真可杀！逼得我辈再无出路了！”

竟酿成一场误会！事虽可笑，足见孔有德的为人憨厚坦诚。吕烈不觉把平日轻视辽人，轻视孔有德的成见消了大半。但他并不说破，因为报仇杀人最使血性刚肠的辽东汉心折，能为自己增加一层神秘色彩。他平息了大笑，问道：“孔大哥上望日楼也是去观景吗？”

孔有德恍然记起：“哎呀，我是肚子饿了去找点吃的。”他一按门板一样阔大的胸肚，“哈，刚想起来，它就又叽里咕噜叫开了！”

“来，我请客！”吕烈把孔有德拉进山坡上那处悬着“福山大面馆”招牌的食棚里坐定，“这儿的炸蛎黄、韭菜炒海肠子原是双绝，可惜今儿海神娘娘诞辰，馆子里不敢拿她的臣民下油锅。不过还有几样菜很有味，福山大面也算南北驰名。”说罢，他要了带子条、柳叶条、细扁条、韭菜条、绿豆条、细匀条、一窝丝、灯草皮的面各半斤，要分别浇上温卤、大卤、三鲜卤、炸酱卤、肉丝卤、麻汁卤、清汤卤、鸡片卤；又要了油爆肚仁、爆双脆、九转大肠、熘腰花、烧五丝，还有就菜吃的三斤叉子火食、三斤硬面锅饼、三斤酒。

吕烈原已酒足饭饱，只端了那碗清汤卤的一窝丝相陪，孔有德却“稀里呼噜”，饮酒吃菜嚼饼喝面，如风卷残云，不大工夫，把满满一桌子东西吃个一干二净！吕烈看呆了，各桌的食客也都停箸搁杯看着孔有德笑，啧啧称奇，有人高喊：“老兄好量！”孔有德摸着微微凸出的肚子，心满意足地眯着眼笑：“痛快！痛快！吕兄弟，生受你了！”

孔有德竟是来拜神的！吕烈看他认真地买香烛黄表纸，连价也不敢还，觉得有趣：“你也拜海神娘娘？”

“不敢，我老孔哪里配！”

“不如去拜月老拜送子观音拜孔夫子！”吕烈取笑他。

孔有德一双大蒲扇样的手乱晃：“不拜不拜！月老没给我寻老

婆，观音不给我送儿子，孔夫子又没教我识字，我凭啥拜他们哩?”他领了吕烈挤出人群，走进天妃宫前殿，把香烛分别插在左右守门神将前的香炉里，烧罢黄表纸，向二位门将虔诚地各叩了三个头。吕烈站在一旁看得奇怪：

“这两个无名之辈，也值得孔大哥去诚心拜他!”

孔有德略略迟疑：“吕兄弟是贵公子，念过书的人，也难知道江湖上的事。这两尊神一个叫嘉祐，一个叫嘉鹰，哥儿俩原是海上豪雄，称霸一时，后来给天妃娘娘收服，替娘娘守门，也成了干海上营生的守护真神。当年投奔毛大将军以前……”他撂下半句话，一把拽住一个匆匆进殿的人，“仲明，跑啥？还不快来拜拜嘉祐、嘉鹰!”

耿仲明想也不想，跑上去就拜，站起身就着急地问：“二位可见着帅爷?”他擦着脸上的汗，眼睛眏得更快了，“明明跟着他，人堆里一挤就挤散了，也不知帅爷身边还有几个人!”

孔有德也急了：“这还得了？快走，一路去寻!”

吕烈想了想：“多半在海市亭观沧海哩!”

孙元化是在海市亭。一领石青袍，蓝色风衣风帽，颇似一位游山的名士。背手而立，面对浩瀚的海天，貌似观海，眉间深如刀刻的皱纹里，埋着无数忧虑。

平定刘兴治之后，他巡视了自己的管区，登州、莱州、东江各岛、陆师水师各营都走遍了。他历来认为，攻防攻防，先防后攻，先要强固各处守卫，然后加强攻击力量；先保登莱东江不失，再设法收复金、海、盖、复四州乃至辽东全境。为防，各处需筑炮台制大炮；为攻，需造海船，船上列炮。要办这两项，怎么也要八十万两白银才能初具规模。他尽力节省，从各种费用里抉、摘、耙、罗，顶多能筹到三十五万，还有四十五万怎么办？这些天他日夜为此算计设法，实在智穷力竭劳顿不堪，今日趁天妃宫庙会来散散心。见三位部下匆匆赶到，他收起重重心事，蔼然笑道：

“可惜正当冬末，不然此处确是观海市的好地方。”

“是，所以名为海市亭。”吕烈回答着，向孔、耿二人说明蓬莱海市的奇景。忽听孙元化问道：

“此处有正月十六祭奠的风俗吗?”

孙元化正指着东边田横山脚海边礁石群，那儿有数人举着白幡烧纸招魂。吕烈看了一眼，讲起一段本地传闻:

早年间一家招商客店的女儿跟一位住店客人有了私情，海誓山盟，订下娶嫁之约。客人一去不返，女孩儿天天在海边盼望。后来父母又打又骂逼她出嫁，竟打得女孩儿小产，招来满城人的唾骂。女孩儿抱着死孩子正月十六投海自尽，投海前她赌咒发愿，要她的情人为她母子报仇！海神娘娘准了她的诅咒，一旦她的情人或情人的后代来到登州，登州便要遭一大劫……

“这些烧纸的是求她收回诅咒，求海神娘娘减轻惩罚……咳，无稽之谈！”吕烈说罢，挥手一笑。

“是什么时候的事?”孙元化问。

“小妞儿投海吗?”吕烈的话语又近于轻薄，“有说是二百年前，有说是正德年间，有说是二三十年前，谁知道!”

直到他们缓步下山，还在讨论这个触动人心的传说，耿仲明惋叹女孩儿痴心真情，孔有德痛骂那情人负心不义，孙元化则微笑地静听他们争执。

“这是镜石亭，咱们进去看看?”吕烈领头进了一座小亭，这里游人不似其他地方那么拥挤，北墙上嵌了一块光可鉴人的方石，“这就是镜石，凡思乡心切的人，可于石中见到故里家山。”

孔有德忙问:“果真灵验吗?”

吕烈笑道:“诚则灵。”

孔有德拽了耿仲明去镜石上照看：“让俺们来看看俺们金州老家！……孙爷不来看看?”在人群中他们不敢称“帅爷”，因为出来逛会，都换了平民便装。

孙元化淡淡一笑：“若是三生石，能映出过去未来，还值得一照；只现故里，徒增乡愁，不看也罢了。吕贤弟，你说呢? ……吕贤弟!”

吕烈正心神不定地向亭外张望，闻唤一惊，答非所问，令众人愕然:“正是，冬春交替之际，易生瘟病……”

“两位也是金州人吗?”一声清晰的辽东话，招得孔有德、耿仲明连忙回头。两个高身量的男子站在背后，说话的一位貂帽貂袍，华丽富贵，长得眉目清秀，疏疏的五绺髯衬出他一派斯文，亲切地笑道:“他乡得遇故乡人，真难得呀!”

孔有德、耿仲明分外高兴，立刻攀谈上了。此人姓程，原是沈阳生员，金鞑占了辽东，他逃到旅顺，因家境富裕，便做起了参貂生意，来往于朝鲜、旅顺、大沽之间。这是头一回来登州，不料登州如此繁富，海神庙会如此热闹有趣，他下回还要来。

耿仲明挺内行:“参貂生意可是大买卖，老兄赚不少吧?”

程秀才笑了笑:“托海神娘娘的福，这两年出海趟趟不回空。方才已在娘娘跟前谢祷过了，添了一炷灯油钱。二位同乡若有难处，在下理当帮衬。在下住在鼓楼后街悦来客栈。”

孔有德摇手道:“不客气，不客气!如今旅顺海面城里还都平顺吗?”

“平顺，平顺!多亏官军平了刘五。黄总镇在旅顺整饬兵马，严肃城守，大炮都排上了城门，金鞑轻易不敢来犯。不过，比起来，旅顺总归不如登州。”

孔有德一扬脸:“那还用说!孙巡抚驻节登州嘛!”

程秀才指点着伸入大海的东炮台笑道:“便是大炮，登州的也多。年前在旅顺听人说金鞑也要造大炮了，闹得人心惶惶的……”

耿仲明轻蔑地一皱鼻子:“鞑子也会造大炮?笑话!”

沉思默想的孙元化悚然一惊，立刻调头细听。

“可不吗，我听了也不信!还说也叫什么红夷大炮哩。”

“不中嘛!不中用!”孔有德高傲地大摇其头，“他们没有铳规，打炮不过放炮仗一般，哪有准头!”

程秀才惊喜非常:“咱官军竟有这神器!岂不是神炮?”

孔有德极为得意，心痒难挠，忍不住凑在程秀才耳边，压低嗓门儿吹嘘道:“那神器是孙巡抚孙大人亲自制造的，可是能……”吕烈碰碰他，他一眼触到孙元化责备的目光，赶紧把后面的话咽了下去。

程秀才愣了一愣，说:“可是名讳元化，字初阳的?大英雄!辽东人谁不敬仰！……”

孙元化很诧异，从旁边默默打量这位提到自己名号的秀才，立刻从此人身上感到了使他觉得亲切的儒雅书卷气，还有一般腐儒不具备而他非常赏识的精明，好感油然而生。他对程秀才一拱手，笑道：

“尊兄弃儒就商，出雅入俗，委屈了。”

程秀才连忙还礼逊谢：“命也如此，不敢抱怨。尊兄想必也是文教中人了？”

“不敢。在下县学一教官耳。”

“失敬失敬！”程秀才再次躬身拜揖。

孙元化拈须笑道：“尊兄书生弱质，海上风涛险恶，却也应付得来？”

程秀才丝毫没有误会问话的用意：“在下手无缚鸡之力，全亏我家老护院。”他指了指身边那个结实的红脸汉子。那人穿着打扮也很华丽，腰间悬一口长刀，只看那镶金嵌宝的白玉刀柄，便知是价值很高的宝刀。听程秀才提到他，赶紧拱手抱拳低头为礼。

孙元化打量老护院：“想必马上功夫不弱！”

程秀才笑吟吟地说：“正是哩，十八般武艺件件精通，又力大无穷。当年救过家父的性命，在下从不敢以下人待之，只当是叔辈。可惜天生不会说话。”

“哦。”孙元化点点头，邀程秀才同游多寿阁。一行人已走出镜石亭了，吕烈还倚着亭柱仰望蓬莱阁，不知在想什么，孔有德喊了他两声，他才无精打采地跟了出来。

途中，孙元化问起近日参貂的行情市价，程秀才很在行地一一说给他听。面前正对小海，各式各样的商船在码头排得密密麻麻。孙元化突然顺手拍拍老护院的肩膀：“那条大红船是你们的吧？”

老护院一抬头，看了孙元化一眼，只张张嘴，便指着自己的舌头，对孙元化摇摇头。孙元化心里一震：这人好厉害的一双眼睛！黑白分明，极其灵活，而且光芒夺人，深不可测。他抱歉地笑笑说：“我拍错人了，还当是秀才哩。”他目不转睛地注视着老护院，看他作何表示，老护院却已移目足下，静静地迈步随行。

将入多寿阁，孙元化对老护院腰间华贵耀眼的宝刀发生兴趣，忍不住伸过手去。老护院极其敏捷地向后一闪，一把攥住了刀柄，似要拔出。孙元化连忙按住他的胳膊，笑道：“不要多心，我只是看这刀柄似白玉雕就，十分稀罕……”

程秀才也笑了：“不碍事，不碍事。他靠武艺纵横一方，平日总是机警过人。教官不要见怪才好。”

游过多寿阁，就要各自分手走开。孔有德突然问道：“秀才，我好像在哪里见过你？”

程秀才笑着捋捋须髯：“你现在才记起？我方才一见你就认出来了。昨天夜里。”

孔有德细细一想，恍然大悟：“老书生？”

众人听他俩说得奇怪，忙问原委。

昨晚虽是元宵节，但登州因地处海疆，仍行宵禁，不过把宵禁时限延迟到子时。孔有德率营兵夜巡，拘到一个犯夜的。他自称老书生，因在朋友家谈诗论文，忘了时辰。孔有德诈他：“既是书生，我要考你一考。”老书生毫无难色，请他出题。这一来反倒难坏了孔有德，想了半天也想不出半个题目，便大喝一声：“造化了你！今夜幸而没有题目，快回家去吧！”

这小故事把大家都逗笑了。孙元化道：“这正应了那句俗话儿：秀才遇着兵，有理说不清！”

程秀才也笑：“正是呢，还亏得将军好心肠啊！……”

归途中，吕烈一直拉着脸不作声。孙元化沉思默想，也很少说话，有一两次停步回顾，目送程秀才高大的背影在人群中忽隐忽现。孔有德自顾自地说着福山大面，很开心。耿仲明瞪他一眼，示意他别饶舌了，随后低声问道：

“帅爷，你是不是疑心那位程秀才？”

孙元化点点头，又说：“程秀才倒罢了，那位老护院绝非等闲之辈，真是当世英雄！”

孔有德大为惊异：“什么？莫不是金鞑的坐探？”

“不，不像。”孙元化摇头，“坐探不会有这般气度！况且借着按刀柄，我摸了他的脉，博大稳定，不乱不慌。做奸细的不是这等脉象。着人去悦来客栈探探他们的来历。”

耿仲明忙应道：“回营就办。”

孙元化转眼看看吕烈：“你今天怎么啦？身子不好？”

孔有德哈哈一乐：“他呀，从不饶人，今儿可吃亏啦！”

吕烈突然满面通红，瞪眼发火：“关你什么事？真是狗拿耗子！……”他大约意识到自己失态，立刻住了声，扭开脸，低着脑袋只管走路，对谁也不睬。

孔有德不知他这阵无名火自何而来，张大嘴愣愣地看了他片刻，嘟囔道：“真是狗咬吕洞宾，不识好人心！……”

身畔的斗嘴，孙元化似听非听，他的心思已飞向别处：金国也会造大炮了！他感到一阵阵紧迫，实施那一整套攻防计划更是刻不容缓，可是从哪里弄那四十五万呢？……真伤脑筋啊！

第三章

一

如朱砂堆就的丹崖山，渐渐隐没在初春的雾霭之中。今年的头一场东南风推送着巨大的白帆，数十丈长的艨艟巨舰轻松地划破海浪，行进得十分迅速。

孙元化静坐舱中，面前一盏热茶，手执管笔急速挥动，聚精会神地演算着。海浪拍击船帮和风吹帆樯的“嘎吱”声响，使四周更显宁静。孔有德不好出声，便对侍立另一侧的吕烈耸鼻子歪嘴地示意：出舱去。吕烈视而不见。孔有德又指天画地做手势：有话对你说。吕烈竟扭头去看舱外，把孔有德气得咬牙。正没法子想，听得孙元化说：

“你们各自回舱吧，有事再差人去请。”

二人施礼退出。一出舱门，孔有德揪住吕烈，笑骂道：

“你这小子！装什么蒜？故意晾我呀！”

吕烈永远是那一副似笑非笑、对什么都无所谓的模样：“老哥，我可没料想到你还如此好奇。”

孔有德奇怪了：“咦——你知道我叫你出舱干啥？”

“那还猜不着，不就是想知道刚才码头上的那档子事儿呗。”

“啧啧，你这小子！”孔有德咂着嘴惊叹。

方才在码头，孔有德领来一个衣着华丽的年轻人，一见孙巡抚就叩拜下去。孙元化看着他，寻思着：“你——不是——吴？……”

“孙大人好记性！小的吴同，小的叔父乃司礼监秉笔吴直。”

孙元化沉吟间，前来为巡抚送行的张可大发话：“去年五月里你不是已寻着你的祖母了吗？登州府还差人专送到京的。”

“是。那次寻的不对，今年重新寻过，方才寻着真的。听说孙大人有家眷船进京，小的大胆，想陪祖母随舟同行，乞大人恩准。”见孙元化迟疑不语，他连忙补充，“我们自家有船，只求途中有个照应。”

这事真有几分为难：司礼监秉笔太监权势惊人，不能得罪；但与阉竖交往将为士大夫所不齿，有碍清名。

孙元化终于点了头：“难得吴公公一片孝心，富贵不忘本。若能母子团聚，也是一桩美事。孔游击，带他同行。”

归结到“君子成人之美”这种人所共钦的德行，一切难处便都迎刃而解了。既抬高了吴直，也表白了自己，就是张可大，怕也不能不佩服孙巡抚的精明独到，更别说孔有德了。

后来，孔有德奉命领吴家老太太上船，正碰上吕烈来找他，尚未开口，突然愣住了。孔有德顺着他直直的目光看过去，原来吴家老太太掀开轿帘朝外张望。那是个富态的妇人，虽然鬓发已经灰白，却徐娘半老，风韵犹存，想来三十年前姿色必定动人。

“她是谁?”吕烈目不转睛，嘴里轻声问。

“别老盯着看个没完，”孔有德小声埋怨道，“人家是贵妇人……”

“什——么?”吕烈一扭头，发红的眼睛里的狂暴把孔有德吓一跳。这时轿停在泊船处，跟从的丫头打轿帘，吴同恭敬地上去搀扶。孔有德有心也献个殷勤，却走不动，回头一看，束甲带被吕烈攥住，不让他向前。

披着茶色绣福字锦缎披风的老太太向他们扫了一眼，走了两步，又回头一望。吕烈双臂抱在胸前，微微低着头，一动不动地从浓眉下接住她抛来的目光。老太太脸上掠过一片不安甚至惊慌，随即老练地微微一笑，摇摇摆摆地顺着踏板上船去了。

“你认识她?”旁观的孔有德很奇怪。

“她到底是谁?”吕烈反问。

孔有德说起吴同叩请附舟的经过。吕烈先是耸起眉尖吃惊，继而放声大笑，再后来大笑渐渐变成冷笑，竟至沉默不语了。这时好几名侍从亲兵来找他们，很快又淹没在开船前的一大堆繁杂事务中了。

这个孔有德！平生头一回进京，见识帝都花花世界，多少事不惦着打听，偏记住了这件事盯着问！由于平定刘兴治，两人常在一处混得熟了，吕烈暗自也喜欢孔有德的憨厚坦率，所以在登州兵和辽东兵之间，他们俩要算交情最厚的了。吕烈于是懒洋洋地倚着船帮，对孔有德眯眼笑着问道：

“帅爷上任才半年，不够述职时间，干吗急着进京？”

“这呀？咳，一句话，要钱！帅爷想明年就渡海北上，收复四州哩！可造船造炮得多少钱哪？还缺四十五万，不找皇上，谁给？”

“哦……我再问你，登州营官数十上百，帅爷为啥单选我随行？”

“这还用问！看你能干呗！”

吕烈目光咄咄逼人：“当真？”

孔有德茫然不解，这点小事吕烈何以这般认真？他搔搔额头：“这有啥真假可说？”

“不是旁人荐给帅爷？”

“这……说不准。好像听说，张总镇荐过你。”

吕烈叹口气，又那么懒洋洋的了，唇边露出那惯有的嘲讽：“是荐我才干出众？”

“对。”孔有德记起来了，很高兴地接下去说，“还说你家大人是朝廷贵官，增拨军费的事好通融。”

吕烈“哼”一声，无精打采地闭了眼晒太阳，不再问了。

“别打盹啊！我问你的事呢？你认识那老太太？”

吕烈微微睁眼，怪模怪样地一笑：“什么老太太贵妇人，是个老娼妇老鸨子！早他妈断子绝孙了，怎么会养出个太监儿子？”

孔有德吃惊地张大了嘴：“啊？……该不是一伙剪绺儿骗子吧？你多咱见过她？没认错？”

“错不了！骨头烧成灰儿我也认得！”恶狠狠地说罢，吕烈又解嘲似的笑开了。

孔有德更加担心：“要是骗子，不过省几个船钱，哪怕捎点赃银赃物也有限，若是鞑子奸细……哎，不成，得去禀告帅爷！”

吕烈一想，也觉着严重，两人相随去见孙元化。不料路过吕烈舱房时，传出一声低喊：“吕哥！……”他俩惊异地对视一眼，慌忙进舱去瞧，竟是张鹿征！他惊慌失措地迎着吕烈跪下去，连声哀求：“吕哥，救救我！”

事出意外，在辽东孔有德面前，吕烈尤其觉得丢脸，板起面孔厉声问：“谁叫你来的？帅爷可知情？”

张鹿征胆怯地瞥了瞥孔有德，低头不语。

吕烈对孔有德说：“老兄且去见帅爷，先别吭声，过一会儿我领他去。”

孔有德想了想：“也好。可得问明白了，别出事。”

孔有德一走开，吕烈就发了火：“你这是干什么？往登州兵脸上抹黑吗？告诉你爹，看不打折你的腿！”

“哎呀吕哥，千万别叫我爹知道！……”

吕烈眼珠一转：“怎么，你跟你小姨娘的事发了？”

张鹿征垂头丧气道：“咳，别提了，谁料老头子的醋劲儿竟那么大！……今早起因要给孙巡抚送行，小姨娘过来给我篦头。那一股股体香，那扭扭的腰，颤颤的奶子，还有钩子也似的媚眼儿，撩得我直冒火，摸她揉她，又是笑又是喘。正美呢，老头子从后房出来了，吓得我赶紧抽手，不想太慌了，把裙带拽断，她那裙子可不就落下来，什么全露了……老头子眼多尖？全看了去，拔刀就来斫我，我还不撒丫子跑哇！想来想去没路，就偷偷上了船……”

吕烈又是笑又是皱眉又是骂：“你这小兔崽子，这么不小心！偷情偷情，要紧是偷，还能敲钟打鼓！况且又是你爹最宠爱的小妾！唉，走吧，去见帅爷。”

张鹿征直缩脖子：“啊呀，那可不行！”

“谁藏得住你这么个大活人？总得讨他的示下。”

孙元化见到张鹿征，也很意外。听张鹿征说失手打碎玉瓶招得父亲大怒、持刀赶杀的缘由后，他沉吟道：“张总镇一向不是这等计较小事啊……父子间家事也难说清。这样吧，我写信劝劝你父亲，告之你在我处，也好叫他放心。待他消气，我们也回登州了，你去向父亲谢罪。”

张鹿征喜出望外，连忙叩谢。

这位孙巡抚处事，果真是面面俱到！吕烈不快地暗想，孙巡抚却已转向了他，问道：“听孔有德说，你认出那吴直的母亲是……确实吗？不会认错？”

“没有错！”

“但这位吴直的侄子吴同，也确是真的。”

“帅爷认识吴同？”吕烈和孔有德异口同声。

孙元化点点头：“那是五年前，宁远大捷之后，吴同奉叔命，送来因大捷为魏忠贤请功请封的折本，邀我签押，被我回绝了。他那时不到二十岁，已经十分骄横，很说了些不中听的话……这次倒谦恭了许多。”

孔有德又不明白了：“那吴直不就是魏忠贤逆党了吗？如今怎么反成了大太监？”

吕烈冷笑：“苍狗白云，谁说得清！”

孙元化和颜悦色：“听说吴直查逆案逆党颇有功，很得圣上信赖。或许此人幼年入宫，他的母亲迫于穷困，不得已堕入风尘。如今，吴直富贵不忘根本，不嫌贫贱，也算难能可贵。我们还是隐恶扬善为好。”

孔有德连连点头。吕烈咬咬牙根，没说什么。

二

“……求主赐天恩与主的子民，更赐恩典与在这里聚会的人，叫他们谦恭听圣经的道理，都深信在心里，终身圣洁，做事合理，诚心事奉主。在这容易逝去的世界上，凡遇难的、受苦的、生病的、有缺欠的和遭别样灾难的人，伏求主大发慈悲，安慰拯救他们。阿门，愿主与你们同在。”

这庄严热情、水晶般纯净的声音，在这间小小的礼拜堂四壁间回响。主礼的汤若望神父立在圣坛边，身着黑色长袍，头戴黑色小帽，胸前悬着耶稣受难十字架，深深的蓝眼睛、高鼻宽额、线条刚劲有力的面容以及整个身姿，都显示着一种极富感染力的虔诚。一排排祷告席上的教徒报以同样的热情和虔诚，齐声回应：

“阿门，愿主与你同在。”

因为全是女子，声音像林中莺燕齐鸣一样温婉好听。

女教徒们纷纷起身，有的到圣坛前问教义，求神父祝福，有的往捐献盘里投银钱，之后，三三两两相随离去。汤若望微笑地看着这番景象，心里很觉安慰。

汤若望，原名约翰·亚当·沙尔·冯·白尔。一五九二年他出生于沙尔·冯·白尔这个德国莱茵州古老贵族之家的科隆城爵邸。也许是因为自幼就在闻名于世的科隆大教堂的庇覆之下，他们的弟兄三人中，两人都献身于上帝的事业，成为教士，另一个勉强留下来继承爵位。

沙尔家族的纹章，是各色方格上一顶飞鹰的盔帽。据亚里士多德的学说：四方形象征一个勇敢者的坚定和刚毅。沙尔家族确实产生过这样的英雄，那位因抗击俄国暴君伊万而被俘、在莫斯科附近被处斩刑、宁死不屈从容就义的菲立普·沙尔·冯·白尔，就是这个家族的光荣。

汤若望并不以他出身为荣，在姓名中有意识地去掉了表示贵族世系的“冯”，但他终身奉行家族纹章上方格的用意，坚定勇敢地选择了一条荆棘丛生的路，从未动摇。十六岁离开科隆往罗马进神学院，从此再不曾回过故乡。

二十六岁那年，约翰·亚当神父乘“善心耶稣”号船赴中国传教。墨西哥湾的强猛海流、基那阿海令人谈虎色变的无风带——“死气层”、可怕的“基那阿”疟疾的袭击，都没能摧垮他的意志，他终于到达澳门。不过，由于近一年的困难的海上航行，由于疟疾的折磨和惟一的放血治疗法，他是被抬上岸的，奄奄一息，像一具骷髅。

他不顾一切地跨上这片广大的、没有上帝不知圣经，却又生息着千千万万黄皮肤生灵的国土——这几乎和整个欧洲一样大的国家。他的心里充满悲悯和自豪，因为他从事的是伟大的事业——拯救千万个苦难的、罪恶的灵魂！

前面只有一位先行者——利玛窦。在澳门神学院的三年中，汤若望完全接受了这位先行者传教的有益启示，努力先使自己变成一个中国人，特别是，变成中国人中的“士”。如今的约翰·亚当神父，已是一位精通中国语言文字、因能准确地计算日食月食而在中国朝廷中享有“天算家”名望、在朝官士大夫中有不少朋友、吸收了许多虔诚信徒的出色的传教士了。为了适应这里强烈的东方色彩，约翰·亚当神父变成了汤若望神父——若望是约翰的转音，而亚当（Adam）便成了他的姓：汤。汤神父还制定了与欧洲不同的规矩，即男女教徒分堂做弥撒，以消除“男女防嫌，惟严惟谨”的这个国家平民百姓的疑虑。

今天是礼拜日，这里是女教徒聚集的地方。

渐渐空下来的小教堂还有最后四名妇女，虔诚地低着头，依次投献银锭、银锞和两串铜钱，末位的黑衣蓝裙姑娘伸出玉藕般的胳臂，把一双光灿灿的金镯子褪下来，恭敬地放在那堆银钱的顶端。

“阿囡！”身着香色外衣的中年妇人，用浓重的吴语叫了一声，显然有制止的意思。

汤若望走近，拿起那对金镯递还姑娘，慈和地说：“教会不接受金银饰物的捐赠。况且，捐献要自愿……”

“我自愿！”姑娘抬起头，“金镯算得了什么？我愿献身于主！汤神父，今天当着我母亲和徐太师母，我再次请你接受我做中土的第一名修女！”

“幼蘩！”

“阿囡！”

“小姐！”

“依沙贝拉！”

旁边的四个人同时叫出了四个不同的称呼。汤若望一开口，另三人都恭敬地缄默了。他惊异地看到面前是教名海伦娜的徐光启夫人、好友孙元化的夫人沈·阿嘉达和他们的女儿孙幼蘩·依沙贝拉：“阿嘉达！依沙贝拉！你们怎么会在这儿？”

徐夫人笑道：“神父，他们刚由登州来到京师。”

“伊格那蒂欧斯也来了？”汤若望骤然兴奋起来。

“是，正在那边做礼拜。”徐夫人指的是男教徒聚集的另一处大些的教堂，“他们会等候你的。”

“太好了！我这就去！……哦，依沙贝拉，你的心愿是可敬的，但你的父母愿意奉献吗？阿嘉达？”

孙夫人自入教以来，一直把汤若望神父当作上帝的化身，尊崇敬畏，此时怎敢明确表态，只含糊应道：“这要听听她爹爹的意思……”

汤若望笑了笑：“依沙贝拉，以后再说，好吗？”

幼蘩失望地蹙起长长的秀眉：“七年以前你就这么说，四年前你也这么说，今天，你还这么说……”

汤若望慈爱地摸摸幼蘩的头：“并不是人人都能够做修女。只要对主怀着爱心，常存善念做善事，同样是为主服务啊！——这一位？……”他鹰隼般锐利的目光转向四名妇女中那张陌生而秀丽的脸，她比别人站得远些。

“她是我娘的伴从，叫银翘，”幼蘩连忙介绍，“她是头一回进教堂，我们想她会皈依主的！”

汤若望点点头，眼睛里充满慈父般的关怀：“信奉主吧，孩子，你的灵魂将得到解救，人世的罪恶将得到洗涤！……”

银翘惶恐地低下头，不知所措，后退了几步。

徐夫人领着三位女客告辞回府。徐光启一家都是虔诚的教徒，所以特地在教会旁租赁住宅，开辟了专通礼拜堂的旁门。汤若望把他们送到门边，反身赶往礼拜堂的会客室。

会客室里，礼部尚书徐光启、登莱巡抚孙元化、都察院御史金声闲谈着等候。汤若望一进屋，几乎是冲上去的，一把抓住孙元化的手，孩子般兴奋地喊：“伊格那蒂欧斯！是你吗？我们又见面了！”

孙元化也很高兴地笑着，用力摇晃紧握的手。

金声略感惊讶：“哦？原来他们也相识！”

六十九岁的徐光启捋着颔下银白色的漂亮胡须，笑眯眯地说：

“哦，岂止是相识……”

十年前，刚刚来到澳门的汤若望，接受一位想要入教的商人邀请，去船上吃饭。走到码头边，汤若望不禁惊叹：从没见过这样玲珑精巧的船！它像一栋漂亮的二层小楼，楼檐廊柱乃至窗台窗框的雕刻，从色彩到花纹都极其复杂繁细，显得金碧辉煌。两人在一间艳丽中带点俗气的小厅坐定，热茶和各色各样精致茶点流水般摆了一桌。汤若望学着中国人的样子端茶闭目品味之际，一双温软的手臂缠上脖颈，带着浓烈的脂粉香，一个妖艳的姑娘力图挤进他怀中。汤若望大惊，茶盏摔了，热茶溅了一身。他的狼狈相招来一阵大笑。商人搂着另一个姑娘，跟那个被他推开的女人互相做手势，笑得喘不过气。

汤若望指着商人，说着半生不熟的汉话：“你！骗，欺骗！”

他的指责只换来更加放肆的狂笑。汤若望压不住火爆的脾气，怒吼一声，掀翻了桌子，整个船身颤动了。雕花木隔断上悬着的粉红色帷帘忽然拉开，那边一些吟诗作画、饮酒谈笑的文士围过来看究竟，其中一人大声说：

“他是一位有学问的传教士，出家人不近酒色，你们不该坏人家的道行！”

汤若望发完火又后悔了，因为他今天没穿教士的黑袍，便指着满地狼藉说：“我，赔偿！”他转向替他说话的文士，猛然认出他是同住在耶稣会公学、前来澳门为朝廷募购西洋大炮的学者之一，是老友徐光启的学生。为徐光启和他的学生们自捐资费购炮的爱国热忱，汤若望还非常感动哩。

于是，他知道了，这就是中国广东一带有名的水上妓院——花船。美丽掩盖着丑恶，文雅庄重与淫逸并存，对他将要毕生传教的这个国家的复杂古怪，有了第一次体验。

他们第二天在耶稣会公学再见，就像相熟的朋友了。可惜三天后新朋友就押运大炮去了广州，给汤若望留下了难忘的印象和名号：孙元化，字初阳。

过了三年，汤若望随传教组沿北江、赣江、长江来到可爱的江南小城嘉定，那里已有了规整的教堂和数百名教徒，成为传教江南的基地。当传教组被引导与捐助地盘、出资修建教堂的教友见面时，汤若望不禁惊呼出声："啊，老朋友！孙元化！孙初阳！……"

"哦，汤神父，你的汉话说得这么好了！该称我的教名，伊格那蒂欧斯！……"孙元化紧握着汤若望的大手，文静而含蓄地笑着，汤若望却忍不住放声大笑。

他们共同度过整整一个秋天。汤若望成了孙元化家最受欢迎的客人，尤其成了十岁的幼蘩的大朋友。孙元化跟从汤若望研修火炮及炮台，他是徐光启的得意门生，有很好的数学几何基础，所以掌握得很快。在后来的宁远大捷、宁锦大捷中，孙元化"以台护炮，以炮护城，以城护民"，辅佐袁崇焕立了大功。

立功升任的孙元化回到北京时，本已赴京传教的汤若望已被教会遣派去了西安，他们未能见面。今天他们重逢，三十八岁的汤若望已晋升了教职，四十八岁的孙元化，更是独一无二的、以举人出身而获超擢的方面大员了。

"啊，我已经见到依沙贝拉，长成大姑娘啦！"汤若望感慨地笑着连连摇头，"还像小时候一样，想当修女。"

"我对她说了，如果到二十四岁决心还不变，就送你去当修女！"孙元化说罢，众人随他一起笑了。

得知孙元化此行目的后，汤若望十分关切地问："皇帝召见了吗？"

孙元化叹了口气："召见过了。"

沉默片刻，金声摇摇头："一说要钱，兵部户部就叫苦；一提要办西洋大炮，就有许多奏本大喊：堂堂天朝，岂可用夷人的淫巧小技御敌！甚至竟有因诛杀袁崇焕而罪及西洋大炮呢！……"

徐光启皱起苍苍浓眉："当初只为京师处处有人掣肘，动辄得咎，才荐初阳出任登州。只要登州能成为天下武备最精良的重镇，见仗得一次大胜，西洋大炮才能正名，在九边各镇推而广之，实用于抗金复辽。所以初阳的通盘防守之策务必成功!”

又是一阵沉默。徐光启是他们这批奉教官吏士大夫的主心骨和靠山。徐光启的话他们当然赞成。无奈，巨大的军费开支非私人所能包揽，非皇上点头、朝廷通过不可，然而，这很难很难……

徐光启府上一名老仆来禀：司礼监吴公公差人到处寻找孙巡抚，直找到徐府来了。徐光启和金声都惊讶地看看孙元化。孙元化脸上掠过一丝难堪：“他找我做什么?”

回说是特意致谢，并代他家太夫人请孙夫人赴宴。

孙元化有点脸红，连忙说明吴直母亲随舟同行的缘故，并解释说：“难得他有此孝心，我也不好当面拒绝，并不是想与他来往……”

徐光启叹道：“何必拒绝他……那么，我们告辞吧。神父，晚上过来一同进餐，可好?”

孙元化递给汤若望一卷图纸：“这是我新近想要修筑的依山面海炮台的草图，请神父测算一下是否可行。”他又取出一个直角铁尺夹半圆形量角器的古怪器具，“这是我新近制作的铳规，在炮口测算距离和发射角，也请神父过目。”

汤若望笑了：“你已经成了大明的炮台和火炮专家啦!”

孙元化逊谢着：“学生的成绩，是老师的光荣。”

“谢谢！这是对我的最高奖励。”汤若望拍拍图纸，“晚上我们一同讨论吧!”

徐夫人请客人在小花厅坐定，命人取来两只二尺多高的长方木匣摆在桌上，说：

“幼蘩，这是送给你的。打开看看，喜欢不喜欢?”

幼蘩解绳带，开木盖，“啊”的一声惊呼，高兴得大叫：“啊呀姆妈！铜人！是铜人!”

果然是身着彩服、一男一女两个笑眯眯的铜人。

“哎哟！女孩儿家恁响喉咙!”孙夫人疼爱地责备女儿。

“姆妈，你不知道，这叫针灸铜人。”幼蘩扶起铜人对母亲比画，“铜人头顶灌进水，就可隔衣裳找穴位扎针。找得准，针进水出，穴位不对，针刺不进的！”

徐夫人笑了：“我原想难难幼蘩的，她竟识得，可见读书不少。”

幼蘩像孩子喜爱玩具一样抚摸着铜人，嘴里念叨着：“书上讲，铜人是北宋御医王惟制的……太好啦！谢谢太师母！”她朝徐夫人一跪。

徐夫人扶起她：“不要谢我，是你家太老师请人仿制的。早听说你喜欢医术针灸……做个好郎中也能济世救人，何必一定要做修女？”

“啊呀，这个囡囡啊，真正是孔夫子的褡裢——书呆（袋）子！只信书上的话。我对她讲，这是中土，勿是西洋，做修女那是大黄牛钻老鼠洞——行勿通。她却是东西耳朵南北听——横竖听不进！我再三劝她也是鸡毛敲铜锣——白费劲！……”孙夫人一口又响又脆又快的嘉定话，一串有趣的歇后语，说得大家笑个不停。她一改在教堂、在神父面前的庄重敬畏，恢复了平日的爽朗。

幼蘩立即就想试针，徐夫人命丫鬟领她去小书房，说那里有针灸图可以对照。孙夫人又嘱咐道：

“银翘，你陪幼蘩一同去。”

那位二十五六岁的娴静秀美的女子躬身领命，嘴里几乎听不见地道了声“是”，捧了木匣随幼蘩去了。

徐夫人眼见她们的身影从门边消失，转脸笑道：“银翘，蛮好听，是草药名吧？……从前没见你身边有这个人，看上去蛮稳重、蛮聪明。”

孙夫人笑得很得意：“师母见得不差，家里的使唤丫头都是幼蘩给取名，那才是老鼠钻书箱——咬文嚼字呢，全都是草药汤头！银翘虽说成天像只浸了水的爆竹——一声勿响，却是喉咙里吞萤火虫——口里勿响肚里明，样样家事拿得起放得下，有了她半个管家婆，我真是省心省力！”

“你从哪里寻来这么可靠的人？”徐夫人不无羡慕。

孙夫人的笑容渐渐收了，蹙眉叹道：“若讲她的来历，真是黄连炒苦瓜——苦上加苦啊！都是五年前的事情了……”

孙元化用两天时间安置好来京居住的家眷，又急急忙忙赶回宁远。他心绪很沉重，和所有心怀良知的士人百姓一样，对国家面临的局势简直绝望了：强敌金虏在东北崛起，官军屡战屡败，丧师失地，九边震动；朝中天启帝深居后宫不问政事，魏忠贤和客氏勾结擅权乱政，势焰熏天；奸佞当道，朝政一片混乱；东林党人尽遭罗织，下狱累累，毒杀殆尽……他是一个小小的兵部主事，官微言轻，不能在朝中有任何建树，便把一腔忠义和心血都投入抗击金虏的宁远大战之中。然而，无数将士浴血奋战，却使魏忠贤一党奸佞因宁远大捷升赏封侯，连五岁的侄孙也授爵位，前方将士能不寒心？他孙元化能不寒心？……

胯下银鬃马忽然昂首长嘶，扬蹄人立，差点儿把正在沉思的主人摔下去。孙元化定睛一看，已到顺城门大街，路上行人萧疏，并无阻碍，马竟停了四蹄，死不肯迈步，不时扭转长鬃飘拂的马头，回首西南，终于不顾缰绳辔头的控制，猛然侧身跑了个小圆弧，往来路飞奔，怎么也勒它不住。

惊异中，孙元化忽听有类似湿鼓闷雷之声发自地底，从他背后"隆隆"滚了过来，声响愈来愈大，银鬃马逃命似的狂奔，惊慌嘶叫。猛抬头，方才还炎日当空，天晴气朗，此时黑沉沉的乌云骤然涌聚，顷刻盖满头顶，四周屋宇竟也摇晃动荡起来。

孙元化疑心自己头晕。须臾，大震一声，有如霹雳，天崩地塌，昏黑如夜，万户千家陡然间纷纷摇落晃倒，"轰隆"、"哗啦"声延绵不绝，沿路滚动，尘土冲天而起，瓦砾石块乱飞。房倒柱摧的巨大声响止息了，刹那间万籁俱寂，仿佛时间和空气都被惊呆，跟着就爆发了混乱和喧嚣：人们狂跳突奔，呼天抢地，喊爹叫娘，呼儿唤女，哀告救命，痛哭惨号，如同踹了穴的蚂蚁，燎着窝的马蜂。老天爷并不发善心，又刮起了飞沙走石的怪风，吼叫着拔树掀石，把受难的人们卷得团团乱转，被瓦砾石块击伤无数。孙元化只得拉马一起卧倒，闭眼听天由命了。

狂风终于打着旋儿离去。孙元化起身，满耳哭叫呻吟，四周一片瓦砾。他担心妻子儿女，一时心急如焚。但放眼望去，十数里目及处尽都残破，无法辨认道路门户，只好喝一声“回家!”放松缰绳，任银鬃马认路奔回。

一路上尽是狂奔乱走的行人，目光惊慌疯傻，口中乱嚷，有的直撞到孙元化的马头竟也毫无知觉。走得时间长了，才见到扒土石瓦块救人救物的百姓。

不远处，几名匆匆赶到的书办差役，手持铁锹镢头，立在一片小丘般的瓦砾上大吼：

“底下有人吗？快应一声!”

“救命！……”瓦砾下传出尖细微弱的哭叫。

“你是谁?”诸人大声问。

“我是小七姐……”

“老爷呢?”

“老爷太太都……”接下去的是哭声。

众人抄起工具，挖开积土瓦砾，小心地搬抬，一个年轻女子慢慢爬出，竟是一丝不挂。虽然身上泥土和青红伤痕满布，在黑灰的背景上，仍显得粉白细嫩。她拿一片瓦遮着下体，虽是满面泪痕，十分羞赧，却带着几分孩子般的狂喜，仰望苍天，“扑通”一声跪在瓦砾堆上。众人只觉眼前一亮，全都愣了，顷刻间哈哈大笑。女子也是一愣，随即匍匐在地，放声大哭。

路过的孙元化看不过去，脱下外面的大衫扔给女子。女子连忙拿去裹在身上，抬头投来感激的一瞥，随即敏捷地扯住身边一匹脱缰的黑驴，骑上驴背，哭着走了。从书办差役口中得知，此女是他们本官八个小妾中的一个，看来本官一家只活得这一口人了。

远远望见自家门墙安然，孙元化松了口气，正待下马进门慰问，骑驴女子已经跟到近前，纳头跪拜，请予收留，孙元化无奈，只得引她进家，交给夫人沈氏……

徐夫人长叹：“唉，那场地震，实在是魏阉作恶太多，天怒人怨，招来上帝的惩罚呀!”

孙夫人道："正是呢！银翘初来，我还想替她打听家乡父母，好让她一家团圆。她却是个没嘴葫芦，倒不出放不进，一点口风不透，死不肯走。看她又懂事又勤快，蛮难得，就留到了如今。"

"她也有二十四五岁了吧？再不寻人家，怕就耽误了。"

"咳！提过八九十来回，她是三锥子戳不出一点儿血，牛皮筋一样，只摇头不作声。看起来牛吃稻柴鸭吃谷——各人自有各人福，也勉强她不得。她琴棋书画样样通，拿她当丫头，真是檀香木当柴烧——大材小用了！要不是咱教里头有规矩，我就做主把她收到房里，倒蛮合适……"

被二位夫人作为慨叹话题的银翘，此刻正在小书房里帮着幼蘩兴致勃勃地扎铜人，仿佛不把倒霉的铜人扎几十个透明窟窿就不罢休似的。

窗外传来脚步声和苍老的笑语："我们小书房谈天。"

"老师先请。"

后面一句声音厚重温润，震得窗纸微微发颤。银翘手里的书"吧嗒"掉到地上，她连忙俯身去拾。

"是太老师和爹爹！"幼蘩高高兴兴地到门前迎接，搀扶着父亲的恩师，"谢谢太老师惦着幼蘩，幼蘩给太老师磕头！"她真的跪在徐光启膝前，"嘣嘣嘣"叩了三个响头。徐光启捋着胡子笑得合不拢嘴。

看见铜人，孙元化也向老师致谢，随后吩咐女儿："你们收拾收拾，到别处去吧……哦，银翘今天做了礼拜，觉得好吗？愿不愿受洗入教？"

自男主人们进屋就俯首跪倒的银翘仍不敢抬头，低声回答："礼拜……好。老爷要银翘入教，银翘就入教。"

孙元化笑了："入教可是你自己的大事，谁也不能替你做主。你想好了告诉夫人。去吧。"

银翘一直眼帘低垂，长长的睫毛颤抖得像不安的蜜蜂，小心翼翼地站起身，无声无息地随幼蘩走了。

"贤契果然体恤僮仆，待下宽厚。"徐光启赞了一句。

“神父常说，人们只有职分责任的不同，他们的灵魂在上帝面前都是平等的。”

“既然如此……”徐光启沉吟片刻，望了望门生，“方才你又何必拒绝吴公公呢?”

他们一回徐府，孙元化便对来送信的吴同说妻子近日伤风，不能赴宴。吴同代吴直说了许多仰慕的话，见孙元化一直冷着脸，只得放下书信告辞而去。

孙元化叹了口气：“我知道他们是可怜人。只是魏忠贤作恶太甚，丧尽人心，与此辈交往必为士林所不齿，徒损名声!”

徐光启指了指桌上放着的吴直的信，字迹秀美流利：“他们这一茬司礼监太监，都在内书房读了多年书，由学士大学士调教，颇有学问。吴直近年尤得皇上信赖，首辅周相也与他过从甚密……”见学生低头不语，徐光启也有些难为情，想说的话不好启齿，心绪复杂缭乱，干脆换了话题：

“贤契此次平定刘兴治之乱，为朝廷立了大功，可算旗开得胜，你这举人巡抚可以坐稳了。”

孙元化笑笑：“多谢老师挂念，刚刚起个头，以后的事，唉，难说了。”

“张焘还好吧?”

“千斤重担他挑着五百呢。我这次进京，登州的事就靠他主持着。那位张总兵张可大……唉!”

“很棘手吗?故意作梗?”

“也谈不上。他或许并非有意，但总是想不到一处，别手绊脚地不得顺畅。我那里监军道尚出缺，还可进人，老师再荐一个得力的人出任好吗?”

“监军道?也是巡抚之下的要职，非四品官不能出任，就是特简也不能低于五品。你看中什么人?”

“老师，王征如何?”孙元化赶忙笑着问，神情活跃了许多，“我还没有来得及去看望他哩!……”

“我料定你必要提他!”徐光启也笑了，“难得你们彼此投缘，他那么孤傲的人，长你十岁，又是进士出身，竟也服你。不过嘛……”他迟疑着没有说下去，另起话题：

“你还想到谁？”

“瞿式耜可成？”

“唉，他自元年谪官，至今未起用，荐他难以获准。”

“那么金声、陈于阶……”

“金声近日方擢监察御史，不妥；陈于阶乃老夫外甥，则更加不妥了……此事我记下，慢慢物色，总要得力才好。好不容易得了登州……哦，贤契陛见，圣意究竟如何？”

孙元化又变得心事重重：“奏说增建炮台打造海船以备恢复四州之时，圣上频频点头称好，神色很是振作；提到需拨款项，圣上默默无语，不时手脚浮动，但见袍袖袍襟荡漾不止，想来……”后面的话不便出口，缩住了。

徐光启起身从柜中取出一个半尺见方的木匣，打开给孙元化看，尽是干人参：“圣上虑及国用军饷不足，特地命将万历年间储存下来的辽东人参到市上发卖，朝臣多有认购。但总共也只卖得数万两。”

孙元化十分惊诧，道：“竟然到了变卖家当的地步！破落户吗？……”

徐光启苍眉一扬，连忙制止：“不可如此说话！……”突发的严厉使孙元化略感意外，徐光启自觉过分，沉默片刻，又说下去，但声音压低了许多，“日前礼部主客司郎中出缺，礼、吏二部共推尚相隆补官。圣上道：‘主客司分掌诸番朝贡接待给赐之事，当简循良有礼之人。尚相隆因买茶不合意，打破家奴头脸，岂能掌主客司事？’吏、礼二部大臣无不惊愕，回来细访，果有此事。以为是言官密奏，但都察院缉事之人说道：‘我辈钩察，皆关于钱粮重事，居家打骂奴仆，何从问之！’连诸内侍也都相顾惊诧，真不知如此细事何以上达圣聪？……”

孙元化懂得了老师的用意，仰望屋顶，似不经意地低声说：“陛见将毕之时，圣上忽然问我昨日饮酒没有，我说饮了；又问我同坐者谁？我答之以同在宁远的李、胡两幕僚；还问吃了什么菜，我只好一一奏上有油鸡、烧鸭和猪肚。圣上便笑了，说：‘一点不错，孙元化果然诚谨不欺！’……”

师生二人好半天相对无言，四周一片沉寂。

“这不行！”孙元化一下坐在椅子上，用力敲着扶手，“别人说什么我不管，炮台非建不可！大炮海船非造不可！刻不容缓！”“咔吧”一声，扶手的云头木雕被他敲断了。

“自然，当然，可是到哪里去弄这四十五万呢？……”老头儿弹着自己宽阔发亮的前额，一筹莫展了。半晌，他迟疑地老话重提：“眼下最得圣上恩宠的，宫中自然是司礼监，朝中要属首辅周相了……”

“我宁可去求告周相。”孙元化痛苦地蹙了蹙眉毛。

“论才干，论学识，周相可算一时之选，况且终究是士林中人，便与之交往也不辱没你我，但凡亲友故旧有事相求，他都肯尽力。只是……”徐光启打住了。孙元化完全明白，周延儒从不接待空手上门的亲友故旧。于是他口吃吃地说：

“我这里……尚、尚有二千余两……”

徐光启摆摆手，牙痛似的苦着脸：“不。金银形迹过露，不如将你带来送我的貂皮、人参转赠他……”

“老师！”孙元化站起来喊一声。

徐光启只管皱着灰白的双眉，唏嘘着，十分痛苦地往下说：“给他，全都给他！……这是我的主意，由我向主忏悔！主会理解我的苦心，原谅我的罪恶！……”

“老师……”孙元化心热鼻酸，忍不住想跪倒在白发苍苍的师尊面前。

“保尔！伊格那蒂欧斯！”汤若望兴奋地推门而入，红通通的脸上满是笑，手里举着那件铳规，“太好了！有了它，大炮能打出最大射程，还提高了准确度。这可是登州守军最要紧的秘密，千万别让对手得到！哈，这样一来，你的大炮，每一门都是最好的，无敌的！……”他终于发现他的两位教友神色不对，这才收了笑容：

“出了什么事？我能为你们做些什么？”

徐光启庄重起立，蹒跚地走到神父面前跪倒，道：“神父，我要向你忏悔……”

“不!”孙元化急忙在汤若望另一侧跪下，坚决地说，“是我的罪过，请听我忏悔，求主饶恕我！……”

三

“舅，不能帮着说句话吗？我们登州拿这四十五万有正用!”吕烈不管说什么，都脱不掉那漫不经心毫不在乎的行径儿，夹了一个鹌鹑蛋扔进嘴里。这是吕烈回家的第三天下午，舅舅下朝比往日早，不到未时已吃上了午饭。一家三口，舅舅上座，舅妈打横，吕烈下席，围着摆满菜肴的饭桌。其中有吕烈从小爱吃的烧鹌鹑和虎皮鹌鹑蛋，这两道菜一直是舅妈亲自下厨烧的。

自从吕烈日渐由千总、守备升到都司以后，当初对这个弃儒从军的外甥暴跳如雷的舅舅，也渐渐收起了旧日的严厉，变得越来越和蔼。此次吕烈回京到家，舅舅的慈爱可亲中竟多了一分讨好，并再次提出要吕烈改姓徐，正式过继给无儿无女的舅父母，接续徐门的香烟。这一方面叫吕烈不大自在，另一方面又看出是个讨价还价的好机会，便审时度势地抛出四十五万的问题。看到舅舅那一本正经的瘦长脸上挤出来的尴尬的笑，吕烈的心不由得下沉了。

徐璜拿怀裆一角沾了沾胡须上的汤汁：“唉，我是风宪官，怎好过问兵部户部拨款事项？”

舅母冯氏帮衬一句：“登州事总归关系烈儿，你不好去和兵科给事中促成一下？都是同僚……”

徐璜对妻子一板脸，斥道：“哇！妇道人家，不准胡乱插嘴！国家大事，岂尔辈所能知!”

冯氏立刻垂下眼低了头，再不敢出一声。

吕烈从小就替舅母抱不平。舅母的娘家在朝中很有权势，照常理，舅母应该压舅舅一头才对，可是自他记事起，就见舅母在舅舅面前像恶婆婆手下的童养媳一样受气。如今二人都已年过半百，舅舅的气焰倒更盛了！真不知关了门放下窗的闺房之中，他俩怎么处怎么过怎么上炕！

“舅妈你请。”吕烈有意站起身，恭敬地用匙子敬上舅母一块烧鸭腿。舅舅装作没看见，这叫吕烈忍不住想替舅母“报仇”。他眼珠一转，故意淡然道：

“舅舅身为天子耳目，专职纠劾百司，凡贪恶小人均在被纠之列。别的不说，前朝东林杨涟、左光斗二公，因忤魏忠贤罹祸，乃君子也，而舅舅其时竟也纠劾之，何故？”

徐璜一时神色有些沮丧，仿佛痛悔前非，半晌才说：“此话也难讲了。一时有一时之君子，一时有一时之小人。前朝我居言路时，举朝皆骂杨涟、左光斗诸人，我自纠小人耳。如今看起来，却是两个君子。”他摇头叹息不止。

君子小人不分，是非随风而动毫无定见，居然荣升佥都御史！也不知当初怎么心血来潮，写出有名的“何官非爱钱之人”的奏本！吕烈心里冷笑，搅动着碗里的汤，哪壶不开偏提哪壶：“言官贵直。周延儒将起时，言官多半阻止。舅舅也说他软美柔佞不堪重用，却又推举他入阁，算什么道理？”

“我说你阅世浅，果然。”徐璜索性放下筷子，耐心教导外甥，“彼羽翼已成，明知必不能遏而故意阻之，徒留他日隐患，不如玉成。此即古人所云‘宽一分则受一分之赐’耳！”

吕烈突然换上一副嬉皮笑脸：“既如此，舅舅就宽我登州一分，替我们那四十五万说句好话嘛！”

徐璜又拿起筷子夹菜吃饭：“四十五万不是小数，说好话未必有用。况且你们那位孙巡抚……”

吕烈一口接过来，故意激昂地说：“我见到过的大小文武官员中，他是最有才、人品最高、为官最清廉的！”

徐璜极力掩饰心里的恼怒：“不料世间还有人令你心折，倒也难得！只是你那孙巡抚以举人出身得此高位，朝中多半不服，就连这次平定刘兴治，朝中也多说是天意自败，非他之功……他的事自然格外难办。况且又能受他何赐？”

吕烈心里气极了。不知朝中这帮人是何心肠！平定刘兴治，他是从头到尾参与了的。多少心血、多少危难，惊涛骇浪，枪林弹雨！天意自败？区区四个字就一笔抹杀了！对付异己，确实得着刀笔吏的真髓，杀人不用刀！可他们还想不想再招天下贤士替国家出力？他努力压下愤懑，只在嘴角撇下几分嘲弄：

“终不成要外甥贿赂舅舅？……”

徐璜变色，“啪”地把碗一放：“什么话！我最恨这两个字，你难道不知？凡事只要沾着钱字，无不卑污！我才干品行虽不敢夸口，自问清廉二字却是无愧，一向总在这二字上痛下功夫，名声也颇不恶。饶是小心如此，一班失意小人还是心怀妒忌，造谣惑众，惟恐天下不乱。你是我亲子侄，竟也如是说，真正岂有此理!”

见舅舅生了气，吕烈不得不收敛几分，并转移话题：“怎么造谣惑众？朝中出了什么事?”

“你看看这个!”徐璜从怀中取出一纸，“啪”地拍在吕烈面前，激愤形于辞色，“这匿名帖，竟贴上了皇极殿边墙！叫他这一写，我大明朝堂直是一团漆黑，成何体统？欲启圣上疑忌之心、置九卿于死地而后快，用心又何其毒也!”

吕烈拿起匿名帖一看，惊异地瞪大了眼睛：上至辅政大学士，中至六部尚书，下至御史、给事中、翰林，最受重用最时兴的二十四人，一一列名，编为二十四气，各注一绰号。首先列出的，是几名辅政大学士：

成辅基命	杂气	顺风火
周辅延儒	妖气	摩登伽女
钱辅象坤	尸气	痴虎伥
温辅体仁	贼气	桃树精
…………		

“哈哈！妙绝!”吕烈才看了几行，就忍不住拍案叫绝。实在是太像其人了！连他们那些见不得人的隐私，也藏在“气”和绰号中了。

“放肆!”徐璜把筷子一搁，口气不重，但瞪了外甥一眼。吕烈耸耸眉毛，收住笑，低头看下去：

梁司马廷栋	油气	九尾狐
倪宗伯元璐	淫气	假姜诗
房少司空可壮	臭气	海上暴客
…………		

列名最多的，是参与会推荐贤的言官：

章都谏正辰	阴气	灰地蛇
吴佥宪甡	杀气	再生吴起
王都谏道纯	霸气	塑大虫
…………		
徐佥宪璜	痰气	两头蛇

吕烈一下子看到了舅舅的大名，想笑，极力忍住。痰气！两头蛇！真是惟妙惟肖，太精彩了！吕烈暗暗叫绝。想想去年舅舅御前面君时的丑态，不是如痰壅喉，吐不出真话吗？想想他平日口是心非假正经，可不是两头蛇性情吗？真佩服这位"造谣惑众者"的眼光和才气！

哈，骂得痛快，骂得绝！还有"棍气"、"秽气"、"浊气"、"瘴气"、"毒气"、"逆气"、"戾气"，甚至命名为"粪气"、"膻气"、"疝气"！至于绰号，更加琳琅满目："赛黄巢"、"金枪手"、"靠壁鬼"、"黑面豹"、"啮人马"、"泼天罡"、"喉下癣"、"金甲神"、"水棉花"、"假飞虎"……如果都如舅舅之"痰气"、"两头蛇"一样准确，则朝堂上衮衮诸公，尽是何等货色？怎能不一团漆黑！

这表面轻薄、骨子里恶毒的匿名帖，不但极尽嬉笑怒骂之能事，而且着实包藏祸心。吕烈直是想笑，一忍再忍，还是捅出了这个要害问题：

"皇上若是见到此帖，不知作何想？"

徐璜已吃完饭，从妻子手中接过茶水轻轻漱口。妻子忙捧过水盂接去他吐出的漱口水，再交给侍立在一旁的丫鬟，态度之恭敬，笑容之殷勤，与丈夫的视如不见的冷漠，一齐落在吕烈眼里，又激起他一阵不痛快。徐璜却站起身，说到皇上颇为郑重：

“幸而皇上英明，为此事特地下谕说：‘命司礼监收集焚毁，不许流传，勿再令人见，以全大臣之体面，也表明朕无疑于诸臣！’……如此，则小人辈不能得逞了！”

皇上不疑，难道朝野不疑？今日不疑，难道今后不疑？小人骂小人，舅舅的神态再次使吕烈觉得可笑可鄙，不想再继续这个话题：“不说了，不说了！小人之辈十恶不赦，都该千刀万剐！……还是说说我们登州的四十五万吧！”

徐璜皱皱眉头：“你向来是从军吃粮、万事不管的人，对这四十五万何以这般牵肠挂肚？莫非拨得款下有你的回扣？”

吕烈冷冷一笑，靠椅背坐定，一声不响地看着舅舅。

徐璜越加慷慨：“如今贪风炽烈，朝野尽然。今日在朝房，不知谁提到一个新城王叔圃，竟然众口一词，赞美不已，大有荐举之意。哼，必是广行贿赂，如此朝政安得不乱！”

他正高谈阔论，守门老仆持一名刺禀告：“老爷，新城王使君候谒。”

徐璜一看名刺，正是他刚才骂的那位王叔圃，登时发怒：“谁叫你乱递名刺？没眼色的奴才！这不是要坏我清白，辱我名声吗？拿鞭子来！听见没有？”他瞪眼冲妻子吼。老仆吓得叩头求饶。吕烈坐在一旁剔牙，仿佛没看见。

丫鬟取来鞭子双手捧给冯氏，冯氏又双手奉上，胆怯地小声劝说：“老爷息怒，不要气坏身子……”

“多口！”徐璜顺口斥责，冯氏立刻垂头不语。他拿着鞭子反复折拗试着软硬，却一眼一眼地看吕烈，嘴里还不大连贯地念叨着：“清廉家声，岂容亵渎！……”

吕烈只不作声，毫无劝阻的意思。舅妈硬着头皮小声说：“吴桥王家是大族……我家表姑夫姓王，祖籍仿佛……不是吴桥，便是新城……”

徐璜想了想，沉吟道：“若是亲戚……”

这时吕烈才哈哈一笑：“舅舅，不见面怎知他来意?”

徐璜连忙接过话茬儿：“依你说，是见见他为好？……也罢，传他客厅相见。若有不轨之心，我可不留面子!”说着气哼哼地去了。

吕烈又坐回桌边陪舅母，替她布菜端汤。舅母感激地笑笑，温和得可怜：“你难得回家，不要为我忙累。”

“舅妈，舅舅怎么还是这般行径儿?”吕烈很不平。

“随他去吧。烈儿，你老大不小，到下月初八就二十六岁了。再不求亲成家，惹人笑话。不孝有三，无后为大啊！……”说到后来，舅母的声音微微发抖。吕烈不愿引起无儿无女的舅母伤心，但又不愿对柔弱温存的舅母说假话，哼了一声，咬牙道：

“父慈子孝，他不慈我便不孝！若不看在母亲面上，我都懒得叫他这声爹！……”

想起吃喝嫖赌无所不为的浪荡父亲，吕烈打心底里厌恶。照说男子汉不嫖不赌上不得台盘，但他那样不成器、没皮没脸却世间难寻。记得小时候家里全靠舅父舅母周济过活，父亲竟也心安理得地游手好闲吃白食，好多次把家用粮米银钱偷去赌博输个精光，害得母子在家挨饿，他却又向舅舅伸手。钱一到手，进妓院一住就是半月，无赖至极，填不满的无底洞！舅父舅母仿佛欠他什么情也似的，总是有求必应，真叫幼小的吕烈难解难猜。

还是母亲怕耽误了孩子，在吕烈八岁那年送他进京，从此在舅舅家长住。舅舅为使外甥安心攻读，竟把妹子也接来同住，直到九年前病故。母亲去世，独自留在钱塘的父亲另娶，吕烈和他几乎断绝了来往。舅舅得知吕烈的父亲婚后连生二子一女之后，便提出过继吕烈为子，改姓徐。据说父亲无异议，吕烈却不肯。为什么，他自己也说不清，越是厌恨父亲，越不愿改姓。或许还是自小养成的习惯：想方设法，专跟父亲作对，叫他不得痛快!

冯氏叹息着劝解：“他终归是长辈，你怎好这样说他！如今他年将五十，家累又重，听说业已收心，改好多了……”

吕烈哼一声，心想：狗能改了吃屎！只听舅母用更加温存的口吻说：“烈儿，我看着你长大，就像自己亲生的一样，过继改姓，你怎么就不肯依呢？”

吕烈一抬头，正色道：“舅妈，看舅舅这么待你，叫我想起那人待我母亲的样子，心里怎么能顺！……舅舅是为什么？”

舅妈怔怔地看着吕烈，泪光荧荧，默默无语。

“嫌你不生儿女？再娶几房侍妾又有何难！”

舅妈渐渐低了头：“我也劝他纳妾，劝了十多年，他终是不松口，宁可去勾栏瓦舍……我也弄不明白……”

吕烈愣住了，这是头一次从舅妈嘴里获悉的真情，竟是如此不近常情。他思忖片刻，随即冷笑了几声，说：“这也不难解，要倚仗舅妈娘家为靠山，他焉敢纳妾娶小！”舅妈的娘家亲友门生遍朝野，而舅妈的亲娘最是忌刻，舅舅在此事上，不得不格外赔小心，免失老泰山的欢心。

舅母张嘴“啊”了一声，叹口气，放下了碗筷。

守门老仆快步走来禀道：“夫人，老爷命奉茶待客。要好茶，快些送去客厅！”

冯氏如闻军令，赶忙起身催着丫鬟快去唤人送茶。吕烈不怀好意地笑道：“看来，留面子给他了！”他陪舅母回到后堂，刚坐定吃茶，老仆又追来禀告：“夫人，老爷命上酒肴待客，用状元红，八珍攒盒。”

冯氏又急急忙忙地安排去了。吕烈怪模怪样地笑着，拖长了声音：“舅舅为何前倨而后恭？想必受他厚赐矣！”

冯氏脸色有些变，这样明显的恶意她不会没感觉。她像对小时候的吕烈一样轻轻抚着他的后颈，难过地说：“别怪他。昔日他不是这样的。不记得八年前了？……”

吕烈狠狠咬住嘴唇，不说话了。

那时候，他才十七岁，翩翩小秀才，带着舅舅筹给的五千两银子回原籍会试。他十三岁考中生员，有神童之称，人们都认为他中举如探囊取物，进士出身的舅舅自然期望更殷。不料秉性不羁的他，一路挥霍，竟在金陵滞留三月，混迹于秦楼楚馆，及至杭州，囊空如洗，又抱病不能入场，借贷而归，沮丧到了极点。舅舅闻讯大怒，列出家法、小杖、皮鞭，严阵以待。舅舅管外甥，那是正管！

吕烈叩拜舅父母，已是病得骨瘦如柴，还因跌跤摔脱一颗门牙。舅母一见便哭了，舅父却黑着脸大声责骂，声言要打断败家子的“狗腿”！奉命搜查公子行箧的书僮送上公子的诗稿，舅舅愤愤然翻看，突然停在一处，很快看一遍，吟一遍，竟至摇头晃脑地吟哦出声：

“比来一病轻于燕，扶上雕鞍马不知……好，妙语好句，可怜可喜！哈哈哈哈！得此两句，则五千金花得值也！”

吕烈已因软弱瘫倒，昏眩中也还是听到了舅舅的话，庆幸轻易过关，感激之情涌上心头……然而他却从此抛弃儒业，次年以武举出身，踏上了以武功立身的另一条路……

想起往事，吕烈也觉得自己过分，有意识地收敛了几分狂态。这时舅舅回后堂来了，脸上有酒色红晕，还有兴奋、得意、感激的奇怪表情。他看了吕烈一眼，又恢复了些许舅父的严厉：“你回西楼书斋歇息去吧！”

吕烈扭头就走。舅舅终于忍不住，又拦住外甥，从怀中取出一帖红礼单递给他，笑得十分得意：“王使君之父王象春原在朝为阁臣，故而知我素负雅望，敬慕我人品学问……”

红帖上金粉字写着：“侍生王叔圃敬赠玄色绢丝纺绸五百匹”。吕烈冷笑着扔下礼单，转身走了。

回到西楼，另是一番喧嚣：千万声鞭炮震天响个没完，和着鼓乐吹打喜气洋洋地隔墙送到耳畔，不想听也得听，躲都躲不开！小书僮笑道：“少老爷，不瞧瞧热闹？隔壁家老公给他娘做寿哩！”

三天前吕烈进家门回到西楼，发现邻居院子翻修一新，还栽花种树、垒石构亭地起了一座花园，正中的四方轩气派之大，足与阁臣宅院相媲美，——原来是司礼监吴公公为他母亲新置买的宅子。从楼上，吕烈得以清楚地看到吴直认母的一幕：年近三十的司礼监秉笔，炙手可热的权势人物，竟像个五六岁的孩子那样哭叫着，张臂扑向那个仪容丰美、风韵尚存的老太太；老太太竟也搂定这个大汉子，一声儿一声心肝地哭叫，旁边许多人陪着掉泪。若是真的倒也动人，偏生是假的，可就叫知道真情的吕烈觉着肉麻，觉得可笑到极点！戏做得越认真，他看得越滑稽。他既鄙视那些不是男人的货，又恨这黑心肝的老鸨，王八遇乌龟，他乐得一边看笑话瞧热闹，都倒霉才好！犯不上去戳穿它。

此刻，看那身着鲜红福字寿衣的胖老太太，妩媚地整整鬓角，斜飞一眼，这与她年龄极不相称的卖弄风情，直令吕烈作呕，随意抛出一句嘲笑："老公成孝子，公鸡抱窝啦!"

"孝?"书僮诡秘地笑笑，"天知道！这漂亮老婆儿未必真是他娘!"

"你倒圣明!"吕烈也笑了，"谁说的?"

书僮兴致勃勃地讲给少老爷听：半年前花园完工的那会儿，就听说吴老公遣了专人打山东把寻访到的老娘接来了。也在那个气派的四方轩母子相会来着。那老太太又黑又瘦，长脸眯缝眼，合不拢嘴的大龅牙，说实在的，吴老公虽俊，可说不上啥地方跟她真有点儿相像。丑老太太一看吴老公耳垂儿上的黑记，就悲切切地哭开了，哭得那个伤心哟！吴老公不知咋的，登时翻脸，一把将丑老太太推得一屁股坐在地上，叫来陪同的人，"啪啪"几个大耳刮子扇过去，大发脾气，说这不是他娘，叫他们重新去寻！手下人屁滚尿流，赶紧把丑老太太弄走了。今儿个看起来，多半儿是因嫌那个丑，不长脸……

吕烈听罢淡淡一笑："刑余之人，心性自然古怪。"

"没错儿！这回他可认了个拿得出手的娘，足显摆！到处下帖子给娘庆寿。咱这一条胡同家家都送，第一张就是咱家！还是老爷在朝中有人望啊!"

"他送他的，老爷素有清名，不会去的。"

"这个嘛……"小书僮不服，又不敢直说，"吴老公是司礼监大太监，得罪他可是要命的事儿！他们那路人心眼儿小着呢，下帖子请不去，恨你几辈子！……说不定老爷也……"

"胡说!"吕烈拉下脸。他对舅舅反感瞧不起，是自家的事，不容下人外人置喙。再说他也深信舅舅总还爱惜声名，不至于卑贱到与阉竖为伍的地步。

吕烈的面色吓得书僮不敢出声了，悄悄退了出去。门扇一开，那边花园的喧闹便直灌进屋，报客唱名的声音更是有腔有调，高入云霄。书僮又跑回来，跪在门边，极力做成恭敬的态度，小声嗫嚅着：“少老爷，请听……”

“佥都御史徐璜徐夫人拜寿！——”尖锐响亮、口齿清楚的唱名拖得长长的，很是悠扬。隔一会儿报一遍，没有新来客人，就一遍一遍报下去。吕烈像给人狠狠抽了一耳光，书僮眼里幸灾乐祸的胜利闪光，更像炙烧人心的火，他一脚踢倒书僮，冲到楼外步廊：四方轩就在眼皮底下，他的舅妈穿着做客的命妇品服，跪在大红团绒垫上，正向那个胖胖的老妖婆拜寿！

热血一瞬间涌上头面，眼睛几乎爆出烈火！但另一声更清晰、更摇曳好听的唱名更加尖锐地刺进他的耳鼓：

“登莱巡抚孙元化孙夫人拜寿！——”

他的脸色骤然苍白，白得像纸：一张鬼一样的脸上一双鬼一样的眼睛，阴森、恶毒，盯住那位身穿二品命妇吉服、笑容满面、嘴里不住讲着什么的中年贵妇。确确实实，那就是他心目中人品高、为官清廉的孙元化的夫人！

他不是瞎了眼吗？什么正直清廉！太可笑了。他怎么还会相信这一套鬼话！居然还用来敲打形容舅舅！……

他突然噤住了。孙元化夫人之后，又走来一个女子，她的容貌，她的步态，她的身材，她那不时举袖掩唇低头一笑的动作……是她！竟然是她！她怎么会出现在这儿？吕烈心里一团混乱，疯狂、仇恨、痛苦交织着，烈焰从心底延烧到全身，炙烤得他忍不住想嘶叫狂嗥……她登上台阶，进四方轩跪拜了，吕烈猛地意识到又有好戏看了。

果然，女子跪拜后起立抬头，寿星婆吃了一惊，后退数步，仿佛见了鬼；女子双手一起蒙住口鼻，把一声惊呼硬生生堵回胸膛。周围的人好奇地打量她俩，她俩极快地恢复常态：胖妖婆边笑边拍手掌，喋喋不休地向客人们解释着什么；女子微笑着一手抚胸，一手扶额头，显见是在说明头昏恶心之类的病症。鼓乐吹打鞭炮响掩住了她们的声音，但吕烈看得明白，两人都在努力掩饰她们是老相识的真相。

他骤然转身回屋，一屁股坐在书桌前，先是从鼻子里哼出一两声冷笑，跟着越笑越急，收不住，笑个没完没了，“咯咯咯咯”，像怪鸟在叫，把书僮吓得目瞪口呆。

他认识这两个女人，太认识这两个女人了！

…………

道经金陵的十七岁小秀才吕烈从来没想到，他们这些文人学子借住的贡院街的芳邻，就是大名鼎鼎的乌衣巷、钞库街，拥有河房灯船的风流世家鳞次栉比，布满秦淮河两岸。所以，当一枚圆圆的白果壳落在他肩头，逼他举头仰视之际，珠帘绣阁上凭栏微笑的小美人儿立即抓住了他的心。少年性情，无所畏惧，当下就敲门入院。老妈妈领着漂亮的女儿们出迎。满目星眸桃腮，满耳娇声笑语，满院花香粉香口脂香，从未经历此境的少年能不心慌意乱？只记住抛白果壳的姑娘叫翠翠，桃叶院老妈妈的第十八女。

穿朱门入绣户，别是一重洞天。燃香炉，烹清茶，献鲜果，奉茶点，姐妹们都倾心于这俊秀的小男子，争着为他品箫吹笛弹琵琶。翠翠坐处离他最远，似笑似嗔，每每目光流转，偏又欲语却止，更教小秀才心旌摇动。

要显示豪侠气概，他出手便格外大方：要来最上等的宴席，请了院中所有的姐妹。江南精美的佳肴，原应使北方生长的吕烈惊叹才是，但他已醉翁之意不在酒了。姐妹们都已稔熟，有意无意地向他献殷勤，或抚颈摸背，或捏手贴腮。小秀才窘迫之际，竟吟出一句古诗：“除却巫山不是云……”众女郎哄然一笑，几个姐妹上前，把翠翠生拉硬拽到他身边，将她的裙带与他的腰带丝绦系在了一起。

门外一声叫喊：“十一娘回来了！”席边所有女郎如听号令，闻声而起，一齐拥向楼梯口。老妈妈脸上堆满殷勤的笑，抢先迎接，一路嚷下楼去："哎哟，好宝贝儿，可回来了！老郎会[①]花魁定是我儿无疑了！"

一派欢声笑语和杂沓的楼梯响，一位丽人被簇拥着骤然出现。吕烈只觉眼前亮过一片红光，登时灵魂出窍，像铁屑被磁铁吸引一样，眼睛、鼻观、耳朵以及心神意念，全都被她牢牢地吸附住了：红衫红裙、华彩缤纷、富丽高贵……是人吗？不，是神仙妃子、牡丹花王、鸟中凤凰！就连她那不愉快的强作笑颜的神色，也那么招人爱怜。轻启樱唇、缓吐珠玉，莺燕之声令小秀才神乱心慌，哪怕他完全听不懂那话中含意：

"唉，妈妈，今年老郎会点了双花魁。兰馨院王月月今日做面子的酒席与我一样多，难分高低，所以就……"

她的目光缓缓扫过席面、扫过众人，高雅雍容、淡漠疲倦、傲然冷然，当它停在小秀才身上的一刹那，眸子陡然放大，精光四射，少年的心骤然被这可怕的闪电击穿，不由得发寒热般地颤抖了。

老妈妈凑在她耳边轻声说什么，她竟然如同没听见，只目不转睛地望定屋里惟一的男子，输送出一股股烈火，传递过去一阵阵春风，她终于妩媚地举袖掩唇，低下头甜甜地一笑，无边无际的蜜糖劈头盖脑浇下来，小秀才被淹没了。他双腿一软，跌坐在椅子上。眼看着十一娘款款走来，袅娜无比，兰麝喷香，令他心醉神迷，几乎失去知觉。她极优雅、极迷人地笑着，轻轻解开翠翠拴在吕烈丝绦上的裙带，轻轻携住吕烈的手，领他下楼出门，再进门上楼。吕烈驯顺地随着她，呆呆的、傻傻的、憨憨的，除了她，什么都忘了，连翠翠的痛哭也没有听见……

吕烈的童贞就这样丧失在秦淮河畔。

十一娘名灼灼，是桃叶院乃至秦淮河两岸最出色的艳帜独树的名妓。因为吕烈的适时出现，灼灼挣足了面子，击败了与她平分秋色的

---

① 老郎会：秦淮妓家有老郎会之举，每年三次，皆在十一日，所祀为管仲和唐玄宗。届时妓女极意修饰、陈设鲜妍，要求平日交好客人为之设宴张乐，谓之做面子。妓女名声愈大，酒宴愈多。

另一名花魁王月月。翠翠因此曾寻死觅活地要跳河，但谁都明白是闹着玩，哪里当回事儿！不久她果然对灼灼敬慕如初，风平浪静，吕烈的那点儿歉意也就消失了。

风流世家自有一整套生意经，未经人世的小秀才失陷其中，魂魄荡漾，自以为可以写一篇《遇仙记》，哪里还能脱身回头？不几天就把行李银箱搬进桃叶院，住下了。

后来，就是最普通最常见的故事了，“姐儿爱俏，妈儿爱钞”，五千两银子冰消雪化。会试落第，吕烈又大病一场，妈妈笑脸变苦脸，继而冷言讥讽，后又恶语伤人，直至下逐客令，灼灼柔肠百断，流尽了眼泪。

虽然他爱灼灼爱到骨髓，却不是个肯受气的软骨头，立刻向情人告别：“务必等我三年。三年中我若不来赎你，那必定是不在人世了！”

灼灼扑进他怀中，哭成了泪人儿：“灼灼委身郎君，发誓不重操旧业，不再做路柳墙花。但怕你日后变卦，使灼灼伤心绝命！”

吕烈立下重誓：“若负今日情义，万箭穿身不得好死！”

灼灼抽泣着：“嫖客发誓，过眼烟云一风吹。须留给灼灼一件信物。”

少年人皱着眉头笑了：“在下囊中所有尽入姐家，哪还有信物可赠？”

灼灼搂住他的脖子，在他耳边哈着热气：“古人云‘践齿之约’，请凿一颗玉齿！……”

少年气血偾张，情热如沸，毫不犹豫，当下凿断一枚门齿。虽然血流满口痛不堪言，两人却都由于感激彼此紧紧搂抱，恨不能一同化为水。

离别之时，灼灼哭得天昏地暗，涔涔泪水把吕烈的衣袖肩领湿遍。自小倔强、以哭为耻的吕烈，竟也落下几滴热泪。他把这张带雨芙蓉一般迷人的面容永远刻在了心里。后来的三年，他拼命发愤，干得极苦，忍受了常人难以忍受的苦痛，不惜投门路走捷径，还干了一些为常人也为自己所不齿的勾当，终于以武进士及第，得了官，得了许多钱，这都是为了她，为了她啊！……

不幸，当他三年后践约去见他的这朵芙蓉时，一切都变了。这本是重复过千遍万遍的陈旧故事的一次再重复，却把二十岁少年多情的心撕成碎片，把他变成了另一个人！

桃叶院那娘儿俩的两张面孔两双眼睛啊，如冰霜，如刀剑，如蛇蝎……然而，今天，她们又出现在吕烈眼前！

四

脱去公服，穿上福字纹的熟罗袍，头戴一顶浩然巾，孔有德兴冲冲地去逛最热闹的大市口。他觉得自己这身打扮很像走南闯北的客商，很是风光。帅爷放他两天假去四处见世面，特地嘱他不可撒野生事。别说帅爷的话对他从来是金科玉律，只看这天子脚下的威严也把他镇住了，不由他不凛然生畏，事事小心，早早就下鞍牵马步行了。

他出生在辽东苦寒的乡间，后来从军打仗，不是深山荒野，就是茫茫大海、海上孤岛，虽说豪雄之至，实在也孤陋寡闻。初到登州，民居稠密，市面繁富，人物俊秀，已使他赞叹不已，以为前所未见；这次来到京师，更是话也说不出来了，眼睛也不够使了：老天爷！山一样高的城门！蛛网一样密的街巷！蚂蚁般稠的人群……紫禁城里数不清的金顶大殿放光，玉皇大帝住的也不过如此吧？……

越往前走越繁华，人多车马多店铺多，五颜六色，真叫花花世界！他东张西望，左顾右盼，目不暇接，眼花缭乱。别说一间挨一间的店铺里，千种万种货物他叫不出名儿，就连那些字号匾额、招牌幌子上的字，他也认不得几个……哎，这边倒有几个眼熟的：那是参将游击的“参”；耳朵鼻子的“耳”；大小的“大”；店铺的“店”。啥叫“参耳”呢？木耳？地耳？……识得四个字，一块招牌，孔有德高兴非凡，一把拽住一位路过的读书人，指着招牌高声问，大有卖弄的意思：

“请教请教，参耳味道可好？比得上地耳木耳吗？”

“什么参耳？”那人莫名其妙。

“咦，就是这个参耳大店卖的参耳呀！总不是猪耳朵羊耳朵吧！”

孔有德指指招牌。那人瞧了一眼，略一回味，大笑：

“哈哈哈哈！我道又出了怪物，从未听说过！参耳！……那是参茸！懂不懂？参茸大店，人参鹿茸！”

周围的京师人也跟着大笑，无数嘲弄乡巴佬的话向他摔过来。孔有德却不像许多薄脸皮勃然大怒，只是尴尬地伸手摸摸后颈，随后发出一阵压过所有人的更响亮更有气派的隆隆长笑。京师人被他镇住，反倒不笑了。

一个京师娃娃忽然指着他身后嚷道：“汉子，你的马，脱缰跑啦！”

孔有德高声咒骂着，扭头就追。开春了，这匹强壮的五岁公马早就躁动不安，不是叫声就是气味，引得它离开了主人。孔有德追上它时，它已经闯进离大市口不远的胡同里，冲乱了一长列仪卫队伍，直奔那匹栗色母马，把马背上的持旗兵撞下马鞍，竟亢奋地堂而皇之地扬蹄伏了上去，激起一片嘶叫呵斥和粗鲁猥亵的大笑。栗色母马拼命踊跃，踢打后蹄，混乱哄闹片刻，这个“强奸未遂犯”终于被一名骑手制服，紧紧勒住缰绳，另有人挥大木棒照着马身狠狠击下去。小公马乱晃着一头鬃毛，暴跳嘶叫，声音凄惨又委屈。

孔有德心疼不过，跳过去一把攥住胳臂粗的木棒，赔着笑脸：“爷们儿行行好，饶它这一回……”

“啪！”一鞭子朝孔有德头脸抽过来，他一愣，面颊顿时火辣辣地疼！他瞪眼吼道：“怎么打人？不讲理吗？……”

“啪！”又一鞭子抽在孔有德身上！持鞭人恶狠狠地说：“头一鞭打你擅闯仪卫，这一鞭打你不服管教！”“啪！”孔有德腿上又挨一鞭，“第三鞭打你目无尊长犯上作乱！天子脚下岂容你这野种撒泼耍赖！讲理？这就是理！”

旁边有人搭茬儿：“再赏他两鞭！竟调教出这样的下流畜生！”

“想必他也是个下流坯！”一句话招来一通怪笑，深深的胡同里笑声延绵不绝。孔有德又羞又怒，脸涨成紫茄子，想要发作，但对方声势浩大，不知什么路数，自己应了帅爷嘱咐，绝不敢在京师闯祸，只得强压怒气，又挨了他两鞭。幸而大门深处一递一声地由远而近传出口令：

“上马！——”

“上马！——”

“上马！——”

…………

仪卫兵们这才撇开孔有德，纷纷登鞍上马排好队列，挺胸凹腹地稳坐等候，一片寂静。寂静中又传来一声大喝：“走动啦！”

“噢！”胡同里犹如响了一声闷雷，数百仪卫兵可着嗓子同声大吼；跟着，胡同口的开道锣“嘡嘡”响，整个队列河水似的向前流走。队伍中段簇拥着一顶八人抬的绿呢大轿，轿前有银浮屠顶、黑色茶褐罗绢三檐伞盖，轿后有青圆轿扇、红圆轿扇各四副，之后又是无数带刀卫兵，好半日才过完。

好威风！好气派！孔有德呆呆地望着，暗自庆幸事情没有闹大。不料有人喊他的名字，倒叫他吃了一惊，回头一看，那人从大门口跳下石阶朝他跑过来，竟是营里经管采买事务的偏将李九成！

“孔爷！果真是你！”李九成细眼削颊断续眉，鼻侧两道又深又弯的法线纹①里抖出笑意和惊奇，“你怎么也来了京师？”

“随帅爷来的。你呢？不是去口外买马的吗？”

“帅爷也来了？我是想省几个买马钱，才在京里找门道，找到这侯爷府的。府里执事跟口上管马市的有交情……咦，你这脸上……”

孔有德一摸，脸上凸出长长的鞭痕，自己三品游击竟受此羞辱，登时心头火起，张口就骂：“他奶奶的，打马又打人，这帮王八蛋，太横了！……”李九成赶忙捂住他的口：“快别说了！”他回头左右瞧瞧，压低了嗓门儿，“方才我远远地都瞧见了，可没认出是你！亏得侯爷不知道，也亏得那些仪卫只想寻开心找乐子，没跟你认真，要不然哪，哼！……”

孔有德眼一瞪：“这么厉害！”

李九成拉了他就走，他还不住地回头看，高高的围墙上，只能看

① 法线纹：相面法称鼻翼至嘴角的纹路为法线纹。

到一个个翘角大屋顶和隐隐约约的楼台亭阁。“别看啦！这两三条胡同连成片，都是侯爷府的地界！”

孔有德一伸舌头：“天爷！他是龙子龙孙？”

李九成摇摇头。

“是皇亲国戚？”

“不是。”

“跟咱帅爷一样，进士举人，文武全才？”

“也不是。倒跟你一样，”李九成几乎在耳语了，“从兵卒当起，百户千总地步步升高……”

孔有德脚下一绊，猛地站住，愣了半天，突然打雷也似的吼了一声：“当真？”

李九成吓了一跳：“怎么啦？”

孔有德摸着脸上的鞭痕，陡然间，脸涨得血红，鼻孔翕张，气息粗重地喷出几句不连贯的话：

“他奶奶的！他能，我就不能？……”

“哎，哎，孔爷小心！孔爷小心！这儿可不是登州，更不是皮岛……”

强光在孔有德虎眼中跃动，有如闪电。他极愤怒又极兴奋：“他是人，我老孔也是人！……走着瞧，他奶奶的！……不把他狗日的比下去，老子不姓孔！”

“老天爷，你就别嚷啦！致这份气干啥哩！……弄点儿伤药敷上吧？”

孔有德这才回过神来，笑了笑：“不用！老孔皮厚，片刻就好。走，找个酒楼喝它几盅，我请客！”

李九成满口应承，打量着孔有德的坐骑：“好马！多大？”

孔有德揸开大手：“五岁口。”

李九成哈哈一乐：“怪不得，青春正当年嘛！”

孔有德忍不住也笑了。

李九成凑近低声道：“别说马，旷得久了，人也难受。”

孔有德嘿嘿一笑：“有啥法！”当年李九成父子跟随他一同投奔

皮岛毛文龙，后来又在孙元化麾下再次相聚，交情原非泛泛。李九成秀才出身，经过商当过师爷，给人称辽呆子的孔有德出过不少主意，可算心腹之人了。此刻李九成隐秘地挤挤眼儿："等会儿我领你去个好地方解解馋……"

从酒楼下来，两人都是半醉。孔有德原要尽量，出出肚里的闷气。李九成再三拦住，乜斜着眼笑道："喝醉了可不行！这事原要你开开眼，再饱艳福。醉里过不得瘾可就亏了！"说得孔有德心痒难挠，少喝了五六成。

孔有德跟着李九成在小胡同兜来转去，头都晕了，才到了地方：一棵大柳树刚冒青芽的枝条拂着一带平房，土墙上没窗户，只有几个烧饼大的洞。有人在小洞上张望片刻，便笑嘻嘻地叩门而入。

李九成叫孔有德去瞧。孔有德皱眉道："这怎么好，青天白日，偷看人家屋里，叫人拿住当贼打！"

李九成用力推他："不碍的！人家巴不得你瞧呢。"

孔有德身材高大，为了凑上洞眼还得矮下身子。只一看，顿时满脸通红，扭头转身就要跳开。李九成用力按住笑道："尽管看，没事。这是人家的生意。"

孔有德张大嘴："啊，真的?"

李九成笑得五官都皱到一起："谁骗你！看中谁，叩门进去要。瞧刚才那人，不是进去了?"

屋里聚着十几个涂脂抹粉的女人，全都一丝不挂，想是身上也搽了粉，白光光的像一串大白鱼，嘻嘻哈哈笑个不停。只有两人穿着衣裳：一个满脸谄笑的中年婆娘，一个刚才叩门而入的男人。男人显然老于此道，在这排光溜溜的女人身上乱摸乱掐，女人们娇声笑骂，好一阵子，他才从中扯出一个。中年婆娘笑嘻嘻地接过男人掷给的一串铜钱，把他们送进屋里的另一个门。

女人们散了队形，懒散地在长凳上各自坐下。发现窥视洞里出现了眼睛，一个个又打起精神，朝着洞口做出她们自认为最拿手最迷人的姿态表情，或扭动腰肢飞媚眼，或捧着高耸的乳房微笑，或哼唱着淫靡的小曲，或举起双臂打舒展，甚至相搂着做交欢状……

孔有德费力地咽口唾沫，嗓子嘶哑了：“走，进去瞧瞧！”他只觉耳朵里“呼呼”乱响，昏头涨脑地闯了进去。婆娘嚷了声什么，女人们挨挨挤挤地在他俩面前列成不整齐的队形，孔有德这身富商打扮，招得女人们嚷成一片：

“大爷，挑俺吧！……”

“大爷，俺能伺候你时候长……”

“大爷，我有新花样，包你不悔，下次还来！”

孔有德眼前一片模糊：无数粉腿粉臂，无数血红的嘴，颤巍巍的乳峰，软塌塌的肚皮，黝暗暗毛茸茸的私处，和着脂粉香、汗酸臭混合的古怪气味，一股脑儿扑向他，缠绕着他。他全身的血都烧着了，昏眩的烈焰炙烤得他舌干口燥，失去了说话的能力……

李九成指指屋角：“孔爷，那个雏儿，可好?”

屋角一个赤身少女羞怯地低着头，不敢往女人堆里挤，细瘦的身材还未长成，小小的乳房刚刚鼓成一个小馒首，尖上一点嫩红。看她浑身发抖，孔有德觉着可怜：“太小了……怕还没有十五岁……”

李九成笑得很淫荡：“大哥，羊羔怎么也比老羊好吃，多嫩啊……”他伸手要点那少女，孔有德一巴掌打落，另指了两个身强力壮的：“就这俩。多少钱?”

婆娘赔笑：“一回十文，多一回加倍，伺候得爷高兴，爷就多赏下，另加炭火钱三十文……”

这么便宜?孔有德疑惑地看看李九成。洞眼那儿猛然传来尖声叫喊：

“孔有德！李九成！”

孔、李两人大吃一惊，互相看了一眼，洞外一串大笑。孔有德拔脚就走，婆娘连忙阻拦：“大爷，都点了人啦，不兴走，这是规矩！”

洞外另有个冷冰冰的声音：“掏给人家一百文吧，早早出来要紧！”

是吕烈！孔有德叫苦不迭：偏叫他抓住了小辫子，真倒霉！吕烈又在叫魂：“快些出来！府里有事找你。”

孔有德一听不敢怠慢，两人赶忙付钱出门，果然是吕烈和张鹿征站在面前。张鹿征一双眼贼忒忒的似笑非笑；吕烈一脸冰霜，鼻子里哼一声："跟我来！"

本朝太祖皇帝明令，严禁官吏狎娼。二百多年过去了，时下就连有老婆有家口的军官也常跑妓馆，何况孔有德这种光棍儿？这是公开的秘密。但是叫人劈面抓住总是难看，何况被登州营的家伙捏拿在手，回去一张扬，这张脸往哪儿搁！孔有德、李九成默默跟着吕烈走，心里七上八下。

吕烈瞟一眼孔有德，却冲着李九成发作："李九成，准是你把孔游击领来的！知道这是什么地方？"

李九成干笑一声："唉，旷得久了，寻寻开心而已。"

吕烈一瞪眼："寻开心？这是你们该去的地方吗？"

眼看他要搬出朝廷禁令，连损带骂地给辽东人难堪，李九成心里骂道："谁不知道你是什么东西，偏会假正经！"脸上却赔着笑，"哎呀吕贤弟，大家心里明白，何必较真？就算我们哥儿俩错着一步，老弟也别拿了棒槌当针，我们眼底浅，实在搁不住哇！……"

吕烈一本正经："听着！这种私娼窝叫窑子，从老鸨王八到大小姑娘，全是乞丐。"

孔有德一惊："怪不得这么便宜。"

李九成嘟囔："我说怎么有股子怪味……"

张鹿征嘻嘻怪笑："怪味？怕是剩饭垃圾香吧！女叫花做土娼，怪不得精光赤条的，没钱买衣裳首饰呗！"

吕烈眉头一皱："要紧的是脏病！这么贱的地方，什么下作东西不来？一张大炕上容得五对野鸳鸯，不过上毒疮才怪哩！"

"啊呀！"孔有德吓呆了，李九成的瘦脸也发白泛青，结结巴巴地问："领我们……上，上哪儿去？"

"上你们该去的地方！"吕烈神色依然严峻。

默默地走了许久，不知东南西北地穿进一条长长的胡同，远远望见一处朱红院门，大白天的，门上也高悬着两盏明亮的鲜红栀子灯，灯上扁扁的三个黑字：藏春院。吕烈率众进门，门边四名头戴绿色青色卍字顶巾的伙计，殷勤地迎上前跪接，笑嘻嘻地齐声说：

“小的们给吕爷叩头！”

吕烈拿出一锭银子扔给为首的伙计：“交到柜上，要最上等伺候！”又扔下四个小银锞子，“你们的赏钱！”四个伙计眉开眼笑，千恩万谢，为首的嘴里高声唱出一串不知什么名堂，向后院飞跑；另三个挽缰牵马，搀臂掸灰，问寒问暖，察言观色，极小心极巴结。再看院内，青砖黑瓦，雕梁画栋，长廊映着水榭，楼阁连接亭台，绿窗红帘，柳暗花明，一派浓艳富丽，透出隐隐丝竹、阵阵娇笑。孔有德从没有到过这样的地方，不觉心里发慌，哪敢迈步？

吕烈一阵好笑：“这里地处南居贤坊东院，名粉子胡同，是京师有名的藏春院。孔游击，这儿才是配得上你身份的地方！”他转向伙计，“拿出你们的看家本事，好好伺候这几位爷，给他们解乏。办得好了再赏！”

一个时辰后，他们四人又聚在藏春院红春楼上的留月阁，一人一桌丰盛的宴席，几个袅袅婷婷的丫鬟斟酒，几个歌喉娇美宛转的乐伎弹着琵琶、敲着檀板唱曲侑酒；每人身边还倚着一个遍体绫罗满头珠翠的美人儿撒娇献媚。孔有德、李九成、张鹿征都有些迷迷糊糊，睁不开眼的样子。

吕烈挨个儿看一遍，笑道：“滋味如何？”

张鹿征软软地靠着椅背，只会咧嘴傻笑。李九成拱手讨好：“承你高情厚谊，在下没齿不忘！”见孔有德还搂着身边俏笑的女子低声说话，吕烈大叫一声：“孔大哥！怎么样啊？”

孔有德一回脸，眯眼笑道：“还用问吗？骨头都酥啦！”

一屋子人哈哈大笑。

“头一杯取这留月阁的意思，斟月波酒；第二杯上花露酒，第三杯取个吉利，来状元红！”东道主吕烈兴致勃勃地吩咐，又左顾右盼地指说，“孔大哥是主客，使的紫霞杯；李大哥的是垂莲盏，张兄弟手里的叫鸂鶒卮，我这个名为凤凰樽，都是酒器中排得上名号的珍品……”

孔有德见这些杯盏精雕细刻、玲珑剔透，极是贵重，忙道：“我这粗手笨脚，可不敢使这个。再说这么小模小样儿的，喝不痛快！”

吕烈一笑："好，给孔大哥换一只银酒船！"

果然送上来一只镂花丝嵌松石的船形酒具，可盛五大杯。孔有德又惊又喜。吕烈说声请，大家举杯一饮而尽。

酒美菜香，孔有德有生以来头一回尝到这么精致的东西，头一回享受富贵温柔乡的滋味。刚才两个美人儿领他去香汤沐浴，那两双玉手温软如绵，一双从脚向上，一双从头向下，揉搓按摩他的全身，舒服得他筋麻骨醉瘫软如泥，真恨不得化成水变成粉，又恨不得把两个知疼知情的美人儿吞下肚里去。他从来没想到天底下人世间还有这般妙不可言的境界！他只道自己还算个不好色的汉子，哪知全不是的……至此他还恍恍惚惚，仿佛身子悬在半空。忽听李九成伶牙俐齿地致谢：

"我等有何德能，敢当吕公子如此厚爱？"

"说不上，尽地主之谊罢了。"

"我只当吕公子要拿我们的错处哩！"李九成嘿嘿地笑，眼珠子滴溜溜转。

吕烈拿酒盅往桌上一蹾："什么话！拿我当何许人？圣人云：饮食男女，人之大欲。实则男女之私，比饮食尤为要紧，难道不是？"

在场的人，连陪酒女妓在内，一齐嘻嘻地笑。这大大鼓动了吕烈的情绪，他举杯一饮而尽，乘着酒兴，滔滔不绝，大发议论："天下事本无真是非，惟以习惯相传为是非。譬如祖先古人以生吃父母之肉为大孝，又出几位圣人阐明吃父母的道理，加以扬揄倡导，世人自会相信吃父母为大孝，王法律令便会立下条文，将那些养父母之人杖责流徙，甚或斩首监候，甚或凌迟处死……"

大家从未听到过这等大逆不道的怪论，都当他喝醉了说胡话，既骇又笑还想听。吕烈只管发挥他的奇想："男女饮食也同此例。若是古来习惯相传，大众人等都须钻在被窝里瞒着旁人耳目始能吃饭，男女之事不妨看狗连体的样儿，在光天化日之下当众演练，则世界当另是一番景象：开茶馆饭馆者将如娼妓一样下贱没脸；沿街卖吃食梅汤的贩夫便如私窠子拉客一般罪名；公堂审吃饭案子须禁人旁听，以免有伤风化；朋友来往交游，绝不可请吃饭，只能请夫人出面与朋友男女一番……”

众人听得笑成一团，几个女子捧腹弯腰，眼泪都笑出来了。吕烈静坐，笑声平息，这才一本正经地下他的结论：“所以，男女与饮食原无分别，原本无须这般大惊小怪，防闲严禁则大逆人伦之道。若说有分别呢，这男女之事最要讲两相情愿。我家乡的老话说得好：两厢情愿脱裤子，一厢情愿吃官司。一些儿也不错的！”

这句粗鄙的俗话，又把众人引得大笑一场。外貌文秀冷漠的大家公子，说出这等话，实在古怪！

“说起官司，我倒想起一件，”张鹿征接过话头，“人说前些年也有四个客人在旅店共饮，一人忽借酒大骂魏忠贤，其余三人都惊恐不安，劝他小心。他越发上劲，说是‘魏忠贤再恶，终不能拿我剥皮！’酒后熟睡，半夜忽有厂、卫①的人拿灯火照脸，立即擒去此人。后又提另外三个到一处所，见所擒那人手脚都钉在门板上，魏忠贤道：‘此人说我不能剥他的皮，且试试看！’令人取沥青浇那人一身，再使大木槌敲打，不多会儿果真皮肉脱离。人说那张皮壳仍像个活人，鼓囊囊的……吕哥，浇沥青真能脱皮？要烧焦了呢？”

吕烈也罢，其他人也罢，谁也不理会他的提问，都被这故事弄得毛骨悚然。人恶到这个份儿上，不是比禽兽还可怕吗？

李九成要炫耀自己所知不比张鹿征少：“没错，只要进了东厂锦衣卫，管你有事没事，哪怕铁打的汉子，不用三天就让你依样儿招供，再不过三天就会官处决。听说前些时有一名江洋大盗赴西市斩首，临刑时叹息说：‘我贼也不曾做，如何诬我为盗？’……”

孔有德愤怒地一拍桌子：“还有天理吗？厂卫这帮王八蛋龟孙子！有朝一日犯在老子手里……”

吕烈更是怒形于色：“骂得好！这帮王八蛋龟孙子，不是人！都该五马分尸，零刀子碎剐！实在是猪狗不食，坏到了顶！”

见他敞口大骂，众人都是一愣，张鹿征有点害怕，忙道：“吕

---

① 厂，卫：厂，东厂、西厂，受命于皇帝，由太监主持的特务机构。卫，锦衣卫，为皇帝卫队，直接受命于皇帝。

哥，喝酒，喝酒！……”

吕烈甩手扔掉凤凰樽，气呼呼地嚷：“不喝了！闷酒没喝头！掷骰子，押宝！快，拿骰子筒来！”

侍候丫头赶忙奉上装了象牙骰、镂刻着江南山水的竹骰筒，四个男人吆三喝四地开赌了。酒灌得越多，赌注下得越大，嗓门儿越高。女人们也捋起袖子替自己的客人摇筒下注，骰子的“咔啦啦”和着女人的金翠玉镯的叮叮当当，又是助兴呼喝拍桌捣椅，又是惊叫喜叫高声惋惜长声叹息，酒香菜香花香脂粉香，汗臭屁臭酸呃臭木炭烟臭，留月阁内热烘烘乱糟糟混沌一片……

“哈！全吃！”吕烈攥拳在桌上猛一击，大吼一声，众人一齐静下来，惊骇地望着他。寂静中，吕烈稀里哗啦把桌上所有银钱用两只胳膊一扫，全搂到自己胸前：“哈哈哈！你们都脱裤子光屁股啦！我全赢啦！……你们情场得意，该我赌场得意！哈哈哈哈！……”他就像没看到众人的表情似的，沉醉于自己的胜利，一下子蹦上椅子，又跳上桌子，手舞足蹈，控制不住地往下说，往下说：

“我就爱赌博这一门！如今这世道，事事不得自主，成败不由自身，连拉屎撒尿不是有人管着，就是有规矩管着。惟有赌博，这输赢谁管得着？全凭自个儿运气，谁也不靠！天地君亲师，全他妈的干瞪眼！……运气这玩意儿才叫公道，你就龙子龙孙，该输还就是输；哪怕叫花子窑姐儿，说赢还真赢……瞧瞧今儿个，我这个天下头一等的坏蛋有多走运，大赢家！哈哈哈哈！我这个不是人的人！哈、哈、哈！……”他的笑声刺耳又难听，仿佛乌鸦叫，又像蛙鸣。一个个“哈”、“哈”怪里怪气地从他口中蹦出来的时候，他的眼泪流下来了，终于“哇”地大哭出声，捶胸顿足，哭得非常苦痛。

众人见他醉成这样，赶紧拥上来搀他下桌子坐椅子，好言劝解。不料他双臂一架，把众人推得踉跄后退，气哼哼地环顾一番，一把拽住藏春院当家鸨母，拉开她胸怀领口，把赢得的银锭、银锞、钱串大把大把往里塞，沉着脸，翻着阴凄凄的眼睛，说：“听着！银子钱全归你，你得好好伺候这几位爷，事事要头等：吃的喝的用的睡的，姑娘也要最好的！两日的费用，够了吧？”

鸨母满面堆笑："足够，足够！"

他没有醉。但这一场大笑大哭之后，他觉得很累。身子累，心头更累。原想借藏春院一席酒，笼络同僚，也借以自我排遣、游戏人生，不想触动了真情，引发了他对自己、对周围一切人一切事的习惯性的厌倦和痛恨。他信步走在自幼熟识的街巷中，只感到孤独，内心深处生出无可言状的空落和凄切。

他痛恨自己，痛恨舅舅，痛恨藏春院，痛恨张鹿征、李九成，痛恨那个曾使他出乎意料地产生过敬意的孙元化！所有的人都在装假，一切都是欺骗！……自己不是也在装假欺骗?!

是了，是了，如此而已，可笑罢了！……这也值得真动情？可笑，可笑！

当吕烈跨进隆福寺庙门时，已经心平气和，洒脱而从容了，嘴角又如平日一样挂上一丝嘲弄的微笑。

正逢庙会，隆福寺里人山人海，百货云集，喧闹嘈杂，香烟缭绕。卖艺的、说书的、耍猴的、算命的，和各种买卖一样，摆着地摊大声吆喝着招徕顾客。吃食摊和五颜六色的果饼糖人小车，更像磁石一般吸住了一群群小孩子。吕烈举步艰难，便转到书摊集中的西院，清静多了。他忽然想起前日在朋友家看到的一函春册，图画得精美，题词也别致有趣，不知能否买到？

他走进一处气派颇大的书肆棚，点手招来肆主："《花营锦阵》有货吗？"

肆主对他略一打量，满脸堆下笑："有，有！头等货色，好纸好版，不比那些野狐禅！只是价钱嘛，嘿嘿……"

"只管拿来！……"一套锦缎函表、象牙插扦的书摆在面前，确实精美，很得他好感，又问，"还有什么？"

"还有一部李卓吾先生的说部《绣榻野史》，极是风流酣畅……"

"也取一部来。"他说着，想开函看看《花营锦阵》，略觉不妥，又怕上当，终于随意翻开一页，果是精品。猛然间背后一个清清亮亮的声音柔婉地问：

“主人家，请问你这里可有孙思邈的《千金要方》?”

吕烈的手一哆嗦，赶忙合上书，又觉得耳熟，忍不住回头。一看之下，顿时呆住：正月十六在登州天妃宫邂逅的黑衣女郎，竟站在面前！还是那么清瘦苍白，一双眼睛仍是又大又亮，湛如秋水。刹那间，吕烈觉得腿软心慌，觉得眼眶发热，耳边“吱”地响过一声尖啸。此刻，他才明白，为什么这些日子心神不宁喜怒无常；为什么有空就在小小的登州城里东逛西游南来北往，只不过是为了她，为了再遇到她，这个像小孩子一样，像清泉一样，像寒梅一样毫不起眼并不出色的少女！

黑衣女子看着他，也怔了怔，蹙起长长的秀眉似在回想；跟着，那双纯净灵动的眼睛朝吕烈手中的书函瞥了一眼，吕烈“腾”地红了脸，眼皮颧骨耳根发际，直到脖根前胸后背，全都火烧火燎。多年不知道脸红、忘记难为情是怎么回事的吕烈，这一瞬间突然觉得无地自容，恨不得能找个地洞钻进去……

五

京师人特别看重水泉，往往加以尊称，水面超过里许便称海；水面顷余宽阔便是湖；水面不过数亩就叫河。崇文门城东角的泡子河，就是这么一个不大的积水洼子，却东西修了堤岸，岸上建有园亭，堤外林木葱茏，水边芦荻萧萧，鱼在水下翔游，鸟在芦苇水面飞掠，居然成了京师一景。南岸北岸的张家园、方家园、傅家东园西园等等，亭台楼阁、曲桥月门，成了官员、富商们住家和文人雅士诗酒酬唱的胜地。

孙元化骑在马上，遥遥望见河边绿柳如烟，不禁想起初来京师还是“草色遥看近却无”的时节，十来天奔波劳碌、穿梭般地拜望求告，那四十五万仍无着落，朝廷里也不见有一点动静。他知道焦躁不得，惟有尽全力争取，可心下不无“谋事在人，成事在天”的慨叹。今天他不着官服、不带仪从，只跟了几名亲随，风帽蓝袍地前来拜望住在泡子河边的王征。老友相聚，乃是私事。但对眼下的孙元化而言，已没有什么纯粹的私事了，纵然会友，也包含了两项重要的目的——他要将王征拉到登州，出任他的监军道；他要为那四十五万再努一把力、再做一次呼号。对此，他心里不能无愧于老友，却又无可奈何；但惭愧和无可奈何之余，未尝没有些许自矜和自赏。

门丁进去通报，孙元化下了马，整一整衣帽。门里却是一片脚步声伴随着说笑声，直传出来："初阳兄，稀客！真是稀客！哪阵风把你吹来了？"

孙元化微微一怔：这不是王征的声音。

门里急急忙忙迎出来两个人，笑着向孙元化拱手为礼。又瘦又矮的丁易垣不停嘴地问长问短，责怪孙元化进京这么些日子不到他家去玩；又高又胖的王征却只是笑着携了孙元化的手，简单地连说了几个"请，请"。

王征这个住宅，院门不大，里面却很宽敞。大门、仪门、二门、正堂、后院、客厅、花厅一应俱全，还带了一个东跨院和一个花园。孙元化知道，无论王征有钱没钱、是借贷还是家资，作为一名四品京官，这是必须维持的起码排场。

一路走来，王征都没有放开孙元化的手，进了客厅，王征细细对老友打量片刻，才松了手，拍拍孙元化的肩头，摇头叹道："又瘦了许多！"

孙元化笑道："瘦了好，骑马省力。你还是老样子，十年如一日嘛。"

丁易垣笑道："心广体胖，笑弥陀一个！"

他们都是老朋友，又都是徐光启门下，交往中自然就可以免去许多礼节客套，主人王征吩咐仆人换上新茶新点之时，丁易垣已经和孙元化聊上了：

"初阳兄，你进门之前，我们俩正在说你呢。"

"怪不得我一路上耳朵都热烘烘的！定是在骂我来京这么些日子没来拜望，良心叫狗吃了！"孙元化为了轻松气氛，故意说着玩笑话。

"不，不，"丁易垣连连摆手，"登州求饷的事，我们都知道，初阳兄的处境可想而知。想要助兄一臂之力，可叹官卑职微，无着力处。方才我说一同去兄处拜望，看看可有用得着小弟的地方，良甫却说你诸事繁冗，不便打扰，还说你但凡有闲隙，自会来访……”

“哈哈，果然是生我者父母，知我者王兄也!”孙元化依然说笑，似乎显得很轻松。

王征微笑着摇头，眼睛却没有笑意：“初阳，真难为你了!”

这充满同情的温润、低沉的声音，竟令孙元化鼻子有些发酸、眼角有些发烫，他端起茶杯，一饮而尽，掩饰这种与他极不相称的软弱。然而这推心置腹的知己之感，却令历历往事刹那间泛上心头……

五年前，得罪魏忠贤的孙元化受谴革职，被勒令回籍。其时，魏党的熏天势焰压得人们不敢言，甚至也不敢怒了。孙元化立功受赏升官时，可说是相交相知满京华，笑脸盈目、赞语盈耳，多少人以盖世奇才、中兴名将相期许；而此刻，孙元化一剑一琴两筐书悄然离京，敢于不避嫌疑前来送行者，只有王征一人。

正如孙元化盛时王征待他不改常态一样，孙元化走逆境时，王征仍是不改常态，温润安详。送出京门，五里长亭之外，他们执手道声珍重，默默相视，感到彼此心灵的相通，因晦暗艰难中获得可贵的支持而无比欣慰。那时，王征也这样眼中没有笑意地微笑着摇头，也这样说：

“初阳，真难为你了！……”

孙元化放下茶杯，叹道：“自我出任登莱，朝野上下，无不以为元化侥幸，以为元化小人得志，以为元化荣华富贵、威福莫比，我只道甘苦自知，却不料良甫倒能体谅我的处境，真所谓人生得一知己足矣!”他很快收起感慨，直入主题，“登莱事务虽然繁冗艰难，却是大有可为的所在，徐师对此可谓殚精竭虑，期望于此建起天下第一坚固的海上要塞，以此起步，收复四州、击败金虏、中兴大明。我那里又要造船铸炮，又要赶修炮台，又要操练水军炮队，真正知情懂行的人太少，只有张焘一人实在支应不来，忙乱之时常常顾头顾不了尾。眼下监军道尚出缺，良甫兄，你看……”

丁易垣一拍大腿："嗨呀，初阳你晚了一步哇，不然良甫可是上好人选！"

孙元化心里一凉："怎么？"

丁易垣说："你还不知道？今上励精图治，器重真才实学的实心之臣，王征首当其选，已被特简为南赣汀韶巡抚，不日就要上任了！……徐师门下竟在一年中出了两位方面大员，真可谓双星闪耀，好不光彩也！"

"哦？"孙元化也很高兴，"大好大好！以良甫兄之才具，足以担当大任！这是南赣汀韶百姓之福啊！"但他心里明白，他的第一个目的就此瓦解消散。四品的监军道怎能与二品巡抚相比？他又怎能将一位封疆大吏召到自己麾下做属官？想也不要再想！为了掩饰自己的失望，他取笑王征说："南赣汀韶可是赛过蒸笼的酷热之地，再加上官务繁难，看你这笑弥陀还笑不笑得起来！"

王征揉一揉圆圆的鼻头，笑道："胖子怕热不怕难。再说，怎么难也比你轻松。"

"何以见得？"孙元化笑问。

"我那里不是前敌，无须打仗，少了一多半的繁难；我又好歹有个进士出身，少听那些小人的口舌是非、冷嘲热讽，耳根清净，又少了一小半繁难。"

孙元化看着王征，心里甚感温暖，半晌方点头道："不是王征，说不出此话呀！"

就监军道的人选，三人又商议了一会儿。孙元化便顺势提出了第二件大事：四十五万。对登州而言，这是怎样的性命攸关；要得到它，又是怎样的艰难；朝廷对此至今沉默，莫测其高深；而孙元化则是不达目的誓不罢休……

王征一听就明白，说："我和丁兄为此上书言事原也义不容辞，况且并非难事，诚恐成事不足败事有余呀！"

丁易垣张了张嘴，没说什么，叹了口气。

孙元化若有所悟："你是说，避嫌？……"

王征团团的圆脸上掠过一片无奈："我何曾惧怕嫌疑？我等均属

徐师门下，所谓同门好友，又都是天主教徒。今上英明过人，也与历代明主相似，最恨臣下结党营私，若将我等奏本视为同党相援，岂不坏事？”

三人一齐沉默下来，沉默中有一种挥之不去的郁闷：仕宦之途原本就是荆棘丛生的，官位越高，前途越难预料，古人说的，天威难测！

丁易垣闷闷地坐着不语，王征背着双手在客厅踱来踱去，孙元化捧着茶杯起身浏览东西两壁悬挂的画轴，终于停在其中一幅《松林秋壑图》前，极力用轻快的声调说：“这画倒也罢了，难得题诗好，字好！”

王征好似没有听到他的话，拍拍自己的脑袋说：“听你方才说起，来京后四处求告，怎么独独少了一处最要紧的所在？”

孙元化无言，暗暗咬住了嘴唇。

“对呀对呀，”丁易垣也恍然悟道，“你怎么没有托人去疏通司礼监呢？”

半晌，孙元化不大情愿地说道：“你们知道我，从来不跟他们打交道的。”

丁易垣道：“这就是你胶柱鼓瑟了。阉人可怜者居多，不少宫中内监也入了天主教，受洗成了教徒的嘛。”

孙元化连忙分辩：“我并非鄙夷其人，只是不愿攀附权贵，托请他们，终非正道，无论成事与否，徒损我辈清名！”

王征又是一笑，笑中不无苦涩：“你呀你呀，只学来徐师的好学、机敏，没学来他老人家处世的开通随和！务有用之学，要就在一个实字上。为了做成一件实事，需从权时且从权——反正不是谋私，问心无愧！”这段话他像是在劝谏孙元化，更像是在给自己打气，因为沉吟片刻之后，他提出了这样一个从权的途径：

“我那不成器的内弟，学问品行一无可取，吏部一小官耳，花花公子一个，却与司礼监某太监之侄为酒肉朋友，我嘱内人要他办事，他总还得念同胞之情，不能不办的，由他经那太监之侄将话递到司礼监，多半就能上达天听了。”

“不知那位司礼监大太监是何人？”孙元化问。

“听内人说，姓吴，名吴直，很得今上任用。”

丁易垣连连点头，说这不失为一妙招儿。孙元化便也默认了，心中却苦兮兮地不是滋味：老友启动他显然很不待见的内弟的关系，间接再间接，绕如许大圈子求到其名下的吴直，正是他回避、推拒如不及的数次求上门来的人物。当他迫不得已地命夫人去为吴直的母亲拜寿时，还一再叮嘱她礼到即可，千万要疏而远之。古人视“得虚名而受实祸”为一大不幸，他这岂不是得清誉又受实利吗？虽是幸事，对老友可能无愧？他心念丛集，冲折回荡，丁易垣连呼了他好几声，他才清醒过来，不知他们俩刚才说的什么话题，一脸迷茫。王征笑道：

“你赞这《松林秋壑图》诗好字好，今日我叫你们看一幅真正的好字！”

丁易垣道：“你又得着什么上好碑帖了？”

王征不正面回答，只说：“今天风和日丽，是佳时；难得二位老友来访，是良朋。佳时良朋，瞻拜观赏，方不亵渎此绝代宝卷也！请——”

三人一同走进这幢后花园里新近盖好的精巧小楼，沿着赤龙抱柱的木制楼梯上到了最高一层。刚刚站定，便有一阵风动塔铃之声遥遥送到耳边，清脆悦耳，孙元化信手推开两扇雕花木门，门外还有一圈游廊，倚在廊边栏杆四望，他不禁赞了一声：

“何其开阔！”

他来此的两项目的，一个完全无望，另一个也算不得有着落，他虽不难做到神态自若，心情实在不佳。这样登高远望，春风和煦，满目柳色，令他心神一爽，沉重感顿时减轻了许多。

丁易垣惊奇地问：“阁下这新楼何时落成的？我怎么一点不知道？”

正在嘱咐仆人准备食盒酒具等杂物的王征，胖胖的圆脸上满是得意的笑，说：“二位是首莅此楼的嘉宾。”

孙元化在门外大声笑道：“不胜荣幸之至啊！”

王征越发得意，也来到廊下，向两位老友一一指点：北边的贡院遥遥在望，密密麻麻的考棚颇似棋盘；泡子河岸一带红墙倒映水中，是京师有名的道观吕公祠；掩映在一片青青烟柳之中的佛塔，属金刚寺，庙小香火盛，离得这么远，也能听到那里的晨钟暮鼓、诵佛念经……

孙元化一笑："良甫，你身处释、道、儒三教包围之中，坚信天主之心可不能动摇哇！"

王征笑道："本人定力，当不在初阳之下！无用之物，弃如敝屣！"

丁易垣迟疑道："三教源远流长，崇信者正多，这无用二字……过分了吧？"

孙元化收起笑容，很认真地说："绝不过分！如今国事艰难，海内纷扰，大丈夫理当建功立业，报效国家。佛门道教讲的是出世，讲的是清净无为，岂不是水火不相容？儒门虽然讲求修身齐家治国平天下，然而自孔老夫子至今，千余年下来，却是世风日下，人心不古。"这话题似乎触着了他的痛楚，他剑眉飞扬，情绪越来越激烈，言辞也越来越尖刻了，"朝野上下，尽都自称忠良、自以为贤能，其实多是蝇营狗苟之辈，惟利是趋；满口仁义道德，一肚子男盗女娼！何来修身齐家？又怎能治国平天下？要挽回国家颓势，挽回世道人心，惟天主教耳！我辈不正是因此才信奉天主来救世的吗？愿天主真仁真义的光辉临照，使我大明于衰朽之中复兴！"

孙元化一向温和沉静，很少疾言厉词，这一番话令王征和丁易垣十分意外，不由得惊异地互相对视一眼。孙元化立刻感到了，很快收敛了自己的锋芒，和缓地笑了笑，自我解嘲地说："我这也算是矫枉过正吧！……丁兄也在汤神父教区，上次做礼拜怎么没见到你？"

丁易垣表情有些尴尬，一时未答，王征在侧忙向孙元化努嘴摇头。

"良甫不用递眼色了，"丁易垣窘笑道，"我其实还未入教哩。"

"当真？"

"我知徐师门下皆教徒，也有入教之心，但不孝有三，无后为大，纵然我不以后嗣为重，父母亲族断难依从。何况小妾已然有孕在身，我实在……唉！”

入教者必须遵守一夫一妻的严格教规，所以一些信教受洗的官吏士大夫都将侧室小妾休离。但许多人终于不肯入教，不愿放弃三妻四妾是主要原因。没想到老朋友丁易垣这样洒脱的人竟也过不了这一关。孙元化淡淡一笑，说：“这也难强求，还当水到渠成为好……此匾想必是良甫的手笔，好劲的魏碑体！匾名有什么典故呢?”他指着檐下大书“快雪阁”三字的黄杨木匾，故意另找话题，免得丁易垣受窘。

王征脸上不仅有得意，还带了几分神秘，将二人请至桌前坐定，自己却亲自搭了一架小木梯，爬上阁顶的小屋，开门锁、开柜锁、开箱锁，取出一个尺余见方的皮箧子，下得木梯，满脸庄重地放在窗下的八仙桌上。取下箧上铜锁，扯去带封识的火漆，王征开始一层又一层地打开箧中物外面的包裹。孙元化和丁易垣一声不响地看着，不知被王征如此珍藏的东西究竟是什么。

箧中物原来是两件长方木盒。王征拉开其中之一，取出一卷轴，双手捧着，笑嘻嘻地说：“我这快雪阁是为它才造的，二位请来观赏吧!”

两人展卷一看，立刻又惊又喜。

这是一幅装裱得非常精美的碑刻，前后题跋多是如米芾、赵孟頫等辈历代名家，“墨林秘玩”、“稀世之宝”、“内府珍玩”等印章表明了这件藏品曾出入于历代宫苑。碑刻的正文，是遒劲秀美、结体均匀、气势贯通、筋骨血肉恰到好处的二十四字草书：“羲之顿首快雪时晴佳想安善未果为结力不次王羲之顿首”，后面有“山阴张侯”四字为结。

孙元化和丁易垣都是书画内行，一眼就看出，这就是被世人誉为无双神品的王羲之的《快雪时晴帖》。此帖早在唐代就有记载，宋时已有三本摹本，依题跋记叙，这当是唐代摹本。多少书法名家都以难得一见此帖为终身之憾事，如今这绝世珍宝就在眼前!

丁易垣揉揉眼睛，惊诧道：“果真是《快雪时晴帖》呀！怎会落到你的手中？莫不是在做梦？”

孙元化却欣然笑着说：“今日春和景明，得以见此无上法书真迹，乃百年中之一大快也！当浮一大白！”

王征只是笑，并不说话，自顾打开另一个方木盒，取出两只拳头大小的双耳杯，略一清洗后，小心地放在桌上，这才手执酒壶笑道：“此壶中乃京师最好的玉壶春酒；此杯乃我王家最珍贵的犀杯，必须捧此杯饮此酒，方配赏此天下第一法书！”

两人不由得一齐去细看那一对双耳杯：仿佛是玉，但质地更细腻；说它像象牙的，又呈半透明状；不白不黑不红不棕，却每样颜色都带了一点；杯子的形状很普通，只是双耳有细雕，一杯为龙形，一杯为凤形。乍一看，不觉得它们有什么特殊好处。

丁易垣恍然道：“我隐约听人说良甫有家传宝杯一对，莫非就是它？”

王征点点头，道：“不错。龙耳杯为雄，说是雄犀牛之角所制；凤耳杯为雌，是雌犀牛之角所制。杯中注水注酒，饮之均有妙用：龙杯可调治各种弱症阴症，有壮阳强身之效；凤杯可调治各种亢症火症，有滋阴养血之功……”

孙元化笑道：“当真吗？”

王征也笑了：“谁知道，只不过老辈人一直这么说、这么往下传就是了。近百年吾祖吾父直到我，都拿它珍藏，从未用过。至于那帖，得到我手却是缘分。上月我一好友病故，无儿无女，恨亲族无情无义，感念我多年接济相帮，便将一生所积蓄的金石书画都遗赠予我了。真不料其中竟有此帖，所谓老天厚爱，侥幸侥幸！”

丁易垣叹道：“这也是良甫兄厚德之报啊！”

孙元化点头道：“天主的赐予，是天主的意思……良甫，你这两件宝贝看来均是唐代以前的古物，你又祖籍关中，唐代好几位皇后娘家姓王，莫非你家就是后族？”

王征笑道：“这我就不知道了，没有细细查过族谱。”

丁易垣说：“无论如何，这双杯、名帖都是国宝，无上之宝，无价之宝！”

王征得意地笑道："那是当然！冯铨那家伙不知从哪里听到风声，请人来说，要拿三十万两银子换我这二宝呢！"

冯铨是极令士人不齿的魏党分子，曾是魏忠贤的干儿子；魏忠贤倒台后，他又因貌美多才巴结上了当朝辅臣周延儒，再成新贵。肯花三十万两银子买古董，可知其实力并未因魏党垮台受损，也可见清除阉党并不彻底。

孙元化十分愤慨，他为国事要筹四十五万，弄得焦头烂额而不可得；冯铨这种小人竟能轻而易举地花三十万去买两件古董！他当然不肯拂了老友的兴致，只淡淡地说了一句："岂有此理！"

王征笑道："所以啊，我才特意筑了这'快雪阁'贮藏二宝哇！"

三人相视，哈哈大笑。又商定，每人喝一龙杯，必须再喝一凤杯，取阴阳调和之意。聚知己、持宝杯、酌美酒、赏名帖，实在是人生难得的快事，丁易垣连连大呼："今日定要一醉方休！"

偏偏他不能一醉方休，酒到七八成光景，赤龙抱柱梯上一片脚步声。王家老仆领来了他家的仆人，上来就急急跪禀道："老爷快家去！姨奶奶就要生了！"丁易垣一惊，又一喜，立刻起身，拜谢两位好友，兴冲冲地快步下楼。他在楼梯上脚步慌张错乱，摔了一跤，几乎滚下去，咚咚咚的声音，楼上听得一清二楚。王征和孙元化在廊下目送着他的背影离去。王征笑道：

"难怪他入教这么犹豫，求子之心太切了！"

孙元化笑笑："他或许是如此，但多数人不过以此为幌子，不肯放弃贪淫纵欲的罪恶罢了。"

王征点点头，两人慢慢踱回阁中。孙元化拿起那只龙杯，又注目着《快雪时晴帖》，轻声说："良甫，你知道天主教的教义中哪一条最令我折服？"

王征不作声，只默默看着他。

孙元化接着说："就是这一条：无论是谁，无论是什么样的人，生来都有罪！这其实也与诸子百家中人性恶的论说相合。只有认定自己有罪，不断向主忏悔，不断清洗自己的罪恶，人才能变好，人心才能挽回，国家才能得救，你说对不对？"

王征点头，知道老朋友多少有点醉了，不然不会把这种想法这样直白地说出来。

孙元化又说："如果我们不是受过洗礼，不是时时忏悔谢罪改变自己，使自己完善完美，那岂不要玷污这绝世的名帖和宝杯！"说罢，他双手捧起龙杯，恭敬地对《快雪时晴帖》一照，仰头把杯中酒喝干了。

六

"……京中士人好着马尾衬裙，因此官马被人偷拔鬃尾，有误军国大计，乞要禁革……"司礼监秉笔杨禄念到这里，朱由检皱眉打断：

"谁的奏本？"

"是兵科给事中方龙正。"杨禄见皇上只嗯了一声，没说什么，便又拿起一本，先报姓名，"佥都御史徐璜建言：皇上崇节俭以变风俗，诚英明之举也。但观京中各处茶食铺店所造看桌[①]糖饼，大者省功而费料，小者省料而费功，乞令有司擘画定式，功料之间务在减省，以使风俗归厚……"

朱由检又哼一声，眉宇间的不快更显著了。杨禄连忙放下奏章，恭敬地垂手而立。

"朕命言官建白，内忧外患一字不涉，偏又将这些小事体，生扭在极大题目上，怯懦之至！"朱由检恼火地朝御榻一靠，双手抱住了肩头。

杨禄立刻对侍候在侧的小太监一示意。小太监伶俐解事，赶紧捧来一件暗龙纹夹披风递上，杨禄抖开了披在皇上肩头。朱由检看了一眼，问："是新的吗？"

"回皇爷，洗过两次了。"小太监连忙回禀。

"至少再洗一次，记住了吗？"

"是，皇爷。"

---

① 看桌：宴席中摆满一桌果点菜肴，只看不吃，用作排场。

杨禄满脸堆笑："奴才服侍过的三位皇爷，所御衣物皆是隔夜便换新。万岁爷衣必三浣，真励精图治圣主，节俭之德中外称颂……"

朱由检微微摇了摇头，顺手提起披风下襟，从面前撩了一下，说："熏的什么香?"

"回皇爷，是万春香。"小太监回应如流。

"不好，香味不正。改用龙桂香，黑色的那种。"

"是，皇爷。"

皇上虽节俭，却有洁癖，衣物不浣净不熏香则不服用。他对香料的精通、对各种香味的辨别力，更是高得令人敬服。

四年前，十五岁的信王朱由检以弟承兄继位，是为崇祯皇帝。登基之初，对天启帝宠信的魏忠贤、客氏一党任用如旧。魏忠贤不摸底细，不敢乱动；外廷文武官员也都观望，不知新皇上打的什么主意。

一天，皇上在便殿召文臣讨论治理天下之道，兴致很高，初更打过尚未回宫。正讲论间，皇上忽然命太监秉烛绕巡查看，墙角屏后都走遍了，寂无所见。他自己竟然起身离座，径直朝一处殿角走去，仔细打量殿壁，令人立刻拆毁，此墙竟是夹层！一个十一二岁的小太监手持线香端坐其中，壁上有几十个细眼，燃着的香烟正通过这些细眼袅袅飘向殿中。一盘问，吓得浑身哆嗦的小太监招认说，是魏老千岁命他所为，因皇爷勤于政事，太过劳倦，爇香为皇爷解乏。

朱由检对众臣说："方才朕正静摄思索，而心忽动，欲念顿起，立时想起所谓'迷魂香'之属的邪香。果然如此！"他正颜厉色地转向服侍太监，"从今以后，再进此香者，杀无赦！现存宫中者，一概焚毁掩埋！"

太监们战战兢兢领命接旨之际，朱由检忽然望着群臣叹息道："皇考、皇兄，皆为此所误啊！"

一句话，如震春雷！群臣惊喜交加，明白了万岁爷的真情：绝不会再任用魏党，绝不再是好色荒淫、昏庸懦弱的天子。

果然，朱由检很快杀掉魏忠贤和客氏，定逆案，把魏党一网打尽，为东林党平反追谥。他励精图治，勤于政事，事必躬亲，罢土木织造贡品，不近声色货利玩好；又英明果断，礼敬大臣，朝堂上仿佛刮起一阵清新的、生气勃勃的劲风，大有横扫百余年来陈腐死滞之势！

大明朝自正德皇帝浪荡了十余年之后，万岁爷一代比一代懒散昏庸，一个比一个更深地沉溺于自己的癖好，置朝廷大事于不顾，只享受万民君父的威势和奢华，绝不肯负万民之主的一星半点儿责任。

嘉靖帝醉心于求长生，修道炼丹会神仙，二十多年不上朝。许多阁臣、六部尚书，从上任直到离职也不曾见万岁爷一面。

万历帝更是彻底荒怠。深居后宫，近三十年不视朝、不御讲筵、不亲祀郊庙、不批答本章，不批补中外缺官，一切不闻不问大撒手，只孜孜不倦于酒、色、财。

泰昌帝在位仅二十九天，起居无节，溺于女色，一枚号称仙丹的强壮补剂红丸送了他的命。

天启帝又是深居后宫不问政事，酷爱做木匠活儿，不肯摆弄令他大伤脑筋的政治，把这一切顺手推给宠信的太监魏忠贤和奶妈客氏，闹得朝廷大乱，天怒人怨……

终于盼来这么一位英明天子好皇帝，扶大厦于将倾，拨云雾以见青天！自然天下欢悦，人心大定，士人相聚，无不额手称庆：大明中兴有望了。

宫里太监眼中，这位皇帝可太出众太英明太叫人敬畏了！身经万历、泰昌、天启、崇祯四朝的庞老太监就是这样说的："好容易出了个管事儿的万岁爷——准是赤脚大仙下凡！"所以太监们全都诚惶诚恐、小心翼翼、全心全意，不敢有丝毫疏忽。这会儿，杨禄就这么不敢错眼儿地侍候着，见皇上扯顺披风坐定，微微颔首，便立刻拿起奏章要念。

朱由检问道："谁的？"

"宗室朱术珣。"

朱由检点点头。即位四年以来，他每每对文武百官失望。无能昏庸者办不了事，精明强干的又多贪贿成性，所余几个略有才干或略为清廉的，又多结党营私，门户之见极深，互相攻讦，几无虚日。他深为忧虑，很怕自己挽回大明衰势的勃勃雄心付之东流，不得不走上历代君王的老路，转而信任宗室和内官。内官们没有妻儿家室之累，孑然一身，不会像百官私心那么重；宗室是自家人，无论如何比百官可信。这位朱术珣，就是被特意召来京师，授给户部主事分管草场。这是一项肥差，又关乎兵马之用，很重要的。不知他上疏为着何事？

“……珣以奉旨钦召，御口亲承召对之言，不料一出门外，便被户部尚书拿去买草……”

朱由检又气又好笑：无知无能到这种地步，又憨得可怜！他说：“拿奏本来。”杨禄忙把奏本呈放御案，朱由检迅速浏览一遍，竟有两处白字。他叹了一口气：“杨禄，拿昨日和今日这些没用的奏本，送去内书房传看，能校正其中一个错字讹字者，赏银五钱。”

杨禄领命而去。宫中的大太监，尤其是司礼监文书房秉笔太监，多自幼在内书房读书受教。今日当值御前的杨禄和吴直，都是就读六年，熟史事、谙掌故、擅书法、颇具文采的。由于种种原因，杨禄总高出吴直一头，所以杨禄在侧，吴直宁肯不作声，此刻才走过来，拿起奏章要继续为皇上诵读。朱由检端起龙泉青瓷的精巧茶盏，说：

“不必全读。讲讲各奏章贴黄①大意。”

“是，皇爷。”吴直半读半讲，一本一本揭过去，“湖广汉阳徐孝妇剖肝进姑，汉阳令杨苏奏请旌表……给事中刘懋上言秦寇剿抚失当……御史吴甡奏报赈济陕西饥荒、招抚流盗七千有奇……巡抚延绥副都御史洪承畴败贼张献忠于清涧、怀宁……”

朱由检心里一阵轻松。去年此时，东虏围京师、占据京东四城之时，适逢陕甘流贼大起，一时东西交困，寝食不安。幸而勤王兵马击退东虏收复四城，陕甘流贼也因自己施行剿抚并举之策，得以渐次平定……他啜了一口茶水，清香满颊。

“鸿胪寺卿奏报乌斯藏贡使请陛辞归国……户部奏请增田赋以充饷……礼部尚书徐光启奏请增拨款项以固登防复四州……御史余应桂纠劾首辅周延儒揽权纳贿……”

---

① 贴黄：将奏本的主要内容简化到百字以下，用黄色纸写好，贴在奏本首页，称为贴黄。

“啪”！朱由检不高兴地放下茶盏。即位以来他看清了这样的事实：他重用谁，言路就必定参劾谁。言官们不是怯懦无用，尽上些“马尾”、“糖饼”之类的细事，就是专攻首相内阁大学士以博取直谏的名声！周延儒才学渊博，风度翩翩，机敏潇洒，不论御前应对还是票拟条陈，都令朱由检称心满意。他心里暗暗骂着：这帮信口雌黄的黑乌鸦！……他皱着眉问道：“余应桂所奏指实何事？”

吴直浏览一遍：“禀皇爷，奏本劾周相受三边总督杨鹤重贿，为之掩败为功，又受登莱巡抚孙元化参貂等贵重珍品，为登州加饷。”

“哦？”朱由检心里一动，沉吟道，“拿徐光启奏本来看。”

他并未看奏文本身，是在看内阁的票签①。那确是他熟悉的周延儒一手极纯熟流丽的行书，写着：“拟准行，四十五万银着兵、户部酌商，以加饷拨给。”

难道是孙元化施贿，周延儒受贿，徐光启敲边鼓，为了弄到这四十五万？

“吴直，你记得孙元化此人吗？”

“回皇爷，奴才认识孙元化不自今朝。他忠君爱民，才干优长，勤劳王事，为人也极是刚直正气。”

朱由检微微笑了，想必因孙元化由自己破格提拔，吴直便极口赞美以讨好，不禁问道：“何以见得？”

“先皇在世日，奴才该死，曾替魏逆奔走，蒙皇爷宽恕赦免之恩，方有今日……”

朱由检微微点头，闭闭眼睛，表示不愿听他感恩，要他说下去。

“奴才曾受魏逆示意，邀他在奏本上具名乞朝廷封魏逆爵位。其时正当宁远大捷之后，他名望几与袁崇焕齐。袁崇焕具了名，他却严词拒绝，给奴才好一场难看。奴才虽说一时羞怒，心下也佩服他的骨气。后来袁崇焕升任兵部尚书兼蓟辽总督，他只得了个小小的宁前道，便是因此。惟皇爷知人善任，孙元化方得以破格重用，大展

① 票签：辅政大学士代皇帝拟出的处理意见，合皇帝意则封出照办，不合意则退回内阁改票，或皇帝直接批发内阁，称为中旨。

其才……”

朱由检又微微点头，神色越加和悦。慢慢又呷了几口茶水，剔着指甲，平淡地问：“厂卫方面对他品评若何？”

“登州那边有一位锦衣卫指挥使，东厂不便再去。锦衣卫回报孙巡抚才干优长，未见异常，尚无过失。”

登州要冲，至关重要，何况还关乎收复四州乃至恢复辽东的大事！徐光启德高望重，学问大家；孙元化是自己破格提拔的封疆大吏；周延儒就更不用说了。几斤人参，几张貂皮算得了什么！但若不闻不问，岂不是容忍朝廷内已经很不成样子的贪贿之风吗？还有，四十五万两可不是个小数目啊！……朱由检委决不下，放下茶盏，打个舒展，说：

“传软舆，往承乾宫。”

承乾宫是朱由检宠爱的田妃住所。田妃是个地地道道的扬州女子，娇小玲珑，聪慧秀丽，体态娴雅，最能揣摩迎合朱由检的心意，因此从信王府到紫禁城，受宠始终不衰。

吴直因为收发奏本，晚了一步。赶到承乾宫门，不禁吓了一跳，敢情皇爷还没进去。跟从的小太监全都泥塑木雕般站着，不动更不敢作声；承乾宫的总管太监和宫女还是跪着接驾的姿态，想是皇爷没有叫起。皇上呢？正静静地站在影壁边那棵老柏树底下。吴直小心翼翼地朝皇爷脸上看一眼，那确是都下百姓和朝中文武再三赞颂、叹为不世出的煌煌天表：容色白皙，方面阔耳，两眉长过眼梢，瞳神亮如点漆，丹唇秀髭，莹然玉润，似乎没有表情，怡然蔼然，又似乎若有所伺。吴直侍候皇爷已经四年，还是摸不清皇爷在想什么。

这位皇爷可不像乃祖万历、乃父泰昌、乃兄天启那样从小生长在宫禁之中，世间百事不懂。当他是信王的时候，就常常微服行走都市街坊，熟知民情，智识深远，寡言少笑，不轻易示人以异同。魏忠贤擅政嚣张时，暗中派人夜投信王府，向这位皇上的亲弟弟慷慨陈词，控告魏、客一党种种不法，求信王为朝廷除害。信王答道：“忠贤才可辅主，皇上眷宠方盛，赖以治国。尔等危言耸听，意欲何为？况且吾乃外藩，行将就国[1]，尚须借重忠贤。尔等无须多事，若招其怒，必将祸及家身性命！”魏忠贤闻得回报笑道：“信王果然对我有畏惧之心，不足虑也！”后来天启帝暴卒，信王登基，魏忠贤竟一无措施，也许就是错以为信王能成为第二个天启帝的缘故吧……

承乾宫里又飘出一阵琴声，叮叮咚咚，很是幽美动听，精于此道的朱由检听出是那首名曲《高山流水》，也听出弹者若非有十年功夫，不得到此。弹者，自然是他宠爱的田妃。但田妃到他身边五年了，从不曾说过她会弹琴。这一曲知音难得的感叹，寄托什么心绪？田妃之父出自市井，不会有此雅兴，那么她这一手技艺来自何人？……朱由检越想越疑心，只是为了体面，不便流露。

止住通报，朱由检一脚踏进田妃的寝宫，田妃吃了一惊，连忙起身跪接圣驾，心中颇有些惴惴不安。待到皇上命她坐下说话时，体味他略略不同往常的表情和声音，田妃更感到惶恐。

“朕倒不料你也会抚琴，更不料你指下功夫如许深。”朱由检微笑地看着田妃，眼睛却不笑。田妃是个极聪明的人，连忙离座跪下请罪：

“妾妃于琴理原能识得一二，因见皇上励精图治，勤劳国事，不敢以此微末小技亵渎圣听……”

“不必如此，”朱由检做个手势命田妃起来，“我听你指法纯熟，琴韵清幽，当不是寻常功夫。”

“是，皇上明鉴，妾妃学琴实有十年了。”

“师从何人？”朱由检精明的目光盯住爱妃甜美的面庞，其犀利无情，使田妃心跳不止，她连忙嫣然一笑：“妾妃还能师从谁人？自然是家母亲授。”

“哦……”朱由检的目光还在田妃脸上打转，田妃竭力保持柔婉的笑容，竭力自然轻松地添上一句：“非但抚琴，便是作大书、撇兰、下棋，也都师从家母啊！”

---

① 就国：明制，除太子以外的皇子，成年后封王，离京到所封地区建王府居住，称藩王。藩王离京赴封地，亦称就国。

“你母亲真是多才多艺！”朱由检还看着田妃。

田妃脸上绽出那一向讨皇上欢喜的、压倒六宫的甜笑，露出雪白如珠贝的皓齿：“所以皇上才有多才多艺的田妃啊！”

“嗯……”朱由检这才移开目光，同时也站起身来。田妃慌忙喊道：“皇上！——”

朱由检唇边做出一点微笑：“朕因批阅奏章劳倦，出来随意走走，是这琴声把朕引来承乾宫。奏本尚多，今日怕不得闲了。”他点点头，转身出了寝宫。

田妃送到承乾门外跪下，眼泪汪汪地说：“求皇上节劳养生，是六宫之福，是万民之福！”她望着皇上的御舆离去，想起方才一番问答，心里越发惶惧，泪珠儿竟锁不住，“吧嗒嗒”滚落，连忙装作抬手理鬓，用袍袖偷偷拭去，重整端庄贞静的神态，慢慢退回承乾宫。她知道，此后的几天，她别想吃得下睡得稳了……

回到乾清宫的朱由检，拣出徐光启和余应桂两本奏折细细看着。一阵小风微微掠过，他不自觉地裹紧了披风。吴直立刻奉上一盏热腾腾、香喷喷的茶水，他就手端起来喝了一口，又觉得脚下升起一股热气，身上顿时暖融融的很是舒服。移目注视，是吴直正弯腰跪地，把一只嵌松石银丝脚炉端放在他两脚之间。他不由得轻声叹道：

“反倒是你们一片忠心啊！……”

吴直忙跪拜道：“奴才肝脑涂地，也不能报圣恩万一！”

这是一句常用的十分夸张的感恩用语，但却是吴直的真心话。他对朱由检的崇敬达于极点，远远超出一般臣子奴辈对天地君亲师应有的情分。

当初，御用监太监崔文昇进丹药，天启帝服用后大泄不止，以致晏驾。登基后的崇祯帝进宫的头一件事，就是拿住崔文昇问罪杀头。不料各宫宦官成群结队喧嚣不止，形同哗变，直逼到乾清宫。皇上临乱不惧，镇定如常，立在宫前丹陛上，俯问总内监说：“为何事喧哗？”内监们七嘴八舌纷纷乱嚷：“崔官儿是好人，理不应杀！”皇上很痛快，立刻下令免崔文昇一死。内监们欢呼着散去，只以为这个十五六岁的少年皇帝不难相处、不难驾驭。却不知数日后皇上已有了心腹太监，通过暗地查访，弄清为首闹事的四名内官，连同崔文昇一起拿住杖杀了。太监们这才吓坏了，从此不敢不夹住尾巴。

吴直是首先倒戈成为新皇爷的心腹太监中的一个。他虽也是魏党一员，却不如崔文昇得脸。他的相好菜户是翊坤宫茶上宫女，两人已得主子许可同屋居处，形同恩爱夫妻，却被崔文昇倚势活活拆散。常人的夺妻之恨不共戴天，太监的夺菜户之仇也一样深长。他无力与崔文昇争高下，便跑去佛寺企图出家，出家未成又逛到娼馆嫖妓，直闹到与他做了一场干夫妻的妓女化装成男子，到紫禁城里索取他没有给足的度夜资。他被判“杖毙”。待死之际，新皇爷进宫，亲自审问，他毫无隐讳，供出所有真情。皇爷竟免死免罪，从此对他大加任用，直到今日的高位。所以每当吴直谢皇爷圣恩之时，眼里总有泪光闪动。

吴直的言行，引得朱由检容色转霁，忽然笑道：“朕再赐你一个菜户，可好?”

“奴才不敢当!”吴直感动得终于落泪。

朱由检确实比较喜爱吴直。吴直并不算最有才干的内侍，但他肯说心里话，像一条忠心耿耿的看门犬。朱由检初践帝位、初入大内，很需要这样的侍从。见他诚惶诚恐，朱由检进一步表示说：

“旧的怕不好了，配个小宫女给你，如何?”

“皇爷恩典，折杀奴才！奴才是怕……咳，女人嘛，老的小的，旧的新的，丑的俊的，又有几个是不欺哄人、作弄人的呢？……”

朱由检目光一寒，这话正点在要害处。田妃宠冠后宫，抚琴之技的小事，竟也瞒了五年！为什么？真如她自己解释的那样？对皇帝而言，最近切莫过于后妃，后妃尚且如此，更何况文臣武将？……那登州府的四十五万增饷，果真其中无弊？周延儒、孙元化，以至那位老学究徐光启之间，果真无私？无风不起浪，言官难道尽是捕风捉影？朝臣党比最是可恨，足坏大事，切不可掉以轻心！……

“吴直，着人去田弘遇府，召田妃之母入宫陛见。”朱由检说罢这句话，再不作声，沉埋进一本本奏章中去了。

午膳，皇上召中宫周皇后共进。

乾清宫中殿两侧的内府乐女奏起细乐，朱由检夫妇分别在两张南向宝座上坐定。口兜绛纱袋的宫女们侧着脸，防止口鼻气息出入污了双手捧着的菜肴，流水般传送，把一品品金丝笼罩的膳盘膳碗先放在旁边的几个大食案上，再依次送上帝后的御案。

一案米食：蒸香稻，蒸糯米，蒸稷粟，稻粥，薏苡粥，西梁米粥，凉谷米粥，黍秫豆粥，松子菱芡枣实粥；

一案面食：玫瑰馅、木樨馅、洗沙馅、油糖馅、肉馅菜馅馒首，发面，烫面，澄面，油茶面，撒面等；

一案常用菜肴：熏鸡，炙兔，炉鸭，烧羊肉，黄焖山雉，清炖牛肉，烩狍蹄筋。

另有特设的一桌小碟菜品。朱由检指着它们对周后说："这都是民间时令小菜小食，朕命膳房不时进来，庶几不忘外间百姓辛苦。"

周后笑道："陛下勤政爱民，食用节俭，足为臣民表率。何不将菜食名目一一报来？"

朱由检很高兴这个提议，一一唱名，定能传扬中外，他的节俭焦劳就能为百僚百姓知道，不仅圣名大著，更得教化之用。他心里很感谢皇后的体贴入微，便转向司礼监掌膳事的杨禄："报来！"

吴直望着杨禄替他着急。升到秉笔太监，虽然掌膳事，哪会注意这些小菜？可杨禄胖胖的如中年妇人的脸上没有一丝惊慌，清清嗓子，用女人一样细柔的声音报起了菜名：

"皇爷娘娘容禀：这小菜有苦菜叶、苦菜根；蒲苗、枣芽、芦苇根，苏叶、葵瓣、龙须菜，蒜薹、匏瓠、蒲公英，苦瓜、野薤、野藠芹。小食样数也不少：苜蓿、榆钱、锦葵、杏仁糕；稗子、高粱、杂豆面；麦粥、炒面、艾汁糕；稷黍枣豆糕，仓粟小米糕，还有边关将士征战随身的干粮饼和重阳糕……"

杨禄数得又流利又好听，博得帝后一笑，命随侍宫人内监各取小菜一碟尝试。自然不好吃。但两位主子都面带微笑地咽下去，皇上还连连点头，杨禄、吴直和许多宫女内监都心里感动，几乎落泪。

周后感叹地微微点头："陛下洁己爱民如此，文武百臣若肯体念圣意，节俭一分，廉洁一分，国用也不至于……”

朱由检瞥了皇后一眼，脸上笑意倏然消失。

皇后使象牙箸拨弄着小碟里的菜叶，并没注意丈夫的脸色：“孙元化为登州请饷四十五万，不知有多少要流进周延儒的相府……”

“啪”！朱由检一拍牙箸，沉脸叱道：“你深居后宫，知道什么孙元化？谁告诉你的？”

周后一惊，忙离座跪倒：“皇上息怒！是今日上午，臣妾去慈庆宫问候皇嫂，皇嫂说起此事，道周延儒软美多欲，揽权纳贿，深恐皇叔为其所误……”

周后所谓的皇嫂，就是天启帝的皇后张氏。天启帝驾崩，张皇后力主召信王朱由检入继大统，因其时魏忠贤仍柄大权，她特意密嘱信王切不可用宫中饮食，朱由检于是藏了些麦饭团在袖中，熬过了入宫最艰险的头几天。张皇后于朱由检继位有大功，于朱由检本身有大恩，所以崇祯元年特晋张氏尊号为懿安皇后，住慈庆宫。

“登州之事，皇嫂听谁说来？”朱由检阴沉沉地追问。

“臣妾不曾问……”

朱由检大怒，一脚踢翻食案，“哗啦”一声巨响，碟碗盘盆摔得粉碎，菜肴粥米溅了一地。内监宫女都吓得屏息静气，不敢仰视。殿中一片寂静中，朱由检声音格外严厉：

“吴直，速往慈庆宫，问清是谁将外廷事传进宫中！快去！朕立等回话！”

吴直领命急忙退去。朱由检端坐宝座，全然是严阵以待的样子。皇后低头站在旁边，哪里敢劝。

不一会儿，吴直气喘吁吁地回报：懿安皇后只说全然为皇叔着想，传言之人则坚不肯吐。

“胡说！”朱由检怒气冲冲地呵斥，“今天非吐实不可！不然，朕亲自到慈庆宫请教！快去！”

吴直汗都不敢抹，急匆匆地又向慈庆宫跑去。

周后硬着头皮小声劝解道：“陛下……”

朱由检断喝一声：“不用你说！”

他觉得太阳穴“突突”地跳得很凶，额头发涨，眼前一片片一丛丛发黑起花。他是气坏了。他从来不许后妃干政，认为那是对他天子独断的亵渎；他从来严禁内外交通，因为那将是外廷借助后宫乱政的途径，特别是他一向以“闺门有序、家法严谨”自诩，认为胜过唐太宗。然而，他心里也在暗自奇怪，仅仅因此他不至于如此失态地大发雷霆。分明还有什么别的令他愤慨的原因。是什么呢？他一时也说不清。

吴直过了好半天才又跑回来，慌得直眉瞪眼，说懿安皇后不住流泪，请禀告皇上，她只是为皇叔为朝廷着想，并无歹意。但传话之人她绝不说，她不能害人。如果定要逼问，她愿一死以谢皇叔！说罢果真退回后殿，找帛带搭上了梁，被慈庆宫管家婆率一帮宫女死活拦住……

殿内无人出声，只有禀完事的吴直还跪在那里呼哧呼哧喘气。此刻必得皇后出面缓解。她果然轻声地说道：“皇嫂于社稷有功，于皇上有恩，求陛下三思……”

朱由检心头一动，忽然明白了：他之所以特别气恼，就是因为皇嫂于他有恩！这是他心理上一个不能触碰的“痛点”。他最不愿受人恩惠，只愿施恩于人。他不能容忍自己处在受恩的地位，哪怕是不得已。受恩，意味着受恩者的无能和屈辱，而他是天子，是至尊！皇嫂这种纵然是无意的干政，也颇有恃恩不法、恃恩藐君的意味，正触犯了他的尊严，招致异常的“龙颜大怒”。

懿安皇后为人严正，闹成这种局面，他本应想到。眼前怎么下台？他不理睬周后，独自沉吟。

一名乾清门太监来禀：“启皇爷，田弘遇夫人进宫。”

不料台阶来得这样巧！朱由检立命宣田夫人到乾清宫见驾，又命吴直去承乾宫召田妃来见，然后仿佛忘了刚才一场风波似的对周后说：“御妻稍候，将有双琴对抚，你我来判个高下。”

喘息未定的吴直又匆匆奔去承乾宫，慈庆宫那边的事就不了了之。

半个时辰后，乾清宫东暖阁中，帝、后上坐，下首两张琴台，东边琴台边坐着田妃，弹着绿漪琴；西边琴台边坐着田夫人，弹着同样珍贵的凤尾琴。母女二人都乌发如云，面容秀丽，有江南水乡女子的细腻娟美，只是田妃娇媚纤巧，田夫人丰满雍容。她们的琴韵和指下技巧的差别也在于此。两琴合奏虽然奇特好听，皇上还不满足，又命母女俩分别独奏名曲《水仙操》：叮叮咚咚，凌波仙子冉冉飞翔而来，在水面回风转雪地飘逸而去……

朱由检终于露出笑容："好！田妃果然师承乃母，虽造诣和韵味还差着几分，也算名师高徒了！"

看到皇上龙颜大悦，周后和田妃都各自松了口气，而朱由检本人，也在这一刻拿定了主意。

嗣后，周后、田妃及田夫人，还有翊坤宫的袁妃，都应召在乾清宫用晚膳，肴香酒美，歌吹细乐动听，万岁爷谈笑风生，和蔼可亲。

田夫人告退出宫，后妃们陪着皇上说了会子闲话，见他没有留谁的意思，便拜辞各自回宫。朱由检重返西暖阁批阅奏章，专心致志，头都不抬。暖阁中只间或有纸页翻动的窸窣响，极为安静。

"咚，咚！噹，噹！"更鼓金钲的敲击从寂静的深处隐隐传进来。朱由检往御座背上一靠："哦，二更二点了，真快！"他打个舒展，呷了两口热茶，在黄麻纸上写了几个字交给吴直，"去内阁值房。"说罢，又埋头去看奏章。

吴直看纸上写着"登州增饷事就教于周先生温先生"，是宣召首辅周延儒、辅臣温体仁的。早点召不好吗？何必定要过二更呢？想来是为让臣下看看皇上勤政吧？此念一动，吴直立刻觉得是亵渎和冒犯，暗骂自己"该死！"忙叫了提灯小太监，持着黄麻纸御书直奔内阁去了。

内阁值房就在乾清门外，不一时周延儒、温体仁都宣到，向皇上叩拜。朱由检待辅臣一向恩礼有加，立刻赐坐，赐茶汤果饵，寒暄几句，方入正题：

"登州增饷四十五万，朕看周先生票拟拨给，甚当。惟恐各边卫所起而效仿，难以应付。"

周延儒半年前升任首相，更加自信潇洒，笑容很有魅力："陛下，登州乃水陆要冲，既护卫京师，又隔海与东虏相峙，万万不能有失。登抚孙元化乃皇上特简，善用西洋大炮，又有收复四州重任，拨发四十五万专为修筑炮台，造船造炮，各边卫所安能攀比?”

朱由检点点头，转向温体仁：“温先生，你意如何?”

温体仁长身多须，面容黑黄，远不及周延儒漂亮，也不似周延儒那样才华横溢。但他深陷的眼眶里的一双眼睛，却是异常灵活，不时闪烁着或冷或热的光亮。若不见这双眼睛，他颇似一位迂腐的老儒，只要一触到他的目光，便会惧然而惊，悟到这其实是个心思很密、心计很深的不寻常人物。他去年六月入阁为大学士，几乎完全靠了首辅周延儒的援引推荐，因此对周延儒毕恭毕敬，言听计从。他比周延儒大二十多岁，仍像门生对老师那样亦步亦趋地跟随其后。今天也不例外，立即应声道：

“周相说得明白，登州若要固防，非四十五万不可……”见皇上眉间几乎不能察觉地皱了一皱，他立刻想到皇上最讨厌臣下结党，自己若鹦鹉学舌，难免党比之嫌，便很聪明地另辟蹊径，“当年往澳门募购西洋大炮，尚需八千两一门，况且还要筑炮台、造海船，四十五万用来也算拮据了。”

朱由检又点点头，沉默片刻，突然盯住周延儒，慢慢说道：“周先生，你看，又有言官弹劾你哩!”

周延儒一听便知，离座跪下，愤然道：“陛下明鉴，受杨鹤贿为之掩败为功，纯是无中生有！至于参貂，臣并未受孙元化馈赠。数日前臣偶感风寒，徐大宗伯前来探病，他精通医道，看脉后说臣肾水不足，元阳有亏，所以畏寒受寒，百病丛生，出于仁心，赠我人参两斤貂裘两袭，也是同僚的一番情义……不料言官平白诬蔑！臣已修得辞政回籍本章，明日便上!”

温体仁连忙离座挨在周延儒身边跪奏道：“陛下，余应桂此疏甚是无理！近日言官不是摘取细枝末节夸大其辞，就是捕风捉影、无事生非。周相身为首辅，最是众矢之的。受贿之事决然无有！参貂一事，确系徐光启为周相疗疾所赠。据说是孙元化赠给徐光启的。但孙元化是徐光启的门生，门生馈赠老师乃天经地义!”

“二位先生请起。”朱由检笑道，“此事朕早有决断，所谓用人不疑，疑人不用。朕岂是那种猜疑忌刻之昏主！……朕已拟定批答，请先生看过。”

吴直将余应桂的奏章交周延儒，见头一页贴一张御用宣纸，上有朱批：“应桂谗谮辅弼，必使朕孤立于上，乃便尔行私，是何心肠！着降三级调用！”

周延儒忙拱手谢道：“陛下待臣之恩天高地厚，延儒虽粉身碎骨不足以报。只是余应桂若因劾首辅而得罪降调，恐钳众人之口，难服言官之心。伏乞陛下宽免，薄惩足矣。”

温体仁看了朱批，说：“周相忒谦了。余应桂一干人若不切责重惩，内阁如何行事？不杀一儆百，攻讦之风难息；攻讦之风不息，朝中党争终无了时！”

朱由检取了两位辅臣意见的折中，将余应桂降调一级以示警戒。此后，君臣三人讲说些个通鉴史事、前代兴革、人才进退等等，很是和谐惬意。三更鼓起，辅臣才告退出宫。

周延儒与送他们出宫的吴直边走边说，说的虽是闲话，却都因四十五万终于落在实处而有一种完愿的愉快。只是周延儒想到余应桂的降调心中仍然不安。他知道，皇上这种逾常的恩宠，会给他招来更多的敌视和攻讦，所以他仍以谦恭的语气请求吴直：趁皇上哪天高兴，免了余应桂的处分。

看到周、吴二人的亲密情状，温体仁有意稍稍避开。他的内线尚不为人知，是皇上跟前的另一名秉笔杨禄。既然读书，就要中状元；既然做官，就要做阁老；既然入阁，就要当首相——这是温体仁的信条。眼下麻烦的是，首相周延儒对他有举荐之恩，使他在取而代之的路上不得不多几道迂回。比如处置余应桂，他就来了个明助暗拆台，给周延儒多树几个政敌；还有一个大秘密，只有他和杨禄两人知道——“周延儒受孙元化贿，批拨四十五万增饷以分肥”的消息，就是他通过杨禄，再通过懿安皇后的娘家灌到慈庆宫里去的。可惜没有成功，使他略感沮丧。但他可不是一个肯认输的人。他还有一个信条：大丈夫能屈能伸！

白天，孙元化得到批拨四十五万增饷给登州的批件，一直抑不住兴奋：眼看一个强固的登州要塞就将屹立在海湾。二更已过，他还在书房画炮台图，计算土石方和经费。忽听一声呼喝："圣驾到！——"惊得他直跳起来，以为自己是在做梦。老家人郝大连滚带爬地冲进书房，结结巴巴地禀告：

"老爷！快，快！果真是圣驾！车马停在门外，万岁爷銮驾已进中堂啦！"

孙元化拍拍脑袋，打死他也不敢相信自己竟会获得这天大的荣耀！他手忙脚乱，气促心慌，哆嗦得嗓音几乎发不出声音："来！快取朝服、朝冠！……"

不知是老家人还是他自己的过，几次伸胳膊都伸不进朝服的袖筒，靴子也高低穿不进去。忙乱一阵，总算就绪，急忙出书房往中堂。一出书房门，院里已站满了人。从这东跨院到中堂，一串串大红灯笼射出的红光，连成一片红雾，罩住了周围的一切：房屋、道路、密密麻麻的人脸、光华灿灿的斧钺刀枪……孙元化腾云驾雾似的，自己也不知是怎样迈进中堂门槛的。

中堂里塞满了侍卫仪从，无一点缝隙，青烟缭绕，香气氤氲，满目缤纷，鲜亮得难以逼视。孙元化不知皇上在哪里，也不敢寻找，只面北跪下，叩拜不已，口中大声念着例行的参觐词：

"登莱巡抚孙元化叩见圣上，万岁万岁万万岁！……"

朱由检正倚在东窗栏下看月，此时不由得笑了，喊道："孙元化，朕在这里。"

孙元化忙转过来，重新叩拜。

一些礼节性的问答完毕之后，朱由检屏去左右，跨步上前，执了孙元化一手，说："东北患金虏，西北患流寇，朝廷患党争、患贪贿，国事维艰。登莱要冲之地，朕就委托你了！"

看着皇上白皙年轻的面容，和与这面容不相称的充满忧虑、充满期待的深沉目光，孙元化心头震荡，热泪忽地涌出，哽咽道："伏乞圣上宽心，元化必与登州共存亡！"

朱由检略略变色，觉得此话大不吉利，但立刻掩饰了过去，笑道："酒来！"

太监捧过斟满御酒的金杯，朱由检接在手中，赐给孙元化。孙元化跪下双手接住，一饮而尽。朱由检说："好，此为壮行酒。这杯也赐给你了。"说着他回头望了一眼，身后的吴直便大声喊道：

"起驾！——"

一片红光之中，圣驾远去，黑夜的黝暗又笼罩了街市。良久，孙元化还像送驾时一样跪在大门前，心潮澎湃，热血沸腾！似真非真，似梦非梦。口中尚有御酒香，怀里揣着御赐的双耳龙纹嵌珠金杯……皇上恩重如天，孙元化觉得自己几乎承载不起。他感念已极，不觉泪湿前襟……

第四章

一

孔有德随孙元化回到登州，已是仲春。得知刘兴基终因伤重，呕血而亡，不免兔死狐悲。清明节邀了耿仲明，换上素服去为刘兴基扫墓。

出城西迎恩门，过观音堂行不到二里，便见南面一带绿色平冈，冈上粉粉白白，团团如云，尽是盛开的桃李，远望游人如织，在花间行坐不定。惟有冈北郁郁葱葱，是松柏覆顶的墓冢。树下时见火光闪动，纸钱飞扬，仿佛一群群白蝴蝶翩翩飞舞。这便是胭脂冈，刘兴基长眠于此。

新土新坟，一块不足二尺高，凿刻得十分粗陋的新石碑，端端正正面向西北，如在行注目礼，在周围一律坐北向南的群冢间，非常触目。孔有德和耿仲明对死者的用意心领神会，不忍说破，只默默地跪拜，默默地烧纸钱，默默地示意侍从亲兵摆上祭品祭菜，每样拣一点撒在坟上，又默默地斟满杯酒，从墓碑顶慢慢浇下去……

“嘻，无家人祭无家鬼！”耿仲明高举酒杯，笑嘻嘻地拖长了声调，带着浓浓的辽东腔。此时两人已遣开侍从，就着余下的祭品祭菜，在墓前盘腿而坐，相对而饮了。

孔有德白了他一眼，只管仰脖喝酒。

“大哥吃菜，别呛着！”耿仲明连忙点头哈腰，推碟子假献殷勤。

孔有德放下酒杯：“咱哥儿们还用这一套？你是怎么了？全没个正形儿！”

耿仲明哼一声，没精打采地向树干一靠，眼睛顺树干看上树梢，呆了半晌，说："咱哥儿们真不该上这条船！"

孔有德脸色一沉："仲明，你听着，谁敢说帅爷一句不是，我老孔可不答应！"

耿仲明一摆手："我哪会对帅爷怨恨！只是想当年随大哥在皮岛何等逍遥自在，如今来到登州……受不完的窝囊气！咳，哥哥进京这些日子，登州人欺咱辽东人更甚了！别说南兵登州兵、城里的官商士民不把咱放在眼里，连卖唱卖身的娘儿们、要饭的花子也敢对咱鼻子不是鼻子脸不是脸！男人家到了这份儿上，不如一头碰死！"

孔有德皱着浓眉，慢吞吞地说："咱哥儿们手下弟兄在关外在岛上野惯了，拽出哪一个也都够横够恶的，不怪登州人怵咱！"

"怵？他们恨不能把咱哥儿们撵出登州！咱可不能认㞞，不给他们点儿厉害瞧瞧，出不了这口气！"

"又胡说！"孔有德责备，"有帅爷在，谁敢撵咱们？帅爷为咱们担不是，咱们也得为帅爷争气！就说为了你我弟兄的前程，也得忍着，管住自己，管住下面弟兄！"

人人都知道，领兵大臣中，惟有孙元化强调"辽人可用"，并大量招募和使用辽东的兵将，虽因此承受朝野上下许多攻讦和劝告，始终不屈。

"大哥，"迟疑一阵，耿仲明问，"这回你去京师，莫非吃错了药？像是变了个人儿，话都不投机了！"

孔有德一愣，随即哈哈地笑了："不错不错！咱老孔是喝了一大碗醒酒汤，再不能糊里糊涂地混日子啦！"他大手在满脸迷惑之色的耿仲明肩上轻轻一拍，知心地小声说，"仲明，想不想挂帅封侯当大将军？"

耿仲明一笑："就咱们弟兄这号？狗屁！"

"怎么狗屁？若讲文韬武略，咱不敢巴望到帅爷的万一；要讲带兵打仗不怕死，咱哥儿们怯过谁？只要遵朝廷的法度，给朝廷打胜仗立功，小兵卒子也能封侯！"孔有德情绪高涨地讲起此次进京令他震动最大的事：威风凛凛贵盛无比的侯爷大将军，原也起自民间，出身士兵！他是个大开大阖、拿得起放得下的豪爽汉子，这回却一眼看准，死活不放，决心这条路走到底了：“仲明，一辈子怎么过不是过呀，可人往高处走，水往低处流。当年在皮岛那般逍遥自在地混，混到头也不过是绿林英雄、海上豪客，有啥出息！”

耿仲明摸着自己白胖的腮帮，飞快地睐着眼睛。

“爬山不也是越往高处越累人吗？就得忍苦忍累忍羞辱，瞧瞧咱帅爷！文才德行，咱这辈子也不想了，可帅爷忠君爱民，帅爷待人处事儿，咱还不能学学吗？”

“大哥，你说帅爷会不会来给刘兴基上坟？”耿仲明突然冒出来这么一句。

“这……”孔有德搔搔头，说，“刘兴基虽说免了罪，可终究是叛臣的兄弟……”

“可是他举发刘兴治逆谋，于帅爷有救命之恩。”

“帅爷终究是封疆大员，节制一方，怎好……”

两人都没有把话说完，可都明白彼此的意思，一时都不作声了，仿佛在静听风过松柏带起的树涛声和周围墓冢间隐隐传出的哭声。

耿仲明突然兴奋地指着冈边大路，一簇人在那里下马，其中十数人缓缓上坡向墓地走来。走在前面的一位，长衫飘飘，风帽披肩，似一老儒，但身躯修长步态洒脱，白净面膛和五绺美髯已隐隐可辨：“帅爷！帅爷终究来了！……旁边那人，哎呀，是吕烈！还有张鹿征那小子，吕烈的跟屁虫！”

孙元化走到鼓楼下的画桥边时，遇上了吕烈，没有讳言自己要往胭脂冈。吕烈一听兴高采烈，说要去上坟，正好随行。同到西门，又碰上张鹿征。此人只要见到吕烈，便紧跟紧随不放的，于是一同出城西南行。

好像感于郊野明媚的春景，又像是安心要大显其才，吕烈一路谈诗说赋，摇头晃脑，滔滔不绝；张鹿征硬充行家打边鼓，赞叹不绝；孙元化只静静听着，微笑不语。

“……当年我初到金陵，还是一个不懂世事的小秀才，为赋新诗强说愁，又自命才高八斗，便目空四海。最得意一阕《减字木兰花》，单咏着过秦淮：春衫乍换，几日江头风力软。眉月三分，又听箫声过白门。红楼十里，柳絮蒙蒙飞不起。莫问南朝，燕子桃花旧溪桥……”

“好！好！字字珠玑！”张鹿征大声嚷叫、拍掌。

“帅爷以为如何？”吕烈恭敬地在马上躬身问。

孙元化抚髯微笑：“虽然摇曳有致，但过于妩媚浓艳了。真不料你当年能作此语。”

吕烈哈哈一笑：“少年心性，哪有定准！……后来弃文从武，只有诗词一道未弃，曾题一绝道：十里五里出门去，千峰万峰任所之。青溪无言白云冷，落叶满山秋不知。”

“妙！妙！真如行云流水！”张鹿征又叫好，心里暗暗准备下一次的赞语，不可与前两次重复，叫人笑话。

孙元化微微点头，沉吟不语。

“近年参透世情，看破红尘，若能脱离苦海，跳出三界，其乐何如？”吕烈指着田野丘壑边掩映在绿树间的竹篱小院、草屋土房，叹道，“反倒是山野村夫平民，令人羡慕！阆苑瀛洲、金谷琼楼，算不如茅屋清幽。野花绣地，草也风流，也宜春也宜夏也宜秋。酒熟堪筝笃，客至须留，更无荣无辱无忧。退闲一步，着甚来由，倦时眠渴时饮醉时讴！……”

“绝！绝！真是高人雅士大手笔！”张鹿征费了好大劲，终于找到这么一句不伦不类的赞词。

孙元化终于首肯，笑道：“如此境界谁不想？当年我也作小词赞道：笑指吾庐何处是？一池荷叶小桥横。灯光纸窗修竹里，读书声……至今神往啊！只是君忧臣劳，国事如此，岂容我等去寻求那番清福？也不忍只图一己的逍遥受用吧！”

吕烈连连点头称是，有热诚得过分之嫌：“大人出言便是正论，令卑职受益不浅！听说大人十二岁便进学，次年考中秀才，三十岁方中举，其中十多年不肯出来应试……果真是不同凡响！”

孙元化诧异地看看吕烈：“这些琐事你竟也知道！……说来或许是我的偏见，但至今不悔。少年登科，是人生之大不幸。侥幸中举为官，一点世情不谙、一毫艰苦不知，任了痴顽心性鲁莽做去，必然上误朝廷，下误当世，自家也被功名所误，未必善终。不如迟中晚进，多学些才术在胸。所以安心研读，不肯躁进。也亏了那十多年拜师求学，才得于算学、天文、火炮等项要务擅一技之长……”

他们谈论着，走上胭脂冈，孔有德、耿仲明已迎到路边行礼。孙元化笑道：

“你们也是来为刘兴基扫墓的吧？好，领我们同去。”

孙元化在刘兴基墓前郑重奠酒祭拜，孔、耿站在他左侧，吕、张站在他右侧，全都默不作声。耿仲明对登州兵将一概恶感；孔有德虽与吕烈有交情，却讨厌张鹿征；至于登州营的吕烈、张鹿征自然绝不肯向刘兴基俯首下拜——哪怕他已经入土。孙元化拜罢回身一看，立刻感到凝聚在四名部下之间的冷气，而他正处在这团冷气的正中，不禁暗暗慨叹：若能化冷气为和煦，这些人都会是他有力的左膀右臂，登州事就大有可为了！

他抚着乌黑冰冷的墓碑，仔细看去，心中一凛，问：“这碑文……是谁撰写的？”

因为碑石黝黑暗淡，只有“刘兴基”三个大字很明显，孙元化一问，众人才看清，碑上刻着十一个阴文：

朝鲜嘉州居昌刘兴基之墓

耿仲明连忙答道：“是刘兴基自拟的碑文，他临终嘱咐墓碑立向西北，是不忘本的意思。”

孙元化点头叹道：“论公，刘兴基首发叛逆，得以殄灭隐患于海上；论私，于我有救命之恩。这次进京之前，本来要为他请功请赏，他都再三谢绝……我想，应在他墓碑上添写‘大明义士’四字，也好表彰忠义，令他泉下心安。”

耿仲明嗫嚅着：“帅爷，他……他万万不肯的！”

孙元化扬扬眉梢：“哦？”

耿仲明硬着头皮往下说：“他临死跟我唠叨，他自念卖了同胞兄弟，罪孽深重，日夜不安，便活下去也无生趣，能够一死逃脱悔恨折磨，他求之不得。若为他建功树碑，是张扬他的罪过，使他死不瞑目……”

“真所谓一死掩百丑，死得值！死得该！”吕烈忽然插了一句，顿时破坏了墓前的哀思叹惋气氛。耿仲明眼里冒火，那样子若不是孙元化在场，他就会朝吕烈扑过去了。

吕烈冷冷一笑：“他若不卖了他那些狼心狗肺的兄弟，就得卖了帅爷和一干同岛弟兄，还不是一样罪孽深重？照样儿日夜不安，活得没有生趣儿！”

耿仲明一愣，愤愤地问：“叫你这么一说，刘兴基怎么着都是死路一条啦？”

“那还用问！”吕烈尖刻地说，“除非他全无良心，全无人味儿，全无羞耻，否则终究难活！”

几句话像一股冰水，浇得几个人心里寒飕飕的。吕烈还不罢休：“其实何止刘兴基这个死鬼，刘家兄弟早就身处绝境，非死不可了。刘二聪明，自己在两军阵前寻了个光明磊落的死法；刘五不甘心，还想蹦跶挣扎条活路，看不清时势杀人的厉害，枉自聪明一世！”

孙元化远望长空，喟叹不已。耿仲明低了头，盛气全消。孔有德却绕不过来了：“吕老弟，你说这时势杀人，是怎么个意思？”

吕烈高谈阔论的劲儿又上来了：“听我给你分剖分剖。刘家兄弟投我大明，金国饶得了他们吗？立马将他们的老母妻子下狱为质；刘家兄弟再回头降金，我大明饶得了他们吗？定发大兵剿灭尽净。刘家兄弟都是不肯为人下的豪雄，然既非汉人又非金人，投明投金，能够取信吗？不得信用，刘家兄弟能忍受吗？终究是复叛而亡。刘五听信金国汗鬼话，想以属国之分独立于明、金之间，岂不是做梦？如今刘兴治兄弟一死，金国汗不就将刘家人质男女老少都杀光了？……”

真是绝境！没有出路、没有希望，必死无疑的绝境！想起刘兴祚战场送死，刘兴治皮岛作乱、长岛陈兵，刘兴基冒死首告，刘家兄弟拼命挣扎的种种往事联在一起，令人惊心动魄！连浑浑噩噩的张鹿征也听明白并觉得害怕了：

“吕哥，这左也是死，右也是死，难道咱们每个人都得遇上？”

这个不学无术的纨绔子弟，忽然问出这么一句有分量的话，真有点儿当头棒喝的味道，叫在场的每个人都不由得同声自问。接下去还有一句：遇上了怎么办？

吕烈不屑理他，又不忍不理，轻飘飘地说句风凉话：“遇上遇不上，要看各人的造化。”

“吕哥，真要遇上，你怎么办？难道非死不可？”

“我怎么办？你怎么不先问问你自己怎么办呢？”

“我？……我可真没辙！不知道该怎么办……”

“孔大哥，你说呢？”吕烈揶揄地眨眨眼，找到孔有德头上。

“我？我不信啥时候能死活没路走！总能死里求生，你说是吧，仲明？”

“可不是！这些年，咱们弟兄经的险事儿还少吗？……”

“帅爷，你说呢？”吕烈的态度口吻都很恭敬，眼睛却亮光闪闪，一派挑战意味。

孙元化神态雍容，微微笑了笑：“刘氏兄弟的处境原属罕有，吕烈所说的绝境怕也是千载难逢。若真的临到我头上，那么只要一死是我职分所在，死就是了。”他扭头看着吕烈，“你呢？”

“我呀，除非上了阵武艺不如人叫人杀了，别的死法我都不干！实在没路，宁可逃到深山老林，与鸟兽为伍！人生百年，容易吗？……”他又说又笑，半真半假，谁也摸不清他到底怎么想。

孙元化心中不安，从吕烈的态度中又感到了敌意，这本是他初到登州时曾经感觉过，后来渐渐消失了的。不知为什么，从京师回登州后，吕烈故态复萌。他一直想与吕烈深谈一次，但回登州后极为繁忙，总不得空。或者借今日踏青之机，遣开诸人，单独相对，说说心里话？……

孙元化沉吟之际，冈下驰来几骑，一个瘦小的身影滚下马鞍就往冈上飞跑，一面跑一面大叫：

“帅爷！帅爷！——”

尖锐的嗓音和捯得飞快的两条细腿，除了陆奇一这小猴子还有谁？孔有德笑道："帅爷穿便袍，为的不叫人知道，偏他乱喊乱叫！"

"帅爷，快回府！张参将说有急事！"陆奇一满脸汗水，气喘吁吁，龇着牙眯缝着眼儿直是笑。

孙元化略一寻思，顿时笑逐颜开："好！好！耿中军，我们赶紧回城！……哦，孔有德，你们三个自去郊游踏青吧，不要坏了兴致。"他迈步就走。吕烈在一旁不冷不热地冒出一句奉承话：

"刘兴基这个罪徒之弟，高丽种子，能得巡抚大人一祭，也算他几辈子修来的福分了！"

走出几步的孙元化停下，回身，看定吕烈，诚挚地说："所有的人，死后的灵魂在上帝面前彼此一样，只有善恶之分，不论贫富贵贱荣辱。你我也是如此。"他对吕烈微微点头示意，转身下冈，脚步很轻快，仿佛年轻的营官。

孔有德连忙声明："我也回城！"跟着一路下山，揪住陆奇一悄声问有什么好事，这么笑眉笑眼的？陆奇一那清脆高亮的男孩儿嗓门儿叽里呱啦，反复一句话："我就不告诉你，气死大狗熊！……"

眼见那一行人说说笑笑下冈，上马，在大路上驰远，方才还在高谈阔论嘻嘻哈哈的吕烈顿时没了兴致。张鹿征不知高低，讨好地笑道："吕哥，草桥三官庙后边，新开张一家什么春院，厨下烧得好海货，粉头儿唱得好曲儿，咱们去尝尝啊？"

"不去不去！"吕烈不耐烦地挥手，"要去你自个儿去！"

"我请客还不成吗？刚从我娘手心里抠出来二十两！"张鹿征嬉皮笑脸，拽住吕烈的衣襟往冈下拖。吕烈气冲脑门儿，一把推开："你干什么老缠着我！"

张鹿征没料到这一推，一屁股坐到地上，又是惊诧又是委屈地望着吕烈。他虽又蠢又顽劣，花花公子，但好坏都在外面，从不装假道学，对自己又是忠心耿耿，吕烈觉得他可怜，自己过分，连忙拉起他拍打灰土，抱歉地说：

"你先回城吧，我还想独自散散心……没摔着吧？"

张鹿征立即释然，高高兴兴地下山回城去了。

吕烈离开墓地，缓步走上冈顶，渐渐，桃李树代替了松柏，他视而不见，过冈下行片刻，恍然发现置身在一片嫣红粉白的花海之中了。

一枝颤巍巍的白花擦过他面颊，像一下子点燃了炮仗捻儿，招得他暴跳而起，对着这株倒霉的老杏树拳打脚踢，嘴里呼喝叱骂，压制已久的怒火和不平之气喷涌不止。

京师之行，叫他发现自己又一次受了欺哄。他开始真心钦佩的孙元化，却原来也是个伪君子！和朝中贪贿无耻的百官，和自己那位假清高的舅舅并无两样！他无情地嘲笑自己有眼无珠，更恨孙元化骗取自己的真情。他想了许多叫孙元化难堪丢脸的花招儿准备付诸实施，出出胸中这口恶气！

令吕烈愤愤的是，一旦与孙元化在一起，就不由自主地受他吸引，为他的风度学识所倾倒，那些捉弄人的花招儿就使不出来，甚至刻意对他嘲讽讥刺之后，心里还老大不过意，仿佛做了错事。这难道是吕烈？是看破红尘、玩世不恭的吕烈？是无情的大丈夫吕烈？

吕烈恨自己无能，恨透了！老杏树成了出气筒，花瓣像雪片一样纷纷扬扬满地飘洒，幸而根深干壮，它才未曾折断。吕烈发作一通，浑身乏力，无精打采地靠树坐下。阳光温暖，流荡花间的春风轻柔又芳香，蜜蜂嗡嗡唱着催眠曲，他眼饧身懒，迷迷糊糊睡过去了。

是莺声？是燕语？被春风送进他的梦中：

“……银翘姐姐，你这句‘水含山色难为翠，花近霞光不敢红’真好！可算是诗中画了。”

“这哪里比得上姑娘的‘雨足一江春水碧，风甜十里菜花香’？真可压倒须眉！”

“噢，一腔忆江南、忆故园的心境罢了……”

“姑娘先生！银翘姐姐！走慢些，我们紧追慢赶跟不上！”

“哎哟，哎哟，气也喘、喘不过来了！……”

“姑娘，这里花树最浓，草地又软，不如就歇一歇。”

“也好。可也不能轻饶了这两个懒读书的小鬼头！……”

“哎哟，姑娘先生，饶——紫菀这一回吧！”

“姑娘先生，紫菀背不出书，罚黄芩代她背就是。以后姑娘先生有赏，也让黄苓代她领好不好？嘻嘻！”

朦胧中的吕烈，不知是在做梦，还是遇上了花妖树精。可以辨出，那柔美稳静的声音出自“姑娘先生”，是此间身份最高的；甜而略带沙哑的嗓子属于那个银翘；清脆似银铃，一急一缓，一伶俐一笨拙，便是两个十六七岁的小丫头黄苓、紫菀了。就算是狐狸精迷人也罢，静听娇语软笑如听天籁，令人心醉神怡，不也是人生一乐？纵然是梦，何须便醒！

“真有些怀想江南呢……我们家乡，每到清明，男女老少戴荠花，前后十五日，出城扫墓祭祖，折竹枝悬纸钱，门上挂柳，墓边插柳，女孩儿踏青、荡秋千……”

“登州这儿，清明时节女孩儿也打秋千。只是这里人头上簪柳，不戴荠花……”

“姑娘先生，荠花是什么呀？……”

一阵风过，簌簌落花洒吕烈一身，似乎已入缥缈幻境：茅舍竹篱小院，桃杏繁花似锦，他醉卧花下木榻，家人悄言笑语，步履轻轻。温柔静美的娇妻，时而课读小儿女，时而曼声吟诗，时而怀想江南春色、清明乡俗，絮语连绵，娓娓动听……何等宁谧恬静，何等悠然天真！兵刀战阵的凶险，宦海沉浮的狞恶，离此十万八千里！吕烈愿长梦不醒，终老此境！……

“呀，真所谓落花似雪！……荠花也洁白如雪，是荠菜的花。荠菜虽野生野长，味道极是鲜美。”

“姑娘先生，这一棵可是荠菜？”

“这是蒲公英，别名黄花、地丁，性苦，可入药，有健胃之功……”

“姑娘小小年纪，便如此博学多才，真不枉了自名小字二乔……”

二乔！吕烈心口蓦地一跳，顿时惊醒。难道是她？……又是她！——不是冤家不聚首啊！

“你……”慌得不知所以的吕烈，忘却了书肆主人在侧，还有许多流连书丛的顾客，竟冒昧地张口要向黑衣女子说话。黑衣女子倒退一步，注视着吕烈，似乎认出他，又似乎以为他有癫病，流露出一丝好奇和怜悯。

也许正是这怜悯激怒了他。他这样的情场老手，什么阵势没见过，很快稳下心绪，记起调戏女子的要诀：不问她肯不肯，只看她笑不笑，只消朱唇一绽，就有好消息。他要先引得她笑，调侃话儿张口就来："女孩儿家何不朱阁绮户描龙绣凤，而来书肆佛院舞文弄墨？"

她惊异地耸耸长眉，张大孩子般黑白分明的眼睛："我并不曾舞文弄墨，这《千金方》乃济世救人的医书啊！"

这么老实，这么认真！戏弄这样的女孩儿真是罪过！但吕烈开了头就收不住："哦，女华佗，失敬失敬！然而除了《千金方》，尚有一部更要紧的济世救命医书……"

"莫不是《本草》、《黄帝内经》？要不然是《伤寒论》？"见吕烈直是摇头不认，黑衣女郎更加热切，"先生请告诉我好吗？果真能济世救人，何惜重金购买……"

吕烈指着柜上一部当时称为"图文并茂、绘刻印三绝"的万历年师俭堂刊印的《鼎镌陈眉公先生批评〈西厢记〉》，有心再调侃一句：还有这疗治天下怨女旷夫的济世文章！偏是这要紧当口，一个京中相熟子弟闯进来，见了吕烈一把扯住，便大喊大叫："放着这位大手笔竟不知道求告！快拿我那画儿来，就要他题诗！"

肆主连忙对吕烈打躬作揖道："恕老夫眼拙，不识足下尊面……"

那熟朋友放开喉咙只是嚷："快拿那画儿来，笔砚伺候！连他都不认识？当年小神童，徐府大公子吕爷！"

"哎哟！原来是徐大公子，吕爷！大名久仰如雷贯耳，今日识荆三生有幸！……"一串儿套话从肆主口中滚出，伙计早把一张摆好笔砚的八仙桌抬到吕烈面前了。这份殷勤，他的名气，让他在黑衣女子面前十足长脸。他不由得看了她一眼，见她正好奇地打量自己，心头好不得意。

桌上铺开的画，是泼墨芍药，笔锋奇恣怪诞，不同常法。那朋友只管絮叨："这画来得不易，人说出自徐文长之手，你看此处有个小印章，仿佛青藤道士四字，像不像？……你只管题写，是诗是词都好！……”

看到黑衣女郎全神贯注于《芍药图》，一脸赞叹，吕烈安心一展七步之才，好勾起她爱慕之心。略一沉吟，挥笔而下，嘴里伴着吟诵——全然为了给她听：

“花是扬州种，瓶是汝州窑，注以东吴水，春风锁二乔。如何？”

为了与奇恣的画面相和谐，他选用了怪异的字体。朋友哈哈大笑：“妙极妙极！春风锁二乔！……”

黑衣女子突然变色，面带怒容，对吕烈生气地说：“我又不认识你，你怎么可以随意出口伤人！”她调头就走。

吕烈慌了，追出书肆：“小娘子留步！在下真不知何处得罪，乞明言相告！……”

女子回头瞪他一眼：“这岂是正人君子行径！”

吕烈尴尬地立住脚，眼睁睁地看她消失在隆福寺进进出出的人流中。他一向放荡不羁，哪里把天下脂粉辈放在眼里。而这个貌不惊人的女孩子，对他竟有管束之力，一句话就止住了他的进一步妄想。

历数这一番书肆奇遇，她全然是个情窦未开的娃娃，一本正经说的是大人话，却丝毫不解男女之间的奥秘，拿他吕烈和书函、画卷等量齐观，全无意思。惟独最后瞪他这一眼，有那么一点女人味儿。

他回到书肆，不但买了他要的两部书，把她要的《千金方》和自己指给她看的《西厢记》也全买下，还说好说歹，出重价把《芍药图》硬从朋友那里抢到手。他觉得自己这些行为很可笑，但还是忍不住地做，为的供日后慢慢咀嚼回味。

他只是百思不得其解，他怎么会突然惹恼了她？

“二乔！”吕烈心里“怦怦”乱跳。那“春风锁二乔”的诗句，可不就像是专门戏弄小字二乔的姑娘的吗？怪不得她变色生气，真是无巧不成书了。

真会是她吗？她怎么会又回了登州？她究竟是什么人？

要想探清她的来历，吕烈可说不费吹灰之力，以前这种事他做得还少吗？但对她，偏偏作怪，自己也说不清道理，心下竟藏着些敬畏，若使出那些鬼蜮手段，一旦被这个正大光明的女孩儿识破，他将无地自容。如同那日在书肆她的目光投向他买的春册时，吕烈感到了这辈子不曾有过的自惭形秽一样。

难道是三生冤孽，前世姻缘？……

吕烈睁开眼，完全醒了。听觉恢复正常后，顿感那片燕语莺声中有些听来耳熟。循声望去，触目尽是一团团、一簇簇如烟似雾的红桃白李，在蓝天下幻出无穷色彩，耀得他眼花。轻轻站起，轻轻迈步，穿过花丛向那边挪近……啊，她们在这里！那就是她！

与前两次不同，她身着银红衫子玉色罗裙，外面仍披了一幅边缘绣红花的黑丝绒长披风，仿佛黑丝绢包裹的一枝桃花，站在那里，亭亭玉立，小巧玲珑，正低头注视着蹲在那儿的两个丫头用树枝在地上画字，十分认真地皱着眉头。虽是个孩子，俨然一副严师模样。吕烈一阵感动，心头发软，荡着温柔。她并不是美人儿，相貌毫不俏丽，但那种纯真，那份娴静，那清新绝俗的姿质风韵，却是吕烈此生所仅见。

她蹙额一叹："唉，紫菀，又写错了！叫我拿你怎么办？"

那个胖墩墩的小丫头站起来，咬着手指头，满含歉意地望着她的"姑娘先生"不敢说话。

"姑娘别生气，一会儿下山打泉水，罚紫菀多提两桶。"冷不防，略带沙哑的声音轻俏地钻进吕烈耳中，这记忆深处的声音太清晰了，清晰得叫人不相信。他不由得一哆嗦，连忙由声寻人：一个绿衫女子！那背身盈盈而立的后影，那腰肢微扭、双肩微亸的楚楚动人的姿态，还能是谁？……吕烈目不转睛，心上一片混乱。

"也好，"吕烈的意中人点点头，"咱们也玩儿得够了。清泉井水是城西南最好的水，紫菀多提两桶，多做善事赎罪，天主一定高兴，是奖不是罚了！"

她们说笑着相随下冈。吕烈不眨眼地盯着绿衫女子，转身的一刹那，吕烈确认无疑，是她，灼灼！……

她们的身影已融进花海，笑声也渐远渐消，吕烈还呆立着一动不动。他胸中怒火滚滚，想狂叫，想大骂，这该诅咒的命运！为什么专来折磨他，叫他在同一地点同一时刻，意外惊喜地见到他此生最向往的姑娘，又意外惊怒地见到他此生最恨的女人！……但他既叫不出又骂不出，浑身无力、四肢瘫软地靠在树干上。是他太爱捉弄人，所以被人捉弄？是他做坏事恶事太多，所以受此报应？……

一个念头令他悚然惊起：灼灼是风尘女子，口口声声称她“姑娘”，那么，她?!……他一把捏住了自己的喉咙，几乎不能出气：一切都明白了，都可以解释通了！她们都是登州的艳户卖笑女，一同去跑京师大码头，探了路赚了钱，又一同回了登州！

吕烈几乎经不住这狠狠的一击，眼前发黑，指尖冰凉，冷汗涔涔。老天爷为什么这样残忍，为什么要剥夺光他的所有真情，一点点都不肯留给他？……

他轻声地、连续不断地冷笑。他笑，因为人间原本没有什么纯情真心，而他百试不爽仍存侥幸；他笑，因为他是大丈夫，岂能为女人落泪！……

然而，他真想痛哭一场。

过了许久，他才慢慢踱回城中。却见举城若狂，男女老少都奔向水城，奔向蓬莱阁，说是运到了许多红夷大炮，随船来了许多红毛夷人。登州自古是海上商船停泊码头，登州人见多识广，从来见怪不怪的，这次却出门俱是看炮人，川流不息，热闹得如过年节。

吕烈此刻觉得一切索然无味，周围人流的拥挤、兴奋、好奇和喧闹议论，都鄙俗可笑，他猛一转身，回署睡大觉！

二

丹崖山下，小海岸边，水城墙头，到处人头攒动。清明节出城上坟踏青的登州人，都被吸引到这里，兴致勃勃地指看几艘新到的大海船。船上矗立着十多门巨人般的红夷大炮，一尊尊炮口朝天，立在双轮炮车上，更显得魁伟。一百多名炮手已经登岸列队。鲜红的军装，金黄色的肩饰领饰，亮闪闪的衣扣腰带黑皮靴，威风凛凛的头盔和腰间长剑，在春阳照耀下醒目漂亮。他们大多是人们称之为红毛夷的葡萄牙人，粉红脸膛、高鼻深目、棕红色鬈发鬈须，在周围无数黑发黑眼黄皮肤的东方人中间，格外奇特突出。人们用喧笑表示他们的欢悦：又增加这么多大炮和红毛夷炮手，登州城可称固若金汤啦！

“巡抚大人亲自来迎接了！”不知谁高叫一声，人群“轰”地响应着、拥挤着，又都争着伸头踮脚寻看孙大人。可不嘛，孙大人在许多随从簇拥中来到小海边，一下马就快步走过来。红毛夷队里一个穿黑袍的迎上去了，孙巡抚竟执了这红毛夷的手，边说边笑，好不亲热！黑袍红毛夷多是传教的，莫非与孙大人是旧交？……

“汤神父，”孙元化仍握住汤若望的手，高兴地摇晃着，“公文只说请一位传教士押送大炮，却没想到是你！”张焘和可莱亚也笑容满面地分别用中国话和葡萄牙话向汤若望致意。汤若望一一答谢，又转向孙元化笑道：

“还有一位你没想到的人呢，看！”

一个穿着华丽织锦长袍、头戴瓦楞棕帽，仿佛富商的胖子已经走到跟前，团团圆脸泛着红光，小眼睛笑得眯成一道缝，早早地就用鼻音很重的关中腔招呼道：

“初阳，咱们又见面了！”

“王征！”孙元化确实很意外，高兴地迎上去，“你老兄来登州有何贵干？去赣州上任，走海路也太绕远了嘛！”

“咦，你这里不要我？”王征仍笑眯眯的，滑稽地皱皱鼻梁，“不是说监军道出缺的吗？敕书、印信、官照我都随身携带着，少时交割……”

孙元化吃了一惊：“什么？我出京之时，你不是已经定下巡抚南赣汀韶了吗？”

“是啊，是啊，”王征揉一揉圆圆的鼻头，“是赣州还是登州？我想来想去，到底熟人好办事，就投到你麾下来了。朝廷公文尚未到？必是陆路迟延误事，反不如水路迅捷。”

“你！……”孙元化心头猛地翻起一个热浪，眼角发烫，感动得一时说不出话来。王征竟然放弃雄踞一方的巡抚要职，就任他孙元化属下的监军道！好半天，才极力笑道：“人都说宁为鸡头，不为牛后，你却反其道而行之……”

“嗨，嗨，不在那个！”王征笑嘻嘻地连连摆手，“我这关中人，自小长大到如今，从没见过沧海是啥样子。忽闻海上有仙山，山在虚无缥缈间。我是冲着蓬莱仙山来的！”

张焘也是王征的老相识，平日寡言，但一开口便是实在话：“虽说官阶低了两级，大处上算，值得。可除了王老夫子，谁也办不到！”

“唉，说过了，不在那个！闻得你这蓬莱阁上有苏东坡和董其昌手迹刻石，说都是真迹，我不亲眼看看，是万分不肯信的！”

孙元化笑道：“明天我就陪你去看！”说着，他转向列队等候的红毛夷炮手，王征、张焘随后，一直兴奋地大声说着拉丁语的可莱亚和汤若望也停止了交谈，一同上前向这些远离故土的异乡人一一慰问致意，又与随船同来的数十名造炮造船工匠问答一番。孙元化命可莱亚教官统领葡萄牙炮手回他的教练营，命中军耿仲明领工匠们往制作局报名，妥善安置。

孙元化携了王征的手，率先登船巡查大炮。他心情振奋，精神焕发，满面春风，步履矫健。王征虽胖，尚不臃肿，行动还很敏捷；张焘跟在两人身后，亦步亦趋，不稍迟延。汤若望落后一些，微笑地欣赏他的三位教友，这是他施洗入教的教徒中最杰出的三名，都在五十岁上下，正是男人最成熟、最富魅力、最有气派的年纪。有了这样的左膀右臂，孙元化如虎添翼，必定更有作为！……

他们停在一门铁色黝黑、有少许锈斑的大炮旁边，汤若望道：“还认识吗？是你当年去澳门募购的四门大炮中的最后一门。”

“哦，”孙元化目光闪闪，轻轻抚摸炮口炮身，像抚摸小儿女一样充满感情，轻声说，“久违了！……”沉默片刻，回头笑道，“神父，张焘，还记得吧，那时候多艰难！”

十年前，张焘、孙元化受徐光启委托，在澳门募购大炮四门，征募葡萄牙炮手数名。即将北上，广州地方官以未奉上谕为借口不准外国人入境，葡萄牙炮手都被遣回澳门。孙元化与张焘只得自捐经费，历尽艰难，好不容易把这四门炮北运到江西广信府，却接到徐光启急信，要他们停运。因为他们这次私人捐资发起的购炮运炮行动，引发朝廷里一次攻讦大风潮，纷纷指责他们“辱我天朝国体”、“心怀叵测”、“沽名钓誉”，徐光启已因此而辞官回籍养病。这样，四门大炮就陷在了江西。直到辽东失陷，金兵直逼山海关，京师受到威胁，才又起用徐光启，四门炮才运抵京师。其中两门立刻送往宁远，一门试放时炸裂，余下一门防卫京师，如今又来到登州阵前……

孙元化拍拍大炮笑道：“恭贺你熬到出头之日。”

汤若望叹口气：“你看看吧，这是徐保尔的信。”

徐光启在信中告诉孙元化：共运到刀、铳、铁盔各两千件，大炮十五位，并有放炮教师一百人及他们的仆役一百人，造炮造船匠人五十三人随船同到登州。因其中有五位大炮是旧物，所留二十万银尚余十万五千两，也随船队押到……

王征在侧，伸手点了点信纸末端的地边，叫孙元化注意那里数行小字：“原于澳门征募一百五十名葡人教师和炮手往登，因言官连本上疏有‘华夷有别，国法常存，堂堂天朝，何必外夷教演然后能扬威哉’之说，又有弹章谓我等‘骗官盗饷’，‘以朝廷数万之金钱，供一己逍遥之儿戏，越俎代庖其罪小，而误国欺君其罪大’。我已上辩疏，据理力驳。但募葡人教师炮手事不得不停，只将在京教演火器的葡人一百名送往登州，望贤契好自为之。切切。”

孙元化恭敬地收好信，沉声道：“幸而还有登州！”

汤若望笑了：“登州没有痛恨夷人夷器的？”

孙元化笑笑，指着四周围看红夷大炮、久久不肯散去的兴奋的人群，说：“登州若能建成强固不破的要塞，最为高兴的莫过于登州百姓、登州守军！登州可不是京师，如今也不是十年前，旧事岂能重演！”他顿了顿，开玩笑似的添了一句，“这里，我说了算！”

他转脸向王征，凝目注视对方细细的眼睛，仿佛还不敢深信，好半天才微笑道：

“真没想到，良甫，你竟然来到登州！……这真太好了！”

王征报以诚朴的微笑，知己之情，真挚温馨，弥漫在两位好友之间。他们感到了彼此的信赖、理解，心上一片光亮。

孙元化不由得又说："昔日君送我，而今我迎君。但你这样去高就低，叫我……"

王征打断他："海市诗刻石就在山上吗？我可等不到明天，现下就去看吧！"

"风涛行船，苦了许多天，先歇歇气，养养神。再说，汤神父也很累了……"

"什么话！"汤若望笑着说，"王利欧（Leo）都不怕累，我竟然怕？一起去，一起去！是叫蓬莱阁吗？那么，谁是蓬莱仙山、蓬莱仙岛呢？"

孙元化、王征、张焘都笑起来。

他们果真下船上山，一路说些京师传闻、相熟朋友的近况，谈笑风生，很是愉快。待看过刻石，话题就再离不开字迹真伪了。直到下山上马出水城回大城，还在继续争论。刻于天启甲子年的董其昌手书是真迹，大家无异议。但苏轼的《题吴道子画后》手迹，张焘认定是假，却不说理由；王征坚信是真，滔滔不绝地加以考证，很是认真；孙元化不置可否，只微笑着听老友的宏论；汤若望全然不懂书法的妙处，但很喜欢观察争论双方一胖一瘦、一动一静的鲜明对比。

"……观其书法，先楷书后行书，由行书而草书，新意自出，不拘法度，最是东坡风格，令人击掌叫绝，必是据真迹上石无疑！"王征的圆脸上一团热诚。

"也只草书相似而已，绝非真迹！"张焘不肯认输。

"岂止最后草书，统观全篇，如行云流水，游刃有余，的确是大家风采！……可惜丁易垣不在，否则，他必能令老弟折服。"王征说着，抹抹头上的汗。

"丁易垣近日可好？"看王征争论得那么认真费力，孙元化笑着引开话题，"他终于受洗入教了吧？"

王征摇摇头，笑道："他终是舍不得那位如夫人……其实那小妾足可做他的孙女了。还有几位，皆同此病，仍是犹豫不决。"

孙元化笑叹一声："唉，世上多少人打不开这重关锁，参不透这层谜团。"

王征道："也难一概而论，乏后嗣终是人生大忌呀！……哦，此处竟有祭海的习俗？"他指着海边打幡举伞、向海中烧纸钱投祭物的人群，奇怪地问。孙元化正在专心回首远望薄霭轻笼的蓬莱阁，仿佛没有听到他的问话。张焘于是简单地讲起客店女儿母子投海的传说。

汤若望听着，心里不无感慨。他的传教事业进行得相当艰难。天主的十诫，为什么中国人如此难以接受？士大夫们的智慧才能并不逊于欧洲人，又很讲道德修身，却不肯遵守一夫一妻制和不许邪淫的戒条；平民百姓崇拜祖先，崇拜无数杂乱繁冗、奇奇怪怪的邪神，却不愿只拜上帝而不拜其他偶像。他的讲道能感动得听众欷歔落泪，慷慨捐款，但是真正愿意奉行十诫、皈依天主、受洗入教的，总是极少数。望着城外处处可见的扫墓烧纸祭祖的人们，他眉头打结，轻声叹息："哦，可怜的灵魂，何日才能听到主的召唤啊……"

孙元化把目光从遥远的海滨收回，说："神父，我和张焘属下，均有十数名奴婢仆从愿奉天主，愿受洗礼。正好你来登州，过两天，请你为他们施洗，可好？"

"为什么要过两天？"汤若望精神一振，蓝眼睛发亮了，"就今天吧！早一天早一时都是好的呀！"

历数天下两京十三省的总督、巡抚府第，惟有登莱巡抚府中有一间祈祷室。房间不算太大，洁净朴素，一尘不染。北墙神龛上高高悬挂着耶稣受难像，长明灯日夜映照着他垂头俯视人间的痛苦又仁慈的姿态表情。神龛下放一张供桌，桌上摆了两瓶鲜花和许多支红烛。今天，供桌铺上清洁白布，用作讲道坛，一排排长条凳上坐着的有孙元化夫妻儿女、王征、张焘、孙家老仆、张家老仆等入教多年的教友，也有今日受洗的新教徒。汤若望很容易就造就了最恰当的境界，他用纯净嘹亮的嗓音讲经布道，热情地歌颂天主和耶稣，领大家一字一句地诵读主祷文：坚信天主，拯救自己有罪的灵魂，施行仁爱，死后得进天堂，获得灵魂的永生……无数支大大小小的蜡烛围绕着神龛，把亮光一起投向受难的耶稣，圣体像涂了金似的光华一片。神龛下神父那绣了银丝的法衣和胸前的金十字架，都在这灿烂的光华中闪烁。神圣庄严的气氛感染了每一个人，把他们从日常的烦嚣、苦恼、怨恨中解脱出来，升上蓝天白云之间，得着片刻精神的安宁、心灵的净化……

教徒中迸出哆哆嗦嗦的一声："神父！……"

是银翘。她脸色苍白，不敢抬头，浓密的睫毛垂下，不安地颤动着，仿佛被自己的大胆吓住了。

"孩子，你有什么问题？"汤若望的声音是那样慈祥淳厚，就像白发苍苍的老父亲在安慰自己生病的女儿。两串泪珠陡然从银翘眼角滚落。她咬咬嘴唇，坚持说下去：

"罪孽深重的人，天主也肯接纳吗？"

"我的孩子，全能的上帝，我们的天父，发大慈悲，应许把赦罪的恩典赐予一切真心悔罪、诚信主、归向主的人，耶稣降生，就是为了拯救这个世界上的罪人。"

"若犯贪财害人罪……犯奸淫罪违反十诫呢？"银翘口吃吃地把极难出口的话到底说出来了。

施洗仪式前，孙夫人曾把受洗者的情况一一告诉神父，他知道银翘曾是某京官的侍妾，所以并不见怪："我的孩子，只要真心悔罪，与人亲爱和睦，立志自新，从今以后遵上帝的命令，行上帝的圣道，他的灵魂就一定能得到拯救，升入天堂。"

他极而言之，讲了圣女玛德莱娜的事迹：玛德莱娜原是一位绝色名妓，极其奢侈豪华，每日花天酒地，又生性淫荡，多少名门子弟为她身败名裂、倾家荡产，被时人痛恨唾骂，原是必下地狱的罪恶女子。后来她受天主感召，悔罪自新，屏弃一切华服美味，居住木屋，着粗衫，以清水面包为食，每日诵读圣经、赎罪祈祷之外，还不住鞭打自己，苦苦修行，终于得到天主的赦免，灵魂升上天堂，进入圣徒圣女之列，为千万教友所敬仰。

"愿上帝怜悯你们，"神父向大家宣读着安慰文，"拯救你们脱离一切所犯的罪，赐你们行善的力量，赐你们永生，阿门！"

"愿荣光归于主！"教徒们同声回答，其中可以辨出银翘呜咽抽泣的叹息。

受洗的十八名教徒跪在神坛之下，神父口中诵读着施洗礼的经文，庄严地把圣水一一点向他们。当他的手触到银翘额头时，不禁呆了一呆：多么光洁柔嫩的肤色啊！那是自幼精心保养、经过修饰调理的皮肤，诱人的芳香仿佛生自肌理之中，隐隐袭来，令人心旌摇动。汤若望连忙摄神静气，暗暗吃惊：她绝不是普通婢女或侍妾……

教徒们同声赞道："主与我们同在，阿门。"

洗礼完成，新老教徒都感到兴奋：前者有了几分归宿感，后者为了同道的扩大增强。受洗的都将得到教名：约瑟、大卫、玛丽亚、保罗、赛西丽亚、露西亚、玛德莱娜等名字被提出来。一个异国情调的新名字，多么有趣啊！而在今后的圣事中，彼此将用教名相称，连帅爷、夫人、小姐也一样，好像大家是同辈人似的，这怎么敢呢？喔唷，想想都叫人害怕！……

银翘虔诚地问："神父，我的教名可以选玛德莱娜吗？"

"可以。孩子，你就叫玛德莱娜吧。"汤若望和蔼地微笑着，为银翘画十字祝福，暗暗确认自己的判断——这或许是一个中国的玛德莱娜。

教徒们散去了。汤若望尽管因传教的新成绩十分高兴，却也实在身心俱疲，以至幼蘩问他能不能告解时，孙元化夫妇连忙制止，责备女儿不懂事，竟然看不出神父若再不立刻上床休息，眼看就要站不住了。

幼蘩难为情地低了头："真抱歉，神父！"

"不！为什么？"汤若望蹙眉道，"上帝任何时候都不会拒绝他的孩子告罪的急切请求，汤神父不可能渎职偷懒！伊格那蒂欧斯，阿嘉达，我曾是你们全家的忏悔神父啊！"一瞬间，他如注入了神药一般，垂下的双肩挺起来，重新显得神采奕奕、热情蓬勃，疲倦憔悴仿佛被一阵风吹走。

孙元化真佩服汤若望对他的传教事业的崇高热情和无穷的不知疲倦的精力。他不再多说，指着祈祷室边垂着厚重帷帘的忏悔室："请吧，汤神父。"

合拢帷帘关住门，小小斗室便如同开天辟地以前一样漆黑、混沌一片了。神父静静站着，忏悔的幼蘩跪在他脚边，这真是一个供人思索、令人内省的环境气氛……

这次一见这姑娘，汤若望就发现她变了，难道两个月间忽然长大了？她没再请求做修女，行洗礼仪式时，她又心事重重，显得很苦恼。借此机会，汤若望用注满慈父情的纯净低音安慰这个可怜的孩子："上帝爱这世界，所以差遣独生圣子耶稣基督把我们从罪恶中拯救出来，并在天上为我们代求，使我们进入永生。让我们省察自己对上帝、对人的过错吧，让我们除去灵魂的重负吧！……"

幼蘩终于鼓足了勇气，低声忏悔："神父，我曾发誓要做修女，终生供奉天主。如果……如果我终于不……终于没有做修女，违背了自己的誓言，这是背信弃义的罪恶，对吗？"

"放心吧，我的孩子！天主原没有允许你当修女的请求，只要坚定对主的信仰，仁爱的主会原谅你。"

"我……我……不该思念一个不认识的人……犯了不洁之罪……"幼蘩的声音小得像蚊子叫。

"这人是教中兄弟姐妹？"

"我不知道。"

"与你父母家庭相识吗？"

"我不知道。"

沉默片刻，神父把手轻轻地按在幼蘩的头上："可怜的孩子，幸而你迷途知返，能够悔过改正。全能的上帝宽恕你所犯的罪，赐你进入永生。阿门。"

平日豪爽有男子气、说话极利落的孙夫人沈氏，进了忏悔室跪在神父脚下，竟激动得结结巴巴、语无伦次："我有罪，求、求天主宽恕……我悔改自新，我犯了嫉妒罪……"

"不管是何种过失罪行，天主将赐予所有真心悔改的人以赦免的恩典，拯救他们的灵魂。"

"我，我……"沈氏突然流泪了，"我早就不能尽为妻的职分了，丈夫有家其实没有家……我却总怕他移情别恋，便嫉恨所有能与他相见的女人，暗地诅咒她们不得好死……哎哟，我真是罪孽深重，怎么有这样的坏心肠哦！……”

孙元化进到忏悔室，又是另一番气象。他虔诚地跪倒后，很长时间默不作声，黑暗中只听得二人的鼻息：神父平缓悠长，忏悔人起伏不稳。终于，孙元化长长嘘了一口郁积胸中的闷气，低声徐徐说来，如在梦境中与人畅谈：

“我一生为情所累。少年荒唐，游学大江南北之际，结了许多露水姻缘，犯了奸淫之罪。但因事在三十年前，自己业已淡忘，又因其时尚未皈依天主，所以不曾忏悔告罪，终于受到主的惩罚……来至登州，便听说客店女儿被情人所弃，母子正月十六投海自尽的故事，从此被罪恶感缠绕，总觉得这是自己当年做下的孽，常有噩梦见那母子讨命……

“当年情泛，至今不能记清是否在登州有这一段。但那许多女子，其中岂无得此结果之人？为此特辟忏悔室，每每祈告天主拯救她母子灵魂得升天堂，乞求天主饶恕我的罪恶。我以为主已怜悯我，接受我的忏悔和求告了，孰知……唉，我是否注定此生为情所累至死？情魔时时诱惑，年近半百，仍不能自已，有许多次险些又破了主的戒律！

“我必须灭除心中罪恶的火苗，求天主怜悯他的仆人，饶恕我的罪恶，求最慈悲的父拯救我！……”

孙元化走上仕途之时，也曾努力实践“吾日三省吾身”的先贤教诲，来痛悔自己少年时代的荒唐。但自省功夫越做到家，内心的罪恶感就越重，这沉甸甸的精神重负完全得独自默默承受、不敢被他人窥见，痛苦郁结五内，实在难忍。是天主教的告解仪式给予了他所需要的一切——他有了倾诉的地方，有了忏悔的机会，他把灵魂深处的罪恶重负卸下来，交给了天主，于是他得到了解脱。他不断地自省、告解，由浅而深，今天，终于借着忏悔最新过失之机，倾吐出了埋藏心底困扰他数十年的往事。如果能得到解脱，也不枉此生做一回虔诚的天主的教徒了。

汤若望接受过许多信徒的忏悔，从未如听孙元化忏悔这样震惊，震惊不在他忏悔的事实，而在于他那威严、正直、英明的外表之下，竟然埋藏着这样深的秘密，这样可怕的隐痛！……按照常规，他向忏悔人宣读了解罪文，代上帝宽恕了忏悔人的罪恶，允许他们仍旧得着天主的恩宠，获得灵魂的永生。忏悔人沉重的心得以轻松，获得极大的安慰。

汤若望作为神父，必须为忏悔人绝对保密；但作为孙元化一家的朋友，却不免为这个家庭担忧。因为夫妻、父母、子女间心灵上的隔阂太深了！

然而，在接下来的几天里，汤若望看到的是一个和谐美满的家庭。告解之后的母女俩，像是经了一番沐浴似的精神焕发，幼蘩恢复了天真，沈氏又那么兴高采烈、快人快语，对丈夫关怀备至。孙元化不改常态，仍是威严中带着儒雅，仁慈里显出精明，全身心地投入了造船造炮筑炮台的庞大繁杂的事务中，并且总是拉着汤若望同来同往。

在登州盘桓了十天后，汤若望回京师了，留下一个随军牧师陆若汉主持教务。汤神父得意于此行传教工作的成绩，想到孙元化一家又觉得心里不安。中国人的内心沉埋得太深，和他们的外表相差太远，他真担心朋友一家还有更深的隐忧，引起料想不到的后果。

三

登州初夏的夜晚，总是那么温馨，纵然没有月亮，灿烂的星空也给人明亮的感觉。远远的海潮声随风送来，比白天更清晰。三个月来因赶制红夷大炮和造海船、筑炮台而日夜不息的火光、日夜不息的铁器木器的敲击喧嚣已经停止，千门万户一派宁静，整个城池都已落入沉睡，只有各处巡街的营兵偶尔来往，脚步匆匆，提醒人们：这里是海防边城，军事重镇。

巡抚府墙外小巷中，巡夜的抚标卫兵们，正在嬉笑着逗弄小侍卫陆奇一：

“嘿！春困夏乏秋打盹，睡不醒的冬三月，这小东西快成睡鼠了，死活叫不醒！”

“陆奇一，别仗着帅爷宠爱，就混赖不想上夜！”

陆奇一恼了，一扭头："谁混赖了？胡说！……"他猛一激灵，"腾"地跳起来，大叫，"什么人？站住！——"拔脚向小巷深处追进去，还大声招呼着，"快！快！有人想上墙！"

"站住！"另外三人也看到黑影倏忽一闪，跟着大喊，迅速分两路包抄过去。

那人没料到自己钻进一条死胡同，只得慢慢走出来，对四名巡哨点头哈腰、满脸赔笑："唉，唉，小的是本城百姓，到亲戚家喝酒，出来晚了，实在不该，不该！"

领班提灯笼照照，一个不起眼的普通百姓，但还是竖起眉毛盘问："见了我们跑什么？"

"小人胆儿小，这年月兵荒马乱的，怕遇上歹人……"

"你怎么往墙上贴？"陆奇一粗了嗓门儿尽量严厉，仍然尖声尖气，招得那人赶紧朝小兵解释："哎哟，小爷说哪里话！小人是喝多了，头重脚轻站不稳啊！"

众人确实闻着一股浓重的酒气。

"住哪儿？"领班又问。

"城隍庙北街桃柳巷。"回答极流利。

"叫什么名字？"

"李宝山。"

"喝的什么酒？"

"嘿嘿，自家酿的，不曾上市卖过……"此人赔着笑脸连忙说明，似乎怕加给他造私酒的罪名，而这正是登州府今年才兴的规矩。领班的口气和缓下来，但责任所在，还是说道：

"如今登州军情机密，凡百姓不准黉夜行动，得把你押送巡检司，明日叫你家里人来领……"

"哎哟，好我的大爷小爷们，就饶我这回吧！我家娘子脾气凶得很，我吃酒晚回家一刻，就要顶日头罚跪，若迟到明天，我还能囫囵个儿见人吗？……"

巡哨们哈哈大笑。自命为大丈夫的男人们，对怕老婆的同类多半极力取笑，而内心却是理解和宽容的。领班笑个不停，挥挥手："饶你这回，去吧！”

李宝山连连作揖：“多谢包涵！小的再也不敢啦！……”他转身要走之际，小兵凑到他身边，漫不经心地小声问：

“莫林雅卢非几何欧？”（满语：骑马来的吧？）

李宝山顺口答道：“瓦卡，莫德里伯几何额。”（满语：不，从海路来的。）

陆奇一大喝一声：“鞑子奸细！”

李宝山拔脚就跑，四名巡哨大叫着：“抓奸细！”猛追上去。

突然一道强烈的红光，把小街窄巷照得透亮，跟着“轰隆”一声巨响，天崩地裂也似的，静夜中格外骇人，耳朵给震得嗡嗡乱鸣，被追的和追人的都吓得扑倒在地，不知老天爷降下什么大灾大祸。

顷刻之间，像滚油锅里滴进了水，全城顿时炸开了！女哭男叫，鸡飞狗跳，灯火纷乱，喧闹声盈天动地，似有千军万马从西门向东奔涌，越来越近，仿佛隆隆的闷雷就要砸到头顶！巡哨们心里发慌，领班赶快回府禀告帅爷，另三人追赶奸细，很快隐没在夜幕中。

“鞑子兵打来啦！——”

“鞑子兵攻破西门啦！——”

人群的大潮涌过来了！一浪推着一浪，惊慌恐惧迅速蔓延。鞑子兵杀人如麻；鞑子兵攻破一城就七日不封刀，杀尽汉人；鞑子兵杀男霸女抢孩子，抢到他们四季冰雪的寒阴地当牛马使唤……这些年可怕的消息传了又传，早把多年安享太平的登州人吓坏了。一听鞑子杀进城，惊得丧魂失魄，男女老少冲出自家院门，背着大包小包，牵着骡马牛驴，哭喊着逃命，潮水般涌向东、北、南三个城门。登州城里顿时大乱。

守门的官兵蒙了，不知出了什么事，又不得上司命令，哪敢随便开城门，眼看人流汇集门下，越挤越多，哭喊怒骂震天动地，尽都束手无策。

十几个急红了眼的汉子吼骂着强行推开守门兵卒，人们便像狂暴凶猛的巨浪，合力向厚重的城门拼命冲撞。前面的人被挤倒了，后面的人跟着踩上去，惨叫、哀号，都被疯狂的喧嚣吞没了。

沿着古城坚固的城堞，许多骑兵打马从西门飞奔而来，吹着螺号，举着灯笼火把扬手大吼：

“没有鞑子兵！是西门上大炮炸膛！——”

“是大炮炸膛！——别乱啦！都散了吧！——”

一遍一遍声嘶力竭的吼叫，终于使沸腾的人群渐渐安静。他们伸长脖子向西疑惑地望着听着，确信没有异常，才叹息着，小声议论着，慢慢各自散开。蓦然间迸出尖厉的哭叫：

“孩儿他爹！孩儿他爹！天哪，这不坑死俺这一大家子老小哇！——”

那个背着孩子、怀抱婴儿的妇人，扑在被众人踩得奄奄一息的汉子身上。怕担干系的许多人都加快了步子，绕过妇人，赶忙离开这是非之地。

天快要亮了，孙元化才从西门回到家中。一进中厅，发现全家人连同婢仆都在，看样子从他听到爆炸声出府以后，一直在这里等候。

沈氏急忙迎上来：“老爷，不要紧吧？”

孙元化紧皱眉头，看看众人，轻松地挥挥手：“没有什么大事，一门大炮炸膛。”

幼蘩搂着七岁的小妹妹，很担心：“爹爹，没有伤人吧？”

“半夜里炮身自炸，就是伤人也有限……好了，天还不亮，各自回房歇息去吧！”

众人放了心，各自走去。沈氏关切地说：“老爷昨夜睡得晚，又跑出去忙了这半天，也好歇歇啦！看你一头一身的汗，叫他们烧热汤来洗洗，换换衣衫……”

“算了算了！”孙元化大不耐烦，“我还有事，偏你有这许多麻烦！”

“哦哟，这真是老虎头上捉虱子——好心无好报！你在啥地方吃炸药了？”沈氏很少受这种对待，立刻不客气地反击。眼看要絮絮叨叨数落下去，幼蘩过来拦住：

“姆妈，爹爹既有要紧事，我们不要去扰他，女儿陪娘回房。”

说着同弟弟和京去搀母亲。走出几步，沈氏回头问：

“哎，你啥辰光用早点？早点送到啥地方？”

孙元化自觉不该口气生硬，招夫人发火，当下换了笑脸：“有劳了。早点做好送来书房就是。”

“书房？”沈氏愣了一愣，狡狯地笑了。出门以后，她低声问女儿：“阿囡，为啥不见银翘？”

“姆妈不是打发她昨晚去书房伺候爹爹茶水的吗？”

“那么，她还在书房里？……”沈氏笑着，频频点头。

“姆妈，你做什么呀！……”幼蘩语调里有不能出口的埋怨。

沈氏白了女儿一眼，冲口说道：“做什么？我是石臼里舂夜叉——捣鬼哩！”

孙元化自然听不到母女俩的悄悄话，自管重新回他的书房。银翘果然没有离开，怀里抱着茶壶，靠墙角坐在那里睡着了。孙元化大步从她面前走过，不是走动的风声就是掠过的衣角把她惊醒。只见孙元化已除下纱帽，大声唤着书僮：“青豆！青豆！”

银翘知道，孙元化很爱整洁，不论着官袍穿便服，都要求无污无尘无皱，衬领须每日一换，雪白洁净。但凡从外面回来，头一件事就是洗脸、更衣、换衬领。

银翘赶忙捧出怀中仍然温热的茶壶，斟了一盅茶水，双手捧上，笑着说：“爷辛苦了，先用温茶漱漱口，我这就去备热水伺候净面，不用叫青豆了……”她声音微微发颤，脸儿红红的，递茶盅时，一双白嫩温软的、有意无意蹭着孙元化的手也在微微发颤。

孙元化心不在焉地看她一眼：“哦，你还在这里。不用了，回后堂去吧。”

银翘一惊，眉峰颤抖了，又不敢违拗，轻声地问道：“爷这是……那……那昨夜……”

孙元化的目光早越过她，又喊：“青豆！”

小书僮捧着一铜盆热水赶忙进来，又是开柜取衬领取衣服，又是为老爷解衣带脱官袍，忙忙碌碌，仿佛也没注意书房中还有个银翘，仿佛她不过是桌边的一只圆凳、墙角的一副木雕花盆架……

银翘心一酸，眼泪涌上来，急忙向主人低头一跪拜辞，扭身出了书房，沿着窄窄的长廊快步跑着，满心委屈恓惶，虽用手帕捂住嘴不让呜咽漏出，泪水还是忍不住，流了满脸。

她二十六岁，半世风尘，阅人多矣，一生不曾动过真情。良家女子视为神秘非常、羞于启齿的男女之情，由于是她们的日常生计而变得毫无意趣。她自小争胜好强，争的一是钱，二是拔尖，永远占住第一把交椅。一次突然的严酷打击，彻底改变了她的信条。为了赎罪，她从良为人姬妾，自然也说不上柔情蜜意。谁知老天叫她遇上孙元化，叫她背负了孙元化的救命之恩，于是，由感恩而敬仰，终于启开了爱慕之心。晚来的爱恋却倍加浓烈，她几乎不能承受。她愿为孙元化做一切，别说入教，哪怕下地狱，只要他喜欢；她愿把自己的所有都奉献给孙元化，只要他肯要。

她忠诚勤勉，沉默寡言，悄悄地讨好府中上上下下每一个人，竟以卑微的身份，得到夫人的信赖，小姐当她闺中友伴，使女们叫她“好姐姐”。有谁能知道，她做这些都是为了孙元化呢？可偏偏就是他，在所有的人中，最不注意她！难道他从来就没有发现她姣好的容貌、动人的体态和含情脉脉的目光吗？银翘心头的焦灼和渴望，从来没有这样强烈过，比她年少时渴望金银珠宝，渴望出人头地更加热烈、更加痛苦！

昨晚不是一个转机吗？多少次奉夫人命在书房服侍他，只有这一回有了点消息，要不是那一声炮响，唉，该死的炮，为什么不晚一刻再响呢！……

那时，他正摆弄着尺规和铅条，画着银翘永远看不懂的图。忽然一声“添灯！”惊起了门边静候的银翘。想必是图画到精细处灯亮不够了，她连忙又点了一盏羊角明灯，站到孙元化身边，把灯高高举到案前。她从没有离他这么近过，似乎有男人汗体的特殊气味袭来，似乎感到他的体温，银翘的心跳得“咚咚”响，不信他听不见！

他终于从他的图上抬起头，神情竟如此和蔼亲切，笑道：“把灯放在案上吧，不用老举着，太吃力。”

银翘只觉热血一阵阵往脸上涌，生怕自己透不过气、说不出话。然而，早年那个秦淮河畔乌衣巷里伶牙俐齿、风情冠绝一时的灼灼，忽然在她身上复活，几乎不假思索，调情话儿便出了口：

“古来名士蓄有灯婢烛奴，爷何不收银翘充当?”

他似乎吃了一惊，是不料她有此才情，还是不料她有此胆量？他的目光更温和了。

一阵轻风吹进窗来。五月的风自然不凉，银翘却忍不住浑身一哆嗦。是由于风清，还是因为心头的战栗，或是有意作态，连她自己也弄不清。而他却伸手在她肩头抚摸着，说：“穿得少了吧?”

他的手热烘烘地隔着衣裳熨烫着银翘，眼神骤然变了。对男人目光的变化，银翘能够分辨得非常细致、准确。在这之前，他还是庄重的主人和长辈，此刻，那眸子深处蓦地亮起两团欲求的火，忽隐忽现，忽放忽缩，在挣扎着向外冲突，强烈得使银翘既兴奋又害怕。她抿嘴一笑，低下头视而不见地看看自己的双手，而这双手又突然被他紧紧捏住，声音低沉又沙哑，热气哈进银翘的脖颈：“连小手也冰凉冰凉的……”

银翘腿发软头发晕，仰脸笑道：“爷给银翘暖暖……”

他的两只大手猛地抓住她的肩头用力揉捏，脸膛和眼睛如烈火焚烧，鼻翼翕张，呼吸粗重，也许他就要把她搂进怀里，可那该死的大炮就在这时响了！他立刻撇下她走了，没有再说一句话，没有再看一眼！……今天重见，竟是这般模样，就像昨晚什么事也没有发生一样！……他是太无情还是太与众不同？唉，他终究是个奇男子啊！

银翘埋怨，银翘苦恼，但她绝不后悔，绝不退却。

四

若在平日，为了夜来书房里险些破戒，孙元化定然早早地就进忏悔室了。然而，眼下炸炮事件中所隐藏着的危机太严重，把他心中那点惶惑和悔恨挤到微不足道的小角落，终于无影无踪。脑海里面翻来覆去都是炸炮的现场，疑点很多，难以定论。

炸膛的，是西门城楼南侧的那门西洋大炮；守西门的是登州镇陈良谟营。孙元化到达西门时，陈良谟率部迎接，从营官、哨长到兵卒，全都绷着脸，十分紧张。

木制的两轮炮车完全炸碎，包了铁皮的轮子一东一西，都变了形。炮身不复存在，像遭了一场大火的地面洒满了它的残骸——乌黑的铁块、铁片、铁渣。城楼的窗户震坏，一个翘角炸塌。炮位上有两具肢断体残血肉模糊的尸体，数步外还有一具完整的尸身，似被飞来的弹片击中胸膛。炮位四周尽是鲜血残肉，惨不忍睹。

说起炸炮因由，陈良谟竟是一问三不知。因为他住在城中他的游击署，是被炮响惊醒后匆匆赶来的。孙元化立刻查对盘问。原来，白天西门操练大炮，装填手刚把火药填满压紧，装上碎铁弹头，有人来向他要赌债，几句话不合打了起来。众人只顾了先瞧热闹后劝架，操炮的事就搁下了。装填手一肚子闷气，也就忘了取出弹头、扫出火药。

这样，有人半夜潜上城楼，点着了引火绳，引起大炮炸膛。

这样，这三具尸体便可能是点火绳的人。点火绳为的是发炮，炮膛爆炸是意外事故。

他们为什么发炮？向哪里发炮？

他们是什么人？

面目清晰、尸体完整的一个，西门守军无人认识。

孙元化命陈良谟查点本营官兵。一个不缺。

孙元化又命所有营官认尸并查点本营，结果与陈良谟营情况一样。

因侍从飞马来报：巡抚府侍卫巡查拿住一个鞑子奸细，他立刻赶回，急于知道详情，哪里还能想到银翘！

换洗完毕，孙元化在中堂传见中军和四名巡查侍卫，仔细询问追捕经过。他觉得大炮炸膛和金国奸细同时出现，不是偶然。问到后来，孙元化笑了，很有兴趣地说：

“陆奇一，你怎么想起用女真话试他呢？”

陆奇一得意地笑眯了眼：“他呀，把‘人’念成‘银’，‘日头’说是‘意头’，又不是登州腔，倒带着好些辽东味儿。我心想试一试有什么要紧。哪知他不禁诈，立马露馅儿！”

“也亏你城中混乱之际，仍能盯住不放，终于成功。”

“帅爷，当年他们逮不住我，现今我可得逮住他，叫他们也知道知道我的厉害！”陆奇一越加雄赳赳气昂昂。

陆奇一是京东通县人。十岁那年随爹妈往锦州探亲，赶上金鞑大军攻锦宁，抢掠人口财物，他一家被掠到沈阳，分赏给有功将士。他在贝勒豪格旗下为奴，从此再没见过双亲。他不堪受役使，几次逃跑，终于成功。沿途乞讨进关，四处流浪。

去年六月，孙元化上任途中收留了这个衣不蔽体的肮脏的小流浪汉，让他吃一份军粮。这小鬼头一听说打鞑子，很来劲。因为他记得清清楚楚，在鞑子家为奴的一年里，他挨了一百二十九次鞭子，每次不打三十，也打二十。

他不记得自己姓什么。主家叫他“宁温汤古那丹卓木”，那是女真话六百七十一的意思，标志着他是那年贝勒名下得到的第六百七十一个奴隶。孙元化按“六七一”的谐音，给他取名陆奇一，时年十三岁。今天他头一回立功，难免得意。

“给他们上功劳簿，按例升赏。”孙元化说着走下座位，拍拍陆奇一的肩膀，“果然出息了，当初真没有白留你。除了例赏，你还想要点什么？”

陆奇一长了个小模样，肩窄脖子细，到登州一年了，好饭好菜仍养不胖，还像个十一二岁的娃娃。他滴溜溜的眼珠子早盯到帅爷腰间，那把镶金嵌玉的小佩刀，梦里都忘不了。可这么贵重的东西，怎么好开口？他把话硬缩回去，狠狠咽了口唾沫，耸耸鼻子，挤着眼嘿嘿地笑了。

“小鬼头！”孙元化点点陆奇一的大额角，随手解下腰间佩刀递给他，“拿去吧！盯了有半年了吧？”

陆奇一眉开眼笑，抢上去叩了个响头：“谢帅爷恩赏！”

众人都笑了。中军耿仲明待笑声过去，禀道：“帅爷，奸细嘴硬，什么都不说。要不要押来帅爷过目？”

孙元化想了想：“请张总兵过署来一同审问。”

陆奇一不满地小声咕噜："我们逮的鞑子奸细，干啥要他们登州佬来掺和！"

旁边有人捅捅他，他连忙闭嘴。孙元化继续吩咐耿中军："在前堂小侧厅开审，布置不必过分郑重，去办吧。"回过头来眼睛望住陆奇一，"在登州抓了鞑子奸细，是军机大事，登州镇总兵不管谁管？"

审问颇出人意料。

奸细反剪双手在厅下站定，极是从容；中等偏矮身量，极是普通。既不像陆奇一他们说的那般猥琐油滑，又不故作大丈夫气概昂首挺胸，只是干瘦的身躯似乎很重，稳稳站着，像多半截埋在地下的拴马桩。

"跪堂！"两边侍卫按规矩大声喝令。那小个子却似没有听见，只展眼扫过去，自正坐的孙元化、侧坐的张可大、张焘，挨个儿看过耿仲明、孔有德、管惟诚、吕烈，最后又回到孙元化身上，大声道：

"上坐的定是登莱孙巡抚本人，可对？"

众人一惊，孙元化不动声色地点点头："正是。"

小个子大步走到中厅，对着孙元化再看一眼，自语道："不错，凤眼斜挑，双眉入鬓，一脸书卷气……"说着他跪下去，一拜，又起身，仍是稳稳地站着。

众人更是惊疑不定，平日熟视无睹，并不觉得，经这鞑子奸细一形容，可不正是孙巡抚的写真！

抚标中军耿仲明忙喝一声："大胆奸细，敢不跪堂！"

小个子一笑："我们从来只跪英雄！咱佩服孙巡抚是个忠臣，敢跟我们比试高低，不然，刚才这一跪也没有！"

镇标中军管惟诚也喝一声："死到临头，还敢犟嘴！"

"我不过一时大意，犯在那个小猴崽子手里。要是胯下有马，手中有弓箭，别说你们四个，四十个也不是我的对手！"

张可大一拍堂案："张狂之极！废话少说，快快招供。你是何人？从何处来？到我登州来做什么？"

小个子不答，站堂的侍卫同声大吼："快招！快招！"震得窗纸簌簌乱响，奸细依然沉默。

张可大是世袭武官，原本没有审问的经验，更没有坐堂的兴趣，加上这小个子方才那一跪，比得他心里很不自在，早就窝着火，此刻便乘机发作："骚鞑子狗奸细！留着何用，推出去斩了！"

侍卫们一声呼喝，推了奸细就走。脚步声远了，孙元化才对张可大道："观甫这样吓他一吓，倒也使得，或者能逼他说出真情。"

张可大脸上微微一红，有几分尴尬，口中只得含糊应道："这些胡人夷种，全不知好歹……"

孙元化连连点头，命道：

"中军，招回来！"

奸细二次上堂，不住叫骂："要杀要剐老子认啦！怕死就不算大金国的巴图鲁①！……"

待他嚷够了，孙元化才静静地说："两军交战不斩来使，张大人不过试试你的胆量。"

众人听得糊涂了：明明是奸细，怎么成了"来使"？明明张总镇要杀他出气，怎么成了试胆量？小个子也有些吃惊，忍不住露出喜色，放松下来。

"此番来登州打探军情，只你一个人吗？"

小个子眨眨眼，再次缄口不语。

"昨夜大炮炸膛，那一声巨响你可曾听见？"

小个子不由自主地点点头。

"西门炮炸之处，有几具尸体。"

小个子倏地变了脸色："几具尸体？……"

"不错。虽然残肢断腿纷飞四处，但那脚上着的鞋却不是关内所有，软皮鞋底，草编鞋帮，那草生在辽东长白山间，名曰乌拉，你不会不知道吧？太大意了，竟穿着一样的鞋来闯登州！"孙元化锐利的目光直射小个子，众人一齐注目，这名金国探子果然穿着一双编制得十分精细的皮底草鞋！

---

① 巴图鲁：满语，勇士。

小个子脸色发白，慌忙问："有几……几具尸体？"

孙元化紧接着问："你们来了几人？"

小个子脱口道："四个。"

"那，本帅只好据实相告，只有你还活着。"

小个子呆了半晌，突然跪了下去，仰头向天，嘴里默念着什么，随后弯腰垂头至地面，抬起来，再垂下去，反复三次，默祷片刻。重新立起时，如遭了霜打的禾苗，神色很是沮丧。

孙元化知道女真人尚武，战死者灵魂必能升天，被当作英雄敬仰，小个子是在为三名同伴祝福送行。尽管是敌国，他不能不暗暗钦佩，痛感大明官军多年来荒于训练、怯于上阵，再不整饬强化，前途可忧……他敲敲堂案，口气温和地提醒："说吧！"

"没指望了！……还当他们得了手哩，我便一死，也还有世袭爵位，子孙荣耀……"小个子失神地喃喃自语。

张可大又忍不住了，喝道："休再啰唆，快快招供！何名？受何人指使？来登州何事？"

小个子不理睬张总兵的呵斥，突然又跪在孙元化案前："孙巡抚，我自知必死。只求你拿两样东西让我瞧上一眼，我索赫扬古虽死无憾！"

"你要看什么东西？"

"铳规。"

"什——么？"孙元化一惊，众人也很意外。

铳规，是登州炮手的秘密，他竟然知道！不过，使用它虽然能提高大炮的准确性，终究有限，所以孙元化正在算计着制作一种新的瞄准器来代替铳规。昨夜那一声巨响之前，他正在绘制瞄准镜的分件图，准备近日开始打造。

不想这个索赫扬古又说了一句话，孙元化完全蒙了——

"还有一件，瞄准镜。"

孙元化一时竟不知怎么往下问了。他太吃惊了。倒是张可大紧锁浓眉，气冲冲地喝问："看它作甚？"

"索赫扬古实在想知道，它莫非是宝石打造黄金铸成的？一个铳规，怎么就值得四个一等阿思哈尼哈番①呢？”

耿仲明瞪大眼睛喝道：“不许胡扯！”

“怎么是胡扯！汗王亲口应许，若能带回一个铳规，我们四个每人都赏一等阿思哈尼哈番！”

汗王亲许！一等阿思哈尼哈番，相当于明朝的世袭副将衔！只为了一件小小的铳规？大金国汗莫非疯了！

“那么，瞄准镜呢？”孙元化问，“也是你们汗王命你们盗取的？”

“这倒不。”索赫扬古流露出几分得意，“是酒馆里你们营官争骂透的风：一些人大骂红夷大炮空耗巨款，是榔槺无用之物，立刻有人回敬说待孙帅爷的瞄准镜拿将出来，大炮就百发百中天下无敌，足见登州佬是坐井的癞蛤蟆！……可知这更是神器，若能弄到手，定能赏我们世袭一等精奇哈番②！”

好大口气！一等精奇哈番，相当于大明的世袭一等子爵啦！比在座的任何一位审讯官的爵位都高，何况是世袭，子子孙孙的俸禄荣耀！

“早已探得西门防卫最松，我们便兵分两路，他们三个去西门盗铳规，我来巡抚府寻找瞄准镜。不知他们撞上什么陷阱，竟被炸死……后来的事，你们都知道了。”

众人面面相觑，大致窥出事故的真相：西门大炮里火药和引火绳忘了清扫，盗铳规的三人点火寻找，无意间引燃了火绳，发炮时炮身炸裂，神差鬼使，歪打正着，送了三条奸细的命。天下竟有这样的巧事！

“那么，你究竟是什么人？”

“大金国汗王驾前正黄旗甲喇章京③索赫扬古！”

厅上一阵沉静，人们迷惑不解，难道大金国汗特别喜爱这些奇巧机栝玩意儿？一个不足尺长的铳规，竟花这么大气力、出这么高赏格、差这样的亲信勇武之士深入险地，被捕被杀在所不惜！想来倒与喜爱木匠制作的天启皇帝相似，也是个不足成大事的昏庸之主，岂非

---

①②③：皆为清爵名。

大明之福！

孙元化却暗暗吃惊，又一次感到危机的紧迫。

刘氏兄弟败灭后，他读罢金国汗与刘氏兄弟的私通信函，有过同样的紧迫感。已经称帝建国号的皇太极，为要笼络刘氏兄弟，不惜自贬以讨好之，甚至指天为誓，言甘如蜜，较之大明君臣间事事隔膜，真不可同日而语。况且肯尊刘氏兄弟为一国，尽用友邦对等之礼相待，其审时度势、可盈可缩，确有欲上则凌云，欲沉则伏泉，变化万端、不可捉摸的神龙气概，绝非器小易盈之辈！

他在宁远、宁锦之战中败于西洋大炮，回去便自己造炮，又不惜代价千方百计获取小小的铳规！回想十年来和老师朋友们为引进西洋大炮经历的万千磨难，至今仍时时如踞炉上受烤，即使是支持引进的朝官，又有谁知道铳规是什么？……相比之下，他的见识和心胸大不寻常，难道真是人中龙，真有天下之分？……孙元化不敢往下想，也不该往下想。他回头对张焘说："拿那铳规来，给他看。"

张焘果真拿出一把铜制铳规，着侍卫递过去。

股长一尺，勾长一寸五，宽四分厚一分，勾股间连一弧形规。规分十二度，勾股连接处垂下权线，这就是红夷大炮特有的炮具铳规。索赫扬古拿在手中小心翼翼地翻看，满面敬仰之情。

"是从其中一具尸体身上搜得的。"孙元化添了一句。

"啊！"索赫扬古高叫一声，"差一点儿就成事了！……唉，运气不好！……算了，算了！"

孙元化正要示意耿仲明把索赫扬古带走，耿仲明却不在厅上。孔有德小声禀道："皮岛送来紧急军情，他去接收，少时就回来。"

那边吕烈在张可大耳边说了句什么，张可大点点头，立刻大声发问："你方才一上堂，为何就认得出孙巡抚？"

"临行时，汗王亲口交代，说孙巡抚相貌不凡，凤眼斜挑，双眉入鬓，一脸书卷气……"

"你们汗王难道会过孙巡抚？"张可大此问口气平淡，原是顺理成章，孙元化听来却十分险恶，惊得头皮一阵发麻，生怕背上难以洗刷的嫌疑。

“汗王说，只见过面，不曾说过话。”

孙元化急忙追问：“难道你们汗王来过登州？”

“来没来过，非我等奴辈所知。但汗王对孙巡抚极是赞赏，说南朝督抚中，只佩服袁督师与孙抚帅二人！”

孙元化不禁暗暗咬牙：如今朝廷上下、万民百姓，人人唾骂袁崇焕卖国贼，此话岂不是又在给自己增添不祥？前有强敌，后有朝廷猜疑，同列排挤，前后作战、左右应付，虽智殚力竭，也难周全！他只能千谨慎万小心，连忙说道：

“我看你也是个铮铮汉子，若肯归顺我朝，必得重用！”

“归顺你们南朝？哈！那刘爱塔兄弟不知好歹，非投南朝不可，得了什么好？家破人亡！若留在我国，前程无量！”

他说的是实情，众人都觉得脸上挂不住，总兵大人红头涨脑地大喝：“斩！推出去斩！”

索赫扬古不等人推，扭身就大步出厅，走到门口，忽转身，气昂昂地笑道：“听我一句劝，你们朝廷极是无道，好不容易出了个大忠臣袁督师，还叫你们那小皇帝给杀了，足见气数已尽！我们汗王是真龙，你们都该识时务知天命，归顺我们大金才对！”

孙元化冷冷地说：“我若背主投敌，你还敬我是忠臣吗？”他一挥手，侍卫把面现惶惑之色的索赫扬古推出去了。

厅内又出现片刻寂静。孙元化为这一场审讯心绪激荡难平，好半天才感慨道：“如此顽劣，少见！”

耿仲明匆匆进厅，才要有所禀告，孙元化只当为索赫扬古的事，皱眉道：“不必多说，按张总兵将令斩了就是。”

“禀帅爷，是皮岛黄爷的告急文书！”耿仲明赶快呈上。

孙元化拆封，皮岛总兵黄龙禀告：金国派兵一万五千余人往朝鲜借船，将入袭皮岛、旅顺等处，乞大帅立派援兵。孙元化把告急文书递给张可大时，竟喜上眉梢，掩不住跃跃欲试的兴奋：

“好哇，终于来了！正好一试锋刃！如今我们新造的炮船足以陈兵海上，邀击敌船，水战定能成功！”

张可大诧异地看看孙元化，脸上掠过一丝阴云，又掩饰地低头去读函件。孙元化已经窥见，预感到要有为难。

张可大并不抬头：“理当救援。只是风向不利。”

“四五日内风向便可转南。”孙元化眉宇间一团英气，眼睛闪亮，“我意张总兵挂先锋印，率登州水师五营在前……”

张可大沉吟着，皱起了眉头：“这……”

孙元化立起身笑道：“观甫，我们到厢房去坐，喝茶吃点心，这半日实在是又渴又饿了！”

半个时辰后，孙巡抚送张总兵出府。属官们不知他俩谈了些什么，但可以看出心绪都不佳。张总兵拜辞时说：“卑职肺腑之言望大人三思。”孙巡抚只点点头而已。

回到厢房，孙元化坐在案边，一手托颐，一手轻轻敲着茶碗盖只管默想，似笑非笑，表情透着古怪。

“初阳，他怯战了？”张焘问，在私下场合，他总以好友身份相待。

孙元化摇头。张可大不怯战。他是一员良将，但他拒绝海战中使用大炮，今天头一回态度激烈地、有条有理地阐述了他反对的道理。

他说：“堂堂天朝，精通火器，能得先臣戚继光真传的，也有的是，何必外夷来教演？仗夷器为水战先锋，招夷兵助阵杀敌，纵然得胜，岂不惹人耻笑？我辈世代军职，实无颜面对我百姓，对我祖先……”

他说：“红夷大炮固然歼敌多，但我用以制人，人夺得也可用以制我。若海战有失，落入鞑兵之手，转而以红夷大炮攻我，岂不为祸更烈？……”

还有一层他没直说，但孙元化能体味到：金国眼红于登州城防的红夷大炮及铳规、瞄准镜之类的炮具，必定反复设法争夺盗取，他这个坐镇登州的登州镇总兵，从此多事，将不得安宁了。

至于挂先锋印，张可大说得清楚：昨夜炸炮之惨，登州军民如遭一劫，各营官兵均惶惧不安，深恐用这大炮未杀敌而先自伤。若在先锋水师船上架装大炮，人心恐慌，士气不扬，绝难取胜。所以他出任先锋责无旁贷，但不能用红夷大炮。

孙元化能说什么呢？再仔细说明红夷大炮与戚少保所习火器大不相同，必须格外教习吗？再告诉他只要铸造炮身冶炼铁汁不留砂眼，炸膛事件就可以避免吗？看他义正词严，一派磊落，全然是一副犯颜直谏的庄重神态，孙元化什么也没有说，只苦笑着送客。

是啊，他只想着千方百计地打胜仗，收复失地，而朝廷上下的大多数人把体面看得比胜负重要得多！他所争的在目的，他们斤斤计较的是手段……

耿仲明小声问起那个很使他放不下的疑点："大哥，你说鞑子汗王会不会真来过登州？"

"不能！鞑子汗王就跟咱们万岁爷似的，哪能随便挪窝？就是真要出门，銮驾不也得摆一气儿的！"

"他要是微服私访呢？"

"那也不能！咱登州兵是兵山，将是将海，他敢走这险？"

"他要是真有这胆量呢？"

张焘看看他，一皱眉头："你在说什么？"

耿仲明一眼又一眼地偷偷看着孙元化："我是说，我是说……正月十六海神庙会……"他触到孙元化的锐利目光，对视的一刹那，彼此都明白他们想到了同一个人。

孔有德一捶脑袋："参客程秀才！……不对，我去客店寻过，他已经走了，并无可疑之处哇！"

耿仲明说："不是他，是那个老护院！"

孔有德大悟："对！帅爷说过那人非等闲之辈……可他若身为大金国汗，又怎肯降低身份扮一个又哑又聋的奴仆呢？……"

孙元化此刻似乎又看到那张气度轩昂、目闪精光、广额方颐的红脸膛，真是能伸能缩、为达目的不惜任何代价的雄杰！对付这样的敌手，也得针锋相对，不拘常格。孙元化长眉一扬，拿定了主意：

"孔有德，此次救援皮岛，渡海作战，我若委你为前队先锋，你可敢接印？"

如雷轰顶，孔有德不由得浑身一战："什么？我……我，我老孔，当先锋？……”

他做梦也不敢想，先锋印能落到他手中，一时血脉偾张，面红耳赤，宽阔的胸膛大起大落，里面的心跳得“怦怦”响，就像擂起了营中最大的那面一人高的战鼓！

五

辽呆子孔有德竟然被点为先锋大将！

登州大哗。上至登州府、蓬莱县的知府、知县各官，陆师水师各营营官，下至商民儒生贩夫走卒尽都议论纷纷，惊诧之后转为一片讪笑，准备着瞧好戏。

自从孙巡抚率领八千辽丁来登州驻防以后，家乡沦于金鞑、死里逃生的许多辽东难民也因之投亲靠友，大批来到登州，有数万之多。他们久在北地吃苦耐劳，各个身高力强，既憨厚又剽悍豪爽，与当地浓厚的商人气息自是格格不入，加上他们什么活计都肯干：匠人、伙计、杂役、堂倌、老妈，直至扫街、背水、担粪，既夺了本地人的饭碗，还被本地人讥为下贱。一年多来，不是辽民吃亏上当，受本地人的蒙骗欺侮，就是本地人吃辽民痛打，甚至砸铺面、烧房子，大小官司无日不有。驻防的辽东营兵自然也成了登州人嘲弄鄙视的目标。

登州镇各营至少行动上一直不曾介入这类争端，这是因为总兵张可大的管束和巡抚孙元化在军中的威望。可是孙巡抚这样点先锋大将，一下子就使强制隐蔽的登州营与辽东营的紧张关系突然升温，公开化了。在等候海风转向的三天里，双方不断发生冲突，由相骂转为斗殴，终于闹出了昨晚的恶作剧，造成严重后果。

孔有德匆匆从城外回到他的游击署。他一直虎着脸，被人称为“巨目”的眼睛瞪得很大，布满血丝，大嘴阴沉沉地紧闭着，使得紧随其后的李九成、李应元父子和中军、侍从亲兵们都不敢发话。

他在前厅像笼中猛虎似的大步磨了几圈，突然举起醋钵大的拳头往茶几上一砸，吼骂出声：“他奶奶的！看老子不扒了他的皮！”

茶几垮了，碎木片四处飞迸。

被点为先锋大将，是他生平第一回。帅爷拨给他前、右两营共三千兵，是他此生领过的最多人马。当此重任，他极为振奋，立刻将三千官兵集中在濒海的西校场，日夜操炮练船，演习水战队形。万事俱备，只待南风。

昨夜二更北风停息，三更南风渐起。一直焦急巴望着的孔有德满心欢喜，准备次日启锚。不料四更时分，一声拖得长长的刺耳尖啸从北面飞来，直飞到西校场上空，随后又是两声震耳的鸟铳轰鸣。久在辽东的官兵听出尖啸是金鞑用来发攻击令的响箭，只道鞑兵偷袭，全营立刻起而应战，刹那间佛朗机、鸟铳伴着喊杀声，惊天动地。杀出营区，却一场空，海上没有帆影，营外不见人影！白白耗费许多火药铳子，最可恨的是黑暗难辨，发生误伤十数起，其中两人伤势很重，性命难保……

李九成那黑瞳仁很小的眼睛不住转动，看着孔有德的脸色说："定是登州营干的！他们气不过点你做先锋大将！"

李应元是先锋手下的营官，更加年轻气盛："孔叔，不能忍下这口气！……我看多半是吕烈那坏小子……"

孔有德摇头。

李九成道："那么，定是陈良谟！他为西门炮炸的事受帅爷申斥，降了两级，心怀不满！"

见孔有德默认，李应元跳起来："走！孔叔，找帅爷告他一状，非要这小子挨上一百军棍不可！"

孔有德反倒一屁股坐下，只不出声。李九成见状，转向儿子："眼下大战在即，帅爷岂肯准状？无非做和事佬，反倒教人知道咱们吃了亏，笑掉大牙！"

李应元狠狠地一拍大腿："那就吃哑巴亏？……"

门外一声接一声地喊叫着"大人！"两名游击署内使卒，进门就撇下踩扁的菜篮，跪在孔有德面前连连叩头，"大人，大人，替小的做主！"

菜篮里蔬菜鲜肉上糊满泥土，还有酱碗和酒坛的碎片，两人衣衫扯烂了，脸上、手臂上有一道道血红的鞭痕。

"怎么回事？"孔有德问，显得心平气和了些。

两名内使卒，一个气哼哼地说不成句，一个口齿利落，说得极是清楚明白，有声有色——

他俩买了菜蔬后上酒楼打酒，正遇几名镇标侍卫喝酒听歌，大说大笑：

“老兄昨夜手段高，可给咱登州弟兄出了口恶气！哈哈！”

“那帮丧家犬，辽呆子，也配当先锋！笑话！”

一内使卒气愤，想上前理论，被同伴拽住。那些人见他们在场，骂得越加放肆：

“他娘的上万丧家犬，把咱登州都吃穷啦！”

“有啥了不起！什么英勇善战，不就仗着红夷大炮不照面伤人吗！哪有真本事！”

“可不嘛，就跟没胡子的老公，买个驴大的假货，就算把娘儿们×死，又算啥本事？终究还是个没屌子的货！”

“哈哈哈哈！”满桌面、满屋子、满酒楼一片狂笑。

内使卒气得满脸通红：“你们敢辱骂先锋大将！”

“辱骂？”一名侍卫拍着桌子给自己打点，“他不是丧家犬？他不是辽呆子？他能当先锋，登州没人了？中国没人了？”

另一个醉醺醺地大叫：“那孙巡抚也是瞎了眼，失心疯！用这个老海贼老强盗做先锋，不怕人家鞑子笑歪鼻子！”

虽然众寡悬殊，内使卒还是气不过地低声骂一句：“该死的登州佬！”

柜上打酒的伙计听到了，瞪眼叫骂出声，酒楼上下的本地酒客一哄而起，骂声沸腾。镇标侍卫立刻擒住二人，挥鞭痛打，每人挨了四五十鞭，临了还把菜篮扔当街踩烂……

李九成父子听罢，气得咬牙切齿，捋袖揎拳。他们知道孔有德最忌讳“盗贼”二字，必定勃然大怒。出乎意料，孔有德仍然平坐平视，了无表情，也不说话。只是面颊上咬筋耸动，仿佛有条蛇隐藏在肤下翻滚。

孔有德是只虎。身躯魁伟，虎头燕颔，巨目丰颐，口可容拳，力举千钧，足追奔马，能拽其尾使之倒行，刀盾铳炮无不精通。为人豪爽重义气，又有几分憨呆，很得孙元化赏识。早年行劫江海，也曾杀人越货，野性十足。投奔毛文龙后有所收敛，到了孙元化手下，受主帅人品心性的熏陶感染，野性越加减退。年初京师之行给他巨大震动，他发誓要挂帅封侯，时时勤于职守，学着温良恭俭让，已经微弱的野性在他的心中差不多熄灭了。此刻，怒气攻心，那一股野性的火“呼”地复燃，好像一只生长得极快的狰狞怪物，眨眼间便由崽子变成庞然巨兽，吞噬了近些年他修身养性的全部正果！

孔有德突然笑了，笑得很怪。熟悉他的李九成父子和内使卒被他笑得心头一噤。孔有德若无其事地说：“你们这些下三滥，斗殴是常事，哪天没有两三起……”

两内使卒面面相觑。

“你们俩是胜了还是输了？”孔有德一脚蹬在座椅上，一只手叉腰，不再如近来那么注意仪表姿态了。

“给擒去挨鞭子，怎么敢争胜败……”口齿伶俐的曹得功话还未说完，孔有德大怒，踢翻椅子大喝：“来人！拉出去斩了！”几名亲兵应声上前，捉住大叫冤枉的两内使卒的胳膊。孔有德戳手骂道：

“窝囊废！几个登州镇侍卫都不能胜，还能上阵杀敌？斩！”

两内使卒挣脱亲兵，一下子蹦起来，这一个连连叫着：“不服！不服！”那一个高声嚷着：“我俩碍着孙帅爷的面子，又见是总兵大人亲随，才让他们一让。求爷准我们重新去斗过，要是不胜，甘愿受这一刀！”

孔有德沉着脸，手一扬：“滚！”

两内使卒叩个头，扭身就走，大声商议：如何去叫阵，如何骂他八辈祖宗、八代子孙……

游击是三品武官，署衙中外有公事房，住吏员文书中军卫队，内有厅堂寝所安置家眷和婢仆家丁。孔有德没有家眷，从中军到厨下伙夫，所有从人都是自他出道以来就相随的，人人武艺不弱，只是不为外人所知罢了。两内卒此去挑战骂阵，大打出手，定能叫这些登州佬吃一惊，叫他们知道孔有德强将手下无弱兵，连买菜的杂役也不是孬种！

不到一个时辰，两内使卒飞跑回来，进门便大喊大叫：

“胜了！大胜特胜啦！”

孔有德大喜，也不问详情，立命：“抬两块门板来！”

门板来了，孔有德又命两内使卒：“趴门板上倒着！”

两内使卒应命卧下，孔有德再令：“提鸡来！”

侍从送上一只红冠大公鸡，孔有德捉鸡在手，刀往鸡脖子上一勒，鸡血顿涌，他叫着：“别动！”提着乱扑打的鸡挥动着，把鸡血淋在两内使卒身上。随后扔鸡大吼：

“抬好伤卒！列队！去总兵府！”

总兵府不远，只隔了一条街。但孔有德骑了高头大马，领了数十名彪形卫兵，抬着血淋淋的内使卒，过宏济桥，从宜春门、考院、都土地庙、镇海门、草桥、鼓楼、画桥、钟楼、县署一路，走过半个登州城，到达总兵府门时，已围了数百看热闹的人了。

张可大闻讯率下属来大门相迎，孔有德立刻上前拜揖参见，不容总兵大人开口，便大声说道：

“总镇大人，我们辽人各营虽由孙帅爷带来登州，但也属大人麾下。昨夜先锋营受人捉弄，黑暗中放铳厮杀，误伤四十余人，其中两人重伤难治，性命不保，特地禀告，求大人查明内情，严惩首恶！”

张可大方才正在向部下追问此事，他心里明白十有八九是登州营的人干的，确实太过分，所以他提高礼节规格，亲自出大门迎接，此时更满口答应：

“此事太不成话！本镇定要查清，严惩不贷！”

“好！抬过来！”孔有德一声令下，血淋淋的内使卒连门板抬到总兵大人面前，“大人，这是卑职属下两名兵丁，被大人亲随侍卫打成这样，求大人发付凶手到我营惩治，不然人心难服！”

张可大愣住了。围观的人群也被这两个血人镇住，表现出了同情。总兵身后有人小声咕哝：“他们也动手了的……”

孔有德冷笑一声：“哼！辽人虽是生长关外，也是大明百姓、朝廷赤子！如今大战就在眼前，是行军用人之际，辽东士卒不惜性命，为保登州出死力，大人理应一视同仁！”

张可大火了，呵斥中军管惟诚：“谁干的？嗯？为什么不回禀？”

管惟诚见总兵大人变了脸，只得结结巴巴地说：“禀大人，是他们几个……喝醉了闹的事……”

孔有德五指挓开，大手一张：“不是醉酒！这帮小儿辈仗着总兵大人亲信昵爱，无故鞭打兵卒，还当众在酒楼大骂我孔有德，大骂孙巡抚，实在是动摇军心，伤我先锋大将威风！大人若不发付凶手给咱，先锋各营人人愤恨，军心一散，大战败阵，难道大人你能逃过朝廷的责罚？”

张可大脸涨红了，眼睛也红了，对自己的卫队吼道：“是谁？给我滚出来！”

属官中甩出一句冷冰冰的话：“好汉做事好汉当。酒楼上逞英雄，眼下当狗熊吗？”

不用问，说话的定是吕烈。他竟像是在帮着孔有德，恨得总镇府侍卫们不住斜眼瞅他。

管惟诚无奈，对属下示意，终于走出来两名酒气未消的侍卫。孔有德叩谢了总兵大人，带着两名“凶手”，率着从人一拥而去。

张可大大发脾气，把部下臭骂一顿，心里却庆幸着总算体面地下了台。

孔有德一回到他的游击署，只喊了一声：“走！”人马尽出，留下一座空署。

孔有德一马当先，领着人众驰出北门，直奔海边西校场。胯下赤骝马四蹄翻飞，好像不沾地，马鬃马尾飞扬，如一团烈火跃动。阵阵劲风冲荡着这个辽东大汉的胸怀，复苏的狂野，带着崭新的力量，使他感到浑身的劲气像要裂开肌肤迸发开来，眨眼间挣断了一年多来“修真养性”的束缚。他突然觉出解脱的狂喜，陡增勃野的生气，仿佛又回到当年称雄海上、自由自在的豪杰生涯……

奔回西校场，立刻传令升帐，各营营官戴盔束甲齐集先锋大将帐中。孔有德神采飞扬，声音里洋溢着豪气：

“发公文飞报孙巡抚、张总兵：今日上上大吉，先锋启行杀敌去也！”

令旗一挥，众将听得一声虎吼："齐集沙滩，祭海！"

顷刻间，三千先锋营整整齐齐列队岸边，孔有德亲执金杯美酒，向大海三拜三酹，一回身，圆睁虎目，喝道：

"血祭！"

那两名总兵侍卫被推上礁石。他们惊恐地瞪着眼睛，张大嘴，却喊不出声。刀光闪过，鲜血喷溅，两颗人头一前一后落进海中。刽子手顺着海潮涌来的水势，将两具尸身一起推进海中。海神龙王定能保佑他们得胜成功！

"轰隆！""轰隆！""轰隆！……"大炮九响，震撼了海天，震撼了整个登州，宣告先锋营出征，顺风扬帆北上！

六

浩大的船队，载着一万五千名金国官兵离开陆岸，驶出江华湾后北上，直奔皮岛。南风把巨大的白帆鼓成弧形，水声汩汩，行船顺利。

船队正中，由四艘开浪船护卫的艨艟船上，插着一面牙边大蓝旗，旗上有新定满洲文字书写的姓名：贝勒阿巴泰。这位贝勒爷正坐在宽阔的主舱，全神贯注地看着一本书：新近译成满洲文字、汗王要求八旗官兵都读的蛮子书——《三国演义》。他看得津津有味，一点也不理会两名年轻副手的不满。

那个肤色白相貌俊眼睛灵的苏克萨哈，也许仗着自己是额驸之子，与主帅阿巴泰有甥舅之亲，终于忍不住故意碰倒一张弓，以期引起舅舅的注意，然后一面扶弓一面自言自语地嘟囔："就这么走了？太便宜姓李的杂种了！"

他说的"杂种"，是朝鲜王李倧。他们这一万五千官兵受命到汉城向朝鲜索取战船兵马攻打明朝——自然说是借船借兵。照说四年前大金国征朝鲜，李倧归降结盟，愿从此绝明，该是打怕了的。不想这回一说伐明，朝鲜王还是婉言谢绝，实在推脱不了，只奉送十艘开浪船和这艘艨艟船，还都是早先朝鲜从明朝买来的。阿巴泰居然收下这点破烂就打回头了，岂不太窝囊！

阿巴泰眼睛没离开书：“照你说，该怎么办？”

“杀呀！杀出威风给这家伙看看，他就老实了！”

“就知道杀！”阿巴泰脸一板，“你的三等甲喇章京是怎么削掉的？”

苏克萨哈脸上红了红，故作不在乎的样子：“不过多杀了几个人，算得什么？当年老汗王杀人如麻，流血如海……”

“那是老汗王的时候！不杀立不住脚。如今要开基立国，成就大业，滥杀还不坏事？罚得轻了！”阿巴泰转向另一名副手，“鳌拜，依你说呢？”

鳌拜还是个少年，面色黧黑，唇边下颏和两腮却已冒出茸茸的络腮胡子。他从早到晚总是沉着脸，一整天也说不上两句话，但是行动敏捷，灵活有力，一看就是自幼练武的好手。这很自然，他的家族就是以武功显赫于八旗的，他很小就从征上阵，屡屡有功。此刻听到问他，一双黑眼睛忠诚地望定主帅，简单地回答：“鳌拜听命。”

阿巴泰心里不由得佩服他的弟弟、大金国汗皇太极的眼光和赏罚分明：苏克萨哈去年征讨察哈尔，收降蒙民两千户。听说降民要叛，便把男人杀尽，俘回八千妇女返京。汗王责他妄杀无辜，革去三等甲喇章京，降为牛录章京，罚到阿巴泰身边为副官；鳌拜却是因战功破格进升牛录章京，奖到阿巴泰身边为副官的。临行皇太极曾嘱咐他说，这两个孩子都是好坯子，全靠时时磨砺，方能出锋。

阿巴泰拍拍《三国演义》：“你们说，刘备为什么死在白帝城？”

苏克萨哈快嘴快舌：“陆逊火烧连营，蜀汉大败，气的！”

“蜀汉为什么大败？”

“刘备不听诸葛亮的话，偏要去伐东吴……”苏克萨哈眼珠子不住地转动，似乎悟到什么。

“诸葛亮说的什么话？”

“东连孙权，北拒曹操……那就是说，要东连朝鲜，南击大明了？”苏克萨哈见舅舅又埋头书本，便转向鳌拜，这黑小子也不作声，只蹙着两刷浓眉，沉思着微微点头。“那就是说，得留着力气，专攻皮岛……咳！皮岛有什么大不了的！咱们上去杀他个片甲不留！”苏克萨哈颇有以豪言壮语博取主帅欣赏的意思。鳌拜仍是点头，眼睛却亮了许多。

阿巴泰仍不理睬，但都看在眼里，听在耳中。皮岛并不好啃，强将手下无弱兵，既在孙元化辖制下，它不可能一捅就破。两个小鬼说大话，上阵就知道厉害了！……

再难啃也得啃，还要力争速战速决。阿巴泰有一份不好明言的心事。

出征前夕，他去参见汗王，看还有什么嘱咐。尚未进门，汗王的朗朗笑语早飞出庭院：

“好，好！这一招儿极要紧。打铁先要本身硬嘛！……看来，凡事都照大明会典施行，极为得策呀！”

阿巴泰立刻悟到，汗王又将有重要决策了。

果不其然，汗王见他迈进门槛，立刻笑道：“七哥来得正好！兄弟子侄辈惟你和萨哈璘算得有学问，倒要听听你的高见。”

汗王承袭女真旧俗，极重兄弟情谊，除了坐朝公会，平日延见多是兄弟相称。旁边的文馆大学士范文程于是告诉阿巴泰，近年大金国人口日增，地域日广，朝廷政务日繁，想要参照明制，也设吏、兵、户、礼、刑、工六部管理国事。

阿巴泰大喜，立刻说道：“太好了！这才像个大国嘛！极适时，极妥当！……但不知选何人为六部之长？”

皇太极的红脸膛上尽是笑意：“自然是诸兄弟子侄，怎敢放手外人！”

阿巴泰狡狯地眨眨眼，说：“这一来，要跟南朝争天下可就……”

皇太极连忙摇手：“切不可如此说话！”他也对阿巴泰使个眼色，会心地一笑，“我大金立国，无非求个民富国强、安居乐业，天下太平。自顾不暇，哪有心思跟人争什么江山！况且大明天朝，我远夷小邦安敢望其项背？”

阿巴泰自然明白他这位八弟说的是反话。越是秘而不宣，竭力掩盖，那心思越是强烈。可以断定，汗王取中原的雄心已是坚定不移的了。他不由得问道：

“几时设置六部?”

皇太极又一笑:“偶尔动些念头,刚刚与范先生计议,离施行还远着哪!”

汗王这么说,阿巴泰心里就着了急,看来此事近日就会付诸实施。他可是当仁不让,目光紧紧盯住吏、兵、户这三大部,决心争他一番!别人难道是傻瓜?他估摸着强劲对手至少有四五个,而且多数现都在沈阳,近水楼台先得月,自己远征在外,吃亏太大。他必须尽快结束征伐,赶在设六部之前班师。

“舅舅,守皮岛的叫黄龙吧?没听说他有啥本事!”

“黄龙也许没大本事。你们知道,皮岛归谁辖制?”见两个小将都瞪着眼摇头,阿巴泰暗自叹了口气——是啊,六年前宁远大战的时候,他俩都还是小孩子——“知道孙元化吗?”

两个小将互相对视一眼,苏克萨哈道:“可是那善用红夷大炮的孙元化?”

“不错,你竟知道。如今他是辖制登莱、旅顺、东江、皮岛的大帅,驻节登州。”

“登州隔着大海好远。况且红夷大炮是守城火器……”

前方隐隐传来发闷的炮声。阿巴泰手一摆,大步出舱,立在船头观望,果然最前面的开浪船上升起一串小红旗:前方发现敌军船队!

阿巴泰顿时脸色冷峻,神态沉着,下令:各船准备弓箭火铳盾牌迎敌,主帅船加速向前!

强劲的海风吹得满船五色旗帜哗啦啦乱响,持铳张弓的甲兵密密麻麻布满船舷。各船队统领不眨眼地望着艨艟船头的贝勒爷,而贝勒爷阿巴泰却不眨眼地盯着前方越驶越近的明军船队,并且看到对方的背后,隐约掩映在海上雾霭中呈淡青色的陆地影子,那就是皮岛,他们此行要夺取的目标!

两支庞大的船队对开着,迅速接近。船数、兵力数五对一,大金占有绝对优势。

它们已能看清彼此的标志:大金船队上空密如丛林的五光十色的旗帜,大明船队帆篷上密密汉字书写的将军官爵姓名。铺满海面的大金船队人多气盛，大有泰山压顶之势；大明船队却在极力收拢队形急进，并无畏惧怯战的迹象。然而，双方竟不开战。

它们离得更近了，已能分辨对方的身形四肢……已越过了火铳击发的距离！……已越过弓箭射杀的距离！仍然一片沉寂，像两只巨型海兽，狠狠地盯住对方，悄没声儿地迅速接近，在最有利的时机，突施猛袭，制敌于死命……

“阿巴泰，你这狗鞑子！接着吧！”一声虎吼从对面船上响起。几乎是同时，阿巴泰认出吼叫着的孔有德，手中令旗一挥，一场海上大战爆发了！

飞箭如雨，铳声震天，火药的浓烟刹那间弥漫开来。

战鼓隆隆地敲响，喊杀声和叫骂声搅成一团。

水面激起水柱，翻成水花，急雨般击打着船头和交战的人群，燃烧的火箭尖啸着在空中乱飞。两只金国的船帆燃着了，一瞬间烈焰腾腾，燃烧开来，兵丁纷纷跳海逃命；不多时，明军一船也着起大火，火药及喷筒烟罐爆炸，“轰隆轰隆”地飞出无数碎片，引起一番混乱。

两军离得太近，收束不住，海沧船与苍山船撞在一起，船上的将士竟跳上对方船舷，持短兵器对面搏杀，斗得难解难分。而明军战船更发挥了火器的专长，掷火桶烟罐，打火砖火炮，佛朗机炮子威力巨大，击断敌船桅杆大橹，药弩火弩连发，一排排射出的弩箭火箭，杀伤敌兵无数，金国船队四处起火，兵员损伤惨重……

鳌拜沉着脸，弓开满月，一箭射出，极其有力，看上去远不能及的孔有德突然中箭，踉跄几步，扑倒了。阿巴泰大喜，用汉话高声呼喊：

“孔有德死啦！”

金国船上轰然回应，欢呼声压倒铳声炮声，震撼海天：

“孔有德死啦！孔有德死啦！”

孔先锋阵亡！明军官兵大惊。蛇无头不能行，他们顿时心慌意乱，阵战不稳了；在金兵猛然高涨的士气压迫下，势头立刻低下来，攻上敌船的将士纷纷退却，几艘大福船开始转舵……

倒下的孔有德突然挺身站起来，挥着空拳，一声霹雳落在海面：

“孔有德在这儿！阿巴泰死啦！”

他一把夺过侍从为他准备的大刀，高举过顶，连声大吼，巨雷滚滚：

“杀！杀！杀！——”

已呈败相的明军闻声士气大振，欢呼呐喊此起彼伏，连绵不断，后退的又冲上前，转舵的又闯进水阵，射箭发铳突然凶猛密集了一倍，大战愈加炽烈了！

阿巴泰盯着孔有德，情不自禁地赞了一句：“真是一员虎将！”他命鳌拜、苏克萨哈向各船队传令：以多胜少，围住明军各船，四面击射，务必拿住孔有德！

同是这句话，同是评价孔有德，数天前也有人说过，用的同样是赞赏中含有别的复杂意味的口吻，那是登莱巡抚孙元化。

风向由北转南的那天，从早上起，孙元化的心就一直像绷得将要断裂的弓弦，没有一刻平缓和松弛。传令兵穿梭般进进出出，送来一件件惊人的消息，往往他还没有想出对策，情势又生巨变：先锋营无故惊乱自伤；城内数起辽丁与登州兵斗殴；先锋大将孔有德抬了两个血人往张总镇署衙寻衅，并擒去两名亲随侍从；当他立命侍卫快马去招孔有德，着他释放总兵亲随之际，“轰隆轰隆”大炮九响，震动了全城，先锋营的两名持公文报卒正好赶到，报告了先锋大将祭海启行的消息。

亲随被斩祭海！在座的张可大惊怒异常，眼瞪得彪圆，看看要发作，又极力忍住，对着孙元化双手一拱，愤懑地喊了一声：“巡抚大人！……”

孙元化也暗自吃惊，不料憨厚的孔有德会干出这种事情。然而，这一连串行动如风似火，雷震电闪，极是豪壮，无愧先锋大将身份，自己若不回护一二，辽丁今后在登州将无立足之地。他一拍桌案，紧皱眉头：“不成话！这个孔有德，如此大胆妄为！……”他略一沉吟，转向张可大，“终究是一员虎将！此战必能成功。张总镇，容他将功补过吧?”

“大人，你！……”张可大眉间深纹里耸动着受伤害的怨愤，使孙元化心中生出一丝愧意，只好装作没看见，说：

“张总镇，先锋既已启行，诸军也当继后出海。就命各营整装，今夜三更启锚，你看……”

张可大愤愤抢过话头：“大人，卑职请命，留守登州!”

孙元化心里一凉，他明白这其实是强烈抗议，他明白嫌隙将因此而愈加扩大，不知要用多少气力去弥合……

此刻，孙元化率领着后续船队六千余人，经过三天三夜的航行，赶到了皮岛东南的海面上，立刻投入了鏖战。皮岛总兵黄龙也率船队驶出接应，敌方生怕腹背受敌，及时鸣金收兵，向东北方向遁去。

孙元化登上先锋主舰，探望受伤的先锋大将。

孔有德伤势原本不轻，又带伤鏖战半日，鲜血浸透了绑带，染红了半边身体，敌船一退，他就昏倒了。孙元化一行进舱时，随可莱亚教官同来的葡萄牙医生正在为孔有德上药包扎。孔有德刚从昏迷中苏醒，一见榻边的孙元化，叫了声“大帅!”便挣扎着要起身。孙元化连忙按住，在一旁的葡萄牙医生也摆手示意，用生硬的汉话说：

“乱动不可以，生气不可以，喝许多酒也不可以。七天以后，伤口才能封好。”

孙元化微笑地安慰他：“如今大军赶到，金虏攻皮岛之势已被遏止，便安卧十日也无妨碍。”

孔有德愤然道：“只烧得他十条船，可恨没捉到阿巴泰!”

“七贝勒阿巴泰?”孙元化暗自盘算：对手不弱，不能大意。“以寡敌众，初战成功，先锋各营辛苦了！本帅奏疏当列孔先锋首功。”

副先锋李应元和中军互相补充，详细禀告了战况，尤其是先锋大将身先士卒、勇冠三军的神威。孙元化不住点头称赞说好。只是最后，都讲完了，孙元化问道：

“你们福船上没有架红夷大炮吗?”

“架了。十条船上都有。”

“为什么不用?”

沉默片刻，李应元支吾道：“敌我船舰相距太、太近，怕误伤，不敢发、发炮……”

“敌我船舰总有相距不近的时候吧?”

李应元不作声了，方才眉飞色舞的中军也低头不语。

“是怎么回事?火药潮了?炮弹出毛病了?……要不然，你们也惧怕大炮炸膛?”孙元化声音陡然严厉了。

“不不，不是的……”李应元和中军不好说，只望着他们的主将。孔有德“嗐”了一声，“咚”地一捶床榻坐起，恨恨地说：“我要叫那登州佬瞧瞧，咱老孔不凭红夷大炮，照样打胜仗、立大功!”

“咳!真糊涂!”孙元化觉得可气又可笑，这么大的汉子，又是生死攸关的大战，竟如小孩子一样赌气!……由此可见辽、登嫌隙已到何种程度!日后如何收拾?……他极力使思绪平缓下来：“躺下躺下!好好养伤。耿中军，另备小船，送孔游击去皮岛上养伤。”

“不去，不去!老孔死也要死在我这条福山船上!”

随来的张焘、耿仲明、可莱亚、吕烈等人也上前慰问。待孙元化一行回到主帅船上时，探哨来报，敌方船队在东北二十里外一小岛边下锚。

孙元化沉思着点点头：“看来，明日将有一场大战!”

张焘看着主帅说：“我方先锋及后续船队共九千人二百艘船，加上皮岛黄总兵水师两千人五十艘船，人数船数均弱于敌方……”

孙元化突然一笑，又敛住，说：“孔有德不肯用炮，反成好事，金兵当无防备。”

张焘领悟，面带笑意：“若如此，则不啻增我一倍雄兵!”

耿仲明、可莱亚等人听糊涂了。孙元化道：“我们这样安排……”他忽然停住，看看诸将，“明日之战，不要让孔有德知道，他伤重，须安心休养。”

“是。”众人同声回答，瞪大眼睛等候主帅布置明日战事。

如孙元化所料，孔有德确不是能安心养伤的人。他的船在皮岛之南海域停泊，离战区甚远，但他早把侍卫分派成瞭望和传信两拨儿。瞭望的三人，爬上高高的桅杆顶刁斗内，观察战场上的进退动静；传信的十多人得随时把瞭望来的战况禀报孔有德。所以，天亮以后，金国船队像密集的巨大鱼群向皮岛方向袭击时，孔有德知道得一点不比孙元化晚。得讯时他正俯卧榻上，侍卫替他按摩疼痛的肩臂，只问了一句："帅爷的船队呢？"

不一会儿，传信侍卫近前禀告："咱们船队迎战了！雁行队形，正对敌船，快得像箭头！"

孔有德点点头，闭目忍受按摩带来的痛楚。

"禀将军，我船队前锋行进减缓，两翼张开成一字阵。敌船黑压压一大片，也在展翼拉开！"又进来一名侍卫禀告。

孔有德闭着眼问："咱们船队两翼间还有船吗？"

"禀将军，我方船队前锋退后，成倒雁行，全队退向皮岛……"

"什么？后退？不是还没交火吗？"孔有德猛地睁开眼。

"禀将军，我军有二十艘辽船、数十艘三板唬船突了出去，方才都藏在两翼之间……"

"好！"孔有德兴奋地大叫，"可要有好戏瞧啦！"

几乎与他叫喊同时，"轰隆隆"一阵巨响，海空震动，跟着，"嘭嘭""啪啪"铳声炮声大作，一片轰鸣，连川流不息地奔来禀告的侍卫，都得扯着嗓子大叫才能听清："禀将军，我军二十艘辽船上均架有红夷神炮，冲敌正面，已有三炮轰中贼船，死伤无数，一沉一翻一着火！"

"禀将军，我军数十艘三板唬船都架着三眼鸟铳和佛朗机，驶进如飞，四面攻打贼船！"

"禀将军，又有两艘贼船中炮着火！"

"禀将军，五艘贼船中炮翻船，鞑兵落水无数！"

…………

好消息不断递进，孔有德非常高兴，忙命侍卫扶他到窗边观看。只见战舰蔽日，炮烟弥漫，火光四起，铳声、炮声、呐喊声排山倒海，他一生从未见过如此壮阔、如此撼人心魄的大战！他更加信服了孙巡抚，信服了红夷大炮！

“鞑子打退了吧？啊，贼船转舵了吗？”他连连发问。

“禀将军，鞑兵伤亡惨重，贼船已不得前进，他们却又不肯后退一步！……”

“什么?!”孔有德瞪起了眼珠。他背后的李应元朝传信侍卫连递眼色，这些机灵鬼岂能不懂？于是后来跟进传递的消息，又都是贼船中炮，贼帆着火，贼兵落海，孔有德便放心地躺回榻上静候大胜了。不多时竟沉沉入睡。

半醒半睡之际，飘来一声焦虑：“哎呀，这下可糟了！怎么办哪……”后面的话仿佛被人用手捂住了。

孔有德陡然睁眼，见两名传信侍卫捂着嘴，李应元在指着他向他们摇手。

“什么事糟了？啊？”孔有德问。

“没什么事，没有……”李应元和侍卫一齐赔笑脸。

孔有德突然坐起，“嗖”地拔出床头宝剑，威胁地指着他们：“快说！”

众人无奈，只好禀告详情：敌军伤亡虽重，却不畏炮火枪弹，极力快速靠近我船，使红夷大炮和佛朗机因要避免误伤而不敢开火。更有一艘快船，船头立一员敌将，竟冒着如雨枪弹飞矢，直冲我军帅船，似要碰撞拼命，逼得我船阵震动后退，主帅船竟而搁浅，诸贼船企图随后冲入环而围攻，我各船拦截混战，孙巡抚已入险境……

“传令！升帆，救援主帅！”孔有德大吼，震得众人耳内嗡嗡作响。李应元赶忙阻拦：“孔叔，你千万不能动气，不能上阵哪！……”

“放屁！”孔有德一把推开李应元，催促侍卫们，“发什么呆？快！拿墨斗鱼那黑汁，把帆篷上我老孔的大名描得浓浓的、黑黑的、大大的！”

片刻之间，先锋大将的船启动了！它带领着二十多艘福船、海沧船，又会合了赶来救援的皮岛水师五十艘船，浩浩荡荡杀向战场。

诸将战船的篷帆上书写的官爵姓名，字大二尺左右，远看犹如蝌蚪，惟有孔有德大船帆上只写“孔有德”三个大字，每字方广各二丈，看得见船就看得清字。

“孔有德！孔有德来了！”明军一片欢呼，军威大振！

“孔有德！孔有德来了！”昨天领教过他的虎威，也认得他这特别帆号的大金官兵不由得有些胆怯，互相提醒。心气一低，攻势顿减。

孔有德乘机急进，扑入船阵，直奔搁浅的帅船，指挥新投入的生力军，犁田般一路猛攻。这艘像海上活动城堡似的巨大福船，撞翻撞沉那些小的敌船，鸟铳、佛朗机、弩机把火药子弹火箭倾泻向大的敌船，就像它的主人一样横冲直撞，如入无船之境……

敌船终于不能支持，放弃围攻明军主帅企图，退了下去。孔有德挥师追击，跳上敌船拼杀。八旗兵优势原在马上功夫，如今船上步战，吃了一多半的亏，何况对手是这些整日在海上训练的登州水师！不多时就伤亡惨重，失掉了招架之功。孔有德夺下敌方几艘大船，请孙元化换乘。“孙”字帅旗又在船头飞扬，主帅又在船楼指挥了！

主帅脱险，明军士气高涨，金国船队终于大败。

阿巴泰鸣金收兵，又命苏克萨哈去把仍在孤舟奋战、不肯撤退的鳌拜紧急招回。

金国的船队，分成几股，向南绕过皮岛回鸭绿江口。明军船队听主帅号令，严守皮岛海岸，远望金国战船遁走，也不再开炮。

浑身血迹、头上缠了帛布的鳌拜，随苏克萨哈回到艨艟上时，阿巴泰正阴沉着脸听属官禀报战况：

“禀贝勒爷，托佛爷保佑，大金国官兵神勇，共击沉敌船十二艘，击残敌船二十艘，杀敌三百有余，只是许多沉入海底，难取首级……”

“我方损伤实数，报来！”阿巴泰一脸冰霜。

“是。沉船三十一，损伤船近五十；死八百一十弟兄，其中有两牛录三孤山，带伤弟兄不止千人……实在是他们的大炮，谁能料想到，大炮也上了船？……”

阿巴泰一挥手，止住了禀报。半晌，他咬牙切齿地低声说："我真想会一会这位孙巡抚!"

苏克萨哈满面烟尘，衣甲也撕破烧黑，愤愤难平："要不是这个孔有德，至少能打成平手!"

一直不吭声的鳌拜发作了，黑脸涨得紫红，额上颈项上蚯蚓般的青筋跳动，血红的豹眼凸了出去，跺脚怒吼：

"不拿下皮岛，我不是人!"

七年以后的大清崇德二年，二十五岁的满洲勇士、甲喇额真鳌拜为先锋，征伐皮岛，渡海搏战，所向披靡，皮岛终于从大明疆域中丧失，成为大清伐明的前哨基地。

此时得胜的明军另是一番景象，各营营官，各船领队都聚集在孙元化的帅船上。虽然人人烟熏火燎，衣甲焦煳了，眉毛胡子烧了，身上沾着血迹，有人还带着箭伤，但欢声笑语、互相打趣，情绪很是振奋：他们打了个大胜仗!

不知哪个侍卫发现这艘夺来的船舱下存着几坛烈酒，孙元化立命大碗盛来，诸将同饮。

孙元化举着酒碗，笑容可掬："今日一战成功，皮岛安然，又歼敌无数，实属海上首捷。诸将英勇敢战，果然不负朝廷厚望！本帅将红旗报捷，拜疏为诸将请功！请!"

众人欢声雷动："谢帅爷恩典!"同饮一碗。

孙元化嘹亮浑厚的声音在宽大的主舱内外回响："此战首功当属先锋大将孔有德。孔有德，本帅敬你一杯!"

在众将欢呼声中，孙元化与孔有德对饮。

"本帅还要特别为西洋统领可莱亚都司，还有他所率领的十五名西洋炮手请功!"

又是一重欢声浪潮。可莱亚站得笔直，恭恭敬敬地向孙元化一鞠躬："能允许我，和孙大帅碰碰杯吗?"他的白脸上一道道黑灰，说出的汉话又怪腔怪调，众人不由得哄笑起来，气氛更加活跃随便。孙元化手持酒碗，在舱内舱外人群中走了一周，向所有的营官领队们一一敬酒慰劳，神色极是和蔼，又不失主帅的威严，使躲在人背后倚在船边的吕烈看呆了，又落入矛盾的心境中。

“吕都司，辛苦了，本帅敬你一杯!”悦耳的低音磁石般吸引着吕烈，他心头微微振荡，双手接过孙元化递来的酒，一口喝尽。

“吕都司，今日一战，感觉如何?”

吕烈脖子上带了伤，衣襟也溅了不少血迹，他望定主帅，第一次不含恶意地说：“辽东兵善战不畏死，登州兵不如。”

孙元化笑着摇头：“不尽然。你率着营中弟兄与苏克萨哈对射就很勇猛，跳船近身搏战，你身先士卒，登州兵奋勇冲锋，也都善战不畏死啊!”

吕烈噤住了，心潮翻腾，却不知说什么好。孙元化放低了声音嘱咐，只让他们两人听到：“你那话，回登州后不必再提起。”

吕烈点点头，仍是说不出话来。

孙元化再次走到孔有德面前，执着他的手察看他肩背伤势：“医生嘱咐你，七日内戒怒戒酒戒走动，所以我戒禁左右，不许把战况告诉你。这才不到一天，你怎么竟来参战了呢?”

孔有德眨眼笑了：“主帅被围，咱老孔哪能安闲养伤？就算箭疮迸裂要了命，那也是天定，咱老孔不悔!”

孙元化心头腾过一个热浪，眼前这张粗犷憨厚的大脸模糊了。他赶忙举碗饮酒，好一会儿才把这碗酒喝完。

七

“黎明即起，洒扫庭除。”尽管孙元化一家信奉天主，居家度日，还是严格遵循颜氏家训，何况今日是七月初七女儿节？幼蘩、幼蕖姐儿俩天不亮就起身了，梳洗完毕，到父母房中问安。照惯例，今天她们将得到一份礼物。

果然，爹妈已坐在中堂饮茶了，看去都很宽和愉快，这是近些日子少见的。行了家常礼，孙元化笑道：“还是两副镯子两包银锞子，先寻着的赏一只紫晶戒指。”

沈氏接口笑着说：“你们爹爹真是八月里的石榴——满肚皮点子，想出个赏戒指的花头。快去寻吧，两个囡囡好运道，笃定是独眼龙相亲——一眼看中!”

一家人笑得合不拢嘴。两个女儿进了父母卧室，四处寻找被藏起来的礼品。开柜子，拉抽屉，翻枕头，掀被子，嘻嘻哈哈非常开心。七岁的小幼蕖像只快活的小猫，一会儿在床上打滚，一会儿钻到八仙桌底下喔喔学鸡叫。沈氏笑着数落：“这小囡，真是热油锅里爆虾，活蹦乱跳，穷开心吗？还不好好寻！蚂蚁钻磨盘——条条是路嘛!”

孙元化摸着胡须提示一句：“首饰嘛，总该在梳妆台……”

沈氏连忙阻拦：“你不要响好勿好？……”

两个姑娘已经扑向母亲的妆台，从首饰箱里找到一大一小两副晶莹细润的青玉镯，大声喊叫着：“多谢爹爹!”“多谢姆妈!”她俩立刻套上玉镯，转着胳膊腕看来看去，非常快乐。

“镯子是两人一同寻着的，不分先后，那就要看谁先寻着银包了。”孙元化提醒女儿。他喜欢天真纯洁的女孩们嬉笑欢闹，从中感受天伦之乐，这真是赏心悦目、极为恬静怡和的美事。一幅可爱的图画：两个小仙女，穿梭般飞来飞去，脸儿红润，眼睛黑亮，裙裾飘舞，神采飞扬……可仙女总找不着属于她们的银包，引得她们的母亲不住唉声叹气。

孙元化又忍不住了：“真所谓司空见惯浑闲事……”

幼蘩展目略略一扫，果然发现两个红绫小包就挂在帐角。她却转向一旁的搭衣架翻看，嘴里喊：“小妹，别碰帐架子，小心帐钩脱掉!”

幼蕖跟着欢叫起来：“寻着啦！爹爹，姆妈，是我先寻到了!”

孙元化看在眼里，暗暗点头，笑道：“好，好！紫晶戒指归幼蕖!”

沈氏也笑了：“恭喜恭喜！昨日已吩咐厨下做巧果，你姐妹两个拿去分给府里的大小丫头女孩儿!”

巧果，是用糖和面扭成各种小花油煎而成，七夕夜拜银河吃巧果，是嘉定老家的习俗。

幼蘩说：“孩儿还要去开元寺摘凤仙花、捉蜘蛛乞巧……”

七夕夜捣凤仙花染指甲，捉蜘蛛扣在碗里，天明开碗以蛛网多少卜来年女儿之巧，这是登州的民风。

孙元化道：“你不是常于礼拜日在开元寺舍药针病吗？凤仙花、蜘蛛何处不有？”

幼蘩神态中有点捉摸不住的羞涩：“黄苓这丫头说，本地风俗，只有七月七开元寺的凤仙和蜘蛛最灵验……姆妈，要银翘姐姐陪我同去，好吗？”

“那可不行。你银翘姐姐今天有要紧事体。”

“什么事？”从不过问家事的孙元化竟追问一句。

“家务事不要你管！”沈氏口气甚至带点威严，“还是快叫篦头师傅来与你栉发修面，才好去大宴众官！……巧果就归我家小囡看着散发就是。小囡啊，可不要黄鼠狼看鸡——越看越稀哟！”

幼蕖又笑又叫，滚到母亲怀里撒娇，娘儿俩闹成一团。

幼蘩兴奋地仰望着父亲：“爹爹的庆功宴，终究办成了？”她知道，自海战大捷归来，爹爹绞尽脑汁费尽心血，与每一位营官将领都做过深谈；朝廷颁来升赏嘉奖诏令，爹爹就想借庆功大宴各官，弥合往日裂痕。由于辽、登双方抵制，始终不能如愿。看到爹爹不展的愁眉，鬓边日多的白发，幼蘩十分忧虑，常常到书房陪伴父亲读诗写字作画，以她的温柔沉默，给孙元化很大安慰。爹爹终于走出困境，幼蘩能不喜上眉梢？

孙元化含笑点头，心里感激女儿的至性真情，伸手抚平了幼蘩额前的黑发。

“爹爹姆妈，那我就带黄苓、紫菀去开元寺了？”幼蘩不厌其烦地又说一遍。

“去吧去吧，女儿节嘛！”沈氏笑嘻嘻地瞥了丈夫一眼，对女儿别有深意地眨眨眼，“女儿节，七月七，天上牛郎会织女……”孙元化听她说得不伦不类，回头瞅她一眼，她却搂着小女儿看她的玉镯和戒指，笑个不了。

幼蘩骤然间面红过耳，赶紧低头退出，心里直打鼓：难道心事竟被母亲看破？……从来没对人说过，连天主也不知道，母亲竟能猜到？……幼蘩领着两个丫头坐小轿到开元寺，一路上自问自答，心里七上八下，不得安生。

开元古寺在府署前街南端，府学和文昌宫的斜对面。寺僧声称此寺建于唐朝开元年间，规模不大，庙宇也不甚宏伟，不像天妃宫、东岳庙那样，一逢庙会，惊动四方，周围数十里百姓来赶会，热闹得如同节庆。开元寺置身城隍庙、关帝庙、观音堂之间，颇有点矫矫不群、闹中取静的意味：山门内两进佛堂，佛堂边数楹僧舍，古柏森森，花木繁茂。最难得佛院中有一口玉寒井，说井其实是泉，清凉的泉水由地底涌出，填满一石砌方井，再流入佛堂前的荷花池，池中荷花莲叶年年茂盛非凡，都说是因泉水质美之故。

开元寺没有庙会，因而没有赶会的热闹人群；开元寺没有祭祀礼，因而招不来众多求签还愿的香客。这里住持及僧人专心修行礼佛，佛学文字造诣最高，使开元寺也染上了文人清高习气。寺门附近、佛院两侧、荷池周围，只有为数不多的小摊，都带点文人味儿：字画摊、算命测字摊、草药摊、书摊、文房四宝摊，其中杂着几处茶点摊和登州面摊，比起那些百货杂陈、喧闹拥挤的大庙，真可算得寥落清静了。

幼蘩走到荷香四溢的池边，扶着那株老干斑驳的古柳，缭乱的思绪渐渐平静。哦，那一枝初开放的红荷花，娇而不媚，艳而不俗，在微风中摇曳得多么动人！……

为了用这股清凉洁净的寒泉水和药，半月前的一个礼拜日，她将善事摊选在了这里。为了行善不留名，也为了不露她大家闺秀的身份，和往常一样，她洗净铅华，不戴饰物，如她想象中的修女那样黑衫黑裙，领着早年入教的老仆郝大夫妇，为求医的人诊脉、针灸、施药，散发避瘟解暑的清凉汤药饮剂。

那时，她正低头在池中净手，一阵大笑从佛堂传出，惊得她浑身一哆嗦，顿时心头狂跳，两腮火红，慌忙躲到古柳背后，好半晌，气息才渐渐平缓。是他！使她不想做修女，使她向天主忏悔过的那个她认为不该思念的人！

自京中返回登州后，幼蘩千百遍地回忆那次书肆奇遇，一言一动，一颦一笑，他怎么说，自己怎么答，记得清清楚楚，忆得烂熟于心。他高贵的公子派头，傲慢的“神童”姿态，都掩不住他眉宇间的忧伤，眼睛里的落寞和神情中的孤独，而正是这些打动了她，并立刻联想起天妃宫的邂逅。她猜测这位京师翩翩佳公子定是游学登州而偶然相逢的，日后再难见面，为此她曾生出无限憾恨。如今骤然又见，怎不令她喜出望外？

她悄悄地移动脚步，调整位置，使那个人的音容笑貌、一举一动都落入自己眼中。

他大笑，是因为陪他游寺的僧人请他拈香拜佛。他指着佛像金身：“就这袒胸露腹，赤脚光头，不衣不冠的，也值得我低头拜他？”

僧人一脸不自在，强笑道：“吕爷不肯，不拜也罢。”

他仰视佛像片刻，忽又庄重点头：“若论年齿，少说也长我两三千岁，还是该得一拜！”说着跪下，深深一拜。

僧人笑得合不拢嘴：“吕爷诙谐真个少有！……爷可肯随喜施舍？”

他哈哈笑了：“真是得寸进尺，登鼻子上脸！好吧，拿你的化缘簿来！”

“吕爷，小寺住持留得有话，若是吕爷肯随喜，不化你香火银灯油钱，只求吕爷手书一幅，为敝寺增光。”

“哈哈，好个文墨和尚，真不该出家！……取纸砚笔墨来。”

“请爷往静室焚香烹茶……”

“不用！这供桌上香花宝烛，青烟缭绕，对佛吟诗走笔，诚为大快事也！……”

那番狂态，那种洒脱，能不令人倾倒？

小和尚料理好文房四宝，他真就面对佛像挥毫，引得不少人围过去看稀罕。幼蘩实在好奇，也躲在人群背后从缝隙中窥视。啊，好一笔行草！潇洒流畅，刚劲锋利，而笔下情思更令人叹绝：

一声梧叶一声秋，一点芭蕉一点泪，三更归梦三更后。落灯花，棋未收。叹新丰孤馆人留，枕上十年事，江南万里忧，都到心头。

幼蘩觉得，只有自己这样生长江南的人，才知道这词的情景何等真切，忧思何等深。然而围观的人们也在啧啧称赏，赞字好，赞词面漂亮，这些摆字画摊的毕竟肚里有些文墨。

忽听一个女人拿腔拿调的娇声："哎呀，字儿倒也罢了，词不过一首动春心的曲儿，有什么好？也未必是此人所作，抄录来的也未可知……"

那是个满头珠翠、一脸脂粉、遍体绫罗的中年肥胖妇人，竟穿了一件胸前布满横襻纽的月白罗衫，淡鹅黄裙，愈显其矮胖，竟如一桶。令人难受的是她故作斯文、故作娇小娉婷的姿态，幼蘩只觉像给搔着脚心一般哭不是笑不是。众人却都忍不住地揶揄嘲弄，哂笑不止。

他放下笔，对那女子上下一打量，信口吟道："一幅鲛绡剪素罗，美人体态胜姮娥。春心若肯牢关锁，纽襻何须用许多。"

人们哄笑了。胖妇人先怒后笑，不知是她不懂诗意，还是因毕竟得了美人二字而得意。他淡然一笑，转身答人问话。眼看要与他照面，幼蘩心跳如鼓，赶忙避开，逃走一般回到荷池边，让浓密的柳丝儿把自己遮掩，却又后悔，不如让他认出自己，又会怎样？……

幸亏那个跛足老婆婆来了，难道不是命里注定？……

他究竟是哪里人？做什么的？徐大公子？吕爷？……

"姑娘先生！姑娘先生！"草木深荫中传来黄苓快乐的叫声，"凤仙花红得了不得！蜘蛛也好多呢！"

营官们骑着马，带着侍从，三三两两在登州窄巷小街上络绎而行，去巡抚府赴宴。鼓楼下画桥边，吕烈忽然拨马回走，说是要去顺路看看开元寺住持僧是否云游归来。

那日开元寺重逢，叫吕烈半个月心神不宁。

当围观的人各自散开，他向陪同僧人道别之际，佛殿阶下一片笑声叫喊，原来一位跛足老婆婆指着几个跟在身后学瘸腿扮鬼脸的淘气娃娃在叫骂："不学好的猴崽子！促狭鬼！你们爹妈怎么教出这种缺德东西！……”

偏偏此时吕烈从跛足老婆婆身边走过，偏偏他昨晚崴了脚，走路也是一瘸一拐，旁观的人不觉大笑。老婆婆则回首大怒，指着吕烈嚷道：“你这人！那些猴崽子是顽皮，做这短命事！你穿衣戴冠读书人，也这么促狭人，还有天理良心吗？”

“老妈妈莫急，误会了！”刚才嘲弄富商肥妇人时极尽嬉笑怒骂的吕烈，此时对着跛足老婆婆却极力赔小心，“实在不是学你走路，我的脚脖子昨儿伤了……”

老婆婆只是不住口地骂，“缺德”“没良心”“短命鬼”，一串儿一串儿倾向吕烈。吕烈再三解释，她终是不信。吕烈无可奈何地笑道：“我若调头便走，老妈妈你更要说我故意学瘸子形容你；若不走，就得听你骂我一天；说你误会你又不肯信，这怎么办？”

“我老人家是来求避瘟消暑药饮的。只要那行医施药的一家子说你是崴了脚，我便信。”

好固执的老婆婆！吕烈左脚瘸，老婆婆右脚跛，二人一拐一拐直到施药摊前。吕烈脱下云头鞋，抬腿踩着凳边，翻下布袜，对那灰发老夫妇道：“请看，可是崴了？”

果然一片红肿，像发起的炊饼。老头儿惊道：“莫不是伤筋动骨了？”跛足老婆婆眯着眼说：“你们一家济世行善，就替这位相公治治吧！”她讨了一小罐避瘟消暑汤，对吕烈满意地点点头，径自去了。

老头儿按一按红热的伤处，为难地看了老妻一眼，老太太只得回身叫道：“姑娘，请来瞧瞧……”

老柳树后面转过来一位黑衣少女。吕烈两眼发直，想要收脚穿鞋也来不及了，竟然又是她！清明扫墓之后，他已下决心忘掉她了，只要不看见，时间长了，印象淡了，也还是容易的。可是，眼前……

她极快地看了吕烈一眼，他能觉察到其中的慌张羞涩，像一个未经世事的小女孩儿。但那目光一投到他的伤处，立刻变得认真庄重，拧着眉毛，俨然一位包治人间伤痛病患的救世良医，这神情跟她年轻的身形面貌是这样不相称，叫人觉着可笑又很可爱。她严肃地查看片刻，冷静地吩咐：

“取银针，烧艾灸！针刺足三里、三阴交、太溪、昆仑，艾灸丘墟、解溪。”

老头儿立刻烧艾条拿银针，照指示的穴位给吕烈灸刺。

“取酢浆草、鹅不食草捣烂，待他灸罢，敷在红肿处。”老太太听命赶紧翻找草药，和水捣烂，摊在长条帛布上，准备给吕烈敷用。

素来以能言善辩著称的吕烈，此刻竟不知说什么好。那老少三人谁都不看他，只专意地为他的伤痛忙碌。黑衣女子低头捻针，他呆呆地望着那黑亮头发衬出的洁白聪慧的前额，心乱如麻。

敷好药绑好帛带，吕烈放下脚走了两步，轻松多了。

“好一些吗？”黑衣女子微笑着问。

“一点儿不痛了！真是神针神药！多谢姑娘，多谢老爹爹、老妈妈！……”吕烈连连作揖，连连致谢，摸袖子要拿钱。

少女一摇手：“施药行善，岂能要钱？再说不会真是一点不痛，我们也算不得神针神医，相公不要言过其实。”

“哦，施药行善，姑娘莫非是侠、侠……”吕烈本想说“侠妓”，后一个字却无论如何出不了口。这姑娘一团天真，凡事认真，言笑举止端正，也实在不像烟视媚行的小家女子。他急忙改口：“侠医侠女流？请教尊姓大名。”

他拱手弯腰口说“侠、侠”之际，黑衣少女已转身离开，走到柳树后面，临水坐在石凳上了。他抬头时，只见老头儿揶揄地对他眨着眼：“济世行善岂须留名？我们原不是欺世盗名的！”

吕烈想起年初天妃宫的冲突，这老头儿，亏他还记得清楚！他对着老夫妻，更是对树背后的姑娘深深一揖：“小子无知，当日唐突，多有得罪，现下赔礼，赔礼了！”

轻轻的笑声，似一个开心的小女孩儿为自己的恶作剧成功而得意。吕烈忍不住绕过柳树，对黑衣女郎的后背一躬到地：“姑娘既不肯以姓氏相告，那么，二乔可是姑娘小字？”

她猛地回头，细长的眉毛轻轻耸动，似嗔似喜。二人目光一撞，便知彼此都想起京中书肆、《芍药图》题诗。她慌乱地垂下眼帘，苍白的脸飞上桃红，十分局促，声音像蚊子一般悄小：“你……相公猜到了？……”

吕烈怎敢提起清明节桃林偷听的事，他含糊道：“也不难猜。只是二乔乃双称，不如就字小乔。”

她匆匆看了吕烈一眼，脸儿更红，但眼睛更亮，微笑中有一种特别的自信：“兼金双璧，名有相当。”她伸手点了点荷池中自己的影子，“此亦一乔也！”

绝妙的解释！绝妙的表字！但不等吕烈赞叹叫绝，她已起身去施药摊，因为又来了求助的人。

吕烈更不敢打听这位“侠女”了。不只是怕亵渎了她，更怕自己的推测被探听结果证实，毁坏了心目中这个洁净天真绣口锦心的女子真容。他又觉得不安，她指着水中影说“此亦一乔也”，那种奇特的、隐藏在微笑下的几乎可称为傲岸的自信神情，是他所熟悉的，却又说不清自何而来。

此后，他以种种借口，又几次到开元寺，希望再次相遇，却再没有如愿。他什么目的也没有，只是想看见她。今天他又来了，难道又要落空？

方进寺门，黄莺般妙曼的声音飞送他耳边：

“黄芩，捉蜘蛛小心，别伤着它，明早用完就放它走。”

“唉，知道啦！”

吕烈心头突突地跳，停步观望：静静佛院，两处字画摊，摊主在打瞌睡；一池莲叶，浓绿欲滴，映日荷花焕然耀眼；几株池畔古柳，蓬蓬勃勃，生气盎然。并无游人踪迹……突然，他看到了她！她从“她的”那株古柳后面缓缓转过来，拂开柳条，在池边站定。轻风吹过，一朵皎洁的白莲摇曳着散落，白玉般的花瓣跌到荷盖上，又跌到水面，慢慢飘向岸边。她微微一笑，注目池水荷田，低声吟诵着什么……

佛院不存在了，寺门佛堂字画摊都不存在了，吕烈眼中只有这位飘浮在荷花莲叶清泉古柳之间的少女：银红纱裙，藕色夏衫，腰系紫玉绦，头上金凤钗，眉黑发青，朱唇皓齿，真神仙中人也！……吕烈从来没有想过她是不是美貌，因为从一开始他就不是因为美色而被她吸引。而此刻他却深信，人间天上，没有比她更美的人了！

两个丫头兴冲冲地跑来给她看什么东西，叽叽呱呱说个不停。她笑着掩耳摇头，又说："紫菀，拿笔来。"

胖丫头显然惯于这种差遣，立即从身上斜背的布包中取出砚台研墨，把纸笔递给她。她接过来，想了想，扔开纸，指着池中的白莲瓣："用它好。"

小丫头抢着捞上来一把，她拣了一片大的，写了几个字，沉吟片刻，看看天，望望树，一会儿抿着嘴唇，一会儿又咬咬笔杆，像煞背书做文章的应考童生，那模样极是逗人怜爱。吕烈恨不能去帮她出点子，学一学苏东坡的"投石惊开水底天"……

她突然叫一声："有了！"笑容满面地续写了几个字，得意扬扬地晃着可爱的小脑袋，"黄芩，你看我这两句！"

吕烈再忍不住，顾不得礼仪忌讳，疾步上前，拱手弯腰低头一揖，声音有些发抖："姑娘！……"

三个女子吃了一吓，花瓣落得一地。

"你？……"她眸子里明明是一团惊喜，脸上明明泛出娇羞的潮红，不知怎么对他上下一打量，倏地变色，明媚的眼睛顿时闪出惊慌，后退了好几步，慌忙转身，急急忙忙绕着荷池的另一边出寺门去了。

吕烈莫名其妙，看看自己，一身为了赴宴而着的三品武官服饰，猛然想起以往几次见面都是文士便装，难道她被这套官服吓跑了？吕烈纳罕地摇着头，从地下拾起她失落的那片白莲花瓣，两行墨字映入眼中：

荷叶鱼儿伞
蛛丝燕子帘

他笑了，真所谓女郎诗，小儿女诗！清新可喜，语出天然，难得对仗如此工巧。想想她的"雨足一江春水碧，风甜十里菜花香"，不也是天然风韵，不事雕琢吗？诗如其人，一个纯净、真实的女孩子，还是个小才女呢！……

可是，那令人痛恨的灼灼，她竟称之为姐姐！

难道这一瓣白莲，又如当年的白果壳，不过是穿针引线的媒介？……吕烈悚然而惊，额上沁出了冷汗。

“吕哥，你果然在这儿！可莱亚教官寻得你好苦！”耳边熟悉的喊声使他回过神来，吕烈定睛一看，是张鹿征和葡萄牙教官可莱亚，都穿着崭新的武官礼服，都是去赴宴的。

吕烈几乎是本能地把花瓣藏进怀中，故作洒脱地说：“我来访住持僧不值，偶得诗句，在此吟哦……”

“什么好句？快吟给小弟听听！”张鹿征竟然十分急切。

“这不是公鸡下蛋，老母猪上树了吗？”吕烈嘲笑张鹿征向来肆无忌惮，可是一看到他倏然下垂的眼角，满脸沮丧，又可怜他了，“好，念给你听听：荷叶鱼儿伞，蛛丝燕子帘。如何？”

张鹿征眼睛望天，想了想：“也罢了，只是忒小气。你听我这两句。”他清清喉咙，十分得意地拖长声调，摇头晃脑，“叶垂千口剑，干耸万条枪。咏竹的。如何，气象可大？”

吕烈笑道：“果然武人本色。好便好，只是十条竹竿共一片叶，何其萧疏！”

张鹿征愣住，半天回不过味来。吕烈转向一直有礼貌地微笑着旁听的可莱亚：“尊兄何事见教？”

他俩在五月海战中互相支援，并肩杀敌，情谊颇厚，彼此再不像从前那样许多虚礼酸文，尽可直问直说。可莱亚却面孔微红，看看张鹿征，笑而不答。张鹿征正在那里呆头呆脑地面对荷池，盯着柳条，嘴里絮叨着：“要么，叶垂万口剑，干耸千条枪？也不好，一条竹竿十四叶，还是稀了……”

吕烈挽着可莱亚离开数步：“他正疯魔着呢，说什么也听不见，你尽管讲。”

“这个，听说你们中国人，求婚，要先向一个媒人求婚？”

吕烈惊讶地眼珠一转，笑了：“不是向媒人求婚，是请媒人为你去求婚。”

“哦，哦。听说你们婚姻，有许多许多限制?”

“嗯，按律条而言，同宗不婚、士庶不婚、良贱不婚、官兵不婚、宗妻不婚、外姻不婚、逃亡不婚、仇雠不婚、先奸不婚、买休不婚……多啦多啦，对，还有僧尼道冠不婚!”吕烈说着，自己也笑了。

“好像，你们的婚姻仪式，也很复杂?”

“不错，堂堂中华礼仪之邦，重的就是这个。”吕烈撇嘴一笑，说不清是嘲讽还是卖弄，“自古婚姻行六礼。六礼者，纳采、问名、纳吉、纳征、请日、亲迎之谓也!”他滔滔不绝，详细地一一说明——

纳彩礼：男家（称乾宅）向女家（称坤宅）送一点小礼物表示求亲的意思。礼物种类很多，如玄纁、羊、雁、清酒、白酒、粳米、稷米、蒲苇、卷柏、长命缕、延寿胶、五色丝、合欢铃、九子墨、凤凰、鸳鸯、鹿、乌、香草、金钱、鱼、受福兽等。每样礼品都有讲究：玄象天、纁象地；羊者祥也；雁则随阳；清酒降福；白酒欢悦；粳米美食；稷米粢盛；蒲苇性柔而久；卷柏屈卷附生；长命缕缝衣；延寿胶能合异类；五色丝屈伸不穷；合欢铃音声和谐；九子墨长生子孙；凤凰雌雄伉合俪；鸳鸯飞止相匹鸣相合；鹿者禄也；乌知反哺，孝于父母；等等。

问名礼：乾宅问明坤宅女子姓氏生辰，回家据此占卜凶吉。

纳吉礼：乾宅在礼庙卜得吉兆，再送礼物到坤宅报喜。

纳征礼：亦即订婚礼，乾宅要送大宗贵重物品做聘礼，聘礼必须符合双方身份。如天子选后，聘礼可达黄金万两，其余人等而下之，但即使是庶民百姓，也得竭力支撑。

请日礼：乾宅择定完婚吉日，再带礼品，向坤宅征求同意。

亲迎礼：这才算正式结婚，大红花轿把新媳妇娶进门。

…………

这每一项都十分繁琐费事的六礼，把可莱亚听得糊里糊涂，目瞪口呆。

“尊兄莫非有婚于中国的意思？”吕烈笑着问。

“唉，你是知道的，我们不可以跟异教徒结婚。所以，来中国，没有这个打算。可是春天里，汤神父来登州，做弥撒，领圣餐，我见到她……”可莱亚脸色渐渐发白，蓝眼睛闪烁不定，像含了许多水，声息也急促了，“哦，她是那么可爱！就像圣母马利亚！我爱她，她是我心中惟一的人！……哦，我的安琪儿，我梦里的爱神！”他双手合在胸前，一脸狂热，动情得几乎落泪。吕烈觉得可笑可叹，试探地问道：

“她是谁呢，你的这位安琪儿？”

可莱亚就像没有听到问话，自顾自地继续说：“原来，我觉得配不上她，怕受到拒绝……现在我海战立功，也得朝廷封为游击，是三品武官了！所以，想请你做我的媒人……”

“嗨，说了这半天，你要向谁求婚？”

“向……孙帅爷。”

“什么？”

“是的。请求孙帅爷把他的女儿嫁给我。可以吗？你愿意当媒人吗？”

吕烈愕然。不论他如何参透世情、玩世不恭、行动乖僻、惊世骇俗，但替一个红夷鬼子做媒，向巡抚大人求亲，只有疯子才会应承。可是一口拒绝，他又不肯。想到这个求亲将由自己向孙元化提出，孙元化会如何表示，他又觉得很有趣。于是故作庄重地皱起眉头：“这可不是小事！尊兄不要着急，容我好好思谋，明日咱们再商量，可好？”

“好的。呃，一会儿赴宴，我跟你在一起，好吗？……自从我想要求婚，看到孙巡抚，就害怕……”

看他一副苦脸，吕烈忍不住想哈哈大笑，终究忍住了。

三人同往巡抚署。张鹿征骑在马上还起劲地吟哦，吕烈不解地拍拍他肩头：“老弟中了什么邪？”

张鹿征突然忸怩地看看可莱亚，欲言又止。吕烈会意，没有再问。但在巡抚府前下马之后，张鹿征把吕烈扯到一边，悄悄告诉他：

想向孙巡抚求亲……

吕烈忍不住大声说："怪了！难道孙家小姐是天仙？"

张鹿征赶忙制止："吕哥千万别嚷！……"

前几日张鹿征在树上绑了只小狗练飞刀，小狗腿上着刀，汪汪惨叫，把随孙夫人来总镇府做客、正在花园赏玩的孙小姐引过来了。她惊呼着扑上去解绳子，赶忙把发抖的小东西抱在怀里抚慰，生气地涨红了脸，回头质问张鹿征："你这人竟如此忍心！小小犬儿有何罪过？练武尽可设靶，何苦要伤害一条小命？"她立刻叫随侍的胖丫头打开背着的药箱，寻草药嚼碎了敷在小狗腿上，再用帛布条裹好。

"哦哦，可怜的小东西，就好就好，敷上药就不疼了，就不会留残疾了！乖乖的，别乱动……"她轻声轻气地安慰着，手下动作又温存又轻柔，仿佛她医治的是个能听懂她说话的可怜的小孩儿。

张鹿征起初觉得可笑，当从人悄悄告诉他是来府做客的孙小姐时，他可就愣了神，嘴里期期艾艾地再说不清楚："这……这只小狗……"

孙小姐定是以为他要讨还伤犬，瞪了他一眼："就当它已经给你砍死了，行不行？……赔给他三十文钱！"胖丫头真的取出一串小钱挂在树上，主仆俩怜爱备至地抱着小狗，悻悻离去。

那一刻，张鹿征恨不得以身代犬，伏在那温软的怀中，领受那温存的抚摸、温柔的细语、温馨的气息……他这位总镇公子，自己又是有品级的武官，在家里只除了父亲，谁都不怕，谁都怕他，无法无天，寡廉鲜耻，追逐从父亲姬妾到粗使丫头的所有女人，从不曾遇到拒绝，他也习以为常。这回被斥责几句，又被那一双清澈无比的美丽眼睛瞪了一下，心里竟然荡过一阵难言的惬意，立刻着了迷……

"孙帅爷是举人出身，他的千金文才出众，你想，我若一点诗不懂，如何能攀得上呢？"张鹿征一副哭笑兼半的面孔，真叫人可怜。吕烈笑骂道：

"诗蛆！没的玷污了诗赋清名！……那你怎么打算？终不能毛遂自荐吧？"

张鹿征愁眉苦脸："我也犯愁哩！我老爹对孙帅爷嘛……口服心

不服。就算他能准下，着人去求，谁去？方才我就想请吕哥拿个主意，却被那个红夷鬼拉你去絮叨了半天！”

吕烈暗笑：你若是知道这红夷鬼因何絮叨，怕不蹦起三尺高！嘴里却含糊应道：“好说好说！容我寻思个十天半月，总能想出妙计！”

“十天太长了呀，我的好吕哥！”

“那就七天！也长？好，三天！”吕烈忍着笑，一本正经地拧着眉头，做出为朋友两肋插刀的气派。那边“红夷鬼”一直站着等候，朝他俩招手，那觳觫不安的样子，没有吕烈陪伴，他决不敢独对孙巡抚。吕烈心里一阵好笑。

然而，还有更可笑的事情等着他。宴会厅左右花厅分文武聚集着与宴官员等候入席。耿仲明坐在角落里，正对孔有德轻声讲着什么，姿态的无精打采、面孔的萎靡不振，活像一个受委屈的女人在诉苦。吕烈怀着恶作剧的心情，想开个玩笑，悄悄扯过孔有德，小声问：

“耿中军是怎么了？害相思吗？”

孔有德一点不会掩饰惊讶，瞪大眼睛：“你，你怎么知道？”

吕烈索性把玩笑开到顶：“莫非相中了帅府小姐？”

孔有德张了张嘴，却出声不得，用力咽口唾沫，低声嘱咐：“你千万别到处张扬！……”

这真见了鬼啦！轮到吕烈发怔了。想想这滑稽的三凤求凰，吕烈回过神来，再忍不住，哈哈大笑，笑得孔有德莫名其妙，站在旁边看了一阵，说：“你癫了吗？”见吕烈笑个不停，只是朝他连连摆手，他哼一声，转身走开了。

八

宴会厅武官一侧，登州营和辽东营营官们的宴桌交叉排列，当然不是无意。孙元化不仅用心安排了一切，还以身作则，频频举杯祝酒劝酒，谈笑风生，极力促成席间不拘不束、轻松愉快的气氛。众人都响应主帅的努力，一时间觥筹交错，笑声不断。

雄杰之士济济一堂，都是自己属下将领，孙元化看着，感到欣慰，感到沉醉。也许还因酒力催发，他生出无限感慨，不觉喟然长叹。与宴文武渐渐静下来，听他自抒情怀：

“元化本江南小镇一介书生，耕读田园，寄兴山水，养亲教子，诗酒为伴，平生愿足矣！但先贤有言，君忧臣劳，君辱臣死，当此国家危亡，焉能坐视？于是进京师、走边关，竟得寸功，忝受明主恩遇，实属侥幸！而今文武一堂，登莱蓟辽雄杰尽聚于此……当年何曾承想有今日啊！……”

他笑了，很舒心快意。他想放声大笑，体味当日曹孟德横槊赋诗的豪情，却又感到不妥，不可过于张扬矜夸，连忙敛住，洒脱地往椅背一靠，恢复平日的慈祥和蔼，叙家常一般讲起他早年的趣事：

“当日从师读书，诸生中惟我不善交游，沉默少言。一苏州籍同窗最是狂傲，每每夸口苏州出才子出进士出状元，又每每讥笑嘉定人粗俗无才。我从不与计较，他却得寸进尺，一日竟当众嘲骂嘉定人孱头，还故意问我比得像不像。我气不过，回他一句，从此他竟不再来招惹了。”

登州太守忙笑道：“老大人必是以仁义之心相感召，而令其幡然悔过。”

孙元化笑着摇头：“哪里！其时，我也不知为何，突觉豪气撞胸，竟不客气地拍案而起，直对他脸静静看了许久，方说道：嘉定人固不才，然非我；苏州人固多才，然非汝！何得相欺弄？”

文官和一些武官击节叫好。多数武官没太听懂，也被笑语盈盈的气氛所感染，互相探问议论。宴会情绪居然添了几分热烈，颇有庆功的意味了。

孙元化高兴地顺着西列武官宴桌看过去，一件要事陡然兜上心来：日前张可大因幼蘩为其老母针灸肩痛见效而向自己致谢时，话语间透露了求亲的意思，若真遣了媒人来，怎么办？张鹿征无才无貌，绝非幼蘩之匹，但因此而结怨于张可大也不明智；耿仲明呢，漂亮、精明、能干，可惜出身太恶；可莱亚纵然忠心耿耿，终究不同种族……这些虽未明说而孙元化早已觉察的求亲者都不尽如人意，倒是那个无意求亲的吕烈处处皆好：才干出身相貌无不拔尖，但又处处皆不好：所有拔尖处无不令人疑惑，难以捉摸……

孙元化想着，不觉看到吕烈身上，却正撞着他一道寒冰似的目光。孙元化想有所表示，微微一笑，吕烈却急忙扭脸避开，令他心头涌上一阵不快。

孙元化哪里知道，他的往事趣谈令吕烈失惊。因为吕烈骤然联想起那位二乔的话：“兼金双璧，名有相当”，同样是柔中含刚，同样是掩藏在谦恭之下的傲岸、自尊，甚至说话的神情也有一种无法言传的相似！……她与孙巡抚会有什么瓜葛？或许就是孙元化的千金？想到这，吕烈心慌意乱，一时嗓子干得发痛，连灌了好几盅酒，才慢慢平静下来：不，不可能！灼灼是什么人，他太清楚了，称之为姐姐的会是什么人，还不显而易见！况且他比别人更知道，孙元化一家都信教，他身边两个女儿，小的尚未成人，大的一心想当修女，不见男人也不嫁男人。这种孤僻古怪的女人和二乔怎能相提并论？怎么可能是一个人！

心绪平静了，四周谈话也才入耳。而这些谈话不知何时起，又变得紧张了。

海战中孔有德有大功，原应晋三级，却因杀总镇侍卫祭海事受罚，功罪相抵，只由从三品的游击升为正三品的参将，心里想必窝火，情绪一直不高，也不理人，只管一盅接一盅地闷头猛喝酒猛吃菜。他食量本大，更加显眼。与他邻座的陈良谟便隔席对张鹿征笑道：

“小本官，给你讲个笑话：有一酒客见同席吃喝极猛，惊讶问道：‘老兄属相是什么？’其人答说属犬。酒客道：‘幸而是犬，若属虎，连我也吃下肚了！’”

众人都望着属虎的孔有德笑，他浑然不觉。耿仲明却有了三分气恼，大声说：“孔哥，我也给你讲个笑话：有一猴儿死后去见阎王，求转人身。阎王道：‘既要做人，须将身上的毛拔去。’即唤小鬼拔毛，才拔得一根，猴儿便极口叫痛。阎王笑道：‘你一毛也不肯拔，如何想要做人？’”

辽东营官们哈哈笑着叫好，谁不知张鹿征属猴，又出名地吝啬小气？张鹿征涨红了脸，要跳起来争辩，中军管惟诚把他按住：“我又想起一个笑话，山中仙人养了一头老虎服役，每每差虎去请客，常将客人吃在肚中，没有一客请到。仙人知道了责骂道：‘你这畜生，既不会请客，如何又去吃人？’”

孔有德再呆，也听得出这笑话是冲他来的，瞪起了眼珠子：“怎么？咱属虎也不对啦？你怎么拐着弯子骂人畜生？咱吃的是帅爷的庆功宴，吃你了吗？”

耿仲明立刻帮腔：“属虎有什么不好？跟猪狗鸡猴这些挨吃的货比起来，老虎，兽中王，英雄！”

这话惹下了一大堆人，真真假假，嚷成一片。喧闹中吕烈冷冷地吟道：“说英雄谁是英雄？五眼鸡，岐山鸣凤；两头蛇，南阳卧龙；三脚猫，渭水飞熊！……”

孙元化提高嗓音问：“吕游击，你在说什么？”

吕烈默默站起来，其实心里有些后悔，自己实在有些过分。不知为什么，今天对耿仲明特别反感，总想给他难看，却令其他许多人都难堪，破坏了喜庆气氛。他立刻换了笑脸：

“大人，卑职不过有了几盅酒在肚里，随口胡诌……只喝闷酒，终是不畅快，卢纶《从军行》中尚有‘醉和金甲舞，擂鼓动山川’的名句，我们这庆功宴也当有余兴。我想，不用刀枪弓箭不骑马，只较射术。诸君何不一显身手，大家同乐？”

孙元化一想，又不角力比武，倒是缓和气氛的好办法，于是笑道：“好，本抚备下彩头，为诸位助兴。”

张可大及太守知县等文官也纷纷凑趣，最后以两匹锦缎、四朵金花为彩物，与宴诸将自选方法演练射术。

孔有德隔着桌子吼：“吕烈！你出花样难我老粗，我也叫你出出招儿！你不是能写会画吗？给我画个猴儿！”

“干什么？”吕烈瞅他一眼。

“用来显显咱的射术！”

吕烈哪能认栽？纸墨笔砚立刻送到。孙元化看着吕烈提笔，暗暗替他为难。但见他略一思索，濡染大笔，泼墨挥洒，片刻间猴头猴身猴尾一笔刷下，惟妙惟肖；略加点染，猴儿露出笑脸；换了朱笔，染出滑稽的红脸红腚；再蘸深红浅红，猴儿双手便捧出一只斗大的仙桃！人们大声喝彩，孙元化微微点头：果然绝顶聪明，画了一只仙猿，既不输给孔有德，又不开罪张可大父子。

“悬到二十步开外！”孔有德又大声要求。

好奇的陆奇一早就跃跃欲试，见帅爷朝自己示意，抢先上前拿过吕烈的画，拽了另一名侍卫站在大厅门口，各拈画纸一角，张着等候。

孔有德端起桌上的一碗花生米，右手动作奇快，连续拈花生弹射。人们眼看着一串花生豆激射出手，洞穿画纸，耳边如听雨打芭蕉，流泉飞迸，转瞬之间，猴儿被弹掉了，就像被大剪刀剪去一般，而艳丽的仙桃除了底部因抱桃的猴儿胳膊爪子弹成空洞而略显欠缺而外，其他全都完整无恙。

“好！”“好！”大厅里喝彩雷动。陆奇一撇了画纸，对孔有德高举起两只伸出拇指的手，不住地跳着叫好。

“花生米弹猴子也作数？不如使大饭盆扣癞蛤蟆！”恶意的讥讽来自陈良谟，他已站起来。

“陈都司！”张可大制止地喊了一声。

陈良谟只管大声喊：“拿绿豆来！”

真有侍从送上一碗绿豆。陈良谟挥挥袍袖，轰起十数只苍蝇，嗡嗡地四下飞舞。只听轻微的“嗖嗖”响，每颗绿豆弹出便击死一只苍蝇，人们就跟着惊呼一声，直到空中苍蝇被尽数击毙，和绿豆一起落了满地。大厅里的笑声喝彩轰响一片，把窗纸都震得窸窣作响。

“耿中军，咱两个赌赛！”吕烈突然主动挑战，“染红豌豆对射十枚，身上着红点少者胜。”

登州营官叫好声中，耿仲明勉强应战。吕烈立在席边笑道：“你先攻，我守。”

一粒又一粒沾染了胭脂的红豌豆射向吕烈，吕烈顺手抄起席上小接碟左挡右接，叮叮当当，红红的小流星纷纷坠落，一粒也没有击中目标。吕烈边接边揶揄：“耿中军中气不足，精神不济呀！怎么力道越来越小，弹射越来越慢了呢？……”说着，他撇下接碟，一张手，对准射来的最后一粒豌豆用拇指和食指轻轻一弹，红光划出一道弧线，飞出窗棂。众人哄然叫好，登州营官格外开心。

“气力不兴，哪能射得中！”一名登州营官借题发挥。

“对呀，举不起，自然射不出！”另一名同伴做鬼脸窃笑。

旁边陈良谟拍着巴掌大笑：“应当说不能硬焉能射！哈哈哈哈！昨日市上一秀才看劁猪，咏道：双手擘开生死路，一刀斩断是非根。那才叫痛快哩！……”

这一群人大笑。冷不防孔有德冲过来，一把揪住陈良谟的脖领，举起醋钵大的拳头，脸涨成猪肝色，怒冲冲地吼：“你说的啥？给老子说清楚！要不老子一拳把你贼眼打瞎！快说！”

陈良谟咒骂着挣扎，孔有德张开簸箕大的巴掌，兜头抽了他一耳光，众人拥上去拉架劝解，但孔有德力气大，谁也撕拽不开。一时喊的叫的笑的闹的，乱成了一锅粥。

“孔有德大胆！快放手！”孙元化喝道。众人见帅爷和总兵过来了，纷纷闪开。孔有德听喝一惊，张狂的神色收敛些了，但仍像老鹰抓鸡一样死死揪住陈良谟不放，气哼哼地说：

“帅爷，这事必得弄清楚问明白！绝人后嗣断人香烟，太阴损毒辣了！我老孔宁可冒犯帅爷，拼了这条命不要，也不能与他甘休！”

“先放开陈都司！如此粗鲁，成何体统！”

孔有德看了孙元化一眼，顺从地放手。陈良谟抹了一把嘴角的血，竭力不摇晃地站住，眼睛不看任何人。

“怎么回事，陈良谟？”张可大严厉地问。

陈良谟低着头，一副绝不招供的样子。孔有德抢着说：“帅爷，总爷！近日我们营里又出了怪事：凡是住在校场的辽东官兵，那东西都硬不起来了。下面哨官兵丁的家眷们吵骂浑闹，搅得人头昏脑涨，什么难听的话都骂将出来，男人家的脸难道放裤裆里？”

众人听得想笑又不敢笑，因为孔有德愤怒得厉害，如同在禀告一次本不该败的败仗：“刚才他们几个取笑耿中军，什么硬不起来不能射，明摆着就是他们撮弄的！又说什么劁猪啦，一刀斩断是非根啦……那还不是断根儿绝后啦？……”

辽东营官们愤怒地围过来，乱哄哄地吼成一片：

“谁干的这缺德事？”

“审清问明，先把他小子阉了！”

“欺人太甚！这些断子绝孙的王八蛋！”

“咱们弟兄干啥要给人来守这臭登州！”

…………

气势汹汹，人心激愤，辽东营官那一边沸反盈天。孙元化只是望望张可大，眉头微蹙，并不作声。张可大心里不安，怒斥陈良谟：“你又惹的什么是非？快说，究竟是怎么回事？”

陈良谟心里被辽东营官这阵势吓住了，表面上仍做出无所谓的样子：“说就说，没啥大不了！……他们辽东兵因了海战大捷，恃功逞威，在登州为非作歹，强买强卖，横行霸道，百姓谁不侧目？又贪色好淫，包占行院妓馆，白日宣淫，丑名四播。我等不过想劝诫罢了，以回龙草掺杂在菜蔬中，令菜贩卖给辽东各营。此草不绝后不伤身，只令男子阳痿一月而已，体格强健者，还到不了一个月哩……”

回龙草确是一味驱寒阳痿的怪草药，历来守边军队时有采用。久在军间的孙元化、张可大虽不曾用过，却也都听说过。他俩互相看了一眼，都明白此刻最要紧的是平息事端，便相继训话，斥骂自己的亲信，褒奖对方的部下，洋洋洒洒，说了小半个时辰，无非阐明同舟共济的意义。

毕竟回龙草不致绝后，而且辽东兵恃功为非作歹，诸事有凭有据，孔有德诸人虽感大丢面子，却也不好再争强；而暗中作弄人终究是小人之行，纵然能搅三分仍还是无理，登州营官们也只得唯唯诺诺听训。

庆功宴不欢而散。散前备了四份相同的彩头。分赠出手竞技的孔有德、陈良谟、吕烈、耿仲明。孙元化并再三警告：回龙草之事到此为止，谁再敢因此挑起争端便重罚谁！

孙元化送张可大出府时，张可大忧心忡忡，神色犹豫，欲言又止。孙元化很担心，怕他一时糊涂，贸然求亲，反使自己难以应对。张可大终于开口，说的却是军国大事：

“巡抚大人心慈面软，是有佛性之人。卑职深恐辽丁不谙王法、不遵军律，有损大人威名……”

“张大人好意，我领受了。辽东官兵家园祖坟沦于敌手，如今背井离乡来守登州，同仇敌忾之勇当倍于关内诸军，况且生性淳朴憨厚、上阵剽悍威猛，此次海战可见一斑。如今国家危难之际，正堪大用啊！”

“大人所言极是。只是……孔有德此人不免有跋扈之嫌，辽东营官兵也多蛮横无礼，望大人明鉴。可用而不可重用，此乃卑职一孔之见，不知大人以为如何？……”

孙元化和蔼地微笑着，把话题岔开：“新秋将至，天气凉爽，各营练兵练阵又将开始，要张大人费心劳累了。”

张可大轻叹一声，道：“这是卑职的分内事，何言劳累二字！”说罢，拱手告辞，转身而去。

孙元化望着他匆匆背影，陷入沉思。陆奇一清亮的童声把他唤醒：“帅爷，王监军和张参将在小花厅等候。”

两位老友见孙元化进厅，都迎了上来。

“初阳，不料如此争闹！后患无穷啊。”张焘眉头皱得很紧，很是忧虑。

“我想，要尽早弥合才好，日深月久，嫌隙愈难消除。”王征不安地眨动着细眼，一张圆圆的红脸膛仍很慈和。

孙元化示意大家一同坐下，然后说：“此事双方都有责任。辽东兵逞强跋扈是有的，但登州人排外也太过分。”

“要论起来，辽东汉人大多祖籍山东。”张焘明显地倾向辽丁，“人家落难，竟无一毫亲情！”

“唉，原来二人分食一个肉蒸饼，一人一半；冷不丁挤进一个人来强分，每人只能分得三分之一，不怪登州人心下不平。”王征说得也很实在。

孙元化苦笑道：“这笔账谁不明白？是金虏占辽东逼出来的。登、辽两方本该同仇敌忾才对，互相斗什么！其实金虏一日不灭、辽东一日不复，登州乃至山东与外来辽东人的争斗一日不得解！还得把此中利害向双方反复讲清。”

张忝道：“讲道理各个点头，遇事又各个争闹，把道理忘个一干二净！”

孙元化也皱眉了：“是啊，就算营官哨官明白事理，互相谦让，兵丁们无知无识，依然浑闹，一点小事还会引发互斗。”

张忝想了想：“着军官们向属下宣讲。”

“嗯，是个办法。不日练兵，就把这个内容加进去，专讲同仇敌忾！王征，你说呢？”孙元化转向王征。

王征点点头，又摇摇头：“好是好，但兵丁多半愚鲁，长篇大论，他们未必听得明白，听了也未必记在心上。”

这是事实。孙元化沉吟不语。

张忝道：“有胜于无。”

王征边饮茶边寻思，放下茶盏，说：“初阳，我想，依照此地四季小唱节律，编上几段小曲儿，把劝谕的意思写进去，叫各营弟兄传唱，或可收教化之效。”

“哦？好哇！”孙元化神色一振，很高兴，“这个办法好！快叫文案师爷，着他们即刻编起来！”

王征笑道：“不必了，我已经诌了几段，请初阳过目。”说着他已走到桌案边铺纸选笔掭墨，孙元化和张忝赶忙上前观看，只见他笔下如飞，墨迹纵横：

春季里来百花香，
大明海上打胜仗。
登、辽兄弟杀金虏，
立功受赏喜洋洋。

夏季里来柳条青，
辽东兄弟多苦情。
家破人亡恨金虏，
妻离子散痛在心。

秋季里来菊花新，
登州辽东本同根。
同仇敌忾抗金虏，
卫国保家兴大明。

冬季里来雪茫茫，
登、辽兄弟练兵忙。
收回四州逐金虏，
恢复辽东返故乡！

王征写罢，搁笔，仰头笑吟吟地问：“如何？”

孙元化大喜鼓掌：“好！好！不料你文思敏捷如此！又朗朗上口，颇有民间小曲韵味，难得！”

张焘也一展愁容，猛地一拍王征的圆肩头：“好你个笑弥陀，真才子！”

孙元化想了想，道：“各营弟兄多半称金鞑，虏字是否太文了？”

王征道：“好，改虏为鞑，声韵更嘹亮。”

孙元化笑着说：“不日登州满城传唱，王征就可以与贵同宗王之涣的《旗亭宴听歌》古今辉映、前后媲美了！”

王征揉揉圆鼻头，细眼笑成一条缝，连连说：“不敢当，不敢当！”

九

送走王征、张焘，孙元化脸上的笑意慢慢消逝了，耳边又响起张可大那句刺耳的话：“可用而不可重用。”他咀嚼着这句话的意味，慢慢踱回后院。

他居官辽地日久，带领手下辽丁转战数年，屡建奇勋。他们是他花了许多心血，亲手训练出来的，犹如自家子弟一般，他们也敬爱尊崇他有如父兄。一个个忠诚可靠，战场上更是与他生死相依。可用而不可重用？那不成了笑话！……恃功而骄，为非作歹，乃是所有驻防官兵的通病，登州各营也不例外，为何苛求于辽丁呢？

这次海战虽然告捷，但也破碎了孙元化收复金、海、盖、复四州的雄心。登州兵与辽东兵之间的嫌隙因战事而格外突出，使他不能冒险行动。海战之后，他的全副精力都花在弥合裂痕上了，不料又出了个回龙草，宣告他的一切努力无效！在这种情势下，还谈什么渡海作战！

雄图壮志，因这些鸡毛蒜皮的内斗的牵掣而不得施展，真如同威震山林的猛虎无法对付可恶的蚊蝇跳蚤一样，叫人窝火憋气，满心愤懑！孙元化回到后堂，坐在那里静静喝茶，似在解酒，心里其实非常沉重，甚至有几分凄惶。一杯热茶已在手中端凉了，身上的官服也忘了脱换。

上房使女来禀："夫人请老爷去书房。"

孙元化从沉思中惊觉，奇怪夫人不在后堂，来传话的也不是夫人最宠信的银翘。她被差去哪里了？近日总是她服侍孙元化更衣洗脸用茶，沉静温柔，动作轻盈，时时透出似有若无的幽香，不知来自肌肤还是来自柔发？这团温馨常能使他在劳顿疲累之后得到舒放，但有时也撩得他心绪不宁，要费一番按捺心性的气力。

出了后堂门，两名提了大红灯笼的使女便走向前领路，孙元化这才发觉天已擦黑儿，面前有如两团红雾，显得喜气洋洋。

"夫人有什么事吗？"孙元化感到几分疑惑。

"老爷到了书房，夫人自会说明。"使女恭敬地回答。

在回廊的石板路上走了片刻，进月洞门是西跨院，院墙和太湖石上爬满了常春藤，石边矮丛竹依着两株古松，浓密的松针团掩映着檐下一块孙元化手书的木匾，上面三个端正的松石绿颜体大字：松竹轩。这就是孙元化心爱的书房。奇怪的是，檐下廊柱间竟结着红绸彩花，正门两边各悬一个直径三尺的大红灯笼，上面还贴了金箔剪成的"囍"字！夫人沈氏穿了大红的暗蝙蝠纹软缎吉服，鬓边插了一朵红绒花，笑嘻嘻地在门口相迎。

"夫人，什么喜事？我怎么一点不知道？"孙元化一边问着，一边同夫人一起走进了书房。书房里也洋溢着喜气：墙上、窗上、书橱上都贴了“囍”字；新的红缎绣花桌袱椅垫替换了旧的；桌灯壁灯也添了带“囍”字的红灯笼罩；正中八仙桌上一对大红喜烛烧得正明亮，连东侧卧室的门帘也换成了绣八宝花样的红缎。

沈氏并不回答丈夫的问话，只不住地吩咐使女：服侍老爷盥洗，给老爷更衣换吉服，给书房备茶备酒，给老爷夫人在八仙桌边安置座位，下设跪垫……

“夫人，究竟是怎么回事？”孙元化忍不住又问。

“哎呀，我这里螺蛳壳里做道场——正施展不开呢，你就勿要多问了，听我摆布……”话未说完，她又急急忙忙跑去支使婢女往净瓶插荷花，在门边摆两盆石榴树。树上大大小小的果实，在红烛照耀下像宝珠一样闪亮。她显得异乎寻常地忙，忙得有些过分。这叫孙元化感到不安，又没办法，只得安坐八仙桌边。

悠扬的细乐吹打由远而近，直响到跨院来了。两名使女拨开松竹轩的珠帘，走进三个人来：两个喜娘模样的仆妇搀着一个红衫红裙红云肩、满头珠翠绢花的女子。尽管她粉面低垂、行动拘谨，孙元化还是一眼就认出，是银翘，心里“咯噔”一跳，不由得发慌。这一身新娘子的装束，这一切办喜事的布置，显然是嫁娶之仪。莫非他未能掩饰住对银翘的特别兴趣，莫非那几次梦中欢会由梦话泄露春光，因而夫人要将她遣嫁出去以绝他的邪念？……

银翘已跪在孙元化夫妇膝前一拜再拜，哽咽着低声说：“夫人恩义，奴才此生此世永不敢忘……”

这告别的感谢词，竟令孙元化鼻中一酸。想到从此再见不到这个面目姣美、温柔体贴、善解人意的女子，他突然感到难言的惆怅，一时竟有几分悔恨：当初夫人劝纳她为妾，若自己首肯，如今早是床头人了；还有，许多次夫人遣她来书房服侍到深夜，原也是良机……

沈氏扶起银翘，看一眼默默无言的孙元化，笑道：“老爷，虽是纳妾收小，你也该还人一礼呀！梁上的麻雀——好大架子！”

“什——么？”孙元化回过味来，吃了一惊。

“这事我做主了！省得你又推三阻四！”沈氏抬脸扬眉，颇有几分男子豪爽，话说得很快活，“今天七月七，牛郎会织女，正是良辰吉日。这书斋就是洞房，你们就……”她脸上笑着，嗓子眼儿里不知怎的一哆嗦，打个磕绊，有点儿说不下去了。

“夫人，你这是做什么！”孙元化真的发急了，“早跟你说过：不纳妾不收房不置家姬！你这不是坏我清名吗？”

“什么清名！谁家里不是三妻四妾？你这样才迂得惹人笑话哩！再说，收了银翘，她就是半个主子，掌管家事、调教奴婢也就名正言顺，没人敢不服，我也好享享清福了。”说着她起身就要出门，孙元化一把拽住她的衣袖：

“夫人，我们都信奉天主，你真要违背主的十诫，陷我于罪恶，让我的灵魂堕入地狱吗？”

沈氏甩脱丈夫的手：“这是按了礼数规矩娶妾，也好算奸淫罪的吗？瞎说！那么皇帝老倌三宫六院七十二妃，可就要万世不得超生了！”

“夫人不可信口胡说！”孙元化连忙制止。

沈氏快步走到门口，一手扶着丫头，一手扶着门框，举步要出门槛，这一刹那她停住脚，回身对丈夫笑笑，笑容里带着某种愤慨和难以言说的无可奈何的酸楚：“我不愿意顶着个不贤妇的恶名，也不要你落个怕老婆的笑柄！不然，怎好为官，怎么做人呀！……”她声音有些沙哑，赶忙跨出门槛。两名仆妇一左一右关了书房门，照夫人吩咐，在外面落了锁。

“夫人！夫人！”门里孙元化还在喊，沈氏不敢回头，急急忙忙出跨院回后堂。她抬袖要拭拭额上的汗，半道却揾住眼鼻，泪水“呼”地涌出来，软缎大红吉服的袖子顷刻便湿了一片……

嘉定府的孔庙建于南宋嘉定年，青瓦粉墙，飞檐戗角，雅致古朴，巍峨壮观，古有“吴中第一”之称。孔庙之南有魁星阁、应奎山。登上应奎山凌云阁，远望可见“雨中春树万人家”的繁华城中街市，俯瞰山下，一潭碧水环绕，便是有名的汇龙潭。

汇龙潭碧波涟漪，深不可测，有五条进水河道。都说每条河底有五眼大井，其中一眼直通东海，即使天下亢旱，此潭也不干涸。水由五条河道入潭，潭中又坐落着绿树葱茏的应奎山，恰成五龙抢珠之势，注定了嘉定好风水。每年端午节，四乡百姓各自装饰出一条条生动逼真、威风凛凛的龙船，有喧天的锣鼓助威，有飞扬的彩旗点染，有划手和观众的呐喊欢呼，五条水道五条长龙，同时飞桨竞渡争先抢划，冲入汇龙潭，那才是真正的五龙抢珠哩！

就是这样一个端午节，就在汇龙潭畔一株古枫杨树下，沈家艾艾和女伴们像一簇盛开的艳丽的十姊妹花，临水观看赛龙船。她们咬着瓜子杏干，小声地说，悄悄地笑，不时偷眼看看拥在潭边看热闹的人群。比较起来，艾艾自幼帮爹娘经管织机、买棉丝卖布帛，是见过世面的，不像女伴们那么羞怯，倒成了热心的百事通，一百句话里八十句是她在讲。

“知道魁星吗？读书人能得魁星笔头一点，定中状元！魁星阁里供的就是他老人家。”艾艾只怕说得还不详细，指着阁上重楼，“看，那阁上开了四扇门，听我爹爹讲，都有名字，喏，南朱雀、北玄武、东书府、西墨林……”

她后侧一个男子扭过头，认真地纠正她：“说反了，是东墨林，西书府。”

“关你什么事！”艾艾没好气地白他一眼，立时有些后悔。那人虽是年少，黑眉斜飞、凤眼含威，文静的读书人相貌中蕴含着几分英气，很是慑人。刹那间，她面热心跳，不由自主地后退了两步，正踩上潭边青苔，脚下一滑，竟“扑通”一声落入水中！

一片惊叫，女伴们吓慌了，她也吓慌了，双腿一软，跌坐水底。幸而岸边水不深，不至没顶，但她双手乱挥，大叫救命，却怎么也够不着女伴们战战兢兢乱伸乱挥的纤手。

受她白眼的男子猛地拽下腰间长剑，把剑鞘伸到她面前，她双手紧紧抓住，浑身软得站不起来。剑鞘那一头传来的强大力量，教她腾云驾雾一般，转眼就上了岸。浑身水淋淋的，衣裙都贴在身上，她又羞又窘，双手捂住脸，但没有忘记致谢，嘤嘤哭泣着说：

“多谢相公救我，请问尊姓大名？”

“区区小事，何足挂齿。”他眼睛望着别处，只应了这么一声，便转身离去。

旁边有认得的人插嘴：“他是孙公子孙元化。”

艾艾像是挨了一棒，忘记自己的狼狈相，惊问道：“是高桥何家巷的孙家吗？”

“你也闻知他父子贤名吗？正是高桥何家巷孙秀才孙继统之子……”

艾艾连忙咬住嘴唇，极力压住心里的翻腾，一回到家，便伏在床上大哭，哭了整整一个端阳节。

这位救援她的孙公子，原来是她的未婚夫婿啊！如今却白白错过了……

她爹爹原也是读书人，可是从十二岁进学，考到三十岁，连个秀才也没考上，灰了心，改做生意。先营酿酒，后来又试着做糖，都不成功，亏了本。六年前，倾其家私，购进一张织机，织麻织布织帛。靠了妻子女儿勤劳灵巧，也靠了他有些水墨丹青的底子，织品精良，染色雅致，上市后竟然售价高销路畅，大获其利。于是添购织机、雇请机工，鸡生蛋，蛋生鸡，三四年间竟大发了，成了嘉定城中数得上的大户。

还在他当老童生的时候，某次县考认识了孙继统，谈得投机，结为好友。孙继统中式为秀才，仍挈带他参与文会，流连诗酒，切磋举业，他既感激又羡慕，便与孙继统定下了儿女亲。等到他弃儒经商以后，想起当年文人骚客之行，只觉得惭愧，白白耗去十数年光阴，耽误了千金万银的进项，好不后悔。那位亲家孙继统得了秀才便不再上进，整日吟诗作赋，声称绝不做官，何等可笑又可恨？与这样人家结亲有何益处？又听人说孙家儿子也是不事产业经营，只知读书游学，还喜欢摆弄红毛夷火器，怪头怪脑，叫人害怕，怎能把女儿配他？和妻子一商量，便退了亲。

定亲又退亲，母亲都告诉了艾艾。她又没见过孙家人，哪知深浅？爹娘嘛，总是为女儿好，替女儿着想的。

原来爹娘眼里的好歹，与女儿眼里的好歹是不一样的！就连他们自家眼里的好歹，十年前与十年后也不一样！

艾艾哭了又哭，不吃饭不喝茶不睡觉，今天说要上吊，明天又去跳河。终究因为挣得这一大份家私有女儿好多功劳，爹娘拗她不过，到底老着脸皮去孙家赔礼，重新续上婚姻。两年后，沈家艾艾过了门，成了孙家媳妇。其时夫妻同年，二十岁。

人们都想，一儒一商，两不般配；以女求男，艾艾过门必定受气。哪知竟是一对佳偶。沈氏大有贤妻良母之声，又治家有方，无人不赞沈氏命大福大，给孙家带来三旺：家道兴旺——不上十年，又添了两处好田、两处房产，孙家也搬进嘉定城，落户在天香桥畔禾在堂；人丁兴旺——夫妻俩共得三子二女，长子和鼎、次子和斗、三子和京、长女幼蘩、幼女幼蕖；官运兴旺——孙元化婚后十年得国子监生，不久中举授官，终于做到封疆大吏，巡抚一方。

结缡至今近三十年了。孙元化绝不纳妾娶小，自称君子不二色。这固然因为信奉天主，遵行天主倡导的一夫一妻；也因为国事焦劳、重任在身，无暇追欢逐乐；更因为许多年同甘共苦，伉俪情深。沈氏生产幼女时已年过四十，很是艰难，伤了元气受了内伤，夫妇居室之私其实已不能应付，对年事方壮的丈夫，每每歉疚于心，也曾劝说丈夫收房以自代，但丈夫不允，她自己私心里也并不愿真的再娶一房，直到今夏她和幼蘩应邀去张总兵府拜访为止。

一到张府，沈氏就感到自己颇受注意。门卫门丁、家院仆妇虽不敢抬头直望，却都借着跪禀、问安、搀扶的各种机会，偷偷闪眼瞧她。从大门到中堂，一路穿过厅绕回廊，她都能觉出有许多眼睛隐蔽在各种缝隙洞罅后面向她张望，并伴有隐约的耳语和窃笑，对她的好奇甚至超过了对幼蘩，这可真怪了，好像她是什么头上长角背后生刺的怪物！

一大群女眷将她母女迎进后堂，她只觉满眼粉馥馥的脸蛋儿、红艳艳的樱唇，满耳娇声笑语，胭脂香花香四处流溢，真有些目不暇接。正中一位鬓发如银的老太太由一位中年贵妇搀扶着来与她母女见礼，这便是张总兵的母亲和夫人。双方寒暄一番，分宾主坐定。那七八个花枝也似的俏丽少妇齐齐跪倒堂前，同声娇呼：

“孙夫人安康！孙小姐安康！”

沈氏母女连忙起立答礼，那边张夫人笑道：“孙夫人就坐受了吧，这些小妮子理当跪拜的。”

沈氏心里拿不准，没听说张总兵有这许多女儿。张夫人又笑道：“都是我们老爷的身边人，都还和睦亲热，姐妹也似的。”

沈氏吃了一惊，脱口而出：“这么许多！”

张夫人掩口低头而笑。老太太笑眯眯地指着儿媳对沈氏说：“亏了我这贤德的媳妇，知大体不嫉妒，我张氏家门多子多孙，多福多寿，她可真是功臣哟！听得人家说，孙夫人不许丈夫娶小……”

张夫人忙向老太太使眼色：“老太太，这茶要趁热喝，松仁是新剥的，老太太快尝尝……”后来幼蘩给老太太把脉看病的时候，张夫人悄声对沈氏说：“孙家姐姐，我们老太太岁数大了，有时候糊涂，说话没深浅，姐姐可别见怪，我们小辈人替她赔罪了！”沈氏心里再不痛快，也只能装出笑脸敷衍。

后堂宴罢，孙夫人被安置在一间精致卧室午眠，因为有点醉意，又有两个灵秀的小丫头给她轻轻捶腿，她舒舒服服、迷迷糊糊，很快就进入半睡之境，偏是耳朵醒着，把门口几个看猫狗赶鸟雀的小丫头的议论一句句都听了进去：

“我看孙夫人蛮和气，也挺好看，怎么人都把她说得凶神恶煞也似的？”

“哎哟，花花面子谁不会装！我认识巡抚府里的人，巡抚大人真的没有姨太太，也不收通房，可见她就是不贤！”

“难道巡抚大人还怕了她不成？”

“可不嘛！都说巡抚大人文有文才，武有武略，又堂堂正正，一表人才，样样好，就是怕老婆！多怪？谁说谁笑！”

“怪不得，营里那些老爷小爷们私下都拿他取笑儿！可真是太没汉子味儿啦……”

捂住嘴压下去的窃笑，像虫子一样啮着她的心。因酒而红的脸，又红深了一层。羞愤使她浑身滚烫，泪水也在眼眶里打转儿，就是这一刻，她决定了七夕之夜要做的事情。灵魂上天堂还是下地狱，毕竟太遥远，先顾眼前要紧。

她果然这样做了，心里果然获得某种宽慰和满足，在人前说话走路都比平日格外精神。然而一回到自己的卧室，早上女儿们来翻寻礼物的卧室，心底又涌上一片凄凉，还得要把悲泣强咽下去，不能让别人听到……

“哗啦”一声，门外落了锁，孙元化陷入了尴尬境地。

以他的身手气力，不难破门越窗，但身份所限，他不能。怎么办？望一眼卧室里低头端坐床沿、艳丽非常的银翘，他轻叹一声，真有些进退两难了。

误以为遣嫁银翘时偶生的怅惘，此刻早不知丢到哪里去了；而且心里暗悔是一回事，真的破戒而行是另一回事。几十年清介端严的名望，比文武全才、机敏过人之类的褒奖难得得多！因为朝野上下，后者车载斗量，前者当世也只屈指可数，万不能毁于一旦！

孙元化拿定心性，缓步走去，熟练地在书橱里选了几部书，坐进他平日惯坐的红木圈椅，渐渐沉入书卷之中，在历代政坛宦海、战场边塞中徜徉沉浮。

四周一片他心爱的寂静。灯花跳动，烛芯轻爆，书页翻动、改换坐姿时，衣服窸窣声显得格外响，倒衬得寂静格外深。

不知过了多久，一盏香喷喷的茶水照常放在他手边，他也就如惯常一样端来呷了一口。

又不知过了多久，一双从鲜红的绫袖中伸出的纤纤素手打开案头的博山炉，续进一把龙涎香末，随着书房内骤然转浓的芳香气息，飘来一声似吟诵又似叹息的低语：

“红袖添香夜读书，可不是风流才子的得意境界？……”

孙元化必须做出置若罔闻的样子，又翻过一页书。

纸页上渐渐添进一片红光，越加亮堂了。她轻柔的脚步声伴着含笑的问话：“老爷看的什么书？”

孙元化头也不回，庄重地皱眉答道：“《通鉴》。”

略停了停，她悄悄一笑，声调很是柔媚：“灯婢烛奴侍候老爷读书，权当作肉台盘、肉屏风，竟不能博得老爷一回眸吗？”

孙元化只得掩卷扭头看她一眼，心下一惊，这光景小妮子真的要缠上来。她已把外面的大衣服脱了，只穿着薄薄的淡粉色纱衫纱裤，不但能看见绣了荷花鸳鸯的大红兜肚、果绿的绉纱汗巾，粉颈酥胸以至丰腴柔美的全部体态，都像薄雾中的山峦一样若隐若现，逗得人意马心猿；最是那一双星眸，眼波荡漾着的柔情蜜意，像泛滥的春水，足以把任何男人淹死在里头……孙元化自觉出气不畅，赶忙扭开脸，不敢再看第二眼，极力把持住心念，用相当平稳的声调说：“我这里不用服侍。你去卧床上睡吧。”

“那，老爷你……”

“我还要看书。”

“老爷，我……”脂粉香、发香、肌肤香混合一起，越加浓烈，她逼得更进了一步。孙元化不得不站起身制止：

“银翘，不要如此，夫人不该办这事，老夫也决计不肯置姬妾。”

如同被浇了一盆冰水，她抱着双肩，怕冷似的缩紧身子，满腔热情化作一脸懊丧，眉梢眼角浸透了失望。半晌，伤心地小声说：“那么，定是银翘不中爷的心意……原以为爷心里对银翘还留情几分……”

“银翘，”孙元化连忙打断她的话，“你何苦要自轻自贱，为人做小？与其整日受气受苦楚，何如出去嫁人做正头夫妻，自己当家做主，才不辱没了你这份才具……”

“不！不！”银翘惊叫着，“扑通”一声跪下，伸臂紧紧搂住孙元化的双腿，“银翘不出去！哪里也不去，银翘死也不离开爷！”

孙元化轻轻叹息，道：“府内虽是荣华富贵、锦衣玉食，可是身为姬妾，俯仰随人，你……”

“爷竟以为我，”银翘抬头，满脸涨得通红，满眼委屈的泪，嘴角急剧抽动，“以为我贪图富贵！……”她猛地扑在孙元化膝头，“哇”地放声大哭，倒把孙元化弄得不知所措。膝盖上温湿一片，那是她的泪水——她真的伤心了。

“我知道我是个坏女人……我配不上爷，可我已经赎罪了，受了那许多苦楚，天主也已接受了我的忏悔。你……爷还是这么嫌弃我！”她断断续续、呜呜咽咽地说着，泪落粉腮，浸湿的长睫毛恰如花蕊，令孙元化联想到一枝带露的桃花，不觉看得呆了。

“我……实话对爷说了吧！原是个无情无义没心肝的青楼女，也算秦淮有名的花魁娘子，上过花榜，中过榜眼探花……那时节眼里只认银子，心里只想出人头地拔尖称魁，拿情义二字当笑话取乐儿，害了不少子弟，一个个倾家荡产半死不活……”她揾着泪，遮掩着羞得通红的脸，有些说不下去。

当初收留银翘时，她的身份，她的相貌姿质、才情风韵，都不像普通女子，对她今天的表白也就不甚吃惊，倒是由于她能鼓起勇气承认可羞的过去，令孙元化感动。他安慰地抚摸一下她的柔发：“不要哭了，过去的事说它做什么！”

“不，不！我要都说出来，都说给爷听！……那今年欢笑复明年、秋月春风等闲度的日子，终也到了头，报应来了！是现世报啊！极酷极烈的现世报！……我的高傲和我的钱财癖，都给人家踩到脚下狠命地踩，直踩进土里泥里，变得一文不值！到了痛极悔极，我悬梁自尽，即便在气息将断、魂灵将坠之时，那一双双无比怨愤的眼睛仍是紧追不放，仍在讨索……”她双手蒙住脸，泣不成声。

孙元化的手从她的发际落到肩头，轻轻抚慰，心里不由得应和共鸣。三十多年前那一双双怨恨的眼睛，那些至今不时袭扰他清梦的模糊的面貌、身影……

“……我被妈妈和姐妹们救转回来，在地狱边过了一趟，从此不是以前的花魁，自知罪孽深重，一心一意想要赎罪。我选中狂躁凶狠、家中已有一妻六妾的王推官从良，就为的受苦受难受折磨，好抵罪消灾……在王家两年，那两年啊，唉，说不得什么九九八十一难，只除了抽筋剥皮下油锅，没有没尝过的苦楚。既是甘愿赎罪，我也都受过来了，再苦也没想去死……那年大地震，全家人都压死了，独独我活着，连伤也没有！这是上天应许了我！我的罪孽洗清赎完，我就像初生的赤身婴儿一般干干净净、清清白白了！……不料我给救出来的时候，真的赤条条一丝不挂，众人的耻笑像皮鞭，像尖刀利刃，我……两年里我不曾想死，可那会儿，直想一头碰死！……这时候爷来了！……”她仰起脸，满含崇拜和爱恋的眼睛烈火般燃烧着，两片鲜艳丰润的嘴唇诱人地翕动着，把一阵阵快意的颤抖注入孙元化的心，逼得他胸口发闷，呼吸困难，昏沉沉的脑海里又闪现出当年从瓦砾堆中升起的那具娇美白皙的年轻躯体……

“爷来了！骑着高头大马，身披红袍，头上的盔、袍内的护甲像是金子打造的那般金光灿烂！威风凛凛，相貌堂堂，是神将，是天将，下凡显圣来救我出苦海啊！……爷丢给我裹身的红袍，那上有爷身上的温热，有爷身上的气味，它把我的心我的身我整个儿人都裹去了。就在那时候，第一眼见到爷的时候，我就是爷的人了！我心里明白，不管水里火里，刀山剑树，我绝不离开爷！……我洗净罪孽，重新得来的干干净净清清白白的身子，这些年都加意珍爱保护，只留给爷一个人……”

“银翘，你不要说了……”孙元化很感动，眼角发烫，声音嘶哑，带着一点哽咽。世上的男人，哪一个面对这样的深情挚爱能够无动于衷呢？但是，不可再继续了……

“爷莫非不信？”银翘说着站起身，后退了几步，由于激动亢奋，眼睛亮得叫人不敢接触，脸儿燃烧得火红，敏感的鼻翼急促翕动，鲜红的嘴唇不住哆嗦着，两手急促地解衣带除汗巾，“爷若不信，就请今晚验看！……”

薄如蝉翼的淡粉色纱衫纱裤轻柔地飘落在她脚下，血红的绣了荷花鸳鸯的兜肚也落在她脚下，一具耀眼的娇躯出水芙蓉般亭亭玉立在孙元化眼前，丰润柔美，无与伦比，是造物主完美无瑕的杰作！数遍他少年风流时的所有际遇，数遍他目睹过的杨妃出浴、汉宫春色种种画册画卷，不曾见过如此动人心魄、炫人耳目、令人心醉神迷的躯体！

孙元化只觉体内不知何处发生强烈的震荡，压迫得浑身的血噗噗乱窜，几乎要爆开血管迸出肌肤，一股股炙人欲焦的烈火，一阵阵刺人骨髓的寒流，是震惊于眼前这极美的躯体，还是惊恐于自身强烈的男人欲念？……不等他分辨清楚，银翘已旋风般扑过来，紧紧搂住他的脖颈，仰脸相对，热烘烘的气息带着口唇胭脂和她特有的幽香一股脑儿把他罩住了：

“要了银翘吧！……爷已鳏了这许多年，银翘愿都为爷补上！”

火上浇油！孙元化的封闭了七八年的中年男子的欲念，被完全调动，以骇人的力量，冲破了他极其坚固的理念堤坝。一个强猛的动作，犹如云间炸开一个闷雷，亮过一道闪电，丰美的娇躯已紧紧拥抱在怀，亲吻便如雷电之后的滂沱大雨，急促地落在杏眼柳眉、桃腮樱唇、玉颈酥胸上，他的大手也被柔滑细腻的肌肤奉承得沁出汗水……

他的理性、意志终于被完全冲垮，他原来是这样渴望得到她，渴望得到床笫之爱、肌肤之亲！他终于抱起这团柔媚，一步步走进卧房，轻轻安放在销金帐里，安放在绣着百子图的红罗被褥婚床上。他宁愿那销魂时刻来得慢一些，好细细体味，细细咀嚼这久违了的醉人甜美……双臂还缠绕着他颈子的银翘，在他耳边亲热地低语，为的是解除他最后的疑虑：

“银翘向天主祈祷，天主应允，我们这不算犯戒，不是罪恶……”

孙元化悚然一惊，仿佛有只冰凉的手按在他热烘烘的额头上，狂乱的血流、躁动的心顿时静了许多。不是犯戒？不是罪恶？是什么？

她赎了罪。我呢？早年的罪恶至今沉重地压在灵魂之上不得解脱，又要罪上加罪？信奉天主二十年，靠主的仁慈宽恕，时时为我解罪，赐给我心灵的平静，怎能又违背天主，明知故犯？

举朝上下，以学问才干勤勉而论，自己确属一流；若论道德品行清白廉正，则除了老师徐光启，他绝不让第二人！不纳妾不二色，尽管有人讥为道学，实则是他出类拔萃、几乎无人能够做到的令人钦敬的特点。今日若一步走错，就会丧失他的最大优势，从政为官以来的清名，岂不付之流水？……想到此事成真后朝官同僚、老师门生、神父教友乃至亲友儿女的各种嘲笑、讪笑、匿笑和恶意的幸灾乐祸，他背后滚过一个个寒颤……

心念电转之间，冲垮的堤坝又倔强地挺立起来。孙元化解开银翘的双臂，费力地慢慢转身，如在转动一扇巨大而沉重的、难以转动的石磨盘，是磨轴在“嘎吱”作响，还是他的骨节在痛苦地呻吟？……但他终于转过身，大步走出卧室，端起那盅凉茶一饮而尽。凉水入口下喉，令他轻轻打了个冷颤，胸中狂涛随之平息，心神终于安定，渐渐清明。他在案边踱了几个来回，然后走到卧室门边，背着身，十分温和地说：“银翘，穿好衣服，到外间来。”

当银翘惴惴不安地穿着那一身红衣红裙走到孙元化面前时，他慈和地说：“银翘，老夫老矣！不能做这种伤己害人、有违天主的事。如果你不嫌弃，便拜在我二老膝下做螟蛉义女，你可愿意？”

银翘惊得蒙了，慌乱之中不知所云：“做义女？我……我不知道……”

“老夫已有三男二女，添了你，正凑成三男三女，六子乃是吉数哇！”

“不！”银翘猛然挺身，“爷不老！我不愿拜干爹，我……”她说着又要扑过去，猛听孙元化厉声喝道：“玛德莱娜！”她被震住了，猛然想起这是自己的教名，想起自己教名的来历，立刻呆住了。

“玛德莱娜，”孙元化又缓和了口气，“要向主忏悔罪过，忏悔那些不该有的念头，主会原谅的……”他没有说明要谁忏悔，求主原谅谁，是“你”还是“我”，还是“我们”。

银翘低了头，半晌不语。

“不勉强你……你去吧！”

银翘低头转身走向卧室，在门边停住，又回头慢慢走到书房门口，站了片刻，终于扭过脸，一步步挪到孙元化面前，双膝跪倒，低低叫了一声：“爹爹！……”泪水随之夺眶而出，泣不成声。

孙元化闭目忍过心头一阵酸楚，强笑道：“好，好！女儿起来。”他做个扶的姿势，并未真扶，此刻他其实很怕碰她，像怕碰着火一样，“按姐妹排行你为长，幼蘩仲幼蕖季，你就改名叫幼蘅吧，孙幼蘅。”

“谢过爹……”银翘吞咽着泪水，声音淹没在呜咽中。

“你先到卧室去歇息，天明他们自会来开门，你便去禀告夫人叩拜义母。不要怕人笑话，我们但求于心无愧，众人也终究会明了真情……”

“帅爷！帅爷！”窗外喊声急促，嗓门儿又尖又亮，定是小侍卫陆奇一，“有紧急军务！……”

门外的锁“咔嗒”一声打开，孙元化忙拉门扇，开锁的仆妇已退在一旁，陆奇一挡在门边跪禀：“帅爷，山东余巡抚派员刚刚赶到，有紧急公文要面呈帅爷！”

“在哪里？”洞房红烛销金帐、哀哀哭泣的银翘眨眼间全都不存在了，他的声调面容顿时恢复了沉静庄重。

“在前堂公事房候着呢。”

孙元化抬脚便走。仆妇拦着跪道：“老爷要不要更衣？”孙元化恍然记起身穿吉服、出见差人不妥时，银翘已取来常服披在他身上了。

孙元化一边穿衣一边走，陆奇一絮絮叨叨地诉说各班侍卫如何不敢深夜惊动帅爷；他如何自告奋勇；夫人起先如何骂他不识相，得知军务紧急又如何催他快来书房等等，孙元化一句也没听进去。他在想，差人深夜赶到立即求见，必是事急；要求面呈，必是事情重大。山东巡抚余大成，是他任职登莱以来待他比较坦诚、比较不怀恶意的少数人中的一个，登莱巡抚下属各处军饷，也是由山东巡抚筹办拨给，从来没有延误过，对此他很感激余大成。此刻则不免心中忐忑，仿佛预感到某种不祥。

山东巡抚的专差跑得衣裳都湿透了，见了他立刻呈上信函。信是余大成亲笔写的——

初阳兄台鉴：

顷接朝廷谕旨，金虏大军围攻大凌河，情势紧迫，令各地调兵员粮饷驰援解围。弟受命分拨山东粮饷一半押送军前，兄处军饷也不得不照此例递减，望兄谅解弟之苦处，实属万不得已。

据闻朝廷将诏调登莱兵马由海路往援大凌河，或可免几分减饷之苦，弟也获些许慰安。

又接京中邸报，上特命太监张彝宪总理户、工二部钱粮，又命内监王应朝、邓希诏监视山海关、宁远镇兵粮及各边抚赏，内监吴直监视登莱皮岛兵粮及海禁，兄可早为预备……

看着看着，孙元化额上冒出冷汗，拿信函的手指不听使唤地发僵发直，事情比他预感的不祥严重十倍、百倍！

调遣兵马往援大凌河，是他职分所在，虽说眼下夏秋之交，风向不利海路北上，还可转为陆路驰援，正好调孔有德率辽东营应援。一来大凌河地处明、金交锋的辽西锦州前沿，这些悍将勇兵为报失却故土、家破人亡的深仇大恨，定能一以当十，所向披靡；二来辽丁调离登州，也可缓和登、辽双方久结不解的矛盾。

内监来登州监军，自然有许多麻烦，难免掣肘受制，只要小心在意，也还应付得来。

可是，粮饷！这是头等大事！怎么办？

增拨的四十五万军费和以登莱巡抚名义筹集的二十五万经费，他以一个学者和发明家的狂热，几乎是不顾一切地全都投入造炮造船筑炮台的无底洞里了。海战后伤亡的将士需要优恤，受损的船炮需要修补，正嫌费用不够，从何处挪借还没有着落……若是粮饷不继，军心必然浮动，不要说他筹建天下第一海上要塞的雄心，更不必说他收复四州乃至收复辽东的壮志，就连维系军心防海守城，恐怕都难以支撑！

多少次兵变、兵乱，历朝的本朝的，哪一次不起自欠饷缺粮？三年前宁远兵变，辽东巡抚因而自杀……

冷汗涔涔，温馨的秋夜之中，他却感到严冬将临的寒意。但无论忧虑如何沉重，他必须保持沉着从容的神态外表。回到后堂，一迈进门槛，就听到沈氏慌张的一声高叫：

"老爷！……"

他心头一紧，难道又有什么坏消息？

沈氏和银翘都在。沈氏是听了银翘一番禀告，惊异和感动之余，又有几分不信，见孙元化进来，连忙问：

"老爷！银翘说……说收她做干女儿？"

孙元化扫了夫人和银翘一眼，皱皱眉头，极力从忧虑中挣脱出来："哦，不错，我们认她做干女儿，改名幼蘅。以后夫人再不要费心办昨天那种蠢事，可好?"

沈氏看看孙元化和银翘的神态，立刻明白了真相，呆了半晌，竟滚下眼泪，感动之至，长叹道："你呀！……真服了你！你是圣人……就是天主临凡，也不过如此啊！……我个老太婆糊里糊涂，唉，怎么配哟！……"

她抹着泪，说不出心头是悲是喜，银翘——幼蘅，赶忙上前含泪安慰，娘儿俩小声地絮语，不时望着孙元化。而这位可比天主的"圣人"安坐在那里不声不响，心神早不知飞到哪里去了。

第五章

一

他做梦也没想到，自己竟闻名遐迩！自打九月底离登州由陆路北上驰援大凌河以来，所经之地竟人人知道“辽呆子孔有德”！真是好事不出门，恶事传千里，就没有一个人称颂他的海战功勋！常有小孩子和闲人对他们指指戳戳，就像看耍猴，就像他们都是大山里跑出来的野人！沿途县府官厅拿他们当下等，供给的粮食草豆又霉又湿，按例接送过路勤王军队的犒赏，一顿也没吃上。连街面集市上这些山东买卖人也看准了他们拼命敲竹杠，菜蔬盐酱无不价高质次！他多年率领这一千辽丁，情同手足，都是一听说打仗拼命就蹦高的家伙，这不平的待遇把出关打仗引上来的快活劲儿全压没有了，大家全都吊着脸，倒像是千里奔丧！

昨天遇上了入秋后的第一场大雨雪，淋得大伙儿狼狈透顶，好不容易赶到吴桥县城，真是见鬼！城门紧闭，城关所有店铺统统关张！找来一个闲汉，不知他是缺心眼还是胆子忒大，要不就是没拿他们辽丁放眼里，竟直言不讳，笑眯眯地说：县太爷毕自寅，好父母官儿，听说辽呆子孔有德提兵将到，生怕骚扰地方，故而下令闭城罢市以避之！

这不是拿他们当盗贼防吗？又冷又饿、浇得落汤鸡也似的辽丁们指着城上破口大骂。墙高城坚，静悄悄地毫无反响，连个人影儿都没有。孔有德只得下令退回到这河滩坡地扎营，胡乱挨过寒冷的一宿。清早向帐外一望，白茫茫一片，雨雪天成了大雪天，扯絮般的雪片漫空乱飞。

孔有德在他的帐中低着头急步来回走，像囚在笼里的猛虎。他不住地咬牙叹气搓手，实在进退两难。帅爷每每责他姑息部下以致辽东兵声名不佳时，他总是哈哈一笑了事。眼下吃了苦头，后悔莫及。他心里头发誓：从今以后定要军纪严肃、赏罚分明、秋毫无犯！

寒风卷着雪花随着门帘的开合一阵阵窜进大帐，属官领队们络绎不绝地来见主将，七嘴八舌纷纷诉苦：

“没吃没喝，弟兄们都走不动啦！”

“牲口缺草少料，全都耷拉着脑袋，哪有脚力赶路？赶散了放生吧，还积积德哩。”

“大哥，昨晚上，我那儿营帐叫雪压塌了，两个弟兄伤了腿，还有几个冻坏了……怎么办哪？”

孔有德只觉脑袋胀得斗大，怒气上撞，陡然发火：“瞎吵吵什么！都给老子闭上臭嘴！问我怎么办，我问谁去？饿了吃干粮！渴了河里喝去！冷了抱团儿暖和着！大活人还叫尿憋死？……”

他发作一通，骂得大家不敢回嘴。看看众人低头受气的样子，他又不落忍，不由得降低了嗓门：“行了行了，大伙儿忍着点儿，雪停了就开拔。咱们是朝廷发诏令调的援兵，帅爷说的，咱们叫王师……”

“王师？”领队陈继功忍不住冷笑，“山东地面上，谁认咱们是王师！”

“哼！净拿咱们当叫花子打发当贼防哩！”曹得功因海战前与张总兵侍卫大斗一场，很得孔有德赏识，新给升了哨官，说话更少顾忌，“自打来到山东，咱就没过一天舒心日子！如今风里雪里，千里万里为朝廷出力打仗，那是流血拼命的事儿呀！他奶奶的，连口饭都不给吃！家里面养条狗也得喂饱哇！……弟兄们早就忍不下这口气啦，眼看着……”

“胡说！”孔有德怒喝，虎眼瞪住老部下，“你敢扰乱军心，我揪下你的脑袋！……都怪我平日太宽，惯得你们没深没浅地胡吣！要是早早严明军纪，照当年岳爷爷的样子冻死不宿民房，饿死不抢民粮，也不会有今日！”

曹得功等人连忙缩了头，垂下眼皮不吭了。

“咱们离登州工夫，帅爷怎生嘱咐来着？登州钱粮库翻了底儿，都付给咱这千把弟兄了。帅爷身上担着多大干系，顶着多大骂名儿？不为别的，也得为帅爷争口气，不能叫登州那帮王八羔子看笑话！……”

帐外闹闹哄哄，一群百姓拥在营门口要见领兵官。孔有德只好停下训话，率众出见。

一个方脸汉子打量着孔有德：“你大人就是领兵官吧？”

“不错，咱就是孔有德！”

“轰”的一声，人群里腾起呼喊不像呼喊、笑声不像笑声的骚动，无数好奇中带着轻蔑的目光落在孔有德身上。

“管管你的兵吧！”方脸汉子把一名辽丁推倒在孔有德面前，“他去偷鸡，叫老先生逮着，他踢倒人家就跑，老先生跌伤了腿，磕掉了牙，他可是我们村的秀才，尊长！老先生你说。”

头戴秀才方巾、身着棉直裰的老先生年过半百，满口是血，愤愤地点着那辽丁：“侮辱斯文，侮辱斯文！……窃鸡事小，以下犯上、以卑侵尊事大，乃逆贼之行，是可忍孰不可忍！……”

孔有德虽不能全听懂，大意却是明白的，对老先生一拱手：“秀才官人，失敬！咱老孔不识字，敬的是念书人。”他一扭头，盯住辽丁，喝问，“可有此事？说！”

辽丁不敢看他，却被他目光压得跪倒了：“大……大人，弟兄们……又冷又饿……”

“不会啃干粮？”孔有德大声问。他身后有人答一声：

“干粮早吃光了！”

孔有德扭头找答话者，不觉一怔。不知何时，背后聚集了一大群营兵，围得里三层外三层，无数张脸，胖的瘦的、方的圆的、长的短的、丑的俊的，此刻在他眼中全都一模一样：直眉瞪眼，愤愤不平。

孔有德虽然生性粗犷，但要紧关头心里还是有计较的。此刻，他要维护自己的面子，要安抚受扰的百姓，要镇住部属的不驯，何况他刚刚下了整顿军纪的决心。于是他脸一虎，道：“咱老孔上阵打仗不软，处置这号孬种也不软！来人，笞三十！就在这儿打！”

“啪！”“啪！”一竹板一竹板抽打人肉的声音清脆响亮，挨打的辽丁哀号哭叫，营门外的百姓和营门内的士兵都铁青着脸看着行刑，除了竹板响和惨叫，竟像再没有旁人，都缄默着。

“手下留情！”营内有人大叫，行刑者停手，士兵们像听到号令似的立刻闪出一条路。前队领兵官李应元一干人匆匆走来，对孔有德躬身行礼：“标下特来领罪，求大人格外开恩！”

孔有德瞪着他：“是你手下的？干出这种丢脸的事，你竟敢讲情？接着打！”说实在话，若偷的是大牛壮马，他反倒未必这样生气。可是他伸向行刑者示意的手被人一把攥住：

“孔兄弟，就看我的薄面，还不行吗？”

“你？”孔有德很意外，“你怎么在这儿？不是又去塞上了吗？”

“是啊，事已办毕，回登州缴令，遇上你们，特来营中望望小儿。”瘦颊深鼻沟断眉毛，黑眼珠很小的细长眼，一起抖动出一脸殷勤的笑，这正是李应元的父亲李九成。他怜惜地看着正在挨打的辽丁，叹道：“就为了一只鸡，何必……”

“打的不是鸡！”孔有德生气地打断，大声说给众人听，“打他没有上下尊卑，打他乱我军纪营规！”

“孔兄弟，唉，”李九成满面不忍，“若不是为朝廷办事，谁愿意数九寒天千里奔波、受苦受累挨冻挨饿去打鞑子哩？要不是吴桥县闭城罢市，既无官厅供应又无集市购买，弄得没吃没喝，谁肯去干偷鸡盗狗的下作营生哩？”

“你！”孔有德瞪着他，直想发火：这家伙口若悬河，是说给百姓听还是说给辽丁听？是在息事劝解还是火上浇油？可一时竟憋不出一句像样的话驳他，急得脸涨得通红。

老秀才在一旁发话了：“大人，也打得他够了，老朽与他讲情，余下的免了吧！”

“老先生讲情，咱得给这面子。饶了他吧！”见围着的兵丁还站着看，孔有德不耐烦地喝道，“还没看够？再有人犯事，加倍惩打！都散了，快走开！……”

老秀才对孔有德拱拱手，转身而去，走出数步又转回身来，小声道：“大人，此事遇着我也就罢了，若是招惹了王乡绅家，那就……大人可要小心在意呢！……”

孔有德目送老秀才及乡人们踏雪离去，回过头来，营中兵丁也渐渐散开，李九成父子还站在那里说话。孔有德走过去责备说：“老李哥，你是怎么回事？不浇水就罢了，怎么反倒在一边煽火添乱！”

“哎呀，只顾了说情，没想那么多，认罪认罪！”李九成抱歉地笑着，连连作揖。

“你小子一肚子花花点子。离登州这些日子，快把老子肺气炸了！如今进退两难，给出些个主意呀！”

“嘿嘿，好说好说！”李九成满脸堆笑，像一颗核桃，他偷空看了儿子一眼，意味深长。

李应元心里直扑腾，赶快装个笑脸，把一连串的恐惧、疑虑、慌乱掩盖过去……

父亲是入夜时分突然赶到的，连亲兵侍从一行十来人，都戴着雨盔披着雨布，人强马壮很是精神。安顿妥帖后，侍从取出随身带来的美酒熟鸡酱牛肉，父子寒夜对酌灯下闲话，李应元度过了离登州以来最无忧虑的夜晚。李应元不免牢骚满腹地诉说这一路的艰难，弟兄们的怨愤，父亲听得十分仔细，竟无端兴奋起来，连着喝了五大杯，眼睛都血红了，嘻嘻地笑一阵，又笑一阵。

李应元只当父亲醉了。父亲却狡黠地对他挤挤通红的眼，喷着酒气，口齿清楚地慢慢说道：“给你讲一段故事。当年咱村里黄家婆子园中有几棵好李子树，一个机灵鬼约了两个伴儿趁夜去尝鲜。他刚刚翻墙头跳过去，便踏着陷阱，该死的老太婆把粪坑移到陷阱下面。他双脚一插进就知道坏事了，奇臭无比不说，深得直没到衣领……”

“真，真有这事？”李应元不由得笑起来。

“不错，这机灵鬼心思转得飞快，立刻仰头低声呼叫伙伴们：‘快来快来！好大个的甜李子！’果然一个伴儿跟着坠进粪坑，张口就要惊叫，机灵鬼一把捂住，仍旧连喊快来快来。第二个伴儿跟着也‘扑哧’一声摔进来了……”

“他们岂不要恨死这个机灵鬼啦？”

“不错，百般辱骂。若不是怕他有几手拳脚，当下就会打他个满脸花！”

“那他为什么明知故……”李应元似乎领悟到什么。

父亲仰头一笑：“那机灵鬼说得好，只要咱三人中有一个不落陷阱坠粪坑，日后你们笑我羞我终是没完没了。果然事后谁也不敢提起这次失风，哈哈……告诉你，儿子，这是真事，机灵鬼就是你老子我！”

拖人下浑水，使之不得开口的故事李应元听过不少，从未与父亲联系在一起。若不是听他亲口讲出来，做儿子的怎么也不会相信的。他呆呆望着父亲笑得大张的嘴和鼻沟延伸两侧的几道圆弧形深纹路，不知作何表示为好。

父亲突然止笑，愁苦地望着儿子。半晌，低声道：“元儿，为父如今又落粪坑了！”

“啊？爹这话……是什么意思？”

“为父此次口外买马上当受骗，一匹马没有到手，买马官银却被马贩子一卷而空……”

“多，多少银子？”

“五万多两。”

“啊？！”李应元惊得变了脸色，“不曾报官追捕马贩？”

“那些贼头都通着鞑子，不是去了沈阳，就是进了漠北，上哪儿去追？再说，若报了官，为父项上这颗人头……难保哇！”

“这，这如何是好！”李应元慌了手脚，“如何向帅爷交代？……”

“还管得了那个？”父亲焦躁地抢过话头，“失了大宗官银，就算为父一死，咱家也赔累不起啊！家产变卖入官，人口也要折价发卖为奴。元儿，你的前程可就……唉！”

李应元乱纷纷的思绪突然明晰，却又口吃了：“那爹讲、讲的那故、故事……”

父亲猛一抬头，目光闪烁：“你都明白了？好！咱父子就这条生路啦！……”

所以，李九成刚才那一番被孔有德责为“煽火”的话，李应元完全明白其用心，知道父亲正在把孔有德往粪坑里招呼，想起孙帅爷的为人和孔有德的厚待，他于心不忍，但想到辽丁入关后及这一路受的气，他又心安理得。只是他不会想到：那五万两官银并非被马贩子卷逃，而是被他父亲挥霍在京师歌楼舞榭赌场的大销金窟中了。

孔有德忙着向人称百事通的李九成打听：“你知道此地有个什么王乡绅吗？”

“王乡绅？”李九成眼珠子一转，“可是叫王象春的？”

“谁知他叫什么！只听说势力大，想来是个富户，咱找到他家去买些粮来，总不能叫弟兄们挨饿！”

“势力大？那定是王象春家！算得山东省的头一号大人物！早年在朝做到大学士，如今致仕家居，门生故吏满朝野遍天下，听说省城王巡抚赶着与他家联宗，他家公子进京都是温相爷府上的人接送……嘀嘀，真叫手眼通天哪！”

“手眼通天？什么意思？”孔有德不解地搔搔耳朵。真是个十足的乡巴佬！李九成自觉又多了几分把握，嘴里殷勤地解释着：“手眼通天，是说他的情能一直求到皇上跟前！……怎么，朝他买粮？不妥吧，别闹个老鼠舔猫鼻梁，玄！……”

又一片杂乱的喧闹，数十人推开守南门营兵一拥而入，扯着嗓子大叫：“领兵营官出来！领兵营官出来！”

孔有德大步迎上去：“咱就是。什么事？”

一个穿一袭黑缎皮袍的矮胖子，神色倨傲地看看面前铁塔似的大汉，略略有些吃惊，态度明显地平缓下来：“大人可是姓孔？”

“不错，咱就是孔有德！”

“哦嘀，久仰久仰。”他一摆手，两名穿着黑号衣的汉子押上一名五花大绑的人，那头盔，那蓝色绊袄红色号衣，竟又是一个辽丁！“他盗伐家主爷祖宗坟茔上的树木，其罪难容！”

“家主爷？”

“你不知道？眼跟前你脚下的田土，你们立营的山丘饮马的河湾，都是我们家主爷的地界！来到山东，谁不知道新城王乡绅！”

“你又是谁？”

“这地界是我们家主爷在吴桥的庄田，我是庄头！家主爷说你们是客兵，要我把这家伙交还你孔大人处置，你就看着办吧！”家仆解了捆绑，把辽丁推到他的主将面前。

孔有德脸色极难看，就像挨了一耳光。他一把提过辽丁，重重摔在地上，骂道：“你这不作脸的孬种！”

这辽丁却是个犟脾气，爬起来梗着脖子争辩：“那么大地界，又没见着坟包石楼，谁知道是他家祖坟！这大冷天，弟兄们还不兴弄点柴火烧烧，暖和暖和啦？……”

孔有德气得大喝：“给老子闭嘴！”

李九成凑近孔有德：“王家可千万不能得罪，后患无穷，不重重处罚怕打发不了他们……”

孔有德一咬牙，吼道：“来人！贯箭游营！”

陆续围拢来的营兵“轰”地喧嚷起来：

“凭什么？就为一根破木头？”

“欺负人，欺负人！”

“遭瘟的王乡绅！”

“该死的山东佬！”

…………

两名侍卫只得遵令，不顾四周的不平之声，各拿一支箭，贯穿插在那倒霉的辽丁左右耳朵上，反绑了双手，推搡着他依次游过营区的四门。

带血的箭头高高竖在头上，辽丁双颊和肩头的斑斑血渍更衬出他面容惨白，满是屈辱的痛苦，一步一步地走，一声一声地喊：“我犯了事儿，活该受罚，弟兄们别学我！……我犯了事儿，活该受罚，弟兄们别学我！……”

营里的士兵们围着他，跟着他，更多的辽丁从帐篷里跑出来，互相询问，一起追随在后，小声议论，大声咒骂，到处是不平和愤恨，到处是对受难者的同情。

营区不大，游营辽丁嘶哑的喊声时近时远，一直可以听到。孔有德重重地嘘了口气，对庄头说：“该罚的也罚了，你请回吧！”

庄头傲然一笑：“不忙。”

游营的游回到南营门，孔有德发现所有的营兵都加入到这浩浩荡荡的人流中来了。于是，沉默又一次出现，比上一回更沉重，更令人不安。李九成暗喜，借着捋胡须对李应元伸出三个手指示意，表示有了三分征候。

久在军中的孔有德也感到潜在的危险正暗暗压迫而来，急于结束纠纷，不客气地再下逐客令：“庄头请便，不送了！”

矮胖子冷笑一声：“这就算罚完了？”

孔有德愕然：“还要怎样？”

“我们家主爷早就请到朝廷和省城巡抚巡按大人的谕令：践踏坟茔一株草者断脚；折坟茔一根树枝者斩手；冒犯茔墓坟土者死无赦！你这贯耳游营算什么东西！”

营兵哗然，翻卷过一重愤怒的浪潮。

孔有德脸色煞白，粗眉倒竖，气息粗重：“你，你！……你们杀了他，岂不干净！”

“这是我们家主爷的意思，要你亲自动手，才好教训教训你手下的这帮……”矮胖子轻蔑地撇撇嘴，不屑于说下去。

李九成愤然大叫：“你不要欺人太甚！我们是奉旨出关救援的官军，是王师！懂不懂？”

“官军？王师？”矮胖子反问一句，口气十分可恶，跟着就放肆地仰头大笑。他一笑，他身后那一群也跟着笑，互相使眼色做鬼脸笑成一团。这是嘲弄的轻蔑的耻笑，笑得孔有德脸上红一阵白一阵，笑得李九成跺脚乱吼，笑得营官领队们咬牙切齿眼睛冒火，笑得营兵中又卷起一重更加喧嚣的怒潮。

矮胖子边笑边抹泪，说话越加轻薄：“孔官儿！交还你自家处死是为你好，若等省里参你们登莱巡抚一本，朝廷问下罪来，你们一个个吃不了兜着走，后悔可就迟了！”

孔有德勃然变色：“你！……”李九成赶忙拦住他，瞪眼向矮胖子："少来唬人！你到底要怎么着？杀了他？"

矮胖子极其傲慢地说："先得斩手剁脚，以为后来者戒！不然……"

营兵们掀起了第三次哗噪，喊叫咒骂轰然四起，挥臂伸拳、跳跃起伏，像是一只巨大的多头怪兽，愤怒地摇动着它百千个可怕的脑袋，急促地喘着气，眼看就要爆发。

孔有德原本微弱的自制力终于垮了，虎目喷火，浓眉飞扬，大手当胸一抓，眨眼间把矮胖子拎起来用力一掼，吼道："去你奶奶的！"

矮胖子却有几分功夫，着地打了个滚，跳起来指着孔有德大叫："好你个辽呆子丧家犬！你要反哪？"

孔有德一怔，未及答话，背后那匹多头巨兽惊天动地地吼了起来：

"反！反就反啦！"

"不干了！散伙！"

"杀呀！——"

孔有德背后卷起一股烈风，剑光一闪，矮胖子惊叫倒地，心口插进一柄长剑，只挣扎了两下就不动了。

孔有德大惊，还没回过神来，背后这匹被血腥刺激起来的巨兽移动着沉重的脚步，砸得地面"咚咚"有声，排山倒海地扑向一色黑号衣的"来宾"。骄横惯了的王家家丁哪见过这个阵势，吓得调头就跑。有人喊声："追！"一呼百应千应，轰然雷鸣，营兵们怒涛般涌出营门，追上去大打出手，发疯似的，狂暴地、痛快淋漓地大喊大叫：

"反啦！反啦！——"

李九成和李应元等营官策马跟着孔有德，侍从亲兵簇拥在后，沿着大路急速南下。父子俩不时交换一道目光：儿子在沮丧中透出一副无可奈何、听天由命的神情，父亲一脸自嘲的冷笑，眼睛里却闪烁着压抑不住的狂暴和愤怒。

李九成怎么也没想到，事情会变成这个样子！

当曹得功那一剑把矮胖子捅个对穿之际，当营兵们山呼海啸般扑向那群不速之客时，李九成禁不住高兴得心头怦怦跳，以为大功将成。不料营兵们原都是拥来看热闹的，没人带武器；那些家丁又都有点拳脚功夫，逃得又快，竟没能打死一个；回来营里又是一团混乱，只会乱哄哄地胡说八道：这个要杀到吴桥拿县太爷吊死，那个要抢了县城，大家分了银子散伙；还有的要求孔参将领大伙儿上山落草，劫富济贫……李九成只恨自己棋误一着，如果事先联络些心腹、商量好事后的行止目标，后果就会大不相同了。他当初只想嗾反辽丁闹出大事，摆脱自己的困境，没料想事变来得这样快，这样突然，仓促间，连他这个有无数心眼的伶俐人也抓了瞎。

更不料孔有德一声虎吼，竟使乱哄哄闹嚷嚷的千名辽丁顷刻间静下来。他说什么来着？

“弟兄们，不能反！大丈夫生长天地间，要紧的是个义字！咱们反了朝廷，岂不害了孙帅爷？还有咱留在登州的家眷！我老孔一辈子就讲恩怨分明，这山东地面走不得了，咱们回登州，到帅爷台前讲理！求帅爷上朝廷给咱们讨个公道！……要是不听我的，弟兄们硬要反，那就先杀了老孔吧！”

是畏惧孔有德的虎威、佩服他的功勋，还是感念他平日待弟兄乡亲们的恩义？辽丁们立即响应。孔有德便下了三令：

令曹得功快马日夜兼程赶回登州向帅爷禀报详情；

下令封刀，回登州途中不得开杀戒；

下令往县城官仓“借”粮“借”银，不得骚扰百姓。

就这样结束了吴桥之变，李九成能甘心吗？千名辽丁直奔东南，走陵县、过临邑、围商河，只不过以“借支”为名将几县银库粮库抢掠一空。临邑知县闻变惊死，商河县丞因失银粮上吊自杀……

李九成由此明白了，想要这千名辽丁直接听命于自己是不可能的。他只能拥戴孔有德，借孔有德，逼孔有德才能达到目的。回登州，自己怎么交代？望着阴沉着脸、一语不发的孔有德，想起他既憨直粗鲁又倔强暴烈的性子，李九成真觉得无计可施了。

前方低矮平缓的山坡后面，隐隐扬起一片尘烟。探哨飞马赶到，禀报说：从省城大路来了一队兵马，约有千人，打的是抚标中军沈、分守参将陶的旗号，扬言奉令讨逆。

李九成愤然："我等又不是叛军，讨什么逆？逼人太甚！"

孔有德略一寻思，果断下令：各队立住脚，严阵以待，听号令而动，违令者斩！

千余人立刻散到路侧的山坡上，按前后左右中五方，占据有利的高地势，井然有序，军容威整，黑白红黄青五色旗帜随风飞动。讨逆官军领队沈廷谕、陶廷铣见此阵势暗暗吃惊，不敢大意，止住了兵马，向对方仔细打量。

"官军在此！孔有德快来马前受缚！"不知多少人在同声大喊，虽是逆风，也清楚地传入立马前军的孔有德耳中。他立刻拍马迎上去，属官及侍卫亲兵紧随其后。

沈廷谕身为抚标中军，是巡抚大人亲信，又有副总兵衔，气势自然不同，厉声大喝："巡抚大人有令，叛将孔有德，立即率部投降，可免一死，否则，杀无赦！"

孔有德怒声分辩："二位大人，末将没有造反！……"

"不遵朝廷法度，不听圣谕调遣，又纵兵抢掠，滥杀无辜，还说不反！"

"吴桥县官闭城罢市，王家庄头仗势欺人……"

"你少啰唆！"沈廷谕极不耐烦，"现下指给你一条生路：一、放下兵仗马匹，率队投降！二、交出杀人凶手；三、你要亲往新城向王家负荆请罪，杀凶手抵命！……"

孔有德的脸顿时涨成猪肝色，胸脯大起大落，鼻息粗重如风箱呼呼作响，好半晌才咬咬牙，阴沉沉地眯着眼说："你们不要以为我孔有德好欺负！"

"你敢怎么样？"沈廷谕放下脸，瞪眼喝问。

孔有德深深吸了口气，缓解胸口的憋闷，略略平静了些，说："我要叫你知道，我孔有德不反。我不跟你动手，我让着你，这总行了吧？"说着，一勒丝缰，胯下油亮的枣骝马扬蹄人立，跳着步兜个圈子跑回阵中，手中杏黄旗一挥，大喝道，"撤！"刹那间，山坡腾起一团烟尘，五方阵各成一列长龙，穿过烟尘沿着大路向北退走，不一会儿转过小丘没了踪影，只留下满地蹄痕和慢慢降落的尘埃。

陶廷铣犹豫地看看北去的路："沈大人，怎么办?"

"追!"沈廷谕很坚决。

追出二十多里，只见着大路上杂乱的人马脚印，路边一棵大树上，长箭深入没了镞头，钉着一封信函，呈交抚标中军沈大人。字是流利清秀的行书，文却是不折不扣的孔有德口吻：

> 咱们井水不犯河水，你走你的阳关道，我走我的独木桥！咱老孔说不反就不反，你别逼老子造反！

陶廷铣赔笑道："沈大人，不如先回省城禀告上峰……"

沈廷谕挥鞭一指："辽呆子不战自退，倒像真是心亏理短，怕着官军哩！追吧!"

向北又追二十里，竟出了丘陵地，眼前无遮无碍，一马平川。他们追击的对手赫然在目，千余人密布在冰封的河岸，刀枪林立，旗帜飞动，像是突然生长出来的芦苇丛。队列之前，斗大的"孔"字绿旗下，孔有德手提大刀，胯下枣骝马，威风凛凛，像一尊泥塑天神一动不动地立在寒风中。官军靠近到二百多步，"嗖"地一支飞箭射中"陶"字大旗的旄头，官军不睬，继续进逼。"嗖!"第二箭射断"沈"字大旗的旗杆。二箭示警无效，第三箭急啸着飞来，正正插在陶廷铣盔帽顶，把红缨射得满天乱飞，陶廷铣惊得险些落马。

沈廷谕狡黠地笑道："还不明白？他们不敢伤人！杀伤官兵可就坐实了叛逆的大罪名！咱这叫虎入羊群，天赐良机，杀!"

官兵士气大振，借着下坡的便利，勇猛冲击!

"当!"迎上来的孔有德大刀一举架住沈、陶二将的长枪双刀，黑着脸嘶哑着声音阴沉地说："再劝一句，你们退回省城!"

沈廷谕冷笑："辽呆子！看你这熊样儿！那海战大捷勇冠三军，想来都是谎报战功、欺君罔上，哄弄人吧！……"

孔有德浑身的血仿佛突然逆流，这只被激怒的东北虎暴吼一声，犹如平地炸响了霹雳："我×你奶奶个熊！杀！——"大刀猛挥，千钧重石当头压下。沈廷谕横枪迎挡，"咔嚓"一声枪杆折断。他大惊失色，提缰退马撤身，陶廷铣忙使双刀掩护主将接战孔有德。怒火冲天的孔有德，"嗬嗬"吼声震天，"呼呼"大刀飞舞，招招挟着风声，不过三个回合，陶廷铣就招架不了，正待回马避开，大刀追来，砍在他肩背上！虽有钢片锁子甲护体，力大无穷的震动仍迫得他喷出一口鲜血，摔下马鞍，被护兵赶忙救走，十几员偏将赶来围住孔有德，战得团团乱转。

方才被"虎入羊群、天赐良机"鼓舞起来冲进敌阵的官军，此刻成了冲进虎群的羊。他们长住省城吃粮当兵，一年操练不到两回，十年上不了一次阵，哪里是这些久经战阵的辽东大汉的对手！这里喊妈，那里叫娘，不多时就全无斗志，纷纷后退，待听得及时的一声收兵金钲响，立刻跟在沈廷谕的马后沿来路南逃。

孔有德杀性大起，吼一声"追！"憋气憋了许久的辽丁可找到发泄的机会，跳上战马，拼命追上去大砍大杀，又喊又叫又笑又骂，就像一群疯狂的恶魔！官军吓得没命地奔逃，逃进丘陵地，山坡遮住了他们的背影，追杀也陆续停止，辽丁们说笑着回营：

"真他娘的痛快！可出了口恶气！"

"省城的兵竟这么熊包！"

"可不是！烂菜瓜，一碰就流汤！"

"哈哈哈哈！……"

说笑倏地收住。辽丁们见他们的主将立马山坡一动不动，眼睛呆呆地望着前方，脸像石头人，没一点表情。他们也顺着孔有德的目光看过去：长长的大路，从接触交手的战场起，到进了山坡转弯的路口，这里那里，到处都是官军的尸体，不上百也得有七八十！辽丁们互相望着，不由得心里打鼓：真不料杀了这么多人！说不反、不反，这一来，可不就反了吗？……

李九成小心地窥伺着孔有德的表情。他心里是高兴透了，真是意外之喜、天赐良机！事到如今，仅仅为遮掩自己那小小过失，就太小气了。宰鸡焉用牛刀，但牛刀在手，何妨试试去杀虎？

“孔兄弟，事已如此，悔也无用。西水黄流东水海，南山老虎北山狼，横是死路，竖也不得活，绳上不死刀下死，九九归原，总归是死路一条！……”

孔有德如同没有听到，仍傻呆呆的。

“这是逼出来的，没法儿呀！你令小儿连发三箭示警，他们总不肯听，逼着来杀，难道该伸了脖儿请他砍？……”

孔有德突然伸手指着远处，丘陵脚下隐隐约约一片冬季疏林，掩映着一带墙垣门楼：“那是什么地方？”

李九成迷惑地四下张望，嘴里念叨着：“奇怪了，这么眼熟……”他突然提高一倍嗓音惊叫，“是他！就是他！新城王乡绅王象春家！我还……”他猛地噤住口。他曾经拜望过王家，在那里喝过茶吃过饭借住过几宿。

“王乡绅，王象春。”孔有德慢慢重复，一个字一个字似乎都被他咬碎。他惨然一笑，笑得极其难看，又十分可怕，“今晚咱们去他那里宿营。九成兄，你说好不好？”

孔有德狰狞的笑使李九成心里突突乱跳，但仍表现得义愤无比：“千该万该！弟兄们落到这个地步，都是他闹的！……”

“杀呀！——”孔有德的狂吼淹没了李九成的余音，他挥刀拍马冲下山坡，冲上大路，冲向王家庄园。

“杀呀！——”千余辽丁同声响应，驰马飞奔，跟在主将后面咆哮呼喊，把一腔腔怨愤喷洒出来，都发泄到那个可恶的王象春头上！

王家庄园再坚固，王家家丁武艺再高强，也挡不住训练有素、携有鸟铳、佛朗机的叛乱军队，壕堑吊桥土城垣，都被叛军轻易攻破。城门楼子一开，叛军如洪水涌入，抢！杀！烧！大火熊熊，腾起十丈烈焰；王象春和他在家的兄弟子侄全都被杀；家中银米财物被抢掠一空；五百多名奴仆家丁逃的逃散的散。四乡却拥来成群百姓同烧同杀同抢。他们自称是王家佃户及邻近居民，王家倚势逞强、鱼肉乡里、横暴至极，而官府庇护，百姓哭告无门，今见王家遭受报应，大快人心！其中一些精壮汉子竟是来投孔有德，情愿入伙反他一场的。

孔有德坐上了王家华丽客厅正中的太师椅，米襄阳的山水画中堂，已被叛军用长枪戳得七零八落，蒙上了“孔”字大旗。四周都是他们为泄愤而砸得稀烂的古董瓷器花瓶等摆设的碎片。堂下跪着两个辽丁，是因趁乱奸淫王家妇女被侍卫亲兵拿住来见主将的。孔有德拍案大骂畜生，命人立刻将二人拉出去砍头，并叫来随军书记，命他记下军令，颁送各队：凡淫人妇女者，杀无赦！

他抬眼依次扫过站立两侧的营官领队，虎着脸说：“就是当贼做强盗，也不能奸人妇女，坏人名节！采花贼，天报应，要坏大事！听清了？回去管好各自弟兄！”

众人走了。阔大深广的厅堂里只剩下孔有德了。痛快劲儿这时已经过去，他觉得异常疲乏。“当贼做强盗？……采花贼？……”他仰头看着厅堂顶上规整的花纹想，竟不由自主地又用起了当年做海盗时候的惯常话儿！

这堂顶的花纹为什么看起来这样眼熟？……当贼做强盗……当年不就是为要跳出黑道，才去投毛大将军，才去投孙帅爷，一心要在战阵中一刀一枪杀出个功名官爵，杀出个封妻荫子吗？流血拼命，在正道上干了这些年，转了一大圈，又回去了！叛军变兵，还不就是盗贼行径？……又当了盗贼！……

这花纹，与帅爷客厅顶的花纹相像！……临行的头天晚上，就在那间客厅里，帅爷千叮咛万嘱咐，要孔有德杀敌立功报效国家，约束部众挽回名声……就在那间客厅，帅爷亲口许婚，说他有一螟蛉义女，才貌出众、年岁相当，正堪与孔有德作配，待孔有德援救大凌河归来，便可遣媒人问征，开春之后就可成亲了。当时孔有德感激涕零，如今想来，不就像一场梦，不就像前一世的事情？……

“贼子强盗……”孔有德品味着，心中有如刀割，一股此生从未有过的凄凉袭扰着他，使他鼻喉间有股难以忍受的酸热苦楚……自他跟随了孙元化，才知道什么是圣贤，孙元化就是他心中的圣贤，不由他不五体投地。京师归来，他更加奋发，他要拼命干，日后定要当大将军要封侯。此次出征，他更发誓要立大功得朝廷封赏，给帅爷长脸，叫人人都佩服帅爷的识人之明、举才之贤，叫孙家小姐一辈子不后悔嫁给他这个辽东汉！……

一切，所有一切，都成了泡影！

从此，他只是叛贼，是强盗！……

“噢！——”孔有德发出一声惨烈的、拖得很长的、荒野的狼一般的嗥叫，花纹规整的厅堂顶棚被震得簌簌颤抖，落下许多灰沙。

二

“夫人，难道真得下官给你下跪吗?”孙元化仍是微笑着，但眉宇间已透出难言的忧烦。沈氏不忍看，别转脸偷偷抹去眼角的泪，收起方才的盛气，叹道：

“那所房产虽说离城远，终究是祖业……”

“唉，不是告诉你先典出钱只当挪用吗？明年朝廷给补上欠饷，再赎回来就是。”

“那么容易？到时候朝廷不补，无钱去赎，岂不就白白丢脱?”沈氏说着说着又有气了，“都道登州繁富，兵精粮足，怎么转眼间粮库银库全空？说没有钱，给那个吴公公修房盖楼怎么就有钱?”

上午街市一派鼓乐歌吹，引得百姓夹道围观，原来是州县各官为监视登莱兵马粮饷的内监吴直送贺礼，庆贺他的监视衙门、署堂及署后高楼落成。其中以知府送的大匾最触目，长宽竟与楼顶尺寸相同，大书“迎恩楼”三字，又加彩绘镂刻，十数人抬着，极是气派……

“不要讲了！”孙元化提高声音，心里有说不出的烦躁。吴直也给他发来署衙落成宴的请帖，他因坚持不与内监私交而谢绝，却不得不送去回帖和一份普通的礼物致贺，为此心里正不自在，沈氏偏偏提起！沉默片刻，他强使自己平缓下来，耐着性子向妻子解释：“吴公公是钦差，建署的钱粮登州岂能不出？孔有德率千人驰援，饷银必得给足，还要预支安家费养家银，终不能叫他们的家眷留在登州挨饿受冻吧？省里例拨粮饷已停三月，要我自筹，眼下已到年底，府库县库将空，难道忍心加派赋税捐款，叫百姓过穷年？典房产筹款也是不得已之举，你竟不明白?”

“登州官民有的是财主，偏你这穷巡抚典房筹饷？便筹得来也有限，登州上万兵马，济得甚事！”

“我总要先以身作则，才好劝谕旁人。济事不济事，支撑一时算一时吧！……”孙元化吞咽下一阵酸楚：当初来登州雄心勃勃，要建火炮要塞，要渡海收复四州，恢复辽东，完成岳穆武都未能完成的痛饮黄龙、一洗国耻的勋业，让英名永垂青史！不想困难猬集、障碍重重，逼得他步步后退，国耻不得雪，复四州也成幻梦，如今竟落得个典房典地苦苦支撑的局面！

沈氏看看丈夫，和解地说：“罢了罢了，我知道你是和尚头上插金花——忍痛要好看，心里头黄连炒苦瓜——苦上加苦。也没啥好讲啦，就是气你事前不告诉我，要不是郝妈说起，我还不知道你叫郝大回嘉定了呢！连把幼蘅许给孔有德的事也不对我讲！”说着，又瞪了丈夫一眼。

孙元化极力从沉闷的心境中摆脱出来，静静地说：“总要人家遣了媒人来才算数。”他不信沈氏猜不到他许婚的用心，这也是一举数得：既笼络了大将，又使幼蘅终身有靠，还消除了自己身边的隐患。至于有时午夜梦回，忆及此事心头偶尔涌上的惆怅，与“数得”相比，就算不得什么了。

门外一声“客来！”家仆递进名刺：“张总爷来拜！”

夫妻俩一对视，都觉出对方的担心。孙元化吩咐“书房待茶”，自己起身换上公服和纱帽。沈氏赶忙嘱道：“他要是提起那事，你可别应承，这可不比那处房产！”

“唉，看你说到哪里去了！”孙元化撇下这么一句，走了。

沈氏却坐立不安了。

她早就知道张总镇府上有求婚的意思，她可看不上那个惫赖相的张鹿征，也不喜欢他们府上的家风，所以常在孙元化耳边说张家的不是，借女儿之口表示对那家人的不满：女儿恨张鹿征虐待小狗，欺侮弱小，生性残忍；女儿亲眼见张总兵命家仆铲除门前院内牡丹、芍药、杜鹃、玫瑰等一切花草，惋惜不已，张总兵却严正地板着脸，说什么“吾辈武人岂效妇人女子”等等。孙元化每每只是听而不答，有时还笑道：“小孩子脾气！”也不知他说女儿还是说妻子。沈氏深知丈夫的公而忘私，为了朝廷取四州复辽东的雄图，会不顾一切，生怕他用和亲联姻的古老办法，达到收服张可大，弥合登、辽嫌隙的目的。

直到上月中，张鹿征登门拜望，她才放了心。

张鹿征实在枉为总兵之子，举止言语处处不得体，畏畏葸葸，汗流满脸，明明无话找话，说不两句，又另拈话题，一点不着边际。孙元化倒能和颜相待，耐心对答。侍立一侧的和京与一众婢仆都忍不住低头窃笑。后来他做出很谦恭、很好学的样子，拱手道：

“小侄每常有一事想请教前辈，总是忘记。常听人说一姓欧的，叫……叫欧阳修的。他是个什么人？”

孙元化愣了一愣，问道：“世兄早年不是也有秀才功名的吗？”

张鹿征忙答道：“正是正是，小侄乃书生。”

孙元化道：“欧阳修亦是旧时一书生，后来显达，曾参与大政。”

“那么，他也能写文章了？”

孙元化嘴角微微一牵，旋又忍住，道：“文章也可以。”

沈氏身边七岁的小幼蘩“扑哧”一声刚笑出来，赶忙捂嘴，转过身子藏到母亲背后去了。

张鹿征走后，孙元化摇着头又笑又叹。

后来，孙元化约张可大谈及请登州文武各官捐俸助饷、共渡艰难的事，谈得很不愉快。孙元化当众拿出仅有的七百两银子，张可大和众官才你二十、他三十地勉强捐助了些，合共也只一千两。孙元化事后颇伤感，大约就是那时起意典房产救急的。这样，孙、张结亲的可能性更小了。

今天张可大又上门来做什么？沈氏越想越不放心，正要叫个小厮到书房去探听，孙元化却很快回来了，一面脱官服换常服，一面主动告诉夫人说：“他因去年勤王有功，晋衔右都督，已调任，佥都南京左府，不日就要离开登州，特来致意的。”

沈氏长嘘了一口气：“这就好了，再不用敷衍他们那一家老小。恭喜他老雄鸡戴帽子——官（冠）上加官（冠）！”

孙元化皱着眉头笑：“你这张嘴，太不饶人！知道你怕把蘩儿给他家。其实要回他有什么难？——教徒不能与异教徒结亲，一句话就够了。”

沈氏鼻子里一哼：“说得好听！就怕你不肯回。”

“是啊，他既调任，自然再无关碍。他倒是个好官，只是他那位公子，实在配不上咱家蘖儿……”

“咦，你也知道！”

孙元化并不理睬她的挖苦，坐在扶手圈椅里，喝着新沏的热茶：“咱家这三个女孩儿，幼蘅配给孔有德，两全其美；幼蕖配给峒曾兄的幼子研德，也算得上门当户对；最能相夫立业的还要算蘖儿，我业已看好一个人，还拿不准……”

说起女儿的婚事，没有比做娘的更关心，老两口很有兴致地谈论起来。近两个月难得有这样轻松的气氛。沈氏当然猜到是因为张可大离任调走的缘故，不过她不说破，她知道孙元化口头上绝不会承认。

晚饭后，儿女们来父母跟前昏定问安时，孙元化问：

“幼蘖呢？”

幼蘅很快与沈氏交换一道目光：“蘖妹偶感风寒，身子不爽，我劝她歇下了。”

幼蘖从不这样娇嫩，而且幼蘅向夫人使眼色，是什么意思？孙元化起了疑心，说：“那么我们去看看她……”

幼蘅忙道：“爹爹不必去了，蘖妹自己通医道……”

沈氏也说：“小孩子感风寒什么要紧，老爷累了一天……”

孙元化立起身：“走吧！”

在楼梯口迎接的小丫头黄芩跪着告罪，说小姐刚服了药，蒙被发汗，不敢请她起身迎接老爷夫人。孙元化走到幼蘖闺房门前止了步，因为他看到放下绿纱帐的乌木雕花床上，女儿确实拥被躺在那里，已经睡着，一动不动。他低声询问了病状、服药和饮食情况，吩咐婢女们经意照看，之后便下楼去了，毕竟做父亲的不宜在成年女儿的闺房久留。

孙元化和随侍使女的脚步声从木楼梯上“咚咚”地响下去，出门下台阶，终于消失。沈氏忙拉住幼蘅：“是怎么回事？”

幼蘅疑惑地问黄芩：“你不是说……”

黄芩跑到床边，掀开帐子："快起来！老爷走了……真吓死我了！"

床上猛然坐起的是紫菀这胖丫头，也拍着胸口，正好和黄芩同声道出："真吓死我了！"

沈氏急了："幼蘩呢？到哪里去了？"

三个姑娘都跪下了。

近些日子，老爷为筹饷精疲力尽，身心劳瘁。幼蘩、幼蘅与母亲商量，要助父亲一臂之力，将她们与丫头们几年来刺绣的帐帘门帘、桌罩椅袱等大件拿到市上去卖，得银助饷。几次庙会，已卖得近三百两银子了。今日逢真武庙大集，外来客商最多，幼蘩要亲自去卖，一早便同郝妈出了北门。晚饭时节郝妈带着卖得的五十多两银子高高兴兴地回来了，说小姐去买纸笔文具，晚一步到家。不料左等右等，到现在还没人影儿。因为事先商定卖绣品筹饷的事先要瞒过老爷，刚才是黄芩机灵，急中生智故弄狡狯，才把老爷哄过去了……

"哎呀，这个郝妈！常年跟幼蘩出外摆摊施药，怎么今日竟糊涂了！这可怎么办？"

四个人愁眉相对，眼看着天色越来越暗了。

吕烈踉踉跄跄地踏着夕阳，一会儿嘟嘟囔囔地说，一会儿轻声地笑，惹来行人惊异的注视，怕这醉汉生事，都远远躲开。

他醉了，醺然大醉。偏又和酒友打赌，乘醉独个儿回署，叫他们瞧瞧，我找得着门走不错路，我没醉，还能喝！

他从来不会醉透。今天的许多事历历在目，记得一清二楚：

吴直这老公竟也配住这么排场的楼！高大宽敞，只那朱红楼柱和雕花窗棂就得费上千两银子，不到两个月就完了工，无怪乎这不男不女的家伙乐得颠颠儿的，大宴宾客！……

酒嘛，好东西！宴嘛，不吃白不吃！接了帖子的登州文武官员、缙绅名士有几个不去的？又有几个不送礼致贺拍这老公马屁的？……知府送上大匾，道员进奉地毯，一个个满脸谄笑，就像这没屌子的家伙是他们老子，恶心！……我偏不送礼，偏来白吃白喝！你怎么着？……

这老公，真歹！竟朝我要画："我知道你，徐大少！画一幅，权当还我酒债！"哼！这个蹲着撒尿的怪物，也配要我的画！……要他一要！要他二丈长的条幅，画个小孩儿放风筝，一根风筝线跟纸一般长，那头出一个小小蝴蝶风筝，影影绰绰。瞧他笑嘻嘻的团团脸跟着我这风筝线越拉越长，好不痛快人也！浮一大白！……

他要我添几笔，好，一边添一边喝酒，对饮同干……干一杯，加一簇绿草；喝两杯，添一座青山；饮五杯，桃红李白；更尽三杯，松柏郁郁葱葱……笔下狼藉，酒兴却愈浓，周围的宾客吓得吐舌头！……喝醉了，不摆平日的官威，不故作文雅状，他倒真有了几分男人气，把劝解的人都骂出去！书房里就我们俩，喝酒，画画儿，你一句我一句地说，哈哈！喝得痛快，画得痛快，说得痛快！……

他眼儿都斜了，不住念叨："我知道你，徐大少，我知道你！……"他想说什么？我可不客气，还他一句："我也知道你！"

他翻白眼："你知道我什么？"

"我知道你妈……"可见我还不糊涂，掂得出轻重，没把那个老鸨子的底细兜出来，顺口就改了，"你妈的不仗义，就为了我们孙巡抚不肯拍你马屁，你就专跟他过不去，拿粮饷卡他！……叫登州营的弟兄吃苦不是？"

他是真醉了，要不怎么说酒后吐真言呢，他竟认账："没错！咱要是密奏万岁爷给登州拨饷，十有八九准得下来！可我干吗要当那好人？你瞧不起我，我还不巴结呢！看看谁求着谁！……"

他还说什么来着？"他个举人出身，小小兵部主事，骤然荣升巡抚一方的封疆大员，没有我吴直，他做梦去吧！……我凭什么就该以德报怨？"他连着灌了几大杯，挤着眼睛尖声说，"你瞧着，你瞧着，总有一天，我得叫他求我！他赶着要把女儿嫁我，我还不定理不理他呢！……"

我哈哈大笑！实在可笑，孙巡抚的女儿是什么香饽饽，这么多人抢，惹得太监也跑来争当门婿！……把他笑急了，瞪眼骂开了："你知道个屁！历来就有皇上指婚，把大臣的女儿嫁给有功内监……"

我说，就算有，不也是干夫妻？缺了那玩意儿，还有娶老婆的兴头？

他那眼泪竟哗哗往下淌，还笑着说哩：“知道不知道，聋子送礼喜欢送人铃铛，瞎子送礼爱送人灯？一个意思！”

我说，怪不得，你一来登州，别的事不问，先打听回龙草，准是想叫天下男人都痿了，跟你们一样你才开心，是不是？

他忙说，不是不是，访回龙草是皇爷的意思，说回龙草真名叫蔫草，一可痿阳二可避寒，正堪边军使用……

他是大醉，大醉，竟敢说出这些话！……我没醉，没醉，不要人扶，自己找得到归路！……

吕烈右摇左晃，浑身燥热难当，一阵阵酒劲涌上撞击咽喉，终于扶着路边树干，“哇哇”大吐一阵。吐毕，又往前走了数十步，见一块大青石板，原想坐下歇歇，可坐下去就不想再站起来，竟裹着锦袍躺下，沉沉睡去。

这一睡不知多久，醒来睁眼看天，分不清是暮是曙。十数步外就是大路，路上影影绰绰有几个推车汉坐在那里歇脚说笑，远远传来十分清晰，讲的都是今日大集上的趣事。他定是被说笑声唤醒的。恍然记起今日是真武庙会，那他顶多只睡了一个时辰，没什么可着急的了。

他慢慢坐起，打个哈欠，太阳穴隐隐约约地刺痛。等那些路人推着吱吱嘎嘎的车、哼着小调、说着家常话走远了，才懒洋洋地扶着树干站起身。

一缕细细的哭声送来耳边，断断续续，似有若无。他朝着声音走了几步，脚下荒草窸窣乱响，哭声倏然消失。他赶忙止步，用一双久在军营练就的夜视眼细细搜寻，终于发现离路边不远的一棵树下，有一团不时耸动的黑影，仿佛伏着一头小兽。他轻手轻脚走近一看，是个坐在树下蒙脸哭泣的瘦小汉子，忍不住招呼道：“喂！你……”

那人吓得一哆嗦，惊慌地看着吕烈直往后缩，淡淡的月光照着他尖瘦苍白的脸，可怜的细脖子，窄小的肩膀，完全是个未成年的孩子。

“你是谁家小厮？哭什么？迷路了？家里大人呢？”他向四面瞧瞧，没有一个人影。

孩子眼睛一眨不眨地盯着吕烈，只不作声，还在发抖。

“你怎么不说话？哑了？”

孩子突然点点头，指着嘴，发出“啊、啊”的沙哑声，果然是个哑巴。他又指着自己的膝盖，做了个摔倒的样子，然后连连摇头皱眉做痛苦状。

“哦，哦，你绊了跤，把腿扭伤，很痛，走不动路了，是这意思吧？刚才路上过去好些行人，你怎么不招呼呢？”

孩子比画着：那些人又高又大，掰着手指数有七八个人，指指自己背着的蓝布包袱，缩身蒙脸做恐惧状。

“哦，你怕他们打抢你。你就不怕我打抢你？”

孩子怔了怔，一笑，指指吕烈的头盔官衣，又指指吕烈的口，皱着小鼻子，用手在面前扇了两下，那意思是说吕烈是长官，又是醉汉，逗得吕烈哈哈地笑了：

“好，你既信得过我，我就送你回家。你住在哪里？”

孩子又指又画，嘴里“啊啊”地帮助解释。吕烈越看越糊涂，问道：“你会写字吗？”

孩子赶忙点头，伸手就在地上画字，哪里看得清！吕烈说：“我的住处不远，先到我那儿去，写出地址来，我再着人送你回家，好吗？”

孩子闪动着乌黑的大眼睛，半晌，点头同意。

吕烈扶孩子站起来，孩子浑身一哆嗦，齿间嘶嘶响。

“很痛吗？摔得不轻哩。”吕烈担心地看看他一脚不敢沾地的姿势，发愁地说，“看这样儿，还得背着你，算我倒霉！……小兄弟，你冷得很？病了吗？”孩子一直在发抖，一双小瘦手凉得像冰棍棍。吕烈伸手去摸他额头，孩子躲闪不及，额头倒是汗涔涔地温热，吕烈才略略放心，脱下身上的锦袍，裹在小家伙身上，不顾他的反对和挣扎，背了就走。

吕烈的脚步还不大稳，目光还有些迷茫，头也还发涨发晕，也许是因为醉后心绪特别柔和，特别容易感动，背着这个缩成一团、又小又轻的小哑巴，他忽然觉得强者的自豪，对自己行为的赞赏，由此感到了前所未有的真诚的满足，并对这可怜的孩子生出长兄对幼弟的怜爱……

到了屋里灯光下，孩子依然索索发抖。吕烈猜想一定是自己署衙前的兵丁及进门后众多迎接侍候的亲兵把小家伙吓着了，连忙命人端上热茶和点心，款待陌路相逢的小病人。

他一定饿坏了，只管低头喝茶吃点心，姿态很文雅，像个书香世家的子弟。吕烈拍拍他背着的蓝花布包袱，笑道："什么宝贝，不舍得放下？不嫌沉？"

孩子解下包袱，摊在桌上打开，吕烈眼前一片色彩缤纷，全都是非常精美的锦缎绣品！绣图又都是"麻姑上寿"、"天女散花"等极繁难的人物故事，绝非一般岁寒三友、鸳鸯蝴蝶等俗品可比。吕烈自己善画，很容易就发现，无论构图还是设色，都是一流的。他顺序看过，看一样赞一声：

"好！好！怪不得怕人打抢，果然是上品！是从集上买来的？"

孩子以口就杯喝着热茶，摇摇头，拿笔在茶几上为他铺放的白纸上歪歪斜斜地写了一个字："卖"。停了停，又写了一行："肯买否？一副三件，十五两银子。"

吕烈笑了："不愧是登州人，小小年纪便会做生意！……十五两不算贵，拿去京师三十两也有人抢。只是我个男人家，要来有什么用？又不置嫁妆！"

孩子好奇地眨眨眼，灵活地转动着黑眼珠，又写了一行："买与父母妻女，家用。愿让价。"

吕烈鼻子里哼一声，狠狠地说："妻儿老小一概没有！光杆儿独个儿过一辈子！"

孩子怔了怔，见吕烈的目光从纸上移向自己，赶忙又低头去喝茶，听得他又问："你个小小男娃子，哪里来的这些东西？敢莫是偷了家中物事来卖钱，去吃喝嫖赌吧？"

孩子惊惧地把头摇得像拨浪鼓，又写道："家父有难，家母命卖绣品积钱济难。”

“你父亲是谁？做什么的？”

孩子抬不起头，犹豫片刻，纸上又出现一行字：“不敢使长辈蒙羞，乞见谅。”

吕烈点点头，看来确是世家子弟，遇到家难，只得靠变卖家产救急。怪不得他这么文质彬彬、有礼懂事。于是命亲随取出两封银子，放在孩子面前，笑道：“咱们今天路遇也算缘分。把你这包绣品留下，不是三副九件吗？我给你一百两银子，这里两封，一封五十两，你收好。偏巧眼下我手头紧，要是平日，再捐助你一二百也不难！”

孩子猛地抬头，泪光荧荧，十分感动地撑着茶几站起来，对着吕烈慢慢地深深一揖到地，瘦肩膀耸动着，看着就要哭出来。吕烈见他如此感激，反倒不好意思，连忙扶住他：“别！别！小心你的腿伤！”

孩子倏地扭脸向茶几，拿起一封银包打开，从里取出一块五两重的小银锞子，连同另一封银向前推了推，表示不要，把手头那封四十五两揣进怀中，并一本正经地在纸上写了三个比前面的大三倍的字：“不二价。”

吕烈笑了，心里感动，走到孩子跟前，抓住他的手，把他不要的硬塞在他手上：“拿着吧，小兄弟，算我捐给你爹救急还不行？……”见孩子还是硬推，他干脆拿银子塞进他怀襟，“我可是诚心诚意，你再不要，就是瞧我不起啦！”

孩子脸涨得通红，用力把吕烈塞银子的手推开，背身垂头站了片刻，终于回眸一笑，不好意思地点了点头。

吕烈犹如雷击电触，傻了，目不转睛地望着孩子，结结巴巴不知在说什么：“你……你是……”

孩子见他瞪眼张口的样子，吓了一跳，满脸疑问地看着他，忽然想到什么，赶紧又转过身去细细打量墙上的字画。

瞅瞅孩子摘了毡帽后略显蓬乱的包着发巾的头髻；瞅瞅那罩在宽大的蓝绸棉袍里单薄的身体；再瞅瞅他脚上沾满泥土的双云头棉靴，吕烈不禁叹了口气，说：“小兄弟，问你一句话……你是不是有个通医道的姐姐？爱穿黑衣黑裙，常常施药济世行善的……”

孩子一惊，眼里透出奇怪的难以捉摸的神情，迟疑片刻，轻轻地点了一下头。

“那么……”如有鬼魂附体，吕烈竟脱口问出一句极不得体、极倒架子、事后一想起来就脸红的话，“你姐姐她……那么，你可有，可有姐夫?”话一出口，吕烈自己倒先吃了一惊，立刻骂自己该死，问这干什么?你不是决心一辈子不娶、一辈子不相信女人的吗?只要能收回这一问，吕烈情愿，情愿……受什么罚都行!

孩子果然竖起了黑眉毛，涨红了脸，满面怒容地瞪着他，逼得他慌慌张张赶忙改口：“在下……身有贱恙，多次投医不治，想……致函令姐求医，若得指点一二，感激不尽!”

附在身上的鬼魂真也超群，竟急中生智想到求医，好像图谋已久似的!

孩子嘴唇抿得看不见了，眼睛却灵得像水中的黑蝌蚪，在吕烈和四壁书画间打了好几圈，低了眼皮，几乎看不出来地微微点了点头。

吕烈万没料到孩子能接受自己的解释，更没料到自己拿起笔写求医信时竟如此心慌意乱，手指簌簌直抖，几乎不能成字，绮词丽语、挑逗芳心的情话，竟一句也想不起来。屏息静气好半天，再提起笔，却一气呵成，在孩子灼灼目光的监视下，他用流利洒脱的行草写下这段既不似情书，又不似求医信的特殊文字——

女华佗妆次：

仆有病，病在心，心悸失眠；仆有病，病在肝，肝郁不舒。三日后仆欲再往开元寺求医，惟乞神医仙姑不吝赐教，普济众生……

幼蘅跪在神龛前默祷，不多时便出了神，变成一尊身姿优雅的彩塑泥像。

一双热烘烘的小手突然从背后伸来蒙住她的眼睛，她惊叫着直跳起来，背后突施袭击的人也嗟叹地“咦”了一声。

“哎呀！可回来啦！把人急死!”幼蘅扑向义妹。

幼蘩看着手上沾满的泪水，又低头细看幼蘅的眼睛：

“姐姐，你怎么又哭了？”

幼蘅避开幼蘩的问话，忙道：“娘急得团团转，又不敢告诉爹，只好暗暗着人去集上寻，集早散了！……娘知道你回来了吗？”

“郝妈去禀告了。又卖得一百两，给娘送去了。快要凑足五百两啦！”幼蘩脸儿红得像海棠，眼睛亮晶晶，喜悦中透着得意。

郝大、郝妈老两口是孙家世仆，在府外草桥边有一处住所，幼蘩每次出府施药行医都在那里落脚换装，由他夫妇相陪。近日郝大被老爷差回嘉定，幼蘩出行只有郝妈陪同了。

“又扮成小秀才吗？怕一老一少两个女子做生意被人欺哄吧？”幼蘅故意找开心话题。

“这倒不。”幼蘩认真地说，“往日施药行善，出自本心为世人做善事，应当以本来面目；现下为了换钱交易，扮个小厮，心里少些羞耻，方得安宁，行动也方便……”猛然觉察“小厮”二字是在重复他的话，不禁一阵心跳耳热，连忙转了话题：“姐姐为何落泪？这么早就做晚祷了？可是天主没有答允姐姐的祈祷，气哭了？”

幼蘩的调侃又触动了幼蘅，她笑着推了妹妹一把：“去，去！不要瞎说！……”声音却又哽咽，眼泪又滚落下来。

幼蘩“哎呀”一声，身子晃了晃，忙扶住墙。幼蘅慌了，过来扶住了问：“是怎么了？”

“没大事！集散归家，一脚踩空，扭伤腿筋走不得路，所以回来晚了。不要紧，方才在郝妈处已取药敷上，此刻业已消肿，还有些余痛罢了。”

二人的心事，都这么轻巧地掩盖过去。

夜色浓重，女孩子们与往日一样在灯下刺绣。她们要悄悄凑足五百两，在元旦之日献给父亲，好让多年忧劳的老爷得到一个意外惊喜。

最精细传神的人物由幼蘩操针，花鸟鱼虫是幼蘅的手艺，丫头们编绦子织花边，成品交夫人，只瞒着孙元化。

弯弯月牙高悬楼角，呼啸的寒风吹得窗棂“咯咯”响，闺房内却一片明亮温馨。黄苓早把脚炉放在小姐脚下，手炉放在绣架一侧。紫菀在门边煎好茶，用托盘捧上热腾腾的茶盏和几碟精致点心，随后也凑在亮煌煌的几盏桌灯下做活儿，热心地听幼蘩兴致勃勃地讲那百两纹银的来历：她如何扭伤，如何遇着一位军营大叔管她叫小兄弟，这位大叔又如何慷慨解囊、助人救急……

紫菀神往地说："这位大叔真好！准是又高又壮，力大无穷，说话跟打钟那么响，待人极是厚道……该不是到府里来过的孔参将吧？眼睛好大，眉毛好粗……"

"不对不对！"黄苓抢过话头，"这大叔想必是细高挑红脸膛，黑胡子又浓又长，盖过肚子，就像关老爷！关老爷不就最有义气吗？"

"都是胡说，"幼蘩又笑又皱眉，"他不胖也不高，不黑也不红……"

"那么是个白脸儿？有耿中军那么年轻那么俊吗？"黄苓脱口而出。耿仲明身为中军，常在府中出入，下人都认识他。

"放肆！"幼蘩沉了脸，"女孩儿家怎么讲话！大叔就是大叔，胡子一大把，说他家里五男二女七子团圆哩！……"

幼蘩平日话不多，今天为什么如此兴奋？幼蘅不由抬头看看她，幼蘩正好触到这道疑问的目光，骤然红了脸，不自然起来，有关"大叔"的话头再不提了。沉默片刻，她接着自言自语地问："要是典房产的钱还不够关饷，怎么办？咱们就得卖首饰了吧？……"

夜深了，胖丫头紫菀熬不住，倚着桌腿睡着了，轻轻打着鼾。幼蘩和幼蘅都笑，正要收拾睡觉，黄苓神秘地说：

"亏得紫菀睡了，我才好说。她嘴不严，露出去叫夫人知道了，准要骂我偷听，挨顿打可就冤了。"

"什么事，神神鬼鬼的！"幼蘩瞪了她一眼。

黄苓的一双圆眼睛滴溜溜直转，声音更小了："晌午，张总镇过府来拜……"

"他来做什么？"幼蘩十分敏感，忙追问。

黄苓这才把她偷听来的老爷夫人关于三个女儿婚姻事的话儿说了一遍。"千万可别让夫人知道是我说的哦！"黄苓是姑娘的耳报神，传过无数次密语，每次都忘不了嘱咐这么一句。随后便叫醒紫菀给两位小姐铺床、熏香。

幼蘅站在屋角那张花梨木文几边，仰头观赏那粉青美人肩哥窑瓷觚中刚开了一两朵的水仙花。幼蘩走过去叫了一声“姐姐”，赶紧住口，原来幼蘅已是泪流满腮了。

幼蘅什么都好，就是常爱落泪。她的底细幼蘩不全知道，也不好问，但料想有她的伤心事，也能觉察到她不是名门闺秀出身。她能待这位义姐亲热友好，却不能从心底消除自己对她的优越感。她此刻的泪，想来是不愿配给那位孔有德。这使她对义姐多少有些不满，她虽然说不出“不识抬举”之类的话，心里觉得她未免自高位置，辜负了父亲的一片好心。于是幼蘩拉了幼蘅的手，笑道：“他……他是一员虎将，前程无量，登州谁不知道？日后必有一番作为。常听爹爹说起，他忠厚淳朴，是个靠得住的人呢！……”

幼蘅甩脱义妹的手，哭道：“不要讲了！……”

幼蘩一怔，耸起了眉尖。

幼蘅忙拭泪赔笑：“我失手了，妹妹莫见怪！……”她长叹一声，低头走开。

幼蘩与义姐苦乐迥异。回掉张家，她一身轻松，仿佛洗去一层粘在身上的柳絮。

那次为张家老太太诊脉后，他家十二岁的小姐也来请幼蘩看病。走进小姐闺房，小姑娘才捋起袖子，露出红肿溃烂的胳膊，叫幼蘩吓了一跳。问起因由，只不过是陪父亲用饭，已经吃饱，父亲又递给她一个热腾腾的馒首。家中严格遵循古礼，长者赐，幼者贱者不敢辞。她不敢不吃，又实在吃不下，只好假装掰着吃，把掰下的馒首块往袖筒里装，烫得要命还不敢说、不敢哭……

看那小姑娘郁郁寡欢的面容，总是闪着惊慌神色的从不会笑的眼睛，幼蘩的心在发抖。这样严刻的人家，幼蘩是绝不能忍受的！何况那个张鹿征，她绝不想见他第二回。幸而爹娘圣明，她打心底感激。

今日的奇遇，更在幼蘩心头激起了从未有过的欢乐和从未有过的慌乱不安。她已安枕帐中了，仍没有丝毫睡意，满脑子装的全是他！

他的面容，他的笑语，他的目光，他的神态……他的手多么粗大，多么暖和啊！想到伏在他背上的光景，脸上羞得一阵阵发烧；想到他问起黑衣黑裙姑娘时那专注、那真切，她心里又甜得嗞嗞作响……“求医信”就在怀里，摸上去烫人！信热还是自己心口热？……三日后去不去开元寺？就是没他的信也该去的。到时候他会怎样呢？要是认出我就是那个“小厮”、那个“小兄弟”呢？那不羞死人了？……天哪！这不就是结私情吗？被人知道，怎么得了？败坏爹爹官声，败坏门庭，羞愧死！……

不！相爱慕的男女结成夫妻，是天主的意思啊！只要他正正当当遣媒来说亲，又有什么不好？……可那样一来，我就要告诉他爹爹是谁了！真可怕，上回在开元寺就是猛见他身着武官品服，想到他是爹爹部下，才慌得跑开了的！……爹爹能看得上他吗？……他将来肯受洗入教吗？……

幼蘩心里乱纷纷的，翻来覆去无法入睡，突然想起忘了做晚祷，赶忙坐起身，合掌低头祈告：“天主，饶恕我！……”

府院深处的小姐绣楼一派宁静，而巡抚署前堂此刻却灯火煌煌。幼蘩做梦也想不到，她的意中人近在咫尺。从吕烈、曹得功半夜进府之时起，突然降临的危机感压得人们气都透不过来。

孙元化正坐大堂，副将张焘、中军耿仲明左右侍立，亲兵武士站满一堂，无不面色阴沉，细听曹得功禀报吴桥兵变的经过。

曹得功最后说：“弟兄们被逼无奈，无法北行，要回登州来，乞帅爷向朝廷讨个公道！”他拜伏在地，不肯抬头。

“吕游击，你怎么遇到他的？”孙元化问。

吕烈昨晚送那小兄弟回家后，返署途中与曹得功的马头相撞，曹得功竟摔晕过去，待救得他醒，惊闻事变，不敢耽搁，半夜闯辕门，领曹得功进了巡抚府。吕烈不及说完，侍卫匆匆带领两名省城来的急使进堂，呈上两函急件。孙元化立即拆看——

查原登州营参将孔有德目无法纪，纵兵骚扰民间，于闰十一月丁卯叛于吴桥，陷陵县、临邑、商河，屠新城，焚掠甚惨，又击杀追剿官兵，罪不容诛！该乱兵呼啸东去，意在登州。特谕知沿途郡县严加防范，各卫所备兵助剿，并移文登莱巡抚及登州镇副总兵速发兵马堵截合剿。

巡抚山东等处地方
督理营田兼管河道　提督军务
余大成
巡按山东监察御史　王道纯
崇祯四年十二月戊寅

另一函是山东巡抚余大成的亲笔信，请孙元化出兵截击，并约在青州府会见，面商剿抚之策。

看罢信函，孙元化靠在椅背上，沉入思索之中。他看上去沉着从容，一副胸有成竹的样子，使堂上堂下的人们绷得很紧的心弦稍稍松缓了些。沉寂中，上百双眼睛都凝视着孙元化，等候他决策。

孙元化的手慢慢伸向大案的签筒，抽出一支镌有“令”和“巡抚登莱东江地方赞理军务孙”字样的令箭，说：

“吕烈，你领一哨人马立即动身，持我令箭往谕孔有德等人，命他立即停止杀伐攻掠，速回登州待命。本抚将往青州与山东巡抚会商，力争招安赦罪。”

“遵命！”吕烈接过令箭，匆匆下堂离府，天亮前就率队出发了。他喜欢这激烈变化的刺激。驰出百里之外，才记起开元寺之约，懊丧片时后，一笑置之。

大堂上侍立的耿仲明有些着急：

“帅爷，若是省城兵将、各卫所兵马逼杀，孔大哥岂能忍气不还手、白吃亏？……”

“耿中军，若孔有德真反了，你将如何？”孙元化望定耿仲明。不料张焘小声插了一句：

“事出激变，非其本谋，孔有德憨厚忠诚，未必真反……”

孙元化瞪了他一眼，他闭嘴低头。耿仲明态度很坚决：“孔大哥若反，定是被逼无奈。但无论如何，仲明绝不负帅爷恩义!”

“这就好。明日随我出兵。”

“是!”耿仲明和张焘一齐躬身。

“张副将留守登州，须防备金虏北来侵袭，报海战大败之仇……”

侍卫又匆匆上堂呈送信函，竟是即日就要南下升任南京左府将军的张可大写来的，劈头便说：

“孔有德狼子野心，今日乃大白于天下！辽人犷悍，视登州为金穴，欲得而甘心久矣……”接着又说，“可大虽离任而责犹在，得省城巡抚巡按移文，即率兵马前往征讨！惟兵已欠饷三月，粮草难以为继，乞大人急为筹措，早日运抵军前是盼……”

孙元化一抬头，急问：“张总兵何时出兵?”

侍卫答道：“听那送信家将说，已出城西去了。”

孙元化双手一按大案，猛地站起身：“这么快? ……”这可不是吉兆！他佩服张可大忠于职守，又担心他深怀登、辽嫌隙而鲁莽行动铸成大错。他眉头一拧，立刻点了四营兵马，下令五鼓集队动身。随后又传急檄，召来登州知府、蓬莱知县等官员，说明原委，要他们会同各州县设法募捐以救粮饷之急，限五日内押送军前。

地方官员们愁眉苦脸地离去之后，孙元化也赶回后堂向妻女告别，最后跪在天主像前默默祈祷。

他的祈祷，从来没有具体的近切的题目，而今天，他却非常明确地乞求主保佑他：保佑他能追上张可大，阻止他与孔有德动武结仇；保佑抚局早成，兵乱平定；保佑粮饷得济，登州无恙……

三

辽呆子孔有德叛兵作乱的消息传到省城，满城惊惶。因为叛兵攻掠的临邑、齐河、齐东、新城，都是济南府属县城，相距不远，朝发夕至；剿贼的官兵又盛气而去，大败而回，一时间店铺关门，粮价暴涨，东郊北郊百姓竟开始投亲靠友进城避难了。直到孔有德全军向东、意在回归登州的确切消息传送到省城，民心方定。大明湖上，游船来往，又如昔日一般优哉游哉，趵突泉边，歌台舞榭，仍旧繁华热闹。

喝道的锣声阵阵响过来，数十兵马簇拥着一顶大轿走过街市，却也因行人车马过多，不得不多次停步等候。轿中官员不时掀帘朝外看，他浓眉细眼，胸前一把浓须已夹杂了灰白，脸上神情几分意外、几分不快、几分着急。街边一些中年人、老人瞥见他的面容，顿时惊喜出声，一传十十传百地互相传告：

“徐大人！是徐大人！”

“徐大人又回来了，这就放心啦！……”

于是许多人夹道瞻仰这位徐大人，几位老头儿竟跪下向徐大人伏拜了。

若在平日，他早就停轿出来与子民相见慰问了，今日事急，他要赶着去弄清局势，实在顾不得。为此，他从仪仗中去掉了官衔名牌，只留了一对回避牌、一对肃静牌，不想还是被人认出。他叹了口气，低声命随轿的侍从：“快走！”

他，徐从治，二十年间，以知府、右参政、右布政使三次出任济南，颇有政声。这次因吴桥兵变，接山东巡抚急檄，由武德兵备道任上召来省城监军。他接调令后急如星火，连夜赶赴省城，来解危救难，不料眼前一派娱乐升平；去拜谒巡抚大人，却被告知抚院出巡青州，将与登抚会商围剿叛兵事宜，已为他收拾出监军署及一切应用物品，要他在省城候命。他一时摸不着头脑，跟着就去谒见山东巡按王道纯。

巡按乃代天子巡狩、考察所按藩服大臣、府州县各官的钦差监察官，举劾尤专，大事奏请皇上裁夺，小事可以立断。他们同朝中的御史言官一样，品级不高，权力却不小，最为各地方官员所畏惧，一旦被巡按弹劾，丢官罢职不说，更有性命之忧！

按参拜礼节，徐从治应该谒访巡按，倒不是为要巴结。他们私交甚好。做官多年，徐从治引为同道知己者寥寥，王道纯是其中之一，虽然他们相识也不过两年。

远远望见巡按府门外两个大青石狮子，四周车马纷纷，许多仆役在墙根站着坐着晒太阳聊天，想必来拜谒的官员不少。徐从治止住仪仗，命侍从去递手本。

片刻间，巡按府的门官摇着纱帽的小帽翅，随着侍从匆匆赶到徐从治轿前跪拜："徐爷，您老可来啦！我们老爷打昨儿晚上就吩咐小的候您老大驾光临，直等到这会儿……您老快请，您老快请……"他满口京里的常用语，满脸堆笑，哈着腰陪徐从治走进大门。登上台阶，他一转身，笑脸眨眼间变成冰霜脸，对门丁严厉地下令："吩咐下去，其他各府署，一概挡驾！"再一回身，对着徐从治，又是笑容可掬。这令徐从治惊叹不已。

在二门边，府里管家接住，门官非常谦恭地告退，徐从治便由管家陪同进二门，过穿堂，不走正门，折向左侧的垂花门。老管家看出客人的疑惑，忙笑道："徐爷不是寻常客，是家主爷至交，家主爷昨日就吩咐了，不用官场客套，迎徐爷去书房待茶。"

徐从治点头微笑，心里很舒坦。官场那套繁文缛节，虚假伪善，他极厌恶，所以一而再地告退回乡。有人赞他清直，也有人讥他不识时务；然而一发生重大变化，又都不得不请他出来收拾局面。

管家又笑道："近日公务繁杂，家主爷从各府州县巡视归来，昨夜修本直至天亮，只怕就睡在书房，这时分或许还未起身哩……"

"嘻嘻嘻！……哈哈哈哈！……"一串清脆稚嫩的笑声令跨进书房小院的徐从治吃惊地停住脚，看看管家。管家迷惑地耸耸眉，恍然悟道："家主爷定是醒了，这是小爷的声音，就在书房……"

小爷的声音在撒娇撒赖："嗯，我不嘛！肚子里没有，不尿！"

"就尿一点点，"这是山东巡按王道纯的声音，可没有平日巡按的威严，倒像个老妈妈柔声软气地哄孩子，"好乖宝宝，掏出小鸡子，对准了，尿一点点就行……"

早就听说王道纯极疼爱他的独子，都十一二岁了，还常常要孩子骑在肚子上玩，叫他往自己肚脐眼里撒尿。徐从治只拿这当笑传，并不深信，不料今日竟当面碰上。

"从治兄到了？快快请进！"王道纯听了管家禀报，抱着儿子迎出来。书房门首"求道轩"篆字匾下，两人随意寒暄了几句，说笑着一同进了屋。

徐从治笑道："大人舐犊之情，毋乃太过？"

那小爷瞪了徐从治一眼，反身紧紧搂住父亲的脖子。王道纯笑了笑，轻轻拍着儿子的脊背，叹道："可怜只有此一个哟！……"说着，把儿子交给侍立在侧的保姆，"领他到街口买油馃子吃……王洪，支给五个大钱！……不够？好，好，唉，支给十个吧！……"

管家王洪领命，带着保姆、孩子一同出去了。

"快拿我衣冠来！"王道纯一迭声地喊着，并对徐从治笑道，"不敬之至，不敬之至！"

徐从治也笑道："彼此稔熟，何必认真。"

"嗳，朝廷礼法，还是要认真的呀！"王道纯说着，两名小僮进来为他更衣：皮袍外罩上官便袍，戴上乌纱帽，换上粉底皂靴。

此间，徐从治转到窗下案边，案上有尚未写完的奏折，案头还有厚厚的一本宣纸册，封面规规矩矩五个正楷："求道轩日记"。翻了翻，尽是每日几时起身、几时用饭、共饭几人、食用几样菜的菜名等等，仿佛流水账；偶尔，某日记之下有一行小字："本日与老妻敦伦一次。"

徐从治差点儿笑出声：这种闺房秘事，他果然一本正经地逐次记载！他知不知道外间对他这怪癖的讪笑嘲讽，称之为"半疯道学"？他知不知道他凡事认真诚实、讲究正心诚意之学的言行，被人看作古板矫情、嗤之以鼻？细想去，徐从治又十分感叹，笑不出来了。

王道纯见他翻看日记，并不在意，他奉行"无事不可对人言"，对自己的正和诚非常自信。他吩咐下人送茶，一面问着徐从治的一路行程。徐从治随口答过，接着说：

"道纯兄，不孝有三，无后为大，何不纳副室以广子嗣？"

王道纯摇头苦笑道："纳妾娶小，要多少花销！我的境况须瞒不过从治兄……"

徐从治的目光迅速扫过陈设简陋的书房、下人送上的清淡茶水、王道纯身上的布面羊皮袍以及那只炭火不旺的小火盆，心里很是感慨。王道纯是山西蒲州人，为官极是清廉，除了官俸之外，一毫不取。擢升御史、巡按山东以来，更以海瑞自况，不仅有直声，也以清贫著称。靠那点俸银，既要维持官体，又要养活家口，纵然十分精细节俭，也过得十分为难……徐从治有心弯腰取出靴筒里的礼单，又怕触犯了这位巡按大人，正犹豫间，听王道纯问：

“从治兄可能猜到，此番调兄赴省监军是谁的主意?”

“自然是巡按大人一力促成！余抚院于剿、抚两途，怕是主抚的吧?”

“从治兄，你若再称弟巡按大人，弟就要尊称你为老前辈了!”

“不敢，不敢！……”徐从治连连摆手，二人一同大笑。

他俩的交往颇奇特。徐从治今年五十七岁，海盐人，万历三十五年进士；王道纯今年五十二岁，天启二年进士，比徐从治晚了四科，理当称之为老前辈。徐从治授右参政兵备道职，正三品官；王道纯官不过七品，却因山东巡按身份，有代天子监察百官的特权，事实上又临各官之上。二人的仕途原很难相交，也不属同一个圈子，因志同道合，竟成契友，这是很少见的。

徐从治道：“吴桥兵变，原不难收拾，余抚院不知为何简派沈廷谕、陶廷鋐去办?武将有胆无略，焉能应付激变反戈之兵哉!”

三年前，蓟州军因欠饷数月而哗变，将顺天巡抚王应豸围困在遵化城内。身为蓟州兵备道的徐从治单骑驰入城中，部署抚标兵将分守四门，按甲不动。他亲自登上城门楼，扬臂高呼：“粮饷现已调到，将给每兵分发三个月口粮，立刻各归分守汛地领取！否则大兵出击，悔之晚矣!”变兵竟应声而散，纷纷归营领粮，一场哗变平息。变兵首领被斩，徐从治因而进秩左布政使。

“从治兄所见极是！弟正为此，特请大驾来省……”王道纯一言未了，门外院内一片争闹声、脚步声，管家气喘吁吁地嚷着：

“你这个人，怎么不明事理！快扯住他……”

书房门“哗啦”推开，一人撞了进来，“嘶啦”声响，此人衣襟和袖子扯裂，断在阻拦他的仆人们手中。

王道纯与徐从治同时站起身，王道纯厉声问道：“干什么的?怎么回事?”

那人一头扑倒在王道纯脚下，伏地大哭，嘴里不清不楚地喊叫着："都天大老爷[1]做主！……都天大老爷！……"

老管家怒视来人："你！你不是说……"他转身向主人跪禀，"老爷，他自称是老爷的亲戚，族侄儿，说家里出了大事，特来禀告。小的只当事情紧急，故让他进来等我通报，他，他竟冲进书房！"

"你是谁？来做什么？"王道纯皱眉问，忽沉吟道，"我好像在哪里见过你。"

来人抬头，满脸是泪，边哭边诉："小的王叔圃，乃新城王象春之子，特来献银助饷，捐给官兵，剿灭辽呆子孔有德，替我家被难遭害的三十六口男妇报仇雪恨！……"他抹着泪，从怀中掏出一个函封袋子，双手高举过头，献给王道纯。

王道纯点头，对徐从治说："不错，去秋我往新城巡查，见过王乡绅一家，此子其时也在场。王叔圃，你们新城王家有此义举，亦是好事。但我这里乃巡按衙门，不受理捐助钱粮事，你往抚院大人处投递去吧。"

"抚院大人不在省城……"

"或投藩司、臬司，或投济南府，自有管钱粮的衙门。"

"老大人，我新城王家虽然遭此大难，根基未毁，捐助钱粮不惜血本……求老大人过目……"

听他说得古怪，想必那封函里有什么名堂。王道纯开封一看，勃然变色：在写了捐助银五万两、粮五万斛的红帖中夹了一张小红帖，上写"请奉千金为同宗大人寿"。他"啪"的一声合上红帖，冷笑道：

"老夫从不做寿，且诞辰还在夏六月，你热心太过了吧？"

王叔圃瞪大了眼睛，很是意外："老大人，这、这乃是常例，我……"

"我这门上没有这等龌龊常例！"王道纯正颜厉色，"你家四处宣

---

① 都天大老爷：各省巡按都有都察院御史之职，故时人以此称之。

扬，说是与我同宗，我几时与你家联过宗来？你父亲居家不谨，鱼肉百姓，你们王家子侄辈更是恃强横暴、仗势欺人！四乡投来诉状近百宗，若非吴桥兵变，本按原要拿你王家的人来问话！……如今还不深自反省，反又四出钻营，竟遣十数人进京，越级上控，将两院两司置于何地！”说到这里，王道纯十分生气，用力拍了桌子。

两院两司，自然是指山东巡抚（抚院）、山东巡按（按院），山东布政使司（藩司）、山东按察使司（臬司）。子民上京控告，是对本省地方官员极大的轻视，一旦告准，常常会危及他们，降职、罢官，甚至被逮回京打下诏狱受罪都是可能的。

王叔圃痛哭着伏地叩头：“老大人见谅！老大人见谅！……可怜我家三十六口老小惨死刀下！我等报仇心切，出此下策，更听说省中大人主抚不主剿，我等气愤难平，才起意京控……”

王道纯蹙额道：“是剿是抚，乃军国大事，岂容尔等小民置喙！”他将两张红帖装回封套，“啪”地掷回王叔圃身边，“捐助粮饷，乃是义举，此功不可泯。你往藩台衙门投递去吧！”

王叔圃再叩而起，掩面哭着退下。

徐从治耳闻目睹，既感慨又不无疑惑，略一拱手：“道纯兄清直，令弟佩服。”

王道纯略作沉默，然后说：“你我知己，自不必讳。但求兄莫与他人言及此事。”

“这又奇了！如今贪贿者毫无廉耻，道纯兄此行足令侪辈羞愧死！”

王道纯叹了口气，说：“做官固然第一要清，然勿求人知。若为显示张扬，则同列不谨不清者众，必定谮我；而为上司者多不加详察，适足取祸耳。惟默默行之，但求无愧于心而已。”

徐从治也点头叹息着说：“足见高明！……”他转而一想，望定王道纯，问道，“这样处置王叔圃……莫非于吴桥兵变也持抚议？”

“唉，抚、剿两途，近日省内已成争端，自上而下，两院两司乃至幕僚，无不争论，喋喋不休，听说巡抚署中几动老拳……”

徐从治陡然拉下脸来：“道纯兄，若为招抚叛兵而调弟来省，便大错了！弟一生最恨这个抚字！否则，我徐从治也不是今日了。”

徐从治虽是正途文官，却不书生气，机敏通变，凡平叛向来主剿不主抚。天启元年徐鸿儒反郓城，连陷邹、滕、峄三县，他正在兖东副使任上，力主剿灭，不仅捕杀其伏于兖东之党徒，还保举强将能吏，献捣贼中坚之策，终于平定叛乱，他因此大功进升右布政使。不久白莲教复起，当时按院主抚，徐从治争执不果，辞官告归。崇祯元年重新起用他，因平定蓟州兵变再进秩为左布政使，却又因对山贼主剿而与当权者主抚计议不合，再次辞官告归。这是他第三次起用，不到一年，竟又遇上剿、抚之争，难怪他变色。

“岂有此理！”王道纯笑道，“别人不知兄，难道我也不知？若讲抚字，谁敢请动从治兄大驾！……吴桥之变初起，省城里一片喊剿声，大是同仇敌忾！待得剿灭不成，铩羽而归，转而又是一片主抚。弟有心砥柱中流，但时至今日，已有独力难支之势，所以极力向抚院举荐从治兄……”

“怎么，余巡抚他……”

“余巡抚为人尚好，素有清正名，但不知兵。莅任山东以来，于白莲妖教及逃兵之乱，皆不能讨。闻吴桥兵变，又托病数日不出面，被弟追逼不过，才遣将发兵，不料又败回省城，要他主剿，想来为难。但此人耳根不硬，于兵事无定见，尚不为大害。难只难在那位登莱巡抚了。”王道纯停下来，拈着胡须忧心忡忡地摇头。

“兄是说那孙元化？”

“正是。余巡抚此去青州便是与此人会商，只怕被其左右。孙元化这个人嘛……自关外辽东至此，素言辽人可用，标下也多用辽人。骄兵悍将，说起来也是他纵容出来的！一旦出乱子，他力主抚议，那是势在必然。”

“我记得，此人乃举人出身？”

“唉，还是买得个监生资格。天启元年顺天乡试考中的举人，也还算正途就是了。”

“天启元年才中举？在下比他早十三年就已京师会试成进士，可人家倒巡抚一方，封疆大吏！……”

“他终究还是有才学。”

“有才学为何中不了进士？才学？什么才学？与他拥兵自重一样，不过是挟夷术而自重、献淫巧以邀宠罢了！我很看不上这路人物！”徐从治越说越激愤。

大明开国以来，渐渐形成重文轻武的风气，官场中对仕途出身尤其讲究。进士出身是正途中的翘楚，宰相大学士及六部尚书，非进士出身不可。哪怕官至方面大员，若非进士出身，也常常自惭形秽。进士瞧不起举人、举人瞧不起秀才、秀才瞧不起童生、童生瞧不起不识字的白丁，则更是人之常情了。所以王道纯并不劝阻牢骚满腹的徐从治，只轻描淡写地说：

“此人年不上五十，资历浅，骤获重膺，多半急功近利，企图一言解纷，一纸书退百万兵，以显其能，主抚可想而知。只要余抚院力主剿灭，他怕也得退让三分……”

正议论间，管家又急急忙忙送进一封信函，禀道：“登州来人，说是监军道王大人致函巡按大人……”

“王征！”王道纯接信，并不急于拆封，冷冷一笑，“果然是山雨欲来风满楼！我猜他必是为孙元化的抚议说项！”

“王征？可是陕西泾阳王征？记得与你同榜进士，颇有才名哩。”

“是啊，他与我同榜同门同姓同庚，人品才学俱属上乘，可惜堕入邪门左道，去拜什么天主！不然，何以弃封疆之任而就佐贰之职呢？”他开了封函，匆匆扫过一眼，“果不其然，做说客来了。”

徐从治哼了一声，说：“四面楚歌，尽是讲抚声，只怕余抚院也难独树一帜吧！”

王道纯叹道：“其实把话说透，有什么不可解？历代直至本朝，但凡能一举而剿灭者，绝不讲抚！讲抚，无非权宜之计，多是为安抚胁从，暂让一步，以便于伺机拿住倡乱首恶，杀一儆百。所谓剿、抚并用，抚其实还是为了剿。今上初即位，平定宫内哗变，最得此策精髓，极是少年英明之君！孙元化、王征辈不明此理，竟以抚为目的，岂非大错特错？乱臣逆子，人人得而诛之，若连此理都含糊过去，真可谓荒谬绝伦了！”

徐从治闻言神情振奋，拍案大呼："正论！正论！义正词严，好畅快人也！"

"砰啪！"茶盏被他拍得跳起来跌碎了，两位好友相视大笑，感到彼此心意相通，很是愉快。

"余抚院临行，我已交代再三，"王道纯平和地说，似乎胸有成竹，"务必剿灭乱兵，平定叛乱，方可以大功告慰皇上。他总不至于置按臣进言于不顾。"

徐从治想了想，张目盯住巡按大人，神采飞扬地说："道纯兄，咱们有言在先，若是两巡抚青州会商竟商出个抚局来，在下可是万难从命，只得第三次辞官告归，那时勿谓弟言之不预！"

王道纯哈哈大笑："从治兄快人快语！弟也与你约定，两抚院若真是定下抚议，弟必力争于朝廷，求皇上亲自下敕令剿！若仍不奏效，弟也挂冠去，绝不食言！"

四

令全山东各级文武官员注目的两巡抚会商，将在青州府举行。山东巡抚行辕在西，设在府衙院内；登莱巡抚行辕在东，设在府学中。两位巡抚的庞大侍从卫队及各种仪仗，使青州府城前所未有地拥挤、热闹、光彩夺目。居民纷纷拥上街头看稀罕。听说两位巡抚大人各带了好几千兵马，驻扎城外，被孔有德兵乱消息吓慌了的百姓，顿时吃了定心丸。

孙元化上午到达，听说余大成中午在府署下马，午后才交未末，孙元化便具了名帖，带了十数名随从，来到山东巡抚行辕。

余大成接到名帖，吃了一惊。按照常规礼节，两巡抚应当先遣派各自属官互致问候，然后由各自的抚标中军商定见面日期地点，才能正式相会。许多讲究气派排场的巡抚，常要在这种时候拿身份，自高位置，故意刁难，使对方屈就于己有利的地点，或者迟迟而来，令对方坐一会儿冷板凳。余大成是准备受孙元化的这种慢待的，不料他会如此谦恭，以晚辈下官的礼节，首先来拜会自己。他捋着花白的胡须，沉吟片刻，吩咐："客厅待茶！"亲自出大门迎接。

两位巡抚互相拜揖，互道寒温，说着“久仰”、“幸会”之类的礼节话，都在仔细打量对方，心里暗暗掂量。孙元化黑眉黑须，宽颐隆准，奕奕有神的丹凤眼，温文慈和的神态和低沉浑厚的声音，使余大成感到意外，几乎掩饰不住自己的惊讶；而余大成花白的胡须、疏朗的眉目、骨肉停当的相貌表现出的忠厚、宽大，也叫孙元化暗暗松了口气。

彼此初见时生出的好感，对后来的会商极有好处。但进入客厅分主客坐定，下人献茶之后，两人的话题却与吴桥兵变全然无关。

“余大人清德，元化倾慕已久。常闻大人于天启年间忤魏逆以维护士林，实可钦佩！”孙元化望着两鬓斑白的余大成，拱手致意。他实在想象不出这样一个慈颜老者，当初敢于在魏忠贤的熏天势焰中挺身抗争。

魏党倒台已三年多了，但提起当年勇，余大成仍很自豪，嘴里虽也谦逊几句，却忍不住又滔滔不绝地讲起往事：魏阉遣人带了礼品笼络他，如何被他回绝；魏阉令他以贪贿罪拷问东林党，他如何据理力争以致忤魏罢官；回原籍江宁后，他如何险些为阉党所害等等，虽然不无夸张之处，但因出自这位面貌忠厚的长者之口，听来还是很教人信服的。

见孙元化神色那么恭敬，想到人们对这位举人出身的登莱巡抚的种种传说和非议，余大成心下慨叹：可见以讹传讹，流言不足信也！他突然改变话题：“孙大人才干卓异，前途无量，更蒙当今信用，正可一展宏图，所谓龙从云虎从风，风云际会君臣相得，历代难遇啊！”

孙元化连忙低头谢道：“不敢当。”

“皇上亲赐御笔‘劳臣’匾，中外轰动啊！……日前道经济南，老夫也曾亲迎亲送，听专差官员回程时说起，贵省两院两司及苏州府上下官员郊迎十里，鼓乐传送直至孙大人府上，实在是非常之际遇，旷世隆恩……”

去秋，御笔亲书的“劳臣”匾，自北而南，从京师到嘉定，沿途地方官隆重迎送，确实风动一时。余大成提起此事或许是赞美，但也可能是以赞美过去表示责备眼前。孙元化连忙避位起立，拱手低头："天高地厚之恩，元化虽粉骨碎身也难报万一。如今却因治军不严以致属下辽丁哗变生事，贻朝廷忧，贻君父忧，又累余大人劳碌奔波，元化之罪也……"

"我不过随意说起，孙大人不要误会。"余大成笑着解释，请他坐下，然后进入主题，"吴桥兵变，一省震动。孔有德悍勇难制，官军初战失利。若东西夹击，南北合围，或可奏效。不知孙大人可有取胜良策？"他眉头微皱，眯眼注视着孙元化。

孙元化不料余大成开口便是"剿"，与他的推断大相径庭。略一思索，决定开门见山，不兜圈子："在下以为，此事一抚便了，无须战。"

"哦？"余大成扬扬灰眉，看不出是赞同还是反对，"孙大人倒有这等把握？"

孙元化命传曹得功上堂，禀告吴桥兵变的起因和经过。曹得功原本口齿伶俐，余大成也听得很专心，有时不由自主地点点头，又迅速敛住。曹得功禀毕叩头退下，余大成听罢默然，并不表态，显然与他在省城听到的情况大有出入。

孙元化索性把话说透："此事确实事出有因，是激变而非预谋，当抚不当剿。在下之所以主抚，一可免黎民百姓遭战乱之苦，二可免官兵受伤亡之累，三来也要为朝廷笼络住孔有德这员虎将。"

"哦？"余大成睁大了眼，很感兴趣的样子。

孙元化于是讲起孔有德的身世，讲起太平寨之战、长岛之战及今夏的对金海战，并说："此人忠厚坦诚，相随数年，最讲义气。此次吴桥兵变，他必有隐衷。所以，在下闻变，便立即差人持我令箭去招抚他。料得近日便有好信回报。"

"哦。"余大成脸上喜色方露便逝，只微微点头。

"我想若能成就抚局，则应早日檄令有关府州县，不得邀击袭扰，使孔有德部早回登州就抚。"

"这个嘛……还要从长计议。不知孙大人遣去招抚孔有德的差人，何时能够回报？"

孙元化暗暗叫苦，真是百虑一失：吕烈走时，竟没有想到应该叫他来青州回报！他只得安慰余大成：“回报不回报，结果都一样，下官心里有数，余大人请放宽心……”但他看得出，余大人是不能够放宽心的，通常能够升到巡抚这样的封疆大吏，谨慎是必不可少的重要品质。孙元化暗自犹豫：是继续说服，还是暂时告辞以待明日正式会商，再进一步分剖利弊？……

耿中军匆匆走来，俯身在他耳边，压不住喜悦地低声说：“帅爷！吕游击，他来啦！”

“怎么？”一向喜怒不形于色的孙元化，心情激动，以至声音都有些发抖了，“他，他到青州来了吗？”

“是。正候在辕门外求见。”

眼下没有比这更叫孙元化欣慰的事了！想什么就来什么，难道天主答允过他有求必应？他心里充满对吕烈这个怪人的感激和赞赏——他从耿仲明的语调里已猜出吕烈此行达到了目的。他满面春风转向余大成：“老前辈，巧得很，我遣去招降孔有德的游击吕烈来到青州，正在辕门外候命……”

“这么巧？快请！快请！”余大成也显得很高兴。

风尘仆仆的吕烈进了客厅，立刻感到人们投给他的好奇中带了赞赏和钦羡的目光。他身材挺拔，面貌英俊，进退礼节娴熟周到，更有一种威势与劳倦都不能压倒的冷峻和洒脱，使他在众人眼中为登州军官挣足了面子。余大成也不由得对他另眼相看，特赐他茶酒以示慰劳。

吕烈向两位巡抚说起他此行的经历。

他率队离登后，日夜兼程，两天后在小清河岸边，遇上了大队乱兵。他那一哨人马不过三十余人，立刻被包围了，四面高声喊杀，又叫他们下马投降。吕烈上前大声说明，他是孔有德的旧友，特地到此相会的。包围他们的人群才静下来，走出两个领队模样的人，横眉怒目盘问好半天，又命人收缴了一行人的武器马匹，才叫出两个壮汉吩咐把吕烈送去西庄。

这些人，没有一个登州辽丁。途中吕烈问起押送他的人，才知道他们都是新近投来的。那两个领队原是新城王乡绅的家丁，因入伙最早，所以得当小官。

一路上不断遇到大队乱兵，村东村南都能看见成片的帐篷。进了村，来来往往说笑喊闹的全是乱兵，不但见不到一个村民百姓，连牛马猪羊鸡鸭猫犬也没有踪影，不是被乱兵杀光了，就是被他们吓得跑光了。

在一所大宅院门前停下，押送兵正要进门通报，人来人往的大门口忽然飞起两声高叫，一惊一喜：

“吕烈！”

“吕游击！”

吕烈一看，是李应元和陈继功，刚要答话，李应元飞身冲到跟前，拔剑就砍。吕烈遇变不惊，身子往左一闪，抄出右手顺势一把攥住他举剑的右手腕，用力向后一翻，李应元“哎哟”一声，吕烈左手跟上夺了剑，回手架在他脖子上，大喝：“谁敢乱动，我先杀李应元！”

事情发生在眨眼之间，周围的人都吓住了，陈继功半天才回过神来，埋怨李应元：“你，你怎么不问青红皂白？——吕游击，你怎么来这儿啦？”

吕烈铁青着脸：“少啰唆，叫孔有德出来！”

“谁在大门外头乱喊乱叫？看我不揭了他的皮！……”孔有德的声音老远地从后院轰隆隆响过来，一伙人簇拥着他走到大门口，一见这场面，惊骇不已。孔有德喊起来：

“吕老弟，是你！这是怎么了？”

李九成“哇呀”地叫着，提刀就要向前冲。

“站下！敢过来我就杀了你儿子！”吕烈一喝，李九成白着一张脸，果然不敢再动。吕烈一声冷笑：“孔有德！李九成！春上你们到京师，我吕烈如何相待？今天我好心好意持帅爷令箭招抚，给你们开一条生路，竟让这猴崽子见面就动刀！十足负义小人、狼心狗肺！”

孔有德浑身一颤：“什么？帅爷差你来的？曹得功他见到帅爷啦？哎呀，快快请进，快快请进！”

吕烈傲然道："不进！我放了他，你们乱刀砍了我，我可就亏本儿了！"

孔有德疑惑地看看李应元，又看看陈继功。陈继功忙说："孔爷，我跟李守备出门办事，见到吕游击，我招呼一声才要搭话，李守备不知怎么失心疯也似的，拔剑就砍，他又不是个儿，眨眼就叫吕游击制住了。"

李九成连连拱手、作揖，满脸赔笑："唉，吕兄弟，你的恩德我一辈子都忘不了，哪能有害你的心呢？犬子喝多了酒，最见不得登州营的人……再说，回登州报信的曹得功又没回来，他八成是心里犯疑惑……"

李九成的话，果然使孔有德等人现出戒备的神情。吕烈暗恨李九成狡诈，索性直截了当："帅爷要在青州与山东巡抚会商，曹得功随了去替你们说明原委，才好招抚哇！"

孔有德激动起来："你说的当真？"

吕烈又一声冷笑："我平白无故地跑这儿来干什么？专挨这猴崽子一愣剑吗？告诉你，孔有德！若不是帅爷替你兜着，这山东省内各郡卫所武备和登莱各营数万兵马，东西夹击围剿，你这小小千把人马，早就灰飞烟灭了！"

孔有德嗓子眼儿里打个磕绊："帅爷他，他怎么说？"

"帅爷命你们立停攻掠，速回登州，驻军蓬莱县西南三十里北沟村待抚。"

"口说无凭。"孔有德分明激动得气息不畅了，仍在勉力抑止。

"这里有帅爷的令箭！"吕烈右手仍执剑对准李应元，左手从怀中掏出令箭递给陈继功，陈继功双手捧着交给孔有德。孔有德拿着这支见过多次、从孙元化手中接过多次的令箭，轻轻捋了一遍，双手高举过顶，叫了一声"帅爷！……"便慢慢地屈膝跪倒了。李九成、陈继功及所有将弁卫兵也都跟着跪倒。吕烈收起剑，用力一推李应元，李应元踉跄几步，跪在他父亲身边，再也不敢抬头。

孔有德站起身，黑脸红通通地发光，兴奋地大喊："传令：各路人马齐集村外打谷场！搭高台，我要亲自传令！"

吕烈注意到，多数将弁都露出松了一口气的喜色，但也有人不大愉快，比如李九成父子。可那位干巴瘦的父亲发现吕烈在注意他，立刻又笑得满脸皱成核桃样，过来拉着吕烈的手，亲热地说："老弟的恩德我何曾忘！应元这兔崽子实在不是东西！说心里话，他因处处逊你一筹早就嫉恨你，没见过世面的小子！这不，才得意了两日，就不知天高地厚，连我这老子都不放在眼里了！……我一定狠狠教训他！老弟你大人不计小人过，就饶他这一遭儿吧！……"

"算了算了，别啰唆啦！"吕烈讨厌他甜腻腻的腔调。

"好，好！老弟果然大度，佩服！……吴桥的事，曹得功既已禀告，就不多说了。只是一件，我们兄弟闯了大祸，得罪了各处各方许多大人老爷，孙帅爷讲抚，我等信，又怕作不得数，务必求朝廷发一道赦罪圣旨，既往不咎，大家才好放心……"他嘿嘿地笑着，细小的黑眼珠游动不定。

对李九成的话连连点头的孔有德，也赶来拍拍吕烈的肩头："好兄弟，就是这话，拜托你回去千万对帅爷说明，千万求一道赦罪招抚的圣旨。有了圣旨，还怕他山东省的人作怪吗？帅爷也好少些麻烦，免许多口舌是非。"

吕烈倒不料平日看去粗莽的孔有德还有这点细心，于是想到应该首先赶赴青州，将孔有德一干人的要求及早回明，或可有利于两巡抚会商。

吕烈没有就走，他等着看了孔有德传令。那景象颇为壮观：黄昏后，西天留下最后一抹晚霞，映照着村外连成片的打谷场，一团一团黑压压的人群，高举着数不清的松明火把，如千万盏明灯，照得四周亮如白昼。临时搭起的两人多高的松木台上，灯笼火把簇拥着孔有德高大的身躯，他手中高高举着孙巡抚的令箭，震耳的声音能传出一二里外：

"弟兄们！咱孙帅爷来了将令，咱的委屈，咱的苦楚帅爷都知道了！特地命吕游击来告诉咱们，朝廷就要下圣旨赦咱的罪，安抚弟兄们，回登州和家人老小团聚！……"

"噢！——"人群中爆发了欢呼声。

“咱老孔在这儿要对弟兄们说清楚：自今日起，不准再攻地掠财，不准杀人，咱这回真下封刀令了！谁敢违令，别怪咱老孔翻脸不认人！听明白了没有？”

“明白了！——”

“后来入伙的弟兄是留是走，自愿！明儿一早起，咱就打点上路，回登州！”

“噢！——”一片欢呼淹没了孔有德的话音。火把灯笼乱举，红红的火光跳荡，黑黑的松烟弥漫，那些在烟雾中忽隐忽现，闪着油光的各种面孔，发亮的各种眼睛，在吕烈看来，不仅亢奋放纵，而且狂暴粗野，更像是绿林群盗的聚会，因而生出一种说不清的不真实的幻觉感，莫不是某种捉摸不清的可怕的预兆？

不过，这种预感，也和吕烈对李九成父子的不信任感一样，是存于心间，说不出根据和道理的。所以他在向两位巡抚大人禀告时，就略去不提了。

余大成和孙元化都听得很仔细。其中余大成插问了一句：“以你所见，现下孔有德有多少兵马？”

“只以那晚集队传令看来，约在三千上下，马步各半。”

“哦……”余大成有些吃惊，端起茶盏遮掩过去。但细心的孙元化已看出端倪。待吕烈退下，便抓住时机进一步说：“余大人，可见孔有德求抚之心颇诚。还有一端……”他故意迟疑片刻，接着说，“余大人乃忠厚长者，在下就不揣冒昧，直言了。孔有德乃虎将也，激愤而变，又胜了官军，气焰正高，若行追剿，所谓缚虎难，缚怒虎更难，伤人必多为害必久。与其剿而难灭，何如抚而速成？……在下管见如此，老前辈指教。”

余大成终于拈须微笑点头：“孙大人所见不差。只是……”他侧身略略靠拢孙元化，放低了声音：“按院王大人难与共语也。他司朝廷风纪监督之职，又力主追剿……”想起王道纯数次为兵变事上门催督，出语伤人，余大成不觉愤怒：“这些御史言官！怪不得朝野称之为乌鸦！”

“一省军政，责在巡抚，按院但有监督之权。若是剿而失利，兵变愈演愈烈，为害地方，残害百姓，你我均难逃罪责……”

下面的话孙元化不说了，但余大成自能意会：地方出事，按院极易推卸责任。这使他终于下了决心。其实，在沈廷谕、陶廷铣败归之后，他就已主抚不主剿了。但他的话被按院王道纯堵回去不得说，今天孙元化替他说了。他一时觉得身上如去重负，很是轻松。但孙元化的一句话，又给他肩上压了担子：

“余大人，吴桥兵变起于粮饷不继，如今登莱各营缺粮欠饷很是为难，军中多有怨言。若不及早设法，万一再出王有德张有德，就更难措手了。”

事实是，应由山东巡抚筹送的登莱粮饷，七、八两月减半，九月、十月减三分之二，十一月、闰十一月及眼前的十二月，则全停，要登莱巡抚自筹。对此，余大成确实心里歉然，长叹道：“老夫上奏朝廷为登莱乞饷，有何难哉！便一日三发又有何用？难在登莱兵粮的监视中官吴直，他若不上奏，总理户部工部的中官张彝宪决计不会理睬……”

他也没有把话说完，孙元化也照样能领会：要想监视中官及总理中官发慈悲，非得卑躬屈节送礼行贿不可，孙元化又拉不下这张面皮……

吕烈的到来，促成了孙元化原以为会十分吃力、需要据理力争，甚至会争得不欢而散的两巡抚会商。山东巡抚与登莱巡抚联名奏请朝廷速下招抚谕旨，尽快平息事端。同时又联名向孔有德部东归途中各州府县发下照文，告之变兵已就抚，各地不得袭扰邀击。

会商以孙元化出人意料的拜访开始，又出人意料地圆满结束。孙元化便要告辞，余大成极力挽留，设宴款待。山东巡抚果然有大省大员的气派，出巡时也带着极好的厨师厨娘，菜肴精美丰盛，酒醴更是醇香醉人。二人谈论诗词歌赋，闲话平生，很是投缘。余大成一一问起登州文武各官，特别问起吕烈。听孙元化一一答过后，他笑着点头：

“孙大人麾下皆才俊之士，多谋略、知变通，颇为难得，所以上下同心。老夫回去省城，正不知还要费多少口舌，生多少闲气呢！……”

孙元化知道他在担心巡按王道纯作梗，便苦笑道：“所以呀，必须请下圣旨，抚局才能定啊。”余大成频频点头。

难道他孙元化就不担心？登州总兵张可大不也是他难以克服的阻碍？这位已经卸任的将军，仍然那么忠于职守。他绝非有意与孙元化为难，却又处处与孙元化为难。两巡抚会商后回登州，孙元化首先就要面对他——张可大。

孙元化此次率师西进那么急迫，就是要追上早几个时辰出发的张可大，阻止他和孔有德部接触。一直过了黄山馆，他才追上那五营登州兵。

张可大父子应召来大帐见孙元化，举止语气还是恭敬的。可是孙元化一说明招抚的意向，张可大就拉长了脸；唤曹得功来向他禀告吴桥之变的详情，尚未开口，张可大父子已然怒目相向。事后孙元化也责怪自己没弄清曹得功与张可大的过节，以致张可大不顾身份地在大帐中发火，怒声宣告：“乱臣贼子，人人得而诛之！孔有德辈辽人狼子野心，谋划已久，如今乘机发难，图谋登州，只能剿，不可抚！……”

孙元化请他息怒，说明自己将往青州与余巡抚会商，抚局必成，请他率队速回登州，不要滞留于此，免生意外。

张可大竟不领命：“下官身为登州镇总兵，职守登州，必得阻住叛兵东来攻伐登州城！”

孙元化见他固执得不可理喻，有些生气：“张大人已荣任南京左府都督，登州镇总兵出缺，待朝廷任命新员。大人不在其位，就免谋其政吧！”

张可大脸涨得发紫，态度仍是硬得像石头：“孙大人只管去青州，张某人在此相候，若是议成抚局，我随大人同回登州；若是讲剿，张某人驻此正可备缓急之用！”

如今会商完毕，抚局已定了，但想到等候在黄山馆的张可大，想到他得知抚局后又会怎样争辩，怎样怒形于色，孙元化还是觉得心里发怵，觉得不痛快。

孙元化就是孙元化，他当然不会像余大成，把这些官场中、僚属间的嫌隙说出来。宴会中，他自始至终都那么谦恭从容而又脱俗不凡，以至余大成擎着酒盅感叹不已："外间盛传，说你以举人出身得方面之任，不无侥幸；又道你清高自许目中无人……今日看来，尽是虚词！唉，果应了一句老话：木秀于林，风必摧之；堆出于岸，水必湍之；行高于人，众必非之！……仕途险恶，元化兄须要小心谨慎才是啊！……"

就任登州以来，还没有人对他说过这样亲切的话，没有人这样理解和同情他的处境呢！孙元化心下感动，又多喝了几盅酒，一时眼睛都湿润了。

此后，他们竟成了好友。在接踵而来的险恶的惊涛骇浪中，余大成顶着各种压力支持孙元化，始终不渝。

五

鹅毛大雪从除夕下到初一，纷纷扬扬，没有停息的意思。登州城银装素裹，别是一景。三十余名貂袍风帽的缙绅富商冒雪走进巡抚署的大门，心头都有些惴惴不安。元旦日民间耆老向地方长官贺节也是有过的，但巡抚大人召请却少见。莫非与孔有德有关？……孔有德一众数千人马就驻扎在三十里外的北沟，说是"待抚"，难保不出意外！登州人提起这就发慌，过年的兴致都低了，一夜没响几个鞭炮……

沿着鹅卵石铺就的小径，一行人被引到东花厅。阶下几株红梅应时开花，送出缕缕幽香。宁静中诸人才有了瞻仰观望的心绪。一人指着花厅门柱上的楹联道：

"这是巡抚大人自撰自写的呢，好笔力！"

注有"嘉定孙元化撰写于崇祯三年秋"小字的楹联，确实不俗不凡：

载来吴下寒梅，为与此间补春色
扫却庭前落叶，何妨竟夕共清谈

另一人拈须赞叹："恤民勤政之心，真真令人感佩啊！……"

他们互相谦让，推推搡搡，终于在花厅内数张八仙桌边坐定。仆役送上清茶和果盒。水好茶香，众人啧啧称赞。果盒一打开，却都愕然了，八瓣攒心果盒里，只有两味茶点：瓜子花生，连一般人家过年必备的桃红酥油馃子都没有。心思灵活的珠宝商对同伴们眨眨眼：

"诸位总该解得其中味了吧？"

人们微微点头，初进巡抚署的惶恐不安迅速被难言的愤懑所代替，一个个耷拉了头脸。近些时，县里府里不住地召请，今天巡抚大人也亲自出马，定然又是劝捐！自家的钱粮如同贴骨的肉，割一点也是痛的，凭什么要给别人？他们都不是没见过世面的乡巴佬，既能软磨硬抗过了县关府关，到了这里，外甥打灯笼——照旧（舅）。

巡抚大人和善地笑着进了花厅。一片拜节贺喜的喧闹围绕着他，歌功颂德不绝于耳。孙元化却在简单的答谢和致贺拜节之后，立刻开宗明义：

"常言道，兵马未动粮草先行。登州粮饷素无拖欠，只因六月里金虏围大凌河，各地勤王军北上，山东省只得停了拨给登莱的协饷。眼下欠饷已达三月，军心势将不稳，一旦生乱……孔有德吴桥兵变诸位想已知道，其起因也是欠饷，如今待抚北沟，登州无饷，如何招抚得来？更有金虏在北，虎视眈眈，若乘时来袭，各军如何守城？万一城破，本抚受朝廷责罚事小，登州繁富之地，则百姓遭殃啊！……向闻诸位识大体顾大局，素有忠君报国之心，请各借给饷银，维持营伍之需，共度时艰。"他推出桌上的一本名册：

"请各写认捐之数，日后也好偿还。"

花厅内一片寂静。偿还？日后谁敢向官府索要？还不是老虎借猪！

孙元化苦笑，又说："还有一途，便是邀登州人家养兵，管吃管住。家境贫寒者，三户养一兵；家境中等者一户养三兵；上等家境可养十兵，至若大户首富，家中有成百僮仆家丁者，养百兵也不作难……”

众人早已不满地低声议论开了。大户人家，家家门内有影壁，怕的就是外人窥探家中的隐秘，怎能让生人住进家里，况且还是兵！那位穿着最为陋朴寒酸的瘦老头儿连连摇手，忘记了子民应有的谦恭，大声嚷嚷，看得出是真的着了急：“不成不成！我们穷商家哪里养得起兵！官府不养，朝廷不养，摊给我们穷百姓？不公不公！”

他一嚷，别的人也都跟着表示拒绝，闹嚷起来。不过他们都注意控制自己，不超过干瘦老头儿的程度。孙元化向身边的书办低声询问，书办小声禀告说，瘦老头儿姓胡，从开招商小店起家，如今人人都猜测他富甲一县，可他生性极吝啬，日子过得极苦，吃穿俱都简陋至极，中年纳过几次妾，都饿跑了。如今老两口儿度日，无儿无女，整天还为针头线脑拌嘴争吵……

“姓胡？……”孙元化心里一动，掠过一丝难以捉摸的不安。老头儿十分可怜，也就不计较他的无礼，仍然温和地说：“既不肯认捐，又不愿养兵，万一营中生乱，或是贼兵破城，那时玉石俱焚……诸位就毫无远虑吗？”

胡老头儿一把抓下头上皱皱巴巴的毡帽，往桌上一摔，尖尖的下巴上胡须直抖，站起身嚷叫得唾沫星子乱溅：“不出银子！不养兵！辽呆子来也好，金鞑子来也罢，我老汉全都不管不怕！反正就这句话：要钱没有，要命就这一条！……”

竟敢如此犯上！众人都吓住了，连忙拦住他，按他坐下，又向巡抚大人赔笑作揖：这老儿年过古稀，老糊涂了！……只见大人沉着脸呆坐不动，恐怕冒犯大人的胡老头儿要倒霉。

胡老头儿摘帽露出右侧缺了大半的残耳，孙元化心里一个冷颤，浑身的经络骤然抽紧了。三十年岁月的浓雾刹那间廓清，他终于找到自己负罪感的来由。三十年前，就在这个半只耳朵的胡店主的小客栈，由于登蓬莱阁观海天而兴奋得大醉而归的十九岁游学士子孙元化，把店主那娇羞的十六岁独女关在自己房中，春风一度，海誓山盟，次日便带着满身的脂粉香泽，跨马出登州。后来他游历大江南北，类似艳遇不在少数。当他终于决心安身立命于济世报国，特别是当他皈依了天主，以“十诫”律己以后，便与少年时的风流性情一刀两断，忘却过去，重新做人了……

难道真有报应存在于冥冥之中？偏在他最感棘手的艰难关口，胡老头儿出来领头跟他作对？他陡然记起海边祭奠投海母子的习俗，难道登州大劫就应在自己身上？……

“诸位莫嚷！”肥胖的珠宝商站起来向四面作揖。人们静下来听他说，他却恭敬地转向孙元化：“老大人有命，小民等焉敢不遵。只是年来登州多事，各人生意田庄也都艰难。论起来，大人莫怪，只怕登州府县各官、登州营各营将官比小人们还强些哩！……大人！”

孙元化猛地回过神，只见珠宝商对自己躬身而揖，不怀好意地笑着，满厅的人也都眼睁睁地望着自己，他有些迷惘，吐出含义模棱两可的常用语：“什么？”

珠宝商一惊，把话又说了一遍，口气更加谦恭。

“正是，大家都艰难，才更须同心协力。”孙元化显得很疲倦，端起瓷盏喝茶。侍候在侧的陆奇一见帅爷被这些人气得脸色都变了，心中不忿，忍不住戳指头指着珠宝商大声道：“你们这些啬皮！帅爷为了筹饷，把自家田产房屋都典出去了！……”

“放肆！”孙元化喝一声，“谁许你乱插嘴？退下！”见陆奇一垂头退后，他才回头来和气地说，“只因嘉定远在江南，典田产所得至今未能送到，缓急之间周转不来，才请诸位助一臂之力，实在是不得已。这里有府内眷属为筹饷捐助的一箱首饰，足下给做个价，就算足下一份捐款如何？”他说着，把管事家人送来的首饰箱指给珠宝商。

这一招儿大出众人意料，一时都怔着不出声了。珠宝商带着他那一行人特有的精明和极力掩饰的贪婪，搓搓手，打开了首饰箱，把一个个小抽屉拉出来，人们情不自禁“啊”地同声惊叹：两副金项圈、两副金镯、两副白玉镯、三副翠镯，还有一抽屉各色戒指、珠环、玉钗、银簪。看样子，巡抚大人宝眷的心爱物都捐出来了。珠宝商朝孙元化再三拜揖：“小的惭愧，小的惭愧！大人忠心为国，小的也该报效一二，否则，真不成个人了！……大人这箱首饰我收下，出价二千五百两，小人自己再认捐一千两!”

有人开了头，其余的人出于对巡抚大人的钦佩，出于自尊，出于无可奈何，也就纷纷表示愿捐。书办很是欢喜，一面写册，一面大声地报出来：“姚乡绅慎仁，捐八百两——李封翁振石，捐五百两——……”

报到后来，认捐数目越来越小，总和竟没超过六千两。登州驻军万余，加上孔有德三千人马，六千两能济得甚事？况且按册去收捐银时，又不知要打多少折扣了。

胡老头儿倔强不屈，仍然一毛不拔。

还有一位客人，是登州最大的人参药材商带来的，也不认捐。书办问他，他笑而不答。当孙元化暗暗叹息着送客时，此人却留下了，——有人托他带给孙巡抚一封信、十匹绢，并务必要面呈本人。

孙元化开封，信写得十分简单——

初阳先生台鉴：

识荆天妃宫前，三生有幸。先生才干学识、道德文章冠绝一时，令我钦佩无地，怀想至今。恰遇便船南下，托参客彭君带信，并赠表里十端。区区贱物不成敬意，望先生笑纳。

辽东参客　　不第秀才程顿首百拜

程秀才！他为什么这样？有所求吗？……

“劳你带信捎物。怎么称呼？”孙元化转向来客。

“小的彭富。”

“你与程秀才相熟？”

“都是做参貂生意，在旅顺相识的……大人，请着人随我取货吧，就在门外车中。”

几名侍卫抬着绢箱进来，显得很吃力。彭富跟在后面指手画脚：“定是上好锦缎，不然不能这么重，我带这些上船下船，也好费一番气力……”

打开封包的三层白布，果真是织得十分精美的锦缎，香色、红色、紫色、墨绿色交织成细密绚丽的花纹，闪着丝织品特有的光亮，把大家都看呆了。

孙元化对锦缎的富丽似乎并不动心，以检查的目光打量，不住地摸、捏、抬，后来干脆提起一匹，扯出锦缎匹头一抖，展开，缎匹翻了几滚，色彩缤纷的锦缎就断了，闪出一道白光。原来包在锦缎里面的是薄而轻软的雪白的丝绢！孙元化又扯住白丝绢头用力一抖，在场的人不约而同地惊叫出声：丝绢之间竟裹着密密的黄金叶子！怪不得重得出奇！

孙元化见彭富张大了嘴呆若木鸡，料想他不知道绢匹中的秘密。又命侍从们依次扯开其他九端表里，结果一样：五彩锦缎里全是夹着金叶的白丝绢，金叶集拢竟有二十斤左右！

这一大笔意外之财，弄得众人大眼瞪小眼，全糊涂了。

终于，在一匹白绢中心找到了一封信。笔迹与彭富带来的信一致，是畅如行云流水的草书，内容却叫孙元化大吃一惊——

大金国汗致书孙巡抚元化知道：朕敬你是当世英雄，才学出众。当日天妃宫前又有一面之缘，特赠黄金三百两以为新岁贺礼。文馆当值章京范文程代书。

天聪五年腊月朔

天妃宫！程秀才，老护院……范文程，金国汗！……往事在心头电闪，孙元化自觉额头沁出冷汗，咬紧牙关忍住背上掠过的寒战，指着彭富，扬眉喝道："拿下！"

侍卫应声将彭富扳倒跪地，反剪双臂绑了。彭富筛糠般抖个不住："冤枉，冤枉啊！小的犯了什么罪？……"

"你这奸细，还敢强辩！这表里和信件究竟是谁着你送来的？老实招供！"

"冤枉啊！实在是旅顺参行的程姓客人托我办的，说是办成了有重谢。这边还能结交巡抚大人，日后生意可得许多方便……小的实在不知其中有诈呀！……"

孙元化挥手命侍从将彭富关押起来，但不可虐待。此事实在关系重大，必得保护活口为自己做证。

这时，吕烈大步走进花厅，向孙元化行礼，抬头就见八仙桌上锦缎丝绢堆上那黄澄澄的一团金叶。他眼睛一亮，惊喜万分："大人，何处筹来这许多黄金？登州有救了！"

孙元化摇了摇头，板着脸将那两封信递给他："你来得恰好，可为我做个见证！"

吕烈看罢信，吸了口凉气："好家伙！那金国汗竟亲身来过登州？"

"可记得正月十六天妃宫庙会，那位程秀才的老护院？"孙元化心里惶恐不安，也很沉重。既为对方的气魄心胸所震撼，又怕此事洗刷不清，落个袁崇焕的下场。

"真厉害！不料这些鞑子竟有……"吕烈打住即将出口的赞叹，心里还在估量那个皇太极，顺口就说，"求之不得，咱登州正闹欠饷，多少也好补上点儿！"

孙元化诧异地看着他："你糊涂了？这种金子难道也好用的吗？"

吕烈一回神："该死，我真糊涂了！……大人打算如何处置？"

"你来得正好，做个见证。请你携了书信、金叶和那个下书的商客去见吴监视，向他禀明，他再禀告朝廷，咱们才能脱清干系。"

"遵命。"吕烈心里暗暗思忖：我若是孙元化，就杀了送书人烧了书信，拿这三百两黄金救登州之急！不过事情万一泄露，那就是通敌大罪，落个身首异处……他虽不免有些迂，却迂得有道理……

"吕游击进府何事？"孙元化的问话，打断了吕烈的胡思乱想，他连忙拱手道：

"禀大人，卑职特为粮饷事而来。卑职属下各营因欠饷日久，元旦之日无犒赏无喜钱，午餐竟是米粥，弟兄们怨愤不已，人心汹汹……"他详细叙述了兵丁们今天泼翻粥锅，成群拥到粮台索饷的经过。

孙元化心下越加沉重。他没有要求乡绅们捐粮，也严禁走漏缺粮的风声。但他心里最虚弱的正是这军粮，相比之下，欠饷银尚好对付。各营粮库都已见底，存粮只能维持三五天了。这消息一旦泄出，定致军心大乱！他努力抑住心头的烦乱，严峻地说：“此事着实令人忧心。各营情状大致相同。可莱亚说他手下葡萄牙教官一致宣告，再不发饷就回澳门，不在这里等死；张焘手下辽丁更不成话，竟放风说不如去跟孔有德，吃香喝辣……岂有此理！正邪不分，平日里教导他们忠义报国，此刻竟都忘记了！”

吕烈不料孙元化如此坦率地告知真情。近日他常感到矛盾，他发觉在登、辽之间，在张可大与孙元化之间，自己已明显地偏向后者，却又并不是他心里愿意的。进府之时，正遇缙绅们出门，听到孙元化为筹饷典房产、卖钗环的事，知道他在尽着最大努力，心里很感动。但一见他那沉稳的表情，有条不紊的举止，反感又油然而生：此人城府太深，很难以诚相待。此刻，吕烈的心境又是一变，关切地问：

“大人约见那些乡绅是为筹饷吧？筹得多少？”

“认捐不过六千。”孙元化眼睛里满是无可奈何。

“这帮老悭！”吕烈骂道，“一个个都是家财万贯！那些富商，每人就出万两也不过九牛一毛！老悭！老悭！……我着人扮成土匪，绑他几个，叫他家拿十万两银子来赎，看他出钱不出钱！”

“胡闹！”孙元化笑得脸色难看，“如今登州已是内外交困，再这么瞎搞，更加不可收拾。登州人一定认准是孔有德干的，那还得了？岂不要大乱！”

“招抚孔参将的谕旨怎么至今不下？”吕烈忙问。

“我正为此事着急。谕旨不下，人心难定。北沟这三千人马就悬于一纸诏书啊！……”他真想说，这是悬在他头顶的一把利剑，随时可能落下来致他于死命；这又是一股蹿腾不安的火苗，随时可能爆发成大火，延烧到登州。拖的时间越长，危险就越大……

耿仲明领了一名校尉，急急忙忙走进来：“禀帅爷，余巡抚差人送来加急信函！”

孙元化看那校尉，认出他是余大成的亲随，连忙问余巡抚安好，等他拿出信来。但那校尉只是跪近孙元化低声禀告：“家主爷因此事不好写信，特命小的日夜兼程来告知孙大人：朝廷抚旨已然下到省城，但被巡按王大人扣住不发，他会同监军徐从治联名上奏，力请朝廷收回抚命，速发敕令会剿叛军。家主爷已再次上奏力争抚局，特地命小的赶来，请孙大人会同吴监视上奏请抚……”

耿仲明、吕烈都被这消息震惊：眼下情势若改抚为剿，北沟待抚的孔有德军岂不要孤注一掷围攻登州？登州岂不要内乱？后金会不会趁火打劫？登州城的前途，所有人的身家性命……真是不堪设想！

孙元化命耿仲明领信使去歇息用饭，随后沉思有顷，叹口气，说：“事已至此……唉！吕烈，你随我同去见吴监视，为这注金子和夹带书信做个见证。”

“大人你……也要去吴监视府上？”吕烈知道，自吴直来到登州，孙元化从未去拜望过这位司礼监大太监，一切公事都是公文来往、书吏传送的。

“不得不去了……”孙元化很有些黯然。书香门第文人，一方封疆大吏，去向一名阉人低眉弯腰，实在是屈辱！“登州所欠粮饷，非他上奏不能调拨；乞朝廷即发抚旨的奏本，非他会签不能奏效，奈何？……”他抬头看看眼梢嘴角尽是苦笑的吕烈，突然问了一个与此时此地极不谐调的问题：

“吕游击，你我共事一场，还不知道你有无家室，是否聘亲。若不嫌冒昧……”

吕烈十分意外，好半天才答道：“尚无家室之累，也未定亲。”他心里有些忐忑，暗暗盘算如何回答后面接踵而来的问题。

“哦，哦。”孙元化只点点头，这个题目没了下文，而这又出乎吕烈的意料。

孙元化领着吕烈和侍从去拜会吴监视。走到钟楼下，忽觉今日街巷上行人骤然增多。多是从南门大街拥入，挑担背筐。更有用小车或骡驴载着妇女老幼和大小包袱，一个个脸上像落尽金漆的土偶，极其憔悴疲劳，满是惊恐之色。远远望向南门，竟是源源不断。孙元化下马，叫住一个推车汉子，问是怎么回事。汉子大约从没见过跟着上百员随从的纱帽红袍大官，吓得直往后缩，结结巴巴地说：

“南、南边打、打仗了！来城里，躲躲……”

“打仗?”孙元化吃惊不小，忙问，“谁跟谁打?”

“说、说是辽呆子跟官兵，打起来了！……”

孙元化只觉心向下一沉，顿时脸都白了。张可大率军正驻在南门外！他转向吕烈：“此事非同小可，我必须亲自去看看。拜会吴监视的三件要事，就请你代办了！”

“谨遵台命。”

吕烈是吴直的酒友，没有费多少口舌，他就进了新近落成的五进大院、两处楼台、雕饰崭新的监视府，被两名清俊小厮一直领进他从未去过的书房。

一切都大出他的意料：环墙的满架图书；半人高的青花瓷瓶装满了画轴；北窗下的琴桌摆着名贵的寒泉古琴；一幅《秋林山溪图》的中堂画，一看便知出自名家之手；中堂之下的八仙桌上黑白子乱纷纷，棋局已残；他的酒友、此行要拜谒的举足轻重的大人物监视中官吴直，正在挥毫习字——竟是一笔雍容中兼含妩媚的柳体！这里分明是文学之士的书斋，谁能相信书斋的主人是令世人鄙视的阉官?

“小邻居今日怎么有了空闲?来报败阵之仇吗?”吴直不停笔，笑吟吟地说。上次斗酒，吕烈先醉。

吕烈呆望着吴直运笔转腕，答非所问：“你这一笔字，难得！干什么还赶着朝我要字要画?”

“交朋友嘛！……我这字当真不错?”吴直很高兴。

“裱成轴子，能卖大价钱！”吕烈有意奉承。

“哈哈，眼下还不缺钱花，赶到穷途末日，再指着这字儿换饭吃吧！……为练这字儿，当年在内书房没少挨打，隔三岔五的，就得扳着两炷香，那日子，嗨！……”

只有吕烈这样的朝廷大臣子弟，懂得这个“扳着”的意思：在孔圣人像前直立弯腰，用两手扳着两脚，不许屈腿，稍屈则戒尺乱打如雨。这是宫里内书房专用来责罚太监的办法。吕烈索性再奉上一顶高帽子：“俗话说得好，不经一番风霜苦，哪得梅花扑鼻香。”

吴直开心大笑：“哈哈哈哈！说得好！真不料你这么知趣！上回你画风筝，我就看你与众不同嘛！今儿我谢了客专陪你，咱俩喝个痛快！我的厨子那烧江鳐、拌鸭掌，登州城绝找不出第二份儿！”

“慢着慢着，”吕烈这才乘机抛出主题，“我今儿来可有公事。办了公事再喝，喝个一醉方休！”

“公事？什么公事？”

“登州欠饷日久，招抚孔有德谕旨至今不下，这两件事，孙巡抚都要请监视大人会签上奏，设法催办……”

吴直笑容倏失，顿时拉下脸，眼睛也变得阴凄凄的，对吕烈不言不语地看了片刻，对随侍的小内监一扬下巴颏儿：“取我那奏本来！”

小内监熟练地开柜取折匣，拿出两件奏本放在写字桌案上。一本题为《为登州欠饷日久陈请户工总理张尽先尽早调拨协饷事》，另一本题为《为招抚吴桥变兵孔有德部请速下谕旨事》。吕烈又惊又喜，认定这是留底的副本：

“原来监视大人早有先见之明，已上了奏本！”

吴直呆着脸摇头：“不曾。”

“怎么？……”

“我是万事俱备，只候东风。”

“东风？莫非要黄白之物助功？”

吴直凶狠地一笑：“旁人或许可以金银财宝顶替，惟有他不行！”

“他？是谁？”

“你们的巡抚大人——孙元化！”

“你要他怎样？”

“我要他亲自来我府中，亲自跪在我脚下求告！”

尽管知道阉人多数喜怒无常，吕烈仍觉得不可思议，叹道：“你这也太过分了！”

“我过分？”吴直忽然激动地跳起来，一把团掉桌上他的那些柳体大字，滔滔不绝倾泻而出，“多年来，我何等仰慕他，尽力助他，无非敬他是个忠直之士，学识过人，才干超群。一心想亲近他，这也是我向善爱才的好心吧？他却从不正眼瞧我，总是躲着我，好像我是瘟疫，是肮脏之物！……这次我出任登州，更是吃尽了他的冷脸子，多少次下帖子请啊！……老实说，我吴直得圣眷，得首相学士青眼，文采学识不逊于人，他怎敢这般轻贱我？整个儿就不拿我当个人！难道他比万岁爷，比当朝宰辅们还高贵？我真不信了！……”他说得气喘吁吁，苍白的脸上泛出红晕，使他那无须的胖面庞更像一位中年贵妇了。他突然伤心了，眼中饱含泪水：“唉，我们这些刑余之人哪，可怜啊！别说活着叫人瞧不起，死了也没脸去见祖先呀！……”

吴直这一番发作，吕烈感到厌恶，却又不由自主地同情。他从来都拿太监当下贱奴才——不管他们权位多高。和太监交往，不是另有目的，就是他游戏人生的一小出。今天他第一次想到，在残废了的身躯内，更伤心而羞愤地躲藏着痛苦的、需要自尊的心灵……于是他第一次不加戏谑地认真劝道：

“何必如此！今天孙巡抚原要亲自登门拜访的。南门外出了急事，他才委托我……”

“当真?”吴直兴奋了一下，随即又泄了气，叫道，“骗我的！他是不肯来的！……”他发了狠劲，咬着自己的嘴唇，恶声恶气地说，“好哇！也有求我的时候！你回去告诉他，奏本早写得了，若想会签上奏，他过府来跪我求我！或者……拿一万两银子来！他一跪拜值万金，够高贵的吧？哈哈哈哈！……”

一瞬间，他又变得这样可恶可恨，吕烈真想扇他一个耳光，就像教训泼妇一样。怎么能把军国大事交给这些不明事理的泼妇！吕烈冷冷地听吴直尖声笑罢，斜视着他，说：

“你竟勒索这样一个忠臣，佛祖饶得了你吗？你知道不知道，他为筹饷典了自家田产、卖了妻女的首饰钗环?”

“啊？你说什么?”吴直叫起来。

吕烈说起上午巡抚府花厅里发生的事，吴直呆若木鸡。

吕烈又说起金国送绢详情，孙巡抚委他送人证物证交吴监视，不仅显示了孙元化的忠耿与廉洁，也表明了他对监视大人的尊重和信赖……

半晌，吴直“哎哟”一声，恍然大悟的样子：“这么说，是我错怪了孙大人？……可也是，早几年魏逆猖獗，把太监的名声给弄臭了，正人君子谁不得远着点儿呀！……嗨，该死该死，真是佛爷不容！……我这就再上一道奏本，乞朝廷表彰孙巡抚公忠体国，清廉正直！”

“三百两黄金，就用来充饷不成吗？”吕烈赶紧建议。

“这可不行！除非户工总理批下回文准许。好吧，奏本上再添一笔，若不批，再押送这些黄金进京不迟。黄金与证人何在？”

“都随我带来了，在二门等候，请监视大人复审。”

复审地点在前院西廊公事房。吕烈做梦也没想到此事会与他有关。

嫌犯兼证人彭富押进门，那垂头丧气的身形步态不知怎的，令吕烈微感不安。这参客跪倒在地，叩头如捣蒜，不住哀告饶命，声调和掩盖不了的钱塘乡音竟使吕烈心头“怦怦”乱跳，耐不住地喝了一声：“抬起头来！”于是，那张自幼就刻在他心上的凶恶、蛮横、无赖的相貌，虽然被密密的皱纹和惊恐哀告的神色所遮掩，还是叫他厌恶得浑身一颤，不错，就是他！这个他一辈子都不能原谅的吕梦龙，他的父亲！

吕烈头戴眉庇压得很低的六瓣明铁盔，身着柳叶甲，外加绿色罩甲衣，吕梦龙自然认他不出。

刹那间，吕烈胸中电闪雷鸣，滚过无数往事，兴起无数念头，恨与怜交织，恐惧与痛快共存。他自以为看破世情，对一切无所谓，此刻却心乱得自己都不知如何是好了。

“砰！”吴直一拍惊堂木，把吕烈从云雾迷茫中惊醒，赶忙定了定神，听他审问。吴直气派竟十分威严震人：

“大胆奸细！竟敢潜入登州，图谋不轨！你受金虏何人指派？到此为何？从实招来，若有半句谎话，立斩不饶！”

“冤枉啊，大老爷！小的杭州人，近年经商，专贩参茸等药材，不时来登州、旅顺等地泊船买卖货物，此地许多商界朋友、原籍保甲里长都可做证，小的实在不是奸细呀！……”

“哼！纵然你不是金虏所派，但交通敌国、私买私卖，就有杀头之罪！”吴直面色愈加严厉冷酷。

“大老爷饶命！……不知者不为罪，小的着实不知情啊！……可怜我蹭蹬大半生，好不容易才谋得经商的正经营生。可怜我三个孩儿大的不满五岁，小的还在吃奶，杀了我，他们去靠谁？都活不成了！……大老爷高抬贵手，饶我一条狗命吧！……”他“砰砰”地叩头有声，泪水如涌泉，顷刻就湿了前胸。

坐在侧位不作声的吕烈大为惊讶，他从未见过父亲的泪水，不料父亲为他的三个孩儿竟然这般动真情，伤心到这种地步！他记忆中的父亲，从没给过他一个哪怕稍稍和善一点的脸色！打骂都在其次，他最忘不了那日常的嫌恶、厌弃的目光和冷酷的面容，没有温暖没有笑意，只有不知因何而生的寒冰似的憎恨！当年他落魄金陵无法北归，去向父亲求援时，父亲竟闭门不纳，只露出一张幸灾乐祸的冷笑的脸，扔石头般扔给他一句咬牙切齿的诅咒：“可得着报应啦！……”他从来认定父亲有一副与常人不同的铁石心肠。如今是怎么了？上了岁数，心肠变软了？……

但这个彭富絮絮叨叨说起他的子息，却犯了吴直的大忌。吴直的脸骤然铁青，拍案喝道：“混账！三个孩子也值得炫耀？你便有三十个儿子，饶不得只是饶不得！不是奸细也是奸民！吕游击，拿他正法吧，奏本上交代一句就是了，省得押来押去空费钱粮，麻烦死了！你说呢？”

彭富吓得浑身抖个不了，手脚并用地爬到吕烈座前胡乱叩头，语无伦次地哀求：“大老爷，大老爷，发发善心吧，救人一命胜造七级浮屠！……”

吕烈一双锋利的眼睛闪着寒光，从眉庇下盯着面前这个卑污小人。他从小就恨这个人，变着法儿跟他作对、给他添乱、暗地捉弄他，一直巴望着有一天能以其人之道还治其人之身。这一天不是来到了吗？……

“饶命吧，大老爷！不看僧面看佛面，求大老爷就看在我那小儿小女的分上，呜……呜……”彭富竟至失声痛哭。

是“小儿小女”的真情哀痛感动了吕烈？是“不看僧面看佛面”令他想到了母亲？吕烈也弄不清自己这一瞬间转了些什么念头，突然朝吴直一拱手：

“监视大人，此人来往于登州、旅顺经商，确属实情，末将曾见过他。方才孙巡抚也叮嘱在下，说此人似不知情。况且监视大人事佛虔敬，最能体上天好生之德……”

“怎么不早说！”吴直笑着埋怨，“你既见过，孙大人又有话，何须我啰里啰唆，费半天口舌！你说怎么办好？”

情势急转直下，颇令吕烈感到意外，不禁更加信服京师里朋友们对阉人的准确形容：喜怒无常，瞬息万变，时具妇寺之仁心焉……吕烈于是正色道：

“公事自要公办。着他亲友具结交保，万一日后有事，不怕他飞上天去。”

一颗将要落地的人头，就这么阴差阳错，凭了吕烈一句话，依旧长在他脖子上。吴直此刻是一好百好，样样随顺，一心要显示佛门弟子的仁心善心。照彭富提供的名单，果然寻着几名保人。保人们纳了保金，具结了保状，又对着吴直和吕烈千恩万谢地跪拜，陪同彭富出府去了。

吴直要留吕烈痛饮，又要同他对弈。吕烈一一婉谢：“我营中还有急事，改日叨扰。”他又知心地进言道，“日晕而风，础润而雨。目下登州军心浮动，谣言四起，情势叵测，前程难料。监视大人千万小心在意，早做防范为好。”

吴直竟大为感动，几乎落泪：“在下来登州将近四月，奉承阿谀听得耳朵起茧，谁肯如足下这般真心为我着想？……也罢！你回去禀告孙大人，我立即将三本奏章封好着人送去巡抚府，请他会签后快马驰送京师！”

一百八十度大转弯！前后判若两人！

“监视大人公而废私，如此用心，则登州之幸也！”吕烈心中感激，如释重负，对吴直顿生好感，说出的话，有送高帽之形，已无故意奉承之实了。

临行，吕烈突然想起一事：“有一回酒醉，听你说起想求孙大人之女为妻。莫非此女果真沉鱼落雁、闭月羞花？”

吴直突然难为情地垂下眼睛，忸怩道：“哎呀呀，那是我酒后气话！我是什么人，怎配与孙大人攀亲！孙家小姐，只听得人说极是能干有才学，并未见过……”

吕烈忍不住调侃：“如若孙巡抚真成了你的老泰山，登州的粮饷、孔有德的抚旨，怕早就到手啦！”

吴直哈哈大笑，彼此一拱而别。

吕烈急着辞出监视府，确实有一件要事。

他沿着河边那条有名的无数石磨盘铺就的车马道，匆匆赶往城中店铺茶楼酒肆最集中的三官庙附近。如他所料，保彭富出来的几位大商贾，就在名扬东三府的鹿鸣园为这个参客设宴压惊。还在楼梯上，吕烈便听得那肥胖的珠宝商中气充沛的洪亮声音在让菜：

“……快尝尝这味西施舌，白嫩细腻足使你消受，平平胸中气；再吞上一个天鹅蛋，来年黄金万两，大发大发！……”

吕烈在雅座小门前一站，一屋子人顿时鸦雀无声。彭富脸色惨白，怕冷似的缩着身子，装出一副可怜的笑脸，招呼着：“大……大老爷驾……驾到，请……请入席……”

“请出来，借一步说话。”吕烈直盯住彭富。

彭富脚下犹如拖了千斤石磙，艰难地走出小门。有人跟过来，吕烈伸手在门前一挡：“都回去！”

走进楼梯口的一小间，吕烈带上了门。彭富已然面无人色，“扑通”跪倒，仍然赔着笑脸，指天画地，装出豪气满怀：

“大老爷救了小的一条狗命，便是小的再生爷娘。大老爷是要银子还是要人参鹿茸，小的便当了房子卖了裤子，也要奉承大老爷你高兴！老天爷在上，我彭富若敢存半点欺心哄骗，五雷轰顶，尸首不全！……”

卑贱的笑脸和举动、极尽恶毒的赌咒发誓，吕烈见过无数次！许多年前，每当见到舅舅徐璜，此人就要演上一回，讨好卖乖，竭力奉承，最终总能得舅舅一笔资助，一转身，又去吃喝嫖赌，挥霍一空！……吕烈皱眉喝道：

“起来！别跪着。听见没有？起来！”

彭富莫名其妙，站起身，仍对吕烈满脸赔笑。

“你当真不认识我了，吕……吕梦龙？”不管吕烈怎样憎恨他，怎样决心一刀两断，但亲口叫出父亲的姓氏名讳总是不孝，总是磕磕巴巴，难以出唇，声气骤然低落。他慢慢除下了头上的六瓣明铁盔。

彭富浑身一哆嗦，呆呆地望着吕烈，好像傻了。

吕烈提起中气，一字一句很用力，愤愤地说，透出少有的痛快劲儿：“你听着！我不幸生为你的儿子，你给了我这条命；今天我救了你，还了你一条命。从此咱们两清，我不是你的儿，你也不是我的爹，谁也不欠谁了！”

“原来是你！”吕梦龙傲然地说，挺直了腰，眨眼间就恢复了长辈的威严，刚才那一副讨好谄媚的卑污相一扫而净，仿佛从未出现过，竟在唇边露出冷笑，“不过仗着官亲势力做了官，就不把尊长放在眼里了，十足的忤逆！”

“你！……”吕烈对他的突然变脸，既觉得意外，又十分恼怒，还无法反驳，一口气憋在胸口，脸都涨红了。

“要是比作做生意，你这回亏本儿可亏大啦！”吕梦龙想必也被今日的事激怒了，羞愤无地，说出的话一团团尽是恶意，“你原本就不是我的儿子，我跟你不沾半点血亲，换什么命？怎么个两清？哈哈哈哈！……”

“什么？……”吕烈蒙了，瞪大眼睛。

“告诉你实话你听不听？就算报答你救我一命，怎么样？”吕梦龙又换了一副讥讽嘲弄的腔调，“听仔细了——你那舅舅舅妈才是你的亲爹娘！你妈其实是你姑姑，我不过是你姑父罢了！”

吕烈也像方才的吕梦龙一样，好半天不能从极度的震惊中醒来，视听一时都出了毛病，眼前只有那张从小就又恨又怕的面容，此刻布满惬意的幸灾乐祸的表情，唇边凝固着残忍的冷笑……吕烈努力一挣扎，恢复过来，迷惑不解地说：

“纵然没有骨肉情，我终究是你的亲戚，是你的内侄儿，又不是仇人，为什么……”

“我恨透你了！从来就恨你！”吕梦龙突然爆发，不管不顾地嘶声喊叫出来，眼珠子通红，激愤把他的五官扭曲成一副狰狞面孔，不住地挥动着拳头，“你简直就是我的羞耻！看见你我就五脏六腑不痛快，百骸不自在！……我，一个堂堂男子汉、知书达礼的秀才相公，为什么要觍颜忍辱，拿个私孩子当自家儿子养活？就为了巴结老婆的娘家，为了她那份嫁妆，为了她兄嫂用来封我嘴巴、替他们遮丑的每年二百两白花花的银子！……白得的银钱为什么不花？花了消灾！偏偏你，从小就跟我作对！还仗着你那亲爹亲妈的势力，弄得我家破财尽！……如今我有自个儿的生意，有自个儿的老婆儿女，真正亲生亲养的，再不用去巴结谁、讨好谁、求告谁，我还怕什么？”他盛气地看着吕烈，大口大口长出气，一副痛快淋漓的样子。

吕烈喃喃地说：“我是私孩子？……”

“你生在万历三十四年秋七月癸未，南下运河的官船上。对不对？你爹是在万历三十五年春闱中进士之后，迎娶你娘完婚的，对不对？你爹还不是也为了巴结你娘那娘家的权势，不然，他那样的风流才子，早把你娘甩了！……”

吕烈心里乱哄哄的，乱得一塌糊涂，却又觉得刹那间明白了许多以前想不通的事：舅舅、舅母为什么待他那样好，为什么催他改姓过继——其实是归宗，真所谓用心良苦……舅舅——也就是亲生父亲，虽然不敢得罪有权势的外公家，却因“先奸后娶”而一直轻视母亲；母亲也自认为品行有亏而默默忍受丈夫的无礼，事情不就是这样的吗？……

吕梦龙不知何时已经自管推门走了，好像留下几声干笑和几句话。吕烈似听未听，已经全不在意。当他慢慢走出酒楼，牵着马，踏着雪地“嘎吱嘎吱”响着漫步时，飞扬的雪花不时落在他头上身上、扑打他的面颊、撞进他的眼睛。他也像是没有知觉，在专心致志地想，却又任凭思绪东流西窜——

他受了愚弄，人生最大的愚弄！他的出生、他的寄养乃至他的过继，全然是一场大骗局！拿他当局中棋子，随意摆来摆去。设置骗局的，却是他的生身父母！还有比这更可悲可恨的事吗？他一向认为人间只有欺诈，不料至亲骨肉间也脱不出这两个字！

奇怪的是，他想要愤怒，却怒不起来；自认受辱却没有受辱的痛苦。舅舅、舅母，也就是父亲母亲在他身上倾注了多少心血和爱！他懂得他们的迫不得已，他们的欺骗，最终是为了不失去他！

……先奸后娶虽不体面，在吕烈眼里还不失为风流韵事。原来，严正的、满口道学的舅舅也有他青春年少、风流放荡的时候！怪不得我那两句诗便赢得他的欢心，原谅了我的放荡……可怜的舅妈，为了一时失足，一辈子不得展颜，可她实在也是离不开舅舅的呀……舅舅不也很可怜吗？为了前程功名，必须遮掩风流罪过，否则潦倒一生，也会走上吕梦龙的那条路。

……吕梦龙就没有他的道理吗？有的！他原是个心高气傲的人，为生计不得不含羞忍辱，收下一个与他毫不相干的私生子做儿子，可能还附有不许他另生亲子的先决条件，他怎能不恨这个孩子，又怎能不向醉梦中寻求解脱？……

吕烈陡然记起近日在哪部书上看到的一句话："天下所有可爱之人都是可怜人，天下所有可恨之人都是可惜人。"当时，他嘲笑作者滥好人，而今他忽然觉得其中有真味……他是不是真该像二乔姑娘说的，问问自己：为什么把人都看得那么坏？

来往行人，脚步匆匆，几次撞着他而不觉，有人在跑在喊叫着什么。下雪天原应寂寥的街巷，竟许多人三五成群交头接耳，神色很是紧张，几句话冲进他耳中：

"可不能让辽呆子进城！"

"城里还有这么多辽人呢，都是祸害呀！"

吕烈一把拽住那个叫喊的汉子："出了什么事？"

汉子像是认识他，立刻嚷道："你是登州营的将官吧？快去求求巡抚大人！可了不得啦，他要放孔有德进城！……"

周围一片附和声，七嘴八舌地求告，拿吕烈当救星。吕烈很吃惊，也很疑惑：孙巡抚怎么会做这种危险的决定？

"大人！可找到你了！"一名传令亲兵飞马赶到，"巡抚大人命你即刻赶赴西门，有要事！"

吕烈无暇多问，跨上马背，加鞭飞奔而去。

六

当孙元化赶到南门外校场时，在张可大率领下追杀“孔有德乱兵”的陆师左右两营已经大胜而归。竟敢违令出战！孙元化感到震惊，不待通报，径自大踏步闯进校场营房张可大的临时住处。门卫见是巡抚大人，赶忙跪倒迎接，耿仲明一步跨上，猛然推开门，孙元化顿时一怔。

张可大尚未卸甲，筋疲力尽地瘫卧在躺椅上，浑身是血，厚厚堆积的血呈紫黑色，糊住了他的手臂和手握的大刀，以至手与刀柄都黑红一片无法区分了。

“张大人，你……受伤了？”孙元化进屋站定，问道。

张可大睁眼见是巡抚大人，挣扎着要起身行礼，孙元化做了个制止的手势。张可大不安地说：“失礼了！在下不曾受伤，只是天寒血凝，这刀一时脱不了手……”

正说间，亲兵端来一大盆热汤，将他的手连同刀一起浸入，水顿时通红，冒出的热气也带了难闻的血腥味。好一会儿，他手上凝血化开，“当”的一声，大刀落下，他才把右手从热汤中取出，那已不是热水，是一盆浓血了！

这都是孔有德的辽东兵的血？他杀了多少人？孙元化只觉怒气上冲，撞击心扉，变了脸色，喝道：“张可大！你胆敢违令出战！”

张可大一惊，赶忙起身恭敬站立：“卑职怎敢违令！但变兵游勇威逼城池，我身负守城重任，焉能袖手旁观！”

孙元化极力忍住怒气：“什么变兵游勇？如何威逼城池？”

“禀大人！自孔有德驻兵北沟以来，每日都有他的辽丁三五成群跑回来探望家小。卑职也曾禀告大人，大人说天伦至情，阻之不德，只要不聚众不滋扰，可问可不问。卑职领命。不料他们得寸进尺，近日来人愈多，甚至留宿家中不去。今晨竟有三百余辽丁结伴而来，骑马带兵器，先抢掠了南洼庄，又要进西校场营区，既聚众又滋扰，且心怀叵测。营中弟兄早已忍无可忍，卑职也怕生出意外，便领兵驱逐……”他侃侃而言，很是磊落，但他没有说起他与几名亲信商议的更深用心。对辽丁恨之入骨的管惟诚、陈良谟诸人，力主再次激反孔有德，使抚议不成，朝廷必调大军剿灭辽丁，便能为登州彻底除患，为国家也为登州百姓成一件大功业！当时张可大觉得这举动甚不光明，追杀行动时也不无内惭，此刻面对孙元化的指责，却突然理直胆壮、无愧于心了。

西校场是登州四大驻军营房之一。孔有德率一千辽东兵救援大凌河，他们的妻儿老小便都集中住在这里。孔有德北沟驻兵待抚，手下官兵偷跑回来探亲，原也不是什么大事，谁知竟闹成这样？莫非孔有德真是别有所图、心怀叵测，还是他治军不严、队无纪律所致？……

孙元化气恼地说："你杀得痛快！坏了抚局谁承担？"

"不抚便剿，又有何难？我不信登州万余官兵，竟对付不了孔有德三千乌合之众！"

"张总兵！"孙元化怒极，大喝一声，周围的人吓得一哆嗦，从没见过孙元化发这么大的火。张可大"咚"的一声跪倒，索性大声进谏："孙大人，卑职一向以为，似这等叛臣乱兵，害民贼子，有一个杀一个，有两个杀一双，须是手软不得，免留后患！便杀千杀万，也是有功无罪！招降安抚只能是权宜之计。否则叛逆不灭，国何以安、民何以安？……"

"孔有德多年患难相从，断不会弃我反叛！"

"纵然孔有德念故主恩德有仁义可言，但辽丁却不乏狼子野心，早就眼红登州财富地利！……大人请三思！万一孔有德诈降，登州城破，你我就算逃得出兵灾，也免不了西市一刀！"

弃地失守的官员有杀头之罪。张可大把话说到这个份上，已是极处，顾及他新升任的右都督的身份，也不好再责备他。实际上，一个最重要的原因，也就是促使他决意主抚不主剿的根本点，孙元化无法说出口：登州城内的辽丁比孔有德所部人数更多，他们是决计不肯剿杀共患难的同乡，所以，剿必败，剿必乱，终将造成不可收拾的局面，以致毁灭他多年亲自训练、亲自带领、屡立功勋的当年人称"孙家兵"的辽东军！面对复杂纷乱、内外交困的形势，他真觉得力不从心，焦头烂额了……

孙元化极力使自己镇静、不表现慌乱，静静思索片刻，说："这样吧，张大人，请你率陆师左右两营及水师诸营专守水城，严防金虏自海上来攻。本抚率陆师其余五营守大城，防止孔有德部中途变卦。各专其职如何？"

张可大一时摸不清孙元化的用意，只隐隐觉得他是在设法把登州兵与辽东兵分开。从避免内外冲突而言，也无不可，他领命了，但还是不放心地问一句："孔有德手下屡侵西营房的事……"

"我另有安排。朝廷抚旨不日将到，孔有德部便受抚也不可入城。我意命西营房辽丁家眷迁入城内，腾出房舍给孔有德部居住，西营房住三千兵马，绰绰有余……"

张可大十分吃惊："大人！万万不能让孔有德部逼近登州城！万一有变，防不胜防啊！"

"自然要等朝廷抚旨到了……总得安置他们吧？国家正值用人之际，难道将他们就地遣散？"

张可大无法回答，只得再三重复："事关紧要，大人请三思！……"

侍立在侧的耿仲明暗暗吃惊。长年做孙巡抚的中军，他早就发现，巡抚大人凡有举措，通常不会只有单纯的一个目的，往往可收一举多得之效。此刻他立即意识到，为孔有德部腾营房的同时，迁移进城的辽丁眷属便都成了人质，招抚背后，也在进行剿除的准备！……孔有德是他把兄，辽丁是他乡亲，他哪能不牵肠挂肚呢？但孙大人待他恩重如山，他自己又存着那么一段不敢出口的心思：以他的年貌武功、机敏勤谨获取帅爷的欢心，终能坦腹东床也未可知……他心头的天平尚无偏向之时，表面上更得不动声色，立刻将换防和迁移辽丁眷属入城两道命令下达，督促即行。

毕竟是军队，换防很迅速地完成了。迁移辽丁家眷，竟极其繁难，孙元化不得不亲自出马，坐镇西门。

孙有德部留在登州的家眷不过五百余户。奉召而来的吕烈率部下帮助搬迁。吕烈的游击营原是登州镇诸营中的精锐，向以"南兵"自诩，不要说辽丁，连河北兵、晋中兵都不放在眼里。摊上这个差使，心中极不情愿。但帅爷在城楼上监督、营官哨官哨长在身边管束，又限两个时辰内迁完，他们不得不忍气吞声，驾了军车马匹，去搬迁他们最讨厌的肮脏愚鲁的辽丁家眷。说不尽的哭闹争吵、拖赖撒泼，少不了相骂相打、强推硬拉，总算把这五百余户连老带小，锅碗盆瓢箱、鸡鸭鹅猪羊，全都装上车马。搬家的行列长达五里，乱糟糟闹哄哄，这里叫那里哭，喧嚣一片，向西门滚滚而来。

西门内外，拥挤着闻讯聚集来的登州百姓，声声高叫着："滚出去！别叫丧家犬进城！"嘲骂诅咒嚷成一片。饶是游击营的兵卒在吕烈指挥下用力排开他们，好让辽丁眷属入城，还是有好几次人们冲开士兵的拦阻，扑上去揪打，对着进城的老小挥拳大骂。

七月里，王征监军编写的四季小调在各营传唱，很快传到城内四郊，几成民歌。自那时起，半年以来登、辽间的争斗确实平缓了许多。街市间登人辽人相打相骂的事日益减少，凡有争斗也有人出头劝解、责备了。登州军各营同仇敌忾的气象也渐渐有了眉目。孔有德这档事一来，这点喜人的景象几乎在一夜之间尽都化为乌有，登、辽之间重又燃起仇恨的烈火！

西门内外的混乱和仇视，都落在坐镇城楼上的孙元化眼中。他几乎没有精力为自己与王征的努力终于失败而伤感，因为他正被求见的登州耆老缙绅所包围，他们对他发起了车轮大战，激烈反对辽属入城，仿佛辽属是可怕的瘟疫。孙元化咬紧牙关，硬着头皮，脸上挤出微笑，装作认真倾听的神态，口里不时客气地应酬几句，任随缙绅们乞求哀告，恶言讥刺，心里一丝一毫也不动摇。

他知道，辽属入城，只过了第一关。进城后如何安置？他命地方安置借住居民家中；实在住不下，则集中暂住开元寺、万寿宫、文昌宫三处。这又要引起多少纠纷、争吵和打闹，登州人将如何不满和愤怒，他都想象得到。然而，与促成抚局、免遭战火之劫相比，又算不得什么了。

在西门城楼上，他写了一封信给孔有德，说明登州军出战实属误会，叫他别疑心；朝廷抚旨不日即可颁下，要他耐心等待，管好属下官兵，严禁掳掠骚扰；告诉他已将各家眷属迁进城，腾出营房预备他率三千人众归来居住等等。

孙元化把信交给耿仲明时，全神贯注地盯着他迅速眨动的细长眼睛：“耿中军，此信关系重大，所以差你，务必送到。”

“是。”耿仲明双手去接，孙元化却没有放。耿仲明奇怪地一抬眼，正触着帅爷的深不可测的目光，像两潭寒泉，不由得心中一凛。只听帅爷的声音比平日格外低而厚：“云台，你与孔有德是结拜弟兄，可要以国家为重、万民为重啊！”

耿仲明一咬牙：“帅爷恩义，仲明绝不敢负！愿对天发誓！”

“不必了。”孙元化温颜道，“速去速回。”他终于松开手指，信函轻轻落在耿仲明手中。

夜已很深了，孙元化才拖着极其疲累的身体回家。跨进中堂，沈氏忙迎上来，松了口气：

“哎呀，你可算回来了，大年初一的，一整天不照面……”

“怎么？”孙元化一怔，“家里也出什么事了？”

“没有哇！……他们为候你回来，都等得睡着了。”沈氏指着孩子们，幼蘅、幼蘗、和京都揉着蒙眬的睡眼，赶上来向父亲问安，七岁的幼蕖还偎在奶妈怀里熟睡。

孙元化抬手示意，眼睛不看面前的儿女：“难得你们一片孝心，各自回屋歇息去吧！”

“咦，你这人！糊涂啦？初一的团年饭还没吃，就等你回来呀！”沈氏有些急了。

“以后再说，”孙元化满脸倦容，疲惫不堪地往椅上一坐，又挥了挥手，“你们都去吧！”

儿女们不敢违拗，陆续离开。沈氏伸手摸摸丈夫的额头：“啥地方不舒服？可是病了？……”丈夫脸上的忧虑、沮丧和紧张，惊得她问不下去了，好半天，才嗫嚅道，“出……出什么事了？……”

孙元化在西门监督辽属入迁以后，又去各营巡视，发现粮米之缺比他想象的更严重。为了省粮，各营都改三餐为两顿，已使士兵怨声载道。今天大年初一，多数营区仍喝稀粥！十之七八的营兵因此闹得不可开交，怨声已变成怨恨、怨愤，以致随行的陆奇一，为了争辩说没有克扣粮饷，竟被一群登州兵打得鼻青脸肿……孙元化悚然悟到，与城外的孔有德相比，城内军心怨愤是同等强大的威胁！

回府的路上，踩着厚厚的积雪，看着被大雪装点得十分庄严洁净的城楼、庙宇及千门万户，他心头忧虑万分。宁静美丽的银色世界之下，处处埋着火药桶，已经开始冒烟，不及时灭掉引信的火星，立刻就会大爆炸。他，必将在爆炸中粉骨碎身！……

这样的预感，他当然不能对沈氏讲，但又不能完全瞒着她："夫人，须对你实说，登州城危在旦夕，不见得会被孔有德攻破，倒可能断送在城内乱兵之手！"

"啊！"沈氏大惊，"城内也……哗变了吗？"

"眼下还没有。但欠饷日久，内外交困。今日劝捐的银子只收来四千余两，我令发下各营，首先买粮，务必使营兵按例吃着元旦日的春饼卷葱丝鸡蛋……不过，此举只能缓得一时，不能持久……"

"这，这可怎么办？……"沈氏面无人色，坐立不安。

"还有一层，"孙元化紧蹙的眉头忽然放平，语气也变得格外从容，"夫人你是知道的，此城无论是被攻破，还是因叛军哗变而失，本抚与张总镇均有死罪，除非坚守两个月无援军，否则不能宽贷。张总镇奉调南京，已无守土之责，所以守城之责在我。如今前途难料，夫人你要预作打算……"

沈氏"呜"地哭出声来："就再没有法子好想了吗？……"

孙元化轻轻一叹："田产典了，珠环首饰卖了，吴监视已答应上奏求饷，但远水救不得近火。士绅耆老认捐也只是如此，终不能也如孔有德一般抢大户吧？如当年曹操借粮官之首级平息乱兵的卑鄙险恶手段，我又使不出来……除非大赐我五万两白银补上一月欠饷，或许能有回旋余地……"

沈氏哭出声："五万两！……把你我卖了，也得不着五万两啊！……"

门"哗啦"一声推开，门帘掀处，幼蘅冲进来，"扑通"跪在孙元化夫妇膝前。她脸色雪白，浑身发抖，耳坠和凤钗、流苏跟着忽闪，声音更是颤得可怜，说出的话却令人震惊：

“爹！娘！把幼蘅卖了吧！”

老两口一怔，还没来得及回答，门帘又一掀，幼蘩随后进屋，跪在幼蘅身边，昂首挺胸，脸上一片救苦救难、视死如归的庄严，声音却也有一点颤抖：“爹，姆妈，还有我！”

“爹娘待儿恩重如山，就成全儿报恩行孝一番心愿吧！”幼蘅双手合掌胸前，仰脸望定孙元化，泪水盈盈的美丽眼睛里满是哀求和痛苦。孙元化触到这柔如水、温如春、锐利如剑的注目，赶忙移开自己的眼睛，忍不住心头一阵悸动。

昨晚他半夜从梦中惊醒，极为不安，充满罪恶感，向天主祈祷了许久。因为他做了一个荒诞不经的怪梦：

……一声轰隆，炮弹在巡抚府炸响，喧闹哭叫的混乱中，侍从冲进来禀报：“夫人身殒！”他大吃一惊，拔脚就赶去救援。跑了许久，竟跑至一处山间院落，有人告诉他夫人在此养病。他进院推开上房的门，果然见到房中木床和床上的蓝花布帐。只手拨开帐幔，露出沈氏带着病容的笑脸。她请他在床前机凳上坐定，却又惊惶不安地偷偷把床边一双小鞋儿推进暗处，怕他看见。他顿起疑心，站起身四下观看，大床后面竟有一张小床，小床上竟睡着一个女婴，女婴的脸貌竟活脱脱是吕烈的模样！他登时大怒，指着女婴厉声质问。妻子却是一副毫不在乎的样子，不否认有私情，又不肯供出野汉子是何人，竟翻过身去不再理他！

……恍然间，他独自在荒野大步走着，气闷难耐，愤恨不已。幼蘅从背后赶来劝他息怒，捏着他的手，抚着他的肩背，倩言巧笑，软语温存，又如七夕之夜，大胆地投入了他的怀抱……

他不是少年，不是涉世未深的书生，完全明白这个梦是怎样向他揭示了他的理智绝不肯承认的、深埋于心底的愿望：他希望得到幼蘅，却又不能违反十诫，不能损害自己不二色的名望。想要两全，只有沈氏死去或被休弃，才能空出位置。醒来后他心中作呕，痛恨这个梦，也就更相信天主关于人类充满罪恶、不赎罪绝不能超生的指示。一整天的紧急军务已使他忘却一切琐碎家务和私事，此刻她突然冲进来，梦境又栩栩然如在眼前。一旦面对她深明大义的求告，孙元化又是另一番心境了。

“爹爹！姆妈！”幼蘩扬扬黑眉，“耶稣舍身救世，正是女儿的榜样！平日舍药医病，不过救得数人。今日如果舍一身能解父母危难，救全城生灵，女儿虽死无憾！”

沈氏把两个女孩儿一齐搂在怀中，流泪道：“难得你们一片孝心，但孩儿们受苦，父母心头怎么能忍？……况且你爹爹总是朝廷官员，巡抚一方，落得卖女儿的下场，还有脸在世上吗？……”

“不然！”幼蘩紧紧捏住母亲的手，“张巡守睢阳，杀妾饷士卒而使军心复振；张伾鬻爱女助饷而令将士感泣坚守危城！……历代名将贤士流芳百世，女儿此举，也一定能得天主赞许！”

孙元化听得心头一动，万一山穷水尽，这也未必不是一项权宜之计。只是……

老仆在门外禀报一声：“老爷，耿中军求见，有紧急军情！”

孙元化赶忙出后堂，快步走到外衙公事房。耿仲明满面惊惶地迎上来：“帅爷，孔有德他，他率兵围城了！”

“哦？”孙元化心里一震，竭力保持平静，看定耿仲明：“你上午去送信，不是说他很恭敬的吗？”

“他确是恭敬，但他手下各营，都有被张总兵所杀的弟兄，愤恨不平，他或许拗不过众人……那些乌合之众，难说有军律听号令的……”

“围城何意？不愿受抚？”

“不，不！他们射上城来的信函，是要求交出追杀探亲辽丁的凶手，以命抵命……”耿仲明说着，呈上书信。

真是雪上加霜！难而又难！孙元化目光灼灼，凝视着耿仲明说：“云台，你随我时日不浅，当此危难，可要心定神清啊！”

中军官竟激昂地喊起来：“我耿仲明若有半点不利于帅爷之心，叫我碎尸万段！”说着猛一跺脚，跪倒在地。

“起来！立刻遣人往水城与四门传令：加意防守不得松懈；令可莱亚游击督率各教官及火器营速上城楼，不得离开大炮一步！”孙元化沉着镇定，有条不紊。围城并没有使他慌乱。登州城高壕深，大炮四十余位，中炮二百多门，要坚守城池，绰绰有余。

然而，命运注定了崇祯五年的元旦之夜是个灾难频仍的夜晚，充满了爆炸性事件。

传令兵急促的马蹄声击碎了雪夜的沉静，各处守军在急匆匆地调动，车声辚辚，马嘶萧萧，官兵纷纷开往四门，拥上城墙。城中跟着乱起来，孔有德围城的消息顷刻传遍登州！登州人在惊慌之余，同仇敌忾，首先把愤怒掷向白天迁入城中的辽丁眷属，全城各条街巷，凡是住有辽属的人家，都在驱赶房客，铺盖、家什、杂物扔得满街都是，怒骂、推搡直到拳脚相加。那些辽丁眷属老的老小的小，在雪地里哭叫挣扎哀告，只换得恶意的痛快的狂笑。

登州人的愤怒一浪推一浪，目标由辽丁眷属渐渐波及所有的辽东人，他们一概被斥为“辽呆子奸细”，被一群群提着灯举着火把的登州人追赶、捉拿。愤怒的人群抓到发泄对象，就发疯似的拥上去拳打脚踢，咒骂、怒吼与挨打人的声声惨叫填街塞巷，形成一股股喧嚣的声浪，整个登州城沸腾了！人们终于红了眼，失却了理智。不知谁一声号召，拿刀执杖的数百成千人，疯狂地冲向辽属集中的开元寺、万寿宫、文昌宫，郁积许久的对辽东兵的怨恨猛然爆发，使他们一次一次猛撞庙门，越撞不开，渴望越强烈：要冲进去，大开杀戒！

孙元化得到城中大乱的报告，心急如焚。事态如此恶化，是他没有料到的。他立即传檄令登州太守及蓬莱知县即率得力巡捕兵役，制止城内的疯狂。

两名侍卫背上檄文立刻走了。但孙元化在他们紧迫的脚步声间隙中，听到由远而近的喧响，仿佛一重重海浪拍打岸礁，又似一阵阵朔风卷着黄沙。他想是劳累过度产生的错觉，嘘了口气，在大案后的圈椅中重重坐下，闭目养神。恍然觉得又有人进来。睁眼一看，竟是刚刚遣出去送檄文的侍卫。

“禀帅爷，我们出不去了！”

“帅爷，许多兵士围住了巡抚府！……”

“什么？”孙元化轻声问了两个字，眼前飘过一朵颤动的白花，晕眩得直恶心。他最担心的事终于发生了。

“他们来索饷……”

“说是若不补足欠饷，就不守城！”

孙元化竭尽全力集中精神，死死盯住两名侍卫，半晌说道：“快去送檄文，这里的事你们不要过问！”

侍卫惶惑地说：“巡抚府已围得水泄不通……”

孙元化大怒，双眉倒竖、满面血红，拍案怒喝：“冲出去！给我冲出去！”

从未见过帅爷如此震怒的侍卫吓坏了，没头苍蝇似的撞出中堂，赶紧跑了。

七

“大人！大人！快醒醒！”

吕烈明明听得人在耳边呼唤，仍是迷迷糊糊醒不过来。时而面对吴直纵声狂笑，时而扯着吕梦龙的衣襟与他争辩不休。仿佛又见到舅母羞愧的面色，恨不能跪到她脚前大喊一声“母亲！”忽又觉得在乱糟糟的、面色严峻的人群中，远远看到了二乔姑娘惊慌失措的眼睛……

醒过来！快醒过来！他对自己呵斥。面对吕梦龙而产生的强烈感情冲击和随后承担的搬迁辽属入城那繁杂无比的各项事务，弄得他身心极度疲倦……

他忽地被人一推，坠下万丈深渊！可怕的不是下坠时的风声和黑暗，而是着地而粉身碎骨的一刹那越来越逼近，教人惊恐得要发疯！他张口要叫，猛然从梦中惊醒，眼前是自己的亲兵和巡抚府传令侍卫的紧张面容。他一跃而起：“什么事？”

孔有德率兵围城！城中百姓围三寺！营兵索饷围着巡抚府！传令侍卫急忙传知这三件大事，匆匆离去。

风云突变！石破天惊！

吕烈立召属下哨官哨长，急下三令：全营立即戒备，随时待命出动；三哨一百二十人去协助府县解三寺之围；一哨二哨共二百四十人随营官往巡抚署解围！

一哨哨官欲言又止，很是惶恐，终于跪倒请罪：“大人，恕卑职管教不严之罪，营中兵丁十之五六，都去巡抚署了！……”

“荒唐！”吕烈低低骂了一声，“起来！跟我走！”

还离得很远，就看见巡抚府四周那数不清的松明火把，无数张激动愤怒、满是尘土油汗的士兵的脸在火光中闪动，伴随着嘈杂得令人头晕的喧嚣，所有的人同时在喊叫、咒骂，在诉说、争吵。黑压压的人群，超过千数。

巡抚府大门到照壁间的那一大片空地，挤满了索饷的士兵，最前列的十多人脸红脖子粗地朝门官侍卫喊叫：“快请巡抚大人出来说话！……不散！就是不散！巡抚大人不照面，欠饷不发，我们就不走！……”

有士兵冲上去“咚咚”地敲那大红门。守门卫士急忙阻拦推搡，不多时便扭打纠缠在一起，人群助威大呼，喊声震耳欲聋。

吕烈本想上前排解，忽见后方人群较为稀落的地方，火把映出几张熟悉的面孔：有登州营营官陈良谟、姚士良，有可莱亚这位西洋领队，甚至有辽东营的都司陈光福！吕烈明白了，士卒索饷闹事，背后有各自营官的支持。这样看来，各领兵将领对孙元化的不满也已达到极点！

不知出于什么，玩世不恭，幸灾乐祸，还是别的，吕烈突然也不想出头了。他勒住马，命部下止步候命，自己静立大槐树下，倒要看看事情究竟能闹成什么结果，孙元化究竟有多大本事，能不能化解这块压在头顶的重石……

“轰隆隆！”巡抚府两扇高大沉重的红门缓缓打开，门前的索饷士兵不由自主地往后拥退，掀起一阵惊惶的骚动：是不是冲出一队见人就砍的铁骑？或者更糟，推上几门可怕的铁炮，只要一次齐射，就能把门前数百人轰个尸骨横飞！……

门开后，里面竟无声息，但见十数名侍卫，手持上写“登莱巡抚孙”的黑字大红灯笼肃立两侧，正中的人纱帽红袍一身官服，双手端着腰间的素金束带，一动不动，如同一尊翁仲。

“巡抚大人!”一声惊叫，压过了四周的喧嚣，杂乱的闹哄哄渐次减弱终于完全静下来。人潮的涌动渐次收敛以至完全平息，登莱巡抚便与他属下最低一级的索饷士兵们相距不过数尺地面对面了。一时静得只听到火把的“毕剥”作响和人们粗重的呼吸。这一瞬的寂静很可怕，像一团超重的浓浓乌云，看不透将爆发雷电还是砸下冰雹；不知道打破这寂静的是一场严酷的镇压，还是一次流血的兵变？……吕烈远远望着，冷得从心里向外颤抖，手心却捏出了汗。

其实，此刻的孙元化非常镇静，已将生死置之度外。他既无力拿出欠饷和缺粮，惟有据实把长期以来瞒着士卒的真情说明，以诚信相待，动之以情，或许能收拾涣散的军心。若达不到目的，则死于变兵之手和死于朝廷之刑，不过只差一步，没有太大区别。

士兵们都被巡抚大人的气势镇住。平日里哨长差遣役使、打骂责罚都是正管，哨官管哨长，营官又管着哨官，巡抚大人则管着所有的营官和大人们，就像爷爷的爷爷，就像高不可攀的天神一般威严！他不就是朝廷、就是王法吗？不敢冒犯啊！最大胆的前排士兵有勇气与府中冲出来责罚鞭笞他们的人拼个死活，面对庄重肃立的巡抚大人本人，竟是惊畏得说不出话了。

巡抚大人却首先开口：“弟兄们三个月未关饷，元旦日未得犒赏喜钱，反而喝稀粥，下官无能，累弟兄们受苦，在此向弟兄们谢过!”他双手高高拱起向四周示意。

他的声音低沉浑厚而又慈和，像余音袅袅的钟声在每个人的耳边振荡，竟是那样真挚而且有力，深入众人心底。如果他出言凶暴专横，开口就责骂这些违令聚众的士兵，以王法军律相恫吓，那么必定有许多人冒死一搏，不但索饷，还能留得个不畏权势不怕死的英名。但这位最高地方长官，对他们这些最低下的小兵卒，却是一口一个“弟兄们”，态度这般谦恭，将欠饷的过错算在他自己头上，竟然向他们谢过！这是他们做梦也想不到的。人之常情：天雷不打送礼人。暴力发作，不是产生于受压太过的反抗，便是由于恃强凌弱的欺辱。眼下巡抚大人毫不加压，更没有恃权威盛气凌人，士兵们哪能发作？众人没了主意，竟不知说什么才好，因为他们要说的话，已被巡抚大人自己说了。

“当兵吃粮，吃粮当兵，没有粮吃当的什么鸟兵！辽呆子又围城，难道叫弟兄们饿着肚皮守登州！”说话的是一名哨长，故意气势汹汹以示胆大无畏。四周士兵都拿眼睛看他，竟有不少责怪的意思，和孙元化的谦逊相比，嫌他过于无礼，有人小声嘟哝：“连大人都不称一声，成个什么体统！”

“这位弟兄说得对，”孙元化愈加和颜悦色，尽管消瘦憔悴，仍是风采独具，“咱们登州粮饷历来丰足，超过边镇。弄得如今这样，若论怪谁恨谁，我说须恨金虏内犯！其中原委，今日便对弟兄们细细说明……”他说起金国攻大凌河，天下兵马勤王集饷，山东只得停了例拨给登莱的协饷；他说起登莱巡抚若自征钱粮须得朝廷特准，但至今未能得到准征的诏谕；额外向朝廷申请的拨饷，又因吴桥事变道路阻隔而停发……他充分发挥了他的声音魅力，头头是道，极令人信服。众人静静听着，不像来索饷，倒如同来听大人训话了。

哨长突然又提了个话茬儿：“孔有德率兵援辽，你不该将登州饷银尽数付给他！”

人群中“嗡嗡”地掠过一重骚动和议论。孙元化立刻接过话头：“这确属下官的不是。一来为使援辽弟兄安心，留下养家银；二来以为朝廷的额外拨饷及山东协饷不日送到，即可补上空缺，不料后来又生他变。元化只得另觅别途。喜得我府中眷属深明大义，捐助钗环首饰，所得银两，为弟兄们置办了元旦晚餐例食……”

“噢！”不少士卒惊叹，原来晚餐丰盛的过节酒肉和春饼卷鸡蛋葱丝，竟是孙大人家眷用首饰换来的！

“又喜得本城耆老乡绅认捐五千余两，元化日前已遣人回乡典去房产田地，近日将归。若能凑足五万两，就能为弟兄们补上一个月的欠饷了……”

孙大人典田产助饷！士兵们听得发怔，躲在后面的营官哨官们也都面面相觑，不知该信还是不信。

那哨长想来是索饷的发起人，感到了众人情绪的变化，心里发急，说话就少了分寸，多了虚张声势的大话，极不明智地逆着多数人的情绪，近似恶言挑拨："说得好听！谁信？典田产卖首饰？骗鬼去吧！大过年的，你羊羔美酒娇妻美妾过得可是舒坦？可知道我们弟兄吃不饱穿不暖，家里头老的叫小的哭，叫人还活不活啦？……"他后一半说的是实情，触动了许多士兵的苦楚，纷纷附和；但前一半却又使一些人觉得他冒犯了巡抚大人，因为孙元化有一件最有力量的武器——他一贯的清廉正直不二色的官声。所以尽管哨长说得指手画脚，大团大团白气喷向寒夜，很有鼓动人的架势，却惹得很多人拿白眼珠子瞪他。

孙元化叹了一声："弟兄们的苦楚，我怎能不知？怎能不问？可恨元化无能，叫弟兄们受苦，元旦佳节竟然饥寒交迫，不得不聚众索饷，罪在元化，实在上负君恩，下负黎民，愧对诸位弟兄……"他低沉厚润的声音撕裂了，沙哑了，连忙闭口不说，沉默下来。索饷的士兵们竟无人接上去再质问，不同程度地被打动了。

孙元化费力地侧过脸去，不知对谁微微点头，人们目光随着转过去，那两列红灯笼的尽头，黑暗的二堂垂花门下，一前一后缓缓走出两个人影，进入灯笼晕染出的一片红光之中，袅袅娜娜，竟是两个女子！这突然发生的奇迹使大门外又一次静下来，千百双眼睛一齐投向那两个娇小玲珑的身影。

走近了，从红灯尽头走来了，看得人眼花缭乱，是两位神女，还是一对花仙？高高的云髻略饰几朵绢花，苗条的身上披着一红一蓝风雪披风。红衫女明眸粉腮，神采飞扬；蓝衫女修眉秀目，面似寒玉，双双跪在孙元化面前，一同颤抖着嗓音喊道："爹爹……"

孙元化的声音也在哆嗦："孩儿们，朝前跪……"

两个女孩儿走到大门阶前，面朝众人款款跪倒，前排的士兵不由自主地后退，引起一阵小骚动，又很快止息。红衫的幼蘅极力支撑着，昂首挺腰，蓝衫的幼蘩被眼前这从未见过的阵势吓住，惊慌羞惭得不敢抬头，浑身阵阵颤栗。

孙元化的声音忽断忽续，颤抖得厉害："赴任一年……有余，元化家中更无长物，惟有这两个小女……愿将小女作价，以为将士们元宵佳节饱足之费用……弟兄们可愿……可愿领情？……"他的声音呜咽嘶哑，热泪盈眶，再也说不下去了。

老天！谁能想到这个！所有的人惊得呆住，不知是真是梦，不知是不是听错，一时都反应不过来，满场一派惊愕的寂静。寂静中，忽然响起女孩子战战兢兢、细柔悲伤的求告，那是幼蘅，闪着满眼的泪光："伯伯叔叔大哥，行行好，成全了吧！……成全我爹爹的忠，也成全我们做女儿的孝！……"

凛冽的寒气传递着悲切的颤抖，越传越远，飞逝在夜空。

"不！——"大吼突然爆发，这是吕烈。在他看清那两副袅娜身影和熟悉面容的一刹那，仿佛有一只可怕的巨手掐住了他的喉咙，他透不过气，几乎昏厥，拼命挣扎、抗争，终于吼出了这一声，击碎了沉重的寂静。

"不！——不能啊！——"许多人回应着，大声喊叫起来。

"帅爷！——"另一声狂呼，几乎与吕烈同时，来自人群的后方，那是都司陈光福，同样激起了一片响应："帅爷！——帅爷！——"

陈光福不管不顾地撞倒许多人，直冲到大门阶下，"扑通"跪倒，泪流满面："帅爷！我是大浑蛋，我对不起你老人家！为了几颗粮几两银子，逼得你老人家卖闺女，我还算个人吗？该死！真该死！……"他提起大巴掌，照自己的脸"噼噼啪啪"地抽起了耳光。

周围是一片不由自主跟着跪倒的士兵，他们几乎忘记此举的目的，真心悔恨着，落着泪，语无伦次，不清不楚地嘟哝："可别啊！千万不能啊！不能啊！……"

最心爱的女人和最痛恨的女人并排跪在那里！她俩竟都是孙巡抚的女儿！而孙巡抚正要卖女助饷！这是梦吗？荒谬得不可思议！为了二乔姑娘，吕烈要立刻冲上去替她挡住一切有形和无形的伤害！但因为那个灼灼，他又恨不得调头就走，绝不看第二眼！强烈的吸力和同样强烈的斥力，深深的爱和同样深的恨，用力撕扯着他，把他的心撕成两半，他简直要疯癫了！……

他一眼看到站在两个女儿身边的孙元化，那勉力支撑的身姿，那耗尽心血的憔悴神色，那强忍悲痛力求从容平静的表情……这不就是鞠躬尽瘁、死而后已吗？吕烈从不相信现世还有这样的人，但这人就站在他眼前！他诅咒自己，一拳击在自己胸口，翻身跳下马，直奔巡抚府门，如入无人之境。士兵们见他来势汹汹，赶忙上前阻拦，都被他拳脚齐出，撞到一边去了。他对孙元化双手高高一拱，跪地深深一拜，语调有些呜咽："帅爷！我吕烈今日真心诚服！……"他霍地站起来，转身对士兵们大喊：

"弟兄们，咱们齐心协力，死守登州！"

索饷的士兵们早被感动得鼻酸心热，却都拙于言词不知该怎么办。吕烈一声号召，打开了宣泄感情的闸门，上千条大汉同声大吼，震天动地，屋瓦为之震响，檐下冰凌柱也被震断跌碎：

"齐心协力，死守登州！"

"誓守登州，不求犒赏！"

"帅爷放心，我们再不索饷了！大家苦在一处！快请二位小姐回去吧！……"

后面的话，已是许多人乱纷纷的劝告了。陈良谟、姚士良、可莱亚等营官都从后面拥上前来，表示愿与帅爷同甘苦，可莱亚更用他那腔调怪异的中国话再三地说："姑娘们离开，快回家，夜晚，天气冷……"

暗夜中的街巷里，忽然一片马蹄声车轮响，和着数十人的大喊大叫：

"饷来了！饷来了！……"

众人一齐回头看，巷口的人群已自动分开，让出一条宽路，数十名高头大马上的骑士手举着火把，护拥着三辆马车直驰到巡抚府前，领先一人急忙跳下马朝孙元化跑过来，竟是监军道王征，老远就拱着手说道：

"初阳！但愿我不是迟来一步！"

"良甫！你这是？……"孙元化大觉意外，也实在猜不出其中缘故。

王征却来不及向孙元化解释，立刻转身向众官兵们扬手大声喊道：

“弟兄们！这里有筹来的三万两饷银，各营营官这就随我到粮台领取，天亮以后，就可以分到弟兄们手中了！弟兄们安心守城，今年所欠饷银，朝廷很快就要送来了！弟兄们但放宽心，都包在我王征身上！……”

人群中传出一阵欢声。

“良甫！”孙元化一把抓住王征的手，“从哪里筹来的银子？”

王征笑笑，说：“无非把死物变成活物罢了！”

孙元化嗓子一哆嗦：“你，你把宝杯和那帖卖了？”

王征意犹未尽地说：“可恨冯铨那个小人！知道我急等着用，把价硬压到三万！事情紧急，没法再跟他讲究，不然还能多弄点儿！”

孙元化心头一热，眼里充满泪水，两手一齐将王征的双手握住，嘴唇颤抖得说不出话来。

周围人群却听明白了他们的对话，一圈一圈地传开来：巡抚大人卖家产卖女筹饷、监军大人卖传家之宝筹饷，嗡嗡的声音越传越远，越传越大，形成一层层感情的波澜，回荡着一片又一片的赞美和感叹：

“好巡抚啊！”

“好监军大人啊！”

“真是大好人啊！”

…………

这真是雪里送炭！却又何止是雪里送炭？

望着王征热切而又诚笃温和的面容，望着周围无数激动得泪光闪闪的眼睛，孙元化心头思绪万千、百感交集，再也抑止不住，不由得仰天呼道：

“天主啊！我孙元化原不过三尺微命，一介书生，何德何能，竟赐我如此侠骨丹心的挚友、如此深明大义的这许多好兄弟！……”

他弹去眼角遏止不住的热泪，双手抱拳高举，向王征和所有围府的官兵们示意，喉头哽咽地高声说：“好兄弟，请受我孙元化一拜！”他后退两步，便深深地、深深地躬身拜了下去，而且不顾王征和身边诸人的阻拦，好半天不肯直起身来。

"帅爷！……"士兵们参差地喊出声，有人感动得咧嘴大哭，带得许多男子汉落泪。巡抚大人，朝廷的封疆大员，登莱东江各军之主帅，竟向他们这些最低贱的婢仆隶卒流的小人们下拜！谁见过？祖祖辈辈，谁见过？……

孙元化拜罢起身，憔悴的面容重新露出明睿和自信。但一瞬间又皱眉微怔：他站在台阶的最高处，一眼就发现开元寺方向冲出一片火光，必是又出了意外！他果断地立刻向面前的营官们说："请诸位领各自属兵速回守地。吕烈，你率骑队赶赴开元寺，协助府县制止攻寺！"

"遵命！"围府官兵立即行动，千余人马顷刻走光。

吕烈在强烈的激动之后，浑身乏力，自觉体腔内空无一物，五脏六腑似乎都被摘去了。但他还是强打精神，拱手领命之际，朝孙元化身后看了一眼：两个袅娜的身影已走到红光与暗夜的接界处，正在回头寻找什么，目光落到他身上，两位姑娘都一激灵，迅速缩进夜幕中去了。

八

"着火啦！"望楼上传下一声高叫，望楼和将台四周聚集的三千名整装待发、臂缠白巾的兵马顿时沸腾，人叫马嘶，跃跃欲动，像一片黑色的、起伏涌动的海浪。

李九成急不可待："孔兄弟，发令出动吧！"

孔有德瞪他一眼："急啥！"转向望楼高叫，"着的是啥地界？"

望楼上传下禀告："是开元寺那头儿！"

轰！兵马又是一番骚动。他们已经知道，他们的父母妻子有许多暂住在开元寺。

孔有德沉着黑脸吩咐："不是魁星楼的火，不作数！弟兄们耐下性子且等着！"

自打小清河边接了吕烈送到的帅爷令箭，孔有德心里一块石头落地，一心一意等候招抚谕旨。在北沟等了许多天，全无动静。上上下下的弟兄，连孔有德在内，都犯嘀咕。有些弟兄忍不住偷跑三十里回去探望家小，顺便听听消息，总是人之常情，孔有德虽禁止可哪里禁得住？张可大的登州兵却挟旧恨驱赶殴打，终于开了杀戒。昨天是大年初一，回去探亲的人多一些，也不过三百多弟兄，张可大这个狗官竟亲自率兵马追杀二十里，死伤弟兄一百多！若非抚局不成，他岂敢下这样的毒手？孔有德闻讯领人马援救，在赤山脚下与张可大大战一场，新仇旧恨煽得双方都杀红了眼，登州兵死伤过百，而孔有德手下兵马前后合共死伤超过二百，吃了大亏！

收兵回北沟，营里处处哭声处处叫骂。大小首领纷纷跑来，红着眼珠子，要求攻破登州，拿张可大千刀万剐！

孔有德心里满是说不出的愧恨。赤山对阵，论年岁论气力论武艺，张可大都不是对手，他满可以将这老对头一刀劈于马下！但他心里顾念那个“抚”字，自然下不去手。面对一排排血污肢残的弟兄们的尸体，真觉得对他们不起。然而要下决心攻登州，他又犹豫了：怎么对得住帅爷？……

他举棋不定之际，耿仲明来了，在火上浇了一盆油！

耿仲明带来帅爷的手谕和指令。

耿仲明对孔有德，还有什么话不说？耿仲明身为登莱巡抚标下中军官，还有什么事不知道？随着一道道鲜美的菜肴，一杯杯浓烈的醇酒，登州城内的大事从耿仲明口中滔滔涌出——

抚诏被省城王巡按扣住不发，同着王象春的门生故旧一齐使力，要改抚为剿，朝廷中有阁老宰相做靠山……

登州城里，帅爷为抚局受尽张可大一干登州官员的明抗暗挤，处处作对。帅爷为筹饷，已到典当田产、变卖眷属首饰的地步……

迁入城内的辽属，备受本地人欺辱，集中住进三寺的辽丁家眷，处境更是岌岌可危……

一桩桩一件件，孔有德越听脸越黑，气息越粗重，旁边李九成父子、陈继功、李尚友等人早就臭骂开了。

耿仲明最后说：“大哥，看来招抚恐怕是夜长梦多……”

孔有德跳起来，眼露凶光：“抚个屌！滚他娘的招抚！老子不干啦！”

李九成立刻响应："杀进登州！宰了张可大那个王八蛋！"

大家捋袖挥拳，嚷成一片：攻城！杀张可大！

陈继功一拍耿仲明："老弟，别回去啦，一块儿反了吧！"

耿仲明苦着脸摇头："这不害了帅爷？朝廷不分黑白，登州狗官该杀，可帅爷待咱恩重如山哪！……况且弟兄们家眷都迁进了城，这城池又坚固无比，等闲攻它不下，旷日持久，老小妻儿还有活命吗？……"

登州城池周九里，砖石城墙高三丈五、厚二丈，城墙外池深一丈、宽二丈，东西南北四门均是四楼七铺五十六，马踩吊桥响，极是易守难攻。他们久在登州，岂能不知？至于帅爷的恩义、家眷的安危，更是难题，众人一时都没了主意。

李九成有心提议"管他三七二十一"，但立刻意识到众怒难犯，一句话说错就会前功尽弃。这位孔有德的智囊，当此关口，只好一声不响。

不料孔有德双拳往桌上猛地一砸，杯盘酒菜"叮咚"飞起，"哗啦"摔下地，他一字一顿，斩钉截铁地喷出一句话：

"咱们拥戴帅爷，永镇登州！"

一句话，解决了所有的难题，与宴的这些辽东大汉们大声欢呼，为此同干一大杯！剩下的，就是具体办法、细节安排了……

"火！魁星楼着火啦！"望楼上欢声大起，"东门楼上悬起两盏红灯啦！"

望楼下兵马躁动汹涌，爆发了狂野的咆哮。

孔有德浓眉耸动，目光如炬，毫不含糊地发着命令："不准喧哗！按计议的干！谁敢伤帅爷一根毫毛，我老孔定把他劈成两半！起动！"

三千兵马，像黑色的箭，朝登州城东门扑去。

东门守军陆师中营，全是辽东弟兄，早就悄悄放下吊桥。都司陈光福和巡抚府传令侍卫陆奇一打开了城门，辽东老弟兄们顿时搂在一块儿！孔有德如往常一样，把陆奇一高高举起、轻轻放下。

陆师中营迅速把预先准备好的白布缠上左臂，随同进城的辽东军分兵两路，一路由李九成、陈继功、陈光福率领去救护三寺的眷属，占领府、县及另外三门；另一路跟随孔有德、李应元，由预先到达北门的耿仲明策应，杀进水城，攻占总镇府，捉拿张可大。

“轰隆”一声，天崩地裂，随后爆炸声不断，一团巨大的烟雾腾空而起，城内储存火器火药的火药局燃起了大火，喊杀声惊天动地，扑向登州各处衙署和城门。登州城内顿时大乱！

头一声巨响传进水城内总镇府，震得侍卫们面面相觑。接二连三的惊人爆炸，带来一阵阵人喊马嘶，使张可大变了脸色，知道出了大事，急忙领着亲兵出内衙，直奔白天刚搬迁粗定的大堂，并指令侍从：立即着人回大城探听消息！

前脚才迈进大堂，一名亲兵满头大汗、满脸惊慌冲上台阶，扑倒在张可大面前：“大人！不好啦！孔有德乱兵攻进东门，城内辽丁辽民一起造反，大城已陷，四处起火！……”

“啊！”张可大脑袋嗡的一响，他预料中的最坏结果出现了！耳边的喧嚣呐喊如海潮汹涌，夹杂着零星的炮声铳声，由远而近。他眉头一拧，喝道：“带马！快！”他要往各营督战，无论如何要守住水城！

马还未带到，又一名亲兵跌跌撞撞地冲了进来，大喊着：“大人！振扬门！……”他一口气上不来，昏死过去。

振扬门！这是水城与登州大城连接的惟一通道！振扬门怎么了？跟脚奔来的守门哨长跪禀：“大人！耿中军持巡抚令箭叫开振扬门，孔有德乱军一拥而入，杀进来了！”

张可大沉脸提刀跨马，领了亲兵侍卫冲出府门。水城各处已是烈火熊熊，杀声震天，一片混乱了。他略作判断，便大刀一挥：“向南杀出去！接应大城！”

两马飞驰奔到，一个浑身是血的校尉滚下马鞍：“大人！孔有德来势极猛，意在攻取总镇府。我们守备大人率部死守道口，阻住乱兵向北，着小的来禀告大人，他定拼死命拖住孔有德，多一刻是一刻，求大人你由水门快走，再迟就来不及啦！”他一边说着一边痛哭。

“大人！水师游击营和平海营从乱造反，响应乱兵在水城里杀将起来，水师左营还在抵抗，右营和中营已经被打散了！……”另一报信营兵也已声嘶力竭。

“哇”的一声，张可大喷出一口鲜血，捶胸恸哭，仰天大叫：“老天！老天！果然登州难逃此劫吗？……”

中军管惟诚连忙劝道：“大人，事已危急，是不是收集余部，火速从水门北撤，以图再举？……”

张可大收泪，瞪了管惟诚一眼，厉声道：“回府！”

张可大进了他的总镇府，两扇铜钉铁叶大门便紧紧关闭了。他大步走进后堂，丫鬟仆妇都已吓得面无人色，老太太正惊慌地左顾右盼，询问儿子的情况，因无人回答而大发脾气，一见儿子进屋，才松了口气，露出笑容：“可大，我晓得他们在骗我，外面闹嚷，总是过年的喜气吧！”

张可大强笑：“娘说的是。现下叛兵贼子在城外作乱，儿身负守土之责，将要出战。娘不必挂念儿的安危，儿去后，叫鹿征陪娘过年，我已命人备了暖轿……”他说不下去了，对着母亲跪下去，三跪九叩，泪水哗啦一下涌出来……

辞别母亲出屋，他叫来了独子张鹿征，厉声道：“眼下危急，你立刻带亲兵及服侍丫鬟，侍奉祖母到水门上船，连夜出航，离开登州！取道天津往京师……”

“爹！”张鹿征大叫，涕泪双流，“那你老人家……”

“快走！”张可大喝道，“再迟疑就来不及了！”

张鹿征犹豫着，哭着：“还有母亲、姨娘许多人呢！……”

“畜生！”张可大发怒，一把拔出佩剑，“再啰唆就要你的命！”

张鹿征吓得“哇呀”喊叫出声，掩面跑开。

张可大回大堂，稳坐大案交椅上，神色又是一变，从容中有一种说不出的威严，目光灼灼，亮得惊人。

“吴振姬，过来！”那个每战跟在鞍前马后为他打着“张”字大旗的忠心耿耿的旗鼓尉，连忙应声而出，跪在当前。

张可大解下腰间所佩的刻着双龙双虎、贯以红丝绦的金符牌，郑重交授给吴振姬："你立刻持此符牌出水门，走小路西去济南，再上京师，将此间事变上报山东巡抚、山东巡按，并报兵部知道，快去！"

吴振姬匆匆一叩首，站起身匆匆离去。

"管中军！"张可大解下佩剑，"哐啷"一声扔在地上，把应声而出的管惟诚吓得变了色，"拿我宝剑去后堂，命夫人自裁，斩尽诸婢妾！快去！"

管惟诚看一眼总镇大人冰冷铁青的脸，冒血一般的红眼睛，什么话也不敢再说，提剑去了后堂。

"具我朝服衣冠，持白练来！"张可大威严地缓缓命令。

"大人！"满堂惊叫。

"快！"张可大厉声喝道。

亲兵侍从们一个个浑身发抖，泪水横流，不只为张可大，也为自己，不知大人最后怎样发落他们。他们总算迅速地服侍大人穿好最庄重富丽的朝服：头戴六梁冠，身上赤罗袍缀着狮子补，腰系镶金雕花犀带，脚下一双崭新的粉底鸦青缎靴。这一身在灯光下格外耀眼绚丽的朝服，与悬在大堂梁上的闪着冷森森白光的素练一对比，每个人的心都在颤栗。

张可大站在白练之下，一座山那样沉稳，缓缓说："你们从后门走，若能追上鹿征及老太太，便一同乘船离开，路上也好有个照应。"

"大人！"众人一下子哭出来，"呼啦"跪倒一片，同声喊着，"大人，随我们一同走了吧！……"

张可大神情威严地摇头："身为一方总镇，必须与此城此土共存亡，方不负朝廷世代恩养。况且士可杀不可辱……"不再往下说，只摆摆手，"去吧，都去吧！"

众人纷纷叩头，哭着离去。忽听大人咬牙切齿地说："你们记住，谁敢回来将我救下，便是我不共戴天的大仇家！"最后一个离开大堂的亲兵忙乱中回头再看一眼，只见总兵大人面向北肃立，恭恭敬敬地稽首一拜、再拜、三拜，他是在向朝廷向皇上礼拜告辞！……亲兵泪水骤涌，不敢再看，飞快地逃走了。

由于阻道的守备官采用死缠软磨的战法拖住孔有德，力大无穷的他就像老虎捉老鼠一样使不上劲，气得哇哇乱叫，费了好一阵工夫，才觑着破绽，一刀把守备砍下马。营官阵亡，下面兵勇被杀散，道路打通，孔有德扬刀大呼，恰似半空中一声响雷：

“攻打总镇府！捉拿狗官张可大！——”

“杀啊！——”红了眼的辽丁怒吼着从四面八方冲向总镇府。紧紧关闭的大门，激起他们更大的愤怒，咒骂叫战声如同沸腾。

几十个辽东大汉，抬来两根最粗大的桅杆，狠狠撞击铜钉铁皮门，千百条喉咙同声喊着号子，压倒了“嗵嗵”的撞击响。不过七八次猛撞，“轰隆!”两扇大门齐齐倒下，辽丁们欢呼怒吼，潮水般往里涌。孔有德一马当先，冲在最前头。

马蹄踏在前院的石板路上，“喀啦喀啦”像敲铁锤，孔有德急于找到他的老对手。为无辜而死的弟兄们，为自己来登州后所受的屈辱，他要亲手劈了张可大这狗官！由于复仇在即，他非常兴奋，大喊大叫着自己也不知是什么意思的字眼，痛快得有如疯狂！

大堂竟也掩上两扇门！孔有德拍马冲到近前，挥大刀猛力一劈，堂门“哗啦”洞开，微弱的烛光映照着大堂正中一个悬在空中的人，倒把他吓了一跳，赶忙招来打火把的侍从，随他骑马绕着已经断气的尸体转了一圈。没错，这个衣冠鲜丽的官儿正是张可大！孔有德心头顿时涌上一阵失望。

兴高采烈的弟兄们扬着火把刀枪，敲打着应手家伙高声大叫：“狗官死啦!”“张可大悬梁自尽啦！……”一时间总镇府内外欢声如潮。孔有德突然发火了：

“都乱号个啥？还不快给我搜!”

五进院子里顿时火把灯笼到处闪动，把每个角落都照得通明。几个弟兄惊疑不定地跑来禀告：后面房里院子里尽是死人！

孔有德策马来到三进院、四进院，血腥味儿浓得就像大战后的战场。院子里屋子里，东一具西一具，尽是妇道人家的尸体，好几十！

院里的看去多是婢仆，斑斑血迹染红了白雪，凝成硬块；屋里的多半衣着华贵，想必是张可大的妻妾亲眷，都是颈中受剑而死……

院一侧的楼上，传来“咚咚”的楼梯响，夹着可怜的、喘不过气的哀告：“饶了我吧！……求你高抬贵手，求求你，饶命，饶命啊……啊！——”尖厉的号叫戛然而止，侧门突然跌出一个披头散发的年轻女子，扑倒在孔有德马前两丈远的地方，猛烈地抽搐几下，断了气，左胸有个从背后穿透的窟窿，往外汩汩地流着鲜血。随后，一个高大的男子出现在侧门边，浑身是血，满脸凶残狂暴，身体摇晃着，用长剑拄地勉强不倒。

“管惟诚！”孔有德怒吼，“你这混账王八蛋！孬种！追杀女人，也算你的本事？”

管惟诚瞪着火炭般赤红的眼睛，野兽一样舔着干裂的嘴唇：“我，奉的大人将令，夫人自裁，斩尽全家婢妾，共是四十五口！……哈，我管惟诚上阵还没杀过这么多人哩！杀得大人这把宝剑都缺了口卷了刃，我这胳膊也抬不动了！……哈哈！杀得好！死得好！一门忠烈，举世无双！……”

孔有德想发火，想怒吼，不知为什么没有办到，反而和缓下来：“管中军，我知道你是条汉子！只要你随了我，保你富贵不尽！……”

“放狗屁！”管惟诚破口大骂，“你这乱臣贼子，人人得而诛之！还想保别人富贵荣华？别做你娘的春秋大梦了！……”

“张可大已经上吊死啦，这水城，这登州铁定是攥在我老孔手心里！你要死还是要活？”

管惟诚摇摇晃晃“扑通”跪倒，仰面痛哭：“大人！大人！你为国捐躯，英灵不远，我管惟诚绝不负你！”不知哪里来的力气，他陡然站起，指定孔有德，“你这十恶不赦的叛贼，我跟你拼了！”长剑一挥直扑过来。不等他靠近，侍卫持短刀猛地掷出，另一侍卫的鸟铳也及时发火，管惟诚胸前中刀、腹部中铅子，倒地后再也没有动一下。

孔有德回头喝骂侍卫：“混账东西！谁叫你们飞刀放铳！就让他跟我对打几个回合，死也好死得服气！……”

他们重新回到大堂时，一直骑在马背上，扬言绝不在总镇府内下马的孔有德居然下了马，命人把张可大从梁上放下来，停在大案上。牵马出堂之际，他略一迟疑，转身回去，对着张可大的遗体拜了三拜。拜罢，抬头碰上辽丁们迷惑不解的诧异目光，他不高兴地说：

“看什么看？他到底还算是个男子汉，对不对？……算了算了！快给我滚吧！……”

孔有德的声调很不耐烦，是为了掩饰心里那股说不清的不痛快、不舒服。对手就这样死了，他原先充塞着报复、比个高低的膨胀的心突然变空了，没着没落了，这使他的兴奋、他的疯狂的胜利感一下子失去了光彩。此刻他心里似有若无地闪过一个影子，一个在尸横遍地的荒野上独立支撑、发疯似的向虚空乱砍乱杀的人——那是他自己，为了杀鞑兵，做不怕死的武将英豪。如果他那时死了，不也是忠烈之士吗？……

他绝没有想到，二十年后，他果然成了大忠臣，重演了张可大的这一幕。

变兵入城，城内辽丁辽民立即响应，因而声势浩大。况且以有备攻无备，攻方对登州城内大街小巷、官署民居又都了如指掌。攻占四门，夺取大炮，孔有德的军队很快就掌握了全局。守方一直没能够形成有效的抵抗，几次有组织的反击被打垮以后，守军就崩溃了。天亮时分，铳声、喊杀声零落了，变兵开始了抢劫，官署、富商、财主、士绅及平日与辽丁有宿怨的人家，成了抢劫的主要目标。

太阳升起，照着白雪笼罩的大地。城中还有几处房宅余火未尽，黑烟在袅袅飘散。城头街巷，尽是夜来激战留下的尸体和血迹。被俘的要人用长绳绑成一串，被变兵押往考院集中，其中有知府知县以及昨天上午被请进巡抚府的所有富商士绅，他们从一具具尸体边走过，或叹息或惊恐，不一而足。饱掠而归的变兵背着各种包袱箱笼，大声说笑呼喊着，对尸体看也不看，毫不在意。但他们不敢走近城隍庙后三贤祠一带，这是孔有德刚刚下的禁令，违令者斩无赦！

因为，登莱巡抚就被困在三贤祠内。

孙元化靠在供桌边喘气，精疲力竭，口焦舌燥。举目望去，小小的三贤祠堂内，只有张焘、吕烈和几名亲随侍卫散坐各处，院内还有三十多名抚标亲兵守卫着祠堂大门，一个个都疲惫不堪，身上血迹斑斑。

昨夜变起仓促，孙元化来不及安慰委屈的女儿和饱受惊怖的妻子，便立刻投入战事。然而已经晚了，他调集兵马的将令传不下去，各营的抵御作战行止也传不上来。只有陆师游击营吕烈率部分人马来保护巡抚府。不久，张焘一行二十余人赶来禀告城中混战的局势，因为他属下火器营同几个辽东营一起响应孔有德而全都叛变了！孙元化知道大势已去，不顾一切，率领身边仅有的兵将百余人冲出巡抚府，与叛军巷战。从半夜战到天明，身边的侍卫亲兵越来越少，他也说不清砍杀了多少叛兵，但身上却丝毫没有受伤，只溅满了对手的血。到了黎明，能辨认面目时，他发现了，只要遇着叛军中的辽丁——他当年从宁远带到登州来的部下，对手就慌忙闪避，不肯与他接仗，而换上一些眼生的士兵。即使是这些人，也不敢伤他，只用令人眼花缭乱的枪法刀法阻住他的进路或退路。就这样，进进退退，杀来杀去，他们被逼进了三贤祠。

孙元化用力呼吸几口气，努力打起精神。他急于知道外面的战况，但派出去的亲兵都被挡回来，说是三贤祠外各个路口都有大量叛军把守，通不过。他立起身，沉声道："我们得出去，设法联络上耿仲明、陈良谟。"

张焘紧皱双眉："耿仲明？我怕他已经……"

"不会！"孙元化断然说，"他向我发过誓！走吧，吕烈。"

吕烈倚着堂柱，正静静打量着三贤的泥塑像——他们是宋朝的马默、李师中、苏轼，因为都当过登州太守，又都为登州办过几件好事而被百姓祭祀至今。听孙元化这么说，吕烈冷冷一笑："帅爷，你信他发誓赌咒？我可不信！三贤若有灵，助我一臂之力，我定要亲手杀了这个吃里爬外的奸贼！"他"哗啦"抽出腰刀，领头出了祠堂，张焘、孙元化在后，所有的三十余名侍卫亲兵簇拥着他们，一起冲出院门。

刚转过巷口，便有大队叛军扑上来阻拦，呼喊喝骂，刀枪铿锵撞击，双方又战成一团。

一骑远远奔来，扬臂大叫："住手！住手！——帅爷，是我呀，我是耿仲明——"

一语未了，这边吕烈弃刀夺过对手的长枪，跳起来直奔耿仲明，举枪就刺，耿仲明连忙出枪抵挡："哎，哎，吕烈，先别动手，我有话说，我有话对帅爷讲！……"

吕烈全然不理。尽管以步敌骑很是吃力，他仍是不顾一切地急风暴雨般进攻，招招都挟着杀气，倒把耿仲明逼得步步后退，退到混战的人群中。

"帅爷，帅爷！……"耿仲明要应付吕烈，又得回顾招呼着孙元化，"帅爷，你听我说……哎呀，不好！"耿仲明大叫一声，调转抵挡吕烈的长枪，刺向与孙元化对阵的叛军小头目，几个声音同时惊叫：

"啊呀！……"

一刹那间，大家都停下手，怔住了：孙元化倒地，叛军小头目身亡，耿仲明落马，同时发生！

原来，年近半百的孙元化体力不支，不耐久战，出剑已显出迟滞吃力。对手却是个精壮汉子，刀刀裹着风声。他乘机飞身跃起，一个泰山压顶的猛势砍下，孙元化举剑一迎，抵挡不住，长剑脱手飞出；这一刀力势太猛，收不住，眼看落在孙元化右肩，将削去他的臂膀；耿仲明情急，转过头挺枪一刺，正中叛军小头目咽喉；而他自己左侧暴露，吕烈就势一枪刺进他肩窝，他翻身摔下马鞍。

侍卫亲兵连忙扶起各自的将军。孙元化臂上擦过一刀，受了点轻伤。耿仲明肩窝却是血流不止，亲兵在给他包扎。

孙元化、张焘和吕烈瞠目相视，都不明白耿仲明为什么要因救孙元化而杀掉叛军小头目。他一出现，臂上缠的白布已表明他是孔有德的人了。也奇怪这些与他们交手的叛军见小头目被杀都无动于衷，此刻站立两侧，全无继续动手的意思。

那么，耿仲明救护孙元化，总不是恶意吧？

“耿仲明！”孙元化咬牙切齿，“你这叛贼！竟敢如此！”

耿仲明捂着肩伤，跪在孙元化面前，忍着疼痛说：“帅爷，仲明对天发过誓，决不负帅爷恩德！”

“你还有脸提这话！”孙元化又怒又恨又奇怪。

“禀帅爷，眼下，原登州总镇属下各营散了两营，降了两营，俘获三营，营官陈良谟、姚士良、可莱亚均已阵亡，张可大在水城署中自缢而死，知府知县各官也都被执关押，登州城已是辽东营的天下了！……”

“哦，张总镇！……”孙元化悲愤交集，痛悔地闭上眼睛。

“弟兄们要来拜见帅爷，让仲明先到一步请告，不料……瞧，他们来了。”耿仲明指着巷口北头。

一片五颜六色的旌旗，簇拥着一面绣着巨大的“孔”字杏黄旗和一面绣着黑色的“李”字红旗，像灿烂的云霞停在巷口，杂乱的马蹄声引出一队骑马的将领，盔帽锃亮、甲胄鲜明，下马便朝三贤祠快步走来。越走越近，辨认得就越清楚：那是孔有德粗悍的身躯；那是李九成精明的瘦脸；那是陈继功、李尚友、李应元、曹得功；还有留在登州的陈光福；他背后那个瘦小的影子，竟是陆奇一！……孙元化心头一阵刺痛，不得不再次闭了眼睛。

“帅爷！”一声大吼，震得众人一怔。孔有德飞跑着，直扑到孙元化面前，“扑通”跪倒膝下，伏地大哭，像三岁小孩一样哭得无所顾忌，胸脯大起大落，浑身直哆嗦。

“帅爷！……”其余同来的将领也都跪下了。

孙元化睁眼注视痛哭的孔有德，胸中百感激荡、气血上冲，好一会儿才缓过一口气，愤懑地说：“想不到，竟是你在哭！”

“帅爷，我只当这辈子再也见不着你啦！……”孔有德抽抽噎噎，热泪纵横，满腔忠诚，一脸憨厚，绝不像干出这种杀人放火掠地攻城叛逆大事的奸恶之徒。

“我命你驻兵北沟待抚，为什么围城攻城？”孙元化又疲倦又厌恶，紧蹙着剑眉，冷冷地问。

“帅爷，张可大无故杀了我们二百多弟兄，难道就罢了？岂能不来讨还个公道？后来城中赶杀辽人及弟兄们的家眷，难道就白挨刀，怎能不救？……”

“你就这样救！攻占城池，擅杀国家官吏，烧杀抢掠百姓，尽是叛逆大罪，十恶不赦！我既落在你手，是杀是剐随你处置吧！”孙元化冷冷说罢，又闭上眼睛。

孔有德大惊，再次伏拜在地：“帅爷这么说，我老孔怎么做人！弟兄们都身受帅爷大恩，我老孔的命都是帅爷拾起来的，不然一百回也死过了！怎敢负了帅爷遭天雷打！事情弄到这个地步，实在不是咱老孔和弟兄们故意的。但既到了这个田地，干脆破罐破摔！朝廷无道，逼得弟兄们没路走，上上下下嫉贤妒能，帅爷你夹板气还受得不够？……”

孙元化突然睁眼，目光亮得不可逼视：“你要干什么？”

李九成赶忙凑近，极其恭敬地低头说：“帅爷，弟兄们此番举兵，绝非去当草寇！众人议定，占登莱，扼渤海东江，据有山东，拥戴帅爷为主，永镇登州！”

孙元化大惊失色：“什么？”

孔有德赶忙补充：“正是正是！咱们自家征田赋收租税筹粮饷，安定一方！大明气数已尽，何必受它挟制！咱们怎么就不能也立个国？帅爷你怎么就不能也当皇帝？……”

“住口！”孙元化怒喝，决眦欲裂，痛心疾首地恨道，“大逆不道！大逆不道！算我孙元化瞎了眼，错认你孔有德！”

“帅爷！”孔有德还在解释说服，“我老孔绝不负帅爷恩德，心甘情愿从龙听喝，为帅爷包打江山！……”

孙元化只觉得内脏似乎都在大出血，脸色灰败，心中绞痛。他竭力支撑，陡然挺胸，提起中气，凛然宣告：“我孙元化生是大明臣，死是大明魂，绝不苟且贪生！决不与乱臣贼子为伍！”

他没有气力一直响亮地把话说完，脚下大地在塌陷，头顶天空在旋转。他那收复四州、筑起天下第一坚固的登州要塞的美梦已成灰烬，日日夜夜奔波策划耗尽的心血已经白费，皇上的殷殷期望、天颜纶音有如隔世，此一刻他万念俱灰，惨然笑了笑，说："孔有德，我如何待你，你竟陷我于大逆！……孙元化臣节无亏！"话音未落，腰下宝剑已经出鞘，极快地反手横向脖颈，用力向下一拉。吕烈眼疾手快，一个箭步上前夺剑，却已晚了一步，孙元化颈间鲜血迸流，倒在了地上。

"帅爷！——"孔有德大叫，扑在孙元化身上，眼泪狂喷如泉，泣不成声。

"帅爷！——"周围的人一起大叫，喊声在窄巷间滚动、回荡，震得人们耳朵嗡嗡乱响，催逼得这些粗莽、野蛮、杀人不眨眼的汉子们掉下了眼泪。

第六章

一

元月初七是人日，温体仁到首相周延儒府上拜节。

照理说，元旦皇极门大朝会，百官朝贺天子之后，同僚相聚，已经互相致过新年祝贺了。然而，正是在朝会中，温体仁从首相保养得光润白皙的面容上觉察出几丝阴云，从那俊朗的眉宇间捕捉到掩饰的烦恼，也从百官的态度中感受到他们对首相的强烈不满。

确实，朝中人言籍籍，都在或明或暗地指斥首相的种种劣迹：他的连襟陈于泰竟不顾回避制度参与朝考夺得状元；他的哥哥周素儒竟冒名顶替入锦衣卫得千户职；他的弟弟周正仪仗他的宠爱公然招贿卖官，标出“七千得词林，五千得科道”的价格；他的家将周文郁一升再升，竟得到副总兵的高位；他推荐的各地总督巡抚大员，大车小车流水般往周府送礼，金银财宝、美女狡僮无所不备……最令满朝议论纷纷的，就是吴桥兵变及由此而来的抚剿之争。耿直之臣有识之士无不主剿，这原是平叛除逆的正道，他却偏袒他荐举的登莱巡抚孙元化，极力主抚——谁知道孙元化暗地给首相送了什么厚礼？这个举人出身而任封疆大吏的人，当初就有许多朝官认定他难以胜任，迟早要出毛病。“果然应了不是！”朝会时一谈起吴桥事变，这成了口头禅，不无幸灾乐祸，自诩先见之明。入冬后，首相又遇上一件灾祸：由于他的子弟家人横暴乡里，百姓愤怒群起，烧了他的老屋故居，掘了他的祖坟！这奇耻大辱非常人所能忍受，何况当朝首相？朝廷言官反而据此纠劾他纵容子弟胡为，有失教之责，非大臣之体！

在这种情况下，温体仁岂能不关心？岂能不主动向首相表示忠诚和支持，给首相以适时的安慰？……

周延儒亲自出门相迎。温体仁只觉眼前一亮，差点儿没认出主人。进到客厅待茶，分宾主坐定，温体仁闪眼细看：这位头戴凌云巾、身穿姑绒圆领沉香色长袍、外罩玉色貂皮长半臂的当朝首相，竟如风流才子一般潇洒出尘，大约是饮了酒，白皙的脸上微泛桃红，眼睛如同含了水，不仅显得比平素年轻，还露出几分妩媚。温体仁压下心头自惭形秽的说不清的酸楚，笑着与主人贺节，互道寒温，随后蹙眉道：

“昨日张副宪来我处，说起宜兴刁民闹事详情，真正可恼！定当严办！言官竟颠倒是非纠劾玉绳公，真不知是何肺肠！这些铁嘴乌鸦，委实令人痛恨！”

周延儒一笑：“随他去，君子坦荡荡。”

“人道宰相肚里好撑船，果然汪海度量！我虽痴长十数岁，也得侥幸入阁，却是万万不能及的！”

“长卿兄当年独力撑拒，力敌诸言官御史，辗转不屈，也可谓惊天地而动鬼神了！”

“哪里哪里！若非玉绳公援手相助，体仁焉有今日！早被那帮铁嘴乌鸦扇回乌程老家去了！……”

二人相视而笑。首相笑得如他平日一般狂放，温体仁笑声只在喉头打滚。

当初御史们参劾温体仁为魏逆建生祠作颂诗、贿赂魏党大奸崔呈秀，揭发他在朝中排击异己以邀帝宠，温体仁一概否认。在皇帝召集的内阁九卿会议上，他与诸官辩诘舌战，始终不屈，并奏告皇上说：“诸人排击为臣者百出，而无一人左袒臣，臣孤立可见……”这话正打动了最恨臣下结党的朱由检。偏偏此时，又一御史弹劾温体仁娶娼、受贿、夺人产业等不法行径，周延儒暗体皇上心意，立刻指摘此劾本失大臣体，有损朝廷威仪。这激怒了崇祯帝，以奏本语亵的罪名将此御史降级外调；又由周延儒荐举，温体仁终于入阁。周延儒虽是首相，但同阁为相，温体仁原不须如下属般谦恭的。

“家乡之事，玉绳公还要宽怀，万一伤心损神，朝中大事却去靠谁！……”温体仁忧心忡忡，十二分体贴安慰。

“长卿好意我领了。我周延儒岂能那般小家子气！当年郭令公祖墓也遭人掘，仍是七子八婿汾阳王，富贵寿考古今稀！哈哈哈哈！……”大有自况郭子仪的豪气。一转脸，问道：“听说吏书想要起用王之臣等人，长卿知道吗？”

“吏书也向我提起过。”温体仁心里一惊，回答却不含糊。难道他起了疑心，知道此事其实是我的主意？

“此事断不可行！王之臣等人乃魏党，起用他们，必致人心混乱。皇上为此召我咨问，我奏说：‘若用此辈，则无异于昭雪阉党了。’皇上醒悟，才没有准吏书奏本。”

一瞬间，温体仁极恨面前这个风流才子！果然是他作梗拆台！看他扬扬得意，好像皇上是他的！魏党又如何？谁不知道你那娈童冯铨也是魏党大将？……

“长卿，闻听你为此事对我颇有不满？”

“哪有这话！”温体仁极口否认，“我温体仁怎敢对恩公说半个不字！我还成个人吗？”看看四周无人，他突然离座，竟直挺挺地跪倒，右手高高指天，左手抚着心窝，慷慨激昂，“此心对天可表，温体仁绝不负恩公提拔栽培！”

周延儒见逼出这种表示，未免过分，连忙扶起，笑道：“何须如此！我不过想提醒你。儿女之私，人之常情，言官攻你娶娼，攻我多欲，俱是小节，不足深怪。但杀魏阉除逆党，是皇上即位第一大德政，却是大节。所以，冯铨与我私交甚好，才学也出众人上，我却从无罗致选用之意。”

温体仁听他提起娶娼旧事，邪火直冲脑门儿，不料他又说及他的男宠，毫不难为情，彼此扯直，倒也平息了心头的恼恨，连连点头称是。敷衍了几句闲话，他忽又说道：“方才进府，见到好几副车仗，以为还有同僚在座哩……”

周延儒略一迟疑，终于笑笑：“果然有几位。来吧，也请你入席。”

温体仁随周延儒走进一所精致的小花厅，宴桌后面的人都站了起来。虽然一个个忠静冠、飘飘巾、锦袍罗衫，温体仁也能认出他们是兵部、吏部侍郎、佥都御史徐璜和一位江南名士龚鼎孳，都有才子之名，常与周延儒诗酒唱和。一番寒暄问候，再为温体仁添了一席宴。

三巡酒过，温体仁才仔细打量四周，心里混合着刺骨的嫉恨和刺骨的羡慕：这个状元宰相风流才子太会享乐了！

自家花厅怎么就没有这样敞亮？原来四面皆是雕着精美的山水人物花木的镂空花轩窗；自家食具酒器怎么就毫无雅意？哪像这里满桌都是晶莹如玉的古窑名瓷；自家也有一堂螺钿家具称得上精致，却比不上这里的紫檀古董那么名贵富丽；自家也有熏炉，却从未见过图案如此精巧细密的银丝嵌镂的大罩花熏炉，热气里喷出浓香，整个花厅暖如春末夏初，怪不得这些人只着薄薄的罗衫！

早听说周府家僮侍婢多解音律，其中最聪俊的十名僮儿皆以“些”命名，什么云些、月些、雨些、露些，眼前来来往往上菜斟酒的俊俏小厮，或许就是“十些”？自家最清俊的书僮，也只配给他们提鞋牵马！……

温体仁正在胡思乱想，耳边隐约飘过一句话：

“登州近况，你继续说。”

这是周延儒的声音，在对徐璜讲。看来是要继续被温体仁突然到来打断的话题。温体仁连忙收摄神思，饮酒吃菜，似不在意，耳朵却极其敏锐地听着。

“我家人是从钱塘回京师途中，绕道登州去看望我那外甥的。据他带回的家书来看，吴桥之变确实应抚不应剿。孙巡抚在登州颇得人心，尤为辽丁所敬重。抚局必成，登州也很安静，难处只在缺饷。”

“粮饷之事，处处为难，何止登州！只是登州有钦差监视兵粮，别人难以置喙……登州富足，我料它出不了大事！”周延儒但凡出口，总是很自信。

徐璜笑道：“那岂不令朝中诸公失望？他们拿孙元化做靶子，实则寻你的不是哟！”

周延儒扬头一笑：“这些人糊涂之至！说我庇护孙元化，我为什么庇护他？没有一点好处到我手边嘛。他是皇上亲自提拔的，我周延儒岂能不护着皇上！皇上英明如此，有什么看不透的？……算了算了，不说这些烦人的事了。云些，月些，快上鸡羹烹鱼，诸位且尝尝我这寻常鸡鱼的味道！”

温体仁同着众人一起拍案笑着，心里却七上八下：周延儒的话是不是有意说给他听的？他原想借吴桥兵变大做幕后文章，万一招来皇上疑忌，那可不是闹着玩儿的！或许该收敛一些？可是放弃这大好机会，太令人沮丧了！……

“十些”托着银盘络绎走来，给每个宴桌摆上两尊形状特异的紫砂器：有的方，有的圆，有的带提梁，有的加撑脚，有离桌面五寸高的高脚碗，有环耳圈足式样的彝敦，十二件食器件件有盖，通体花纹，精美古雅，或刻或雕，各尽其态。众人啧啧称羡，反复打量抚摸这光泽温润的奇物，爱不释手，谁也叫不出它们的名称。

众人的神态令周延儒得意：“不认识吗？这是我家乡宜兴的紫砂陶。本人出的样子，仿照古代礼器，着名陶工精制，每样只烧两件，出窑便毁其一，使之成为独一无二的绝世珍品，无价之宝！如何？仿得可有几分神似？”不待客人回答，他已兴冲冲地一一指说：高脚碗仿的是齐太公豆，泥色为海棠红；方圆盘仿的是周 诉季甗簋，泥色为朱砂紫……

“妙极！妙极！”温体仁抚摸着面前深红色蟠夔敦边极生动的云龙雕，没口子赞美，“叹为观止啊！真不知盛装何等佳肴才不辱没它！”

周延儒一笑：“诸君且尝尝。”

身后伸出两只粉白玉润的胳臂，翘起尖尖兰花指，轻轻揭开食具的盖子，浓烈香气直扑人面。温体仁几乎照顾不过来，是看菜肴还是看玉臂？此时他才发现，主客身后都站了四个妙龄女郎，难道专司揭盖？

“喔唷！绝世美味，可称天下第一羹！”徐璜高声赞美。

“这煎炒太鲜美啦！令我三日不思食！”吏部侍郎直咂嘴。

温体仁从未尝到过这样的美味，恨不得把舌头咬下来！他忍不住请求：“玉绳公，快快公布秘方吧！口福只一享，实在不甘心！”

“云些、月些，把制肴之法说与诸位大人先生！”

月些口齿极是伶俐爽快：“那杯羹名为珍珠羹。须将两岁母鸡驱出笼外追打奔跑至力尽倒地，一身精华萃于双腿，立即杀却，取腿上无筋无膜色嫩白之活肉，煎成珍珠大小的肉球，加十种作料文火慢炖，一日夜可成。”

“盘中煎炒名曰银芽玉瓣。银芽者，鸭舌也；玉瓣者，鲤鱼眼侧活肉也……”云些说话纯然文绉绉的文人腔。

诸人惊叹，匪夷所思！徐璜道：“这珍珠羹、银芽玉瓣须得多少鸡鸭鱼才能配足？”

云些道：“一杯羹，不过以三鸡充之；一份煎炒，只用鸭、鱼各三十足矣。”

月些赶紧补充：“鸡取腿、鸭取舌、鱼取肉瓣之后，所余皆粗陋不可食，尽抛弃了，不曾入肴上席，请诸位大人先生放心！”

温体仁且笑且叹：“今日不但一饱口福，也大开眼界了！……”见周延儒正与徐璜说话，便转脸问龚鼎孳，“还有歌舞助兴吧？”他微微指点着身后的盛装女郎。

龚鼎孳眯眼笑着低声说：“虽无歌舞，胜似歌舞！至于她们……君不记前朝肉屏风？不觉得背后温香暖玉遮风挡寒吗？嘻嘻……”

温体仁恍然忆起，唐代杨国忠、嘉靖朝严世藩都有这癖好，专选肥婢于前遮风，号“肉障”“肉阵”“肉屏风”。周延儒毕竟不同，四名女郎长短肥瘦相同，各着红黄绿白四色纱衫，玉体若隐若现，芳香馥馥，肃立身后，既是八宝四扇屏，又是美人阵……这个风流子，真非常人可及！

酒到五分醉，主客越加不拘行迹，有的便忍不住去撩拨身后的“肉屏风”，招来阵阵娇呼俏笑。周延儒醉态可掬，叫道：“诸公诸公，一时半刻便忍不得了吗？……”他哈哈笑着，双手连拍三下，眼见四面轩窗垂下重帷，花灯内亮起灯烛，虽也明灿辉煌，较之青天白日终究暗了许多，而灯下观宴席观主客，则又另是一番景象，恍若神仙了。

绣帘开处，十数名五颜六色的人儿鱼贯而入，尽是十六七岁小男女，或鬓光钗影，云髻高耸，长裙曳地，帛带飘飘，袅袅婷婷俏女郎；或头戴软巾，襕衫褶袍，脚下镶边云头履，潇洒风流美少年。在闪动的烛光中，一个个秀色倍增，春意频添。

温体仁正不知这是出什么戏，那边周延儒连声高呼："孝升孝升，负过一局，今日若又输却，东道不可再赖脱！"

龚鼎孳笑道："且看我今日手段！……我爱寻白玉绵团！"

徐璜跟着调侃："的确是此公本色！"

众人哈哈大笑。温体仁不明所以，起身去问隔席的吏部侍郎，此人却张着嘴只是笑，目不转睛地盯着龚鼎孳在这堆妙人儿中挑选，有口无心地答着："且看他选，且看他选！……"

龚鼎孳选中一个俊俏女郎，一把揽进怀中，伸手入裙捏摸片刻，长叹一声："天！又错了！还是红霞仙杵！……"

一片哗笑叫嚷："记下，快记下！两番东道，却是赖不脱了！……"

这时吏部侍郎才低声告知，此乃周相欲得"味外之味"特地而设的乐事。这十余少年中有男有女，但常常男扮女装，女服男衣，灯下绝难区别，往往猜错，便罚作东道请客以为笑乐。周相好观美妇之臀、美男之势，故而号臀曰白玉绵团，号势曰红霞仙杵……

真所谓见所未见，闻所未闻！但温体仁一旦入此境界，立刻乐此不疲，反复赌赛，和众人一样借酒增兴，兴豪饮酒，已是头重脚轻，还不住地品尝"味外之味"，直至十数名仙女仙童全都原形毕露为止。

少年男女们退去，重帷再开，灯烛熄灭。看着宾客们一个个满脸潮红、眼神狂乱，周延儒高兴得大笑："如何？如何？天下好色谁能及我？……我前世乃宋朝蔡京，以作孽太重而堕地狱，幸而记得日日诵经，耳目为之一亮，免入畜道，却又罚作扬州寡妇，守空房四十余年，好不辛酸惨苦也！哈哈……"

龚鼎孳点头："难怪玉绳公癖好奇异如此，非世人所省！"

"正是！"周延儒越加得意，"男子之美在前，女子之美在后，世人易之，非好色者也！……"

温体仁如厕不在席间时，徐璜凑近周延儒："因何请此人共饮？

相公须要小心！”

“他亲自上门拜望，又跪天指心誓不相负，我见他心意颇诚，况且他也见到你们几位的车驾了。”

“相公疏放面软，当不得几句好话。”

“此人长于心计。阁中诸人票拟奏章，每遇刑名钱粮，名姓之繁多、头绪之纷错，皆相顾攒眉；独他一览便了，从不因舛误被皇上驳回改正，众人皆服其敏练，皇上也颇中意。若能推心置腹，岂不是好？”

“凡观人当观其骨，今日指誓，他年下石，不在少数。此人外曲谨而中猛鸷，机深刺骨，不可不防。今日宴乐入他眼中，岂不授柄与人？……”

“放心！上次御史参他娶娼，皇上发怒严惩劾者以后，无人再敢以亵语入奏。况且他已参与，必陷之深，诸公均是见证，我料他无此胆气揭发！”

“哦，哦，”徐璜笑着拱手，“足见高明！”

于是，温体仁得以随同其他人一起，离开花厅，进入花木掩映的西跨院中一个更小的小厅。厅门是圆月形的，温体仁指看门上一块写着“归古洞”三个篆体字的匾，笑着赞美：“好俊笔！必出玉绳公之手！可谓一字千金了。”

周延儒哈哈大笑：“不错！一点不错！在下的字果真是一字千金，这可不是我自己吹嘘哟！”

此言一出，连这些惯于奉承首相的知交好友们也不由得一怔：无论如何，表面的谦逊文章还该做一做，哪能这般自吹自擂、狂妄自大呢？

周延儒趁着酒意自管大说大笑：“长卿可知道王叔圃？王象春之子。他为他父亲求谥，拟了一个‘毅’字，吏部不肯受理，他直求到我门下，奉上四千银为使用。我见他委实可怜，在他的奏告折本上签了‘还与他谥’四个字。皇上果然准奏。四千银，四个字，我这下可不真成了一字千金了吗？哈哈哈哈！……他没有去求告你？”

温体仁笑着连连摇头："不曾！不曾！在下哪有周相书法大家的才名啊！"他故意把话题还落到书法上来，引得其他人争着向周延儒赞美不绝，周延儒越加得意、欢喜。温体仁肚里却在暗骂：好你个烂心肝的周延儒！天下第一大贪！

事实是，王叔圃来京，两次找到温体仁门下。头一次献银五千两，请温相爷促成朝廷发兵剿灭孔有德，为他家报仇。温体仁拒贿不收，却着实在为此事出力，只是未能奏效。听说他转去求告首相，贿银增到了一万。周延儒收了他的银子，却丝毫不为他办事，何其卑鄙！第二次求谥，他还是先求温体仁，偏那时温体仁不在家，即使帮这个忙，他也不会受这笔银，却肥了周延儒，供他自鸣得意！……

温体仁从来喜怒不在脸上，肚里骂得千般毒万般恶，神色依然和悦谦恭。况且，一进这个归古洞，便置身一个更加隐秘、更加奇特的环境：红色的帷帘重幕把门窗遮得不透一丝光线，地上是厚厚的紫红色地毯，壁上红灯、桌上红烛吐出的红光氤氲一屋，使每个人的容貌身形都发生了奇特的变化，变得年轻了、古怪了。温体仁也不由自主地沉入朦胧和迷乱中，忘却了一切。

周延儒的雅兴，令温体仁再一次目瞪口呆：十多名俊僮——其中大约有著名的"十些"，同十多名侍女——其中或许有"肉屏风"，款款进入归古洞。他们黑帕蒙首，身上却一丝不挂，在宾主们喘不过气来的笑声中互相乱探乱摸，互相猜说对方是某郎某姬，猜对了有赏——赏他们就在红地毯上交合……

这就是周延儒的"活秘戏"。宾主以观看种种姿态为笑乐，仿佛看戏。即使年过半百的温体仁、徐璜，也看得脸红耳热，心脉狂跳，口干舌燥……

"什么！"周延儒突然大叫一声，众人一惊，都转脸看他。原来是月些匆匆走来，不知向主人禀告了什么，使他蓦地变了颜色："见鬼！……快快有请，中堂待茶！"说罢呆坐片刻，似在计谋盘算，宾客们都不敢打扰他，一起沉默下来。周延儒终于站起身，对两位侍郎说："二位代我陪孝升再坐坐。长卿、温之，请随我来。"

去往中堂途中，温体仁和徐璜忍不住探问事由。周延儒脸上一层灰暗："梁大司马来了，说是登州城陷！"温、徐二人都很吃惊，见首相面色极难看，也就不便多问了。

"周相温相！孔有德攻陷登州，张总兵殉国！"梁廷栋顾不得常礼，劈面就禀告这个坏消息，还不住拭着额头的汗。

"确实吗？"周延儒拧着眉头，似乎已镇静下来。

"东抚余大成送来告急文书，同来的是张可大的旗鼓尉。张可大之子也已赶到京师，来兵部禀报详情，乞朝廷发兵剿灭叛军，收复登州……"

"登莱巡抚呢？"周延儒沉脸问，"有他的奏章吗？"

"这个……"梁廷栋没有把握不敢乱说。因为张鹿征提供的消息说孙元化是孔有德陷登州的内应，他不敢信又不敢不信，只得含糊其辞："没有他的告急文书，也不知他下落……"

"那么，登州究竟出了什么事，还不清楚。"周延儒沉吟片刻，道，"这样吧，此事暂不宣扬，待弄清实情再向皇上禀告。长卿以为如何？"

"很是很是，"温体仁连连点头，"山东巡抚必有详情奏本随后送来，那时才好定应对之策。"

周延儒想着，各署衙均在封印过节之际，这件事短期内不至于闹得很大，尚有转圜余地；温体仁却不料登州事有此一变，所谓峰回路转、柳暗花明，真天赐良机也！……

与首相的愿望相反，一两天内，此事就传得沸沸扬扬，"登州陷、孙元化反"的消息，直使举朝大哗，无不义愤、无不慨叹。而真正与孙元化休戚相关的礼部尚书徐光启，却一点也不知道，正趁着年节假期，在书房里埋头修订他自己最为喜爱和得意的著作——《农政全书》。

徐光启幼年家境清贫，在故乡上海过了一段耕读生活，在钻研天文、数算等门学科的同时，也很爱好农事。虽然后来考中秀才，讲学授徒，却始终不忘农事，阅读各种农书，游历各地收集访问垦殖栽培技术，已积累几十年。在中举中进士做官以后仍然不放弃努力，开始编写这部考古证今、广咨博询、总括农家诸书的巨著，共六十卷，分十二门：田制、水利、农器、农事、开垦、栽培、蚕桑、牧养、酿造、造屋、家庭日用、荒政等，全书文字约五十万。编写它、修改它，对年近古稀的徐光启来说，不是一件易事。但他屡屡在奏本中提、向学生们讲："富国必以本业，强国必以正兵。"他为正兵而费尽心力引进西洋大炮和火器，他为农本而耗尽心血地编写《农政全书》。用行动实践自己的主张，这就是徐光启。

徐光启生平务有用之学。早年同利玛窦合作翻译了欧几里得的《几何原本》这著名的西洋数学书以及《测量法义》《测量异同》两部应用几何学著作。他又自译了水利科学著作《泰西水法》。这几年他领受钦命，开设历局，延请汤若望、罗雅谷、龙华民等耶稣会教士共同修订历法。一部一百三十余卷的《崇祯历书》完成在即。然而他自己仍是偏爱他的《农政全书》。

近日，他收到两封信。一封来自漳州，一位门生应他的要求在当地采访，从甘薯最初由吕宋岛引进漳州、渐渐在福建安家，大灾年依然丰收、救命无数的经过，到甘薯的栽种技术、食用方法等等，详详细细写了数页纸。另一封是家中老管家写来的，向他报告按他要求饲养的蝗虫和白蜡虫的生长繁殖过程。他很高兴，要在书中《树艺·蓏部》一章专为甘薯写的一节里再增添些内容，还要把灭蝗虫、养白蜡虫的时机方法写得更详细准确些。

早饭后，他便来到书斋，铺开了纸笔和两封信。清茶一杯冒着热气，他安适地坐在扶手椅中，取出旧稿，细细推敲。

书斋内并不寂静。他的夫人领着孙子和外孙在外间玩彩选格戏。两个孩子稚嫩清脆的笑声细语阵阵传来，十分近切，是他称之为"天籁之音"而格外喜爱的，不但不扰乱他，反而令他心境格外平和、安定。

婆婆怀里抱着家中人人喜爱的花狸猫，同孙子外孙轮流掷骰子，桌上那一大张彩选格，是刚从西庙护国寺庙会上买来的《梁山泊》：从时迁开始回转，直到最中心持令旗的宋公明，共一百零八格，每格中一位梁山好汉都画得有模有样、色彩鲜艳、呼之欲出。按掷骰点数挪动各自的码子，有升有降，先到宋公明处者得胜。胜者的奖品婆婆事先已应允：可以从桌上的敞口瓷盆中选两尾最好的红鱼自家去养。

徐光启伏案改完一个段落，直起腰打个伸展，啜口热茶，眯着眼享受这番舒心宁谧：小孩儿鸟雀啁啾似的对话；骰子在碗里“叮当”跳荡；狸猫“呼噜呼噜”念佛不止；夫人哄孙子的温静慈爱的语调，汇成了一支和谐优美的动人乐曲，轻轻抚慰着他的心灵。他平生淡泊自爱，不好色不贪财，连一般士大夫好酒的习气都没有，一辈子致力于求知，孜孜不倦，从未做过亏心事，良心十分清白。此时他半醒半睡，进入一片温馨宁静，这不就是最真切的清福吗？到此境界，于愿足矣！……

“我先到宋公明！我胜啦！”外孙子脆生生的欢叫，引得徐光启合着眼睛笑，仿佛看见那小人儿山雀般蹦跳……不知发生了什么混乱，一时孩子嚷，大人喊，“泼剌剌”水响，“喵呜喵呜”猫叫；跟着“砰嘭”一声大响，什么东西摔碎了，两个小孩“哇”地一起大哭，夫人和保姆絮絮叨叨地劝……

徐光启赶忙走到外间：地上一摊水，布满白瓷鱼盆的碎片，孩子们捧着茶杯在哭，等两个保姆把到处乱跳的红鱼捉住放进来。见爷爷出来，赶紧跑来诉委屈：外孙子胜了，扯过鱼盆下手捞奖品，狸猫却猛蹿过来叼了鱼就跑，孩子们急得去追，又把鱼盆碰翻摔碎……都怪狸猫不好！

“怪狸猫不好吗？猫吃鱼是天性，就像你们要吃糖狮糖果饼一样，是不是？”徐光启故意不笑，认真地说。

“那……怪我不好，不该下手去捞鱼……”

“也怪我不好，碰翻鱼盆……”

“好，好，这就对了。”徐光启笑了，对保姆说，“领他们去街上，每人买一个面具。”

孩子们立刻忘了眼泪，欢天喜地地去了。

徐夫人笑道：“我也有错呢，没有按牢云姑，把小孩子们吓着了。”云姑是她爱猫的小名儿。

“谁敢派老太婆的不是！”徐光启开着玩笑，心情很好。

徐夫人瞅了丈夫一眼，也笑了，又摇摇头：“可惜这鱼盆，连这十数头朱鱼，还是去春幼蘩辛辛苦苦从登州老远带来的……还有几个月就是你七十大寿，元化他们一家子不知能不能来京师聚聚？”

笑容从徐光启脸上消失了。年前，因吴桥兵变引起朝中的那场波澜，令他十分担心，夫人的话，又触动了他心底的忧虑。他仍用说笑的口吻道：

“摔碎鱼盆，算不得不祥之兆吧？”

“勿算勿算！”夫人笑得很文雅，“岁岁（碎碎）平安嘛！”

“岁岁平安，他们一家必定平安，便能趁陛见之期来与老夫的七十诞辰了！”徐光启是安慰夫人也是安慰自己。

老仆进屋似要通报，院内已响起熟悉的、兴高采烈的喊声：“徐保尔！看我带回来了什么！”

徐光启夫妇相视一笑，早听出这是汤若望的声音。在教内，汤若望是他们的忏悔神父、灵魂的指导者；在学识上，他和徐光启同修历书，常就天文、数学问题相互切磋争论，又如同平辈。然而汤若望毕竟年少三十岁，在老两口眼里有时又是个远离父母亲人、身处异国他乡的孩子。所以汤若望在这一对虔诚慈祥的老夫妻面前，有时免不了一点放纵，孩子般无所顾忌。此刻，他就不待说请，径直进了书斋，捧着一大摞花花绿绿的纸张放在桌上，双手一扬，开心地笑着，露出一口洁白坚实的牙齿：

“太美了！知道从哪儿弄到的？城隍庙市，很便宜很便宜呀！我挑选了这许多张，才要一钱银子！”

汤若望非常喜欢收集中国民间刻印的图画。这些画在徐光启夫妇看来很是粗陋艳俗，上不得台盘，与文人画相去何止千里。再一翻看，果然是集市上最普通的年画，大红大绿，花里胡哨，汤若望竟拿着当宝贝！二位老人只是笑，并不作评论。

“难道不好吗？”汤若望热心地递过一张张灯画、斗方、窗花，急切地介绍着，活脱是急于得到长辈夸奖的孩子，“看这色调，多鲜明、多大胆！……这一幅构思多巧妙，三个胖娃娃的头脸，连在一起却成了六个胖娃娃！……”

“这叫《连生贵子图》，”徐夫人笑着指点，“拿它转着圈看，这些娃娃们反转上下、如升如降，所以又叫《娃娃升降图》。”

汤若望连忙转图，果然看出升降效果，高兴非常：“太妙了！妙极了！……那么这张呢，还有这张呢？是什么意思？也有什么巧妙变化吗？”

两位老人不得不像对待提出无数个“为什么”的好奇的孩子那样，耐心地一张张讲给这位洋孩子听：《天河配》说的是牛郎织女——得把故事讲个大概；《双美图》画的是莺莺、红娘——得把《西厢记》的戏文说个明白；这张小小的木刻画里老两口四周七子八婿十九个孙儿，居然个个面目清楚，神态生动，画的是汾阳王郭子仪，名为《满床笏》；这张斗方满目桃红，三人对着乌牛白马焚香叩头，说的是桃园三结义……

“啊，多美的故事！跟我家乡的《尼伯龙根之歌》一样动人！”凝神细听的汤若望赞叹着，又翻出一张，“这是什么故事？或许是寓言？”

远山近松之间，一只猴儿骑在一匹飞奔的花马背上，马鬃马尾飞动，抓耳挠腮的猴儿提心吊胆地回头仰望，一只大过猴脑袋的蜜蜂紧追其后，看看就要猛扑下去。情态活泼有趣，栩栩如生。

徐光启呵呵地笑了：“这叫‘马上封侯’，借了蜂、猴的形和音。”他向汤若望说明中国借谐音字说吉利话、画吉利图的风俗。诸如“莲（连）笙（生）贵子”、“笔（必）锭（定）糕（高）粽（中）”之类。汤若望瞪大蓝色的眼睛：“不可思议！太妙了！……看，这儿还有一张怪画，画了一个怪人儿……”

这张画无处不圆处处圆。外面一圈花环图案，环中一圆胖人头扎双圆髻，耳戴双环，项挂金项圈，身穿八宝团花锦衣，屈膝盘坐成一团，浑圆的脸眉开眼笑，双手展一弧形卷，上书“一团和气”四个字，全体浑然一团形，观之令人顿生和气愉快之意。这其实既有谐音，又是画意。徐光启被触动，在说明此画之后，联系到了别的事情：

“闻得宪宗皇帝曾御笔作《一团和气图》。远望如一圆球，近观是一位笑眯眯的圆胖人，细细看才能发现是相抱一起的三个人，团团如球……”

“皇帝亲自画《一团和气图》?”汤若望从未见过皇帝，而中国皇帝的森严和神秘远远超过欧洲君主，他居然也画画?

徐光启叹了口气，讲起一百八十年前那件震惊中外的“土木事变”、“夺门之变”以及由此引起的大冤案。讲起这位宪宗皇帝平反冤狱后，怎样以《一团和气图》表达他对朝廷诸臣消弭积怨、同心同德、建功立业的企望。徐光启虽然位在大九卿[1]之列，却是个务求有用之学的大学者，朝中各党各门派都不去沾边，而且对党同伐异、争权夺利、互相倾轧的风气深恶痛绝，不由得由古及今，口气变得愤懑了:

“时下所缺，就是这一团和气！事办不了，功建不成，总有忌恨者排挤中伤。但凡才识超人，又不幸出身低微，略得重用便群起而攻之！唉，风气已坏，即使皇上也作一幅《一团和气图》，怕也无济于事了!”他连连摇头，神态确已是位皤然老翁了。

徐夫人当然听得出他有所指，但不好明言，只是轻声地安慰着丈夫。汤若望倒也毫无顾忌:“你是在说孙伊格那蒂欧斯?他真了不起！登州是我见到过的最强固的要塞，他是杰出的司令官！有人在中伤诽谤他吗?”

朝廷内情，徐光启不愿深说，敷衍几句，换了话题:“神父，我记得崇祯十年一次月食测算略有误差，请将算草取来，一同查明原因。”

“哦，还有几处日出日没时分也不太准……好的，我去取来。”汤若望捡起他的收藏品，向徐夫人招呼一声，匆匆离去。

徐光启送神父出书斋后，没有立即回屋。初春的阳光照在身上暖洋洋的，书斋小院面积不大，又堆了几座玲珑山石，一点风都没有。南边院门一阵脚步声，进来两位熟客——金声和瞿式耜。徐光启待他们转过石山，才笑着呼喊他们的教名:“金利欧(Leo)，瞿托马斯(Thomas)，元旦刚拜过节，今天怎么有空儿来串门做客?”

---

① 大九卿:明代称六部尚书，以及都察院都御史、大理寺卿、通政司使并为大九卿。

正在低声谈论的来客一起抬头，徐光启立刻发现他们脸色不对头：“二位怎么啦？出了什么事？”

“徐师，登州……登州失陷了！”金声沉重地说。

“啊！……”像被人推了一掌，徐光启身体晃了晃，脸上渐渐失了血色，“初阳呢？”

瞿式耜眉头打结，气息粗重：“尚无确信，只是满朝人言籍籍，都传‘登州陷、孙元化反’……”

“胡说！”徐光启发怒了，脸涨红了，像是蒙受了奇耻大辱，他颈上青筋凸起，高声斥责，“岂有此理！孙元化会反朝廷？笑话！”

瞿式耜瞪大眼睛：“徐师，没有人比我更不愿意相信这流言了！可是朝廷上下人情汹汹，有十数名言官及各司臣僚扬言要挂弹章[①]进揭，声讨叛逆、追究登州城陷的罪责！”孙元化最初入朝为官，除了大学士孙承宗的提拔，就是瞿式耜、侯震旸的推荐。荐人不当，最是朝官引为羞愧的失职罪之一。

徐光启冷静了一些：“年前不是抚局已成，登州只有粮饷事作难的吗？怎么会有此一失？”

金声满脸阴云，又不敢说重：“登州失陷若是谣传还则罢了，不然，登州总兵张可大已殉国，初阳到哪里去了？若说城陷殉职，又怎的没有消息？……”

“不不！”徐光启不高兴地瞅了金声一眼，露出老年人那种令人生畏的固执，“初阳忠心耿耿勤于国事，绝不会反！或者，死于乱军……”他有些说不下去了。

“徐保尔！”汤若望大声喊着快步由侧门走来，“登州出事了！被孔有德乱兵占领了！……”看到金、瞿二位教友，连忙打了招呼，又急促地说下去，“陆若汉刚刚脱险回来。”

果然，前不久教会派去登州的随军神父葡萄牙人陆若汉就跟在汤若望身后。徐光启三人立即迎上去慰问。陆若汉消瘦憔悴得失了形，

---

① 挂弹章：明制，凡弹劾大臣，均先于朝廊挂出弹劾奏文要点，名为进揭，然后写奏疏上达皇帝。

宽大的新黑袍穿在身上，真像个可怜巴巴的稻草人，他苦笑着答道："进屋细谈。"

陆若汉说明了吴桥兵变后登州的所有大事：孙元化主抚张可大主剿；辽人与登人的不断冲突；粮饷欠缺带来的动乱，以及登莱巡抚为此所做的一切努力直至卖女筹饷、激励军心守城等等。然而城还是破了，轻而易举地破了。葡萄牙炮队教官可莱亚阵亡，全队死伤过半，他和两名葡萄牙炮手跳进城外深雪中逃跑，历尽辛苦，今天才赶回京师，炮手们已去兵部报告了他们所知道的详情……

"孙元化呢?"几个声音同时问。

"不知道……张总兵自杀了。乱兵抢劫了城市。孙巡抚不肯扰民加赋去筹措军饷，如今钱财都落到乱兵手中……"

"他，也许已经阵亡……"瞿式耜试探着。

"不会。乱兵都是他在辽东带出来的部下，他们敬爱他，没有一个敢跟他对阵。"

"你！你是说他，从乱了?"徐光启从毛茸茸的白眉下直直盯着陆若汉。

"我不知道。"声音极低，非常疲倦，有气无力。

"若汉，"汤神父拍着同行的肩膀，"我们来为登州阵亡的教徒兄弟做一坛弥撒吧！……"

"不！我绝不信！"徐光启目光灼灼，突然迸发出与他七十高龄不相称的喊叫。但他立刻收敛了，眼睛里混合着老人的固执、学者的严肃和智者的自信，一字一句地低声说：

"我要修本上奏，愿以全家百口人性命，保孙元化不反！"

二

今年立春在腊月十五，元旦日正逢雨水，比常年暖得早，才过新正便已春光明媚。御道小草青青，树上叶苞花蕾被春风摇荡得洋洋欲放。依照禁中衣制，元旦节六宫后妃及上下女侍一概着新春葫芦锦和彩胜八宝锦，凡衣帨裙衫膝裤必须一色，只限于红绿两种，自然很浓艳喜气，但不免单调。现下过了初十，依例换上了各色灯笼锦裙衫袍服，一时姹紫嫣红、蓝翠交映、黄绿争辉，装点得禁苑一派春色，仿佛百花盛开。

崇祯帝朱由检心境十分宽和愉快。政事难得有这一段平稳安定，家事也幸而轻松地越过一条沟坎。此刻他同他的周皇后、田贵妃、袁贵妃在才人宫女们簇拥之下来到御苑，观赏早春开放的、一团团、一簇簇繁密无比的樱花、山矾、迎春、望春、山茶、春兰和几株珍贵的绿萼梅。

借着看花，朱由检看了周后一眼，见她平和质朴的面容透着大家风范的凝重，毫无浮躁骄矜之态，心下感慨，暗暗惭愧，若不是她大度知体，他无论如何下不了这个台。

事情的起因，还是田贵妃。

田贵妃生长扬州，母亲原是广陵风月名姬，所以田妃自幼受母教，善琴棋能书画。当年入宫便以作大书高于诸女，又雅步纤腰，娉婷如仙，容貌甜美，沉默少言，更有一头扬州女子最令人称道的黑发，极茂密极柔软极长。她心思之巧，却往往出人意料。

宫中多有夹道，夏日盛暑，皇帝行走烈日中只得张盖。田妃命做草竹席覆盖夹道上，从行打盖持仪仗的太监们得以休息，下人盛赞田妃仁德，朱由检也为之称道。

田妃住承乾宫，却厌恨宫闱高崇、巨门大窗，给人以禁严空洞之感，近日命人改装了廊房，低槛曲栏，隔成小间，用采自扬州的桌椅床榻精巧摆设布置一新，颇有小阁香闺味道，倍觉亲切，以至朱由检频频临幸，私心里不得不承认比高大宫室住着更加适意舒心。

善于装饰梳拢的田妃，还不时以维扬新服饰小小改变一下宫中仪法：将居顶高髻撤下，梳向两侧，名为蝉鸣髻，梳向一侧，号为堕马髻；在轻纱软縠上杂缀精致绣品，蒙在其他颜色裙衫之外，以求色彩变幻、风韵独具；又撇去端庄的凤头宫履不穿，而着行走无声的软平底尖头小缎鞋……弄得宫中女子人人喜好江南装扮，进而令京师妇人尽以南装自好了。

周后也是江南人，但从小生长在京畿大兴县，父亲是位穷医生。她生性质朴温厚，身为六宫之主，对田妃的违制邀宠也曾婉言劝导，田妃总是低头不语，神情间却隐然有恃宠相抗的意思。

此时，某才人因嫉恨田妃，为中宫抱不平，私下奏报周后，暗示田妃有夺嫡企图。周后以其言而无据、背后伤人，将她训斥一顿，但私心不能无动于衷。她决定以礼制裁，制田妃的傲气，裁田妃的野心。于是，便发生了冬至拜节的龃龉——可算是皇后以天下之母的身份，对田妃实行的小小惩戒。

冬至是大节，按宫礼宫规，各宫妃嫔此节应往坤宁宫朝拜中宫娘娘。

这一天很是寒冷。田贵妃乘翟茀来到坤宁宫后，便停在庑下等候，无人过问。良久，方来宫人传告皇后御殿升座，命田妃前去朝拜。田妃拜毕，周后便很快下了宝座，连一句寒暄的话也没有，板着脸转身回了寝殿，把田妃独个儿晾在空殿里，极是尴尬羞惭，只得含泪迈步出宫。却见西宫袁贵妃也来拜节，翟茀方停，中宫女官宫女们已纷纷上前迎接，导引袁娘娘入坤宁宫。田妃虽离得甚远，也能听到皇后与袁妃的欢声笑语，很是亲热。一冷一热，如此折辱！田妃羞怒交加，当下回她的承乾宫，痛哭了许久。次日朱由检召田妃去乾清宫时，田妃双目依然红肿。皇上惊问缘由，田妃才哽哽咽咽哭诉自己挨冻受冷遇的委屈。

那日在交泰殿，朱由检便以此事责备周后待遇不公。周后说起田妃违制的过失和田皇亲恃宠奢侈无度、横暴京师时，朱由检尚能心平气和；而当周后劝他不要宠侧妃，还提起了李隆基宠杨玉环、殷纣王宠妲己的故事，他却陡然发了火：

“竟敢将朕与亡国乱政之君并论！你走！你给我出去！”

他暴躁地一把推开皇后。周后娇小玲珑，哪里禁得住他气头上这一推，“扑通”倒地，摔得趴在那儿半天起不来，把侍候殿中的太监女官们都吓呆了。周后涨红了脸，忍住满眼泪珠，在侍女们的扶掖下站起身，不看皇上一眼，不说一句话，自管出交泰殿回她的坤宁宫，从此日起愤而绝食。

皇后摔倒的一刹那，朱由检已经后悔了：怎能将母仪天下的中宫娘娘推倒呢？待得知皇后绝食，他更加内愧不安。他与皇后是结发，有几分少年夫妻的情分，皇后又为他生育了皇太子慈烺、皇二子慈炯，位分正而又正。以情感而论，他钟爱田妃，但从没有以田妃取代皇后的念头。他是英明之君，一向重视正庶之分，宠侧妃而废皇后，这种失德的事他绝不会做的。所以，他立即遣乾清宫大太监持最珍贵的貂皮垫褥往坤宁宫赐给周后以示慰问，并按时差人送去御膳珍肴，殷勤问候起居寒温。但周后完全复原，却是在朱由检处分田妃之后了。

田妃在得知皇后被皇帝推倒愤而绝食消息后的那份得意、那种笑容，使朱由检很不愉快。他最不能容忍犯上，也为了向皇后向朝臣表白自己绝不好色，一次宫中大变故借着一件小事为由头爆发出来。

宫中习惯，四时节令，宫人以插戴绢花饰物互相馈赠。承乾宫婢戴的新样花别宫都没有，袁贵妃翊坤宫的宫女们向皇上叩头求赐。朱由检令宫使外出采买，不料跑出京师数百里外也没有寻到。朱由检询问田妃，田妃一时得意，脱口笑道："这叫象生花，独出钱塘，由徐御史家人携回京师，妾妃托人买来……"

一语未了，天威大怒："大胆！后宫无与外事，乃祖宗家法，你竟敢以买花为名，交通外官吗？……"

田妃吓得连忙跪倒，待要解释，皇上已怒气冲冲起驾而去，不多时中官便来承乾宫宣旨："贵妃田氏，不识大体，出言无状，着即日起斥居启祥宫思过！不得上表自陈，不得面君！……"

此后，两个多月，田妃一直还在启祥宫内闭门反省，皇上一次也不宣召她，连元旦庆典似乎也把她忘记了。宫廷上下朝廷内外都很惊讶，而皇上励精图治、不近声色的贤君之名，也就传播宣扬得更加响亮了。

若论朱由检私心里，其实很想念田妃。不只为她多才多艺、心思明慧，六宫无人可及，也因为她宜笑宜愁的姣好面貌、善解人意的秋水明眸，使他得着宽慰和温暖。还有一层，作为天子正妻的周皇后，即使床第之间，也必须端庄贞静，拿男女交合当作求嗣君的国家大事来办，稍稍流于佚荡就是有伤妇德；袁贵妃虽也是侧室，理应不同于正宫，却缺少田妃那种销魂夺魄的魅力。每每忆及鱼水同欢时的沉醉，他就忍不住想召田妃侍寝。但终究管住了自己，因为他是有道明君。

今天早膳后往御苑观花，想起每年初春赏花总是四人同行，朱由检不免心下黯然，低头上辇。周后突然笑道：

“陪从陛下赏花，尚少一人。”

朱由检不作声。袁妃见周后向自己使眼色，哪有不明白的？忙道：“正是呢！去年观梅，田贵妃吟的那首七律着实出色。”

朱由检装作没听见：“我们走吧！”

周后笑容宽和：“陛下，田贵妃启祥宫思过已近三月，该赦啦！我已接了她好几封请罪表了。”

朱由检仍不应声，自管坐进御辇。

周后会意而笑：“我做主啦！来，用我的凤辇去启祥宫迎田贵妃，往御苑飞霭亭赏花！”

田贵妃来了。她匍匐在帝后脚下，哽咽着低声奏道：“妾妃罪该万死，蒙皇爷娘娘仁爱宽宏，雨露之恩粉身难报！……”泪随声下，滴落阶前。

朱由检心头一酸，眼角发烫，连忙举目去看高高树梢的疏梅以遮掩。无论如何，他不能给人柔弱的印象。他既不回答也无表示，心里却暗暗称赞田妃的聪明：同时拜谢帝后，表面上没有厚薄之分，实际用意是抬高了娘娘，也暗示了自己对皇上此举的体谅；再看她一身装束，雪青色灯笼锦裙衫外罩一层薄薄的纱縠，披了一幅鲛绡帛带，脸上淡淡妆了脂粉扫了蛾眉，素雅如仙，既没有故意穿着寒酸不施粉黛表示受了苦而令皇上难堪，又没有浓妆艳抹对再次宣召显示兴高采烈而使皇后不快。

周后扶起田妃：“过去的事休要再提。难得皇爷今日高兴，姐妹们欢聚，春光如许，要尽兴一游才好。”

确实，飞霭亭面临太液池，远望琼岛，广寒殿、清暑殿金碧辉煌，一座座白虹般的石桥倒映金海，水色山光美不胜收。身处事外的袁妃能够感到那三人之间还有些不能出口的别扭，便竭力张罗，一会儿指看如笼翠烟的湖边柳，一会儿赞美蓝天上一群群飞鸽。当宫婢们络绎进亭布果盒上香茗时，她又抢先拈了一块果馅饼尝着，赞着：“味儿怪好的！难得馅细皮酥，甜香适度……”

周后和田妃一齐响应，各自尝了都说好。

“果然好吗？是朕昨夜偶尔想起，命他们去办的。”朱由检看了随身小太监一眼，“查查是谁办的，给赏。”

不多时，司礼监一名管皇爷御膳的大太监就来叩头了，从怀中掏出一本册子，躬身念道：“崇祯五年正月初十日，奉皇上旨意制果馅饼。御膳房起面者刘二可、王珍；剥果者苗千、李四保；制糖者张玉、张永泰。用面三斤，果仁三斤，糖三斤。另有炭油等物、烧火看锅诸人，连工费食费，共用银五十七两八钱三分……”

朱由检越听越奇，不禁笑起来：“这是报账吗？何须御膳房费这许多气力？只需三钱银，便可在东华门外买一大匣了！”

管膳大太监极是尴尬，满脸冒汗赶紧跪下叩头不止，把周后和田妃袁妃全都逗笑了。

周后笑道：“皇爷早年在潜邸何事不知？御膳房胆敢如此蒙事！”

田妃也微笑着说：“皇上英明，明察秋毫，军国大事无不了然在胸，遑论这点小伎俩！”

袁妃故作怒容：“还不快退下！把那些冒功求赏的奴才每人赏他十板子！”

大太监连连称是，倒退着出亭，一脚踏空，摔了个趔趄，又赶忙跪倒谢失仪之罪，这才抹着汗匆匆地去了。

这个小小插曲，竟扫清了最后一抹阴云，茶点之后的赏花，帝、后、妃之间才得以谈笑风生，情意欢洽。

最是田妃的赞语受听：“英明，明察秋毫。”再加上刚烈勤谨、俭朴爱民，朱由检心里这样自诩，也竭力要完成这个贤明君主的形象。

今夜，他理应要去坤宁宫，可以料想周后一定劝他去承乾宫或宣召田妃来乾清宫，但他一定不准。一来，他要表明自己对嫡正的重视，绝非好女色的情种；二来，也要一申对周后全大体明事理的谢意；三来可以彻底压住田妃的骄矜，免其日后觊觎正位的侥幸之心……在后妃之间，身为天子也须这般思前想后，曲曲折折，钩心斗角，他并不以为苦，反而从中体味到特别的乐趣。

田妃明晚相聚时会不会撒娇埋怨？……朱由检把目光从一盆盆香风四溢的春兰上移向那几株云蒸霞蔚、烂漫成阵的樱花。刚才她就立在花下，人花相映，如同一幅仇十洲的《美人图》……他怔了怔，站在树下的不是田妃，却是司礼大太监杨禄，如平日一般恭敬，低头垂手略哈着腰，一副随时听从差遣的姿态。已准他十日休沐假回私第了，怎么又出现在这里？

“杨禄，什么事？”似有某种预感，朱由检语气有些紧张。

“禀皇爷，内阁送来许多本章，奴才怕他们忙不过来，便回来伺候着。”杨禄趋前一跪而起，谦恭地低声回答。

时近元宵佳节，臣僚通常不会在此时上奏言事，除非……朱由检眉头一扬：“到底什么事？”

杨禄小心地朝正在一处说笑的皇后贵妃们远远望了一眼，声音压得更低：“禀皇爷，登州失陷了！”

“啊！”朱由检嗓子里迸出又高又急的一声，见周后她们停了说笑望过来，连忙按捺心头的惊乱，极力表现从容和威严，“着将有关奏本全都送来乾清宫！”霎时间，后妃的明争暗斗、春游赏花的旖旎风光以及夫妻之情、床笫之爱都变得微不足道，可以扔到九霄云外，他恨不得一步迈回乾清宫。

几名司礼监内使抱了好些个折匣走进乾清宫西殿，分类放在了长案上，络绎退下。杨禄检看一遍，禀道：“皇爷，这里有六本因登州事弹劾阁臣的……”

朱由检端坐龙椅，端着一盏茶，立即打断：“拣一本读那贴黄。”

“是。御史宁有光，为登州陷、孙元化反事弹劾阁臣徇私弄权溺于抚议致误军国大事……”

“孙元化反？”朱由检“砰”地一蹾茶盏，茶水荡了出来。

“禀皇爷，这几日朝野盛传登州陷，孙元化反，各弹章多是据此弹劾政府、词连周相的。只有徐大宗伯上奏愿以全家百口人命，保孙元化不反。”

“哦，徐老先生……”朱由检辞色和缓了一些，“究竟是传闻还是确信？”

“日前有兵部题本，说登州总兵张可大殉国，其子向兵部报知城陷详情，又有葡国炮手跳城逃来京师禀告……”

“念！”朱由检虎着脸命令着。听罢兵部奏本，立刻又问：“山东巡抚、巡按的奏本呢？孙元化的下落呢？”

杨禄连忙找到最底下的两本：“皇爷，这两本今天才到京，尚未经内阁票签……”

“快念！”

“是。山东巡抚余大成，为登州兵变事再乞速下招抚谕旨，以安军心，以定登莱……”

“什么？还要招抚？”朱由检听得糊涂了。

“是。余大成本章中附有孙元化的奏折！……”

“啊？快！快读！”朱由检猛然站了起来。

孙元化奏本不长。从久候抚旨不到、孔有德变兵及登州守军均怀疑虑，以至互斗造成城陷兵乱的经过，说到自己不肯从乱拔剑自刎未死，又经反复晓谕大义，孔有德、李九成及从乱耿仲明等人追悔莫及，情愿就抚，就抚后或援辽东或守登莱，惟朝廷之命是从。拟将私开城门启肇事端的小校陈光福、陆奇一斩首示众。现下登州平静，只待朝廷速下抚旨，速拨粮饷……

朱由检慢慢坐回龙椅，迷惑不解。事情会这样变化吗？抚旨年前就已发下，登州怎么会久候不至呢？……“念山东巡按的奏本！”

山东巡按王道纯与监军徐从治共同署名的奏本言辞慷慨激昂，充满了对抚议的极端愤怒：“……当日贼过青州，余大成拥兵三千，剿灭甚易，而孙元化遗书谓‘贼已就抚，尔兵毋东来’，余大成遂止兵不追，致贼延蔓。今贼陷登州，孙元化被执，余大成犹主抚议，是何心肠？闻得贼在登州以巡抚印檄州县纳饷，又移书求抚于余大成曰：‘畀以登州一郡，则解。’何其猖狂！……”

“猖狂之至！”朱由检一声断喝，拍案站起，怒道，“罪不容诛！一统天下，岂容小丑跳梁！……”略一转念，王道纯既说孙元化被执，那么他的奏本……“拿孙元化奏本来看!”

杨禄忙将孙元化奏折递上。朱由检记忆力很强，一眼就认出不是孙元化亲笔，心中大疑，再问一句：“吴直没有密奏送到?”

“只有一本，是城破前一天送出登州的，也是催请抚旨、催请增饷，还替孙元化请功。”

“为什么?”

“说是孙元化典卖家产和家眷首饰助饷，又缴上金国贿赂的金叶三百两……”

“哦？……锦衣卫也无密奏?”

“没有见到。皇爷，吴直一向敬重孙元化……”

“你是说他们做了一路?”朱由检厉声一问，杨禄赶忙低头不敢出声。朱由检心烦意乱，在殿中走来走去。他此刻疑窦丛生：孙元化自是难逃失地陷城之罪，他那奏本未必可信；吴直如此褒他，什么用心？若是吴直私通孙元化，孙元化私通孔有德，孔有德这个辽东人又私通金鞑，则后果不堪设想！……他的注意力全集中在臣下的结党徇私、不忠上，独独放过了抚旨下不到登州这个重要疑点。如果他顺这条线索追查并采取些措施，后果也许就是另一种了。

他面墙而立，背手呆望。墙上悬挂着天下各省总督以下知府以上文官、都督总兵以下指挥佥事都司以上武官姓名职务的大幅图表。听得杨禄自言自语地低声嘟哝：

“治乱嘛，是要用重典，总不能示弱于贼人……”

朱由检猛地转身：“给我拟中旨，发下内阁！革余大成山东巡抚职，授徐从治；革孙元化登莱巡抚职，授谢琏；命山东巡按王道纯监军，速调王师剿贼平乱，恢复登州!”

圣心独断，讲剿不讲抚了！杨禄心里很高兴，但绝不表现出来，只连连低头称是，连语调都与平常没有区别。不料皇爷一句话，把他吓了一跳：“杨禄，你去登州看个究竟，如何?”

登州是眼下最险恶的地方，杨禄怎敢冒这个险？但他又怎敢不应？谁知皇爷顷刻间改了主意：“不成。得遣一个既认得吴直，又认得锦衣指挥使的人。”

杨禄赶忙奏道："奴才的徒弟侯继禄，常来往于锦衣卫，人全认识，又是个通贞，极是可靠的。"

宫里称自幼净身的中官为通贞，成年后净身的为净贞。通贞升官比净贞快得多，皇上更相信通贞的忠诚。

朱由检想了想："也好，就命他做个视监视官，去看看监视官吴直究竟在干什么，相机行事！"

当晚朱由检没有去周后的坤宁宫，也没有宣召田妃。面前的奏本视而不见，心念总离不开孙元化。想起自己对他的信赖和倚重——钦赐御笔亲题"劳臣"匾，御驾亲临他府邸，亲赐御酒金杯——如许恩宠竟全然辜负了！君臣交孚的情意终究还是没有的！……

这一夜，乾清宫寝殿的灯亮到深夜，朱由检被沉重的失意笼罩了。不过，他很注意控制自己的表情言语，以为别人不会发现他是怎样的沮丧。

三

东宫门前守卫的数十名巴牙喇①，都认识这位文质彬彬又高又瘦的文馆昂邦②，知道他是汗王最宠信的范章京，未加阻拦盘问，倒有不少人对他点头微笑。

一进门，眼前一片开阔。十座漂亮的封闭式方亭整齐地分列两厢，中间那笔直宽阔的甬道直铺向正北的八角重檐大殿。大殿建在须弥座台基上，周围绕以青石雕栏，黄琉璃瓦的殿顶上，十六道五彩琉璃脊攒向正中的宝瓶火焰珠尖顶，阳光照射，光芒耀眼。范文程心情振奋，脚下步子迈得更快更有劲了。他要把刚刚得到的登州城陷的消息禀告汗王，对大金国而言，是个难得的良机！

大殿正门精美的双金蟠龙柱下，汗王的亲随侍从库尔缠迎上来，小声说："范章京才到？汗刚刚还问起你哩！"

"汗王在殿上？"

---

① 巴牙喇：满语，汗王及贝勒、旗主的精锐卫队。

② 昂邦：满语，官。

“是。汗召诸贝勒会议大凌河一战得失。我去禀报。”

“不必。我自己进去，不要扰了汗王和贝勒。”范文程说着从小侧门轻轻转进大殿，站在属官和文书吏员背后。

在精致的斗拱、藻井、天花之下的高大台基上，并列着三个云龙绣墩，正中坐着汗王皇太极，右首是大大贝勒代善，左边是三大贝勒莽古尔泰。台基下面分左右列坐着阿济格、多尔衮、济尔哈朗、阿巴泰、德格类、萨哈璘、岳托、豪格、杜度等大小贝勒及扬古利、达海、佟养性等文武大臣，济济一堂，十分威严。自从老汗王努尔哈赤归天、四大贝勒共理朝政以来，范文程每每见到这样兄弟同坐共受朝拜的形式，总觉得别扭。不过，凡属皇族内事、弟兄纷争，他总是聪明地回避，不置一词，只对军机政务向汗提供各种建议和办法。

皇太极宏大的声音在斗拱藻井间回荡：“……大凌河一战，我们受益匪浅哪！你们还记得那日祖可法的话吧？”

明军守大凌河，粮尽马死，城中人相食，仍然拒不投降，大金军损失惨重。拿住明朝来使祖可法，问他们为何死守空城？祖可法回答说：“因见你们屠戮辽东及永平降民，既然降亦死，不降亦死，又何必降！”

其时皇太极对他讲：“辽东之事我等不胜追悔，永平杀降乃二大贝勒阿敏所为，已经论罪幽禁了，尔等尽可放心。”又命诸贝勒与他折箭为誓，遣他回城。三日后，祖可法之父、大凌河守将祖大寿果然举城投降。

此事给惯于杀降的领兵贝勒旗主们很大震动。皇太极更抓住时机，常在不同场合向各个贝勒议论，今天又当着众人提起，并再次重复祖可法的话。他说得很慢，很清楚，还微微地摇头叹息：“‘降亦死，不降亦死，又何必降’！……若不善待降者，日后攻城略地，还要碰许多硬石头！”

皇十弟德格类长相和声音都很粗莽：“善待有什么难？费这牛劲攻下大凌河，毁了城池就扔掉不要，为啥哩？又跟那年攻到北京城也似的，只围不攻。汗的意思，敢莫真要跟南蛮子议和？”

皇太极笑笑：“取大凌河也罢，取北京城也罢，易如反掌。但南朝疆域广大，各处兵力聚集一起也还不好对付。我等得地不难守地难，不如练军自强以待天命，多取人口、多得财物才是富强国力的当务之急！……所以，当年辽东杀降、阿敏永平杀降极其不智。种田、养马、织布、造甲都要人，真要想进关夺天下，兵力财力还远远不够哇！……”皇太极闪眼向一个个威武健壮的贝勒旗主大臣们依次望过去，声音更加和悦平缓：

“所以，朕再三谕告尔等，取中原争天下的话，切不可随意乱说，更不可传到关内去，令天朝疑我大金有异志。南朝人最讲名正言顺，日后但凡攻地掠财取人口，必得有缘有故，人犯我，我才犯人……朕的话，尔等可都听明白了？”

众人嘴里应着，有的振奋，有的互相会心地微笑，有的怀疑，有的则一点不领会此中奥妙，一时大殿内响起“嗡嗡”的低声议论。

皇太极敛起笑容，声调陡然严厉：“我国兵将去年弃永平四城，皆因阿敏及诸贝勒不学无术！此次大凌河之战，城中人吃人，仍然死守，到了援尽城降之际，左近锦州、松山、杏山还是坚守不下，不就是因为人家读书明理、尽忠其主吗？自今以后，定下法令：我国子弟凡十五岁以下八岁以上的，都要读书！违令者责罚父母和旗主！”

贝勒旗主们频频相顾，有些不知所措。几年前他们连议政这样的大事都不上心，常常在会议时嬉闹玩笑，正说着进军攻地布置，会突然插进打猎跑马、鹰犬优劣的话题，经汗王多次训斥才刚刚有了些体统。所以读书识文在他们大多数人看来并不要紧，没必要这样郑重其事。不过汗王说得如此决断，谁也不敢出头反对。

“日前，朕阅读达海所译《武铨》一书，”皇太极仿佛在以身作则，“其中记述狄青将御赐美酒倾入河中，使全军将士同饮，古良将体恤士卒如此，所以三军乐为效死。若蓝旗莽古尔泰见士卒阵殁，竟用绳曳拖而回，这般作为，安能得人死力！”

阿巴泰霍地立起：“我有一句话，各位兄弟侄儿议一议。太祖爷崩逝后，四大贝勒共理国事。二大贝勒阿敏已因罪幽禁，三大贝勒莽古尔泰此次大凌河之役有罪，论理也不当与汗并坐受朝贺！”

此言一出，殿中又一片嗡嗡议论。与皇太极并坐的莽古尔泰和代善，脸上显出尴尬和难堪。

当年二大贝勒阿敏弃永平四镇、屠城而归，诸贝勒合议阿敏有十六项大罪，当诛。汗命免死幽禁。

这次大凌河之战中，因为属下兵将征调不平均，莽古尔泰与皇太极口角，竟拔刀相向，大违兄弟情谊。他难道不知道汗即位以来，独领着八旗中最强大精锐的正黄、镶黄两黄旗兵马吗？况且，大大贝勒代善的正红旗以及阿济格、多尔衮、多铎三个小王爷各自领的正白、镶白、镶红三旗，也都全心全意辅佐汗王，从实力上他绝难与皇太极抗衡。此事只能再一次暴露他气量狭小、性情暴躁、胸无城府。后来他也自知糊涂，口称“空腹饮酒四大碗，醉得头昏，对汗口出狂言，不知说了些什么，冒犯了尊长”，向汗王叩头请罪。汗王命下诸贝勒议处，诸贝勒合议，以御前持刀露刃、冒犯汗王罪，削夺五牛录属员，罚马二十匹，银一万两。

和今日汗王显示出的雄才大略、气度胸怀一比较，莽古尔泰实在粗莽无知不成器。莽古尔泰连忙下了台基，对皇太极一跪，又粗声对众人说：“我莽古尔泰才德不如，早就不该与汗王同列，今又戴罪，再要并坐是罪上加罪了！”

那边大大贝勒代善也走下台，对众人笑道：“岂独莽古尔泰？汗王居大位，我也不该并列。从今以后，请汗王南面登宝座，我与莽古尔泰侍坐于台基下左右两侧，诸贝勒坐在下方，才合礼仪。”

众人鼓掌称赞，都说理当如此。皇太极并不推辞，端坐台基上的宝座中，微笑不语，坦然接受由大大贝勒率领诸贝勒的贺礼。范文程跟着众人一起礼拜，心里惊喜交集，没想到“独尊”的难题这么容易就解决了，不由得对皇太极更加钦佩。

阿巴泰继续他被打断的话题：“早先诛杀太过，以致人怀疑惧，虽是极力晓谕，人终不信。如今上天赐我大凌河降众，正可使天下知我善于安抚人民，归顺者必多！”

皇太极大喜：“此言正合朕心！可有良策安抚降众？”

岳托进言：“臣以为抚养之道，当先给以家室，出公费赡养。比如，降人中原一品官，以诸贝勒之女嫁给；二品官，以我国大臣之女嫁给，并各给田庄；至于降人士兵，可配给贝勒属下庄头女子或殷实商贾之女。总之，不使一人失所，则人心归附，大业可成！”

不仅皇太极，在座诸贝勒旗主大臣都面带笑容，交口称赞。皇太极却又问了一句：“此事范章京知道吗?”

岳托说：“还没来得及跟他讲。”

皇太极道：“还是先跟范章京详细议一议再定。”

范文程高声应道：“汗王，臣在此！……此举大善！此举大善！……”汗王的信赖使他深深感动，而改杀降为安抚的善政，更令他喜出望外。两股热流交集，不觉声音都发抖了。

诸贝勒大臣望着他哈哈地笑，笑声在殿顶轰响。皇太极洪亮的声音盖过笑语：“范章京怎么现在才来？你在讲什么?”

范文程这才恍然悟到，方才一时兴奋，脱口而出，说的尽是汉话！自己也觉得好笑，忙用女真话又说了一遍，并建议：“汗王今日原要往演武场阅汉兵观试炮，大凌河归降兵将也要参与，何不于阅兵时宣谕善政，使我大金国善抚归顺兵民之名广为流播！”

“说得好！”皇太极目光闪闪，很兴奋，立刻站起身，“范章京所言极是。诸位随朕上马，这就往演武场！”

演武场在城北，异常宽阔。东西北三面仿佛与荒原相连，南边可以看见远远的城堞的青色影子。总理汉人军民诸政、节制汉人各官的额驸佟养性所部三千乌真超哈，擐甲跨马，列成十个方阵，军容整齐严肃，玄青色的大小旗帜卷着北风哗啦啦响，铁盔钢甲长箭弯刀在冬日的阳光中闪着刺目的光芒。皇太极和贝勒们策马走过，方阵上空滚过整齐而宏大的呼喊：

“万岁！万岁！万岁！”

佟养性骑马陪从在汗王身边，向他解释这一汉语呼喊：“汉人称皇帝为万岁爷，是祝愿皇帝活一万岁。奴才看这两个字意思好，喊起来也顺口，就没有叫他们改用国语……”

“不必改，”皇太极赞许地点着头，“这样很好！要汉人说国语，不是一朝一夕的事。”

太祖天命年间，阵战俘虏的明军，不是杀掉就是发下满洲人家为奴。皇太极即位后，汉人丁壮披甲当兵的渐渐多起来，便别置一军，称为乌真超哈。去年更任命佟养性为昂邦章京，总理汉人军民诸政，节制诸汉官。其实，是承认了汉人参与国家军政事务的权利。由早年的屠杀汉人到如今的设置汉军汉官，这实在是皇太极的一大德政！范文程策马跟在皇太极身后，不无欣慰地想到了许多，心头一个英明君主的形象渐渐地越来越明晰了……

四十门镌有“天祐助威大将军”字样的红夷大炮蹲在两轮炮车上，整齐地排列在校场之东。佟养性手中令旗一扬，装填手们迅速地向炮膛内装药、装炮弹，装罢退回炮后方伏地不动。佟养性手中令旗左右挥动两次，四十名炮手在各自副手的配合下点燃了药捻，又都迅速后退伏倒。顷刻间，火光闪闪，硝烟弥漫，大炮怒吼，震天动地的“隆隆”巨响充满了天宇，压倒了一切声息，即使在大凌河之战有过大炮攻城亲身体验的贝勒们也为之振奋。那些从未见过数十门大炮连发的其他人等，更为这壮观的场面所震慑！

“好哇！好哇！”炮响停止后，皇太极两手叉腰，满怀豪情地连连大声喝彩，忽然调头对范文程说道，“我们大金国，终究也有了红夷大炮！……”一语未了，紧紧地抿住嘴唇，仿佛要笑，眼睛竟湿润了。

大金国没有人会忘记，自太祖皇帝兴兵以来，天命十一年的宁远之战是惟一的大败，就败在明朝的西洋大炮之下——太祖背受炮伤，半年后驾崩；皇太极即位后天聪元年的宁锦之战，又败在西洋大炮之下，将士死伤无数。八旗将士恨西洋大炮入骨，因其来自红夷，称之为红夷大炮。两次大败，皇太极决心自己造炮。然而谈何容易！铸铁造炮所需材料工匠，本国奇缺，炮匠炮手更是无处寻觅。直到那一年君臣微服造访登州……

“范章京，还记得那年登州之行吧？”

范文程也在回忆同一件事情，不禁笑道：“汗王为这红夷大炮煞费苦心，亲历风波之险，当得有今日上等好报应！韩六儿和穆二郎，如今都是小头领了！……”

当年他随皇太极潜入登州，仔细察访了登州守备。皇太极对登莱巡抚孙元化极其赞叹，立意要网罗来为大金国所用。范文程知道此事不易，只能慢慢相机行事。皇太极只完成了他的另一个计划：设伏，暗暗劫走登州营的制炮工匠韩六儿和炮手穆二郎，还制造了二人出海船翻身亡的假象。这两个要紧人物分拨在监造大炮的佟养性麾下，终于造出第一批四十门红夷大炮，就是这些“天祐助威大将军”，在大凌河之战大显神威。

皇太极心犹未足地叹口气：“可惜孙元化的铳规，至今也未能弄到手！”

“孙元化……”范文程又想禀告登州之变的消息。这是军机要事，必然牵涉皇太极下一步进军方向。诸贝勒中虽不乏目光明睿如多尔衮、阿巴泰、岳托、萨哈璘这些英杰之士，却也有莽古尔泰、德格类、豪格一班勇鲁之夫，机要内情知道的人越少越好。范文程赶紧收住话头。皇太极回头看他一眼，似要问什么，铜盔铁甲威风凛凛的佟养性已走上阅武台，行礼道：

“请汗王、诸贝勒教训！”

皇太极很高兴：“好！很好！佟额驸治军有术，此次大凌河之役，乌真超哈战功卓著。朕赐你雕鞍良马一匹、银百两。自副章京以下各官至披甲兵，分别奖赐银两，设宴慰劳！”

佟养性再拜道：“谢汗恩赐！眼下加上大凌河归顺新编汉兵，马步合共三千六百余人。奴才想照八旗旧例，有事持兵器上阵，无事则回庄务农；另外，火器攻城非红夷大炮不可，应增铸大炮；再有，兵粮困乏，还应多垦荒地，但民力不足，奴才请官中借给牛、种，收获时以十分之一分偿值。乞汗王恩准！”

皇太极笑逐颜开：“治军有方，治民为政也有方！好，朕都准了！范章京，你与佟额驸一同去向乌真超哈宣谕朕的奖赐，宣谕朕对降人给配抚养诸事！”

范文程和佟养性并辔策马，重新下场，对集结成大方阵的三千六百乌真超哈大声宣谕。阅武台上听不清宣谕的言词，只听得每宣谕一句，人群便迸出一声欢呼。后来，人群突然一静，静得出奇，跟着爆发了更热烈更长久的欢呼，“万岁万岁万万岁！”喊声直冲云霄，眼见许多官兵滚下马鞍，伏倒在地，向着阅武台连连叩头大叫，汉语女真语混杂一起，震耳欲聋：

“谢皇上圣恩！谢万岁爷圣恩！”

“谢汗王天恩！”

…………

皇太极轻拈颔下黑须，点头微笑，侧脸看到诸贝勒一副副惊愕、兴奋和喜悦的表情，他很满意，再扫一眼恭敬地坐在自己左右下侧的代善和莽古尔泰，说：

“欲得天下，非得人心不可。二位王兄以为如何？”

代善笑道：“汗王说得极是。”

莽古尔泰叹口气：“莽古尔泰见识浅，只晓得骑射战阵，为政着实少远见。”

皇太极心绪愉快，格外大度：“难得五哥开窍明理。朕以为……”他转向代善，“大贝勒，将罚去的五牛录人口还给五哥吧！”

代善笑道：“就依汗王所言。”

莽古尔泰连忙行礼致谢：“多谢汗王恩典。”

校阅结束后的阅武厅饮宴很是欢畅。皇太极因为心里高兴喝得过多，有些不胜酒力，先退席到厅侧小间饮茶休息，躺坐在扶手椅上闭目微笑，沉醉在今日的一系列成功之中。他原本是个红脸汉子，即位后被誉为“颜如渥丹”，酒后面色更红，几乎近似女真人最赞美的关玛法关羽了。

范文程终于等到了机会，跟脚进来，迫不及待地禀告：

“汗王，登州城陷了！”

皇太极陡然一惊，睁眼急问：“哪个登州？谁陷的？”

“孙元化的登州府！缺粮饷闹兵变，乱军攻占了府城！”

皇太极猛然挺身坐直：“孙元化呢？他的大炮呢？”

范文程稳住心绪，详细禀告了登州之变的经过：从孔有德驰援大凌河到登州城破、张可大殉职、孙元化自刎……

皇太极惊道：“孙巡抚死了？”

“有消息说他没死，但伤势不轻。”

“谁说的？可靠吗？”

“在登州永泰货栈坐店的巴克什，特地差人连夜送回来的军情……”

这也是范文程不愿当众禀告此事的原因之一。他以巨商程秀才之名，在旅顺、锦州、登州等地设了货栈客店商行，既做合法的表面买卖，又做禁运的铜铁火药等秘密生意，更重要的是收集情报。这是中国可以上溯到春秋战国、风行了数千年的间谍之计，实在不足为质朴无文、崇尚武功的贝勒旗主们论道。当然，皇太极很知道此举的重要和机密。

汗王半晌不语，凝视屋顶的眼睛闪闪发光，心念在飞快地转动。突然用不大肯定的语气说：

“若是出奇兵突袭登州呢？”

范文程沉吟道：“春季风向转南，不利舟行。况且陷登州者辽丁，孔有德、李九成、耿仲明辈都是当年逃出辽东的……”他没说下去，皇太极已明白那言外之意了。辽丁多是从太祖的屠刀下逃出一命的，大金国如若兴兵登州，他们必定拼死抵抗。当年棋错一着，苦果吃到如今！……皇太极暗自嗟叹，听得范文程在说：

“不如趁机劝降孙元化。”

皇太极精神一振，拍案道：“若得孙元化，胜似拿下登州！”

“正是。但此人是目下大明朝中少有的实心谋国之臣，如今他身临绝境，召他来降或有一线希望。”

“绝境？”

“正是。如今他只有两途，或被迫随从部下叛乱，则大兵围剿，自是死路；或部下念旧情放他回朝，则弃地失城论律当斩，也不得活。趁此时劝降我国，不是一条生路吗？但，即便如此，也非高位厚禄不可。”

“高位？我与他一等精奇尼哈番世职，如何？”

“一等精奇尼哈番，不过同于明朝一等总兵官世职。他原是一方巡抚，封疆大吏。”

“你范先生也不过才二等甲喇章京世职。”

范文程笑笑：“孙巡抚文武全才，天文、数术、火器、炮台乃至水利农事无不精通，是当世奇才，文程安能望其项背！文程不过萤火之光，孙巡抚却如一轮明月……”

“先生也太谦了！”皇太极心里不高兴范文程自贬如此，勉强插了一句。

“不是的。汗王若真有取天下的宏愿，就该具刘玄德三顾茅庐之忱！”

皇太极悚然一惊，顿时醒悟：“那么，朕当以封异姓王召请孙巡抚！”

范文程连连点头：“正是。不过，诸贝勒大臣于封王事能无异议吗？”

皇太极一时沉默下来，端碗喝了一口奶茶，嫌不热，推到一边，忽对范文程眨眨眼，笑道：“试试看。”他对侍卫嘱咐了几句，少顷，代善、莽古尔泰、德格类、阿济格、多尔衮、多铎、济尔哈朗、阿巴泰、豪格等陆续来到。

皇太极劈头就抛出了问题：“朕想以异姓王招降孙元化，诸位看看怎样？”

众人果然十分惊讶。

莽古尔泰首先反对：“给汉人封王？自来没有过！前些年杀还杀不过来呢！这不叫人笑话？”

代善也皱眉道：“既无军功，又无政绩，封王，难服人心吧？”

阿济格小声问身边的弟弟多尔衮：“孙元化是谁？”

多尔衮瞥了哥哥一眼，对他低声讲起孙元化和红夷大炮。皇太极的幼弟十五阿哥贝勒多铎伸头凑过来听了几句，拍手笑道：“那还不如把这王位封给红夷大炮哩！”

贝勒豪格是皇太极的长子，二十多岁，极是魁梧健壮，在这些叔辈面前，不敢过于放肆，但又忍不住自己的不满，便嘟哝着说：“一个南蛮子，又是文官，杀不得人，上不得阵，凭什么封王！”

皇太极等诸人说罢，微笑着问了一句：“尔等心里，究竟想不想取大明天下？”

众人一怔，一时反应不过来。

皇太极接着说："南朝疆土东西南北几万里，骑快马半年都跑不到边；南朝人口千千万万，比天下的蚂蚁蜜蜂还要多！打仗行军，没个向导还不行哩，咱们日后难道不要个引路的？再说，这位孙元化可是块无价珍宝，让范章京给你们说一说其中缘故。"

范文程清清喉咙，一一分剖：孙元化的价值，西洋大炮的威力，招来孙元化于治国、于强兵、于日后成就帝业何等必要……

那边德格类、阿济格、豪格听得没有兴致，凑在一块儿交头接耳，小声说笑：

"嗨，告诉你们，"德格类虚掩着嘴，眉飞色舞地说，"我新得的一对儿海东青，俊死人！腊月围猎，半日里就给我叼回来十六只兔子！还抓了两只黄羊三匹小鹿哩！"

"当真？这可是少见！"豪格咂嘴羡慕。

"十哥，吹牛哩！"阿济格不信，斜眼看着他笑。

"吹牛？告诉你们，我那海东青还识货呢，抓来的活物滋味儿头一等！生切活兔肝、生切活鹿舌，拿酱一拌趁热吃，啧啧！天下再没那么鲜那么美的了！我差点儿把自己的舌头都吞下肚里去！"

"十哥，孵出小的别忘了给我！"

"十叔，还有我！"

"忘不了，忘不了，一人给一对儿！……"

"豪格！"皇太极呵斥一声，三个说笑的连忙住嘴，见汗王沉脸瞪着他们，虽心中不以为然，也还是低下了头。"朕说过多少次，商讨国事，不许交头接耳、嬉笑说闲话，你怎么老毛病不改？出去！"

豪格并不是"主犯"，只因他是儿子，拿他作法最少顾虑。豪格垂头对父亲一跪，退了出去。德格类和阿济格面有愧色，互相看一眼，不敢作声了。

范文程详细说明了利害，诸贝勒沉默片时，又是三大贝勒莽古尔泰先开口："既是这样，招他来降，多赐金帛参貂，配以皇女，格外善待也就可以了，何必定要封王？"

代善也说："不是太祖皇帝子孙，竟也封王，只怕皇族人心不服。"

“济尔哈朗，你说呢？”皇太极点着名问。

“若为红夷大炮，理应重赏。只是封王太显赫，我怕不只皇族，满洲、蒙古多半也难服气……”

“七哥，多尔衮，怎么不作声？”皇太极再问。

十八岁的多尔衮浑身一团英睿之气，又不乏深思熟虑：“只要汗王决心取南朝天下，则此举能服汉人之心！何妨试一试？”

阿巴泰微微一笑：“我无定见。凡事相机而动，还须汗王独断专行。”

皇太极看着阿巴泰，也是微微一笑，彼此心照。

不料诸贝勒退出之际，年最幼小的十五岁的多铎，指着范文程不高兴地说：“就是你兴的，要给汉人封王，还不是因为你自己是个南蛮子！”

范文程脸色刷地变白了，咬紧牙关，什么话也不说。

皇太极生气地一扬眉，斥道：“多铎！你也喝醉了吗？”

多铎瞪了范文程一眼，噘着嘴、拉着脸，闷闷不乐地随众退下。

皇太极安抚自己的文馆学士：“范章京，多铎是朕幼弟，从小任性惯了，莫见怪，朕替他赔不是。”

范文程苦笑道：“多铎贝勒并没有说错，在下确是汉人，是南蛮子！……”

范文程确是北宋名臣范仲淹的后代，明初自江西迁居沈阳。他的曾祖父范锪，是正德年间进士，曾任嘉靖朝兵部尚书，宦海沉浮几十年，颇有政声，天下推为长者，却因奸相严嵩的排挤陷害，革职削籍，郁郁而终。范文程自幼好读书，颖敏沉毅，家庭的遭遇，使他比同时代的许多人更早地预见到大明气数已尽。所以，当努尔哈赤攻占沈阳，俘获范文程为奴，因他是名臣之后而免死，要求他参与政事之时，他半推半就，成为大金国最早的汉人文臣。只有在皇太极即位之后，他才真正施展才干，真心真意竭尽全力辅佐汗王。因为他认定这位四大贝勒有成龙之才，具沧海之量。做开国元勋、从龙文臣，难道不是一介寒儒的最高向往？

他对皇太极，大有“士为知己者死”的感激。然而，大金国的贝勒王爷，并不都有汗王的胸襟目光。今天这样的羞辱他不是第一次遇到，但由此而产生的对重要政务决策的干扰和误解，却令他很伤感，甚至有点儿灰心。

皇太极见范文程神色黯然，便更加和蔼地劝慰说：“范先生，闲言碎语何足论！朕从来都拿你当我国人一样看待，你就是我们金人嘛！”

范文程抬眼对汗王注视了许久，终于慢慢地摇头，鼓足勇气，说：“不，为人不能忘本。汗王尽可责骂我，我却不能说假话奉承讨好汗王。掏出我心窝里的一句话，说给汗王你听：我范文程是大明骨、大金肉！”

皇太极眉毛一耸，眼睛闪过一道亮光：“什么？”

范文程目光移向别处，轻声地说：“日后若得了南朝江山，天下一统，难道不也是大明骨、大金肉？”

长久的沉默之后，“嘭”的一声，皇太极拍案而起：“好！说得好！”他的神情由深思渐渐转为激动，“不错，不错！大明的骨架来自朱元璋，来自赵匡胤，来自李世民，来自汉高祖、秦始皇！千百年下来始终不倒，如钢似铁啊！如今骨架尚在，而长在上面的大明血肉皮筋却已腐坏发臭，终将成痈出脓，化作血水烂掉流光！到那时，朕的大金国定能重新生出丰硕强健的筋肉，滚热跳荡的血脉，或许是个比历朝历代都要魁硕奇伟的巨人哩！”

“汗王！……”范文程声音发抖，激动得几乎不能成声。他虽然认定皇太极是个气度恢宏的英杰，却也没有料到他能如此强烈而近切地与自己共鸣。

“范先生，多谢你的直言，多谢你诚信待我！令我……耳目一新，还是茅塞顿开？或者叫柳暗花明又一村？”皇太极一口气说出好几个汉文成语向范文程请教，二人一起放声大笑。

范文程心下感慨不已，非常欣慰地对自己说：这不就是君臣相孚的情意吗？

四

独尊地位的最终确立，是一个令人兴奋的大成功，终于水到渠成！与范文程一席推心置腹的长谈，也是一个令人兴奋的大成功，拓宽了他的眼界胸怀，燃起更强烈的希望和自信，酝酿出更坚实的计划！但皇太极就是皇太极，并不因而沉醉，因而忘乎所以，反倒更觉得紧迫：他要抢在大明枯朽垮倒之前，抓住飞逝的流光，让大金国强大得足以取天下！这需要筹办许多要事，还要走很长的路……摆在眼前，就有两件大事要他决断：

如何招降孙元化？

大凌河之战后，大金国向何方进取扩展？

以异姓王招降孙元化，贝勒大臣们几乎一致反对，原在意料之中，他自己不是也觉得过分吗？

大金国夹在明朝、蒙古和朝鲜之间，是南下掠明边、由海路攻登州，还是东出击朝鲜，或者向西北打一打近日气焰特别嚣张、一向以成吉思汗后裔自居的察哈尔蒙古林丹汗？

…………

他从来处事果断，这两件大政却让他委决不下，回宫途中仍在专心思索。远远望见高台五宫的鲜明轮廓，他嘴角蓦地绽出笑意：还有他那聪慧的后宫谋士呢！她的启迪，常能使他定下最后的决心。

他在翔凤楼前下马。侍卫禀告说，科尔沁大妃来朝，在清宁宫大福晋那里候他。他怦然心动，满脑子政事倏然闪开一条通道，走进一个女人。

一个艳丽、娇媚、女人味儿十足的少妇，眼波春水般温柔，嘴唇海棠样丰满鲜红，高耸的乳胸和圆臀之间连接了一副细柔的柳腰，宽大的缎袍也掩不住体态风流。女人的气息，从她粉颈酥胸、从她娇嫩的耳朵，甚至从她形似藕芽却又红润肥满的手指尖向外冒，足以令每个见到她的男人想入非非。皇太极也未能例外，就像骤然间触到寒冰和烈火，心里不知何处嘶叫一声，怦怦地跳个不住，几乎难以维持他那汗王的尊严。

她叫海兰珠，大福晋哲哲的侄女、小福晋布木布泰的同胞姐姐。

天聪年皇太极即位之后，大福晋之母、小福晋之祖母科尔沁大妃屡来沈阳朝贺，看望女儿和孙女。后来小福晋的母亲科尔沁小妃也随同来朝。去年大妃小妃婆媳俩同来时，又随带来一位身穿素色团衫的少妇，就是海兰珠。

海兰珠比小福晋年长四岁，早年嫁给察哈尔部林丹汗之弟。林丹汗因为是成吉思汗的直系后裔，自称蒙古大汗，在漠南诸蒙古中最为强大，经常对诸部侵扰欺凌。科尔沁蒙古为了自保，不得不采取嫁女和亲的办法。两年前海兰珠死了丈夫，照例她应该由林丹汗收纳。但林丹汗的大小福晋、那些原是她嫂子的女人们，生怕海兰珠入宫夺宠，便借口科尔沁与金国交好，心怀叵测，免留后患，将海兰珠撵回了娘家。

海兰珠温柔如水，脾性极好，话不多，总是未语先笑。和她妹妹布木布泰恰是强烈对比，对政事、对经史文章毫无兴趣，除了蒙语，只会说极简单的女真话，喜爱的都是女人那一套：调脂弄粉，集攒艳丽的绸缎、皮毛和绢花，最爱摆弄珍珠，把大颗小颗分类，用金丝银丝穿成各种各样精致的头饰、耳饰、项圈……来到清宁宫，也总是伴在祖母和母亲身边，对身材魁伟、神态威严的皇太极十分敬畏，几乎不敢正眼瞧他。有时她在东宫里跟妹妹说话，一听到皇太极的声音就急急忙忙躬身行个礼，头也不敢抬地离去了。她大约一直没有觉察皇太极的爆着火星的目光……

海兰珠这一次随大妃来了吗？皇太极加快步子，走进清宁宫。

大妃和大福晋赶忙起身、下拜，迎接汗王。

请安，问安，问政事劳累、起居安好，问家中老小平安、行程旅途疲乏等等。常礼过去，皇太极在正中宝座落座，大妃在右，大福晋在左，各自坐下叙话。

“小妃和海兰珠没有同来？”皇太极问。

“小妃家中有事，临行又留下了。”

皇太极点点头：“布木布泰怎么不来相陪？”

“刚才还在这里。”大福晋四面瞧瞧。

“姐儿们去说体己话了。”大妃眯着眼笑。

“这姐儿俩!”皇太极也笑了。

大福晋瞅他一眼:“我们娘儿俩正说这姐儿俩呢!”

大妃笑道:“也真是怪,同父同母,都长得花朵儿似的,脾性怎么就差得这么老远?”

“你呀,真把你的温塔拉珠子①惯坏了!各宫的侧福晋私下里都有点儿埋怨哩!”大福晋的口气既是姑妈又是中宫之主。

“不就是妒忌吃醋?什么要紧!”皇太极不在意,对大妃笑道,“你的孙女儿实在聪明绝顶,朕真离她不得哩!”

“聪明太过也不祥,”大福晋的语调已透出不满,“参议军国大事,合适吗?你不是令文馆撰写内则,说内廷之要在不预外事吗?”

皇太极无言对答,随口一问:“布木布泰她们去哪里了?”

“站的时间久了,我怕她不好过,命她回宫歇着,海兰珠陪着去的。”

大妃咧嘴笑道:“但愿这回得一个皇子。”

小福晋怀着第二胎,已经六个多月,皇太极也担着一份心,起身道:“我去瞧瞧。晚上在清宁宫为大妃洗尘。”

皇太极料定小福晋躺在寝房歇息,进了东二宫,急匆匆穿过中堂,一边伸手去掀南里间的门帘,一边问:“温塔拉,你不舒服了?还有事要听你的高见呢,你……”

他陡然住了嘴,从锦榻貂褥上坐起的,是粉红的海兰珠!她大约喝了酒,眉梢嘴角似含春色,眼睛里的春水看看就要漫出,嘴唇红得像要裂开。也许借了酒劲壮胆,她不似平日见了皇太极时那样畏惧,缓缓站起身,扯平身上闪亮的粉红色缎袍,扶正头上粉红色绢花,整一整鬓角的乱发,低低地哑声说:“汗王,是我……”

眼前扑来的这团粉红色的云,突然点燃了他体内的烈火,熊熊火焰“呼”地蹿上来,烧得他口干舌燥、眼睛血红。他想也不想,张开粗壮的臂膀,一个猛烈动作,把这团粉红色紧紧搂在怀中,不知是

---

① 温塔拉珠子:满语,小女孩。简称温塔拉。

谁的骨骼“咔吧”一响。

粉红色一惊，出于本能，突然爆发了反抗，挣扎、推搡、踊动，像一头绝望的小兽。这反而激起皇太极征服的狂热，是原始的雄性征服异性的狂热，又是想要征服天下、称王称霸的狂热，两者结合，使他的行动极其有力又极其狂暴。他“刺啦”一声撕开粉红缎袍，专横地把阔嘴压上那两片鲜艳丰厚的红唇，怀中粉红色的抗拒和骚乱突然停止，渐渐化为一团氤氲香雾，化为一片柔美起伏的波涛，把他引入极其和谐、融洽、欢快的极乐世界。他灵魂出窍，他被征服，忘却了自己的存在……

隔着中堂，北间布置成书房，被皇太极亲昵地简称为温塔拉的小福晋布木布泰，呆呆坐在炕桌边，盯着面前打开的《元史》，一个字也没看见。

南里间的事，完全按照她的算计发生了。她需要姐姐进入翔凤楼内的后宫。迎合丈夫心意，能加固汗王对自己的宠爱；海兰珠与她手足情深，能多一个帮手去分担姑妈大福晋对自己的压力；后宫增加一名博尔济吉特格格，就能抵消几分其他家族侧福晋们联手的势力；大金国后宫形成博尔济吉特氏天下，就能保证科尔沁蒙古称雄于漠南诸部；而大金与蒙古联姻越紧密，大金国力就越强盛……布木布泰这从小到大、从私到公的一举数得，实在精细之极。可是，她的预想终于顺利实现的这一刻，心里却又一片缭乱，说不出酸甜苦辣。小小的东二宫不过三间大屋，透过两道门帘，南间的动静声息清清楚楚传来耳边。想起平日的夫妻欢爱，想到腹中他的后代，羞愤和委屈猛烈撞击着心窝，迫得她喘不过气。她极力抑制自己，用紧闭的眼睑极力锁住泪水，逼得它只在眼眶和鼻腔咽喉间流转……

“不必这样，不必！”她安慰着自己，“不是海兰珠，同样会有别人。日后果真得了中原，做了天子，三宫六院七十二妃，委屈还有完吗？……”

她在适当的时候，出现在寝房门前。她早把宫女们遣开了，笑眯眯地说：“今儿我来服侍你们！”说着把捧来的热手巾递给皇太极，再奉上一碗人参汤。

皇太极略露窘态，但极力表现得若无其事，一声不吭地拿手巾擦脸擦脖颈。海兰珠却别转脸，耳朵都羞红了。小福晋故意拿眼睛瞅着皇太极，笑着低声对姐姐说：

“海兰珠，恭喜，恭喜！”

海兰珠猛扑在小福晋怀里，把脸埋在她胸前，说不清是在哭还是在笑。

“哎哟，海兰珠，轻一点儿！小心我的孩子！”布木布泰夸张地大声说笑，一面为海兰珠擦汗，整理头发，匀面点唇，看着她换上另一件鲜蓝色缎袍，然后伏在她肩头耳语，“你去吧，我替你说。”

海兰珠水汪汪的眼睛与皇太极照了照，脸又红了，使劲捏了捏小福晋的手，转身跑出去了。

皇太极看着那腰肢摆动的柔曼背影，心头又涌上一阵沉醉：真是个柔美到极处，叫人爱怜不够的女人！……他慢慢啜着人参汤，平息心绪，懒懒地笑道：

“温塔拉，是你安排的？”

“不好吗？你是大舜，我们做娥皇女英。”

“多谢了！难得你一片热心肠……你怎么知道朕愿意纳她？”

“你当别人是瞎子吗？头回看见她，你盯着人家，眼睛就跟狼似的，哼，恨不能把人家吞下肚里去！……就把她留下吧？”

皇太极沉吟片刻：“这次还是随大妃回去，免得察哈尔借词寻衅。等我攻破了林丹汗……”

“怎么，汗已决定先攻察哈尔部了？”小福晋反应极灵敏。

“你以为如何？”皇太极看定小福晋，“我来，原为听你的高见。”

“先攻察哈尔部为上策。”

“登州兵乱城陷，可正是南攻的好机会！”皇太极把登州兵变详情说了一遍。小福晋一手托腮，听得眼睛都不眨，极其专心，听罢思谋片刻，反问道：

“汗以为明朝、蒙古、朝鲜三者谁弱谁强？”

“自然明朝最强，蒙古次之，朝鲜最弱。”

“汗即位以来，一直与明议和，连前年兵临北京城下，还遣人送去议和书，不就是避免真的大打吗？漠南蒙古各部多已归附我大金，只有察哈尔部与明结盟。朝鲜原是大明属国，虽经我大兵征讨，订下江都和约，使之脱开南朝制约，却仍是口服心不服。眼下若南取登州，好处不过多得大宗人口财物，并不能占城扩地，却毁弃与明和议，若明朝联察哈尔部与朝鲜夹攻，以一敌三，于我大金则极不利……”

皇太极笑道：“攻察哈尔就不怕以一敌三了？”

“林丹汗横暴，蒙古各部相助者必少；明朝、朝鲜均欲与我讲和，明朝不会为保护林丹汗与我开战，朝鲜更无力独自发动背后攻势……”

皇太极哈哈大笑，道：“布木布泰果然绝顶聪明！思虑之精无人能及！……”他渐渐收起笑容，若有所思，“莫说以一敌三，只对付明朝，怕也力不从心哩！……那毕竟是天朝大国、礼仪之邦啊。以我大金国这点子兵马，想要征服天下，谈何容易；相反，若是大明倾一国之兵来攻战，我大金国稍有不慎，难免覆国之灾！与大明相比，我们毕竟是东北一隅蕞尔小邦，中原历来视我为夷狄……”在小福晋这个知心知己的智囊面前，皇太极不由自主地吐露了他不肯在任何人面前吐露的担心。

小福晋骤然变色：“怎么？汗王成就帝业、入主天下的雄心，竟冰消雪化了？”

皇太极神色凛然一怔，心下有点儿迷惑：“我说什么了？”

小福晋进逼一步：“汗王害怕天朝，害怕明军不成？”

“笑话！”皇太极醒悟，顿时恢复平素的自信，“朕有何惧！明朝气数已尽，迟早而已。如今他血脉皮肉病症已深，朕不过以为，与其强攻，莫如静待其变，等他成痈化脓，无法收拾，更能事半功倍！我大金国要乘此时机，力图自强，日后才好相机而动。”

小福晋嫣然一笑：“我说嘛，你怎么会长他人志气，灭自己威风！不过，真要静待其变，必须释去大明疑我之心。汗王虽是一再与他们议和交好，恐怕仍不足以取信……”她咬着嘴唇思索着不说话了。

“怎么?”皇太极正听得专心，见没了下文，忙催问一句。

“布木布泰有话，若冒犯汗王，请恕罪。”小福晋贴近皇太极膝前，忽然跪下。

“你看你，又来了！有话尽管讲。”

“求汗去王号、称属国，尊大明为宗主国!”

“你!”皇太极只觉胸口“扑通”凶猛一跳，双眉倒竖、两眼瞪圆，一时间心慌气促。是惊是怒，还是又惊又怒？连他自己也难以分辨了。

“今日退一步，正为日后进十步，进百步!”小福晋目光炯炯，精神十足，如往常一样，并不把汗王变脸变色放在心上。

愣了许久，皇太极平静下来，把小福晋扶起，嗔怪道：“你身上有孕，跪什么！伤了我的儿子可饶不了你!”

布木布泰站起身，抿嘴一笑，知道自己的话汗王已听进去了。

“你真是个鬼精灵!”皇太极叹道，“南蛮子的话是怎么说的？是我肚里的应声虫！莫非我想什么，你都知道？要不然，我说梦话给你听去了？我正在筹划算计此事哩，还没有找人商议，你倒跟我不谋而合了！……好，这几日就施行，向明朝上个贺表，把这个意思讲明！……”

他嘴里说着，很是豁达开朗，心里却在奇怪自己的一肚子不痛快、奇怪自己除了“惊”之外还有“怒”。怒的什么？小福晋如此聪慧明睿难道不好？……汗王的福晋，才智原应相配相当，只是不该高出去……这叫什么话！太小气了，不成体统！皇太极连忙收摄分散的神思，笑道：“还有一事，替朕决断。”他说起招降孙元化。

这回轮到小福晋沉吟了，好半天没有回答。

“怎么?”皇太极催问。

“此事两难。太低，难以招致，更被旁人笑我大金国小家子气；太高，日后降者众，便难以位置……”

“给个一等精奇尼哈番世职?”皇太极试探一句。

“太低了吧？还不如他现今的品位。”

“那么，封王?”

“这……汗王，招别人不可以王位，招孙元化，奴才以为非王位不可！”

“哦?”皇太极说不出是惊是喜，只觉心里踏实下来。

“奴才还想，他既身临绝境，何不遣大将劫救他归来我国?”

“好！好！你这一说，朕可以定心了！真是我的宫中谋士！”皇太极大喜，不禁伸手拍着小福晋的肩背，忽又故意眨眨眼，半真半假地说，“你可得当心，不要聪明过头哟！”

小福晋心里一惊，敏锐地直视皇太极喜悦的眼睛。这目光、这拍肩的动作，都不是丈夫对妻子、男人对女人，倒像将军对属官、兄长对弟妹。而且，最后那句话是什么意思?她心头掠过某种不祥的预感，不由得缩了缩肩膀。

“哦，你冷了吧?快快披上貂袍！”皇太极也没料想自己竟脱口说出那么一句不尴不尬的话，连忙补救，但已清楚地觉察到自己心绪的变化：和海兰珠一比，小福晋算不得女人，倒像个灵秀机敏的孩子，而她的智慧谋略，竟与范文程不相上下；她的勃勃雄心也不输于自己。那么他的不痛快就是因此?说是有点妒忌?这不成了笑话！……他回过神来，格外关切地张罗着，高声唤宫女来添火，送茶点侍候，恢复了多情丈夫疼爱小妻子的常态，小福晋轻轻地叹了口气。

布木布泰的预感不幸成真。两年后海兰珠正式进宫；又过三年，崇德元年，皇太极上尊号宽温仁圣皇帝，改国号为大清，立清宁宫大福晋为皇后，封小福晋为永福宫庄妃、海兰珠为关雎宫宸妃，又从夺取来的察哈尔蒙古林丹汗的几位福晋中，选了两位博尔济吉特家族的格格充实后宫，即麟趾宫贵妃及衍庆宫淑妃，后宫于是成了博尔济吉特家格格的天下。不过，宸妃海兰珠宠冠后宫，夺去了皇太极的全部情爱。布木布泰在生了三位公主以后，第四胎终于生育了儿子——皇九子福临，但也未能改变被冷落的处境。

五

“咚！”

“咚!”

“咚!”

三声号炮从辕门外传来，宣告私开东门，因而引发这场登州大乱的两名罪犯陈光福、陆奇一人头落地!

大堂上一片沉寂。

正中上坐着孙元化，两侧大案，左边是朝廷钦差监视官吴直，右边是监军道王征。再往下，有登州府、蓬莱县各官的座位。陆师水师各营官则分列肃立两厢。登莱巡抚到任以来，从未因审讯罪犯而如此济济一堂!

孙元化颈上伤痛钻心，又头痛欲裂，已经许多日子没有睡好觉了，消瘦、黧黑，几乎脱了形。他满心激愤，目光一一扫过堂上堂下的人们：这回，你们总该称心如意了！……辽东营官兵卸去了罪责，宽心了吧？登州各官亲眼看着处决肇事者泄愤了吧？斩刑之后将在四门悬首示众三天，受了这次兵火之灾的登州百姓也该出气了吧？……

大堂上为什么静得这样可怕？众人为什么都长出一副彼此没有区别的、奇怪的、没表情的面孔？

整个审讯过程由监军道王征主持，孙元化一言未发。但最后要命的朱笔那一点，却必须由巡抚大人下手。孙元化从不知道，不逾四两的笔，有时会这样沉重，重得他拿不动、举不起；那红彤彤的笔尖，细小如米粒、如针尖，却能悬挂住满堂文武的各种各样的目光，堆积起那么多的复杂情怀：企求、解脱、幸灾乐祸、忧虑、不平、悲悯……只有王征送来一片鼓励和督促，警告他不可犹豫……

这会儿怎么都成了泥偶？一个个戴上了严峻到木然的面具，呆望着大堂阶下！……大堂阶下……是的，那里似乎还留着陆奇一那尚未成长足的瘦小身影；死一样沉寂的大堂穹顶，似乎仍然回荡着那尖亮的孩子声音大人话：

“俺们开城门为的救人！说咱犯事那就是犯事，好汉做事好汉当，甘受军法!”

“砍头又咋的啦？不就碗大个疤！过二十年又是好汉一条!”

“过二十年再回来，咱还是这句话：俺们草头百姓小卒小兵，认不得啥君啊臣的。谁对咱好，咱对谁也好；谁对咱孬，咱也不尿他！哈，就是这么个话！……”

倔强的陆奇一，跟陈光福这个辽东汉子一样，到死也不肯说出谁指使他们去开东门，一口咬定是见城里围巡抚府、围三寺杀辽东人，以为城中大乱，一时急了，才开门求救于孔有德，“他是辽东人，自然要来救乡亲！”

孔有德匆匆回到大堂，对孙元化躬身拱手，似要说什么，却又说不出来。

刚才孙元化用朱笔在陆奇一与陈光福的名字上一点，掷下斩首令牌，两人立即被押往辕门外行刑。一片寂静中，孔有德一步跨出列，粗声粗气地说：“帅爷，容我老孔……送送他！”孙元化沉着脸，没说同意也没说不准，孔有德已噔噔几个大步赶下堂去了。送死刑犯升天，要备酒、菜和水酒泡饭喂食，使之于醉中不知不觉挨那断头一刀，少受苦楚。有人送行，是犯人的荣耀。

见孔有德欲言又止，孙元化眉头紧皱：“他讲什么了?”

孔有德憋了半天，突然直泻而下：“他说，鞑子王八蛋，大明朝也王八蛋！他说对不住帅爷的恩情，容来生补报！他说埋他时候别忘了拿帅爷赐给的佩刀搁胸口上！他说帅爷何必两头受气左右为难，好心没好报，还不如……”

“不要说了！”孙元化生气地拦住话头。

“他的意思是……”

“住口！”孙元化怒喝，猛地一拍大案站起来，突然身子一晃，左手捂住右颈缠着白绢的伤口，朝后一仰，昏厥过去。众人惊叫着围上来，眼看白绢慢慢沁出鲜血。

代替受伤的耿仲明暂任中军官的吕烈赶忙宣布退堂，指挥侍卫们七手八脚地把帅爷抬回中堂。

二十多天以前，他们也是这样七手八脚地抬起受伤的孙元化送回巡抚署。是离孙元化最近的吕烈眼疾手快，夺剑不成便一拳打脱巡抚大人自刎的长剑，减轻了横剑割颈的力势。孙元化于是没有伤到要害，却也血流如注，昏死过去。

孔有德、耿仲明等人又惊又悔，辽东营从官到兵无不是孙元化费了无数心血培养训练出来的，此情此景，哪一个不是良心发现、痛悔不已？所以当孙元化傍晚苏醒，提出几宗要求时，竟无一人反对，全都老老实实地应承了。

这些要求是：一、立即停止抢劫烧杀，各兵卒立即归营，哨长哨官营官以军律军法制止一切混乱；二、释放府、县及所有在押官吏，恢复府县各衙门日常政务，不得无理扰乱。只要变兵回到服从巡抚将令的原状，孙元化将奏请朝廷维持抚议，所欠粮饷将用登莱巡抚印信檄令所属州府县筹纳。

登州又平静下来。乱兵各归营房校场，或修整变乱中毁坏的城墙房屋，或操练兵马战阵；各衙门迎回旧主人，继续日常事务，催饷纳粮打官司；商号店铺大小食馆客栈也渐渐开张；胆子大的商人又打点货物准备扬帆北上天津、旅顺了。

但孙元化知道，这平静是极其脆弱的。因为张可大已死，登州镇诸营或散或降，已经垮了。孔有德的辽东营实际上控制着登州，他们就像暂时瞌睡的熊罴，缩在灯芯草编的笼子里。孙元化对辽东营的多年栽培之恩就是这灯芯草笼，只要愿意，熊罴不费吹灰之力便能把草笼踏个粉碎，冲出来大闹乾坤！

怎么办？孙元化与王征、张焘反复计议，几乎一筹莫展。尤其是还须向朝廷解释交代。

兵乱那天晚上，王征离开巡抚府门不久，就被围三寺的登州百姓拦住，不得脱身。孔有德乱兵一进城，就飞马赶到三寺驱杀围寺百姓，人们一哄而散，纷纷逃命，手无缚鸡之力的王征就落在了乱兵手中。所幸辽丁都认识他是编唱小曲的王监军，未加伤害，颇为客气地软禁他两天，直到他们接受孙元化的要求，才恢复了他的自由。

王征苦苦思索，终于说服孙元化相信，为让这可怕的熊罴睡得更死而再行催眠，是惟一可行的办法。于是，孙元化就不得不同意：孔有德所部是因为听信了辽人被驱赶杀害和城内变兵攻打巡抚府的谣传而急于进城救援的；登州镇各营是以为孔有德部发起叛变攻城，所以竭力抵抗的。双方都因误听谣传、情况不明而相互厮杀，造成一场可悲的误会。这样一来，擅开东门的陆奇一、陈光福就成了肇事者，登州事变的首恶。

今天的审讯行刑，是向各方做出的姿态，也是向朝廷做的一个交代。

监视官吴直接受了这个交代。

看样子，各方面也满意这个交代。

只有一个人在心里冷笑，轻蔑地注视着一切。他是吕烈。

他认真地尽着中军的职责，将帅爷送回中堂，命人去禀告夫人，随后便静静守在一旁。

沈氏从后堂冲出来，背后跟着脚步匆忙的苍白的幼蘩，母女俩惊慌地叫喊着“老爷”、“爹爹”扑向孙元化，忘记了周围的一切。

幼蘩比母亲要镇静一些，因为已多次充当父母的家庭医士了。她跪在榻前，打开随身带来的布包，取出银针在父亲的上颌和肩颈部取穴针刺止血，又熟练地解去白绢，往伤口敷上药粉和草汁膏，拿新白绢重新裹好伤口。

她站起身，拭去脸上的汗，宽慰地喘了口气。一抬眼，陡然发现近在咫尺的吕烈，素来苍白的面容飞上一团红霞，惊喜中交织着窘迫和女孩儿的娇羞，犹如带露而开的红杜鹃。

吕烈心头的冷笑已升到嘴角，对孙元化的愤懑早已扩展到他的女儿身上。想想元旦日巡抚府门前的那场戏，那场苦肉计！欺世盗名无过于此！她自然是同谋！于是吕烈给那含羞而多情的目光一个寒冷如冰的回报，轻蔑地哼一声，扭开脸背过身去仰望窗外。

这是古往今来、天上人间最冷酷无情的一瞥！幼蘩仿佛挨了一记耳光，蒙了，脸上红晕霎时褪尽，面容比平日更加惨白得可怕，乌黑的睫毛簌簌发抖。她用力低下头，羞辱、委屈、辛酸催得她泪珠儿成串地滚落……

陆奇一和陈光福的首级在四门悬挂示众了三天之后，被取下来，找皮匠把头和身子缝在一起，装进棺材，葬在田横山坳的一片坟场。因为陆奇一临死嘱咐孔有德，说他喜欢海，死后的坟墓要能看见海潮涨落，日出月出。

因是刑死，没有祭礼。但下葬时，却有不少生前好友来送行。吕烈不是辽人，原先与陆奇一、陈光福并无交情。他的出现引起不少送葬者的疑惑，他也不解释。待众人散去各自归营，他却一步步走上浓密的松林。记得林中高处有万松亭面海而立，是观潮远望的好处所。

松林中流溢着松针松花松脂的清香，海风送来潮声，松风卷起松涛，一阵阵撞击着吕烈的耳鼓，他心事浩茫，与海天青松的声浪共振共鸣。

当元旦日亲见孙元化卖女筹饷时，当跟随孙元化身边在激烈的巷战中拼杀时，当眼看着孙元化拔剑自刎时，吕烈的崇敬之情在胸中沸腾了。世上确实有这样忠烈无私的人！确实有这样正气凛然、大节小节尽皆无亏的君子！他惭愧自己以往的小人之心，刹那间洗净了对孙巡抚的一切疑惑和猜忌。他不顾一切打脱孙元化自刎的长剑，使他免于一死；他心甘情愿地听从巡抚调遣，离开他的游击营来当抚标中军官；他甚至要遣媒去提亲，求幼蘩为妻室——哪怕此举会使他丧失前程，甚至流亡逃命，他也在所不惜！

谁想到，孙巡抚竟拿陆奇一、陈光福开刀！

无爹无娘、十四岁的小侍卫陆奇一，竟做了登州事变的替罪羊！替谁的罪？替孔有德、耿仲明，替辽东营，归根到底，还是替他孙元化抵罪！这够多么卑鄙、奸诈！当年曹操命仓官克扣军粮，引起军心愤恨，却又借仓官首级来解众怨，孙元化不是如出一辙？

由此推想，卖女筹饷未必不是演戏！……调自己任抚标中军，无非为了维系现存的原登州营官兵。想到自己也不免为孙元化所利用，吕烈格外愤怒，他又被人欺弄、被人当傀儡耍了！……

万松亭里有人声。吕烈一闪身，隐在一株两人合抱不来的古松后，因为他看得清楚听得明白，亭中两个人，坐着的是孙元化，立在一侧的，却是那晚在路边救助，后来他百般地寻不着的哑巴孩子！不，他不哑，正在说话，声音细嫩柔和……他忽然明白了，不是什么小秀才，正是孙巡抚的爱女幼蘩！

又一个骗局！吕烈只觉得眼前一片昏黑，忍不住想诅咒，想要大喊大叫，想要冲上去责问：为什么对他仅存的最后一点真诚也要给以无情的嘲弄？难道就没有一点心肝？——然而他冷冷一笑，全忍住了：人生原本如此，是你自己做白日梦，不肯接受教训，那就活该！……

万松亭内，确是孙元化父女。

今天一早，孙元化不顾妻女阻止，下了床。他很沉默，默默梳洗、默默立在庭院，又默默走进小忏悔室，许久不出来。沈氏怕他因伤而昏厥，打破家中不准干扰祈祷的禁规，大着胆子悄悄走进幕帘四垂、一灯荧然的斗室，只见丈夫跪在救世主神像面前，低头闭目，满脸泪光。她从未见过丈夫落泪，不由得惊叫一声："老爷！……"

孙元化没有动弹，只甩出两个字："出去！"如同训斥下属一般严厉。他从未对妻子使用过这种语气，沈氏却顾不得委屈，低头退出，满心惴惴不安和恐惧，连忙找女儿商议。

幼蘩、幼蘅赶到上房，孙元化已步出祈祷室，命人为他更衣，要素色衣袍和风帽。

"老爷，你这是……"沈氏喃喃地问，没了平日的爽快机智。

"出去走走。"孙元化脸上毫无表情。

"那么，传侍卫跟随……"沈氏调头要唤人。

"不！"

"叫僮儿们伺候着……"

"不用！"

"女儿跟随爹爹出行。"幼蘩、幼蘅双双跪请。

"不。我想一个人散散心。"

"爹爹伤口未愈，万一再出差错，无人在侧，母亲和孩儿们如何放心得下？还是幼蘩带了药包跟随爹爹最为稳妥。"

"你……"沈氏指指幼蘩的头发和衣裙，才要反对，幼蘅一口接过去："还扮个小秀才吧，行动方便些。"

沈氏和幼蘩赶忙向幼蘅使眼色，幼蘅醒悟，立即噤口。幸而孙元化心不在焉，没有听出这个"还"字里隐藏的文章。

父女俩就这样出后门骑马走了。父亲是一身素蓝夹袍，黑色风帽遮住了大半个脸，只露眼睛眉毛。女儿是海蓝绸袍，浅蓝色包发巾，还是那次上市卖绣品的行头，只是背上的药包代替了绣品包。一路无语，来到万松亭。

进亭后，孙元化面海坐定，望着前方，又沉浸于冥思默想。幼蘩害怕父亲落入这种于养伤不利的心境，便有意选择轻松话题，故意说错，以分散他的阴郁：

“爹爹，这老北山人称田横寨。当年田横麾下的八百壮士，果真是从此处投海的吗？”

孙元化果然来纠正了：“不是八百，是五百。此处是田横结寨预备入海之地。五百壮士也不是蹈海而死，这些忠烈千秋之士，是听到田横死讯而全体自刎于海岛的……”他说不下去了，眼睛呆呆地望着山下。

幼蘩起初后悔自己选错了话题，不该触动父亲自刎的伤痛，后来顺着父亲的目光看下去，发现了那里的新坟和渐渐散去的送葬人，顿时明白了缘故，一时竟说不出什么话了。

良久，孙元化轻轻地缓慢吟诵着。幼蘩从小就习惯于他的吟诗，因而听得很明白：

“吾闻两头蛇，其怪不可弭。昔贤对之泣，而吾反独喜……”

吟到这里，孙元化叹了口气，为这个“喜”字下得无可奈何而摇摇头，随后仰脸望定亭顶那墨绿的松团，继续低吟：

“喜者意云何？以我行藏似。蜿蜒不停留，奔赴孰驱使？当南更之北，欲进掣而止。首鼠两端乎？犹豫一身尔！……”

幼蘩呆呆地看着父亲。她自幼把父亲当成天底下最有才学、无所不能的人，像一座大山那样坚实可靠。看到大山软弱忧郁，她的心在颤栗。

孙元化俯脸看地，继续他的思索和吟诵：“蛇也两而一，相率无穷已。混心腹肾肠，各口颊唇齿。毕生难共趋，终朝不离咫。屈伸非自甘，左右何能以。岂不各努力？努力徒萦累！……”

他是在吟诵两头蛇？是在抒写登州城两股势力的争斗？是在影射朝廷中可怕的党争？是在表达自己内心在进退、上下、和战、剿抚等种种矛盾中的犹豫和痛苦？连他自己也难说清了……他对隐隐雾霭中迷蒙不清的海天线凝视了许久，终于吟出了最后四句：“杀一诚便一，一杀一亦死。并存终奈何？听之造物理……”

这无可奈何的故作旷达，叫幼蘩心酸。她偷偷抹去眼角的泪珠，强笑道：“爹，你真的见到两头蛇了？”

“嗯。”

“什么时候？”

“三天之前。”

“三天之前？……”幼蘩欲言又止。

“对，就是陆奇一赴死的那一天！”孙元化自己说出来了，“我知道，你们都不高兴。”

“他……还是个孩子，又没爹没娘的，难道非杀不可？……我还怕爹的灵魂负罪，受主的责怪……”

孙元化惨然一笑：“蘩儿，元旦日在府门卖女筹饷，你心里可觉着委屈？”

“不不！”幼蘩连忙摇头，“那是女儿自愿的！蘅姐姐是螟蛉，尚知大义，我是亲生女儿，焉能退缩反不如她？若是只有她没有我，人家岂不要说爹爹偏心，有意欺哄，反而要把事情弄坏……”

“难得你们姐妹俩深明大义。那日事到临头，舍此无他，我也是不得已……陆奇一，唉，并无两样，仍是不得已……”

“就不能不杀？”

“他是我收养的，乃我的私人，违了军法军律，犯了死罪，不从重惩处，何以服众？何以立威？”

“和京哭了整三天……”幼蘩声调呜咽了。

和京与陆奇一同岁，自来玩得极好。这次陆奇一刑死，他自然比任何人都悲痛。孙元化哼了一声，谁又能知道他的伤感？他极力平淡地说：“你到别处去走走，让我清静一会儿！”

幼蘩只当自己的话冒犯了父亲，当下不敢违拗，低头应了声“是”，便悄悄绕到父亲背后，走出亭去。

转下山梁，走向松林，能从侧面观看丹崖山上蓬莱阁，不料背后匆匆脚步响送上一阵冷笑和稔熟的声音：

“嘿，你好哇，小兄弟！”

幼蘩脚下一绊，骤然转身，竟是她日夜又是记挂又是钟情又是怨恨的人！她一时忘了自己是男子装扮，倒退一步，气冲冲地说：“又叫我做什么？不是不理人家的吗？……”说话间一阵心酸委屈，眼圈儿红了，声音哽咽了，赶紧背过身去抹泪。

这天真的女孩儿使小性儿的娇憨态，叫吕烈的心骤然软了一下。他竭力抵抗，把目光浸了冰，在唇边做出嘲讽，让声调生硬又刺耳：“好说！做梦也难猜！堂堂巡抚千金小姐，半夜三更在大路边扮哑巴小厮，骗人家银子！拿我当猴儿耍吗？”

“谁骗你的银子啦？”幼蘩急得赤眉白眼，“四十五两买绣品，那五十五两是你硬塞给的，我原不肯要！你，讲理不讲理？”

“咦，你骗了我的银子，我倒不讲理啦？”

“你还说骗！你还说骗！”幼蘩顿着脚嚷起来，忽又咬住嘴唇寻思片刻，正正经经、有板有眼地讲理了，“好吧，让你先说：我那三副绣品可值四十五两？”

“嗯，还值。”

“后来你硬要给足一百两，算捐给我爹救急，可是？”

“有这话。怎么，难道……”吕烈暗地一惊，似有所悟。

“登州缺饷，你不知道？我们母女姐妹加上丫头仆妇，都帮着出绣品卖钱，想凑个整数，新年送给爹爹充饷，权作年节贺礼。因怕家下婢仆出卖吃亏，我才自己上集市，又怕爹爹知道了不依，才扮成小厮……你！你也在登州吃粮当差，我们捐助的饷银，你未必没有享用，竟说出这等话来！……”幼蘩一口气说个痛快，理直气壮，不由得用眼睛去瞪吕烈。

“哎呀，小兄弟！是你……”吕烈猛地拍了拍自己的脑袋，“我……”

“谁是你的小兄弟！”幼蘩余怒未息，转身就走，又把一句旧话远远地甩给愣在那里的吕烈，“哼，总把别人想得那么坏！……”

可是，当吕烈慢慢走回原处，从古松背后看到孙元化独自一人在万松亭对着山坳里陆奇一的坟茔遥遥下拜时，当他清楚地听到孙元化喃喃地祝祷陆奇一、陈光福、张可大、管惟诚、陈良谟、姚士良、可莱亚和所有死于这次事变的弟兄父老们灵魂早入天堂时，闪上心头的，又是那恶狠狠的两个字：伪善！

“大人！”他冷不防冲口而出，能吓这位巡抚大人一跳，也能得着一番小小快意。

孙元化微微一怔：“哦，吕中军。署内有事？”

镇静如常的神态，令吕烈失望甚至愤怒，他克制不住地想要刺痛对方：“署内无事。大家都来送小兄弟陆奇一下葬了。”后一句挑衅味十足，他目不转睛地盯着孙元化。

孙元化微微点头，平静地说：“哦。”

“帅爷不去看看他的坟茔？”

“不了。不便去。”

“不便去？他可是大人你亲自收养、两年来一刻不离的小亲兵哪！”

面对咄咄逼人的目光和语气，孙元化疲倦地摇摇头，苦笑一下：“吕中军，要说什么照直说好了，不必绕弯子。”

“说就说！”吕烈拉出不顾一切的架势，把一束束刀箭正面投向孙元化，“你明明知道登州之变的远近因由，且不说吴桥知县省城官员，也不说张总镇与孔有德的积怨，就只这回城破，也至少是耿仲明暗中策划、与孔有德李九成勾结！你却放过首恶大奸不是问，拿这小孩子开刀，为他们替罪！无非是讨好那帮泼赖，换得个平安局面，才好稳坐你的巡抚大位！……”

孙元化望着吕烈，面无表情，或许嘴唇抿得更紧、眼睛微微眯起而已。这更激怒了吕烈：“陆奇一千不该万不该，不该过堂那天说什么占据登州、拥戴你当皇帝！纵然论军法，他也在可斩可不斩之列，就是这句话把他送上死路！”

孙元化脸色有些变了：“你是说我杀人灭口？”

那日审讯，问到为什么私开城门，陆奇一说：“放进咱们辽东兵，解了城里的难，这登州就归给帅爷！咱也能打鞑子，咱也能保土卫民，干什么定要听北京城里那个昏君捉弄？咱帅爷就当皇帝，准比他强!”

当时孙元化大怒，厉声斥责。

此刻吕烈心头一团恶意，化作一句尖刻的嘲讽:“心里无鬼，何惧钟馗!”

孙元化瞪着吕烈，一动不动。突然喉头鼻腔冒出“嘿嘿”几声短促的冷笑，不料一发不可收拾，化为一阵仰天大笑，倾泻而出，仿佛无穷无尽、无休无止:

“哈哈哈哈!……哈哈哈哈!……”

有谁见过孙元化如此失态，发疯了，还是又在演戏?吕烈用冷眼旁观的姿态，掩饰心中的不安。

笑声突然停止，孙元化眼睛血红，上下打量着吕烈，轻声地自言自语:“说吧，说吧，无非骂我奸诈、伪善，是小人!……又如何?”他伸手用力一点吕烈，“你，尽可以诋毁我，污蔑我!可是你能不能告诉我，我该怎么办?”他突然爆发，悲愤地仰天大叫:

“怎么办?我到底该怎么办才对?”

刹那间他的表情极其强烈，迫得五官都变了形:浓眉飞扬，眼睛忽大忽小，鼻翼剧烈翕张，面颊筋肉抽搐。他攥着双拳，挥动臂膀，浑身散射出炙人的热流，随着火一样暴烈的语言，一团团扑向吕烈:

“这上万官兵和几十万黎民百姓，身家性命都压在我的肩头，有多重?辽东人受了委屈，登州人受了伤害，难道就罢了不成?孔有德的人马控制了全城，你难道看不见?如今登州局势一发系千钧，极其危险，丝丝火星就能引爆，你难道不清楚?稳住局势、平定人心难道不是当务之急?用一两个罪人的命，换取几十万百姓的平安，不如此又当如何?啊?”

面对孙元化燃烧着悲愤的赤炭般的眼睛，面对这连珠炮一样的凶猛反诘，吕烈一时竟无言以对。

“难道我不知道陆奇一罪不至死?我收养了他，拿他当儿子一般，难道我不心疼他?他，他才十四岁啊!……”孙元化泣不成声，垂下两鬓斑白的头，胸口和肩头都因竭力抑止悲泣而在剧烈地颤抖。

吕烈惊愕异常，呆呆地看着眼前这位从未见过的痛苦而又软弱的孙元化。

“我向天主祈祷，告罪，我求天主指导我选择，谁不愿有个清白的灵魂，谁愿意背负罪恶的重担呢？……可是为了登州几十万人平安过这一关，我能有别的选择吗？……此次变乱若能平安消弭，陆奇一、陈光福便是首功！……如果能由我一死而完此愿，我绝不犹豫！”

这，吕烈相信。当初孙元化若自刎而死，如今的登州早被乱兵烧杀抢掠，糟蹋成一片废墟了！

孙元化朝吕烈点点头，仿佛此刻才认出他：“你很干净。你手上没有无辜者的血，你灵魂上没有罪恶的污秽和负担，所以你可以任意责骂他人！我呢？谁来超度我，谁来拯救我的灵魂呢？当初我雄心勃勃，一心要收复四州，恢复辽东，建功立业，不负皇上恩宠，不负此生。岂料步步艰难，每况愈下，落得个典产纾难、卖女筹饷，还不够，还要逼我杀子解危！……我究竟做错了什么，上天要这样惩罚我？我究竟在哪里冒犯了天主，定要让我来背负这般沉重的、沉重的罪孽啊！……”

他仰天长叹，老泪纵横，灰白的鬓发被风掀散，在脸面上乱飞。孙元化一下子变得苍老、孱弱，只需轻轻一击便会摔倒，甚至再也爬不起来。

吕烈如遭电击、如被雷轰，受到极大的震动，心潮激荡不已。他看到了从未看到的东西：埋藏在每一个人内心深处的巨大痛苦；他明白了从未注意的事情：每个人的行为都有他自认合理的原因，所谓情有可原……他想到孔有德、吴直、张可大、张鹿征，乃至他自己、他的父母、他的姑父姑母，他一生遇到的形形色色、男男女女，谁不在命运的重压下挣扎、颤抖、呻吟？哪一个不曾忍受从身体肌肤到心神灵魂的种种煎熬？受苦受难的人们啊！……他仿佛从山谷登上了山巅，世界变得宽广了，他的心怀也随之深沉博大了。他毅然撩袍跪倒在孙元化面前：“帅爷恕罪！”

孙元化多少有些意外，倒也阻住他无尽的悲愤伤感。他用一双大手在脸上一搓一抹，拭去泪痕，理顺乱发，只当吕烈为出言不逊而赔礼道歉。他做了个“请起”的手势，淡淡地说：“不必如此。”

吕烈一口气说下去：“求帅爷恕我不恭之罪，——吕烈当面求亲，求幼蘩小姐为妻。”

既是意外，又在意中；既是夙愿，又感念危难中的真诚。孙元化庆幸自己的眼力不差，但又不得不说道：“眼下登州危机四伏，似不宜论婚。况且求亲事还当禀告双亲，以得父母之命的媒妁之言。贤侄于危难中救援相助，这份情义我心领了。待朝廷下来抚旨，登州事毕，再作商量，可好？”

话虽如此，但一个从未用在吕烈身上的“贤侄”称呼，把两人的关系大大拉近，等于默许。吕烈感愧不已。有件事他难以启齿，但又必须说明，否则既对不起孙元化，更对不起幼蘩。他硬着头皮，涨红了脸：

“帅爷，我……”

“帅爷！帅爷！大好事！”孔有德的大嗓门儿从松林那一头“轰隆隆”响过来，转眼间已驰马奔到亭前，跳下马鞍，大步“噔噔噔”冲上亭来，一团喜气袭人：

“帅爷！哦，吕老弟也在！钦差到啦！”

“什么？”孙元化与吕烈异口同声，又惊又喜！

“真的！真的！好家伙，总算把他给盼来啦！”

“现在哪里？”孙元化急问。

“说是皇上亲口封的，叫什么视监视的官儿。一传校尉已到巡抚府门首，说是二传三传之后，钦差便要驾到，急得我赶紧来寻帅爷！”

“好！赶快回城！”孙元化很是振奋，喜色充沛，匆匆下亭。突然想起女儿，叫道：“蘩儿！蘩儿！回去了！”

幼蘩低着头从亭侧大松树后面转出来，一言不发地从拴马桩上解下缰绳。看她一脸羞怯，想必吕烈求亲的话被她听了去，正磨不开呢。

四个人三匹马，孔有德只当这小厮是帅爷的侄儿，热心地建议：“吕老弟，你与小兄弟同乘一马正好！”

此语一出，另外三个人一起红了脸。幼蘩的头更抬不起，吕烈捶了孔有德一拳，孙元化则连忙转了话题：

“钦差是几时到的？”

“听说昨天夜里就来啦，先到的府署……”孙元化心里一惊，吕烈看他一眼，神色也有些不对。孔有德却毫不知觉，自管开心地大说大笑：“这下好啦！钦差带来抚旨，咱老孔也松口气，还是出关去打鞑子，不在这儿受窝囊气！……帅爷安抚登州，大功一件！钦差准定带着朝廷封赏，要是升官去九边，还带上咱老孔去吧！……说不定钦差还解来欠饷银子哩！我得告诉弟兄们，让大伙儿都高兴高兴！……”

孙元化跨上马鞍，勉强笑了笑：“走吧！吕中军你随后快来，回署预备接旨。”

吕烈在山脚下骑了自己的马，追上孙元化他们三个。途中，他还是找到了机会，向幼蘩说出了那句最要紧的话：

“你可愿随我浪迹江湖，受苦受难？”

幼蘩一直没抬脸，看不清她是什么表情，但她清清楚楚地、用力地点了一下头。

六

“圣旨到——”

“圣旨到——”

拖得长长的呼喝，从巡抚府门一声接一声地直传进二门、大堂。随之一对对骑尉和穿着公服的小中官跨门槛而入，后面百十名带刀护卫，簇拥着钦差视监视侯继禄、原监视吴直两名要员走进巡抚府。

巡抚府门前万头攒动，人们大声议论，兴高采烈：

“这下好啦！朝廷到底儿下了招抚圣旨啦！”

“难为孙大人拼力支撑，可该给升赏升赏！”

“用你说！不光孙大人，咱们就抚官兵，不只免罪，多少也得给赏啊！”

“赏不赏的先别说，钦差八成押了饷银来的，瞧瞧这些随从人高马大的，身上都有功夫哩！”

…………

两名官员进府以后，跟随的护卫与登州府衙役、吏卒就将前后左右各门守住，并立即驱赶围观的军民人等。谁知越驱赶，聚的人越多，巡抚府四门乱哄哄一片喧嚷，竟如闹市。

孙元化跪在香案前，吴直及署内官员、文书、侍卫等人在他身后跪了黑压压一片。侯继禄则站在案边大声宣读圣旨。大堂上一派惊愕的肃静，人们几乎不相信自己的耳朵，但这位宦官变了调的女里女气的声音，毫不含糊地灌进每个人的耳内：

“……孙元化姑息养奸，举措失当，致使登州内乱频仍，军事糜烂，民情汹汹，总兵张可大殉国，游击陈良谟以下死十数人，罪不可逭！着革去登莱巡抚职，即日逮送进京候审。特简侯继禄为登州视监视，暂理登莱巡抚职事，候新任巡抚到职后回京。钦此！时崇祯五年正月初十日。”

侯继禄读罢，四周竟如死绝了一般，没有一丝声息。侯继禄得意于钦差的赫赫威势，向下看看伏地跪着的孙元化，高声喝道：“宣诏已毕，望诏谢恩哪！”

“谢主隆恩，万岁、万万岁！”孙元化木然地抬头，看一眼盖有鲜红的“敕正万民之宝”皇帝印鉴的圣旨，叩头谢恩，脸上没有血色，眼睛没有光泽。这一刻，他觉得自己的心血耗尽了，浑身的精力流干了，耳边嗡嗡乱响，仿佛头顶刚刚挨了一闷棍，一时间失却了思索能力。

随来的锦衣校尉拥上前，摘去孙元化的乌纱帽，脱去他身上的补服，持着铁链要向他颈上套。侯继禄一抬手：“慢着！”他把圣旨恭敬地供在香案之上，走近孙元化，“孙大人，咱还奉旨验看你的自刎剑伤。”

孙元化挺身跪在那里一动不动，任凭侯继禄翻开衣领，扯开帛带，好奇地左右端详，伸手摸按，好像不是一道鲜红的伤口，而是什么假造的新奇玩意儿。侍从们都深感受辱，扭开脸不忍看。孙元化却毫无表情，泥人石人般承受加在伤口上的冰冷沉重的铁链。

“爹呀！”

“老爷！”

沈氏、幼蘅、幼蘩、幼蕖、和京及家中的仆妇丫鬟被锦衣校尉们押出后堂，一见孙元化的模样，一齐惊叫哭喊，不顾阻拦，扑过去围跪在他身边。

“老爷，这，这是怎么回事呀？”沈氏惊怒悲愤交加，捶打着自己胸口，“天下还有这样不讲道理的吗？……”

“爹呀！这是为什么？……”幼蘩、幼蘅姐妹们哭得上气不接下气。

“你们不要如此，”孙元化疲倦已极，只能微微摇头，声音低弱得听不清，“不要如此……”

侯继禄目不转睛地打量着孙元化的家眷，回头向吴直轻声询问：“就是那两个女孩儿？”吴直低声答是。侯继禄点点头，拿定了主意，走近孙元化，十分客气地说：

“孙大人，久闻你才干超群，为官清正勤谨。今日栽在乱兵手中，咱也深为你可惜。此番进京或能辨明是非，也未可知。但我奉圣旨来，万事不由己，孙大人必能见谅。”

孙元化仍是木然，但点了点头。

“按理，孙大人今日就该起解赴京，家眷也应当立即递解回籍。我想事出仓促，大人家下必有未了之事须得料理，迟至明日谅无大碍。只是本视监视奉旨权理巡抚事，行辕只得借用巡抚府，孙大人一家就暂于书房小院委屈一日，如何？”

孙元化又点点头。

“孙大人，闻得你典产纾难、卖女筹饷，又自刎不从乱，在下好生敬佩。但不瞒大人你说，此去京师凶多吉少。咱有一策，或可保大人性命无虞……吴监视，劳你送孙大人一家去书房。”

吴直应了一声，随领锦衣校尉们站在孙元化一家身前身后做押送状。孙元化随众走了几步，忽又转身，问道：

“钦差大人，可带来朝廷的招抚诏书？”

侯继禄暗想此人太不识时务，不由得讥讽道：“孙大人不在其位，可以免谋其政了！”

孙元化怔了怔，记起自己对张可大说过同样的话，伤感地摇摇头，又说：“目下登州情势尚危，一着不慎，满盘皆输，钦差大人千万仔细！”说罢，转身而去。

侯继禄没有在意，只觉得可笑。随令抚标中军、队长及标兵来堂下听命。堂下顷刻间站了三百多人，静听训话。

“孙巡抚被逮问，不干抚标事。各位可愿照旧供职，听命于本钦差？”

“愿听大人差遣！”有几处声音应道。

“好！中军何在？”

“回大人，中军大人不住府中。”

“中军是谁？”侯继禄一用力，声音尖上去。

“回大人，眼下中军是游击吕烈。”

“吕烈？哈哈哈哈！好！”侯继禄咧嘴大笑，“他乃是我的故交，这话就更好说啦！”他立即差标兵去各处传令：明日卯时辕参，登州各营、各衙署必须按时辕门听点，误卯者军法论处！

侯继禄准备按自己的口味重新布置巡抚府，好好过一过钦差大臣、封疆大吏的官瘾。他不料外出做钦差这般惬意，更不料事情办来如此顺利。一面吃着精致茶点，一面向门外张望，惦记着吴直说项能否成功。

他幼年入宫，净身时还不到十二岁。因为年幼不省事，净下来的“宝”被动刀儿的老家伙吞没。他不知道以后每次升迁必得验“宝”，就是老死入葬，也得请人把“宝”缝回身上，方有脸见祖宗，不至叫阎王爷当成废人，转生投胎做母驴。为这事儿，他急得差点儿上吊，再买回“宝”来需五十两银子，他如何筹得来？是杨禄救了他，帮他把“宝”赎回，他感激万分，认杨禄做了爹，名字也由侯成器改为侯继禄。从此杨禄得宠升迁，他也步步高。因此他对杨禄不止百依百顺、毕恭毕敬，还总想着要像儿子孝敬老子，办点叫老头子开心顺气的事。

前不久，杨禄得到皇上亲赐的一座休沐别馆，就在紫禁城边金水河岸，原是魏忠贤一个住处，十分精致幽闳。杨禄感激欢喜之余，却忽忽若有所失。他向干儿子吐露真情：老头子虽有“对食”，但是宫女不准出紫禁城居住，每逢休沐期独在别馆，太冷清了。从那时起，侯继禄就留心为干爹物色夫人、如夫人。以杨禄的身份、品位、权势，女方不可出身贫贱、岁数不可大、相貌不可丑。但年轻美貌的好人家女子，谁又肯嫁太监？——便说出去也不好听！

昨夜吴直提及孙元化卖女筹饷，他就留了心——女儿既肯卖，买主还有什么好挑拣的！方才见到姐妹俩，正是在京里百挑不就的好女子！他倒不是乘人之危，他真心对孙元化有几分敬重，想以此救他一命。

他心里很明白，孙元化此番回京，十有八九是不得命的。温体仁饶不过周延儒，自然不放过孙元化，那么老头子也就绝不肯相帮孙巡抚。孙元化罪刑而死，家属入官为奴，这两个女孩儿也就糟蹋了。如若孙元化献女儿给杨禄为妻妾，杨禄必定能救下他一命，还免使他女儿沦为奴婢，侯继禄也尽了做儿子的孝道，这还不是积阴德的善事？当宦官，多是上辈子作恶落得报应，此生还不赶快行善修赎？……

好不容易，吴直从书房小院回来了，侯继禄忙问：“如何？”

吴直不愿说出孙元化大怒、一家人骂不绝口的经过，免得激怒侯继禄，但又不能不告之实情，只得哭丧着脸，摇摇头。

“啊？不知好歹！……”侯继禄正要大发脾气，门外暴喊一片，有人吼骂，有人惨叫，脚步声“轰隆”滚动，似有马队兽群闯进来。他连忙探头去看，脸上倏地变了色：十几名身着营官戎服的大汉，后面拥挤跟随着数不清的营兵，早把拦阻的前门卫兵打得抱头鼠窜，潮水般涌上大堂。

“大胆！你们……你们是什么人？”侯继禄要维持钦差的威风，又怕吃眼前亏，伸出手指呵斥，声音却不作脸地直打颤。

为首的军官像铁塔，一把揪住侯继禄的脖领子，怒喝声如同雷震：“快把帅爷还出来！”

侯继禄直翻白眼，哪里出得声来！吴直连连拱手道：“孔参将，不可鲁莽，他是钦差！……”

“哦？钦差大人？”孔有德眼珠一转，放开了手，“也是，还有话要问问呢！……咱老孔鲁莽了，钦差莫怪！”他双手略略一拱，朝后退了一步，身后的人潮也向后拥了一下，略有些小骚动，很快静下来。

侯继禄一辈子没受过这样的惊吓，孔有德那声虎吼，就如耳边炸了个霹雳，震得他头昏脑涨，几乎晕过去，一时间四肢都软了，哆嗦得几乎不能成声：“你……你就是孔、孔有德吗？……忒、忒莽撞了！……”

“也是。”孔有德想了想，对众人做个手势，人群哄然退到堂下。他再回过身来，表情谦恭了许多：“咱老孔是个从军汉，不会客套，直话直说。钦差大人来登州，可是颁发朝廷的抚诏？”

“这……”侯继禄沉吟着。他头一次当外差，没有经验。刚才他吓得一身冷汗，以为自己难得活命了。吴直一句“钦差”，使孔有德这个凶神径自手软，侯继禄不禁又胆壮了，必得拿出朝廷的威仪、钦差的气概！态度渐渐又傲慢起来：“本视监视奉皇爷钦命来至登州，原为查明真情，并与变乱各营商定就抚条款，方好禀告朝廷，求下抚旨。现下尚未查明商定，怎能讲抚？你们速速退下！……”

“那，你可带来朝廷拨发的粮饷？”

“什么粮饷？”侯继禄一愣。

“登州各营自去年九月欠饷到如今，朝廷竟不知道？”

“这……这……”侯继禄骨碌碌地转着眼珠，“本钦差为视监视官，权代巡抚职守，有监视原监视登莱兵马粮饷中官之责……”

“什么监视，视监视，绕口令吗？你干脆说吧，有没有粮饷？”孔有德听得不耐烦，火气又压不住了。

“只要乱军就抚，与本钦差谈妥条款，登州安定下来，朝廷自会将欠饷送到。”

孔有德忽然和颜悦色，甚至还微微地笑了笑，凑近去小声道：“不知咱老孔猜得对不对，与钦差大人商定就抚条款，我们得备礼吧？”

“此乃常例，又不是我兴出来的！”

“你要多少？”孔有德笑得狡黠，声音更低。

“仍是常例。登州陆师七营，水师五营，每营也不过这个数。”侯继禄伸出巴掌翻了一翻。

孔有德浓眉一挑，勉强忍住，笑着挤挤眼：“登州各营若能拿出这个数，还会闹欠饷？”

侯继禄此时一点不怕了，因为说着他此行最关心，也是孔有德最关心的关节处。他冷冷一笑：“你们打吴桥南下，一路回登州，所获颇丰，这不用我提醒儿吧？银子不够，珠宝古玩也可以替价嘛！……再说，花一万二，换得十二万饷银，还不够便宜？……”

孔有德眼睛倏地冒火，几乎发作，却硬生生地压住，喷出一串大笑，震得巡抚大堂起了回声。他转脸笑着对堂下的官兵们大声说：“弟兄们吃粮当兵，拿的饷银可是卖命钱，钦差大人要咱们每营拿孝敬例银一千两去换，便宜啊！啊？哈哈哈哈！”

这人怎么不懂规矩？侯继禄急眼了：“咱们私下商议，你怎么……”他的话已被堂下官兵愤怒不平的喧嚷淹没了。

孔有德一挥大手，喧闹戛然而止，他再回过脸对着侯继禄时，已无一丝笑容了：“朝廷知道不知道，登州兵马早已各归营伍，听从法纪军规，听从孙巡抚将令，按兵等候抚诏？”

“是有这么一说，但不知虚实，所以遣本钦差来查看。可是你今日如此……”

“孙巡抚安定登州，对大明朝廷有大功，你看清楚没有？”孔有德不容对方转移话题，强制着追问。

“这……”

“有功不赏，反倒加罪逮问，什么道理？”最后四个字，孔有德忍不住地吼出来，震得侯继禄一哆嗦，却竭力挺胸做义正词严状：

“逮问孙元化是朝廷旨意，皇爷亲口传谕，圣旨在此，谁敢大胆犯上？”

孔有德被噎得一时说不出话，脸膛憋成绛紫色。堂下李九成一个箭步蹿上来，从供桌上扯过圣旨，扬在手中，向官兵们大喊：

“朝廷无道已极，皇帝是昏君！这圣旨听它不听它？”

群情激昂，同声大呼："不听！"

随后是无数杂乱的吼叫："撕了它！""扯了它！""扔茅厕！""烧掉！"……

吴直急得拽住李九成的胳膊连连哀告："千万不可，千万不可！……"

侯继禄却发怒了："反啦！反啦！"他一手扯住孔有德，一手指定李九成，尖叫声刺得人耳膜几乎撕裂，"锦衣校尉！赶快把这两个叛贼拿下！连同孙元化一起押送进京！……啊呀！……"

最后这声惊叫，是从空中传下来的，孔有德像拎小鸡一样拿他当胸一抓一拎，高高举过头顶，那边李九成早已经"刺啦刺啦"把圣旨撕成碎条子，官兵们欢呼着拥上大堂，迅速把伺候两厢的锦衣卫校尉们制住了。

好似轰隆隆的雷鸣，孔有德大声说道："要不是看着孙帅爷，我老孔早反十回啦！你们竟拿孙帅爷开刀，真他娘的瞎了狗眼！今天你这钦差下令放出孙帅爷，咱们各走各的道儿。不然，我拿你摔成肉酱！"

四面，李九成、耿仲明和官兵们吼声如雷：

"摔呀！"

"摔扁了他！"

吴直连连向各方作揖："千万不可！千万不可！哎呀孔参将，不要加重孙大人的罪名，有话好好说……"

侯继禄惊得心胆俱裂，只会高叫"饶命！"威风和森严早扔到九霄云外了。他忽然看见匆匆踏上大堂石阶的吕烈和吕烈身后随从的武士，可盼到了救星，鼓劲大喊：

"吕指挥使！吕指挥使！快救小弟！这些叛贼又反啦！……"

他的嘶叫比众人高好几个音，在乱哄哄的大堂嘈杂声中格外清晰，众人不由得愣神了，顷刻间一静，几百道目光一齐射向刚刚走进来的吕烈。

吕烈也很吃惊，说话都结巴了："侯……你，你是钦差？"

"吕指挥使？"李九成、耿仲明等好几个人异口同声地重复一句，因为这绝不是本地方驻军的官衔职名。

吴直吓住了，脸苍白，嘴唇哆嗦。

孔有德满心狐疑，目不转睛地打量吕烈。

吕烈大怒，直跳起来，指着侯继禄：“你浑蛋！胡说！”

不知是要拉个垫背的，还是要借势唬人，侯继禄不管不顾地大喊大叫：“吕烈！你这锦衣卫指挥使可是皇爷亲赐的！着你暗中监视，此次又特命我寻你查明真情，你怎么不认账，见死不救哇？……”

“锦衣卫！”孔有德吼了一声，愤怒地甩手一扔，将侯继禄“嗵”地摔在大堂石阶之下，又指着吕烈大喝，“拿下！”

辽丁蜂拥而上，把吕烈扳倒绑了。

吴直浑身打战：“孔参将，三思而行啊！……”

“吴直，你给老子说清楚，吕烈究竟是什么人？”孔有德又一把揪住吴直的脖领子。

“他，他确是锦衣卫指挥使，受命来登州的……”

李九成笑得又阴又冷：“好一个朝廷的坐探！”

肩头还缠着帛绢的耿仲明红头涨脑，怒目而视：“怪不得抚诏总不下，欠饷总不发，有这个奸细暗通消息，把帅爷和咱们弟兄都卖了！”为肩窝挨的一枪，也为说不出口的争当孙家门婿的暗斗，耿仲明极恨吕烈，把罪过全都扣到他头上。

“奸细！”

“宰了他！”

堂上堂下腾起一片愤怒，耿仲明一把抽出了腰刀！

吕烈只静静地、冷冷地看着孔有德的眼睛，对别人全不理会。孔有德被他看得不自在了，喝道：“死到临头，你还有什么可说！”

吕烈坦然道：“我确属锦衣卫，来登州确有监视之职。但吕烈从未送过一件不利于帅爷和诸位弟兄的禀帖，这，我吕烈问心无愧！要杀要剐我也认了，只是要提个醒：帅爷原来被逮进京，尚有一线生机，如今业已被你们剪断……我吕烈一死何足惜，天下再难有第二个博学多才、勤政爱民、能造火炮抗击鞑虏的孙元化了！”他悲愤地昂着头，不再说什么。

“孔参将，他，他死了……”吴直指指阶下，掩住了脸。钦差大臣的脑袋撞在石阶上，七窍出血，已经不动了，身边是扯成碎条的绣着龙纹的圣旨。

一时，大堂上静下来，渐渐，连小声议论的嗡嗡响也消失了。

“大哥，他?”耿仲明指着吕烈小声问。

“关起来！严加看守!”孔有德皱着浓眉一挥手。

“孔兄弟，这，咋办?”李九成用眼一瞟钦差大臣的尸体和圣旨。

孔有德用力吐了一口胸中的闷气：“呸！现在，没别的路了！……”一抬头，大声下令，“把随这死鬼来的人通通给老子关起来！吕烈单独关。”

耿仲明提醒一句：“大哥，帅爷还在……”

孔有德一拍脑袋瓜，大喊：“快！快去收拾掉那些看管校尉，请帅爷出来!”

顷刻间，耿仲明率着抚标侍卫们簇拥着孙元化来到大堂，一路高喊：“帅爷救出来啦!”

大堂上欢声雷动，阵阵响应：“帅爷救出来啦！——”

欢呼的声浪从大堂滚向二门、滚向大门，一浪高过一浪，直传到巡抚府外，数万围在四周的官兵百姓欢呼声骤起，惊天动地，为孙元化，更为伸张了正气：

“帅爷救出来啦！……”

孔有德连忙迎上去：“帅爷！可把弟兄们急坏了。一听到消息，登州十二营兵马全都开来啦，非得救出帅爷不可！帅爷你听，你听听!”

欢呼吼叫拍岸大潮般冲荡着天地，飞进大堂。

“帅爷，弟兄们为救你，敢上刀山敢下火海!”孔有德呵呵地笑着，“这回可是逼上梁山啦!”

孙元化依然一领蓝衫，头上浅灰色包巾裹着发髻，目光恍惚，带着些梦游的神态，似还没有从革职逮问的打击中完全恢复过来。他茫然地看看四周，轻轻一叹：“唉，我已革职候审，不要再称帅爷……”

“帅爷，你还在梦里哪！你看！”孔有德兴冲冲地一指阶下。

孙元化目光一触到尸体，顿时一惊，立刻清醒了：“怎么，钦差死了？”

孔有德得意地：“他不禁摔，略略使了点子劲道，他就成烂茄子啦！”

“杀钦差，扯圣旨，滔天大罪！造反吗？”

“可不是反了！登州全反啦！”孔有德一脸兴奋，眸子闪闪放光，“不反救不了帅爷你呀！”

孙元化一阵晕眩，摇摇欲倒。侍卫忙扶他坐到堂案后的椅子上。孔有德下令各路兵马退回本营待命。巡抚府外顿时沸腾了一般，马蹄声脚步声和着欢歌笑语，仿佛一支支凯旋的大军。

孙元化回过神来，侍卫送上热茶，他努力镇定，但面色死白，端茶盏的手微微颤抖，荡出的水湿了衣袖，眼睛不看任何人：“弟兄们意欲何为？”

“帅爷！事到这份儿上，再没路啦！索性自立，就叫登州国！不，叫蓬莱国！”孔有德眉飞色舞，“我早说过，当日太平寨帅爷救我那工夫，我头一眼就见帅爷红光护体，紫云绕膝，天神下凡一般！那就是帝王相嘛！诸家弟兄这回就辅佐帅爷当皇帝！……”一看孙元化要变脸，连忙改口，“好，好！不当皇帝，当国主，当大元帅大将军还不成吗？再不受朱家皇帝的腌臜气！”

“帅爷！”李九成虽不似孔有德手舞足蹈，也非常兴奋焕发，黑黑的八字眉在额头跳上跳下，“咱们文臣武将，人才济济，火铳大炮无人能及，登莱富庶，海上更有贸易之利，自成一国，何必仰仗他人！”

“帅爷！”耿仲明的建议更加具体，“就依巡抚府地基起造宫殿，我们奉帅爷为国主，奉夫人为娘娘……”或许他还想到公主，想到自己驸马爷的前景，但孙元化默默摇头，表情极其沮丧抑郁，使他竟说不出后面的话了。

“弟兄们此议大谬！”孙元化沉重地叹息着说，“元化抚登，失职无能，圣上问罪，罪有应得。朝廷法度纪纲，元化焉能不遵？弟兄们此举，是加重元化的罪孽了！”他缓缓站起身，“事已至此，劝你们怕是劝不转了。若肯念同事一场，就请明日拨海船一艘，送元化北上还朝领罪。”

“帅爷！”孔有德、耿仲明、李九成等异口同声地惊叫。

“若肯听我一句，则千万不可自立，不可叛逆朝廷！如今外有强敌、内有寇乱，正值国家多难之秋，若因登州乱而致天下乱、致国亡山河破，则千古之下，我等均是十恶不赦的罪人！万劫不得翻身！……”孙元化声泪俱下。

“帅爷！”耿仲明不平地嚷起来，“朝廷从来对你不安好心，你还这么忠心耿耿！那吕烈是锦衣卫派来登州，专为暗中监视你……”

“吕烈？”孙元化疲倦地笑笑，“果然如此。这也无足轻重了。”他迈步走向后堂。

“帅爷！你要是回朝，可就没命啦！”孔有德抢上一步，拽住孙元化的袍袖，急得大叫。

孙元化挣脱孔有德的手，渐渐恢复了脸上的沉静和从容：“孔参将，还记得去春为刘兴基扫墓日的那番话吗？”孔有德一愣，一时回不过神来。孙元化一字一句重复着他的旧话：“只要一死是我职分所在，元化不辞。”说罢，径自往后堂去了。

堂上的几个人面面相觑，好半天不知所措。

“大哥，明日真的遣船送帅爷还朝？”耿仲明不安地问。

“这……”孔有德搓着粗脖颈儿直犯愁，“发船有什么难！可帅爷回京明明是送死！咱这是把恩公往虎口里塞，良心叫狗吃了？”

李九成摸着面颊，睒　眼睛：“还有个安置帅爷的地界！”他附在孔有德耳边轻声说了两句，孔有德勃然大怒：

“胡说八道！谁叫你去跟他们打交道！告诉你，再敢跟鞑子勾搭，别怪我老孔翻脸不认人！大仇还没报呢！……”

李九成等孔有德的炮仗脾气过去后，再轻声分剖：帅爷已临绝境，蝼蚁尚且贪生，为人岂不惜命？当着众人只得堂而皇之，私心难道不想寻条出路？就是登州情势，日后还不知有多少艰难险阻。狡兔还营三窟，咱们就不多留条后路？说起来，恩仇恩仇，或者人家真是王气所钟也不一定哩……

李九成尽管有一张能把死人说活的嘴，费了好半天劲才使孔有德熄火，但他依然虎着脸，不肯认可。倒是耿仲明在一边若有所思地盯着李九成，微微点了点头。

七

暗夜淹没了这间小屋，只能隐约辨出房梁和墙壁。吕烈望着漆黑的顶棚，苦苦思索着前景。

孔有德也许会念昔日情分，李九成阴鸷难测，耿仲明对自己则怀恨在心。锦衣卫、东西厂人人恨之入骨，如果变兵这一次决心造反自立的话，自己必死无疑了。

“或许拿我剖心挖胆祭旗起事哩！……”吕烈忍不住心头惊惧的悸动，浑身的筋肉都缩紧了。随后又一横心：随他去！生死有命！……但是，登州怎么办？孙巡抚会怎么样？她，幼蘩姑娘，会落个什么下场？他们一家是否领会自己这一片衷肠？对已经暴露身份的吕指挥使持什么态度？痛恨、鄙视，还是原谅？……

自己竟走上这么一条古怪的路！应该恨谁？恨自己？恨这充满奸诈欺骗的人世？还是恨那个最初把他引入歧途的女人？……他怀着莫可名状的伤感和自嘲，渐渐坠入无尽的回忆……

隔壁的门“咔啦啦”响，夹杂着一片吆喝，吕烈惊觉，直起身子，仔细倾听。

“快走！快走！过堂！”

有个嘟嘟囔囔的声音随着一片脚步走远了。

“咦，这家伙有点儿面熟！”

“嗨，元旦那天，他不是替鞑子给帅爷送过金叶子的吗？那个姓吴的臭老公不知得了他什么好处，把他给放了。这回他又来给鞑子送信！”

“喝！这家伙吃了豹子胆啦？这么铁了心给鞑子办事。一刀两断，宰了拉倒！”

“谁说不是！孔爷恼得了不得，立时要斩，叫李爷给劝住了，说留着有用，多半日后祭旗使吧！可这半夜三更的，怎么又要提去过堂呢？……”

两名看守的闲聊，叫吕烈暗暗吃惊：难道是吕梦龙？他怎么又来了登州？又替鞑子送信？看样子是落在孔有德、李九成他们手中。他们要拿他干什么用？……

淡淡红光透过窗纸，使他眼前一亮。当他意识到那是两盏红灯时，已听到近在窗下的问答了。

“谁?”侍卫喝一声。

“厨下小厮登儿、亮儿。”小厮答话很清脆，“耿中军吩咐说今夜天寒，着厨下给各守卫值夜的送酒菜暖身子。”

“多谢多谢！拿过来吧。”

“耿爷待下人真没说的，总这么体恤!”

“好酒！牛肉又香又烂！小鬼头，来一块儿喝，热闹!”

“不敢呀，偷喝酒偷嘴吃，师傅知道了要打!”

“你们西（师）傅是掌晓（勺）的，还是管红案白案?”因为大口吃喝，说话不清不楚，“你们两个……倒面熟……”

“嘻嘻，那还不面熟！厨下茶上十来个小厮，天天递茶送饭，你们守在帅爷身边，敢情认识。”

“快着些！俺们还等着收碟子收酒壶哩！……”

吃喝说笑打趣，阵阵浓烈酒香打门窗缝漫进囚室，勾起吕烈的饥饿和酒瘾。他赶忙伏身倒地，生怕肚子的咕噜响、心口的怦怦跳惊动了外面的人。这间囚室原是巡抚府后花园花匠用来放置花盆家什杂物的，十分隐秘，又派有专门侍卫日夜看守，足见拿他当重犯。这个时候出现了两个送酒菜的厨下小厮，吕烈敏锐地感到非同小可！但他们是什么路数，什么来意，一时还摸不清。孔有德想来是要以他为人质与朝廷讲价钱，那么这是耿仲明瞒过孔有德派人来暗杀他泄愤，还是他游击营的老部下冒险来救他？他心里非常紧张，浑身每一根经络都绷得很紧，屏息静听。

说笑停了，竟响起阵阵鼾声。

两团红光倏地熄灭。

门上的锁“咔嗒”一下轻响，吕烈迅速地一个滚地翻身，缩在门后墙边。门轻轻开了，黑黝黝地闪进一个瘦小的人影，手中却有件在暗夜闪着寒光的器物。

“谁！”吕烈轻声喝问，他手脚都被捆住，惟一可以抵抗一下的只有头，他已侧过脑袋蓄势，准备拼命一搏了。

“嘘！”来人示意他不要作声，随后他便感到冰凉的手指在他手腕脚脖子处摸索，小心地用尖刀割断了绳索，拉住他的手，急促地耳语道：“随我来！”

刹那间，吕烈鼻中扑进淡淡的脂粉香，来人竟是女子！他心中一阵混乱、迷惘，身不由己地随她出了囚室。这位看不清面貌装束的救命者非常细心、非常迅速地消灭了一切痕迹，重新关门上锁，把钥匙掖回守门侍卫的腰间，招呼一声“快走！”吕烈就被两只孩子一样的小手一拉一推，快步闪进了树丛浓密、曲径通幽的后花园。不知过了几道廊子、几个月洞门，面前陡然出现了一座掩映在青竹丛中的精致小楼，黑黝黝静悄悄，仿佛在沉睡……

绣楼！吕烈蓦地认出这对侍卫和男仆而言是府中禁地的建筑，不禁惊喜交集，一颗心几乎从腔子里蹦出来！救他的莫非是他的意中人幼蘩小姐？真不料这么文静单纯的少女还有这份胆量！

有人开门，把吕烈一行人让进去。灯光一闪，吕烈发现自己身处一间小小花厅，四窗帷帘低垂，一点光也透不出去，身后那两个小厮僮儿——不，就是名叫黄芩、紫菀的使女，正在脱去肥大的皂衫、解掉发髻上的包巾，跟开门的丫鬟小声讲着什么，神色依然紧张。那么，进囚室救自己的是谁呢？是她，穿了一身黑色短袄长裤的女子，正背对自己指着楼上，向另一个小丫头轻声吩咐着。

她不是幼蘩。是谁？背影也有些眼熟。

她！……难道是她！

她转过身，跟他面对面了！吕烈无法避开、无法后退、无法调头不顾而去，只得眼睁睁地看她慢慢地一步步走到自己面前。这是她，她的面貌，她的身姿，她的那埋葬了无数男人的情义和财物的樱唇；但这又不是她，从来没有过的端庄、娴静、虔诚，眉目间竟有几分仁慈！

“是你，灼灼！”吕烈声音嘶哑，心里乱哄哄的，窝着无法理出头绪的团团乱丝。

“是我，徐爷。哦，不，吕游击。我终于赎了罪！”幼蘅说着，对吕烈跪了下去。

赎罪？

吕烈能够原谅在这个世上他最恨的女人吗？

当年，十七岁的他，为了践齿之约，为了得到他铭刻于心的这朵灼灼芙蕖，下了多大力、吃了多少苦啊！一切都归到一个钱字，而要得钱则非做官不可。向舅父伸手，不是吕烈的秉性。但舅舅的声望和关系，尤其是舅舅“一党”的朝官子弟们，本来就是茶来酒往的好友，这时更成了他钻营的本钱。

一个人竭尽全力的时候，能耐大得惊人，何况吕烈是有靠山有才干有运气的官宦子弟，更有许多人奉承。在六部、司、寺、院、监庞大复杂的各色衙门中来往自如、如鱼得水，不上三年，他耗费了无数心血，赢得了武进士出身、万贯钱财及锦绣前程。这一切他都不放在眼里，他的目的只有一个：迎娶灼灼！只有一件他内愧，不敢告诉舅父母和亲友，因为他办的是为士林所不齿的事：他暗中接受了锦衣卫缉防侦察京官的任命，升到锦衣卫总旗，从中获取了一大笔钱。

他就是带着这种喜愧交集的心情南下金陵赎娶灼灼的。不仅预备了三千两赎身银，还带去了婚礼所需的一切。他要在金陵大办婚事，来他个惊世骇俗，让他和灼灼这一段始终不渝的情事成为佳话，在六朝金粉之地永世流传。

一位朋友，不知出于好心还是有意揶揄，说：“你何不装作贫贱，来一个秋胡戏妻，以博诸友一笑？”

吕烈知道这朋友是不相信送旧迎新的青楼女子有真情，他偏要亲身一试，向众人证明他的灼灼出污泥而不染，以塞众人之口，挣足自己的面子。

他果真扮作乞丐，破衣烂衫蓬头垢面，趿着两片鞋，拖着打狗棍，挎起装着饭碗的破筐，蹒跚着脚步，从贡院街，过桃叶渡，走乌衣巷，来到钞库街这一带芬芳罗绮、嘹亮笙歌、足使裙屐少年迷魂荡志的香窠。那时他还十分得意自己演戏的本事，满心里想着过一会儿对灼灼说破真情后如何向她赔罪，她将如何娇嗔、娇怒乃至娇泪纷纷……

悄悄走进久违的曲廊房舍，走到那间用木架支在秦淮河上的小小河厅，他惊住了：他的灼灼，他的发誓不重操旧业、发誓等他归来的意中人，正坐在一个胖大富商怀中，娇笑着持杯劝酒！他喉咙里火辣辣的，竟不得出声。倒是灼灼一眼看见，全不相识，大叫鸨母，肆口骂道：

“妈妈儿，干什么去了？眼瞎啦？怎么放这腌臜花子进来败兴？快打出去！不然放狗咬断他的腿！”

鸨母颠颠地跑来，赔着笑听骂，转过脸来便是一副凶相，顺手抄起木杖，边撵边骂：“滚出去！臭花子、赖乞儿！……”

吕烈突然从惊愕中醒悟，立刻哀告：“姐姐莫骂，妈妈莫打，我是徐大少，姐姐不认识了？”

桃叶院母女俩对视一眼，又一起细细审看这个叫花子。女儿放下脸，反身向胖商人耳语，胖商人知趣地起身，故作风雅，背手去看屋外的秦淮水。鸨母惊问：“怎么落到这地步？”

“备了赎金聘礼来迎姐姐的，不想中途遇盗……”

灼灼骤然面对旧情人：“今日来此，尚欲何为？”

“来践三年之约啊！姐姐不记得……”

灼灼一声冷笑：“我身在金玉锦绣中，尚且三天两头地病，还能做乞儿妻？一刻都不得活！去吧，不要妄想了。”

沦为乞丐的旧情人哀哀哭泣：“我也知道婚姻无望，只是小生贫病交加，不久将填沟壑，求姐姐怜念昔日情分，赐一点棺材钱吧！”

灼灼双眉一扬：“谁见过青楼勾栏化作施财局？笑话！”

“那……”旧情人羞惭万分，“小生已两天没吃饭了，腹鸣如鼓，求姐姐……赏给一餐，能当饱鬼，死也瞑目。”

灼灼背脸不理。鸨母反有些可怜他，往他破碗里倒了些残羹剩饭，折了两根笤帚秆给他当筷子。吕烈此时心冷如冰，做戏更加逼真，边吃剩饭边哭泣边哀告：“婚约既已毁却，求姐姐把小生那枚牙齿交还……”

灼灼突然嫣然一笑：“好吧，拿我那皮箧来，让他开开眼！”

鸨母从内室捧出一个二尺见方的大皮箧子，对着吕烈的脸蓦然打开：箧中漳绒铺垫的软板上，一排排，一行行，白若列贝、灿若群星，竟都是人的牙齿！仿佛卖假药的招牌。一颗牙，一颗无知男儿的心！这一百多颗灿灿贝齿，是多少痴情少年沉沦的标志！

吕烈大怒，“啪”地狠狠摔掉饭碗，碎片和着残饭汤汁飞溅，转身大步飞走。出门之际，还听得灼灼在河厅内哈哈大笑，高声唱道：“花郎好气性啊！——”

门边站着几位看热闹的姑娘，他一眼认出了翠翠，他少年金陵行的第一个梦，如今已是千娇百媚的名花了。他不由自主地凑上去，刹那间忘记了自己的花郎装扮，满心悔恨地叫了一声“翠翠！”跟着，深深地一揖到地。他心中闪过的强烈念头是，要把自己准备的一切奉献给翠翠，大吹大擂，让灼灼悔死羞死！

“你要干什么？”翠翠惊叫着倒退了好几步，摆出一副上等姑娘盛气凌人的骄横姿态，尖声骂道，“真是一团臭油，碰上谁粘谁，甩都甩不脱！”

吕烈胸膛里“腾”地烈焰熊熊，面孔、眼珠、脖颈子乃至全身都燃着了一般炽热滚烫。他大踏步地跑出这该死的桃叶院，翠翠的娇声笑语还是追出来，在他耳边缭绕：

“亏得当年没让他沾身，真是白眉神爷爷保佑哟！……”

第二天，他穿了最鲜华的服装，雇了许多随从，把携来金陵的一切婚礼洞房用品全都扛抬到桃叶院门首，一件件摆出来，行列好长。其中只那张紫檀木床、沉檀木妆台，穷极雕镂，价值何止千金！更有有品位的新娘才得以穿戴的抹金银凤冠、绣缠枝花霞帔、云霞练鹊花纹褙子、镀金钑花银坠子等令人眼花缭乱的服饰，以及罗帐锦被貂褥箱笼等精致用品，至于绣裳珠履，更不计其数。他高声说着、笑着，对层层围观的人们数落着灼灼的无情无义，随后将所有物品堆放一处，纵火焚烧，登时烈焰冲天而起，“毕毕剥剥”珍珠迸响，“嘶嘶沙沙”锦绣成灰，檀木燃出的香气，浓烈郁馥，笼罩了整个钞库街、乌衣巷，直飘到贡院、桃叶渡、文德桥。

看着大火，他感到有生以来从未体验的痛快！像蜕了一层皮的蛇、挣出外壳的蝉，撇掉了少年的梦。他的真情和爱心都被这场大火烧成灰烬。从此，他不再相信女人，不相信任何人；从此，他玩世不恭、游戏人生，对一切都冷漠都嘲笑，直到去年天妃宫庙会，他见到一双纯净无瑕的眼睛为止……

恶妇竟与仙女同在，过去总是跟现在纠缠，搅得他不得安宁。今天，摧毁他人生信念的第一个凶手，又成了他的救命恩人，还口口声声自称赎罪！这笔账怎么算？

吕烈一言不发地看着灼灼跪下又站起，不做任何表示，只把牙齿咬得“咯咯”响。灼灼——幼蘅却已泪流满面了，呜咽着，虔诚地合掌向天：“感谢主、赞美主，终于给我这个赎罪的机会，我纵然死在今日，灵魂总可以得救了！……”她正眼望着吕烈，欣慰地含泪而笑，喃喃地说，“你恨我，理该的！死过一回的人，好歹总算大梦方醒。”

“死过一回?”吕烈仍是他惯常的嘲弄神情，语气之中却真有几分惊异。

“是。你火烧檀床那日，我曾自缢寻死。下地狱的半路上被招回，没有死得成，为的就是赎罪呀！……”

是的，她现在认定那次自杀未死是上帝的意思。那场大火是现世报，是一个徐大少的报复，还有那百数颗牙齿的主人呢？还有来生来世呢？这恐惧这羞辱震撼了她、摧毁了她，逼她选择了自我惩罚的赎罪的路，逼她终于找到天主、找到圣女玛德莱娜，她的罪恶灵魂得救了！今天天主终于赐给她赎罪的快乐，她怎能不热泪盈眶啊！她真想把一切原原本本说给吕烈听，但眼前事态紧迫，哪里容她细说。楼梯在响，妹子幼蘩下来了，她连忙笑道：

“过去的事儿，也难事事说明，你早晚会知道。若肯念我今日的赎罪真心，宽恕我原谅我，我到死不忘你的大德大恩；若是不肯，也不怪你，是我罪有应得！……眼下我们姐妹有更要紧的事求你……”

“你们姐妹？……”

“是。去年秋天，老爷收我为螟蛉，幼蘩小姐便是我义妹。若不是这场变乱，或许你已是我妹夫了……蘩妹，吕中军请到了，有什么话，你就快说吧！”她上前拉着呆立在楼梯栏杆边的幼蘩。

“你们……从前认识？”幼蘩迟疑地问。

“回头我全告诉你，毫不相干的，你快去说吧！”幼蘅推了妹子一下，扭过身去，抹了一把突然迸出的泪。

幼蘩低着头，似乎在发抖，整个人向内收缩，使她更像一个瘦弱的、孤立无援的小女孩。恐惧、羞怯，还是耻辱？她眼眶里噙满了泪水，终于掠了掠鬓发，紧紧抿住嘴唇，抬起头脸，带着一种少见的庄严和神圣，仿佛去殉难，一步步走到吕烈面前，直挺挺的，“扑通”一声跪倒了！

吕烈大惊，一时手足无措：“小姐，这……实在不敢当！快、快请起！……”他的心绪还在方才的震动余波中摇撼萦回，不料又来了这更强的冲荡，他几乎不辨身在何处，眼前一片昏眩。幼蘩温婉而冷静的声音，有如一块千钧重石，把他心头翻滚的狂潮热浪有力地镇压下去：

“吕将军，我爹爹执意回京，定是凶多吉少。吕将军始终未离他身边，应是知道他冤枉！……闻得将军是锦衣卫指挥使，纵然厂、卫尽是恶人，但将军必能伸张正义，为我爹爹洗清耻辱，向朝廷奏明真相！所以我们姐妹不避嫌疑，冒死救出将军……”

幼蘩苍白的面容泛出衰弱和病态，眼圈乌青的大眼睛却闪烁着勇敢和神圣的火热光芒。这强烈的对比造成一种惊心动魄的美，怜爱之情潮水般淹没了吕烈。他想用自己的宽阔胸怀保护这纤弱的躯体，他想拿她当作仙女供养在自己心窝，哪怕轻轻握住她那垂在镶边袄袖外的冰凉的小手，用自己男子汉的火热去温暖它……然而他什么都不能做，为了克制强烈的愿望，他竟从头到脚不由自主地起了一阵颤栗。

“小姐！……”他嗫嚅着，断断续续，有时竟只是张着嘴发不出声音，“请小姐……放心，令尊确属冤枉。在下职分所在，理当回朝为他申辩！……在下今日便动身！”

幼蘩再拜："多谢将军拔救，我全家感激不尽！……只是登州已属辽丁，将军难以脱身，必须改装。管家说明晨有商船往天津，将军便随此船，可好？"

当吕烈改扮成厨下烧火小厮，穿一身胖袄，脚下牛鼻鞋，头上大毡帽，脸上抹许多煤灰，面目全非地来向幼蘩、幼蘅道别时，紧急中，没人顾得笑他这身行头。幼蘅对他拜了三拜，说："盼你早日赶到京师。"

吕烈一时心软，叹口气道："往事如烟，消散了罢！……帅爷阖府，还需尽心照顾！"

幼蘅点头，静静走开，留下吕烈与幼蘩单独相对。二人半晌默默无言，只是相互凝视着，仿佛第一次见面在互相审视，又似多年相知在互用目光惜别。

终于，吕烈道："昨日田横山下你应了我那句话，还作数吗？"

幼蘩脸上微微一红，反问："你的话作数吗？"

吕烈庄容道："有如天日！"

幼蘩又一次用力点一下头，望望吕烈，又看看天，异常庄严地说："天主做证！"

吕烈心头一热，终于大胆地猛然捏住了幼蘩的小手："幼蘩，我……"

幼蘩脸涨得通红，急急抽出手，口吃吃地："不，不行，不可以！天主会怪罪的！……你快走吧！"她像受惊的小鹿，赶紧跑开了。

吕烈又感动又觉得好笑，心里一片柔情，目送幼蘩的身影消失在帷帘后面，他才定了定神，把毡帽拉得低低的，盖住眉际，转身离开。刹那间，机敏、冷峻又回到他身上，眉间嘴角出现了深刻的皱纹。

吕烈心急如焚，恨不能生出双翅，立刻飞到京师，事实上却不得不忍受十数日海船颠簸、数日陆路奔驰。他无心拜神，无心赏景看花，却又不得不来到沙门岛的海神庙，捺下性子，装出拜神赏景的模样。

但凡登州的船出海，必须一登丹崖山拜海神，二上砣矶岛拜风神，才能放心打鱼和远航。吕烈乘的这艘货船，因为出海匆忙，没来得及上丹崖山烧这炷香，作为补赎，非得到沙门岛亦即庙岛停靠，拜海神求平安不可。

吕烈是被当作烧火夫送上船的，在离开登州辖属地界之前，他还得维持这个身份，免被孔有德的守岛官兵发现。此刻，他紧了紧旧胖袄的束腰布带，把毡帽拉下来，埋头走上高高的琉璃砖砌就的三门洞海神庙山门。

海神庙落基在凤凰山东坡，坐北向南，庄严肃穆，前后傍山，左右邻海，果然气势不凡。时值初春，各岛来烧香的香客船上人并未受登州兵变的影响，仍是络绎不绝。置身人群中，吕烈更觉得安全。

进山门，过钟鼓楼，穿前殿，来到宽阔的前院。风过处，清香扑面而来，浓时沁人心脾，淡时似有若无，引得吕烈驻足观看：

院内绿影森森，碑碣铜鼎都掩映在青松翠柏古桧之间；几处石砌花坛，一丛丛芍药花芽争先恐后蹿出土来，像一簇簇鲜红的箭；矮矮的丁香尚未绽叶，枝头悬挂着一串串去年的籽粒。香自何来？原来那边有一株玉兰。

树身不过一人高，细细的树干不过如两岁孩子的胳膊，从上到下竟开了二十余朵洁白如玉的花，朵朵都有茶盏大。开得那么盛，那么重，细小的树竟能承载得起！风吹树动花摇，像要折断似的令人担心……然而这小小的一株树、满身花，却把芳香送到了整个大院子的每个小角落。

吕烈面对玉兰，如对幼蘩。这就是她！纯洁、秀美、白玉无瑕，以柔弱的女孩儿之身，承担着城破家毁父狱的一连串灾难的重负，还要承担人间一切不幸和伤痛疾病的重负……谁求你了？又有谁在乎你呢，小傻瓜？你自己的苦还不够受吗？……你总是那么认真地拧着眉头，固执地干着那些与你并不相干的善事，像这玉兰花一样奉献着芬芳。你当人世间就缺少你这个救苦救难的仙女吗？……

一声笑语吹进他耳朵："恁个粗汉，竟也看花！"

吕烈一激灵，骤然醒悟：自己这一身粗蠢打扮，呆呆看花，太不合常情，也真亵渎了这娇小美丽、亭亭玉立的白玉兰！

忽然一个念头钻出来：他吕烈有没有亵渎幼蘩小姐？他能不能配上她？

吕烈一时心跳如鼓。想想自己踏上仕途以来，多少恶行，多少劣迹！入锦衣卫之后，为了弄到更多的钱，又干过多少违心的事、昧心的事！……试看抚标的侍卫们，昨天还是自己的部下，毕恭毕敬，很是爱戴；一旦知道这个代理中军是锦衣卫派遣来的指挥使，立刻变了面孔，一个个恶言相向，捆绑毫不留情，推搡撞击，手脚很重，大有泄愤的意思。实在是锦衣卫、东西厂作恶多端，太招人恨了！

以她纯良的心地，怎能不厌恶他的过去？她应许他，或是为了救父，或是对他所知不深。但她早晚会知道他过去的一切，会认为他古怪丑陋、心地恶毒而最终不肯要他，那他怎么办？那他还有什么希望？……瞻前顾后，吕烈不寒而栗，只觉得自己是个陷入泥潭的可怜人，她是惟一能够拉他出来的救星。如果她松开手，弃他而去，他只好沉入那无边的黑暗，在恶臭中窒息了！

他绝不能失去她！从不信神的吕烈，猛一转身，匆匆进入大殿，“扑通”一声跪倒在祈祷的人群中。抬头望一眼，香烟缭绕着的海神娘娘，面如满月，唇若珊瑚，慈祥的微笑，修长的双眉，跟她真有几分相像啊！……吕烈双手合十，闭目内视，低低垂头胸前，默默地忏悔：为此生的一切恶言恶行忏悔，愿受命运的惩罚以赎罪，只要不失去她，他甘愿承受一切！他默默祈祷：求神保佑他和幼蘩婚事如意、白头偕老；求神保佑帅爷冤情上达天庭，不求复职升官，但愿终老林泉；求神保佑他的亲生父母老健安康，不要虚假的过继，他要真正归宗……

“求海神娘娘保佑，保佑我妻儿安然无恙，一家团聚，共享天伦……”

吕烈灵敏的耳朵骤然把这极稔熟的声音，从乱哄哄的香客们的祷告中分离出来，不觉吃了一惊。睁眼从毡帽下向那边打量，没错，就是他，姑父吕梦龙！一身华贵的富商装束，双手高举点燃的香束，在虔诚地拜祷。

吕烈立刻想起那天夜里看守的对话。他果真是金国的奸细？怎么会出现在这里？吕烈不能暴露自己，又不肯放过吕梦龙，便慢慢移动位置，向他靠近。

一个卫兵匆匆进殿，在吕梦龙肩头拍了一下。吕烈吓了一跳，赶忙把头埋得更低。因为他认出那是李九成的贴身亲兵！

眼见吕梦龙随那亲兵出殿去了，吕烈也起身，隐身在来往香客游人中远远跟着，直跟到海神庙外院的大戏楼下。那里站着一簇人马，为首的果然是李九成那宝贝儿子李应元！吕烈一缩身子，躲在墙角装作晒太阳，竖着耳朵听那边的动静。好一阵客套废话，要紧的关节在最后几句，李应元说道：

"我们的船就在下面，这就扯帆回登州。一应大事拜托彭先生，东西也已放在先生船舱，先生一路平安，千万仔细！"

说话间，李应元递给吕梦龙一个小皮箧子。吕梦龙连连回道："放心、放心！"可接那箧子时手直哆嗦，差点儿摔在地上。看这样子，李九成父子也在避人耳目，所以约到远离登州的沙门岛上交接。他们要避谁？只能是帅爷和孔有德了。吕烈心里明白了八九。

李应元一行人走了。吕梦龙呆呆地站了片刻，摇头叹气，把皮箧揣进怀里，慢慢走出后院，无心再去烧香，下山往泊船码头走去。

山路平缓，时有游人悠闲来往。吕梦龙嘴里小声自语："庙岛，沙门岛，历代流放罪人之所，可不是什么好地方！……"走到拐弯处，忽觉背后有人贴过来，一把明晃晃的尖刀在他眼前一亮，耳边响起威严的低喝：

"别出声！不然一刀结果了你！跟我走！"

吕梦龙吓破了胆，腿肚子直哆嗦，哪敢反抗，乖乖地随那人离开山路，走进山坡人踪稀少的杂树林中。

吕烈不由分说，探手撩开吕梦龙襟怀，一把将皮箧子掏了出来。吕梦龙大惊，连忙跪地哀求，不住叩头："爷爷饶命！大老爷饶命！"

吕烈恶狠狠地说："看看我是谁！"

吕梦龙抬头，"咦"了一声，哭丧脸刹那间有了转机，就要站起来，吕烈一脚踏上去，把他扶地的手牢牢踩在脚下，冷笑道："上一次你说不知情，饶你不死。这回又替金鞑送信，还替李九成牵线勾搭，你这鞑子奸细，还想跑？"

吕梦龙原本还在挣扎，听吕烈这么一说，顿时瘫倒，伏地大哭。

"不许哭！"吕烈暴喝，吕梦龙吓得一哆嗦，不敢出声，只拿袖子捂着嘴脸抽泣。

吕烈打开皮箧，果然如他所料，里面是李九成写给金国汗的信和礼单。看信中口气，倒像是头一封。除了说明孙元化无降意之外，在道了许多倾慕的客套后，竟有"借兵贵国，联手共伐无道明朝"的话！吕烈大怒，黑眉倒竖，反手一抖，亮出藏在袖中的匕首，顿时杀气腾腾：

"吕梦龙！你通敌卖国，十恶不赦，死有余辜！"

吕梦龙忽然不哭不抖，似乎横了心，猛一挣扎，跪直了身子，满脸灰败，全无人色，双肩双手下垂，仰脸伸脖，闭眼等候迎受吕烈这一刀。

吕烈一怔，反倒下不了手。老实说，他这一辈子还没杀过手无寸铁的人。即使在锦衣卫，他也不肯参与拷打犯人，虽被同僚讥为古怪而绝不改，因为他觉得那有失身份，是下三滥行为。犹豫间，吕梦龙说话了：

"我读书明理之人，岂不知通敌内奸罪不容诛？只管动手，我无怨恨，你也公私两便……"

"怎么？你说我公报私仇？"吕烈眼睛里冒火，手上的匕首更扎不下去，"饶过你一次没有？"

"我该死！……我实在没有别的路哇！……"吕梦龙仍然仰脸伸脖，两行泪水汩汩而下。

吕烈持刀的手垂下来："你说！"

"我，我是上了贼船下不来呀！……千不该万不该，我不该去年出海贩货带着儿子！……"吕梦龙这才呜呜咽咽地说起他的遭遇：

去年夏天出海之际，他实在舍不得，便将心爱的七岁儿子带在身边。在旅顺认识了大参客程秀才，一见如故，过从甚密，帮他做成了好几笔大买卖，谁知道他是金鞑的官员哩！替程秀才捎信到登州时，吕梦龙确实不知内情。最为不幸的是，离旅顺来登州时正值寒冬，程秀才劝他把孩子留下，孩子也惧怕风浪，不肯长途乘船。吕梦龙只当程秀才一片好意就听从了。元旦日登州城破，他趁乱上了那艘张鹿征护送祖母的船，中途转道回到旅顺，程秀才和孩子都没了踪影，但有人命他立即再往登州送信，此番若无回执，就杀他的儿子！

“我，我难道眼睁睁看着亲生骨肉去死？……”吕梦龙说罢，放声痛哭。

吕烈望着此人，心绪缭乱、复杂，痛恨、厌恶、怜悯、鄙视，一股脑儿涌上来，好一阵翻腾。良久，他冷笑一声，说：“你钱塘家中还有一子一女吧？就不怕他们受你株连？”

吕梦龙脸色“刷”地惨白，眼皮面颊全耷拉下来，顿时显得十分苍老、软弱，可怜巴巴地喘着气：“我，唉，我也是火烧眉毛，只顾眼前，先救下儿子性命要紧……”

沉默了好一阵，吕烈终于叹了口气：“既如此，我就再饶你一回！”

吕梦龙眨着眼睛，几乎不相信自己的耳朵，跟着就叩下头去。

“慢着！你得起誓，从此回归钱塘，隐姓埋名，另谋生路，永不出海！”

“是，是是！”吕梦龙连连应声，复又迟疑道，“那……那我的孩儿……岂不……”

吕烈掏出皮箧中的信揣进怀中，把皮箧和礼单交还吕梦龙：“你另造一封信做回执，依着来信原话和李九成的口气，就说孙帅爷不肯降，如今辽东军主登州事，因昔日家破人亡之惨，无不恨金国入骨，惟有阵上交手一决雌雄，更无他途！……礼单所列珠宝玉器，正可用来赎你的儿子！金鞑夷狄小邦，无不见钱眼开，这一大笔礼品，足可买动他们的王爷！弄得好，你再落下三五件，也够吃一辈子了！”

吕梦龙如听圣旨，不住叩头称是。看着自己从小的“仇人”这般低首下心，一片恭敬，吕烈心中非常快意，觉得仇也报了，往事也勾销了。但临了他还是加了一句，不无威胁：

“你要快去快办，尽早领儿子回钱塘！如若另起歹意，中途变卦，哼，别忘了你家中还有一儿一女！”

吕烈立在高坡，一直望着吕梦龙匆匆上船，望着那船扯帆离岸起航，慢慢消逝在海天之间。他忽然想到，今日这一番作为，大异往昔自己的性情。若在以前，纵然不杀吕梦龙，也要把他送进大牢，岂肯轻轻放过？是忏悔之功，还是心肠变软了？……若幼蘩得知，想必会给自己一个赞许的温存笑容吧！

忽见自己搭乘的船上慢慢升起风帆，他摸了摸怀中的信件和匕首，大步下山，奔向码头。

八

十天后，拒绝一切劝解挽留、执意就逮还朝的孙元化，就要上路了。

青衣小帽，外罩一件带风帽的宽大深蓝色风衣，身后跟着他十四岁的小儿子和京，还有年近六十须发已白的世仆郝大，既无巡抚的官派，也没有下狱赴死的凄楚，倒像一位出门远游的文士。他脸上一片宁静从容，这些天心灵的折磨和煎熬，已重重刻写并隐埋在他眼角额头的深深皱纹里了。

对大门外矗立的、体现登州第一官威仪的巨大影壁看了一眼，轻声叹口气，迈步下石阶，他要到小海去乘坐为他备好的海船。这一路三里多，必须步行，因为从十天前起，他已把自己当作革职就逮的犯官了。

一出西辕门，他猛吃一惊，停住脚，几乎不相信自己的眼睛！和京“哎哟”惊叫出声，郝大用力擦拭自己的老眼。自西辕门外开始，两排筵席，一桌连着一桌，无穷无尽，直摆向最北的镇海门！席上香炉焚香，袅袅香烟随着微微南风向北飘散。成千上万的官兵百姓拥在筵桌边，见孙元化步出辕门，“轰”地跪倒，罗拜痛哭。烟味、酒味、菜果味，哭声、喊声、叩头声，纠结一起，萦回缠绕，催人泪下……

孔有德、耿仲明、李九成等人跪在西辕门外第一坛祭桌边，向孙元化频频叩首，一边拜一边哭一边献酒。孔有德呜咽着："帅爷一定不肯留，一定要回京送死，弟兄们不敢违命。今日送行，只当作生祭，日后想要往帅爷坟上祭酒，怕是不能够了……"他说不下去，连忙低头弯腰，把酒爵高高举起，奉给孙元化，声音越加梗塞不畅，"请长辈……领受我孔有德……子婿孝敬情分……"

孙元化合眼，忍住突然涌上的心酸，再睁眼时，依然平静从容。看到孔有德为他设的生祭竟是太牢—— 一牛一羊一猪，是京师以外地方祭祀的最高规格，不禁苦笑了："以太牢祭我，实不敢当，是僭越了。"

"帅爷！惟有你配！"耿仲明眼睛红红的，激愤地嚷着，高举酒爵，"是弟兄们一片心意！"

孙元化接过孔有德献上的酒爵，一饮而尽，随后孔有德、耿仲明、李九成诸人便陪着他继续北行。一张张祭桌，是登州诸营设的，筵席之盛，见所未见。官兵们痛哭罗拜道旁，不住地嚷着、叫喊着：

"帅爷，不要走！"

"帅爷，留下吧！"

孙元化对官兵们微微笑着，微微点头，间或停步，接过拦道哭拜的士兵献酒，略抿一口，向天地洒去。他心里愈感动，就愈加坚定，甚至有一点自豪：正是他坚持回朝领罪，才使他在官兵心目中格外忠义英雄！原有的那点辛酸的泪，此刻都随晶亮亮的清酒洒出去消散一空，他心里一片宁谧的悲壮……

登州营官兵之后，竟是数不清的百姓们的祭桌！这使他诧异。人心多数同情弱者、替受冤者不平，或许，百姓们是在可怜他的处境？

百姓们的祭桌自然没有官兵奢侈，但无论酒桌、菜桌、果桌、茶桌、面点桌，都摆设得颜色鲜艳，十分好看，还罩着许多剪得非常精美的纸花。居民们捧着点燃的香束在路侧跪送，乡绅耆老更是拦路痛哭献酒。

孙元化缓缓摇着双手，说道："我孙元化到任不过一年半，有何恩德于诸位父老兄弟？怎敢当此礼遇？"

"老大人公而忘私，磊落光明！……"

“老大人廉洁公正，百姓受惠多矣！……”

“老大人宁可卖女筹饷，也不加赋百姓，是天下第一等善人，登州百姓谁不钦敬！……”

“老大人是治世能臣，卓异超群，可叹生不逢时……”说话的老头儿语声呜咽，再次敬上酒卮。

孙元化感慨道：“哪怕有一点好处，百姓们也记在心里，为官者岂不惭愧！”他接过酒卮，对四周百姓拱手示意，一饮而尽。周围哭声大作。

“巡抚大人！……”随着这又尖锐又颤抖的叫喊，一对白发老夫妇互相搀扶着挤出人群，向孙元化敬酒。蓦然见到缺了半耳的胡老头儿，孙元化顿时百感交缠，愣在那里。

“巡抚大人，我们这一对无儿无女的老蠢物，永世不忘你的恩德！你若去了，一定在家供你的长生牌，年年岁时祭祀不断！……”白发夫妇俩高举酒杯，说着就要跪下，孙元化赶忙止住。

原来，正月初二城破时，辽东兵抢劫了所有平日与辽丁辽属作对的商号、货栈和住家。胡老头儿本有巨富之名，平日又极刻薄，与辽丁多次结怨。元旦巡抚亲自出面筹饷，他又出言不逊，这就足以使他成为首先打抢的目标。当日冲进胡家的是李应元部，没料到眼前竟那般寒酸：一切用具器物都破旧古老，家中婢仆与主人相似，衣衫破烂，面有菜色，弄得李应元以为找错了人家。是一个蓬头垢面、脖子上生瘰的小丫头向他们悄悄地朝卧室努嘴，他们才再次冲进那间破寒窑般的陋室。粗布被褥葛布帐，老两口躺在床上，不管辽丁们如何嘲笑、呵斥，竟不肯起身，一拉扯那老太婆就尖声喊叫。李应元看出破绽，命人强行抬开老两口，掀开被褥，下面竟不是床，是大半截埋在土里的大长木箱，木箱砸开，众人眼都直了，全是白花花的百两大银元宝，竟有三百多个！李应元一声令下：“搬！”顷刻间搬个精光，把常年日夜睡在箱上守护这笔财富的胡老夫妇气得哭叫吼骂，要与李应元拼命，李应元真的拔刀要砍，他们又吓软了，躲到外间号啕大哭。

孙元化第一次平定兵乱以后，胡老头儿到巡抚府求告哭诉，说知道军饷为难，情愿捐出一半，另一半乞求还给他养老送终。孙元化查清内情，要求属下全部归还抢劫来的财物。辽东各营纵然万分不情愿，终究还是归还了一部分，胡老头儿居然收回了二百多个大元宝！他，他的老伴儿，还有这许多排列香案祭桌的登州百姓，这样诚心诚意地生祭孙元化，或许主要因为他替他们争回来被掠抢财物的一部分？仅仅这一点，就能博得父老兄弟的爱戴，百姓们所求实在太低微，他们的心肠实在太好、太善良了！……

孙元化气息不畅，为眼前，也为三十年前的那段罪孽，他接过胡老头儿的酒，右手蘸了酒水向天空及四方弹洒数次，又将余酒缓缓倾洒地上，随后，出乎众人意料，也出他自己的意料，孙元化一撩袍襟，单腿跪倒，朝着胡老夫妇，朝着乡绅耄耋，朝着四周敬酒擎香的百姓，深深地一拜再拜，道：

“元化有罪，对不起登州父老，对不起辽东营弟兄……”

他的声音撕裂了，无法再发出声，低头静默片刻，再拜而起，毅然北行，不再回顾，很快就隐没在浓重的，由无数香烟团聚而成的雾障之中。

踩着踏板，登上水师为他准备的一艘海沧船，孙元化心头仍然萦回着一路的思绪，视听有些麻木。身边和京突然大叫：“张叔父！王叔父！吴公公！”

孙元化凝神看去，船舷站着一排迎接他的人，除了船工舵手及四名甲长、四十名甲兵之外，站在最前列的，竟是张焘、王征和吴直！

侯继禄宣谕的圣旨中，还指斥登州参将张焘、监军道佥事王征等人纵部下通敌，诏命革职逮送京师问罪。孙元化多次表明自己承担全部责任，暗示他们逃遁，他们竟都同自己上了一条船！孙元化心情激荡，紧紧握住张焘和王征的手，半晌，才说出一句话：

“决意同行了？”

张焘紧闭双唇，沉稳地点点头。

王征轻声地坚定地说：“天主与我们同在！”

他们三人都是最早的天主教徒，都是徐光启的学生，都为引入西洋大炮加强大明国力军力费尽心血，都有把登州建成天下第一要塞的宏伟设想，以收复四州恢复辽东、抗击日渐崛起的女真人。而今他们的壮志化成泡影，他们一同成了罪人，这使他们彼此心意更加贴近，得到一种互相支持的安慰。

孙元化转向吴直：“吴公公，你何必与我们同行？”

吴直苦笑了：“我到底还是钦差的监视官啊！再说，不回京师，我有什么去处？……”

大家都感到了他话底的辛酸，觉得他比自己这些犯官更可怜。他实在是无处可去。

初春的东南小风鼓着篷帆，船离陆地越来越远，送行的人群已看不见。水城的城楼、箭垛、雉堞渐渐变成一片青灰色，浴在初阳中的蓬莱阁隐入轻纱薄雾中，有如仙宫。到后来，蓬莱阁与田横山连成一片，远远望去，竟似一只巨大的、匍匐不动地浮在海波之上的垂头丧气的海龟，丹崖山便是它红色的脑袋。

一年多前意气风发统率雄兵来此镇守，不过五百余日，竟成罪囚由此独回京师受审，此中滋味、此时心绪，岂是愁苦缭乱数字所能包容表达？孙元化一直立在船舷。张焘和王征虽然同在革职待罪中，仍然保持着对上司的敬重，向他禀告后各自回舱，容止平静，倒像是在执行例行公务途中。和京与郝大也被他挥手示意退回舱房，他要自己静心待一会儿。

海上风和日丽，海水极清极蓝极光润，如天青色的绸缎在抖动，船边腾起的细浪，像跌碎的绿琉璃。凝视间，登州陆岸终于消失在海天之际的雾霭中，他的心微微一抖。忽然觉得迷雾中隐着一双乌黑深邃的眼睛，饱含泪水，满是怨恨，似冷似热，欲直视又闪避……是她，螟蛉义女幼蘅！

他决意回京之时，同时决意先公后私，嘱咐夫人必须待他离开登州之后，再率家眷回嘉定原籍，不得给人以孙元化营私的口实。他将此意向每日晨昏来书房问安的孔有德说明，却得着一个未曾预料的回答。那位铁塔似的辽东大汉，面孔红一阵青一阵，嘴里像含了水，半晌说不成句，突然又冲口而出：

“大人但放宽心，子婿辈理当效力……”

大人？子婿辈？孙元化一惊，孔有德从未用过这种称呼和这样文绉绉的口气，是什么意思？

孔有德局促地挪换着坐姿，断然道：“去秋末将离登州，大人亲口许过婚的……是大人膝下螟蛉女儿……”

此时求婚太不合时宜了！他莫非以此挽留自己，或有意相要挟？一瞬间孙元化心头闪过许多推测，疑惑地望着那张粗犷的脸膛。

孔有德的容色终于复原，口气也回复他的原样儿：“我孔有德好歹是条汉子，不能叫人笑话咱不仗义！大人得罪，咱偏要攀这门亲！”

孙元化一时心潮翻滚。他记得天启年间阉党大杀东林党，前七子之一的贤臣魏大中被逮路过吴县，吴县周顺昌送别之际，当面提亲，将女儿许给魏大中之孙。这等正直忠义原是士林的骄傲，不料孔有德一介莽夫，竟也有此风骨！他立刻想到，知书明理的幼蘅，也许能够羁绊住这个“辽呆子”，在他离开后，维持住登州的不叛局面，于是笑道：“记得当日许亲，是说解大凌河之围以后。”

孔有德不大自然地笑说：“如今大凌河早毁掉了……如果还差咱去打鞑子，咱静候大人之命——只要朝廷不难为大人！”

孙元化夫妇将原委告知幼蘅，以大义相激劝。她很温顺，频频点头称是，像个听话懂事的大孩子，虽然自始至终不曾抬眼，那也是女孩儿家提及自己婚事时常有的羞怯。只在离去出门之际，她迅速回头看了孙元化一眼，那饱含泪水、满是怨恨、如冰如炭的眼睛！……

将幼蘅许嫁孔有德，孙元化心里有两层轻松：可以报答她对自己那片不能实现的痴情，为她选了一员前程无量的虎将，嫁过去就是有品位的贵妇，又可以从身边除去诱他犯戒的危险。然而幼蘅临去这一回眸，却使他的心窝骤然一缩，有些发酸、有些怅然，他知道自己终归还有舍她不得的隐衷。

孔有德迎娶的头天夜里，幼蘩抹着泪给爹娘送上一函柬帖，是幼蘅留下的：

不孝女幼蘅叩拜父母老大人膝下，求老大人恕儿不告而去之罪。儿尚有要事在身，不能完成花烛。乞老大人认紫菀为义女，代儿出阁……

她到哪里去了？投海？上吊？远遁？谁也不知道。紫菀这个忠厚的胖姑娘，虽然羞得抬不起头，竟然应允了。于是认义父义母，开脸上头做新娘，大红花轿抬走了；三日后，随新姑爷回门，俨然富态满足的少妇，与幼蘩、黄芩聚在一处，哭一阵笑一阵，说不完的悄悄话，那避人视听的神情，使孙元化隐约觉得，她们与幼蘅是串通一气的……

不告而去，是因“要事在身”，是什么要事？莫非另有誓约？……仿佛又看到七夕之夜的她，银翘，眉若春山，眼若春水，玉体横陈，热血如潮……孙元化的眼睛和心底泛着苦涩，那总是海风吹的。他缓缓移步回舱。舵工看见他，恭敬地跪下行礼，他连忙扶住这中年汉子：

“我乃犯官，再不可行此大礼！……此船需几日到塘沽？”

“回大人，只要风顺，四日内可到天津。须求海神风神老爷保佑。”

“海神风神？”

“是，大人。离岸前去天妃宫求告过了，还须往砣矶岛风神庙拜祭。走这条海路都要烧这两炷香，不然……”他为难地笑笑，不敢在船上说犯忌的话。

孙元化点点头。他知道使船的无论渔家还是水师，这方面讲究都很严很虔诚，“砣矶岛不远了吧？”

“是，大人，现下还在庙岛塘，一会儿见到宝塔礁，就要出珍珠门了，再有四个时辰，待得姊妹峰现身，便能见到砣矶，今晚还要在岛上过夜……大人劳碌这半天，好回舱歇息了。塘内波平不颠，还能读书消遣哩！……”舵工见多识广，一片热忱。孙元化谢过，慢慢离开。

船行极平稳，仿佛在海面滑行，几乎感觉不到它在移动。几只白色海鸥倏上倏下，绕船翻飞，也像孔有德辽东兵、登州百姓一样来送行吗？……

细想起来也很怪，自己竟会那般极力主抚，无论如何不肯改弦易辙。要是当初听了张可大的劝告，早下手剿，此乱或许已消弭在吴桥、在北沟了，自己也不至于落到这个下场……为什么？当然出于仁心，出于情分。“辽人可用”是他的主张，他也因用了辽人而得到从政生涯中的超擢。如今登州兵乱击碎了“辽人可用”，他也就栽下来，走向败亡……

一只雪白的海鸥几乎贴着他面颊掠过，似一道白色闪电，他浑身一颤，忽然意识到，自己极力主抚，除了情理之外，还有私心。不管他承认不承认，实际上多年来辽丁是他所恃，是蛟龙得势之水！只有抚，水才能继续存在，蛟龙才不会失势！……原来，他也在营私！他并不是一心为国为民，他并不完美无瑕！几十年修身养性，自信人生，也都是水中月镜中花，又虚又假的了！……

他骤然对波平如镜的庙岛塘一阵厌倦，走进中舱。和京已面向板壁熟睡在床，郝大坐在床头的凳子上打盹，四周寂静无声，好像已不是人生的境界。孩子和老仆或许都是假的？都是死的？他顿时感到极度的疲倦，身体内和精神上那根一直绷得很紧很紧的弦，此刻一下子断了，颓然坐下，无力地倚住床头，再不想动了。郝大惊醒，连忙站起身想说什么，他厌烦地皱皱眉头，闭上了眼睛。

用不着向任何人表示自己的从容风度，用不着硬挺着视死如归、忠烈正直的气概，没有了受冤屈的愤懑和对登州一干人的叹惋，也没有了对妻子儿女的挂牵，什么都没有了！只有彻底的心灰意冷——心如死灰，意似寒冰，即使回京挨那西市一刀，也无所谓，孙元化此刻已经死了！……

昏沉迷茫，不知过了多久，耳边悄然出声，那般温和、亲切，叫他不知怎的想起幼年时母亲的语调和气息：

“……用茶吧，趁热……”

是梦是醒？是幻是真？他一用力，睁开眼睛，床边小桌上真的放了一盏热气腾腾的盖碗茶，流溢着清香。舱门的厚棉门帘晃动，分明刚刚有人出去。转眼见郝大在向和京使眼色，和京却是一脸兴奋，几欲跳起。

“是谁?”他淡淡地问，坐直了身体。

“是……”郝大终究没有说明，“奴才好几次要回老爷，见老爷没有心思，就……”

“哦，”他想起上船后老仆确实几次欲言又止，便追问一句，“谁呀?”

和京跳起来喊道：“爹爹，是……”郝大拉了孩子一把，抢着说：“是老奴的远房侄儿。老婆子上了岁数，这回路途长，她怕误了老爷的茶饭，特地找这孩子来做帮手……”

郝大夫妇伺候孙元化父子上京，郝大管杂事，郝妈当厨娘，是夫人特意安排的。孙元化点点头：“也好，快传他来见见……”

和京终究未被按住，叫出声：“是幼蘅姐姐!”

孙元化一震。刹那间犹如夏日雷雨降临，既有狂怒的震雷、愤恨的豪雨，又有云间斜阳透出的柔情、雨后彩虹腾起的欢快和开朗。这纷乱矛盾的情绪把他噎住了，努力咽了一口气，才把愤怒和微笑一齐堵藏在胸膛里，好不容易声调平稳地说：“叫她来!”

她来了。帽子低低地几乎盖住眼睛，肥大的深皂色交领大衫几乎掩过耳朵，一身家仆打扮，俨然茶僮模样，低头跪在孙元化膝前。

“你！你竟敢……唉!”孙元化极力表现怒容。

“爹尽忠，儿尽孝，”幼蘅不抬头地低声说，“大人赴死，女儿岂能谈婚论嫁!”

“夫人知情吗?”孙元化紧皱眉头。

“谁都不知，是幼蘅自己所为。”

“郝大，你说!”孙元化此时已洞察内情，夫人或许不知，幼蘩一定参与了。郝大夫妇从小带大幼蘩，也是“帮凶”。

“回老爷，大小姐一片孝心，奴才们怎好违拗……”

“爹爹，不与他人相干，女儿愿与爹爹一同去死!”幼蘅抬头直视孙元化，眉目间说不尽的爱与恨，还有执拗、庄严和不顾一切的痛快。

“谁说我一定是去死?”孙元化也不料自己会说出这话，仿佛惊了一下，又十分急躁地接着往下说，“此番回朝，我将要申辩，要争个是非曲直！要将前因后果细细奏知圣上，为登州各营求一道赦罪诏书、安抚诏书，那样，我们还能重返登州，全家重新团聚，天主会保佑我们的！……”他说得兴奋了，灰白的面颊泛上一丝红润，像往日那样习惯地捋着疏朗的髯须。屋里的三个人：幼蘅、和京、郝大一齐望着，眼角唇边都露出几分宽慰。

“禀大人，看见姊妹峰了！”舵工在舱外大声招呼，“砣矶岛就要到啦！”

“我就来！”孙元化立刻起身出舱。他奇怪自己体内突然激发出的这股活气。他确实想回朝辩驳一番，确实想象着赦罪甚至无罪的前景。当他约同张焘、王征等一同下船上岛，见幼蘅和郝大远远跟随在后时，隐约感到，这股活气也许来自她……

舵工和水师弟兄都去风神庙拜祷，孙元化他们是天主教徒，不能拜邪神，便在庙宇左近泊船港口边的小街游逛。因为南来北往的商旅都来这里下船祈祷，麻雀虽小五脏俱全，小街上居然无所不有。他们三个领着和京在小街上漫步，随意地说着闲话。

“良甫，我还是不大明白，一直也没空儿问你，”孙元化笑道，“你筹那三万两，怎么恰恰能赶到节骨眼上呢?”

王征也笑了：“你不是遣郝大回嘉定典卖田产筹饷吗?他走之前悄悄对我说了。我想远水难解近渴，毕竟这里距京师路程短得多，冯铨那家伙眼红《快雪时晴帖》也不是一天半天的了，容易成交不是?”

孙元化叹道：“可恨舍了孩子也没打跑狼，反倒害得你失却了传家至宝……”

王征皱眉笑道：“你看你，这是什么时候了，还说这种话！”

和京忽然嚷道：“爹爹快看！前面还有个文房小铺呢！”

他们赶紧快走几步，进了那小铺，而铺主人拿出的十几方砣矶砚，立刻使他们爱不释手了。

“此砚油润细腻，平滑如玉，颇似歙砚。”王征抚摸端详着。

张焘指点着砚身上的几处黄斑白线，简单地说："金星罗纹。这实在是砚中少见的珍品，竟在小岛上遇着！"

孙元化点头笑道："不错，金星闪烁，雪浪腾涌，所以名为金星雪浪砚，是鲁砚中珍品。宋代李元彦、本朝徐渭称赏不已，道其细中有峰，柔中有刚，研不起沫，涩不滞笔，质理锋颖，佳处不减龙尾……"

铺主人听得呆了，张着嘴只是点头："是，是！客官真乃此中巨眼！"

孙元化笑道："我若再赞，贵主人必要加价了！……我欲买这五端砚，贵主人索价多少？"

主人一看，客人选出的端方正直、凤舞蛟腾、五岳朝天、花中君子、松寿万年等五端砚，无论质地、形状、刻工，确是他铺中顶尖儿的好砚，笑道："客官好眼力！此砚每端非十两不售。但卖与客官这等识货人，小的情愿减半！"

孙元化于是在其中两端砚上亲手写下"杕左堂珍藏"的字样。杕左，是他嘉定故居悬挂皇上钦赐"劳臣"匾的堂名。立即有石工当场镌刻，围看的人更多了。

"什么烂石头块子，也值这许多银子！"一名粗腰圆膀的大汉大声笑着嘲弄。

铺主人瞪眼道："烂石头块子？你知道什么！你若想买，五十两银子一端，我也不卖！"

大汉哈哈一笑，叫从人背过褡裢，"咚咚咚咚咚！"连着取出五个五十两大银锭，砸在柜台上，说："二百五十两，买那客人指的五端砚，你卖不卖？"

众人"啊"地同声惊呼，铺主人眼珠子几乎瞪出来："你，你！……"

孙元化对大汉一拱手："尊兄何必如此，我不买就是……"

大汉连忙回礼："不是对尊兄，莫怪莫怪！主人家，你既敬他识货，就该把砚送他，何苦还要讨钱？我出十倍价买来送他，你还有何说？"

孙元化连连摇手："不必不必！学生绝不敢纳！"他连忙抬腿出铺，张焘、王征紧随其后，铺主人和大汉一起喊道："哎，哎，先生！……"

偏此时郝大急匆匆赶来道："老爷，甲长领着弟兄们和舵工去西头吃饭了……"

"老爷？"人们惊疑地看着孙元化，"他是……是个老爷？……"

孙元化苦笑道："列位不必惊恐，学生不是微服私访的官员，乃是罪官孙元化，就逮回京路过此处……"

"孙巡抚！"好几个声音惊呼，跟着便有许多围观的人向孙元化跪拜。这都是他在任上时的子民，他赶忙躬身搀扶，连说不敢当。

铺主人埋头把五端砣矶砚包裹好，双手捧着走出柜台，向孙元化一跪："孙大人，小民以此相赠，略表敬重之意！"

孙元化连连推辞，铺主人长跪不起。大汉接过砚石，笑道："孙大人，人人皆知你是朝廷难得的忠臣，怎好辜负百姓们敬忠的心意。我代你收下！……在下想请孙大人痛饮几杯，肯赏脸吗？"

孙元化喜欢此人的豪爽，何况此时一无牵挂，便也爽然一笑："那就叨扰尊兄了！"

大汉陪孙元化出门之际，铺主人喊道："喂，那汉子！快把你的银锭收了去！"

大汉回头哈哈大笑："你既敬重忠臣，我也敬你好义气。银子，都送你吧！哈哈哈哈！"

人们都惊得不知所措，铺主人张着的嘴再合不拢，纷纷猜测大汉是什么人，绿林豪客？海上巨商？……

穿过小街，几处饭馆面铺酒楼都没有停步，竟一直走到泊船港湾，一艘十分气派的大海船边，大汉满面笑容地抱拳殷勤相邀："请上敝船小酌，容在下申表敬意。"

却不过这番盛情，孙元化带着和京，与张焘、王征以及跟从的郝大鱼贯上船。郝大习惯地东张西望，船上的豪华摆设和一个个虎背熊腰的水手仆佣令他不安，有心上前对主人提醒两句，却挤不上去。

孙元化一行被让进宽阔华美的中舱，茶桌酒席已经摆好，仿佛早就等着客人的到来。孙元化起疑，向大汉拱手，正要问点什么，郝大在舱门边大叫一声：

“不好！船开了！”

孙元化三人掷杯而起，冲出舱门，果然船已离岸十数丈，船舷边站满五大三粗的水手，竟都手持腰刀长剑，有的还背着弯弓和箭壶。

孙元化回身，对大汉怒目而视：“这是什么意思？”

突见岸边一蓝色人影追着船奔跑，尖声叫喊着：

“老爷！——老爷！——”

那是幼蘅，被什么绊着，一跤跌出去好远。郝大不顾一切地大吼：“幼蘅！快着人来追呀！——”他被人捂住嘴，按倒在船板上。幼蘅却已听明白，爬起来一瘸一拐地跑走了。

大汉仰天大笑，笑声隆隆。孙元化皱着眉头望定他，心里迅速地判断着。万没料到大汉突然止笑，喝道：

“都来！都来！大礼参拜王爷！”

船上所有人众，除大汉之外，全都向孙元化跪倒，整整齐齐同声呼道：

“奴才给智武王爷请安，王爷吉祥如意！”

这一来，孙元化明白了，反倒镇静下来：“那么，尊驾是……”

“哈，老对手了！前年在太平寨，去年在海上，都曾有幸与王爷你交手，不胜佩服之至！……我是七贝勒阿巴泰！”

孙元化暗自沉吟。他知道七贝勒阿巴泰骁勇善战，却不料他能说汉话，豪爽直率，又有谋略，竟使自己受赚中计。登州变兵杀钦差的次日，孔有德李九成曾领着上次送金叶的商人来见他，呈上大金国汗的亲笔劝降书，说是只要归顺大金，将封他为智武王，与诸贝勒同等，绝不食言，誓以天日。孔、李认定孙元化回朝必死，所以希望他避往沈阳逃命。他当然严词峻拒。谁想皇太极招降之意坚不动摇，阿巴泰竟不顾危险，深入砣矶岛来劫持逼降！孙元化愤慨之余，也不得不暗暗赞叹金国这一拨新决策者的胸怀之宽阔、意志之坚强。

他镇静地问：“七贝勒此举意欲何为？”

“救智武王出险。”阿巴泰的回答胸有成竹。

"你我各处敌国。我若随你北去，则卖国求荣，将为天下人所不齿，遗臭万年!"孙元化表情安详，却义正词严。

"你回北京，是白送命！再者，眼下大金与大明正相结好，暂往友邻之邦避难，也算不得叛国。"

"你们金国国主讲和求款，不过是借小心以图大事，假退步以求前进，积蓄势力待机而动，终要进取中原，这瞒不过人！至于我，情愿回京领罪，纵然一死，也不能愧对君上国家百姓，不能玷污祖宗父母亲友，不能贻羞后人!"说着，他指指船尾的海面，"七贝勒，他们赶来了，那是载我赴京的船，请放我们回去。"

果然，那艘海沧船鼓着风帆，紧紧追赶——是幼蘅搬来的救兵。阿巴泰的船要庞大得多，远不如那船灵快。海沧船越求越近，已能看见船头兵甲帽盔的闪光和那件深蓝色的飘动的大衫了！

阿巴泰突然跳起，猛地揽过和京，像拎小鸡似的横空一甩，挟在腰间，抽出宝剑对准男孩儿纤细的颈子，笑道："我们在山里猎虎逮熊，最好的办法是捉幼崽儿！虎熊再凶猛，却无不顾念后代。王爷可不要白送了小世子的性命!"

和京又惊怕又愤恨，尖叫着不住挣扎。张焘、王征一起惊住，又被四周汉子按住了不能行动。孙元化双眉一竖，怒喝道："和京住嘴！不许喊叫！男子汉大丈夫，宁死不屈!"

阿巴泰骤然翻脸，用满语大喝一声："绑了他!"方才还在向"智武王爷"跪拜请安的武士们，同声大吼："杀!""哗啦"、"吭啷"一片金属摩擦撞击声，刀剑纷纷出鞘，长箭搭上弓弦，数名勇武侍从冲过来了！……

越是这种时刻，孙元化反倒越冷静，他略略侧身闪开来人的擒拿，顺手向离他最近的持刀武士当胸猛击一掌，飞快地夺刀在手，一反腕，刀刃横向自己颈项，寒光闪闪！

"夺刀！夺刀!"阿巴泰大叫。

"谁敢走近三步之内，便以颈血溅之!"孙元化决眦欲裂，威严地大喝，人们都怔住了。随后而来的是长久的沉默，沉默中可以听得海浪击打船帮，听得后面海沧船上的一阵阵呼喊：

“停船！送还孙大人！——”

“放回孙大人！——”

其中那尖声嘶叫，若不是吴直，就一定是幼蘅。

后来，孙元化从容又静穆地说：“七贝勒，如果我孙元化左右是死，就让我死个光明磊落，何必多此一举。”

阿巴泰只觉自己的心突然膨胀发热，几乎要把胸腔胀裂开，眼角也热辣辣的又酸又烫。若不能生致孙元化回沈阳，那么逼死一位自己真心佩服的对手，是他所不齿的卑劣行径。他一松胳膊，放开了和京。和京扑向孙元化，又被孙元化喝住在三步以外。阿巴泰见孙元化缜密如此，知道将虚此一行，索性换了笑脸，改了称呼：

“孙大人真乃当世英雄，小王敬服！既如此，不敢强留。只有一件，求孙大人赐小王砣矶砚，有你亲笔题刻的那一方，行不行?”

“砚，尽在你手，便都取去就是。”

“不敢，只留一方做个纪念。来人，放小舟，送孙大人回船!”

当孙元化一手捧着所余的四方砚，一手抚着和京柔软的头发，由张焘、王征、郝大、幼蘅相伴立在海沧船头时，要不是眼看着那艘豪华的大船慢慢驶远，要不是眼看着呆立船尾的七贝勒阿巴泰的高大魁伟身影渐隐在雾霭中，这一切真像一场梦。

九

入大沽口西行一百二十余里，海沧船终于来到天津城北的三汊河口，即古津门。南则卫河受南路诸水，北则白河受北路诸水，至此合流而后东南入海。所以商船、粮船来往如梭，旅舍、货栈、酒楼、食店栉比鳞次，热闹非凡。西岸之北有望海楼一座，崇宏壮丽，正对三汊河口。海沧船从楼下驶过，入上水后停泊岸边。张焘、王征约了吴直往游望海楼；舵工水手们要在此购买粮米菜蔬、日常用具，因为由此到通县尚有三日路程，若风不顺，还须雇纤夫拉船；甲长领着甲兵们全都上岸看热闹，他们巴不得罪犯跑脱，可这三名犯官硬是不肯逃；郝妈要到菜市买鸡鸭肥鲜，调换这些天的餐餐鱼虾，把老头子拉去帮忙；这样，除了守船的两名甲兵水手，舱里只有孙元化一家三口。

床边案头，四方砣矶砚整整齐齐地排列着，孙元化俨然收藏家，在仔细地摩挲，翻来覆去地鉴赏，不时指出金星、雪浪给儿子看：“金星石砚不算奇，歙砚中也有金星、银星等品。广东琼州万州金星石砚颇贵重：以水湿之则金星自现，干则隐，且极发墨，久用不退乏……但这几端砚，金星雪浪同在，所以难能可贵……我已分派好了，你要记清楚：松寿万年砚，送给徐太老师；花中君子砚，留给你幼蘩姐姐用；这端端方正直砚，背后刻了‘杕左堂珍藏’题文的，带回嘉定杕左堂收起来。可惜凤舞蛟腾被人拿走……”

“爹爹，这一端呢？”和京指着五岳朝天砚。

“用来为我陪葬吧。”孙元化淡然说，却是很经意的。这一路第一次向儿子明确讲到死。

和京顿时眼泪汪汪，又硬撑着不落下，喊道：“爹爹不要说这话！不要！”

“好，我不说。”孙元化笑笑，摸着儿子的后脑勺儿，“你在鞑虏胁下挣扎之时都不掉泪，现下却是怎的啦？”

和京“哇”的一声哭出来，再也止不住。孙元化摇摇头，沉默片刻，叹口气。正要劝解，幼蘅抱着一囊琵琶在和京对面坐定，强笑道：“好弟弟，莫哭，听我弹琵琶唱歌，解闷解忧，好不好？……女儿献丑，爹爹不要见笑……”

“哦？……是幼蘩教你的？”

“女儿原也能弹，但这《天问》的曲是蘩妹传的。”

“《天问》？楚辞？”

“是。”幼蘅郑重答过，转轴拨弦之际，情绪已深深沉入，凝眸窗外水天，左手按弦，右手几番轮扫，似急雨敲窗，似铁马奔驰冰河上，悠扬动听的歌声透出弦索，婉转入耳，唱出千百万年人类的迷茫和疑惑：

> 曰：遂古之初，谁传道之？
> 上下未形，何由考之？

冥昭瞢暗，谁能极之？
冯翼惟象，何以识之？……

是啊，世界最古老的开端，天地尚未形成，明暗不分、大气混混沌沌，谁传说来？谁见识过？谁考察得到？那时的人类可有这许多烦恼？……孙元化静静听着，许多感慨。

歌声渐渐激越起来：

不任汩鸿，师何以尚之？
佥曰何忧，何不课而行之？
鸱龟曳衔，鲧何听焉？
顺欲成功，帝何刑焉？……

远古竟也如此！若说鲧不能胜任治理洪水，众人为什么推举他？都对尧帝说不必担忧，又为什么不让他试试？鲧有何圣德，能使鸱龟之类帮他治水？他顺应民愿把水治好，尧帝为什么加刑于他？……孙元化骤然觉得鲧是在指他，鸱龟仿佛孔有德一帮辽丁，而尧帝……他看了幼蘅一眼，幼蘅的歌声更加高亢：

比干何逆，而抑沉之？
雷开何顺，而赐封之？
何圣人之德，卒其异方？
梅伯受醢，箕子佯狂？……

孙元化听得心惊了：比干并非逆，只是忠谏纣王，就落得剖腹剜心！雷开并非顺，而是谄媚奉承君主，就赐给高官厚禄！梅伯、箕子这些圣贤之臣具有一样的高尚美德，却一个被剁成肉酱，一个假作疯狂！……她是在历数贤臣忠良的悲惨下场，在为孙元化唱挽歌吗？他心下十分混乱，想要阻止她，但她的歌声愤怒、激越、响遏行云：

天命反侧，何罚何佑？

齐桓九会，卒然身杀！……

最后那个“杀”字一出口，她的声调颤抖，热泪奔涌，再不能成音，撇了琵琶，搂住小和京，姐弟俩失声痛哭！和京哭着小声诅咒：“这该死的天命！该死！”

“和京！不要胡说！……”孙元化斥道。然而，《天问》的这一问，不是问到他也难解的委屈？天命反复无常，它究竟惩罚什么？保佑什么？齐桓公九次会盟诸侯，功业彪炳史册，竟落得暴陈尸骨的下场！孙元化忠心耿耿、鞠躬尽瘁，一而再抚平危局，于社稷有大功，却也落得革职问罪，以致斩首西市的结果！人间有什么善恶是非？天地有什么公理公道？……孙元化悲从中来，愤从中来，一时无法克制，张臂搂住痛哭的姐弟俩，仰面朝天，几滴滚烫的沉重的泪自眼角缓缓沿腮滚下……

“帅爷！”窗外轻轻声唤。

“谁？”孙元化蓦地回首。那人已闪身进舱，快步近前拜倒在地：“帅爷，末将吕烈等候多时了！”不等孙元化他们反应，他急急忙忙一口气说下去，“快随末将逃走吧！眼下没有公道，没有天理可讲！”他看了一眼怀抱琵琶缩作一团的幼蘅，苦笑着：“姑娘唱得一点不错啊！……”

“你怎么会在这里？”孙元化惊中有喜，如见亲人，连忙扶起吕烈请他坐下，“有话慢慢说，不要急。”

当日吕烈逃离登州，水陆兼程，星夜赶回京师，出现在舅父舅母面前时，二老惊得说不出话来。舅母一把攥住他的大手，惊恐不已：“烈儿，你怎么反倒往京师来？你……进府时可有外人看见？”

吕烈立即感到出了事，赶忙追问。舅父忧心忡忡地说：“家里在为你着急，来不及报信，你竟跑回来了！”

吕烈发急：“我是为孙巡抚辩冤，要将真相禀知朝廷……”

舅舅用力摇手：“罢！罢！快不要提那个孙元化！前日听说派去

登州的视监视送回密报，圣上阅罢龙颜大怒，摔碎了龙案上的御笔筒，举朝震恐！费了许多力气，才打听清楚，视监视侯公公已查明原监视官吴直与孙元化沆瀣一气，败坏大局，由主抚而徇私而庇护，愈演愈烈，已成反势，似有北连金虏，回马中原，内窥畿辅之心……”

“一派胡言！危言耸听，用心何毒！”吕烈拍案而起。

“你还发急？还关连着你哩！说密报中提及锦衣卫派驻登州指挥使吕烈也与孙元化结党营私……烈儿，你竟是锦衣卫的人？”舅舅盯着外甥的目光中含意很复杂，惶惑和急迫掩不住迷乱和恐惧。

吕烈进锦衣卫是上不告父母下不传妻子的，就是此刻他也不便回答，只急忙分辩：“登州实情绝非如密报所说，孙巡抚确实忠烈无私……”他于是滔滔不绝地讲起他所知道的一切，又拿出李九成写给金国汗的信，“这是我途中截获来的证据，最能证实孙巡抚大义凛然，绝无通敌的一丝一毫嫌疑！孙巡抚此番回京，朝廷若不问青红皂白，将他下狱问罪，只怕登州真的要造反，真的要通敌啦！我已就此拟就一份密奏，禀告皇上……”

“你疯了？”舅舅眼睛瞪得好大，“你此时为孙元化解说，不但一毫无用，反而坐实了你与他结党营私，于他于你都有害无益呀！”

“可是看看李九成这封信！要尽快上奏朝廷，防备变兵与金虏勾结联通！”

“唉，朝廷如今已定下剿策，那封信上与不上，已无关紧要。况且，坐实了变兵勾结金虏，更启皇上对孙元化通敌的疑心，何苦来！”

“这……唉！”吕烈一捶脑袋，心里凉了半截。

“再说哩，那个侯公公是司礼监掌印杨公公的义子，杨公可是眼下最得皇上宠信的人物！你自认能盖过他去吗？”

吕烈牙根咬得“咯咯”响，不时喘口粗气，终究还是不甘心：“难道眼看忠臣蒙不白之冤？”

“唉！”舅舅长叹，低声道，“你是不知，近日朝中是山雨欲来风满楼，正酝酿着一场大变故！周相日渐失宠，温相越来越红。吴直是周相的内线，可杨公公却是温相的内线！明眼人都清楚，孙元化与登州，不过是周、温两党争斗的筹码！孙元化是忠是奸，登州是抚是剿，都无关紧要，只看两边相争的结果。若周相胜，自然平安无事。但眼下……真不料此人阴险猛鸷如此，真是老奸巨猾、歹毒无双！……”

听得出舅舅是在骂温体仁，顾不上同骂，吕烈仍是坚持己见：“我不管那些！若不将真情禀告皇上，任凭浮云蔽日，孩儿枉食朝廷俸禄！”

舅舅叹气：“既如此，不好深阻于你，但也不可莽撞，白送了性命。你且不要出面，我再托人去打听……”

吕烈提供了一个他在锦衣卫的拜把兄弟，还想经锦衣卫把密奏送达皇上手中。

次日深夜，吕烈的把兄弟突然来访，竟装扮成更夫模样，见了吕烈，一把搂住，开口便说：“你快逃走吧！”

舅父舅母不顾内外防嫌，一起赶出来询问。原来今日皇爷又得着密报，不知是何渠道，说是登州已反，视监视侯继禄被杀，而杀钦差者就是锦衣卫指挥使吕烈！因侯继禄说破了他的身份，他恼羞成怒而动了手。皇爷见报大怒，杨禄则大哭，恳求皇爷天下通缉犯上凶徒吕烈，为他的义子报仇！看情势，通缉令数日内就会发出。

吕烈大惊：“侯继禄是孔有德摔死的，我亲眼所见，怎么扣到我头上？不行！我要上本辩白！……”

“哎呀傻瓜！”把兄弟急了，“此时如何辩得清？三十六招儿走为上！定是你在登州有对头，故意放出此风陷害你，你还发傻！”

对头？不是李九成，便是耿仲明！

徐璜也劝：“眼下只有先逃，日后真相大白再出头！”

吕烈犹豫：“那孙巡抚……”

把兄弟道：“孙元化吗？谁也措手不得！这还不清楚？温体仁如今是决意要把周延儒踩进泥里去了！”

吕烈越发急了：“舅舅，那你……也要早做打算！”他知道舅舅与周延儒诗酒唱和私交甚好，不免格外担心。

徐璜沉吟道：“若要株连，我自然脱不开干系。但不能坏了大臣之体。安然待之吧！……尚有一线生机也未可知。”

“什么?”吕烈和把兄弟乃至舅母都急煎煎地问。

“听周相意思，近日将要援引徐光启徐大宗伯入阁为大学士。此人德高望重，近日修成《崇祯历书》一百余卷，大得皇上褒奖，称之为帝师。他若入阁，形势当有缓解……眼下，烈儿却不可大意迁延，连夜出京吧!”

舅母立即领吕烈入内室，为他打点随身物品银两，要他逃回江南钱塘江畔。

回京不到两天，极度紧张忙迫，吕烈一直没有精力、没有时间说一说他自己的事情。眼下离别在即，今日一去，更不知何时才能重聚。出门之际，吕烈百感交集，心酸难忍，跪倒在舅母膝前，努力抑住胸中一阵阵哽咽，仰脸凝视那自幼稔熟、无比亲切、总带着几分忧郁的文静美丽的面容。

深深地、深深地凝视，像要把她永远镌刻在心头，终于轻轻地叫了一声：

“娘！……”

舅母愣住，一双手抖得厉害，伸出来，犹豫又胆怯地抚着吕烈的面颊，只见嘴唇翕动，听不出声音：

“烈儿，你……我……”

“娘，我在登州又见到吕梦龙，他说了真话……”

“烈儿!”舅母呻吟一声，抱住吕烈的头，母子痛哭。

此时舅舅一步踏进门，见此情景不由得发急：“你们这是做什么！烈儿还不快走!”

舅母笑着，眼泪珠子扑簌簌往下掉，说：“老爷，烈儿遇到了吕梦龙。他，全都知道了!”

吕烈怎么也没想到，年过半百的舅舅——也就是他的亲生父亲，竟刷地红了脸，红得汹涌，像蒸熟的螃蟹壳，连耳朵、脖颈都是一片红潮。最是那满脸的尴尬，令人难受，令人不忍再看，也令吕烈无法出口叫一声“爹”。

“你——”徐璜口吃吃地说，“你——”说了两遍，没了下文。

"烈儿,"舅母温柔地笑着,目光一刻不离吕烈,"总该愿意过继了吧?"

"不!我不要过继,我要归宗,你们得认我这亲骨肉!"

"可是,这样的话……"舅母脸上又出现那种惊悸,可怜兮兮地看舅舅一眼。可不是,那就等于将他们年轻时代的"风流韵事"公诸人世,道貌岸然的舅舅能够承受吗?

吕烈却一步不让:"要是一家亲骨肉还作假演戏,互相欺瞒哄骗,那我宁肯不要这个家!"

"烈儿!"舅母眼泪汪汪,又是心酸又是欣慰,"好孩子,娘答应你!有你在,娘不怕了!……"

"休要胡说!"舅舅骤然又板出他那副习惯的嘴脸,"从长计议吧!"

"老爷,我一辈子都听你的,这件事,你就听我一回,可行?"舅母已经是在哀求了。

"胡闹!真正妇人之见!这教我如何立身朝堂?如何纠劾百司?况且,眼下他还是天下通缉的罪犯……"

吕烈大怒,火冒三丈,陡然起立:"罢!罢!我不归宗,不过继,永不改我这吕姓!绝不连累你老人家!你老人家放心去立身朝堂,做你的风宪官儿吧!"他转向母亲,又匆匆一跪一叩,"娘,你多保重,儿去了!"

舅母"呜呜"失声痛哭,吕烈怕自己心软,不敢再逗留,拔脚就走。出到门外,才听得舅母恨恨地哭着数落:

"你,你!你真是丧心病狂啊!……"

舅舅好像没有作声,又好似叹了口气。这是吕烈有生以来惟一的一次听到舅母指责舅舅……

吕烈匆匆离京,赶到通州,又乘船来到津门。他料定孙元化定要回京,定要从这条道上走。他装了胡须,穿了儒服,在这里候了三天,终于见到了这艘他极熟识的登州水师的海沧船……

吕烈略去他个人的那些纠葛,摘要说明了前因后果,舱内静了好一会儿，孙元化终于开口道：

“多谢你，不顾自家性命来给我送信。只是……你也以为我能够逃走吗？”

“为什么不能？”吕烈几乎嚷起来，“调转船头，南下江南，东去大海！天下这么大，何处不能安身？末将愿保帅爷走遍天涯海角，哪怕进深山隐居也罢，何苦去送死！”

孙元化摇头：“登州变乱，我身为巡抚，无论如何难辞其咎，逃避罪责不可取，便死也是大丈夫，须得存朝廷大臣的体面。况且，就逮回京，总还要对谳廷审，自有我辩白的余地……”

“帅爷，只怕温体仁蛇蝎心肠，不容你自陈啊！”

“纵然佞臣当道，但主上英明，浮云未必蔽日。”

“那……”吕烈双手一拱，“吕烈陪帅爷一同回京。”

“不不！”孙元化连连摇手，“你绝不可回京师！你与我不同，是遭人陷害，必须躲过风头才好。况且你年纪轻，无牵无挂，又有一身武艺，避开追捕也还不难。还是及早远离畿辅之地，待机洗雪冤枉吧。”

吕烈低头沉默片刻，突然对幼蘅一拱手：“当日蒙姑娘相救，又受小姐之托，如今一无所成，实在无颜以对……”

孙元化刹那间明白了内情，是幼蘩、幼蘅姐妹设法偷偷释放吕烈，请他回京替自己奔走的，一时心里很觉温暖，微微一笑，柔声道：

“吕贤侄，相处一年有余，总算达到相知相敬。切莫怪老夫托大，我拿你当自家子侄看待。这方砣矶石砚交付与你，你设法送到幼蘩手中。和京，幼蘅，你们须牢记为父这番嘱托，日后禀告母亲。”

姐弟俩认真答应。孙元化无须明说，这方花中君子砚已成定礼。吕烈心头“怦怦”乱跳，气息粗重地问：

“帅爷，她们，她们母女，已回原籍了？”

“只怕还没有。耿仲明托来媒人，又要娶黄苓那丫头。夫人认亲、陪嫁，总还有些时日耽搁。”

“我立即去登州，护送夫人小姐回嘉定原籍。”

“若通缉令下，贤侄行动不便，登州又都是你的仇家，太危险……”

“不妨。下通缉令未必有我行动得快，我还可以改装，大人放心！”

“你这就快走吧，上岸去的人就要回来了。”

吕烈朝孙元化一跪拜，又对幼蘅一拜，说：“拜托了！”

幼蘅惨然一笑，回拜道：“放心！”

船行三日后，到了通州。孙元化与吴直同立船头，望着通州城楼和远处的永通桥。吴直突然悄声一笑：

“孙大人，过了通州，可就进京了。若是我这钦差做主，放你逃走，你逃不逃呢？”

孙元化愕然，望着吴直憔悴妇人一般的面孔，强笑着：“吴公公说笑话了！”

“不是笑话，我实在早有这份心思。那日在津门，我早就回船了，你和吕烈的话我全听见了……”

孙元化默然。

吴直叹道：“那会子我算明白了，合着你跟我其实也差不多，就是想逃，也没处可去。天地不能容，自己个儿的心里头，它也不能容啊！……”

第七章

一

七月一到，京师的燠热就收了，日渐凉爽。承乾宫院内两株老槐熬过丧气垂头的苦夏，枝叶舒展开来，温和地用它的树荫覆盖了院中数十盆荷花缸。莲叶碧绿，荷花娇艳，再加上御道两侧、走廊边、玉阶上，直至中殿内外摆得满满的兰花、茉莉、栀子、珠兰、米兰等上千盆绿莹莹的香花，使得高大的天棚之下，整个院内殿中，处处浮动着绿色，每个角落都流荡着花香。不用说，这别出心裁的布置，自然出自心思灵巧的承乾宫主人田妃。今天是她的儿子满月，皇上、周后和袁妃都来承乾宫中殿观看皇三子净胎发。

朱由检已有三子，都是周皇后所生：长子慈烺生于崇祯二年二月，当年九月立为太子；次子慈烜出生不满周岁而殇，追封怀隐王；三子慈炯已满周岁。这正应了当年朱由检在信王邸选妃时刘太后对她的评价：钟祥茂苑，国色朝酣，有凤翥之贵，有宜男之相。

田妃虽然也是信王在潜龙邸时入选，并且一直得宠，却长时间不生育。宫中女医，众人称之为官姥姥的，受田妃之托，寻过许多方子，益母膏、当归丸吃了无数，总算得了这个头生子。朱由检自然很是欢喜，一切待遇都不在周后之下：分娩之日，皇上亲自拜天告庙，宣布中外，受朝廷百官拜贺三天；赐给田妃的洗儿钱也同样是万贯钱万两白银；三朝日设的三朝宴，同样奏乐九遍，后宫后妃齐集侍皇上饮宴；宫中侍御此日同穿一色的万寿孩儿锦衣裙，为新生皇子祈寿；今日满月净发仪式也同样在中殿举行。比较起来，承乾宫虽不是坤宁正宫，但文采风流、清秀明丽似更胜一筹。

坐满月子的田妃，养得十分滋润白皙，发际眉间一副用小珍珠镶勒口、正中缀一颗大明珠的深紫色抹额勒子，装扮得她更显温柔、娇慵，平添好几分艳丽。“她果然与众不同，出类拔萃！”朱由检、周后、袁妃此刻都这么想，由此而引起的心境可就大不一样了。但大家脸上都是一团笑容，满是喜悦和温存的慰问。

承乾宫管家婆宣唤一声，两名上岁数的承御内官进了中殿，向皇上娘娘跪叩毕，垂手恭候。乳母把裹在锦绣襁褓中的三皇子奉送到田妃怀中，田妃抱了儿子向光坐定，抚着孩子小脑瓜上的黑发直是笑，眼里又泪光闪闪，看看皇上，又看看周后、袁妃，他们都十分体贴，笑语安慰她不用担心害怕。

宫女捧着铺好绣龙袱单的金盘，举在田妃面前准备接胎发，两名承御内官又一次下跪，这回是向满月的三皇子行叩头礼告罪。随后，一人小心地托住婴儿的脑瓜，另一人更加小心地用剃刀为皇子净发。孩子显然很不舒服、很害怕，嗯嗯呀呀地扭动、挣扎、反抗，终于“哦哇哦哇”地大声啼哭了。

啼哭声把一时陷入沉思的皇上惊醒，他遇上周后带笑的责备目光，赶忙打起精神。只见婴儿长满乌黑胎发的小脑壳已经剃净，像一枚雪白的馒头，白得发亮，乍一看觉得惊心。脑门心还留了一小撮“孝顺发”——可保孩儿终生孝敬父母。保姆把金盘龙袱中的胎发团成桂圆核般的小丸，捧给田妃、皇上及周后袁妃验看，他们也就分别从袖中取出预备好的金银丝络小金盒放进金盘，赏给孩子装胎发，平日悬挂在孩子床帐间以避邪。

朱由检眼睛还停留在小白脑壳上，心思却不在此，一撒手，金丝络盒“唰啦”一声，竟落到地上！他蓦地一惊，回过头来瞪住持金盘的保姆，怒气将发。保姆实在来不及接，眨眼间闯了大祸，赶忙双膝跪倒，不住叩头。迷信的田妃吓白了脸，嘴唇直哆嗦：难道她的这头生子命中注定不能得到皇家的荣华富贵吗？……袁妃也吃惊地偷眼看皇上脸色，这样的吉庆日子，万岁爷若大发雷霆，可就太煞风景，也太不给田妃面子了！但她心里暗自却又有些喜欢，有些希望朱由检发作……

周后莞尔一笑："皇上天恩重比南山，小小金盘焉能盛载得起？这保姆福薄不任，换一名来！你去吧。"

一句话，皇上气消了，田妃笑了。犯事的保姆叩头谢恩退下，另有保姆拾起金丝络盒，代皇子向父皇母后三叩谢恩。小插曲引起的不愉快，消弭在满月宴会的笑语中。宴间，帝后及贵妃各有锦缎表里金银赐给承御内官和保姆宫女，殿中腾起一片谢恩声、欢笑声。

望着平静微笑的周后，袁妃暗暗伤感：你身为皇后，子为太子，将来笃定是正宫皇太后，田妃就是再养十个儿子也奈何你不得，自然心平气和，说话乖巧！如今只有我没有生养了。从今以后跑马射箭荡秋千这些喜好都该停了，焉知不是因此而不能孕育皇子呢？……

周后其实并不似她外表那般心平气和，她心里一直在为这件事生气：田妃被贬别宫三月，原以为是皇上处罚她冒犯皇后，谁知她那时已经有孕，按照宫规本须停罢皇上行幸的，二注合作一注，一举而两得，周后觉得自己受了愚弄；再者，宠妃得子，历来于中宫不利，隐藏着夺嫡的祸根，周后内心不能没有一点忧虑。不过，眼下令她宽慰，同时又令她担心的，是皇上进承乾宫后时时表露出的心不在焉。他不喜欢新生的三皇子？他数次注目宫门，在等待什么呢？……周后微笑着举杯向朱由检：

"陛下，还没有为皇三子命名呢！"

"哦？"朱由检从思索中回过神来，"噢，就叫慈炤吧！"

又是一团欢喜谢恩。朱由检微笑点头之际，瞥见乾清宫管鞋靴的小太监王承恩也站在人群中，不由得一愣：他是何时来的？王承恩见皇上已看见自己，便远远地跪下叩了一个头。朱由检立刻起身，说：

"你们再多饮几杯。朕要回去批本了。"

周后挽留："难得今日聚得齐，陛下就再坐坐……"

"不必！"朱由检说着已离席而去。周后只得率众人跪送圣驾。田妃抚着小小的慈炤，心里不是滋味：这孩子不得他父皇的欢心，莫非真是命不好？莫非方才御赐金丝络盒落地，真是他此生运蹇的不祥之兆？想到此，田妃眼里又蓄满了泪水……

朱由检回到乾清宫，立刻到西殿最小的明间内坐定，挥退一应侍从太监，独召王承恩问话。

王承恩近前跪禀："都问来了。"

"三件都问了？果是玄帝降坛？"朱由检追问。

"是，三件都问了，是玄帝降坛。"

"不曾泄露与人？"

"奴才慎而又慎，只说是起数问父母事。"

朱由检点点头："好，将神示乩语呈来朕看。"

田妃错怪朱由检了。实在是近日几件朝中大事扰得皇上梦魂不安，委决不下。听太监们说香山寺玄帝乩坛十分灵验，他很想去起数问个凶吉。但他一向自诩英明，从不求神问鬼，若被臣辈知觉，有损威仪。所以遣心腹小太监王承恩装作采购厨子，极其隐秘地出宫上西山去代问。这两天他一直心神不定，既盼王承恩早来回报，又怕报来乩语不祥。一忽儿深知国运气数早有前定，扶乩是多此一举；一忽儿又坚信自己为政五年，力挽狂澜，中兴有望，天心定有指示！……

他问的头一项，是近日各地灾异频仍，不知主何征兆？元旦前，京师大雪近十日，积厚四五尺，飞檐高阁形成巨人面形，须眉毕具，更有明显的人马交驰图迹；三月，无锡白雾蔽空、飞雪如霰，着树木尽成花朵、璎珞、刀剑之形；五月，大同襄垣等县降冰雹，大如卧牛巨石，小如拳，砸死人畜无数；六月初八，临颍县大雷大风，倾屋拔树，砖瓦瓷器飞空落地无恙，而铜铁器尽碎……灾异年年有，这些情景却不多见。朱由检看那头一张红帖，上面用相当低劣的字迹写了这样四句乩诗：

荧惑犯南斗，玉碎瓦全当世愁。
直待月露化当道，天下英雄尽出头。

第一句，自然是灾异的原因了。天下英雄是些什么人呢？必是出头来辅佐朕的中兴大业。玉碎瓦全？若是指瓷瓦无恙、铜铁器皆碎，岂非贱者得志、贵者沦亡，黄钟毁弃、瓦缶雷鸣吗？则又是大乱之兆了！玉碎？朱由检眼前不知为何突然出现皇三子新剃的小脑瓜，雪白如玉……他连忙摇摇头，赶开这不愉快的联想，接着看第二帖。

第二帖上，只一个写得龙飞凤舞的字：有。他皱着眉头，不大相信地看了又看："就只一个字？"

王承恩哭丧着脸："是，皇爷，只此一字。"

朱由检问的第二项，是山陕民变。自崇祯初年，陕西西安府富室钱文俊恣横暴戾激成民变以来，各地饥民难民、逃卒驿卒、响马盗贼纷纷结聚，借题发挥，愈演愈烈。先后有省、府、县及朝廷派员或招抚或进剿，贼势也时强时弱。日前兵部奏来各贼首名号：陕西有紫金梁、满天星、蝎子块、老回回、一字王、领兵王、整齐王、闯塌天、过天星、八爪龙、混天猴、不沾泥、混世王、乱世王、曹操、张飞九条龙、高总管等二十四家；山西河南有混天星、荆联子、过江王、大胆王、征西王、福寿王、齐天王、密灵王、阎和尚、上天龙、出猎雁、黑心虎、楼山虎、阎王老邢等三十二营，其中南营八大王、北营八大王、二队八大王和西营八大王这四个名头最响，而西营八大王张献忠更是贼中之魁！……

朱由检并不以这些流贼草匪为然。在他心里，不过如日常观看戏文中的那些打家劫舍的小贼山大王。就看他们那名号吧，什么混天猴、蝎子块、不沾泥，何等鄙俗！乌合之众，成不了气候！何况自去年命洪承畴总督陕西三边以来，剿抚并用，屡屡奏捷，他手下又有曹文诏、贺虎臣、贺人龙一班虎将，剿灭流贼指日可待。朱由检主要求问天变和兵变，这不过是个捎带题目，不想却得着一个不可解的"有"字。是什么意思？

是说日后民变仍然还有？仙家岂会如此浅薄！

或者，是说这三十二营、二十四家草寇必有克星？甚至是贼平之兆？……

听得轻声抽泣，转眼看到王承恩盈盈欲泪。十六七岁的小通贞，看去比实际年龄小，倒像个十三四岁的女孩儿。朱由检不由问道："这是怎么了？"

王承恩忍泪道："奴婢不敢说，奴婢不敢不说。"

朱由检笑了笑："这是何话！此间只有你我君臣，但讲不妨。"

“皇爷赦奴婢不死，方敢说。”

“你又无罪，直言无隐。”

“是。奴婢见帖不解，回途中以此字问国事求教一测字先生，不料他连连摇头道不佳不佳，说上半截大字少一捺，下半截明字少一日。合而观之，大不成大，明不成明，是大明江山将失过半之兆……”

“胡说！”朱由检勃然发怒，一拍案，立起身，“着锦衣卫拿住这妖人，问他个妖言惑众之罪，斩首！……”

王承恩早吓得昏头涨脑，赶紧跪倒，不住地“嘭嘭”叩头有声。

“不关你事，且起来！”朱由检心里懊恼，不过一句市井无根谣言，何须动怒？有损人君气度！他不信以自己的英明，以自己的勤政，不能挽回国势！此刻他眼前又闪过皇三子刚刚剃过的洁白的小脑瓜，那么柔嫩、那么幼小、那么叫人爱怜……那是他的亲骨肉，他的骄傲！他的祖辈，景泰帝、正德帝，都因没有子嗣，致使朝政紊乱；皇兄天启帝也因为没有后代，才造成自己登基的结果。想想自己对皇兄为政的不满和反其道而行之的决心，他真庆幸自己有亲子可传！不仅有了一位太子，眼下至少已有了两名皇储。皇三子是田妃所生，若无须替补太子，一定封他个食邑最广饶丰富的藩王！……大明江山将失过半？真是笑话！

朱由检心平气和了，重新坐下，拿起第三张帖子，还是那粗劣潦草的字迹，写了一首六言诗：

羊尾猴头开花，四野干戈如麻。
夫子一起回去，胡儿千员归家。

朱由检不禁又皱起眉头。

他卜问的第三件事，是眼下朝野议论最多、争论最激烈、内阁六部纷纷叫苦说已焦头烂额的登州事变。他怎么也没料到，此事会如此变化，几成大明躯体上一块溃烂的疮疤！

一月底，与革职待罪的孙元化、张焘、王征等人同时到京的，是这样一条紧急军情：登州叛，李九成称元帅；孔有德、耿仲明称副元帅；皮岛、广鹿岛副将毛承禄、陈有时皆响应，率兵船往登州与之会合；贼势大振，连陷黄县、平度等地，官军大败。

朝野哗然，迅速分成主剿和主抚两派。朱由检自然心向主剿，立命新任山东巡抚徐从治、登莱巡抚谢琏平定叛乱，驻节莱州，就近调度；山东巡按王道纯监军，仍驻省城接应。同时将孙元化一干人下在诏狱。主剿派据此纷纷上书，指斥孙元化徇私庇护，酿成大乱，丧城失地罪在不赦，理应问斩。主抚派却依据孙元化在审讯中的申辩，认为当赦不当斩。

双方纷争不下之际，叛军竟然围攻两位新巡抚驻节的莱州，拒绝新任登莱巡抚入境，声称朝廷若肯赦免孙元化并晋升李九成、孔有德为登莱巡抚、登莱总兵，永镇登州，他们仍愿俯首称臣，立马就抚。

消息传来，朝野又掀起一场大波。叛贼的狂妄激怒了朱由检，主剿派连封上书要求朝廷派大军解莱州围、平定叛乱，一时杀孙的呼声又高了。朱由检并非心慈手软之人，只是孙元化卖女筹饷、力尽自刎及就逮回京的种种忠爱之行，令他私心感动，觉得满朝之臣难有其匹。何况他还有后顾之忧：万一李九成、孔有德能够就抚呢？万一金虏再次南下入关呢？孙元化的人望和才干，尤其是用西洋大炮防敌守城的长技，非他人可比。朱由检没有说杀也没有说赦，但是，他再任兵部侍郎刘宇烈为山东总督，调总兵邓　、刘泽清、监视中官吴直等率马步军三万增援莱州，又命兵部尚书熊明遇总揽其事。那时军威严整，兵强马壮，同仇敌忾！叛军充其量不过万余人马，而援军加上莱州城内及山东各卫所军，总计不下六万，解莱州城围，剿平叛乱应是易如反掌！

不料五月里，败绩送到京师：贼兵潜绕后路，焚尽大军辎重粮草，官兵三路大败，退回昌邑，新任山东巡抚徐从治竟中炮身亡！

兵部尚书熊明遇受命时倒也慷慨激昂，此时见官军无用到这种地步，只好重提抚议。首辅周延儒无可奈何，只得赞同，提请皇上圣断。朝野上下，抚议又占上风。朱由检有什么办法？剿又剿不灭，打又打不过，不抚又将如何？他只得默许。

这两个月，不时有消息传来：总兵陈洪范领三千昌平兵往援，因陈是辽东人，去莱州必可抚定；天津参将孙应龙奏称与耿仲明兄弟是旧交，能令其缚李九成、孔有德来降，于是令其率兵二千从海路前往；莱州推官屈宜阳已入贼营讲抚，贼军兵将礼数周到，接送仪式极隆重；监视中官吴直、徐得时与莱州知府朱万年出城与贼帅相见。孔有德等人叩头匍匐，涕泣交颐，各官慰谕久之而还……

六月里，朱由检所尊敬的礼部尚书徐光启，由首相周延儒荐举、朝廷会推、皇上卜枚认可，入阁为大学士，只要抚议成功，赦免孙元化已成定局。

对于这一切，朱由检说不清心里是什么滋味。登州之乱若能抚定，孙元化若能赦免，固然能了却一桩棘手的事，而他总有一种违逆了自己心意、想要找岔子发脾气的烦躁。战败而不得不讲“抚”，对他这至高无上的大明天子而言，实在是屈辱；讲“抚”而不得不赦免孙元化，同样令他心头生出一种无可名状的反感。

他求助于神灵，回答却如此难解。

细想想，“羊尾猴头开花”……去年是辛未年，今年是壬申年，登州事发正在去冬今春之际，却不正是羊尾猴头开花？“四野干戈如麻”，是不是应了刘宇烈大败？后两句呢？怎么还有胡儿出现？难道金鞑也要插手？

朱由检站起身，在案前走来走去，直想得脑仁发涨发疼，心里烦躁不堪。王承恩连忙出去端了一碗莲子桂圆羹奉上皇爷。朱由检心不在焉地接过，心不在焉地用小银匙调着甜羹，洁白的圆圆莲子，又叫他联想起他的新生皇子慈炤新剃的小脑壳。他心里长叹着：若不能将大明江山社稷一代代传下去，直至千年万岁，如何对得起祖先，如何对得起投生皇家的子孙！……

院中一阵又重又忙的脚步声，使朱由检很不高兴。他为教训这些不知礼法不懂规矩、走路有声说话随便的奴才，已经杖过好几名太监了。这又是哪个？他脸一沉，走到中殿，准备见着来人就命侍从太监拖下去打。

进来的却是司礼监秉笔曹化淳，一进门槛就跪倒了，虽然极力抑制，仍显得很紧张，气喘不止：

“禀、禀皇爷，莱州、莱州来了急报……”

朱由检心头一惊，外表还保持着从容，端着莲子羹喝了一口，说：“念。”

曹化淳跪读道：“题报兵部熊尚书并上内阁：叛贼李九成、孔有德等以抚愚我，称‘坚请登莱巡抚谢琏往营中宣读抚谕’，谢巡抚同知府朱万年、监视中官吴直、徐得时出城，贼执之系于营中。朱知府骂贼而死，贼攻城转急！……”

“乒乓！”朱由检猛力将手中的羹碗摔碎地上，莲子、瓷片及汤汁四溅，污了他的龙袍和曹化淳的脸。皇上眼睛冒火、面色发青、嘴唇哆嗦，伸出的手都在发抖：

“去！立召温先生来见朕！”

司礼监掌印太监杨禄酷爱书法。他曾发愿要遍集当世名臣才子墨宝，作为他此生最珍贵的收藏。皇上赐他的休沐别馆在金水河边，百官朝贺谢恩陛辞后，他常邀至别馆共饭。其间不张供桌、看桌等铺陈排场，只设短榻小几，席间无小唱歌舞喧哗，自始至终一团清语。但酒具食具极精美，酒肴或仿御膳食，或者就是皇上撤膳赐给他的珍馐，他自称不敢私享，分馈诸客。如此情厚，谁不感戴？所以当他于酒席间取出绫绢帛纸，向诸客乞诗索字时，无不欣然命笔。

惟有新入阁的东阁大学士徐光启的墨宝他一直没弄到。邀请数次，都被婉言谢绝，这反而使他更加迫不及待。今日内阁值房中当值的正好是徐光启与周延儒、温体仁，他便邀三位阁臣同往别馆。他料想温相与他交好，不会不应；再当着温相邀周相，温相不会生疑，周相也不甘不应；周、温二相都应允了，徐光启也就不好推托了。果然如他所料。只有徐光启迟疑地说：“若是圣上有急事相召呢？”

杨禄笑道：“今日皇三子满月，皇爷怕不得空。纵使有宣召，金水河不过咫尺，随叫随到。”

别馆确实幽静，树木荫深，山石叠嶂，池荷清香。进二门后，温体仁突然右拐，杨禄阻止不迭，他已领头走进右厢房了。一色素白的灵堂赫然在目，素帘高张，白帏垂地，香花宝烛和几具高脚祭器供着一块灵牌，上写着：司礼监六品奉御义子侯继禄之位。

周延儒与徐光启对温体仁这种强人所难的反常行径很不满意，但既已走到这里，也只好随他一同向杨禄道恼，说几句安慰话。杨禄却受不得，眼见着嘴一瘪，像老妇人一般，立刻满眼泪水、泣不成声："多好个孩子！……又孝顺，又伶俐，写得一笔好小楷……难得他还生得那么俊！……"

"唉，这要怪登州兵乱，闹得天下不宁，折了多少忠臣良将、贤士孝子！"温体仁感慨很深，直摇头，随即谦恭地让周、徐先行，自己随后，跟着杨禄出厢房进客厅。他资历不如周，年岁不比徐，不能僭越。

客厅摆了四张短榻，每榻前放小几三张，一几陈列酒肴，一几陈列热膳，一几陈列瓜果甜食，样样精美独到，色香味俱佳。杨禄请周延儒坐首席，徐光启次之，温体仁又次之，自己在侧相陪。几名行动轻悄无声的小内监为他们斟酒。酒过三巡，肴让五道，周延儒笑道：

"杨公公，此酒清芬直溢齿颊，不似光禄署制酒。"

"周相果然是此中行家。"杨禄谦和地笑道，"此乃皇爷所赐，为酒醋局所制上用御酒，是用玉泉水浸香玉糯双蒸而成的。但此为新酒，味稍薄……来，取那坛熟酒上席！"

熟酒斟上，色如金蜡琥珀，香甘醇美，入口滑爽，周延儒连饮数杯，赞不绝口，道："饮寡酒无趣，杨公公又有言在先，话题决不涉及朝政，不如行酒令，如何？"

他们行的是盛行于士人间的曲名古诗令。周延儒首先捧杯呷了一口酒，开令了：

"我有一局棋，寄予《洞中仙》。《洞中仙》不受，云：'自出洞来无敌手，得饶人处且饶人。'"

说是不涉朝政，在座者谁不解得其中意？显然是针对着温体仁的刻忌。

温体仁一笑，接令道："我有一钓竿，寄予《渔家傲》。《渔家傲》不受，云：'夜静水寒鱼不饵，满船空载月明归。'"

他这是什么意思？含糊、模棱两可。是暗示自己不上钩，还是表白自己一无所求？或者是坚持严惩孙元化，嘲笑周延儒、徐光启空费心力？

徐光启也举起了酒杯接令："我有一犁锄，寄予《使牛子》。《使牛子》不受，云：'且存方寸地，留与子孙耕。'"

温体仁看看要变色，徐光启等于公然告诫他为子孙后代积点德，这与骂他缺德没有两样！他刚刚竖起眉毛，但几乎在竖起的一刹那就跌平下来，变成笑眉笑眼的一张面孔："哈哈，早听说老前辈于农政十分精通，果然三句话不离本行，好，好！哈哈哈哈！……"

杨禄不管如何与温相交好，也不愿客人们在自己别馆争论政事，使自己落个私干朝政的罪名，立刻出来打圆场："来来，听我的：我有一扫帚，寄予《菩萨蛮》。《菩萨蛮》不受，云：'各人自扫门前雪，莫管他家瓦上霜！'"

大家哈哈一笑，指说杨禄最后一句乃俚语而非古诗，杨禄认罚，连饮三杯，席间气氛才平和下来。杨禄趁机命人取来几幅裱好的绫绢，亲自铺在窗下那张大画案上，请三位内阁大学士或诗或画，为他留下墨宝。

三名辅臣互相谦让，首推长者徐光启。徐光启逊谢，温体仁又如往常谦恭地礼让首相周延儒，周延儒礼节性地推辞一下，抬手示意请温体仁先执笔。温体仁竟然就先走过去，据案提笔而作。周延儒很恼火，他当然发现，近来温体仁常在谦恭的面貌下行不恭之举动。不过，宰相肚里能撑船，他装作看不见。

温体仁画的大写意山水：湖水浩渺，三山隐约，湖边杂树水草，点点飞鸟。上方两句题诗：

望断洞庭山水绿，鹧鸪啼罢子规啼。

又是模棱两可！湖上有三山，显见画的是太湖，而诗中却称洞庭，偏偏太湖三山又名洞庭山，所以既可说是洞庭也可说是太湖；鹧鸪啼声道："行不得也哥哥"，子规啼声道："不如归去"。意在奉劝某个不济事的官员告退回家。此人家乡应在太湖洞庭山边。影射谁？周延儒是宜兴人，他自己是乌程人，都在太湖边，说谁都行。

周延儒冷笑着。近日为他曾举荐孙元化，为他持抚议，为他任用熊明遇主持平叛大局，为他庇护三路大败的刘宇烈，为他一向的营私纳贿、私处不检点等等，朝野上下又一次掀起攻讦他的风潮。据说已有十数名言官挂了弹章，连与他私交甚好的佥都御史徐璜也参与其事。他很愤慨，但不害怕。只要皇上信任他，多少人弹劾也没有用。最多他做个谢罪退回私第请求致仕回籍的姿态，皇上一挽留，风波也就过去。皇帝还嫩，缺了他这明敏精干的首相将寸步难行！……他缓步走到案前，提笔凝思片刻，大笔一挥，又是一幅写意画：溪边柳下，水牛庞然。骑牛吹笛者，竟是一丑恶老妪！

旁观的温、徐、杨三人都纳罕。近日朝中传看着一幅不知哪个轻薄小子作的画，构图用笔与此一般无二，只是题图为“周延儒相业”，讥刺他无能不胜任，于国事无补。他自己居然也画出同样的意境，想必是看到过那张画了。那么，今日此举何意？自诩首相的胸襟阔大？表示对那轻薄小子的蔑视？……

周延儒饱蘸浓墨，在画的上方龙飞凤舞地一路写来，如江河湍流而下，是一首七言绝句：

杨妃血溅马嵬坡，出塞昭君怨恨多。
怎及阿婆牛背稳，笛中吹出太平歌！

他搁下笔，哈哈大笑，十足的自鸣得意。杨禄拱手，温体仁竖拇指，连声赞美“高明”！徐光启不得不强笑着点点头。

杨禄双手捧笔，笑容满面：“徐老大人，无论如何，请赏个脸吧！”

徐光启接笔，实在不知道写什么好。他不愿与有权势的大太监交往。因为结交内臣不仅中皇上所忌，也是不正派行径。今天却不过同僚情面，又因杨禄掌印司礼监，与内阁公事来往最密，在救助孙元化一事上或能出力，所以勉强来了，却目睹温、周二人无处不有的钩心斗角。这两位同僚，一个浮华多欲，一个机深难测，他心里均无好感。但同在内阁，同理国事，又不能不同舟共济……想了半天，自觉思维迟钝吃力，全无几年前赋诗作文的敏捷。到底年过古稀了，不由摇头叹道："老了，不中用了！……杨公公，我随意写个俗语联，聊以塞责，可好？"

"好，好！随老大人赐教！"

徐光启捉笔的手很用劲地在纸上横平竖直地画着，力不从心，有些颤抖，笔下隶书字迹不免出现断续，但总体看去，仍很有气势，很见功夫。写完十六个字，老人家额头沁出一层汗珠。看了徐光启写的联语，周、温、杨一起沉默了：

种瓜得瓜种豆得豆，
染苍而苍染黄而黄。

杨禄首先醒悟，拱拱手道："老大人好心，在下领受了，谨受教。"

徐光启高兴地笑了："那好，我再写一联行书体的。"他在另一幅稍小的纸上流畅地写下十字联：

主人解余意，
仁者用其心。

徐光启写题款之际，两个小内监气喘吁吁地跑来，在客厅门口跪告："禀杨爷！莱州递回军情，说贼人假意归降，骗得谢巡抚执去做人质。皇爷震怒，着小的们宣召温先生乾清宫见驾！……"

杨禄忙问："只宣召温先生？"

"是，在乾清宫西阁里。"

小内监随了他们四人赶忙回大内内阁值房。杨禄与温体仁不得不告罪紧赶着先行一步。周延儒和徐光启默默走着，无心交谈。皇上独召温体仁使他们不安，仿佛西山那边渐渐升上来扩开去的乌云，他们被不幸的预感笼罩了……

温体仁和杨禄赶到乾清宫时，皇上的雷霆之怒已经过去，但中殿沉闷的气氛、小内监诚惶诚恐的表情、地面溅泼的水迹以及皇上面部残存的红晕和亮光闪闪的不安定的眼睛，都显示着这场风暴确是赫赫天威，不比寻常。皇上谕令的声音也还不太平稳：

“将急报，念与……温先生听。”

小内监念了，情况确实令人震惊、令人愤怒：“……贼兵扬言，数月讲抚，朝廷全无诚意，避而不答要紧条款。此次将以谢巡抚及二监视中官为质，待朝廷应许赦免孙元化，并畀以登州一郡，则解莱州围，送还人质；否则将杀谢琏、破莱州！……”

杨禄听得目瞪口呆。两个月来朝野一片讲抚声，竟讲出这样的结果！

“温先生见教。”朱由检深深地吸了口气，说话连贯了些。

温体仁拱手低头似在行礼，半晌不作声。

“温先生！”杨禄轻声唤他。

温体仁猛抬头，目光炯炯，慷慨激昂：

“讲抚，实为误国之道！纵观前后，实是贼人以抚愚我！一抚而六城陷，再抚而登州亡，三抚而黄县失，四抚而莱州陷围，岂不是越讲抚事态越恶？”

朱由检反倒冷静了：“虽是讲抚，叛军所提的两项条款，始终不曾应允……要么，先退一步，让让他？两项中准其一项？……”

“陛下，千万不可让！半步也不能退！让一步，就要让十步、百步。贼人必是得寸进尺，贪得无厌，哪有满足？万不可示弱于贼人！若让了登州，让不让莱州？让不让皮岛？让不让青州？若开此先例，天下各省州县都视登州为法，哗变杀官、占地求封，我大明江山岂不……”温体仁纵使摆出冒死进谏的姿态，也不敢触皇上忌讳，说出“亡国”这样可怕的字眼，赶忙缩住口。但见朱由检脸色一寒，似乎打了个冷颤，用翻弄奏本的动作体面地遮掩了过去。

“再说，惩办罪犯、调派地方官员，乃朝廷大权、令出君上，岂容跳梁小丑置喙!”温体仁义正词严，朱由检听得颇觉痛快，频频点头，又不无疑虑地说：

“不讲抚便要剿，而刘宇烈大军三路败退，不是对手……”

“不然!”温体仁仿佛下了很大决心，“三路败退并非败在剿灭之策，而是败于刘宇烈无谋、各师怯懦！大军抵莱州，不思进兵，日遣十数辈往贼营议抚，又纵还所俘贼将，致使我之虚实贼兵尽知，安得不败！熊明遇总揽剿贼事，更是惑于余大成抚议，虽督兵援莱，却无时不念念于抚，常说一纸书贤于十万兵；而熊明遇又是秉承周相……”

“怎么?”朱由检又惊又怒，猛然站起来，自觉不妥，又缓缓坐下，“他们竟敢明剿暗抚，欺朕不成?”

“他们未必敢有欺君之心，但确成欺君之行！便如周相主抚，又力救孙元化，无非要做好人，博得仁厚之名，却不料恶名归君……”

“哦?”朱由检目光一闪，盯住了温体仁，眼里神色很是危险，不知是被此说打动，还是对此说疑心。温体仁硬撑着，脸不变色地承受住了皇上的审视，继续说：“皇上最以结党为群臣戒，眼下主抚一派岂不结党？连徐光启也被援引入阁……”

“徐先生德高望重，忠爱之心天下皆知!”朱由检断然说。

“陛下所见极是，徐老先生乃天数家、学问大师，辅政时日尚浅，为救门生而坠入其术也未可知。然自周相以下，主抚派早已遍布朝廊了。”

“周先生大才，是朝廷栋梁。”朱由检说着，浅浅一笑。这笑容鼓舞了温体仁，他也带着笑意说起周延儒的逸事：

“周相幼有神童之称而性极顽劣，蒙师罚其顶盛水石砚跪地。友人雷一声谒师看见讲情，师曰：以顶砚为题作文，文佳方可放起。延儒应声道：‘一方端砚一勺水，压住乌龙难摆尾。今朝幸遇一声雷，扶摇直上九万里!’一声笑曰：‘此乃大贵之才!’师曰：‘贵则贵矣，但奸人耳。’一声惊问其故，师曰：‘乌龙乃贼龙也，何不言人龙?’”

朱由检默默无语，片刻后，忽然似笑非笑地看着温体仁，说：“温先生入阁，是周相援引。他每每赞你才干超群，你竟如此评论他?”

温体仁心头一突，后背发凉，索性一不做二不休，拱手弯腰，面容及口气都极庄严，有如盟誓：“臣身家性命都属陛下，体仁心中只有皇上!”

这话很受听，朱由检心里很舒服。他认识温体仁自那次内阁九卿会议，见他与诸官辩诘舌战、撑拒不屈，深信他孤立无党。后来被变兵杀却的王象春之子来京上控，无处不打点，周延儒收贿却主抚、温体仁拒贿而主剿，锦衣卫的报告使朱由检称奇。不结党、不纳贿，这正是他最赏识的臣节！所以对温体仁日益信赖。此刻他消除了心里的疑虑，不由得点了点头：

“依温先生所见，如何处?”

“平定登州，非调精兵、绝抚议不可！而绝抚议、断贼望，则孙元化不得不杀、刘宇烈不得不戍、熊明遇不得不革!”最重要的一句他没有说出口，但意思已到：周延儒不得不罢!

朱由检望着他，没有作声。杨禄也望着他，直眨眼睛。

“还有一层。孙元化以举人出身，骤膺节钺是朝廷破格提拔。如今失地获罪，惟有严惩不贷，方显圣主英明公正。”

朱由检沉吟着，几乎看不出地点了点头。

随着眼帘下垂，温体仁的声音也低下去：“闻得此人离登州之际，军民万众罗拜痛哭生祭。得人心太甚，恐非朝廷之福……”

朱由检微微一惊，眼里又闪烁起不安定的光泽，似有两粒蝌蚪在乱跳。好一会儿，他才说道：

“你等且退，容朕三思。”

出乾清宫，温体仁一脸严峻，平日的温文尔雅似被风吹却，再不见了。今日在御前既已说开点透，那就要一条道儿走到头，取周延儒而代之。大丈夫能屈能伸，他已屈够了，屈得烦透恨透，该着伸一伸了！要当首相，要周延儒下台，则非促使皇上下决心杀孙元化不可！这不只是剪周羽翼、贬低周在皇上心里的地位，最要紧的是，杀却孙元化，就绝了皇上的退路！他太知道这小皇帝的心性了：自诩果断英明、金口玉言，绝不会认错的。周延儒就得承担全部后果，做替罪羊……

杨禄不时惊讶地偷眼瞧瞧同行的大学士：真不料一向谦恭温静寡言的温相竟这么厉害！想起徐光启给他的赠联，不禁动了感情，想做一做软心肠的“仁者”了：“温先生，天地有好生之德，孙巡抚他——非死不可吗?”

此话大逆温体仁心意，竟不由自主地冲口而出：“有国家律条在，该活则活，该死则死！恻隐之心，岂今日作用乎!”

“五月里朝野一片杀孙之声，周相、徐相等大臣还于御前力争，徐相甚至叩头无数，愿以身代……”

温体仁冷冷一笑：“哼，他们无非想做好人。明摆着，既做官，又要做好人，两者可兼得耶？……”

杨禄吃了一惊，顿时闭口无言，小心地斜眼打量这张机深刺骨、外恪谨而内猛鸷，俨然以首相自居的嘴脸，脊背隐隐透过一阵寒意。

温体仁由于今日发难，心中舒快得意，说话竟直抒胸臆，少了顾忌。确实，一年后周延儒被他拱下台，徐光启也因病故去，他心满意足地当上了首相。然而不到四年，他又被崇祯帝革职放归。如果他知道祸根其实种在今日，也许就不会如此狂妄地信口胡说了。

二

风卷着素白的衣袂飘扬，他似在云间飞翔，在尽力升高，远离了山峦海洋，远离了岁月，直升入白云顶端的殿堂。殿前御道长得没有尽头，他只能遥遥朝着殿中那远得辨不清面容身姿的至圣先师跪叩礼拜。御道两旁是先师的弟子贤人，依序排列下去，成千上万无穷无尽。他难道不能在这行列中找到自己的位置？……

“不！你不能!”殿堂内传来雷鸣般的回答，震得他头晕眼花。

“为什么？我自幼熟读圣贤书，一世忠义……”

“不不!”靠近他的御道左侧，仿佛朱熹老夫子，微微笑曰，“忠无止境，须彻头彻尾，彻里彻外。”

右侧的定是先儒程颢，皱眉道：“正是正是。虽死于忠却不能死而无怨，则显见尚有私心！”

“去吧！”殿堂内的声音轰隆隆滚过，他似被一只大手猛推，倒栽葱地摔下尘世，落进一群乌黑的人形之中。他们手持棍棒兵器，有如恶魔乱跳乱舞大喊大叫：“杀！冲！杀出去！冲出去！……”然而，四周却有一张巨大的看不见的网，他撞到网上，身体被灼热的网丝烫烧得一道道伤痕，痛彻心腑，在地上翻滚……

渴极、倦极，身边走过一个背水罐抱孩子的妇人。

“大嫂，”他哀告，“赐一口水吧，我要渴死了！”

清凉甘美的水刚刚润湿干裂的嘴唇，就被那孩子的小手打脱了！孩子奶声奶气地嚷：“不给他水！他要受到惩罚！”

抬头一看，顿时怔住，这是圣母马利亚和她的儿子耶稣啊！他向救世主跪倒了：“为什么要惩罚你的虔诚信徒？”

奶声奶气的语调很愤慨：“你虚假！你伪善！你总为了自己牺牲爱你的人！”

“没有，我没有！”他极力申辩。

“没有？你看，那是谁？”

“爹爹！”幼蘩站在巡抚府大门前喊道，“你怎么可以出卖亲生女儿！”

“孙元化！还我命来！”瘦小的陆奇一满身血污，步步逼近，眼睛像两团炭火，逼得他无路可走，想要解释申辩，只张嘴发不出声。陆奇一身后还有一个令他颤栗的娇小身影，一个怀抱死婴儿、披散着头发的少女，凄楚地喊了一声：

“孙公子！”

孙元化大惊，脚下一绊，仰面摔倒，仿佛要滚下悬崖。他连忙抱住一根枯藤……这藤怎么变得柔软有弹性、变得温馨？一股熟悉的脂粉香透进鼻观，竟是幼蘅！玉肢如藤紧紧缠绕他的全身，她笑着，火热的眼波、火热的嘴唇、火热的躯体……她凑在他耳边，似要说情话，声音却很大：

“爷！睡得好熟！”

孙元化陡然睁眼，幼蘅、和京站在面前，一大一小两个书生。他一时发蒙："你，怎么如此装束？"

幼蘅把饭篮子放上桌，笑道："天天如此，爷今日怎么问起来了？"

"吭啷"一声响，狱卒默默地把狱门重新落了锁，孙元化才从梦境中完全醒过来，记起这里是刑部监狱，幼蘅假称是他的内侄，着男装，天天给他送饭，不觉"嗐"了一声。

"爹，来吃饭！"和京搀扶孙元化在上首坐定，自己下首相陪。幼蘅已把菜肴摆齐，打横布菜。桌上一攒盒四荤四素下酒凉菜，一碗蒸肉、一碗素烧豆腐、一碗煎鱼、一碗燕窝汤。幼蘅指着那只最大的陶钵说：

"这八宝鸭是徐太老师府上着人送来的，说是徐太师母亲自下厨为爷烧的江南菜肴……"

自从孙元化转来刑部监狱，徐府每天都要送一味菜肴，都是添了人参、当归、田七等珍贵药品的滋补膳食。想到年过古稀的老师，他心里充满感激之情：

"徐师厚恩，不知此生可能报答！……"

"正是哩！"幼蘅一面为父子俩斟酒，将各式菜肴分别夹送到他们面前的接碟内，一面道，"或者徐太老师府上的膳食果是滋补养人，爷近日气色好多了！再不似初离诏狱时那般形销骨立……"她面庞清瘦却笑容妩媚，水汪汪的眼睛里柔情几乎要泛溢出来，流向孙元化。他不敢接触，慌忙避开，信口说道：

"能活着离诏狱已是万幸……和京，少喝酒，多吃菜。"

他忽然想起方才梦境中的幼蘅，联想起那可怕的一天，顿觉耳根发烧，大不自在，举酒盅仰头慢慢喝尽，以遮掩心头的慌乱。

"伊格那蒂欧斯！"

刚吃罢饭的三人猛一激灵，谁在唤孙元化的教名？栅栏门外的过道上，只有那个老狱卒蹒跚着巡视各牢房，还有一个背煤篓子的小贩，一身肮脏，黑脸黑手黑腿子，活像个黑鬼。牢房里阴冷潮湿，常有这些操贱业的人送煤揽生意，犯人和狱官狱卒都需要他们。

三人面面相觑，难道白日见鬼？

“伊格那蒂欧斯!”漆黑的煤贩子竟手攀栅栏，又叫了一声。他笑着，整齐的牙齿在黑脸上白得闪光，一双碧色眼睛闪着悲悯的光芒。

“你，你是谁?”孙元化惊疑不定。

“还没认出来? 我是汤若望!”

“神父!”三人同声喊出来，孙元化紧紧握住栅栏上那双乌黑的大手，心里翻上一重热浪。

狱卒听得喧叫，赶过来责备煤贩子：“喂，你这人怎么没规矩? 做完买卖就快走，啰唆什么!”

“老哥，”孙元化连忙接茬儿，“他是代我父亲来看我的，还请老哥行个方便……”

“怎么不早说!”狱卒对孙元化非常恭敬，立刻掏钥匙开门放煤贩子进去，“孙大人，老哥二字实不敢当，还是叫我宋二吧，有事尽管吩咐。”孙元化称谢，他连连摇手，重新锁了门，哈着腰慢慢走开。

“他心肠很好。”汤若望看着老狱卒的背影。

“我知道!”和京抢着说，“他跟我讲过，他敬我爹爹是个大忠臣，还说他干这行已是作孽，再不积点德，子孙后代遭不完的报应! ……哎哟，神父! 你手上的黑煤!”他避开汤若望抚摸他脑壳的大手。

汤若望笑道：“哦，不是煤灰，是黑色染料……伊格那蒂欧斯，你受苦了! ……”他又一次握住孙元化的手，眼睛里贮满慈爱，银子般纯净的声音里饱含着安慰和鼓舞。幼年丧母的孙元化，骤然感到他极少领会的母亲般的爱抚，霎时心酸难忍，咽喉被热泪堵塞，难以成声：“不，神父……”

两双大手紧紧相握，好一阵相视无语。

孙元化记忆中的汤若望，永远是学者风度与贵族气质的合成，每天必须洗浴换衣的洁癖连孙元化都感到惊异。每靠近他，就令人想到纯净的清泉，似能嗅到冰雪的气息。而眼前的汤若望，不仅剃掉了浓密卷曲的大胡子，剪去了金黄色的长鬈发，还穿上这肮脏行头，弄得满脸满身乌黑……

汤若望依着孙元化的注视对自己全身看了看，耸耸肩笑道：“毫无办法，除了亲属以外的任何人都不准探监，而你在诏狱的那段时间，好像连亲属都不许探视……”

孙元化点点头，记起他下诏狱半月后，在镇抚司的第三次拷问时，准许家人于堂下遥望相见。他血污遍体几无人形的状貌，惊得堂下的和京、郝大痛哭。幼蘅在看到他的第一眼后就昏了过去……他不禁感叹道：“若与诏狱相比，此间堪称天堂了。来，请坐。”

幼蘅背着身子，低头弯腰在屋角暗处收拾食具，惴惴不安。看来不打算以真面目与神父相见，又不时停下动作倾听他们的交谈。

“天主保佑，登州事变的始末，由于你，伊格那蒂欧斯在诏狱的辩白词传遍朝野，几乎无人不知了！我们的每一位教徒兄弟姐妹，都引你为骄傲，都要求营救你！徐保尔和金利欧，还有许多正直的大臣们都在努力，很有希望！你千万要保重。你是这样消瘦、苍白……”

“已经好多啦！”和京又抢过话头，“在诏狱爹爹几乎不得活！”

“哦，天主！”汤若望在胸前画了个十字。他早就听说诏狱里很黑暗很残酷，但还是第一次与孙元化这样亲历诏狱而又存活下来的人交谈。他很想了解内情，以充实他向罗马教廷的报告内容，来证明教廷应该增派传教力量以拯救这个可怕国度里无数受苦的灵魂：“伊格那蒂欧斯，你不愿意向天主诉说你在诏狱所受的磨难吗?”

孙元化的面容突然间变得木然，仿佛戴上痴呆呆的面具，惟有眉头在痛楚地颤抖。

“啊，对不起。”汤若望抱歉地注视着他，“这一定使你痛苦了……”

痛苦？仅仅是痛苦？不！那些可怕的回忆能叫人发狂！

……记得在登州，吕烈曾说起诏狱锦衣卫行杖的规矩：轻重死活全要看监杖的司礼太监的表示。太监的靴尖向外成八字，就不往死里打；靴尖向内一敛，休想活命！受杖者若事前有备，并吃些药护住内脏，则心血不上冲，百杖难死；若猝然受杖，十下就足以毙命。那时还没人知道吕烈的真实身份，只当他是在卖弄他京师子弟的无所不知，谁料竟是真的！

那日初进诏狱，头次过堂，什么都不问，先打三十“杀威杖”。解衣扑倒堂下的他，绝没料到一杖下来，浑身会猛烈震动，臀股间的疼痛直钻心腑，竟比刀割剑穿还要难忍！他拼命咬紧牙关，一声不哼，眼前果然看得见一双穿着黑缎薄底靴的脚，平行地稳稳站着，像年画上的双鱼。十杖以后，股间肿起三寸高；又打了十杖，皮破肉绽，血水飞溅，他终于痛昏过去。昏迷前留在他意识中的最后印象，是那双穿靴子的脚，脚尖微微向外一撇，成了个不大洒脱的、畏畏缩缩的八字。

受杖的疼痛，远远不及回狱后那从早到晚再从晚到早，一天十二个时辰无休无止的杖伤的折磨，然而他活下来了。想起行杖前，有人给他喝过一碗深棕色的、气味古怪的浓茶，或许就是护住内脏使他得命的药？谁送的？徐师还是周相？或者是吴公公？……

诏狱，又称锦衣卫狱，由北镇抚司专领。既是称“诏”，那便是奉皇帝诏命而设，锦衣卫又是直属皇帝指挥的贴身卫队，所以它是超越朝廷法司以外的刑狱，除了皇帝本人，谁都不能干预其事。诏狱的审案不像刑部、都察院、大理寺那样曰审讯、对簿、谳勘，而称为拷问、打问。他先后受三次拷问，每次下来都遍体鳞伤，奄奄一息。

堂上问他三项大罪：一交通金虏；二贿买权臣内臣，结党营私；三陷城失地。前两项，任凭拷打，血肉横飞死去活来，他坚挺不屈，矢口否认；而第三项，他却不作一字解释，毫不含糊地直认有罪，表示甘愿为此承受任何应得的惩处。他的鲜明和坚定，使拷问他的堂上官吏们都吃惊了，有人甚至私下表示敬佩，但这并不能改变他在诏狱的可怕处境。

诏狱的牢房一概低低地没入地面，阴冷潮湿，地上墙上终年滴水生苔。十冬腊月如冰窖，犯人也不许生火取暖，饮食尽是生冷。家属不许见面，就是送进衣物食品，也以验查为名尽行没收。他一入诏狱，便有头枷、手枷、脚枷三木加身，僵卧在潮湿冰冷的草堆上不能转侧。杖伤疼痛得他屡屡昏厥，无人过问。草中臭虫、跳蚤吸血叮咬，痒痛并作，他还能咬牙硬忍；而入夜以后，许多老鼠蹿出来撕啮他的脚、腿、手、臂以至头颈耳朵，听着一片吱吱欢叫、磨牙咀嚼的声音，感到伤处血流涔涔，被恶毒的小舌头舔吃，肌肤皮肉被尖利的小牙齿撕扯，这痛苦和恐怖的折磨他实在无法忍受了，大叫“来人”！但是回答他的，仅是四壁隐隐的回震。诏狱牢房墙厚八尺，任何号叫惨呼也传不出一丝一毫。他完全与人间隔绝了，绝对的孤独，可怕的寂静，他将在这里死去，将成为群鼠的口中食，将烂掉、化光，而不会有一个人知道！……

“绝望中，上帝给了我力量。”孙元化简述了他在诏狱的经历后，十分虔诚地对汤若望说，“我向天主祈祷，求他给我活下去的勇气。主回答了我，支持了我，拯救了我！……”他不愿意说为了活下去，他怎样喝自己的尿——狱中称之为“轮回酒”——以解毒；怎样打碎瓷碗，用瓷片割去腿上的腐肉……但他确实在祈乞天主拯救时，用耶稣受难的圣迹鼓励了自己，抛弃了自杀、等死的念头。

汤若望听得热泪纷纷，激动地喊：“主啊，饶恕我这失职的罪人吧！在他最为困苦、灵魂受着煎熬的时候，我竟没有和他在一起！……”

“不，那不是你力所能及的。”孙元化谦和地说。

“这并不能减轻我的罪过！……我定要把你的受难史写下来，告诉兄弟姐妹们。你不愧是我们天主教的英雄！”

“不，谈不上。我比不上前朝那些东林老先生。而且，说实在话，皇上登基后，清理诏狱，已将剥皮、炮烙等酷刑废除，比前朝总归是好多了。”

汤若望惊讶地望了他好一阵，终究还是克制不住地感叹：“主啊！他们竟有这样举世无双的忍耐力，还顾念着皇帝的好处！……伊格那蒂欧斯，听徐保尔说，当初你巡抚登莱、海战立功时，朝中那些忌恨你的人，如今又有许多对你在诏狱中的气概私下里很表敬佩……”

孙元化苦笑：“神父，这是我国士人的通病：妒忌比自己强的，同情比自己弱的，不足为信。我也实在称不起英雄豪杰，因为我……也有软弱的时候，那也是需要向天主告罪忏悔的……”他猛地感到牢房一角幼蘅射来的敏锐而惊异的目光，连忙避开，同时也缩住了后面的话。

汤若望顺着孙元化的目光，发现暗处那个他认为是陪住牢房的侍候仆人有些不一般，走近几步，仔细看看，迟疑道：“你，好像不是……”

幼蘅见躲不过，索性近前半跪行礼：“神父，是我，玛德莱娜，为服侍帅爷进出牢房方便，故而这般装束。”

孙元化补了一句：“我们老夫妇收她做义女了。”

汤若望极其赞赏：“好极了！真是难得。用你们中国俗话说：路遥知马力，患难见真情！……怎么，我说得不对吗？你们怎么都不表示赞同呢？”

“说得对，说得对！”孙元化连忙笑着回应，驱走心里因此而突发的激动。

“徐保尔和金利欧都说，有周首相斡旋，皇帝好像表示愿意赦免，原说七月里就可以出狱了。今天已是七月初七，怎么还没有确实消息？真叫人着急！”

和京摇头晃脑，蛮有经验地说：“没关系，神父，没关系。只要是住的刑部大牢就没事儿！四月里说是又要回诏狱，那才把人吓死了呢！……”

“神父，”孙元化皱眉瞅了和京一眼，打断他的唠叨，“张焘和王征也在此狱中，你不去看看他们？”

“哦，我刚去看过王征，他托我带来一幅丝绢，想请你为他题字呢。张焘那里，我这就去。”汤若望说着，从怀里掏出一个纸包，递给孙元化。孙元化心上又翻过一个热浪头。

“神父，我跟你一起去！张叔父说给我做了一个活动兵轮呢！”和京不顾父亲阻止的示意，赶紧站到汤若望身边。

“神父，看过张焘，请你还过来，接受我的忏悔，给我指教，拯救我的灵魂！”孙元化声音虽低，却饱含热情和痛苦，使汤若望不由得深深地望了他许久，出门后还频频回顾。

丝绢展开了，有如洁白的雪，却比白雪柔美滑软，与这里的冷酷昏暗形成令人心寒的对比；它更像一片白云，却又闪动着丝织品特有的光泽，竟使整个牢房为之一亮。

王征何出此举？他原可于每日见面时自己送交，为什么要郑重其事地请神父转手？是以为牢狱之灾将要过去，以此聊作纪念？是觉得末日将临，以此权作告别？是仅仅不过友情流露？或者只是文人积习？……无论如何，王征的这番情义使孙元化深受感动。他提起笔，历历往事，一时都奔来眼前。他饱蘸浓墨，万千思绪都从笔端流泻而出，文不加点，滔滔而下，抒写着二人交谊始末。

幼蘅磨墨在侧，目不转睛地盯着孙元化运笔，不久就带着赞美和感念之情，轻轻念出了声：

"……天启七年春，元化受谴出都，两筐一兜，萧萧挥手，故知不避嫌忌、坐视行色者，惟先生一人！

"……不意一片痴肠，终成大梦，潦倒诏狱，卧废将死。先生同苦，而尚以苦余左右提挈子弟僮仆之事，周至有加……

"盖自官于登，而无五日不一再见者半年；自乘城，而无日夜不一再见者半月；自陷城、航海、下北司、过西曹，而无日不一再见者又半年余矣！……"

到后来，幼蘅声泪俱下，欷歔不能成声。

孙元化搁笔，叹道："有友如此，虽死何憾！"

幼蘅拭泪，感情仍然起伏不止："锦上添花谁不能？难在雪里送炭，更难患难与共、生死相从……"

孙元化看她一眼，立刻闪避开，他意识到又接近了危险题目，于是包起白丝绢，低头收拾桌面，吩咐说：

"幼蘅，拿我那书稿来。"

自那件事情发生以后，每当两人单独相对，孙元化便如现下这样，埋头修改他的两部书稿——《经武全书》和《西洋神机》。牢房里静得像没有人一般，间或书页翻动，声音便响得惊心。

幼蘅静静地磨墨，注视着故意把头伏得很低的孙元化，心头一阵阵柔情泛起，终于轻声问：

"爷悔了?"

沉静中，一根针落地都能听见。她的话却像羽毛投进水里，没有回响，消失得无踪无影。

"爷悔了?"她又问。自那日起，她又改回称呼，不再叫爹爹了。

孙元化不抬头，提笔的手却有些抖，苦笑一下："犯戒，你不悔?"

"不悔!"幼蘅脸庞有如朝霞，眸子闪着星光，"我不悔!这辈子总算得到爷的恩宠，如愿以偿，死也不悔!"

孙元化心头震动，笔终于握不住，落在纸上。

从登州启航以来，幼蘅对于孙元化而言，既是女儿，又是婢仆，温柔体贴地照顾他的衣食住行，照顾他的一切，连篦发洗脚、捶腰捶腿、按摩催眠这些贴身仆人的事，她全都承担了。晚上也与孙元化父子同舱而眠，就睡在孙元化床脚下。从诏狱移到刑部狱，她也同和京、郝大三个人轮流来狱中陪住，照看受刑后极度虚弱的老爹爹。由于她一直是男子装束，孙元化几乎忘了她的本来面目，习惯于她勤谨周到的侍候，习惯于她温存的无言的抚慰，身体恢复很快。

事情出在四月里。

那是个迷人的初夏的夜晚。牢房高高的窗口展现出暗蓝色的天空和闪闪的星辰，飘进一缕缕槐花香。孙元化对着烛光下静静地倚桌托腮而坐的幼蘅，说起嘉靖朝名臣杨继盛亲手植在刑部狱所的那株古槐。幼蘅披着淡黄的柔光，温静纯真，像个乖乖地听大人讲故事的孩子。孙元化感受到少有的平和、宁谧和温柔，不由得又讲起故乡嘉定老宅乐在堂的紫藤、杕左堂的玉桃、天香桥的桂花，讲起出狱后再不做官，将归田园避世度日，诗酒耕读了此余生……

老狱卒悄悄跑了来，满脸紧张和悲伤地悄悄报告说：因为莱州被围，主剿派得势，孙大人明早又要移回诏狱复审，请他们早做准备。

老头儿踽踽而行地悄悄走开好半天了，孙元化仍木雕泥塑般呆坐在那里，一动不动，眼睛瞪得极大。这简直是晴天霹雳!就是在最凶险的战事中，就是斧钺临头，面对死亡，他也不曾这样恐惧过!心头的阵阵寒颤霎时传遍五脏六腑，传到嘴唇、传到四肢、传到全身，他像得了疟疾一样剧烈地颤抖着……

幼蘅也被这可怕的消息吓坏了，她不敢接触孙元化的目光，但又得硬着头皮去照看。一看之下，大惊失色，扑过去拼命抱住，想要帮他止住抖颤。孙元化突然跳起身，张开双臂双手，恐惧地乱挥，大叫一声：

“不！——”

一向从容、沉稳、威严的孙元化，从不曾如此失态！幼蘅吓得心头“嘭嘭”乱跳，赶忙跪倒哀告：“爹爹！——”

孙元化什么都听不到，什么也感不到，面容疯狂，挥着手跳着脚大喊大叫：“不！我不去！杀了我吧！”他的嗓音陡然哑了，嘶声嚷着，“杀了我吧！——”

到了刑部狱，如进天堂，能够任意活动身体四肢，能够吃热饭喝热茶，能够不受刑不流血，重过人的生活，重享人间的温馨，他觉得幸运无比。死里逃生，再获希望，他怎能不珍爱？突然又要他回到那十八层地狱，重受那无穷无尽的折磨，再去时时刻刻面对死亡，太可怕了！令人发疯！他没有勇气像第一次进诏狱那样硬挺下去，还不如那次就死在诏狱，反倒安生了！……正如自杀一次未成的人很难有勇气第二次自杀一样，此刻他头脑乱得一塌糊涂，理智被恐惧搅得一团糟！他突然后悔起来：为什么在砣矶岛不随七贝勒去沈阳？为什么在津门不随吕烈南逃钱塘？为什么在通州不听吴直劝告远遁他乡？……只要能逃脱重返诏狱的可怕苦难，他愿意屈服于任何人、任何力量！……

他的精神终于崩溃了！发疯似的从桌上抄起暖酒铜壶，猛力砸向自己的太阳穴，嘶声大叫：

“我宁肯死！——”

不知哪儿生出的灵巧，幼蘅倏地扳住孙元化的手，并以突发的一股极大的力量，猛然紧紧抱住了他，连两只胳膊一起抱住，硬是止住了他的蹦跳。

“静静心，莫急！……”幼蘅此刻却没了恐惧，一下子变成了充满理性和母亲般怜爱的妇人，像在安慰发脾气的孩子一样抚慰着他，

“我在这里，我陪着你……不要紧的，再险再恶，咱们也能对付过去！……”她紧靠在他胸口，抚摸他的背他的颈、抚摸他的头发他的面颊，并把她那妩媚的眼睛、动人的脸蛋、红润的嘴唇越来越近地贴了过来……

他胸中狂燃的火突然找到发泄的罅口，猛地用力搂紧这娇小的躯体，像要把它勒碎才甘心似的，发疯般的狂吻便落在这熟悉又陌生，极亲密又极疏远的面颊、眼睛、嘴唇上……不知何时，她弄灭了烛光；不知何时，她扳着他倒在木板床上。他所有的堤坝都被冲决得没了踪影，于是他的疯狂的恐惧便消融在疯狂的快意中。他听得她轻俏甜美的声音，似在耳边，又似在很远的地方，极其体贴温柔：

“爷的身子还弱，别伤着，让银翘来……”

那时，他只希望在销魂夺魄、飘然欲仙的顶峰欢然死去，永不再受可怕的三木禁锢、尖利的鼠牙摧残！……等他终于恢复理智，已经晚了。

从这以后，她又称他为爷，再不叫爹爹，虽然移回诏狱的事终于未成事实。

她伸出温软的小手，在他消瘦的、青筋暴起的手背上轻轻抚摸着，口气温柔得能让石头人心软：“爷，又是七月七，牛郎织女相会的日子。去年今日，我已是爷的人了，只是那会儿爷不肯要我。今夜，我留下好吗?”

孙元化几乎受不了那双漫出爱恋、哀求的水汪汪的眼睛，硬不起心肠来拒绝她诱人的恳求。但还是违着自己的心性摇摇头：“不，还是和京陪我。”自那夜后，他不再允许幼蘅来牢房陪住。

“爷对银翘，竟没有一点留恋、没有一丝情分?”即使是哀怨、伤心的话，听来也那么柔媚、不可抗拒。孙元化心乱如麻，要在理性与情欲的冲突中寻求出路，谈何容易！他知道自己其实是怎样渴求着她的！尤其在那一夜之后，他与这渴求做了长时间的苦苦的争斗……几十年炼铸的理性和许多次的忏悔认罪终究没有白费，他居然有力量站起身，正视她的眼睛，说道：

“不！”

一个急转身，他走到窗下站定，仰望着窗外青天，忽然想起一件久远的往事：七岁的他挎着竹篮给牢房里挨饿的爹爹送饭，家里已两天揭不开锅，娘借的面烙了张饼时掰给他尝了一小口，嘱咐他不要偷吃。但篮里的饼香是那样诱人，他饿了两天的肚子不争气地咕咕直叫。他很明白，不应该吃，可又非常非常想吃，只能一路走一路哭……

“咚！”

“咚！”

从刑部大堂的方向，传来两响铳声，间隔不长。孙元化仍望着天空，轻声叹道：

“不知又要处决何人！”

沉默片刻，听得和京清脆的童音在走廊里叽叽喳喳地响，间或插进一两声纯净浑厚的男中音和杂沓的脚步声。是汤神父回来了。孙元化回过身来，望见走廊尽处呆立的狱卒，招手请他来开门。

“孙大人！”老狱卒远远地喊了一声，艰难地一踮一拐跑过来，到了栅栏门前，突然跪倒，嘴唇翕动，老泪纵横，泣不成声，“孙大人！……”

孙元化心头一震，低声道：“是我吗？”

狱卒不敢抬眼，拼命低着脑袋，点点头。

“还有一位是……”

“张……张焘，张大人！……”

一支利箭穿透了心窝！刹那间孙元化眼前一团昏黑！他的忠诚贞烈并没有得到承认，他不得不合目忍过这阵剧烈的痛楚……然而，这只是一刹那，当他再睁开双目时，痛楚已成过去，连同所有的疑虑、犹豫、欲念等等，片刻间消失净尽。他意识到他一生中最重要的时刻来临了，保持晚节，显示晚节的时刻终于到了！他的目光变得清湛，气度恢复了从容沉稳，面貌在一瞬间焕发出极其庄严、俊朗的神采。他微笑着，轻声说：“请稍待，容我办两件后事。”

惊呆的幼蘅、和京清醒过来，一齐扑过去，和京大哭着叫喊：“爹爹，不是就要赦你出狱的吗？”

孙元化神情威严："和京，不许哭！来执笔，听我口述，缮写遗折！"

他的不可抗拒的威严镇住了所有的眼泪。和京抹了抹脸，坐在桌边铺纸提笔，听写父亲的最后上书：

"……臣丧城失地，罪不可逭，死无憾。惟西洋火器乃我朝用兵所长，造炮筑炮台种种制度方法，尽记载于臣所著《经武全书》及《西洋神机》，特奉与朝廷，俾他年金虏南犯，为防守城地用。

"孔有德乃虎将也。若能招抚而为朝廷用，则大幸；若不能，则务必除去，否则将为大患！……"

众人静悄悄地听着，大气都不敢出，心头充塞着恐惧、悲怆和说不清楚的震撼。

"和京、幼蘅，禀告母亲，日后收埋为父骸骨于故土，切莫忘记以圣上所赐金卮陪葬，置我胸口。"嘱咐家事如此简单，孙元化脸上竟浮上微笑。当他转向汤若望，微笑化为一片虔诚：

"神父，请接受我最后的忏悔。我将以纯洁无罪的灵魂去朝见天主！"

汤若望激动得声音都在发抖："伊格那蒂欧斯！你无愧于我们基督教兄弟姐妹对一位英雄之死的期望！美丽的安琪儿将迎接你高贵的灵魂进入天堂！……"

孙元化跪在神父面前低声忏悔之际，其他人都退到了远处。幼蘅的眼睛像涂了一层水银般晶亮，目光温柔静美，仿佛粘在孙元化的身上。她微笑着，慢慢背过身，弯腰去摆弄她放在暗屋角的食品篮。

"哦嗯！……"幼蘅喉间发出的古怪声音，引得大家转眼看去时，她已慢慢地软软倒下，躺在她那乌黑的散开成扇面形的长发上了！

"幼蘅！"

"姐姐！"

"玛德莱娜！"

"大小姐！"

男人们惊呼着一齐围上去。谁也没有注意她什么时候拔下绾着发髻的玉簪，谁也没有看见她怎样将那长长的玉簪刺进咽喉。眼前的她已经气息奄奄，鲜血汩汩从伤处往外流。但她在笑，弯成月牙的眼睛一片明月般的清辉，只盯着孙元化，冰凉的小手捏着孙元化的大手，翕动着失去血色的秀美的嘴唇，嘶声说：

“我先去了，在路上等着你！……”

孙元化眼前一片模糊，胸口热辣辣的，只点了点头。

“到了那边，不做父女做夫妻……可行？”

孙元化咬紧牙根，一句话也说不出来。她有些失望，目光转向汤若望，声音更微了：“神父，天主……能不能……原谅我？……”

她头一垂，去了。面色很安详，眼睛还含着笑。

过了许多年，汤若望都不知道应该怎样回答。自杀是天主所不容的；居然相信邪教的轮回说，以为有那边的阴司；明知犯戒，还想嫁给有妇之夫。这都是罪过，违背天主的教义教规的罪过。然而，他却由衷地赞美她、敬佩她——这个在苦难中涤尽污秽的纯真的妇人，并相信她是幸福的，有资格进入上帝的天堂……

“孙元化！张焘！”牢房通道上传来粗声呼喊，震得墙皮“沙沙”颤动，“恭喜二位大人啦！……”

孙元化轻轻抚摸幼蘅的面颊，合上那双美丽含情的眼睛，站起身，说：

“更衣。”

和京连忙取来一件织有岁寒三友图纹的暗蓝色绫衫，双手奉上。

“不。”孙元化摇摇头。

郝大抖索着一双老手，展开了一件素白熟罗袍。孙元化伸臂入袖穿上，从容系带整理，回眸向众人用目光一一告别。再看一眼幼蘅，深深地嘘了一口长气，大步走出牢房。

所有的狱卒、各牢房的犯人，都眼睁睁地注视着他：宁静、从容，步态洒脱，风神俊朗，凤眼斜挑，双眉入鬓，五绺长髯同着一身雪白的罗衫在风中飘拂……

登莱巡抚孙元化和登州参将张焘，此日斩首西市。

据说刽子手挥刀砍下，孙元化头血飞溅落地，十四岁的和京大叫着扑跪过去，爬前爬后，痛哭着舔尽父亲的鲜血。是神志昏迷，还是不愿父亲的碧血留在这可憎的土地上？围观者都落了泪。

史料中有这样一条记载：“临刑日，西市风雷起足下，黄霾翳日。徐光启在内阁谓温体仁曰：‘此足证登莱巡抚真冤屈矣！’”

孙元化的遗折和两部著作一起上呈给了皇帝。不知朱由检是否看过，但孙元化的家族免了株连。另外，后妃和内侍们都知道，七夕后的好些天里，皇上都闷闷不乐，脾气很大。

三

“孔爷，只留了七位大的守登州，其余的二十几位都弄来啦！”曹得功亦步亦趋地跟在孔有德、耿仲明身后，在二十多门西洋大炮中巡行。这些炮是奉孔有德之命，由他曹得功领队亲自押送到莱州城外东营营地的，所以他精神头儿十足，很有点表功的味道。

孔有德满心欢喜，拍着这些安放在两轮炮车上巨大火炮的乌亮炮身、黑洞洞的炮口，就像它们是他最喜爱的一群小孩子，脸上笑开了花：“好，好！……中炮呢？”

“中炮弄来了二百多，那边留了一百。孔爷，调这么些炮来，要拿莱州？”

孔有德像给小娃娃擦鼻涕挖耳朵似的，细心地用袍襟擦去炮耳和尾珠上的尘土，没有顾上回答。耿仲明笑道：“要拿莱州，还用等到今天？大哥的意思，明日把大炮、中炮排开阵势，拿谢琏那家伙押出来吓唬吓唬他们，叫他们早早照咱们的条款讲和，赦免帅爷，割给登州！”

“他们要是不肯，咱就开炮吧？”曹得功满怀希望地问。

耿仲明哈哈大笑：“那还用说！打下莱州，咱们就拿下登莱全境。帅爷管辖的地界就都归咱们啦！……”

“老曹，”孔有德截住耿仲明，“叫炮队的弟兄们把这些铁娃娃给我收拾干净，擦个亮堂堂，明儿上阵好好显摆显摆！”

“是啦，孔爷！”曹得功高声回答，兴冲冲地去了。

孔有德转向耿仲明，拍着炮身，“这炮只能摆样儿，不能真开火。一开火就把抚局给打跑了！”

耿仲明不语，瞅他一眼，扭开了脸。

他俩骑了马，侍从们簇拥着回转北营营帐。西下的残阳把一望无垠的平原和莱州城外连营十数里的营帐军旗染成了金红色，人马的影子在耀眼的地面上拖得很长。

“大哥，”耿仲明仔细选择着说词儿，“明儿排炮阵、押谢琏逼和，能成功吗？”

“怎么啦？”孔有德侧脸看看耿仲明。

“半年多了，战也战过，讲抚讲和也讲了几十回，净他妈花言巧语哄弄人。咱们要的那两款，他们可从没松过口哇！”

“他奶奶的！”孔有德摇头道，“咱那两宗有啥不好办？放人，给官，多容易！咱就要了登莱巡抚、登州总兵，不还是给朝廷纳粮上捐，为朝廷守城护民吗？他们咋就这么死心眼子想不开呢？”

“讲打，他们又打不过……”

“嗨，真不知道别处官军都脓包到这步田地！”孔有德皱着眉头笑起来，“不算咱的铁娃娃，咱登州兵一个顶他十个！要是添上铁娃娃，一个能顶他上百！”

“既是如此，大哥！”耿仲明的神情突然紧张而又专注，“何不自立，以图大事？”

“图大事？”孔有德不解地望望把兄弟陡然严肃的眼睛，寻思片刻，恍然憬悟，跟着笑道，“你又来了！……可惜我祖宗坟头儿没长那棵王命草哇！咱这号嘉祐、嘉鹰的喽啰，哪能……”他摇摇头。

“不然！王侯将相宁有种乎？”耿仲明掉了句古文，见孔有德茫然不懂，索性挑明，“朱家开国皇帝不也放过牛、要过饭、当过和尚，是个十足的无赖？”

孔有德依然笑着：“是啊是啊……可也得讲个天时地利人和吧！”

“大哥，一月里你推李九成为首，咱俩辅佐他，此人如何？昨晚若非大哥及时赶到，不知要闹出什么事！真所谓成事不足，败事有余！大哥若再不起来挑头儿，军心一散，可就大势去矣！”

一月里登州起事之际，孔有德是公认的首领，论实力论人望，他都当之无愧。他却力排众议，推李九成为主帅，自己为副，他说这样有利于抚议早成。私下与耿仲明计议时，觉得李九成出头可以试探一下朝廷的态度，他与耿仲明也好有个退路。再说登州十二营兵马，李九成能控制调遣的，只是他儿子李应元的那一营，料他成不了大气候。

李九成受推戴时再三谦让，一旦当了元帅，可就拿出元帅派头，很干了几件令人吃惊、叫人头痛的事。

头一件，命他的儿子李应元率兵马围住胡老头儿的住处，把孙元化当初还回的二百多个大元宝再次搬走，居然又发现老两口简陋的厨房底下深藏着地窖，窖银达十多万两，银子全数进了元帅府。胡老头夫妇拼命护财，撞在李应元的剑头上双双丧命。在这次成功的鼓舞下，他又发起了好多次相同的搜寻。他先前是登州营的采买军需官，对登州城内各商户的贫富肥瘠一清二楚，一搜一个准。他到底弄了多少，谁也不摸底。只从他拿出其中二百万充饷估摸，他到手的不会少于此数的三倍。

第二件，在孔有德、耿仲明率军攻打黄县期间，他将监禁的原府县大小各官一一提审拷掠，追逼赃银，从中获得多少金银财宝，无人做证。受拷问诸官一夜之间尽都被驱出东门杀掉了，尸身就扔进东门外壕堑中。据说壕堑皆平，黄土尽赤。

第三件，在孔有德、耿仲明率军围莱州之际，他在登州一个月之内娶了八房如夫人，俱是破产富商及被杀官吏的妻女。

这些事，孔有德虽有耳闻，终归不好深劝。直到耿仲明回了一趟登州，发现留守登州的三个营官中两个已被李九成用金银和女人打动，成了他的心腹，这才大吃一惊。两位副元帅于是同时进言，说是莱州围城事关重大，又僵持不下，元帅必须亲临阵前，鼓舞士气。敦促再三，李九成才于十日前带了随从卫队和两名爱妾来到莱州城外大营。

到大营才三天，又出了事！元帅不知怎么竟看上莱州城郊新近入营的一名小卒之妻。她来营中丈夫处取安家银被元帅迎面撞见，元帅就此神魂失据，寝食不安。侍从中岂少奉承者、出谋划策者？便杀夫夺妻，宠以专房，反倒把从登州带来的如夫人靠后搁了。

谁能料到这小卒之妻，一个农家少妇，竟工于心计，她顺从谄媚竟都是假的。昨日正午，元帅昼寝，睡眼迷离中，忽见心爱的新娘持利刃向自己逼近。举刀欲刺之际，元帅大喝而起，一脚踢倒，夺过了刀。卫兵们赶来捆绑时，元帅怒不可遏，斥问妖妇意欲何为。她竟敢怒目而视，尖声大叫，帐外数十步远都能听得到："为夫报仇！为夫报仇！为夫报仇！……"

元帅立命侍从将妖妇牵出帐外斩首。不想帐外短时间内竟聚了数百兵卒，阻住元帅的侍从，揪打推搡，拥挤一团，不许开刀。孔有德恰好此时来谒见元帅，只见群情激愤如沸腾了一般——元帅夺妻杀夫，已经引起军心愤恨，纷纷议论；现今又要杀为夫报仇的烈女，众怒愈不可忍，一呼百应，顷刻间就聚成反叛的人群。最激烈的十数名汉子，是烈女之夫的同村人，大喊大叫地号召着"跟他拼了！""杀这个恶贼淫棍！"……眼看就要大乱，酿成哗变！

这支哗变起家的军队里如再来一次哗变，岂不是个大笑话？孔有德日后还有脸见人吗？他当机立断，拔腰刀格飞了侍从用以斩首的大刀，怒冲冲大步进帐，一声虎吼，喝住了奉元帅命将出帐弹压的全副武装的卫队，恨恨地指着李九成骂道："你这孬种！钱痨酒桶色里饿鬼！弟兄们大事就坏在你手！"

李九成大怒，拿足元帅架子拍案喝骂："孔有德大胆！左右，给我拿下！"

李九成的左右虽然受了他的许多好处，毕竟都是辽东人，不知是敬慕孔有德的为人豪爽，还是知道他的神力而慑于他的虎威，竟无人动手，连回答也听不见一声儿。

孔有德鼻子里冷冷一笑，出大帐，令随从解开捆绑的女人，大声对她说："你没罪，你是好样儿的！"亲自赠给她白银三百两安葬丈夫，回家乡或嫁人或守节，随她自己。而后，又命一名老卒驾车送她到家门口。女子哭着拜谢，聚集的兵卒们欢呼鼓掌，等车走远，才慢慢散去。孔有德也立马回营，没有再去见李九成。回营后他把经过告诉了耿仲明。耿仲明好半天没说话，最后却嘱咐了一句：

“大哥，今晚上多派夜哨，小心为上！”

李九成敢对自己下手？谅他没那个胆量！昨儿一夜也没出什么事儿。但仲明今天再次提醒，也实在是要紧关节。若是因了这个无赖，弄得弟兄们寒了心、散了架，就太不值当了！可是……

孔有德瞅瞅耿仲明，搔搔后脑勺儿：“你说的倒也不错，只是一件，我老孔要是挑了头打了旗，岂不就绝了招抚的路了吗？”

“招抚！招抚！大哥你满心里就这两个字！”耿仲明忽然冒火了。

“这是怎么啦！”孔有德奇怪对方没来由的火气，“不讲招抚，攻济南？打北京？那还不断送了帅爷的命！”

耿仲明瞪眼瞧着他，分明憋着一肚子话，却说不出来。最终“嘿”了一声，狠狠给马屁股一鞭子，孔有德只好加鞭追上，一队人马在夕阳中飞奔，蹚起一道金红色的尘烟。

回到北大营，孔有德径直回自己大帐。耿仲明肚里的话终归要说，气鼓鼓地还是跟来了。

刚下马，中军急步凑近来小声禀道：“李九成来了。”

孔有德扭头四望，没有见到这位元帅平日最爱炫耀的仪卫，问：“在哪儿？”

“在爷帐中等着呢。”

孔、耿二人互相交换了一道惊愕和警惕的目光。孔有德的手下意识地攥住了腰刀把。兄弟二人大步进帐。

“哎哟，二位回来啦！”李九成一见他俩，立刻站起身拱手相迎，满脸堆着笑，干瘦的脸上笑纹拥挤，像一块干柿饼，“兄弟我等了好半天儿啦，哈哈哈哈！……”

元帅的气派和威风哪儿去了？他怎么又变成吴桥兵变那会儿的李应元他爹李九成了呢？

“孔兄弟，我昨儿多喝了几斤，醉得连自家姓什么也都忘啦！冒犯了孔兄弟虎威，真是该死！……今儿酒醒，后悔不迭，特地赶来请罪。孔兄弟，你就拿这鞭子抽我一顿吧！”李九成递上马鞭，顺势就要跪下。孔有德一把搀住，瞪着对方满是笑意的甜腻腻的眼睛，不客气地说：

“你小子玩什么花活儿？”

“孔兄弟，咱们是什么交情，我怎么能骗你？我李九成放荡惯了，果真是钱痨酒桶色鬼，成不了大事，你骂得千对万对！当日我就不该上台当这元帅，实在是你死活不挑头儿，硬把我推上来的！昨儿的错，我死心塌地地认了，可也明白，我这元帅是当不得了……”

“怎么，你？……”孔有德倒吃了一惊，瞪大了眼睛。

“别急别急！这反咱是造定了，这贼船上来也不想下啦！我李九成敬你是条汉子，情愿给孔兄弟你牵马坠镫。从此以后，我李九成只听你孔兄弟的，叫我往东不往西，叫我打狗不抓鸡！嘻嘻嘻嘻！”这个节骨眼儿他还有心说俏皮话。他掏出怀里黄绸包裹的元帅金印，双手捧上，笑道：“这元帅印、调兵符、令箭什么的，还是孔兄弟掌着吧。旗号仪卫什么的，我也都烧的烧、撤的撤了，等日后孔兄弟再给我一官半职那工夫，重新置！……没别的事儿，我就回去啦，回去等孔兄弟的信儿！”

李九成笑眯眯地、仿佛一身轻松地走了。孔有德看着案上的帅印，半天回不过神来。耿仲明一直冷眼旁观，此事好像意外，细想想又在意中。李九成这个人精明之极，能做出这种惊人之举，必是审时度势，细细盘算了安危得失，才下的决心。耿仲明微笑了：

“大哥，这下子责无旁贷，无可推托了吧？”

“要不，兄弟你来挂帅！”

“笑话！说句实的，兄弟若有大哥的虎威、武艺和人望，何须你推举！”

“这事……唉，不好办！只怕误了招抚的大事……”

“又是招抚！”耿仲明气得一跺脚，在帐中快步地来回走，活像一头笼子里发怒的狼。他突然停步，眼睛冒火，满脸通红，声色俱厉：“我真弄不懂，你到底怎么着？大闹一场，还是为了招抚？你说呀！你说呀！”

孔有德不明白，对自己向来百依百顺的耿老弟，此刻为什么大发脾气，只低声下气地劝道：“着什么急，听我说嘛。这回大闹山东，我心里想着要好好显显咱弟兄们的威名，叫他们知道厉害，就抚时候不敢欺负咱，手下败将嘛！这么着，弟兄们都能得好儿，升官受赏光宗耀祖，再开出关外去打鞑子，立功封侯名扬四海……不好吗？”

“唉！”耿仲明摇头叹气，“你还老说，要闹得他赦了帅爷才算完！”

“是啊，是啊！这事儿我心里有谱！我估摸着朝廷早晚得赦了帅爷，咱们起兵一闹一逼，他们就得早点儿放帅爷出大牢，帅爷也能少受点儿苦处！”

“怎见得朝廷早晚要赦帅爷？”

“嗨，他们眼又没瞎！像帅爷这么能干有学问、精通西洋火器造炮台，又这么一片忠心的人，满天底下、满朝廷里还有吗？他们上哪儿再去找啊？……”

“罢了罢了！”耿仲明不耐烦地摆手，“合着我这些日子跟你说古论今，讲了那么些英雄豪杰，都算白费！你是真的不想图大事啦？”

“大事大事！”孔有德也有些冒火，毛茸茸的脸泛红了，“咱不是早说定了，先救人要紧吗？……没有帅爷，咱兄弟能活到今天？帅爷的恩义不报，我老孔还算个人？这些年帅爷救咱，收留咱，重用咱，我老孔才混出个人样儿。就是为帅爷死了，也是心甘情愿！”他声音有些发颤，赶紧打住，紧闭了大嘴。

耿仲明见他动了感情，只好也住了口。他虽然对孙元化也怀有感激之情，但孔有德这种一条道儿走到黑的倔劲儿也叫他头疼。眼看着会失掉图大事的良机，他心里火烧火燎，甚至暗暗想：朝廷若是下决心处死孙元化，反倒好了……

急促的马蹄敲打地面的声音，由远而近响过来，在沉寂中有如擂鼓。孔有德怒道：

“什么人擅闯营门，敢不下马？抓来见我！……”

话未落音，一名满头大汗的骑校已冲进帐来，“扑通”跪倒，膝行数步，直抵孔有德脚下，声嘶力竭地喊道：

“孔爷，全完了！帅爷，帅爷……死啦！”

他放声大哭，这个曾经是孙元化贴身侍卫的小伙子，对帅爷忠心耿耿，他没法不哭。

孔有德愣了片刻，完全不相信，双手揪住报信人，一使劲，提着他离了地，怒吼道："胡说八道！看我不宰了你个王八蛋！"

"孔爷！小的刚从官兵大营赶回来！帅爷，帅爷是七月初七，七天前，西市问斩升天……今日是头七呀！……"孔有德双手一松，报信的小伙子摔倒在地，伏身痛哭。帐中许多人哭出声，耿仲明眼圈也红了。

孔有德脸色由红变紫，由紫转青，半天不响不动，眼珠子都直了。突然地面一颤，半空中响了个霹雳，整座帐篷震得发抖，孔有德大吼：

"王八蛋大明朝，我操你姥姥！——"

震得人耳膜生痛的虎吼裹着孔有德旋风般冲出大帐，他发疯般跳上报信人骑来的黑马，抽马狂奔，受伤野兽似的长嚎惨叫，一阵阵传来。耿仲明和侍从们飞跑着直追到营门，孔有德和黑马已在暮色中影影绰绰地消失，但那可怕的怒吼仍在苍茫的原野上回荡。

孔有德"嗬嗬"咆哮着、长嚎着，拼命地打马飞驰，无目的地乱闯。他希望此刻刮大风、下大雨、打大雷。他希望此刻蹚火海、上刀山！他没法忍受，他不能再忍受了！扔掉帽盔，脱掉衣袍，甩去靴子，让劲风猛烈地拍打他多毛的胸膛，放出他所有的怒吼；让雷电劈开他的身体，让他的怒火把这个世界烧个精光！……

老马识途，良驹恋主，黑马载着疯狂的孔有德绕了个大圈子又向营门狂奔。他毫不心疼地拼命抽打坐骑，根本不注意迎面来接应他的耿仲明和侍从的马队，及至冲到跟前，黑马收束不住，猛然人立，扬蹄嘶鸣，孔有德竟"轰隆"一声摔下马背，扬起一团黄尘。

"大哥！"耿仲明急忙下马。

"孔爷！"骑兵们全都围了过来。

孔有德匍匐在尘土泥草之中，半天不动。后来缓缓直起腰，仰头呆呆望着虚空中的那个他心目中的偶像，用嘶哑的嗓子轻轻唤着，极其凄切悲伤，大滴大滴的眼泪像沉重的水银珠子滚滚往下淌："帅爷，帅爷，你冤哪！……要讲什么忠义……"

他呜咽着，泣不成声。耿仲明正要上前搀扶，他猛地一抹眼泪，憋足了劲，撕心裂肺地吼叫得缩成一团：

“忠义是狗屎！——狗屎！——”

“大哥，回营去吧……军情有变……”

孔有德不理睬，陡然站起身，仰天大笑：“哈哈哈哈！……”他就这么一路笑着回了大营。笑声时长时短、时高时低，有时对着耿仲明和弟兄们挤着眼儿笑，有时又是对着自己从鼻子里冷笑。进营门那会儿，他才故作愉快地对耿仲明说：

“兄弟，我太傻了！是吧？”

可是，当探马向他禀报最新军情时，他一丝笑容也没有了，非常冷静地仔细听取了这项坏消息的全部——

朝廷杀孙元化、张焘；总督刘宇烈下狱；兵部尚书熊明遇革职。罢山东总督及登莱巡抚不设，调右都御史朱大典任山东巡抚，督率大军六万及朝廷最精锐的关外劲旅一万合剿；以总兵金国奇、吴襄，副将靳国臣、刘邦域、吴三桂，参将祖大弼、祖宽、张韬等分领各军；中官高起潜监护军饷；并征调关外西洋大炮二十位、中炮百位，浩浩荡荡杀奔青州、莱州而来。

孔有德眼睛里闪耀的光芒，是那样冷酷、凶暴、恶毒，简直不像人类的目光。听罢军报，他看了看耿仲明，唇边掠过一丝痛快的报复的恶笑，说：

“好兄弟，这回看我的！”

耿仲明点头，放心了，却也不由得暗暗打了个寒颤。

次日黎明，祭旗祭炮。

祭品是三个大活人：大明登莱巡抚谢琏，监视中官吴直、徐得时。祭旗仪式上宣布：孔有德为一军之主，号天下招讨都元帅。李九成为副元帅。任命耿仲明、毛承禄、陈有时、曹得功为总兵官。李应元、陈继功、线国安、王大年为副将。不日铸印，大封百官，另立蓬莱国，与大明朝对头到底！

惨烈的大战开始了！

双方都倚仗西洋火炮为攻守，出现了百炮对射、炮矢如雨的大规模炮战，其场面之壮观，是明代乃至我国古代军事史上空前的！山东半岛的登、莱、青三州丰腴富饶之地，在一年之久的双方拉锯大战中夷为荒野废墟。

次年，崇祯六年二月，官军攻破登州，叛军遁入东海。四月，伤亡惨重、走投无路的叛军一万三千余军丁家口，在孔有德、耿仲明率领下，会同镇守广鹿岛副将尚可喜，携带西洋大炮四十余位、中小炮近千位、兵船二百余艘，浮海投金。皇太极亲自出迎至浑河岸，隆礼厚待。这支明朝最精锐的火器部队的叛逃，使明、金双方的军事力量对比发生巨大变化，最终造成了明朝政坛更迭：首辅周延儒垮台，温体仁居首相。大学士徐光启因学生孙元化、张焘被斩，王征遣戍，忧愤国事，于是年十月去世，享年七十一岁。

崇祯九年，大金改国号为大清，皇太极称帝。

崇祯十三年，屡起屡败、屡败屡起的山陕民变，终于蔓延到全国，形成了百万农民大起义。

四年后，大明朝亡于李自成的大顺朝。同年四月，曾到山东围剿过孔有德叛军的明朝山海关总兵吴三桂，开关降清。十月，大清顺治皇帝——皇太极之子福临即位于北京。此年为大明崇祯十七年——大顺永昌元年——大清顺治元年。

尾　声

一

枫叶红了。菊花残了。北雁南飞、秋霜初降之际，他来到嘉定这个江南小镇，重温半年前的旧路。当镇南高大的水门关和别致的宣文石桥遥遥在望时，伫立船头的他，心头惴惴不安，脑际又一次浮上那句旧诗：

近乡情更怯，不敢问来人。

春天那次来，是不知她是否在家，是否还记得他，是否肯见他；现在再来，是担心她是否还活在世上……

他已届不惑之年，历尽沧桑，把人世间一切都看得很透彻了。什么都可以忘却，什么都可以舍弃，惟有她的那份情义，像一颗明珠，永远埋藏在他心底，随着岁月的流逝，愈显得纯洁、高贵、无与伦比。

“不敢问来人”，毋宁说是“不能问来人”。他租用的客船送他进了南门，在镇中南北向主河道练川上慢慢地行驶，从回春桥、佑文桥、宾兴桥、聚星桥下一一穿过，看得见应奎山上的树影，看得见孔庙的棂星门和门前的“仰高”、“兴贤”、“育才”三座牌坊，看得见法华塔高耸的塔尖，看得见不时露面的烧得只剩屋梁的房架和熏得乌黑的残墙断壁，却看不见一个行人，听不到一点人声。若不是进水关有几个把守盘查的清兵，真以为是进入无人之境了。

船摇到登龙桥，转头向西，驶入嘉定镇中东西走向的主河道横沥，又穿过太平桥、广平桥、孩儿桥、宫保桥，桥上和河两边凌乱残破的街路上，仍是静悄悄的没有人影，连鸡犬之声都没有，只有“吱吱呀呀”的橹声和着河水汩汩，单调得可怕。船老大夫妇面露惊惶，频频互使眼色，小声道：

“当真的，人都死光了？……”

天香桥头，终于看到一个缓缓移动的人影。为了给船夫壮胆，他大声喊道：“喂，借问一声，孙中丞家中有人吗？”

那人猛地一怔，朝这边看了一眼，扭头就跑，仿佛受了惊吓，躲开什么恶鬼似的。

船夫心里发毛，赔着笑脸说：“先生，你就在这里下船吧，不是说离天香桥不远的吗？情愿算还你船钱……”

他苦笑着摆摆手，背着简单的行囊，在天香桥边上了岸。在窄窄的、空寂无人的鹅卵石铺就的小街上徜徉，寻找那极难找到的、淹没在千门万户之中的孙宅。春天头一次来嘉定，也是走的这条路吧？或许不是？

记得那日下船，已是黄昏。天上下着那种江南特有的三月杏花雨，细如牛毛，绵绵密密，不觉得有雨，却又沾衣尽湿。何止衣湿，横沥、练川两条河道上，一座座石桥湿润了，临河的半身浸在水中的河房湿润了，岸边青青的垂杨、粉白的杏花湿润了，河上一条条篷船也湿润乌亮得像鲤鱼的脊背。他在一座拱桥上倚石栏站定，满眼是无声流淌的绿水、水上的船、船上闪烁的灯光、船头烧饭的火光和河面粼粼的倒影闪光。于是，米香、菜香、烧柴的特殊烟味儿混合着河水那轻微的并不难闻的腥气，扑向他的鼻观。“吱呀”橹声、“叮当”碗碟声、似有若无的水流声，还有一阵阵轻俏甜糯的吴侬软语和细碎的笑声，从他耳边掠过……所有这一切，都像江南的春雨一样柔润妩媚，令人心醉，更令他想起他此行要寻访的她。她虽是纯净真诚如水晶，而且不算漂亮，但性格言谈中仍然时时流露出这种妩媚，他确信是江南水土，尤其是这江南柔润如酥的春雨滋养出来的……

如今呢，秋风拂面，满是肃杀之气，跟这经过战乱摧残的小城镇倒是十分相称。仍旧是小石桥、小水湾、小窄巷、小白屋，却都像失了生命、失了灵气一般……他走进一条窄窄的小巷，窄得不容人抬起双臂，两边高墙壁立，黝暗如幽洞。仿佛有灯光从小巷深处远远地送来，忽明忽暗，闪动着犹疑的、悲哀的、疲倦的光芒。他真怕从她眼睛里看到这样的表情，但愿她不会！

一阵浓郁的花香扑面而来。桂花！他精神陡然一振。记得春天来时，和京曾约他秋天来赏桂花、吃桂花茶，说隔壁　园招隐亭前有丛桂数十株，花开之日，香遍一条隐仙巷。对，就是隐仙巷！孙宅就在隐仙巷。

果然，在几重烧残的、塌圮毁尽的院门之后，他找到了那两株高大的垂柳。垂柳后面镌有“半日读书半日静坐，一亩种菜一亩栽花”门联的紫红色大门，居然毫无损毁。他举手叩动门环，“当当当”的声音在寂静中响得惊人。然而无人答应。略略一推，门开了，他大声喊道：

“堂上有人吗？钱塘吕之悦求见！”

没有回音。

吕之悦断然进大门，穿二门，走穿堂，来到庭院，不由得停步伫立。杂草丛生的院中，两株宝珠山茶浓绿中点缀着数朵艳丽的花，开得寂寞、凄凉。一棵玉桃树上果实累累，凝眸间，风吹树动，几枚玉桃竟“啪嗒啪嗒”落地，摔碎了。堂前那棵皂荚依旧茂盛浓密，他们叫它什么来着？对了，叫鸡栖树。记得春天里和京指着这棵树告诉他，这树关联着父亲的生死荣辱。它一向不生荚，但父亲出生那年忽生一荚，登科中举年又生一荚，临到被祸之年再生一荚，至今十三年间不见有荚了。当时宝珠山茶开了一树，灿如云霞，玉桃更是花团锦簇，热闹得让人心醉心慌。和京介绍说，山茶已是百余年物，玉桃则属上苑佳种，先父特地从徐太老师那里求来的……

门檐下挂着“杕左堂”匾，他撩袍进门，却见一堂空寂，四壁萧然。正北中堂画屏已破损不堪，堂上悬挂的崇祯皇帝手书“劳臣”钦赐御匾已经不在，只留下一处明显的长方痕迹，花窗上窗纸的碎片在风中窸窣作响，八仙桌和茶几椅杌上积着厚厚的灰尘……

“家里有人吗？钱塘吕之悦拜揖！……”

他听着自己的声音如同闷雷在堂顶滚过，引起嗡嗡的回响，过后，又归于寂静。静得可怕、可疑，他听得自己身体内血流的轰鸣。

“吕之悦是谁？他认识吕烈吗？”

尖细而又有点儿沙哑的问话惊得他一哆嗦。但他顿时清醒，这声音发自他心中，是春天里，他在这杕左堂上等候接待时听到的第一句话！此刻，在一片空寂之中，他忆起当时，更像一个旁观者看着令人神迷魂摇的一出戏——

…………

是的，人未到，声音先到，惊得敬候在杕左堂前的吕之悦浑身一哆嗦，这难道是她？十二年不见，她会变成什么样子？声音改变得这么大？

出堂来的却是她的母亲，孙夫人沈氏。侍候在侧的年轻男子，一望而知，是当年登莱巡抚府无人不识的帅爷幼子和京。吕之悦抢上去跪拜：

“不孝侄男叩拜伯母老大人！”

“你？……”沈氏已年过花甲，眯着昏花老眼只管看他，弄不清这个面庞清瘦苍白、颔下疏疏三绺黑须的俊秀男子是什么人。和京却认出来了，怒气冲冲直跳起来：

“吕烈！你！……你还有脸来！”

“你是吕烈？”老太太惊诧不已，止住恨不得冲去揪打客人的儿子，“真是跳蚤脾气，一碰就蹦！问问清楚嘛！”她眯着眼再次打量吕之悦，“看你这模样，也是乌龟变黄鳝——解甲归田了？还改了名字，叫作什么？吕之悦？……”

“伯母，”吕之悦顾不得礼节，打断老太太的唠叨，“我是为幼蘩小姐来的。当年帅爷亲口许亲，给侄男一方砣矶砚为凭证，那时和京公子在侧，请伯母、公子验看！”他珍重地取出了那方花中君子砚。

“知道知道！”老太太叹道，“我家又不会赖婚。你为什么到今天才来？”

“伯母请先告诉我，幼蘩小姐她……还好吗？”

“唉，黄连木刻娃娃，苦囡苦命，她……还好。你呢？”

吕之悦全身轻松下来，嘘了口气，才说起自己的遭遇。

当初在津门叩别帅爷，便直奔登州。帅爷家眷已经离登回南，他却被变兵擒获，押在牢里不杀又不放。半年后，他原来游击营的部下，趁耿仲明去海岛时偷偷将他释放，他便直接奔来嘉定。不料在扬州被当地巡查拿获，押送进京，给关进锦衣卫南镇抚司这个掌管本卫刑名的狱所。尽管是死罪，他也觉得幸运，因为这里比俗称诏狱的北镇抚司受罪少得多。

他的幸运还不止于此。他在锦衣卫的把兄弟已于此前调到南镇抚司掌管簿籍，拿一个狱中病死的名叫吕之悦的犯人卷宗，偷换了他的卷宗。于是，天下通缉的钦犯吕烈病死狱中，他便顶着吕之悦的名字转到刑部监狱。还是因把兄弟的照应，他在狱中得到上等待遇。只是吕之悦的案子是个没法了结的无头案，在他的把兄弟意外亡故之后，竟无人过问。他因冒名顶替，不敢上诉要求审理。刑部狱又因锦衣卫来人打点过，也不敢亏待他。就这样，他在狱中前后十二年。这十二年他拼命读书，成了老庄的信徒，返璞归真，万事万物都想得通、看得开了。

大明亡于流贼李自成，他认为上天有眼；李自成败于清兵，他也觉得势在必然。一切事物，无论大小，但凡发生，必有因果，谁也用不着埋怨。他自己倒是这场天下大乱的得利者：闯王进京，大开刑狱之门，他在被监禁十二年之后，获得了自由。

他的父母都已过世，二老的棺柩还存在城外一家野寺。他扶柩回钱塘故里，安葬他们进祖坟，自是责无旁贷。办完丧事，他便启程前来嘉定，由于途中纷乱，屡有阻隔，赶到这里，已是孟春……

老太太边听边叹息落泪，立刻就原谅了这个十二年不上门的门婿："唉，唉，真是纸糊的琵琶——谈（弹）不得呀。生在乱世，有什么法子呢？不怪你，不怪你！难得你十二年了还记挂着我家蘖儿。她呀，跟你一个样，鲫鱼下油锅——死不瞑目，终日只是打听你！前年就带了郝大老夫妇两个去了京师，说是京师南来北往的人多……"

"她在京师？"吕之悦惊异地问。

"可不是嘛！那囡囡从小就是石狮子的五脏——实心肠，说了要去，谁也劝不住！这些日子京师大乱，天下大乱，她又没有信来，不要急死人吗?”

“她在京师什么地方?”

和京连忙插进来：“在宣武门小教堂边一家小院子，是徐太老师家留下的。她挂的行医招牌、用的诗名都是坚白，取美玉坚而无瑕之意……”

“坚白！……”吕之悦不禁喊出声。在京师曾有友人约他去访坚白，据说是位中年妇人，但平日冠男子冠，衣鹤氅，擅医道，又辟诗社结客，称谓、礼节一如丈夫，能诗能琴善画墨梅。诊病外，广结四方士人以诗文来访者，人极聪明潇洒，毫无脂粉俗气，更不涉调笑亵语，颇有朝贵名流与之来往。当时他只当笑话听，并不深信，也不肯去访，真辜负了她这么不顾一切寻访他吕烈的一片热肠了！他后悔不迭，立刻就想奔回京师。老太太劝住了，说就是雇船买马，也得明天。

当晚，在乐在堂，老夫人设家宴款待这位未婚女婿。他于是认识了没有见过面的幼蘩的大哥和鼎、二哥和斗，还有幼蘩的妹夫、幼蕖的丈夫侯玄泓……

对，到乐在堂去！在秋左堂呆立许久的吕之悦醒悟过来，出门下台阶，从侧面一个瓶形门洞穿过，沿着一条寂静的小廊，走到了乐在堂前。一架紫藤叶已落尽，小径淹没在荒草中，转过塌圮的太湖石假山，步上空阶，推开堂门，吕之悦又惊又喜，大叫出声：

“啊呀！和斗兄！玄泓小弟！可找到你们啦！”

他已经很久不曾这样情绪激动，欢喜到极处，一时眼圈都红了。走进孙宅以后，一直提心吊胆，终于见到孙家的人，知道他们逃脱了嘉定三屠的大劫难，这不是恍若隔世吗?

然而，和斗与玄泓正在对饮，都已大醉，眼睛红，脸红，脖子红，连与吕之悦一样新薙的头顶也青里泛红。玄泓是二十来岁的年轻人，大笑着举杯邀他：“来！来！来！喝他三百杯！天翻地覆、国破家亡！嘉定大劫，十余万生灵涂炭！什么天理，什么公道！什么善恶是非黑白丑美，都是放屁！……”说着自管灌酒，酒水顺着下巴，流得满身。

“你……现在才来?”和斗似乎认出他，阴沉着脸，口齿不清地说，“来，来迟了！现今，哪里都是……大清天下，人人都是……大清的顺民啦！哈哈哈哈!”他摸着薙发垂辫的头，狂笑一气，一边笑，又一把一把地抹眼泪。

吕之悦一把攥住和斗的手：“告诉我，老太太呢？和鼎和京呢?幼蘩回来没有?”

和斗突然受惊，又蹦又跳，拼命挣扎，嚷着：“我不知道，我不知道！我什么也不知道！……杀了我就是！十多万都杀了，多我一个算什么。杀吧！杀吧！……”他的脸歪扭抽搐得变了形，声音岔了调，变成尖叫。

吕之悦赶忙放开手，心头升起的那点侥幸荡然无存。他脚步沉重地离开这两个醉人，想先到他上次去过的书房住处安置下来，明日待他们酒醒再问。

谁想书房窗下，一大堆书函文稿中，竟有一人专心致志地握笔写作，连有人进屋都没有发觉。吕之悦忍不住大叫一声：“大哥!”

那是和鼎，孙元化的长子。他被这一声惊得一跳，定睛一看：“哦，是之悦贤弟。”他的口气神态平静得像什么事都没有发生过，“快进来，请坐。”

吕之悦拎起桌上茶壶，为和鼎和自己各斟了一盏茶，谨慎地选择着词句：“大哥，不料半年之间，竟生此巨变！……”

和鼎摇头长叹：“唉，大劫呀！十数万百姓的性命、数百年繁华富饶，毁于一旦！……家母与三弟、三弟妹，都……”他说着，流泪了。

“啊!”吕之悦心头震动，猛地站起来，又坐下去，硬把涌出的泪吞下肚，一时面色煞白、喉头哽塞，几乎顺不过气。两人默默相对，静了许久，和鼎轻声问道：“还记得你离嘉定前一夜，我们在此聚谈吗?”

吕之悦点头。他记得很清楚。那日，和鼎、和斗、和京三兄弟和玄泓、吕之悦两连襟，就在这书房里，终夜不眠，把酒论天下事。说起偏安南都的弘光小朝廷，无不鄙夷。半壁山河岌岌可危，而弘光帝却忙于选秀女征歌妓，不认患难相从的童妃、囚禁千里来投的崇祯太子，还听任阮大铖、马士英当国，在朝中再次掀起逐杀东林党人的风潮。侯玄泓刚从南京回来，说起朝中事更是激愤得高谈阔论：

“清兵眼看就要南下，领兵四镇却又内讧。左良玉扬言要沿江东下攻南京清君侧；马士英不思抵御清兵，竟撤江防兵、淮扬兵去上游御左，还说什么‘宁可君臣皆死于清，不可死于左良玉之手’！真正一派糜烂，无可救药了！”

和京仍怀着一点希望，说：“史可法史大人，总归是中流砥柱……”

“奸臣当道，他独力能支吗？”和斗与玄泓一样愤慨，嗓门儿更大，“当年平定登州的那位朱大典，还记得吗？听说他含怒入朝堂，大声言道：‘少不得大家要做一个大散场了！’这小朝廷看看要树倒猢狲散！侯伯丈果是有眼力，不肯应征去南京做官！”

玄泓的父亲侯岐曾、伯父侯峒曾，遐迩闻名的江南名士，是天启朝东林名臣侯震旸之子。弘光立朝即位，召集各官入朝晋升，兄弟俩坚不赴召，同回嘉定故乡隐居。所以玄泓和孙家子弟一样，对朝廷的腐败黑暗、苟且无能知道得一清二楚。

沉默寡言的大哥和鼎轻声道：“莫非真要失国于清？……”

和京愤愤地说：“失国于清就失国于清！我看大清进京就为先帝发丧，并葬以厚礼，蠲免扰民最甚的三饷，随后又发大兵追剿流寇李自成，替我朝报仇，吊民伐罪，不失为义举！总比这醉生梦死、昏庸无道的弘光有几分作为！”

和斗神秘地眨眨眼，突然压低了声音：“我也听说了，北兵南下，要革除弘光，实施八项新政：求贤、除奸、薄税、销兵、均田、随俗、定刑、逐僧。若真能如此，也可算抚绥安定，救民于水火了！”

…………

由于父亲孙元化冤死而对大明朝廷不存幻想的孙氏弟兄们，既无力左右天下大事，便私下里把希望寄托于大清的仁政。结果，一道薙发令，毁掉了一切希望！……和鼎摆弄着桌案上的文具书籍，不住地摇头叹息，继续说：

“你离嘉定北上不久，清军便南下了，只在扬州曾遇上史可法老大人的抵抗，攻城屠城。南京不战而降，领兵摄政王进南京安民，秋毫不犯，待崇祯太子如上宾，又建史可法祠，亲自祭祀，并令弘光朝大小官员照常办事。于是乎从南京到杭州，整个江南传檄而定。苦于弘光暴政的江南百姓，甚至竖顺旗于城头，粘顺民字于门首，焚香执壶迎大清……

“谁知六月里，薙发令下，留头不留发，留发不留头！一时间嘉定士绅百姓，乃至小贩乞儿无不激愤，成千上万人痛哭于家庙祖坟。市上人情汹汹，大喊长呼：‘安得官军来，为我保此发肤！’‘但有倡义人，立即揭竿相从！’于是城中纷纷四起，杀县令县丞、烧清军兵船。侯家伯丈与黄陶庵老伯受众人公举为首领。七月初一，清兵大军围城，炮火隆隆杀声震天，全城老少义愤填膺，尽都登城，坚守苦战三日三夜，可是到了初四黎明，城还是被攻破了……”

和鼎声音嘶哑，泪流满面，说不下去了。

良久，和鼎的声音缓缓又起，更加低沉，若断若续，几乎不能听清：“东门先破，大队清兵闯进城来，逢人便杀，男女老少或散或奔，尽皆逃命……我们一家数十口，也随众奔逃至西门。一时聚在西门的逃命百姓将近两万。只要打开西门，这两万人多数还能活命的……守西门的黄陶庵老伯一生以忠直自诩，嫉恶如仇，此时定要与嘉定城共存亡，他在城头伏地大哭，以忠义激劝百姓，就是不肯开门！……

“母亲当机立断，命家中主仆各自逃生。她说：‘何必陪皇上去死！我家已死过一个，足够了！’她又再三嘱我兄弟，便是忍辱也要偷生，因为父亲的著作尚有四十余卷没有刻印。我们各自也都在著书立说，不该废弃……母亲年迈，我们争着背她逃难，她选了和京……直到清兵封刀，事定之后，我与二弟脱难相逢，好几日寻找母亲、三弟不着。后来，在 园水池中，母亲和三弟、三弟妹，都……三弟还背着母亲，一支箭贯穿了两人！……”

可敬的孙夫人！可敬的和京！吕之悦胸中沸腾着痛苦，他恨极，恨得咬牙切齿！但却又不知该恨谁！

和鼎恰恰也说到这里：“活到今日，年过不惑，才看明白了。这个世道，崇祯朝也罢，弘光朝也罢，大清朝也罢，哪家不是视天下人为奴？生杀予夺都在他手，一句不合，翻脸就杀！就连黄陶庵老伯到了那样的关头，还不肯放百姓逃生呢！……黎民百姓微若草芥，弱比虫蚁，难道……唉！说也无益。你来看。”他领吕之悦走到墙边几架书柜前，指给他看那一摞摞书稿、题签，“我们兄弟从此将隐姓埋名，闭门著书，研习学问。把这些文稿修撰完毕付印成书，也算一件益世之举，不负父母教诲、不负此生了！”

吕之悦一一看过去：《春秋名系汇谱》《经史论辩》《春秋义例通考》《石鼓文考》《颖庵诗稿》等等，挤满一架。另一架是和斗的著述：《东周通纪》《三传分国纪事》《书学圣蒙》《石鼓文辩证》《议鼐园稿》。里面有一束纸页最薄、墨迹最新，显然是近日写的：《国恤家冤录》。

吕之悦很表敬佩，但心里不以为然。因为他连这点事也不愿做，只想追寻老庄超逸无为的忘我境界，摆脱尘世痛苦。他问：“老夫人与和京兄弟的后事？……”

“入土为安，都葬在父亲墓边。”

“那么，”吕之悦鼓足勇气，“幼蘩回来了吗？……我赶到京师已经入夏，百般找她不着，她……”

和鼎陡然变得冷漠平静，跟他一直表现出的推心置腹形成奇怪的对照：“哦，她回来过，又走了。”

“这么说，她活着？”吕之悦骤然间又有些激动，却被对方冷冰冰的目光抑住。见和鼎不情愿地微微点头，他忙不迭地再问：“她在哪里？她现在在哪里？”

“跟人走了。”

“怎么？清兵把她抢走了？”

“不，她自己愿意的。不知道她现在在哪里。你把她忘了吧，我孙家对不起你了。”这话题一下子把和鼎重新变成严肃寡言的学究。他仿佛对吕之悦厌倦了，又坐回他的座位上，拿起笔、埋下头。

吕之悦不知所措。和鼎的不近情理使他感到受了侮辱，但还是隐忍住又问一句：“她还回来吗?”

“不知道。”回答干巴巴的，头都没抬。

吕之悦很尴尬，停了半天，没话找话地笑道：“和鼎兄，我一路看来，居家房屋多半残毁，孙宅却完好如旧，真不幸中之大幸了……”

和鼎那严肃少表情的脸突然涨得通红，愤怒地抬起头，狠狠地看了吕之悦一眼。眼里那灼人的火焰使他明白，他很难再留在孙宅了。

吕之悦备了祭品，来到南门外罗泾阳二图荒圩的孙元化墓前祭扫。他惊异地发现，墓前石路刚刚修过，比春天来时干净规整多了，墓门及两边的石人石马也完好无损。孙元化的墓、孙夫人的墓、和京夫妇的合葬墓，以及孙元化的义女孙幼蘅墓、孙元化的父亲孙继统墓，都很整洁，杂草不生。墓间松柏成林，也有新近修剪过的痕迹。或者七月十五家祭日，孙家兄弟来此扫墓时整理过?

摆好祭品，焚香祝辞，无限感慨，往事历历涌上心来。此刻，他无法用道家老庄的洒脱去排遣满腔悲怆。万端思绪，萦回冲荡，只得诉诸笔端。他跪在帅爷墓前，铺纸于坟台，挥笔如飞，让心头的哀思滚滚流淌……

他又分别向孙夫人、和京夫妇、孙继统老先生跪拜。最后拜到幼蘅，也是他此生第一个情人灼灼时，心绪格外缭乱，难辨酸甜苦辣。奇怪命运捉弄人到这种地步！他不由得想起自己与灼灼、灼灼与孙元化，以及幼蘩与自己的复杂交错的往事。孙元化去了，灼灼心满意足地随她心爱之人去了。吕之悦还活着，幼蘩也还活着，命运却怎么也不肯让他们这一对活着的情侣相逢！

那年，当他赶回京师，终于找到坚白的寓所时，正是清兵进京、满城大乱的节骨眼儿，汉人全被赶往南城，让出北城，也就是内城，给满洲人居住。坚白的住处位于内城南端的宣武门边，却奇迹般地保存下来。人们告诉他，这是因为坚白受小教堂西洋汤神父的保护，而汤神父受到了新朝大学士范文程的保护，成为可以居住内城的极少数非满洲人。坚白在前朝能够在京师行医，以诗文结交朝贵名士，也多是由这位西洋传教士引见的。

吕之悦在坚白寓所呆呆站了许久。院内小有山石花木，上阶进门则是接待四方来客的一间广厦，里面精舍修洁，四壁皆名公赠答书画，其余惟数架书，一琴一榻一几一炉而已，别无长物。守门的老妪告诉他，女主人最好琴，往往客集厦中，数闻琴声出户而不见人。久候，间或出舍一见，见也不作寒暄，相对终日，清茶清谈，淡泊自如，所以客皆敬之若仙。只是因近日大兵南下，她不放心家中老母，已于一月前买舟离京回原籍了。

那么，他是在途中与她交臂而过了？命运为什么不赐给他们相会于某处野渡客店的机会？纵使相见能相识吗？她必定是男子衣冠男子装束，一时认不出。自己也已尘满面、鬓如霜，她又怎敢相认？……

“她来过，又走了”；“她跟人走了”；“她自己愿意的”……这究竟是怎么回事？他们为什么讳莫如深？和鼎是再不理睬他的提问，和斗被他逼问不过，只苦笑着说：“忘掉她就是了，我们孙家没有这样的不肖女！”

她做了什么事？跟谁走了？那意思莫非她嫁了人？……此念一起，吕之悦打了个寒颤，不觉一阵心灰意冷。如果这半年多的奔波竟是这个结果，也太无趣了！他仰面躺在松荫下，透过墨绿的松针望着秋天特别宁静、特别蓝的天空，开始嘲笑自己的多情，嘲笑自己的认真和难断尘俗之念的愚蠢，心下渐渐轻松，竟而熟睡过去。

在梦中，他在重复自己刚才所做的一切：摆祭品、拜祭、铺纸、提笔，一泻千里地写下他的哀悼和慨叹。后来，他梦见自己拿起纸，向孙元化的墓茔大声吟读：

“去岁瞻遗像，英风起堂庑；于今过荒茔，石马卧宿莽……”

不对，这不是他的声音！他的声音不会这样年轻响亮，也没有这些奇怪的口音。但他梦见自己还在读：

“折节闻冲年，硕画赞幕府。火攻擅神奇，貂蟒旌伟武。励志康世屯，正色叱阉竖……”

他在梦中思索：这是怎么回事？他渐渐感到愤怒，他绝没有读出声！他从不这样诵读自己的诗作！可他竟然在读，有时竟还结结巴巴：

“乘障莅山东，士民尽安堵。恩信收材杰，纪律练营伍。授鉞威屡申，航海据非所。遭变竟罹殃，飞霜洒笳鼓。城坏值时艰，数奇悲今古……”

他已经醒了一半，继续做着梦，没有读没有张嘴没有发声。但他确实在大声地吟诵着自己的悼诗！他勃然大怒，猛地惊醒，发现自己还躺在松荫下枯萎的秋草中，听见有人在吟诵他的诗，就在墓碑的那一面：

“‘思哀本经训，悼往尤酸楚。饥鸟啼墓门，似诉蒙冤语！’……好诗好字！真是少见！董兄不是总也聘不到可意的西席吗？若得此位钱塘吕之悦，可称上选。你不是即将去杭州？”

被称为董兄的，声音低沉和缓，显然年岁大些：“罪过罪过，看这诗文才情，这一笔字！我敢说当今大才子也不过如此！若能得他教诲，我全家都列门墙，怎敢委屈他充西席！只是偌大嘉定苏州府，何处去寻他？白白错过，好生没福！到杭州一定细细寻访。”

“咦，这里墨迹尚未全干，想来此位先生去之不远，快着人四处寻找！”

一片呼唤回应、分派仆从四路寻访的杂乱声音。吕之悦再洒脱，再看破红尘，对这样的背后褒扬赞美也不能无动于衷——背后的赞美同背后诅咒一样，是最真的。他从墓后走出，拱手道：

“不才吕之悦，蒙二位错爱谬赞，实在惭愧……”

薙发垂辫，马褂长袍，那二人全然一副新归顺大清的江南儒生模样。年轻的看去不到二十岁，丰神秀颐，英气勃勃；年长的三十有余，身材魁梧，肤色黝黑，浓眉下一双大眼很有光彩，五官位置端正得当。他们见吕之悦竟自己走出来，又惊又喜，连忙赶着申表敬慕之情，又拿起那诗笺再三吟诵赞美，并问起吕之悦何以来此祭奠。

吕之悦取过诗笺在墓碑前慢慢焚烧毕，又对孙元化之茔跪叩如仪，然后叹息着告诉二人，十数年前，他曾在孙巡抚麾下效力，对这位忠臣十分敬仰。

二人神色更加恭敬，年长的董生竟迫不及待：“先生若不弃，恕我冒昧，祈请先生到我家做客，我们夫妇儿女愿列门墙！”

“不敢当。小子才疏学浅，又逢此国变，于功名于世事已心灰意懒。如今孑然一身，无牵无挂，只想徜徉山水间，诗酒了此一生！”吕之悦说着，神色黯然。

“那么，先生何以为生？”董生恭敬地问。

吕之悦一时哑口无言。大乱之后眼看就是大饥荒。他家财已尽，只有几亩薄田，耕读二字是太平盛世的话，诗酒山水其实也只是个梦。他必须找一条活路，寻一口饭吃。

“吕先生，不如就在董兄家设馆吧！董兄一家极是敬贤爱才，他那一双儿女人称金童玉女哩！”年轻的那一位极力撺掇，“再说，他即将往杭州安家，岂不是大方便？都说上有天堂下有苏杭，回了杭州，还愁山水诗酒吗？”

吕之悦动了心，拈须沉吟片刻，终于点头。董生大喜，立刻向吕之悦躬身一拜，嘱咐仆从回城随吕爷去取行李。吕之悦伤感地笑了笑，说没有行李，应用物品都随身带着。他指指自己装着笔砚纸张衣物的小包袱，年轻的那位眼里流露出怜悯，这使吕之悦很不高兴，转身背对他，向董生问道：“董君为何到此？也闻知孙巡抚的大名？”

董生笑着指年轻的那位：“问这位岳老弟，他知道。”

吕之悦不得已，只好回身。那岳生脸上一团阴云，见他转过脸来，才又微微笑了，说：

“我给你讲个故事吧！一日，清兵捆了两人送到领兵贝勒王营中。贝勒王问两人以何业为生，其中一人跪倒叩头，急急忙忙地说：‘我是穷民，家徒四壁。他家世代做官，是有钱的贵公子，只管抓了他问他要，多少金银都有！’他又急又怕，说得很快，贝勒王听不明白，转向另一个被擒者：‘他说的什么？’此人从容复述道：‘说他向来贫穷，说我孙某是宦家子，家中多金银，要王爷释放他而留我。’

“贝勒王很惊讶，对帐下将佐说：‘世间竟然有这样的直男子！有生以来少见！’便令为孙生松绑设座，反把自称穷民的首告者牵出帐去斩首。又问孙生，家中果然有许多金银财物吗？孙生答道，确有藏银八百两，埋在后园太湖石边，尽管取去犒军。

“派去挖银的人很快把银两献上贝勒王，藏银地点及数目都一点不差。贝勒王惊愕之余，对孙生说：‘你的银子都献出来了，你日后靠什么过活？本王只取一半赏众，余下一半仍还给你吧。’

“孙生竟泫然出涕，道：‘家中老母弟妹均已罹难，存亡不知，我独活无味，惟愿膏王斧钺，他非所计！……’

“细细问起孙生家族世系，原来是故明登莱巡抚孙元化的长子和鼎。贝勒王大惊，说：‘幸而细问，险些违了父命！’他安慰孙和鼎说，‘不要忧心，我替你全活家口。’

“贝勒王下令四处搜寻探访，找到了孙和鼎的妻女及一个弟弟、两个侄儿，并亲自发出禁令：不许任何人去骚扰嘉定城中的孙宅，违令者斩无赦！”

怪不得和鼎对提起孙宅的完好那么敏感，他羞于接受满洲人的恩惠……吕之悦感叹不已，问道：“贝勒王怎么知道孙巡抚的大名？”

岳生笑道：“贝勒王名博洛，是大清饶余郡王阿巴泰的第三子。早年间，郡王爷在永平、登州等处与孙巡抚交过手，对孙巡抚的人品才学很是钦敬。博洛南下苏州，郡王爷特地嘱他寻访孙巡抚的后人，尽力保护……”

吕之悦疑心地看看岳生年轻的脸：“足下竟知道这许多底细！请问贵姓尊名？”

“我姓岳名乐。这些事，嘉定城内无人不知啊！”

“那么，”吕之悦指指墓地，“这里新修整的墓园，也是贝勒王的好意了？”

“哦，这倒不是。一个月以前，恭顺王爷领了浩浩荡荡的人马，特意来孙巡抚墓前致祭，想必是他修整的。听说，王爷邀请孙巡抚之子出仕，兄弟二人皆辞而不就，王爷留下千金而去……”

“恭顺王？”吕之悦心念一动，“可是姓孔？”

“正是。据称原是孙巡抚麾下偏将。孙巡抚因他而死，所以他备了祭品奠酒跪拜，也算个有义气的！此次恭顺王被封为平南大将军，随摄政豫亲王西讨流寇李自成，又移师江南，克扬州取南京攻江阴，功劳丰伟。日前应诏北归京师，必有封赏！……你当初在孙巡抚麾下不认识他？”岳乐年轻有神的眼睛盯住吕之悦。

“不！不认识！”吕之悦断然道。说实在的，孔有德在他心里留下的感情很复杂，是恨、是同情、是鄙视、是哀叹，或者还有一丝佩服？他说不清，但绝不想重见这个当年的登州参将，今日的恭顺王、平南大将军！他当然不知道自己已犯了一个错误。他应该多追问几句，甚至应该去拜访这位早先的同僚，那样，他就会少受许多苦痛……

“火！”

“着火啦！”

从人们突然惊慌一团，喊叫起来，都指着南面。

浓烟滚滚，火头像许多赤练蛇四处乱钻，有的地方火焰连成片，冲天而起，鲜红的火舌舔着蓝天。噼噼啪啪的燃烧声远远传来，炒豆子一样连续不断。火在延烧，在扩展，整个南边原野成了火海，看去极雄伟壮观，也十分可怕！

吕之悦静静地安慰面露恐慌之色的董生和岳乐：“不要紧的，这是烧荒。深秋经霜的野草已经焦枯干燥，点火烧却，把烧余的草木灰壅在土中做肥料，来年收获必丰。所以烧荒又叫烧发，越烧越发！有人烧荒，那便是已有农人为来年备耕了……”

他望着遍野大火熊熊，想到了很多。

大火的灰烬能变成肥料肥田，大变乱中惨死的千千万万生灵，能不能变成养分使新朝政治清明、国富民强、黎民百姓安居乐业呢？

天下干戈未靖，农人已在烧荒备耕。是啊，无论谁当皇帝，无论这江山姓什么，人们总得要活下去，总得种田吃饭、生儿育女过日子。只有福分大、命运好的芸芸众生，能逢圣代雨露，能活得轻松自在些。但圣代何时出现，却又非人所知了……

就这样，吕之悦随董生回到杭州。得知董生其实姓董鄂名鄂硕，是满洲八旗的一名统领官，他没有辞馆。

他很喜爱他的两个学生：七岁的乌云珠和四岁的费扬古。四岁的男孩还不懂事，而小姑娘聪颖慧丽无比。这也难怪，他们的母亲是苏州世家小姐，当年有名的才女。

岳乐倒是真名，是贝勒王博洛的弟弟、饶余郡王阿巴泰的第四子。不过一到苏州，他就领了军令，随同肃亲王豪格进军四川剿灭张献忠，再次相会，已在八年以后了。

惟有她，幼蘩——坚白，仿佛融化在天空和大地一般，没有了音信。吕之悦在每年正月十六之夜、七月初七之夜向太阴星君、嫦娥女仙祷告让他们相会，并常常在夜深人静独处书斋时，拿出那方花中君子砚和干枯得如一片薄纸的题诗荷花瓣，自言自语地问：

“你在哪里？……”

二

广西桂林普陀山侧，有一座壶山，又称骆驼山，与桂林的所有山一样，由嶙峋怪石堆积而成，正面看似一把茶壶，背后看似卧地骆驼。山前山后一片桃林，正是开花季节，又逢难得的晴好天气，蜂蝶飞舞，桃花怒放，姹紫嫣红，芳香弥漫，远望如环绕骆驼，托起壶底的一团粉红色浓云。

花下一张大席，杯盘狼藉，在侧侍立持壶的小书僮，望着颓倒在席上的人只是笑。这二位名士一杯复一杯地喝酒，高谈阔论，盛赞方才游七星洞所见的奇丽景象，互相争辩互相补充，酒喝得痛快，谈笑风生更痛快，直至两人先后躺倒，嘴还不肯停：

“酒人酒人，酒量不过如此！”

“笑翁笑翁，笑谈真能悦之！”

“哈哈哈哈！……”两人同声大笑。他们一个号称酒人，别号如此。一个号称笑翁名之悦，恰成一对联。

“莫道酒量不豪！但愿死后葬于陶坊之侧，百年之后化为土，幸见取作酒壶，那才称心如意啊！笑翁，花荫不浓，太阳出头便毒，你换个地方。”

笑翁身上尽是阳光透过桃花洒下的斑驳花影。他索性移到阳光下，悠然自得地以手捋胸摸腹，笑道：

“不碍的，我晒书。”

酒人略略一愣，复又大笑。

笑翁正是吕之悦。

他以半师半友的身份，在鄂硕家中已经七年了。鄂硕尊师重道，这在满洲八旗将军中可称绝无仅有。比起大多数江南文士，吕之悦的境遇好，行动自由。中年以后，他越加喜欢游山玩水。随着大清兵渐次平定各地，他的足迹也从杭州钱塘渐渐向外扩展，遍游了雁荡山、武夷山、黄山、庐山。只是因喜爱自己的学生，每年出游不过三个月，就回转杭州继续执教。去秋有随征广西的满洲将军回到杭州，说起桂林山水竟至手舞足蹈。他早年也曾读过韩愈“江作青罗带，山如碧玉簪”的诗句，自是更加向往。况且乌云珠、费扬古已经长大，女孩儿尤其出落得慧丽惊人，恰逢选秀女之期，日内就要进京应选。他顿时轻松了一半，便决意桂林一游。去年入冬启程，来到桂林，正赶上百花盛开的春日。他是从湖南衡阳经永州、全州一路过来，一入境，那千姿百态的峰林、峰丛、兀立原野的孤峰，无数奇洞、溪流以及青翠碧绿的漓江，令他心醉神迷。他终日在青山秀水岩洞中徘徊徜徉，睡梦中仍然是一片旖旎风光。

那日游象山，听人说起隐居壶山的雷酒人是江南名士，他立即乘舟踏月去普陀山下寻访同乡。两人一见如故，酒人留他在茅舍夜话一宿，第二天领他游普陀山、七星岩。游了一半，酒人渴酒，二人便在花下尽醉而饮。酒人名雷鸣春，字亮工，自称祖籍绍兴大禹陵边，隐居壶山二十年，遍种桃花，竟成壶山一景。每日饮酒赏花，酒量不洪。饮辄醉，醉则登山长啸，远近闻名。

此刻，半醉的雷酒人起身，携了吕之悦的手，边说边笑边摇晃。两个小僮在他们身后提心吊胆地保护着，终于登上高处。春风拂面，襟怀为之一爽，桂林全城尽收眼底，真所谓千峰环野立、一水抱城流，江山如画，美不胜收！

酒人忽然深深吸口气，噘起嘴唇，迎风送出一声长啸，清越、响亮又极悠长。鹤唳？猿啼？象鸣？他是在把郁结心头的无限悲怆和愤懑洒向江天！长啸的尾声已消失云端，山脚下的竹丛桃花似乎还在隐隐颤震，发出叹息般的低吟……

吕之悦被这长啸震动，心底生发出共鸣，勾起多少凄楚的往事和国破山河在的哀思……

酒人醉态如泥，倚着两个小僮的搀扶，颓然道：“笑翁，你独自去游龙隐岩吧！……”

山下传来极其厚重悠远的钟声，似在回答酒人的长啸。

吕之悦不禁问：“这是哪里的钟声？”

酒人伸手一指：“那边，叠彩山，定粤寺。”

矗立在明净如镜的漓江水边的叠彩山，林木繁茂，一派苍翠。山脚高低起落着一座崭新的寺院，殿宇楼阁，高塔红墙都掩映在浓绿中，能看见山门外飞舞的五色旌旗和刀枪剑戟在阳光下闪出的刺眼光芒。

“定粤寺今日佛爷开光大典，”一个小僮解释道，“寺院是定南王捐钱所建，想必王爷亲临，旌旗斧钺是王爷的仪卫。”

另一小僮补充说：“定南王爷为超度历年征战而死的军民建造此寺。他从关外一路杀过来，平了湖南、贵州、广西，死多少人？建一个定粤寺怕不够超度的……”

“多嘴！”酒人瞪了小僮一眼，“笑翁，这位定南王平定南方，于朝廷有大功，如今也算一方诸侯了！定南王府就是前朝的靖江王府，看见那座四壁如削、拔地而起的孤峰吗？那叫独秀峰，正在定南王府的后花园内。可惜你这好山之人不能登临了。”

“啊，真似南天一柱！”吕之悦望着阳光中蒙着金色的挺拔秀丽的独秀峰，赞叹不已，心里却泛上一阵苦涩，模糊不清地低语着，“定南王何许人也？”

“定南王你也不知道？孤陋寡闻，孤陋寡闻！……此人姓孔，讳有德，前朝登州参将是也！……”说着，他摇摇欲倒，醉眼迷离地笑道，“我醉欲眠君且去，明日有意抱琴来！”酒人反复吟着这两句古诗，自管下山去了。

吕之悦呆立了好一阵。他怎会不知道定南王！这些年他生活平静，陶情于山水书画之中，往事渐已淡忘，谁想在这里又被勾起！他怀着自己也说不清的惆怅，慢慢下山，去看看为人称道的龙隐岩石刻。

龙隐岩，像只深入山体的大口袋，不如七星岩那样萦回曲折雄奇瑰丽，很是平实，但凉风习习，开阔爽朗，别是一种格调。其间壁无完石，布满了历代石刻，竟有米芾、石曼卿、程节、吕师夔这些一代大师的书迹，竟有一石完整的《元祐党籍碑》。苍苍古刻，鳞次栉比，使他惊喜异常，叹为意外之福。岩北海螺洞口有人卖茶，用的是海螺洞中滴玉泉水。此地人有“煎茶吸石乳，长以驻华颜”之说，他也买了一盏茶，坐在石凳上细细品茶，细细观赏《元祐党籍碑》。

五百多年前宋徽宗的宰相蔡京，将司马光、文彦博、苏轼、黄庭坚、秦观等三百零九人列为元祐奸党，由皇帝下令全国刻石立碑，以期使之“遗臭万年”。孰料不得人心，只好于第三年下诏毁碑，蔡京反倒遗臭万年。这大约是他始料未及的吧？名列碑上的人却都不胜荣幸之至。这一块便是其中梁焘之曾孙重刻，以显示其祖先气节名望的。时至五百年后的今日，徽宗皇帝也罢，蔡京也罢，元祐党人也罢，又都在哪里？就如大明朝廷的党争、明清之际的大战乱，也有无数风云人物，煊赫一时，此升彼降，你死我活，再过五百年，又能余下什么？倒是书画诗文大家，能传永久了……

“在这儿！《元祐党籍碑》！”稚嫩好听的小孩儿兴高采烈的叫声，把吕之悦从沉思中惊醒。一片脚步杂乱，数名婢女仆妇簇拥着一男一女两个穿着光鲜富丽的孩子进了岩洞。男孩子头戴翻檐小毛帽，身着绣花缎袍和团花马褂，十足的满洲公子；女孩儿不过十岁，乌黑的童发间插着鲜花，裹着一领漳绒剔花披风，倒像汉人书香门第的小姐，欢叫声来自女孩儿口中。小公子蛮横地叉腿伸臂一挡，吆喝仆从们：“都别进来，外头等着去！”

两个孩子站在碑前仰头细看，像两只彩色小蘑菇。

“哥，元祐党籍，是什么？”

“反正，是宋朝的事儿，师傅讲过，没记清……”

“那，师傅叫咱们来看什么呢？”

“说是里面有大学问家，考考咱们知道几个、记住几个。还有，说有一块米芾的字儿，让找人拓了带回去临帖使……咦，你看，这头一个就是司马光！”

“司马光？可是拿石头砸破水缸救小孩儿的司马温公？”

吕之悦不由得一笑，伶俐的小女孩儿正巧看见，不高兴地说：“笑什么？我说错啦？”

“没有，你说得对。”这些年跟孩子打交道，吕之悦变得很喜欢他们了，不由得谆谆善导，“再往下看，还有没有你知道的名家。”

“苏……苏东坡！秦少游！黄山谷！……”小女孩儿开心地直跳脚，并卖弄地故意念出这些人的名号。

“哪里？在哪里？”男孩子急急忙忙地问着寻找。

小女孩儿面色鲜艳，桃花一样可爱，清澈的眼睛盯住了吕之悦：“你一定知道元祐党籍，对不对？告诉告诉我们，好不好？”

她的表情和哀告的口吻，令吕之悦想起他的学生乌云珠。他无可奈何地笑笑，无法拒绝，于是便和颜悦色地讲了元祐党籍碑的故事，又领他们将龙隐岩中最有价值的石刻一一看过去讲过去。看到孩子们又惊奇又佩服的特殊目光，他觉得心里舒坦多了。这时，来了个机灵的小丫头，在岩洞口笑嘻嘻地说：“公子、小姐，先生在湘南楼，叫你们这就去看那块逍遥楼碑，说是颜真卿的真迹……”

小女孩儿仰望吕之悦，鲜红的小嘴张着，想要说什么，男孩子拽了她就走：“快点儿！别啰唆啦！师傅要是生了气，咱们回家又得叫咱娘罚跪两炷香了！”

小女孩儿吐吐舌头做个鬼脸，在出洞时回头对吕之悦留恋地望了一眼，使他略感遗憾。好厉害的师傅，真该去见识这位同行！……过一会儿他就把此事撇在脑后了。米芾的真迹吸引了他，他在龙隐岩坐了许久，沉迷于观赏和揣摩之中。

待他心满意足，缓缓出岩，转向山脚下的龙隐洞时，发现洞内有许多人，花团锦簇，桃红柳绿，几声笑语隐约可闻，纯是女子和小孩儿的娇音。洞口边站了许多穿号衣的仆僮，看来是官宦富贵人家女眷来游山。他远远地站在一片杜鹃花丛后面，等这群人离开。果然，一些丫鬟侍女提着食盒竹篮鱼贯走来，后面是刚才那两个孩子，搀扶着一位头戴貂皮抹额、身罩黑色漳绒披风的贵妇，在许多侍婢簇拥中款款下山，这想必就是他们的母亲。那位同行是否也在？他注意于后面的男仆僮儿，其中并无先生文士模样的人。

龙隐洞实在应该独游，不要旁人搅扰才好。此洞竟是通透的，两头有出口。洞的一壁插入清澈无比的江水中，洞顶那条巨大的石槽，像煞神龙穿破石壁飞去后留下的全身痕迹，倒映水中，更加惟妙惟肖，几疑飞龙犹在其间游动。洞中明亮奇爽，山水清幽，洞壁又有许多题刻足供玩赏。他最爱其中周进隆的石刻诗，站在水边轻声吟诵，十分惬意："飞腾不知几千载，至今点点龙鳞存……"

一阵清风穿洞而过，水面泛起密密的小波纹，这才像闪光的龙鳞呢！波纹间有一片白纸在飘浮，洁白如雪，引得他注目。它渐渐漂来岸边。轻轻拈起，不是纸，是花瓣，散发着清香，像只调羹的玉兰花瓣，浮在水面不就是条小白船？必是那可爱的小女孩儿的玩意儿，刚才那孩子手里似乎擎着一枝白玉兰的。

他正要重新放回水里，忽然发现花瓣的卷边内似有字迹，展平开来，一联诗句赫然在目：

花怜昨夜雨，茶忆故山泉。

他被触动了，若有所失。他并没有读过这句诗，但又像在什么地方有过同样的经历：是在梦中？是在前世？……他竭力想着，很费劲……

记忆深处倏地闪亮，遥远的、流逝的岁月忽然倒退，回到眼前：登州城，开元寺，七月七，那株古柳，那池荷花，还有那写在荷瓣上的、他暗暗称之为女儿诗的联句：

荷叶鱼儿伞，蛛丝燕子帘！

吕之悦的心跳得又沉又重又慢，打夯似的一下又一下地撞击着胸膛，觉得难受、喘不过气。老天！难道是她？整整二十年了！……他曾经怎样辗转寻找啊！……她怎么会在这里——广西桂林？这不可能！……

吕之悦突然跳起身，大步向山下跑去。多少年没有跑过了？难道此刻青春又复归了？

吕之悦冲出山门，远远看到那一簇人众已经过了宛如长虹的花桥。他甚至看到了轿子，看到了骑在马上的那两个孩子——是她的孩子！他犹豫片刻，还是追赶上去。他终于没有追上。过了花桥，他们一直西行，最后竟一拥而入，进了桂林王城的东门！

桂林王城，就是定南王府啊！吕之悦远望着王城坚固厚重的青石城垣，惊呆了。

独秀峰下定南王府，红墙黄瓦，雄伟壮丽，是桂林城中规模最宏大的建筑群。王府的城垣周长三里，东南西北四门分别命名为体仁、端礼、遵义、广智，城坚门深，古树婆娑，威风凛凛，气势森严。

更令人感到森严的，是王城内外无数守卫的城兵和执仪仗的仪卫兵，布满了四门和城垣周围，平民百姓轻易不敢靠近。就是每天因公来王府谒见王爷请示的大小官员们，进端礼门后便置身于两行持刀侍卫之间，也觉得惴惴不安。

吕之悦跟着广西巡抚王一品、广西巡按王荃可同进王城。两位大人是本省的最高行政长官了，可是进了王城、踏上承运门的石阶玉陛之时，吕之悦确实感到了他们的诚惶诚恐。进了承运门，巍峨宏丽的承运殿就在眼前：朱红大柱，黄琉璃瓦，雕梁画栋，气势迫人，最是殿下那两层汉白玉云阶玉陛和栏杆，与京师大内皇极殿前玉陛栏杆一模一样，只是少一层，尺寸小一些而已。到了这里，吕之悦也不由自主地庄重起来。

进殿后一套繁琐的礼节应付过去以后，吕之悦站在王巡抚下首，趁着他们寒暄，迅速地打量定南王孔有德：他老多了！虽然还是那样魁梧，虽然一派颐指气使、贵重显赫的王爷威严，但珍珠顶戴的红缨貂帽掩不住额头的深纹、松弛垂掉的眼皮和腮帮，精美的团龙朝褂也遮不过臃肿的身躯，华贵的珊瑚朝珠，更衬映出花白胡须所显示的苍老……二十年的岁月啊！他暗暗感慨。

突然有人轻轻推他一下，他听到了孔有德仍带辽东口音的粗嗓门儿："这位就是吕之悦吕先生吗？"

"是。"吕之悦一拱手，刹那间心跳得似乎快了许多。

"远道而来，辛苦了。王巡抚道你是他家乡钱塘名士，荐你为孤王作《定粤寺记》，想来已经好了？"

吕之悦略一迟疑，没有搭腔。

为了进王城，他启用了特殊手段。以往出游，鄂硕总是给他一封以杭州将军名义出具的荐书，说此书值千金，无论在何处遇阻，出此便可安顺。多年来他从未用过，这一回，他以荐书进入巡抚府，说明要一览独秀峰的意愿。巡抚王一品竟是杭州人，竟知道吕之悦的大名，正遇定南王要请高手为他新建的定粤寺撰写碑文，便亲自向王爷推荐吕之悦，于是才有了今日的召见。

见吕之悦犹豫，站在孔有德两侧的巡抚和巡按都有些变色，频频以目示意，叫他谢恩。吕之悦微微一笑，道：

"在下草野小民，初来贵地，不明所以，愿闻其详。"

王巡抚赶忙补台："王爷，明日请吕先生遍游定粤寺，定有华章问世。"

孔有德皱皱眉，道："莫要又是什么大雄宝殿如何如何高，佛像如何如何大？……"

吕之悦笑道："学生明白了，要学生撰写的是定粤纪功碑文！"

孔有德猛击大案，哈哈一笑："对！对！孤王施舍成千成万金银修建此寺，一为超度亡魂，二为宣扬本王定粤之功！孤王能有今日，说什么九死一生，百死一生千死一生也不为过！"他突然一改王爷的威重森严，变得昂奋，猛然起身，刷地扯开袍襟，露出了半边胸脯、肩背胳膊。吕之悦与二位王大人顿时目瞪口呆，被遍布其上的可怕的斑斑伤痕惊住：红色、紫色、棕色、黑色，突起的肉丘、陷下的深坑，横一道紫疤，竖一道血印……令人不忍卒目。"这是刀伤，这是箭伤，这里是枪伤，这里是炮子伤……全身上下，哪有一块好皮肉！"他瞪着虎目，大声大气地说着，像是自诩英雄无畏，却也掩不住言外的伤感。吕之悦望着他，似乎又看到了当年的登州参将孔有德……

孔有德略略平静一下情绪，笑道："我孔有德有今日，谁能想到？少年从军，在铁山、鸭绿江飘荡，不过巴望多少立些个战功，扬名乡里罢了。先跟从的毛大将军，被大明朝廷斩首；再跟从的孙巡抚元化，又被大明朝廷冤杀！迫于无奈，归命大清，历被两朝知遇，封亲王爵、赐给藩土，荣宠至极。元年入关进京，便是从龙之臣了！哈哈哈哈！……"

他仰天大笑，声震殿宇，满是得意和豪气。把衣襟掩好，他重新摆出了王爷的威严："待孤王将这十数年战功拣要紧的讲给你听，你细细地给我写在定粤纪功碑上！"这是王命，不待吕之悦表示态度，他已滔滔不绝地开讲了：当初他与耿仲明、尚可喜降金入谒时，先帝太宗如何率诸贝勒大臣出京城十里相迎，饮宴赏赐；如何令他们仍领各自兵马，号称天佑军、天助军；如何进封孔、耿、尚为恭顺王、怀顺王、智顺王；如何取皮岛、破松山、下锦州；顺治元年，如何跟从摄政豫亲王西讨李自成，又移师下江南克扬州取南京攻江阴；顺治三年，如何受命为平南大将军，领耿仲明、尚可喜率大军南征，自湖南下江西入广东，与南明永历抗衡；顺治六年，如何受朝廷封定南王金册金印，会同靖南王耿仲明、平南王尚可喜平定各地，收复两粤八闽……

孔有德于大清，确有获取天下、平定天下的大功，无愧定南王崇爵！吕之悦一面听一面感慨：如果毛文龙不死，定南、靖南、平南三位王爷怎么不会是大明的良将？如果孙元化不死，何至于使这麾下三杰成为赠予今日大清的一份厚礼！……

孔有德表完功劳，仍然兴头不减："以往两粤阻于战事，朝廷使者都从衡阳永州来，又原路返回。而今孤王一手开辟这一大片版图，梧州、柳州直到南宁、钦州。各处监司郡守，许多是你们江南人。你去各处走走，看看孤王所派官吏、所定地方。王巡抚，你们为他整治行装，要丰厚些个！"

吕之悦辞谢："学生要在入冬前赶回杭州，恐怕来不及遍游了。"

定南王叱咤风云，一向顾盼自豪，言出如山，没有人稍迟答话。听到吕之悦的回答，很不高兴，立刻拉下脸：“孤王听说你是位名士，才想与你结交，别的人想沾恩惠还求不到哩！”他一甩袖子，从宝座上站起来。

王巡抚、王巡按吓得变了脸色，又在频频向吕之悦示意，赶快应允谢恩。吕之悦只装作没看见，说：“王爷，能容我一游独秀峰否？”

孔有德一愣，随即大笑：“这有何难！……”突然，他眼望殿后开着的两扇朱门，怒喝一声，“来人！护卫哪里去了？”所有的人被这意外一吼震得心惊胆战，但见王爷大手指着殿外，“世子怎么跑井边上玩儿？管事的不想要脑袋啦？”

吕之悦眼前许多人影飞快晃动，朝殿后跑去。那儿有一片花木茂盛的庭园，园中一座方亭，亭中似有一个高高的井台，一男一女两个小孩子就在井台和亭子台阶上跳上跳下。吕之悦一眼认出就是龙隐岩见到的那两个娃娃。世子？那么他们是孔有德的儿女了？……他猛地想起七年前在孙元化墓前听说过的孔有德祭坟，想起和鼎兄弟对妹妹随人而去的讳言和痛恨，想来，她必是随孔有德走了。那么，她，只能是这一双儿女的母亲，定南王妃了！……

吕之悦心头一阵尖锐的刺痛，他想调头就走，他想永远忘却这一切，从此不做人间梦。但他也说不清是为什么，心灰意懒地苦笑着说：

“唉！独秀峰不看也罢，只是……孔大哥，你当真不认识我了？”

此语一出，当场人无不惊讶。孔有德盯住吕之悦，嘴里似问似自语：“你叫吕之悦？江南名士，吕……”

“不记得天妃宫左右守门神嘉祐、嘉鹰？”

“你？……”孔有德的浓眉骤然飞上额头，眼睛瞪得赛过铜铃，随即轰雷也似的笑声，在殿顶滚动，“哈哈哈哈！原来是你！哈哈哈哈！……”他对巡抚、巡按连连挥手，命他们退下。两位行政长官莫名其妙地向大笑着的王爷躬身拜辞，瞠目相视，退出殿门，下陛出府去了。

孔有德继续笑着，招来近身侍从吩咐道：“命王妃领着思训、四贞，快快来迎晖阁！”

他终于不笑了，上下打量吕之悦，突然起身离座，走到他跟前，一伸手，猛地攥住了他的胳膊。吕之悦骤然感到那股极其浑厚威猛的力量，几乎是出于本能，他浑身一紧，臂腕顿时坚硬如铁。

“好！”孔有德喝了声彩，“二十年并没荒废！”

“乱世须得防身。”吕之悦不动声色。此刻他万虑皆空，反正豁出去了！

“跟我来！”孔有德并不放手，拽了吕之悦就走。

出殿后门、下玉阶、走石路、过长廊，东折西转，满眼是富丽堂皇的楼堂厅馆、亭榭轩室，处处有浓荫有花香，鹿卧鹤走莺啼蝶舞。吕之悦眼花缭乱，晕头转向。

进了迎晖阁，吕之悦被推坐在一架太师椅上，孔有德指着他笑骂道：“吕烈！你小子还活着！”

“什么意思？”吕之悦此刻才看到真正的二十年前的孔有德，便也拿出当年在登州的惫赖相，往椅背一仰，“我老人家坐了十二年大牢，其中半年多还是你赐给我的呢！”

“哈哈哈哈！咱老孔做的错事多啦！你这是小小的一桩。咱对你不住！往事一笔勾销，成不成？”

吕之悦瞪他一眼：“那么容易？”

“后来又给关了十一年？还改了名字！怪不得幼蘩小姐死活找不着你，我也着人到处打听……”

“幼蘩小姐？”吕之悦差点儿跳起来。

“是啊，她就在我家里……”

“什么？”吕之悦心头又似被针刺得疼痛起来。

“父王！”孩子们清脆地叫喊着冲进来，一位举止凝重体态丰满的贵妇人跟在他们身后。吕之悦别过脸去，他不敢与幼蘩的目光接触，太刺心、太难忍受了！

“思训！四贞！快来见你们的吕烈叔！……”

“吕烈？”孩子们请安问好中，吕之悦听到柔和低润的这么一声，不得不勉强回过头，一看之下却呆住了：这不是幼蘩！却又似曾相识，尽管丰润的面容上已有了细细的皱纹，并不陌生。

定南王妃笑逐颜开：“哎呀呀，这可太好了！小姐要高兴死啦！可等到这一天啦！”

“小姐？……”吕之悦迷惑地重复。

“娘，他就是在龙隐岩给我们说古的好先生！”四贞张着花蕾似的小嘴，指着吕之悦对母亲说。

王妃更加高兴：“哎呀呀，那么吕公子是见到小姐的啦？”

吕之悦摇头。果然是她！当时怎么不注意看看呢？她在定南王府是什么人呢？……他如坠五里雾中。

孔有德开心大笑，一拍吕之悦肩膀：“我这老婆你怎么会不认得？原是幼蘩小姐身边的大丫头，叫什么来着？哦，叫紫苑。忘了？……对，对，我们成亲那会儿，你已经偷偷跑啦！你那回偷跑，她都掺和了，后来全告诉我啦。第二次拿你下狱，全然是仲明老弟吃你的醋，知道吗？你扎他那一枪他倒不记恨，就恨你挡了他做帅爷门婿的路！那会儿，她，”他指指王妃，眨眼儿笑道，“成天在我耳边聒噪，要我放了你。三十大几娶个老婆，那还不是玉皇大帝，敢不听吗？可又不好伤了耿老弟的面子，才偷偷给你老部下弄点儿方便，借他的手放你跑了。谁料想你又叫朝廷抓了去。咳，还不如就蹲登州大牢呢，看着帅爷和小姐的面子，我总不会叫你吃亏！”说罢，又开心地笑了。

“可是，小姐她怎么会在此？”吕之悦忍不住终于问出来。这个“此”，可说是桂林，是王城，或者是孔有德家。

王妃告诉他，顺治二年由江南回转京师，全家去嘉定祭奠孙帅爷，旧日主婢相逢，高兴得落泪。小姐原是紫苑的蒙师，紫苑就有意请小姐做儿子思训的先生。小姐原是不肯的，偏偏两岁的小女儿四贞出疹，浑身滚烫，咳嗽得几乎断气。小姐为四贞诊脉治病，开方煎药，日夜护理，四贞竟也离不得小姐了。“后来我劝小姐，为寻访吕公子下落，还是去京师跟王爷在一起方便得多，小姐这才允诺……”

原来，她就是自己的那位“同行”！

“王爷，小姐近来身子不爽，或许以为吕公子早已不在人世，要想个法儿让他们见面，别吓着小姐。”

孔有德兴致勃勃地说：“我来安排!”他想悄悄躲在一旁，看这一对分别二十年的情侣重逢，一定像看戏文那么有滋味儿。他没想到，一切都那么简单。

当夕阳把独秀峰点染得一片光华、宛如紫袍金带的时候，峰脚下那形似初月的月牙池明洁如镜，倒映着金光闪闪的青峰翠壁，倒映着池南桃林的粉红、池北柳园的青翠、池西竹圃摇动的森森凤尾，也倒映出沿池一带亭阁水榭和池中画舫、小亭、曲桥。曲桥上照例有个清瘦的身影慢慢移动、轻声吟哦，那便是幼蘩，天天如此。

她终于走到曲桥终端的水亭，那里有专为她设的石儿石凳，石儿上的托盘里有文房四宝和她心爱的杭州西湖龙井茶。坐定，取了纸笔，记下这一路吟得的诗句，端着茶盏呷了一口清香的绿茶水，移步亭边，注视水面。她是在看那池面初上的半轮明月，还是在注视小荷才露尖尖角的那片荷田？她又想起了什么？轻声又曼长地吟出她最喜爱、最自诩、最能表述她心绪的句子：

“花怜昨夜雨，茶忆故山泉……”

不知何处，像在回答她，远远送来低低的柔声吟哦，长长的尾音在水面颤抖：

“荷叶鱼儿伞，蛛丝燕子帘……”

她蓦然一惊，朝声音所来望去，曲桥的另一端，伫立着身披夕阳的人影儿，明亮得不可逼视。她转眼去看水中倒影，若有所感，放下茶盏，从亭内走下曲桥，那人也向桥亭这边移动。

“花怜昨夜雨，茶忆故山泉。”那个低沉而颤动的声音吟诵着，问道，“是城外的花山泉、卧龙泉、金沙泉、白石泉、七里泉的泉水，还是城内化龙井、玉寒井、凤眼井、甜井的井水？……”

他们面对面地站在曲桥中间，一动不动，披了一身灿烂的夕阳，同水中倒影相映生辉，只有互相凝视，深深地凝视，千言万语，尽在目光中交流……

过了很久很久，吕之悦才记起那件重要的信物，把花中君子砚从怀中取出，双手捧上，他说：

“幼蘩……”

幼蘩把一双手放在砚上，也即放在吕之悦手上，轻声地、轻声地说：

“你终于回来了，我等到了……”

她收回双手合在胸前，无限虔诚、无限感动地望着晚霞燃烧的天空，说：“感谢天主！……”双目闭合，热泪终于像流泉一样从两道浓黑的睫毛底涌出，沿着苍白的面颊滚落，洒在吕之悦的胸口……

“哈！这可不关天主的事！”池北柳林那浓密如绿丝绦一样的垂柳中，传来了孔有德打雷般的喊叫和王妃、孩子们的欢呼笑语。

吕之悦夫妇在定南王府住了两个月，屡次告辞东归，都被孔有德一家苦苦挽留，没有走得成。到了六月初八，孔有德突然把吕之悦请到涵碧小厅，笑着对他说：

“咱老孔也不强留客了！明日我拨一条好船，送你们两口儿沿江下行。漓江一路山水奇奇怪怪，最是你们这些文人名士欢喜不够的！干脆遍游两粤，得便，就由广州、韶州，过大庾岭东归，怎么样？”他指着桌上一堆光灿灿的金银锭，“这里三百两金、一千两银，且做盘缠，由桂林回浙江，足够了吧？”

吕之悦想了想，说：“孔大哥好意，小弟领受了。无以为谢，这里有小弟代大哥所修奏疏一本，大哥可领情？”

孔有德又高兴又好奇：“上疏的奏本吗？快念给我听！”

吕之悦于是朗朗诵读他替孔有德熟思几夜拟就的奏本：

“臣荷先帝节录微劳，赐以王爵。恭逢圣主当阳，而两粤八闽未入版图。臣谬辱廷推，驻防闽海，同时有固辞粤西之役者，盖以其地最荒僻，民少山多，百蛮杂处，诸孽环集，底定难预期也。臣自念受恩至渥，必远辟岩疆，始敢伸首丘夙愿，故毅然以粤西为请。

“受命以来，道过湖南，伏莽蔓延，六郡拮据，一载咸与扫除。乃进征粤西，仰藉威灵，所向克捷，贼党或窜或降，虽土司瑶、伶、俍、侗，古称叛顺无常者，亦渐次招徕，受我戎索，粤西底定。

“然臣生长北方，与南荒烟瘴不习。解衣自视，刀箭瘢痕，宛如刻画，风雨之夕，骨痛痰涌，一昏几绝。臣年迈子幼，乞恩敕能臣受代，俾臣得早觐天颜，优游终老。”

奏本并不长，但读至终结，孔有德已泪流满面，喉头哽咽，不能成声了。

吕之悦望着孔有德，着实费解。数日前，他写好《定粤寺记》后，读给孔有德听，他显出十分的得意、骄豪。吕之悦便开玩笑似的问他：

“孔大哥，人说你是忏悔杀人太多，为消罪孽才修定粤寺的，真的吗？”

“放屁！”他随口骂道，“超度亡魂是真的。忏悔？有什么好悔！这些年杀来杀去，那是应几百年一大劫的天下大势！撞到我刀口下的人就是应劫，老天爷不过借我的手杀人够数罢了。我有什么罪孽？或者是天煞星下凡也说不定哩！……要说悔，只悔一个，登州总兵张可大，虽不是我杀的，却是因我逼迫而死。他算是个忠烈人！……”

既是不悔，今日的泪从何来？

孔有德终于收泪，道：“老弟你写得太好了，别笑话我老头子。我懂得你的好意，叫作……什么来着？哦，叫急流勇退，对不对？多谢你了，老弟。疏本我一定上，只怕来不及了……”

“为什么？”

孔有德对他注视片刻：“实话告诉你，但不可给幼蘩小姐说，女人家禁不住惊吓的。永历桂王那边李定国败而复振，桂林势必有一场大战。要是运气不好，咱兄弟就算最后一次相聚了！”

“孔大哥神勇无敌……”

“不是这个说法！”孔有德沉着脸直摇头，“老弟如今是书生名士，又有幼蘩小姐在，不必卷进来，叫我老孔对不住帅爷的在天之灵！”

“你，真要为大清尽忠？”吕之悦直直地看定孔有德的眼睛，另一句话没有问出声：当初为什么不为大明尽忠？

孔有德完全听懂了，慑人的虎目中掠过一道强光，似要发作，终于平静、稳定了，说：

“还记得陆奇一过堂的最后那句话吗？”

良久，吕之悦微微地、几乎看不出地点了点头。

桂林到阳朔，其间二百余里，奇峰罗列，绿水迂回，千姿百态的青山，倒映在清澈见底又平滑如镜的漓江中，真山与水影相连相映，在薄雾细雨中若隐若现，那奇峭秀丽，宛如置身仙境，真是天下最美、最高、最大、最长的画屏。吕之悦夫妇心神俱醉，每每停舟流连，探幽寻胜，放情于山水明月、晨雾夕阳之间，饮酒赋诗，享尽新婚的唱和之乐。二十年的劫难和相思之苦，似乎都在这二十天中获得了报偿。

到达平乐，平乐知府闻讯来舟中拜望，告诉他们，李定国已破衡阳、永州，直逼桂林。幼蘩记挂紫苑，尤其担心两个孩子，竟想溯江而上回桂林去救助。知府极力劝止，说待王师破贼解围，再行不迟。

谁知次日午后，上游冲下许多尸体，越来越多，几至蔽盖江面。男女老少都有，既有垂辫的大清官兵，也有满头乱发飘浮水中的南明士卒。好几次尸身贴着吕之悦夫妻的船边顺流而下，或露出惨不忍睹的颈上刀口，或睁着死鱼一样的眼睛……望着这可怕的凄惨景象，两人面色惨白如纸，相对无言。

傍晚消息来了：桂林城溃，王城大火，定南王自杀，家口一百二十人均死……幼蘩痛哭出声，吕之悦也潸然泪下。

第二天清晨，江上又恢复了青山秀水的宁静。吕之悦夫妇倚栏观望，心思已不在山水间了。

“我们回家吧。”幼蘩叹了一声，说。

“回哪里？嘉定，还是杭州？”

“嘉定，我回不去了。”幼蘩带着淡淡哀愁，微笑着，“大哥二哥认定孔有德是无耻叛逆卖国之徒，对他来祭扫先父坟茔都觉得耻辱，更不要说我随他走了。况且我又独自在京师行医结客……其实这全都是为了寻你……”

“这件事我一直不大明白，你怎么会想到要去京师寻我的呢？”

“说来很巧。汤神父的一名教友是狱卒，忏悔说他干过倒换死囚的事，并说替换下来的人姓吕……结果在京里等了三年，也没得着一点儿消息。谁知你竟去了刑部狱！”

“真难为你了。”吕之悦感动地捏住妻子的手，“要不，我还改回去，叫吕烈，好吗？”

“就叫吕之悦吧，这名字比吕烈好。况且人家替你一死，也该永世不忘啊！”

“你真是个好心人，善人！”

“其实，谁都有善有恶，天主早就指示过了。”

“嘿嘿，老生常谈！”

“唉，谁也不是生来就恶的。每个人都有自己的追寻、自己不得已的苦衷，也许只有天主知道。像孔有德，姆妈跟和京在登州住过，知道前因后果。你去嘉定，他们若是活着，你我就不至于多隔这后来七年了。”

“孔有德……是啊，他已经按自己的心愿，尽忠了！”吕之悦望着山间的浮云，一时心绪缭乱。最后那次谈话又响在耳边，那张满是泪水的苍老面容又出现在眼前，多少年了，他仍然牢牢记着陆奇一的话……

陆奇一是怎么说的？——

“俺们草头百姓，小兵卒子，认不得啥君啊臣的，谁对咱好，咱对谁也好；谁对咱孬，咱也不尿他！……”

其实，又何止草头百姓、小兵卒子呢？

历代各姓朝廷看来并非不懂这个理儿，不然为什么总是讲仁政讲爱民呢？崇祯皇帝临上吊不是还留下血诏，请求李自成“毋苦我百姓”的吗？可知他也想爱民、想对百姓好。但那些“流贼”，原本不也都是他的子民吗？……

是啊，连孙元化、孔有德都得不着皇上仁政爱民的好处，又何况芸芸众生、草头小民？……

幼蘖发现他神色凄苦，忙关切地摸摸他前额：“你怎么啦？不舒服吗？”

他按住妻子温暖的手，贴在面颊上，道：“说来说去，幼蘩，只有你的医道救死扶伤、起死回生，是真的爱民、真的仁啊！”

1982 年 9 月 16 日　草稿
1983 年 2 月 22 日　初稿
1989 年 7 月 15 日　二稿
1989 年 11 月 19 日　三稿
1990 年 4 月 16 日　四稿

后　记

《倾城倾国》这部作品的来由颇有点曲折。

当初，为《少年天子》准备资料时，从《汤若望回忆录》中读到的一段史迹引起我的注意并令我感动，即使在进行《少年天子》的写作，有关这一段史迹的人物和背景也不时地闯进脑海。所以当《少年天子》定稿之后，便以此题材写了一个中篇小说，名为《风雨孤舟》。大概是犯了主题先行的毛病，虽然写的时候很投入，也很顺手，八九万字一气就写下来，可是自己重读一遍，却很不满意。因为背景简单，故事老套，人物更站不住，成了表现主题的符号。于是将其搁置橱柜数年之久。

作品虽然搁下了，明末清初社会大动乱的背景，《风雨孤舟》中的主人公孙元化及孔有德、耿仲明等人的遭际、命运，还是常常在我眼前闪现。1989 年 1 月里，广西要办一个历史文学刊物，邀了一批关注历史文学的评论家和历史小说作者在南宁开有关历史文学的研讨会，会上向作者们约稿时，我便报了孙元化的选题，并于会后乘便到桂林作了几天的游历和考查。因为此时我对如何处理孙元化和孔有德有了新的想法，孔有德最后是作为清朝的定南王驻节桂林并在此兵败自杀的，而桂林的山水和古迹又给了我许多宝贵的提示。

我决定推倒《风雨孤舟》，重新来过。于是进一步搜寻资料、聚集资料，进一步深入了解那个时代。当时正好在《少年天子》出版、《暮鼓晨钟》尚未开始修改之际，很自然的，这部将要创作的题材就被纳入到一个系列之中了。因为从时序上说，它正好与《少年天子》相接；从人物上说，它表现的是顺治的父亲皇太极的开创，并且，实际上存在着可遇不可求的重要的贯穿性人物，比如皇太极的妻子、顺治的母亲、康熙的祖母庄妃——庄太后——庄太皇太后布木布泰，这是很难得的；从主题的展现上说，清朝是从明朝手中夺取了江山，明朝为什么亡，清朝为什么兴，无论作为史学研究还是传说故事，都很有价值很有意义，令人感兴趣。那么，写清兴而不写明亡，显然是写不清楚的。

当然，这样一写，就不是中篇了，甚至也不是当初答应人家刊物的十来万字的小长篇，奋斗的结果，就是眼前这本四十五万字的长篇小说，题目改为《倾城倾国》。后来广西那边的刊物因种种难处没有办成，正逢江苏文艺出版社来约稿，便交付给了他们。

1991 年 8 月，此书出版，印数一万，不多也不算很少。在北京书店里出现过一两次，这两年就见不到了。

《暮鼓晨钟》出版之后，我在后记里说明了《倾城倾国》、《少年天子》和《暮鼓晨钟》为长篇系列小说“百年辉煌”的前三部，便有朋友和读者来电话来信索要《倾城倾国》，说是在书店里买不到；等到我手头的《倾城倾国》只剩一本的时候，便请他们往出版社购买了。于是我才感到同一系列的书分在两处出版的不方便。

此书出版过程中，遇到过些许坎坷；也听到了一些评论和意见；自己每每重读，也有不满意的地方，总希望有再次修改的机会。感谢北京十月文艺出版社，愿意重新出版《倾城倾国》，使得“百年辉煌”的前三部归拢一起，也使得我的修改的愿望得到满足。

作者总是希望自己的书越改越好，莫给人“不如不改”的感觉。究竟如何，就要听读者的意见了。

凌　力

1995 年新春

图书在版编目 (CIP) 数据

倾城倾国 / 凌力著. — 北京 : 北京十月文艺出版社，2021.4
ISBN 978-7-5302-2121-1

Ⅰ. ①倾… Ⅱ. ①凌… Ⅲ. ①长篇历史小说—中国—当代 Ⅳ. ① I247.5

中国版本图书馆 CIP 数据核字 (2021) 第 038041 号

倾城倾国
QINGCHENGQINGGUO
凌　力　著

出　　版　北 京 出 版 集 团
　　　　　北京十月文艺出版社
地　　址　北京北三环中路 6 号
邮　　编　100120
网　　址　www.bph.com.cn
发　　行　新经典发行有限公司
　　　　　电话 010-68423599
经　　销　新华书店
印　　刷　北京盛通印刷股份有限公司
版　　次　2021 年 4 月第 1 版
　　　　　2022 年 7 月第 2 次印刷
开　　本　880 毫米 ×1230 毫米 1/32
印　　张　17.25
字　　数　490 千字
书　　号　ISBN 978-7-5302-2121-1
定　　价　79.00 元
质量监督电话　010-58572393
如有印装质量问题，由本社负责调换。

版权所有，未经书面许可，不得转载、复制、翻印，违者必究。